MW01708768

Les années du silence

– 3 –

Les bourrasques
L'oasis

Guy Saint-Jean Éditeur
3440, boul. Industriel
Laval (Québec) Canada H7L 4R9
450 663-1777
info@saint-jeanediteur.com
www.saint-jeanediteur.com

....

Catalogage avant publication de Bibliothèque et Archives nationales du Québec et Bibliothèque et Archives Canada

Tremblay-D'Essiambre, Louise, 1953-
Les années du silence
Édition originale: 1995-2002.
Sommaire: t. 1. La tourmente; La délivrance — t. 2. La sérénité; La destinée — t. 3. Les bourrasques; L'oasis.
ISBN 978-2-89455-788-4 (vol. 1)
ISBN 978-2-89455-789-1 (vol. 2)
ISBN 978-2-89455-790-7 (vol. 3)
I. Tremblay-D'Essiambre, Louise, 1953- . Tourmente. II. Tremblay-D'Essiambre, Louise, 1953- . Délivrance. III. Tremblay-D'Essiambre, Louise, 1953- . Sérénité. IV. Tremblay-D'Essiambre, Louise, 1953- . Destinée. V. Tremblay-D'Essiambre, Louise, 1953- . Bourrasques. VI. Tremblay-D'Essiambre, Louise, 1953- . Oasis. VII. Titre: La tourmente. VIII. Titre: La délivrance. IX. Titre: La sérénité. X. Titre: La destinée. XI. Titre: Les bourrasques. XII. Titre: L'oasis. XIII. Titre.

PS8589.R476A75 2014 C843'.54 C2014-940794-7
PS9589.R476A75 2014

....

Nous reconnaissons l'aide financière du gouvernement du Canada par l'entremise du Fonds du livre du Canada (FLC) ainsi que celle de la SODEC pour nos activités d'édition. Nous remercions le Conseil des Arts du Canada de l'aide accordée à notre programme de publication.

Gouvernement du Québec — Programme de crédit d'impôt pour l'édition de livres — Gestion SODEC

Cette édition est une compilation intégrale des ouvrages suivants:
Les années du silence tome 5: Les bourrasques (© Guy Saint-Jean Éditeur inc. pour l'édition originale, 2001) et
Les années du silence tome 6: L'oasis (© Guy Saint-Jean Éditeur inc. pour l'édition originale 2002).

© Guy Saint-Jean Éditeur inc. pour cette édition spéciale, 2014

Conception graphique: Christiane Séguin
Page couverture: Toile de Louise Tremblay-D'Essiambre, *Le quartier de Cécile,* inspirée d'une toile d'Anthony Thieme.

Dépôt légal — Bibliothèque et Archives nationales du Québec, Bibliothèque et Archives Canada, 2014
ISBN: 978-2-89455-790-7

Distribution et diffusion
Amérique: Prologue
France: Dilisco S.A./Distribution du Nouveau Monde (pour la littérature)
Belgique: La Caravelle S.A.
Suisse: Transat S.A.

Tous droits de traduction et d'adaptation réservés. Toute reproduction d'un extrait de ce livre, par quelque procédé que ce soit, est strictement interdite sans l'autorisation écrite de l'éditeur.

Imprimé et relié au Canada
1re impression, mai 2014

Guy Saint-Jean Éditeur est membre de
l'Association nationale des éditeurs de livres (ANEL).

LOUISE TREMBLAY D'ESSIAMBRE

Les années du silence

– 3 –

Les bourrasques
L'oasis

Guy Saint-Jean
ÉDITEUR

DU MÊME AUTEUR CHEZ LE MÊME ÉDITEUR :

Les héritiers du fleuve, tome 1 : *1887-1893*, 2013
Les héritiers du fleuve, tome 2 : *1898-1914*, 2013
Les héritiers du fleuve, tome 3 : *1918-1929*, 2014
Mémoires d'un quartier, tome 1 : *Laura*, 2008
Mémoires d'un quartier, tome 2 : *Antoine*, 2008
Mémoires d'un quartier, tome 3 : *Évangéline*, 2009
Mémoires d'un quartier, tome 4 : *Bernadette*, 2009
Mémoires d'un quartier, tome 5 : *Adrien*, 2010
Mémoires d'un quartier, tome 6 : *Francine*, 2010
Mémoires d'un quartier, tome 7 : *Marcel*, 2010
Mémoires d'un quartier, tome 8 : *Laura, la suite*, 2011
Mémoires d'un quartier, tome 9 : *Antoine, la suite*, 2011
Mémoires d'un quartier, tome 10 : *Évangéline, la suite*, 2011
Mémoires d'un quartier, tome 11 : *Bernadette, la suite*, 2012
Mémoires d'un quartier, tome 12 : *Adrien, la suite*, 2012
La dernière saison, tome 1 : *Jeanne*, 2006
La dernière saison, tome 2 : *Thomas*, 2007
La dernière saison, tome 3 : *Les enfants de Jeanne*, 2012
Les sœurs Deblois, tome 1 : *Charlotte*, 2003
Les sœurs Deblois, tome 2 : *Émilie*, 2004
Les sœurs Deblois, tome 3 : *Anne*, 2005
Les sœurs Deblois, tome 4 : *Le demi-frère*, 2005
Les années du silence, tome 1 : *La tourmente*, 1995
Les années du silence, tome 2 : *La délivrance*, 1995
Les années du silence, tome 3 : *La sérénité*, 1998
Les années du silence, tome 4 : *La destinée*, 2000
Les années du silence, tome 5 : *Les bourrasques*, 2001
Les années du silence, tome 6 : *L'oasis*, 2002
Les demoiselles du quartier, nouvelles, 2003
De l'autre côté du mur, récit-témoignage, 2001
Au-delà des mots, roman autobiographique, 1999
Boomerang, roman en collaboration avec Loui Sansfaçon, 1998
« Queen Size », 1997
L'infiltrateur, roman basé sur des faits vécus, 1996
La fille de Joseph, roman, 1994, 2006 (réédition du *Tournesol*, 1984)
Entre l'eau douce et la mer, 1994

Visitez le site web de l'auteur :
www.louisetremblaydessiambre.com

Les bourrasques

À Alexie, ma toute petite fille,
ma douce, mon amour…

NOTE DE L'AUTEUR

Je le sais, j'avais parlé de l'automne 2002 pour la parution de ce livre. Le nombre sans cesse croissant de demandes pour avoir la suite des Années du silence *a fait que j'ai précipité les choses... avec un plaisir immense. Je vous l'avoue, moi aussi je m'ennuyais de Cécile, François, Sébastien et tous les autres. Moi aussi, j'avais hâte de savoir ce que la vie leur avait réservé. J'ai donc repris ma plume pour eux, tout en préparant un autre livre. Ce n'est pas la première fois et ce ne sera pas la dernière non plus. J'aime bien apporter des modulations au thème parfois un peu monotone de mes journées.*

De toute façon, François ne m'avait jamais vraiment quittée au moment où j'avais fermé temporairement la dernière page du tome 4. Il continuait de hanter mes pensées, s'imposait de plus en plus souvent à mon cœur, hurlant sa peur, son désespoir. Il n'a que vingt-six ans. Marie-Hélène vient d'apprendre qu'elle attend un enfant de lui. Il devrait être le plus heureux des hommes. Mais le destin en a choisi autrement. Et François crie à l'injustice. Pour lui, bien sûr, mais surtout pour sa femme qu'il aime profondément, pour ce bébé qui n'a pas encore vu le jour mais à qui la vie réserve déjà une destinée peut-être difficile, probablement marginale. A-t-il le droit de laisser naître ce tout-petit qui n'a rien demandé à personne ? La question le harcèle, le déchire. Je le revois, arpentant les rues de Montréal, il y a de cela quelques mois à peine, reconnaissant les intersections aux fissures dans les trottoirs, plein d'espoir, son idéal aussi grand que le monde. Il avançait dans la vie en conquérant, surtout depuis qu'il avait chassé ses fantômes, aidé par la douce Marie-Hélène. Mais voilà que les fantômes l'ont retrouvé. Aujourd'hui, plus rien n'a de sens. Il arpente les mêmes rues, les épaules affaissées comme un vieillard, ployant sous le poids de son silence, de son terrible secret.

Je vois aussi Sébastien, assis sur une clôture de cèdre, près de la grande maison blanche et rouge des Cliche, au coucher du soleil. Il aime bien entendre le chant des oiseaux de campagne, le soir, quand la journée s'achève. Mais son regard reste tourné vers l'ouest. Sa vie, c'était la ville et ceux qu'elle sait si bien cacher quand elle le veut. Il n'a jamais tant pensé à Maxime, son frère, que depuis qu'il est ici, loin de lui. Pourtant, ça fait combien de temps qu'ils ne se sont pas vus? Trois, quatre ans? Il ne saurait le dire avec précision. Tout ce qu'il comprend désormais, c'est qu'il aime vraiment l'odeur de la terre, mais surtout ce qu'elle produit. Les fleurs, les fruits le fascinent et l'attirent. La nature dans tout ce qu'elle a de beau et de généreux l'interpelle à chaque jour un peu plus. Cela ne fait maintenant aucun doute pour lui. Mais l'odeur du macadam chauffé au soleil lui manque, l'anonymat des rues également. Cela aussi, il l'a vite compris. « On a tous besoin de faire les choses à notre manière », lui avait déjà dit Gilbert. Alors, il ne sait pas, il ne sait plus quelle direction va prendre sa vie. Tout près de lui, assise à califourchon sur cette même clôture de bois et appuyée contre son dos, je devine, à sa silhouette, que Claudie est là. Par contre, pour sa part, la jeune fille n'a pas assez de ses deux yeux pour dévorer le paysage. En elle refluent des milliers de souvenirs venus tout droit de son enfance et elle se demande ce qui a bien pu se passer pour qu'un beau matin, elle décide de quitter sa Gaspésie natale pour s'en venir en ville. Quelle diable d'idée a-t-elle eue ce jour-là ? Depuis qu'elle habite ici, chez Cécile et Jérôme, Claudie a l'impression de s'être enfin réveillée d'un profond sommeil. Elle retrouve ses assises, ses priorités. Ne lui manque, pour être parfaitement heureuse, que la senteur forte et saline du poisson…

Et assis sur la galerie, tout près l'un de l'autre, se berçant mollement, il y a aussi Cécile et Jérôme qui veillent jalousement sur leur petit monde. La cidrerie, le verger, les enfants, Mélina qui se déplace de plus en plus difficilement mais toujours aussi alerte, l'esprit vif comme la lueur de l'éclair et la langue acérée comme un couteau, et tous les petits-enfants devenus adultes à leur tour… Oui, Cécile et Jérôme vieillissent peut-être comme tout le monde, les gestes sont parfois plus lents, mais le cœur, lui, a gardé son idéal et sa fougue de jeunesse. Ils sont toujours amoureux, ils sont toujours à l'écoute des autres. Comme le dit si bien Cécile : « À quoi ça sert le bonheur si on ne le partage pas avec ceux qu'on aime ! »

Et du bonheur, ils ont l'impression d'en avoir à revendre !

CHAPITRE 1

La seule chose que vous avez à offrir à un autre être humain, en tout temps, c'est votre propre façon d'être.
RAM DASS

Mai 1996, en Beauce

Une bonne odeur de café vient de s'infiltrer sous la porte de la chambre. Puis, un peu plus subtile, celle du pain grillé s'y faufile à son tour. C'est ainsi que Sébastien s'éveille tous les matins depuis qu'il habite chez Cécile et Jérôme. Nul besoin du cri strident d'un réveille-matin. Ici, les choses se font tout en douceur. Et c'est peut-être ce qu'il apprécie le plus: cette facilité de vivre intimement liée au rythme de la nature. Tout coule de source, chez Mamie Cécile, sans remous, comme une belle et grande rivière, large, calme sous le soleil du petit jour. Pour un gars de la ville comme lui, les gens d'ici, dans leurs gestes et à travers les choses du quotidien, semblent vivre au ralenti. Il ne déteste pas cela, il en est tout simplement surpris. Même la décoration de la maison reflète cet état de sécurité immuable, de calme serein et, presque malgré lui, Sébastien repense de plus en plus souvent à la maison de ses parents. C'était une demeure cossue, la résidence de Me Duhamel, aux tableaux rares, aux bibelots délicats. Une maison comme on en voit parfois dans les revues, parfaite jusque dans les replis de ses draperies, les couleurs, les agencements, les petits détails. Pourtant, le souvenir que Sébastien en garde a quelque chose de froid, d'impersonnel, d'un peu vague. Même si c'était là la maison de son enfance. Bien sûr, il avait une chambre que nombre d'enfants auraient pu lui envier : moquette douce sous les pieds et qu'il avait lui-même choisie, mouchetée comme un ciel étoilé ; mobilier de luxe, toujours verni comme un miroir tel que son père l'exigeait ; jouets à profusion, trop peut-être, rangés militairement sur l'étagère. Malgré cela, Sébastien n'y était pas heureux. Caprice, enfantillage ? Ou tout simplement le fait que seul l'accès à la cuisine et à leurs chambres était autorisé aux enfants ? Longtemps, Sébastien s'était posé la question. Son père avait-il raison ? Sébastien ne serait-il qu'un éternel insatisfait ? Car c'est cela qu'il disait, Me Duhamel. En plus de tout le reste. En mettant les pieds dans la cuisine de Mamie Cécile, réchauffée par les milliers d'odeurs imprégnées dans ses murs au fil des années, Sébastien avait compris qu'il n'y était pour rien dans cet état de choses.

La maison de son enfance n'avait pas d'âme et les enfants sont d'abord attirés que par ce qui est vivant.

On lui avait réservé l'ancienne chambre de Jérôme. Une vraie chambre de garçon avec ses murs de bois sombre, sa grosse commode joufflue montant la garde dans un coin, sa penderie immense comme un coffre-fort de banque et quelques oriflammes fanées, accrochées de travers sur les murs, vestiges d'une jeunesse envolée mais toujours aussi précieux aux yeux de leur propriétaire.

— Tu es ici chez toi, avait alors dit Jérôme en lui ouvrant tout grand la porte, curieusement ému de penser que sa chambre d'adolescent allait avoir un autre occupant. Tu en fais ce que tu veux.

Sébastien avait jeté un large regard autour de lui. Puis il avait souri, conquis par la chaleur masculine que la pièce dégageait.

— C'est parfait comme ça… Sauf peut-être pour…

Sur ces mots, le jeune homme avait déposé sur le lit le long rouleau de carton fort qu'il tenait précieusement contre lui depuis que Jérôme l'avait recueilli au terminus d'autobus. Un long cylindre grisâtre qui avait grandement attisé la curiosité du vieil homme. Une multitude de dessins avaient aussitôt parsemé la couverture à carreaux sombres posée sur le lit. D'un seul coup, les papillons aux ailes diaphanes et les fleurs multicolores avaient semblé tirer la chambre d'un profond sommeil. Devant une telle luxuriance, Jérôme était resté bouche bée. Sébastien, lui, semblait un peu gêné.

— Est-ce que je peux les mettre au mur ?

Sa voix avait une curieuse intonation. Comme s'il demandait une permission qu'il savait refusée à l'avance.

— Et comment ! C'est absolument splendide. C'est toi qui fais ça ?

Et dans la voix de Jérôme, il y avait ce que Sébastien avait toujours rêvé d'entendre : une sincère admiration doublée d'une pointe d'incrédulité. Le jeune homme avait alors redressé les épaules.

— Oui, c'est moi. Mais c'est trois fois rien. Des dessins d'enfant…

— Tu appelles ça des dessins d'enfant ? Moi je dirais que c'est de l'art, jeune homme. Du grand art, même…

Et, se retournant, il avait lancé à travers toute la maison :

— Cécile, viens voir ! C'est fabuleux ! On ne le savait

pas, mais c'est un artiste qu'on va héberger chez nous.

Alors Sébastien avait su qu'il serait heureux, ici. Parce que dans le timbre de la voix de Jérôme, il y avait une forme de respect qui le faisait se sentir important...

C'est ainsi que la vie avait commencé entre Sébastien et les Cliche. Une vie différente de tout ce qu'il avait connu. Une vie simple faite d'eau et de sirop d'érable dans un premier temps, les deux pieds dans la neige fondante ou se chauffant tranquillement sur la bavette du gros poêle qui bouillait la sève. Puis une vie de travail au soleil quand il montrait ses rayons ou de labeur à la cidrerie quand le ciel était boudeur. Une vie entortillée dans les bonnes odeurs de la cuisine de Mamie Cécile et de Mélina, du réveil au coucher, et qui lui avaient fait découvrir qu'un appétit d'ogre sommeillait en lui.

Comment avait-il bien pu faire pour survivre au régime frugal de la rue ? Mystère !

Puis, beaucoup plus tôt que prévu, Claudie était venue le rejoindre. À peine quelques soirées à bavarder avec Jérôme au coin du gros poêle à sirop, dans la cabane à sucre, et l'invitation était lancée.

— Voir si ça a de l'allure de tenir des amoureux à distance comme ça ! Allez, jeune homme, appelez votre dulcinée sans tarder. Je suis certain que Cécile aura de quoi l'occuper.

La jeune fille ne s'était pas fait prier longtemps. Une semaine de préavis au restaurant où elle travaillait parce qu'elle était fille de principes, quelques heures à rassembler le maigre bagage qui était le sien, deux ou trois soupers mouillés des quelques larmes de Virginie qui devait trouver une nouvelle colocataire rapidement, le tout assaisonné des sempiternelles recommandations de Gilbert qui se tordait les mains d'inquiétude: « Mon doux Jésus! Mais tu vas être loin sans bon sens, toi là. Québec! C'est quoi l'idée? Pis qu'essé tu vas faire si t'as des problèmes pis que je suis pas là pour t'aider, hein? » Puis, dans un soupir théâtral: « M'en vas m'ennuyer de toi, ma belle, comme ça a pas d'allure... Pis oublie pas de dire bonjour à mon beau Sébastien! Lui avec il me manque en tit-péché! » Et à son tour, Claudie débarquait au terminus d'autobus avec armes et bagages.

— Une seule restriction, avait cependant imposée Cécile. Elle occupera la chambre de Judith, la sœur de Jérôme. Il y a ici une vieille dame qui n'accepterait pas que deux jeunes gens comme vous partagent le même lit. Il faut la respecter.

Sébastien avait accepté de bonne grâce.

— Pas de trouble, ça me convient tout à fait.

En fait, le jeune animal rétif qui veillait toujours en lui n'était pas encore prêt à tout partager, faisant ainsi table rase de son passé. Sébastien avait toujours besoin de solitude en lui et autour de lui, et la demande de Cécile ne faisait que rejoindre ce qu'il restait foncièrement: un être solitaire, un peu sauvage. Et puis, on ne quitte pas la rue sans regret. Malgré tout... Les quelques heures passées seul dans sa chambre, le soir, à la veillée, lui permettaient de mettre ensemble les morceaux disparates de sa vie. Ces moments face à lui-même lui étaient aussi vitaux que la vie de la rue l'avait été pendant un certain temps.

Le quotidien avait ainsi continué de couler ses jours paisibles, un peu prévisibles, toujours sereins. Depuis, Sébastien se surprend souvent à essayer d'imaginer ce que serait devenue sa vie sans la présence de François, de Gombi, comme il continue de l'appeler affectueusement quand il pense à lui. Comme ce matin, tandis qu'il prolonge un tantinet l'espèce de rêverie éveillée dans laquelle il se complaît. C'est curieux, mais depuis quelque temps, il n'a reçu aucune nouvelle du jeune travailleur de rue. Et cela l'inquiète un peu. Serait-il encore une fois malade ?

L'odeur du café est de plus en plus intense, soutenue maintenant par celle du bacon mis à griller. D'en bas lui parvient le son de quelques voix étouffées. Mélina doit être debout. Sébastien se surprend à sourire. Il aime beaucoup Mélina et son franc parler, lui qui n'a jamais connu ses grands-mères. D'une certaine manière, elle lui fait penser à Dolorès, une ancienne bonne que ses parents engageaient parfois, ou à Gilbert, cet homosexuel rencontré au hasard des rues et devenu depuis un ami sincère. Même façon de dire crûment ce qu'elle pense, même gros bon sens... Avec le recul, la distance aidant l'esprit à s'y retrouver, Sébastien a fini par comprendre la drôle de relation qui l'unit au gros homme à l'allure farfelue : Gilbert est à la fois le père qu'il considère n'avoir jamais eu, la parenté qu'il n'a pas vraiment connue et l'ami à qui on peut tout dire parce qu'on sait qu'il va prendre le temps d'écouter. C'est pourquoi, et cela aussi il l'a compris depuis un bon moment déjà, il s'ennuie de Gilbert.

Le temps d'un long étirement sous les draps tout chauds et Sébastien remise ses réflexions pour y revenir plus tard, se promettant même de prendre quelques instants pour écrire à ceux qu'il a laissés derrière lui. Puis il se lève d'un bond. La journée vient de commencer. Dans la chambre d'à côté, il entend Claudie qui s'active elle aussi. Alors Sébastien dessine un large sourire en se rappelant le programme prévu pour la journée. Avec Jérôme, ils doivent se rendre à Québec pour faire quelques achats.

Et Sébastien sait qu'il a terriblement hâte de se fondre à une foule. Question, peut-être, de vérifier certaines suppositions...

Cette année, il n'y a pas eu de printemps. L'hiver s'est permis d'étirer ses froidures jusqu'à la fin d'avril puis, d'un seul coup, l'été l'a bousculé et s'est installé, du jour au lendemain, sans préavis. Fin mai, il fait chaud, presque la canicule, et les lilas comme les pommiers offrent déjà leurs fleurs en grappes fanées. De quoi réjouir le cœur de Sébastien dont la vie reste encore influencée par les sautes d'humeur de la température ! Quand on vit dans la rue, vaut mieux une journée de chaleur torride qu'un perpétuel combat contre un froid de canard. Et la rue, finalement, quand on y pense bien, c'est un peu comme la vie en campagne : le temps qu'il fait joue un grand rôle dans le quotidien.

Pourtant, quand il entre dans la cuisine, Sébastien s'aperçoit vite que Mamie Cécile, elle, ne semble pas sur la même longueur d'ondes que lui. Elle est différente de ce qu'il connaît d'elle. La vieille dame semble agacée, impatiente. Son habituel bonjour empreint de douceur et de sourire est presque évasif, comme forcé. Elle sursaute même quand Claudie l'interpelle joyeusement en arrivant à son tour dans la pièce, la salue un peu brusquement. Mais aussitôt, Cécile se retourne vers elle et se reprend :

— Pardon, ma belle. Je ne sais pas ce que j'ai ce matin... On dirait que je ne suis éveillée qu'à moitié. Tu veux des œufs ?

Cécile a les traits un peu tirés et ses cheveux qu'elle porte habituellement sagement attachés pendent librement sur ses épaules, ce matin. Tout au long du déjeuner, à plusieurs reprises, Sébastien surprend des regards particuliers entre Cécile et Jérôme. De ces regards qui n'appartiennent qu'aux couples vraiment amoureux, qui se connaissent l'un l'autre intimement et qui se posent comme des interdits entre eux et les autres. Il y a dans l'air comme une gêne d'être là et d'être les témoins indiscrets de cet instant d'intense communion. Alors, tout en les enviant, Sébastien repense à ce que François lui avait dit : sa grand-mère avait été malade l'hiver dernier. Une pointe d'inquiétude lui pique aussitôt le cœur. Mamie Cécile est trop gentille pour que le jeune homme puisse même imaginer qu'il pourrait lui arriver quelque chose de désagréable. Pour Sébastien, cela ferait partie de ce qu'il appelle les injustices de la vie et cet état de choses l'agresse toujours autant. Il ne peut concevoir que le destin se montre mesquin envers quelqu'un qui ne le mérite pas. Sa philosophie de vie n'a pas atteint cette espèce de sérénité qui permet d'accepter certains revers, certaines situations avec un grain de sel et d'en tirer les leçons positives que chaque événement porte invariablement en lui. Le regard que Sébastien pose autour de lui s'est peut-être légèrement modifié, amendé même, il n'en reste pas moins que foncièrement il est toujours aussi critique, voire dur. Alors, qu'on ne vienne pas lui apprendre que Mamie Cécile est malade ou quelque chose du genre, Sébastien ne le prendrait tout simplement pas. Son retour à une vie sociale normale est encore bien fragile. Il est un peu comme un convalescent qui ne peut se permettre la moindre rechute sans risquer le pire.

Pourtant, l'attitude de Cécile n'a rien à voir avec son état de santé…

Cette nuit, peut-être à cause de la chaleur, peut-être aussi à cause d'un mauvais rêve dont elle ne se souvient pas, la pleine lune l'avait éveillée comme dans ses plus sombres souvenirs. Elle avait tourné son visage vers la fenêtre par instinct, comme répondant à un vieux rituel connu d'elle seule. Au loin, elle entendait l'appel tourmenté de quelques grenouilles en retard. La lueur de la lune était pâle, gommée par le rideau de vapeur sucrée qui montait du verger. Sur la table de nuit, le cadran égrenait lentement ses minutes. Quatre heures. Quatre heures du matin... Comme avant, comme en 1942. Cette nuit, le clair de lune l'avait réveillée comme il l'avait fait en mai 42 quand, sans être mariée, elle avait compris qu'elle était enceinte. L'été maudit. Cécile en revoyait les moindres détails, ressentant de nouveau chacune de ses émotions. Le souffle profond de Jérôme endormi paisiblement près d'elle s'était alors greffé à ses souvenirs, mémoire et sentiments confondus. À ses côtés, curieux caprice de l'esprit, c'était maintenant Louisa, sa jeune sœur, qui dormait. Lentement, Cécile s'était tournée sur le dos, ses jambes se promenant entre les draps moites à la recherche d'un peu de fraîcheur, puis, sans même qu'elle eût besoin d'y réfléchir, sa main s'était posée sur son ventre. C'était hier, c'était il y a si longtemps maintenant, pourtant c'était toujours aussi présent en elle. Comprenant que le sommeil se refuserait à elle, Cécile s'était levée et tout doucement, sans faire de bruit, elle était sortie de la maison pour venir s'asseoir au verger, le dos contre le tronc d'un pommier. De nouveau, dans son cœur comme dans son corps, elle retrouvait les angoisses et les déchirures de ses dix-huit ans. Elle venait de comprendre qu'elle était enceinte et elle avait peur.

C'est là que Jérôme l'avait trouvée. Le jour naissant commençait à éclaircir l'horizon d'une clarté rose orangé intense. Au loin, le chant d'un coq réveillait hardiment la nature, et la brume diaphane s'envolait déjà en longs filaments vaporeux. Inquiet, il l'avait rejoint en quelques enjambées. La mémoire de Cécile avait-elle décidé de lui jouer encore un mauvais tour, comme l'hiver dernier à la suite d'un accident cérébral vasculaire qui était passé inaperçu ? Pourtant, depuis quelque temps, sa femme semblait prendre du mieux, beaucoup de mieux. Le sourire qui avait répondu à son inquiétude l'avait aussitôt rassuré. C'était le sourire de sa douce, à la fois un peu triste et moqueur. Un sourire unique, qui n'appartient qu'à Cécile et qui a suivi Jérôme tout au long de sa vie, même pendant ces années interminables où il était loin d'elle.

— Que se passe-t-il mon amour pour que tu sois à ce point matinale ?

Cécile n'avait pas répondu tout de suite. Elle était restée silencieuse un long moment, le regard perdu sur l'horizon, les genoux relevés, retenus par le cercle de ses bras. Puis elle avait demandé d'une voix absente :

— Te rappelles-tu, Jérôme ?

Elle n'avait pas eu besoin d'en dire plus. Elle avait relevé la tête et cherché son regard. Leurs pensées s'étaient aussitôt rejointes dans les souvenirs que leur offrait ce merveilleux lever de soleil d'un matin de mai un peu trop chaud. Puis Cécile avait eu ce geste qui avait bouleversé Jérôme : d'un mouvement brusque de la tête, elle avait repoussé la longue mèche de cheveux qui zébrait son visage. Comme elle le faisait si souvent quand elle était une jeune femme. Alors le vieil homme s'était laissé tomber sur l'herbe à ses côtés et, lui entourant les épaules d'un bras protecteur, il avait murmuré :

— Oui, je m'en souviens. Il faisait un printemps comme celui de cette année.

Ils n'avaient pas eu besoin d'ajouter autre chose.

Ensemble, l'un contre l'autre, ils avaient admiré le jour qui se levait, sachant que leurs cœurs étaient unis comme jamais, chevauchant passé et présent en une sensation d'abandon total entre eux. Le passage du temps n'existait plus. Ils n'avaient plus d'âge, car les émotions du moment présent étaient les mêmes que celles d'hier. L'été 42 avait tracé le chemin de leur vie sans qu'ils n'aient le droit d'en modifier le moindre détour. Cécile avait accouché d'une petite fille qu'elle avait dû céder à l'adoption à son corps défendant ; Jérôme était parti pour la guerre ; ils s'étaient perdus de vue pendant plus de quarante ans sans jamais cesser de s'aimer. C'était peut-être pour cela que la vie leur avait réservé ce merveilleux cadeau : à l'aube de leurs soixante ans, ils s'étaient retrouvés et avaient repris la route ensemble. Et présentement, l'un comme l'autre, ils savaient que leurs espoirs étaient les mêmes. Oser croire qu'ils avaient encore devant eux de longues et belles années...

Au moment où ils entraient dans la maison, Jérôme avait demandé, une lueur coquine dans l'œil :

— S'il te plaît, ma douce, n'attache pas tes cheveux. Tu es si belle comme ça !

C'était un peu sa façon à lui de dire qu'il n'avait rien oublié. C'est donc pour tout cela que, ce matin, Cécile a les traits tirés, qu'elle semble absente et qu'elle porte ses cheveux librement sur ses épaules.

Pourtant, tout au fond d'elle-même, il y a autre chose. Comme un sentiment d'urgence qu'elle n'arrive pas à comprendre. Comme une intuition qui la pousse, dès que Jérôme, Sébastien et Claudie s'en vont, à refaire ce qu'elle appelle son pèlerinage, sachant que Mélina ne manquera de rien.

— T'inquiète pas pour moi, ma Cécile. Si t'as envie

d'une promenade, t'as ben beau y aller. Moi, j'm'en vas profiter des rayons du soleil, sur la galerie, avant qu'y fasse trop chaud... Pis promis, je t'attends pour faire le dîner.

Sans perdre une minute, Cécile quitte la maison, devinant qu'elle répond ainsi à ce curieux appel qu'elle sent grandir en elle. D'un pas allègre, elle remonte le chemin croche devant la maison, profite un instant de l'ombre du petit boisé qui précède la croisée des chemins entre le rang du Bois de Chêne et le Deuxième rang où se situait la ferme de son père et que son frère Paul occupe depuis longtemps déjà. Puis elle s'arrête, un peu essoufflée. La grosse roche plate pointe toujours hors des broussailles. Quelques criquets hâtifs ajustent leurs cordes et une famille d'oiseaux, cachés dans les arbres, se répondent joyeusement. Comme dans son souvenir. Impulsivement, d'un pas prudent, Cécile traverse le fossé, remonte la petite butte de sable et vient s'asseoir sur la grosse roche. Cécile est une femme d'émotion, de cœur. D'intuition aussi. Jamais elle n'a repoussé avec désinvolture ce que son cœur pressentait. Même si elle ne comprend pas toujours ce qu'il essaie de lui dire. Même si ce matin, elle ne comprend pas très bien d'où lui viennent ces battements imprévus. Pourquoi revit-elle aussi intensément toutes les émotions d'hier ? Ce n'est pourtant pas la première fois qu'il fait un peu trop chaud en mai et qu'elle repense à son passé. Alors que se passe-t-il ? Pourquoi revivre avec autant d'acuité toutes les émotions de son unique maternité ?

Longtemps Cécile reste assise, le visage levé vers le soleil, les yeux mi-clos. Et sans raison autre que celle de se fier à son intuition, elle laisse refluer en elle tout ce que son cœur et ses souvenirs ont à lui suggérer : la voix intransigeante de son père ; celle de sa tante Gisèle, toujours un peu bourrue mais combien sage et aimante, et puis celle de Jeanne, sa mère, comme toujours fatiguée par la vie et n'ayant plus la force de se battre. Et enveloppant tout cela, elle sent viscéralement les mouvements de son bébé dans son ventre et le vertige qui les accompagne quand elle se répète, cruelle litanie, qu'elle n'aura pas le droit de l'aimer, cet enfant qu'elle porte. Puis, elle revoit la pouponnière où sa petite Juliette n'est plus, et les cris de ce bébé affamé, Gabriel, son petit frère, orphelin dès sa naissance... Comme une spirale immense qui l'emporte loin du moment présent sans que Cécile ne cherche à se retenir. Malgré les douleurs que ces images suscitent en elle. Avec sa sagesse coutumière, elle se dit que la vie saura bien lui faire signe un jour ou l'autre et qu'elle comprendra alors le pourquoi des choses.

Quand elle revient finalement vers la grande maison blanche et rouge, les cloches du village sonnent déjà midi. Aussitôt Cécile accélère le pas. Mélina doit s'impatienter. Mais tout au fond d'elle-même, elle sait qu'elle a eu raison d'agir comme elle l'a fait.

Parce que présentement, une grande paix habite son cœur...

Pendant ce temps, une joyeuse troupe se dirige vers Québec. Chacun pour ses propres raisons.

Probablement à cause de ses longues années de réclusion dans un monastère, Jérôme apprécie grandement les quelques heures qu'il passe régulièrement en ville. Il se rappelle invariablement à quel point il aimait se rendre à Caen pour négocier la vente du cidre que les moines mettaient en bouteilles ou encore pour s'attabler devant un ballon de rouge au petit bistrot, seul face à lui-même, renouant ainsi entre elles les ficelles enchevêtrées de sa vie.

Quand il vient seul en ville et que la température le permet, il s'offre même quelques instants de détente à une terrasse du Vieux-Port. C'est ce qu'il appelle sa petite folie, son jardin secret.

Claudie, quant à elle, imagine déjà les quelques vêtements d'été qu'elle s'est promis d'acheter avec le salaire que Jérôme et Cécile tiennent scrupuleusement à leur donner, à Sébastien et à elle.

— Tout travail mérite salaire, Claudie. On a toujours payé nos employés, et je ne vois pas ce qui ferait que ce serait différent pour vous deux. Par contre, si ça peut te mettre à l'aise, tu nous paieras une pension… Qu'est-ce que tu dirais de quinze dollars par semaine ? À moins que ce ne soit trop ?

En disant cela, Mamie Cécile avait l'air mal à l'aise ! Claudie avait éclaté de rire. Voir si quinze dollars par semaine était trop cher payé pour être logée comme une princesse et nourrie comme un coq en pâte !

Mais c'est grâce à cela que ce matin, elle a en poche suffisamment d'argent pour s'offrir quelques folies…

Jérôme dépose les deux jeunes au centre commercial. Ils se sont donnés rendez-vous tous les trois en fin d'après-midi, au même endroit.

— Tu viens, Sébastien ?

L'auto de Jérôme s'éloigne déjà à travers le stationnement. Sébastien la suit des yeux un instant puis se tourne vers Claudie, l'air un peu absent.

— Qu'est-ce que t'as dit ?

— Coudonc, toi, on dirait que tu as attrapé la même maladie que Mamie Cécile. T'as pas l'air vraiment là.

— Comme ça tu as remarqué, toi aussi ?

— Et comment ! Je me demande ce qui… Et puis ça ne

nous regarde pas. S'il y avait quelque chose de grave, jamais Jérôme n'aurait quitté la maison. Tu as vu comment ils se regardent ces deux-là ?

Sébastien lui répond par un sourire. Comment ne pas voir les liens intenses qui unissent Cécile et son mari ! Puis il demande en faisant une petite grimace :

— Dis donc, Claudie... Est-ce que ça serait bien bien grave si je ne t'accompagnais pas là-dedans, fait-il en pointant le centre commercial du menton. Tu sais, moi, le magasinage...

C'est au tour de Claudie d'esquisser un petit sourire. Elle s'y attendait !

— T'as envie d'aller te promener, n'est-ce pas ?

De se voir percer à jour aussi facilement surprend toujours autant Sébastien. Ne serait-il qu'un grand livre ouvert ? Il fronce les sourcils, à la fois agacé et surpris.

— Comment est-ce que tu fais pour toujours deviner ce...

— C'est peut-être que je t'aime.

Puis, se haussant sur le bout des pieds, Claudie dépose un gros baiser sonore sur la joue de Sébastien.

— C'est sûr que je t'aime, gros bêta... Allez, file. La ville t'appelle !

Finalement, Sébastien est reconnaissant à Claudie de si bien le comprendre. Il prend le temps de la tenir tout contre lui avant de s'éloigner. En se retournant, il lance :

— On se retrouve ici vers trois heures ? Ça te va ?

— Parfait. À tout à l'heure...

Sébastien se détourne pour de bon, regarde un moment autour de lui. Ici, c'est la banlieue. Et à ses yeux, cela ne compte pas. Ce n'est pas la vraie ville, celle qu'il connaît, celle qui lui était aussi chère qu'un ami. Il a besoin de retrouver rues et ruelles, de sentir l'odeur des camions, d'entendre les gens qui s'apostrophent d'un balcon à un autre. Il a surtout besoin de se perdre dans l'anonymat d'une foule. S'orientant un instant, il gagne le trottoir et dirige ses pas vers l'est, le cœur battant curieusement, comme s'il avait le trac.

Et si la ville ne lui parlait plus ?

Pendant de longues heures, Sébastien se promène, d'une rue à l'autre, empruntant quelques ruelles, s'attardant devant les vitrines, repérant par instinct les endroits où il pourrait passer la nuit. Cette ville, il ne la connaît pas comme Montréal. Il n'y a ni repères ni habitudes. Pourtant, il l'entend comme on entend la voix d'un ami perdu de vue et que l'on retrouve par hasard. Sébastien se sent à l'aise, comme chez lui.

Ses pas l'ont mené jusque sur la Terrasse, derrière le Château Frontenac. Midi tape fort, le soleil pique la peau. Sébastien repère un kiosque et s'y dirige aussitôt avant de se laisser tomber sur un banc de bois. La brise venant du fleuve est douce, quelques voiliers se livrent une course nonchalante sur l'eau d'un bleu profond, les traversiers font leur navette monotone entre les deux rives. Sébastien a l'impression d'être un personnage dans un décor de théâtre. La ville, ici, a un petit quelque chose de touristique, de théâtre, d'irréel qu'il ne ressentait pas à Montréal.

Comme une légèreté d'être, une impression de vacances…

Mais il y a peut-être plus. Autre chose. Quelque chose qu'il ne comprend pas tout à fait. D'où lui vient ce malaise qu'il a commencé à ressentir en quittant Montréal ?

Pendant un moment, Sébastien se soulève, regarde intensément autour de lui avant d'appuyer ses coudes sur ses cuisses. Et tout en posant sa tête au creux de ses mains, il porte son regard au-dessus de l'eau marine tachetée de vaguelettes blanches et le laisse voguer jusqu'à la pointe de l'Île d'Orléans.

Cette impression de grandeur, d'horizon sans limite, de liberté totale, Sébastien l'inspire profondément. Jusqu'au fond de ses poumons, jusqu'au fond de tout son être. Il est bien. Bien de cette solitude retrouvée, de ce temps où il n'a rien à faire ni comptes à rendre à personne, bien de cette senteur d'asphalte chauffé au soleil. Pourtant, venue de nulle part, l'image du sourire de Cécile s'imprime sur l'écran de sa pensée, effaçant la sérénité qu'il y avait dans son regard. Ses sourcils se froncent. Maintenant, dans sa vie, il y a aussi Jérôme et Cécile. Deux êtres exceptionnels, qui n'imposent rien sinon le respect et l'envie de leur plaire. Et ils l'ont accueilli comme un fils. Jérôme et Cécile lui ont offert de partager leur vie, spontanément, en toute sincérité. Une vie toute simple qui rejoint une partie de ce qu'il est. Sébastien ne peut le nier. N'est-ce pas là un cadeau de l'existence ? Comme s'il avait gagné à la loterie de la vie un prix d'une valeur inestimable ? Le jeune homme a envie de répondre oui. Impulsivement, sans la moindre hésitation.

Alors pourquoi ce malaise qui ressemble à un regret ?

De nouveau, Sébastien regarde autour de lui. À quelques pas sur sa gauche, un autre jeune comme lui gratte sa guitare, tendant la main aux passants entre deux chansons et, près de l'abri du funiculaire, un clown un peu triste jongle avec des balles multicolores, un chapeau à ses pieds pour la monnaie qui paiera probablement son souper.

Et eux aussi rejoignent une partie de ce que Sébastien croit être.

Arrivera-t-il un jour à concilier tous les Sébastien qu'il y a en lui ?

« Tu n'es qu'un ingrat, un éternel insatisfait... »

La voix dédaigneuse de son père, impatiente, sans chaleur... À force de se le faire dire, peut-être bien, oui, que Sébastien est devenu un éternel mécontent, qui ne sera jamais heureux car il voudra toujours autre chose.

D'un soupir colérique, Sébastien essaie d'éloigner la voix de Me Duhamel. Mais elle persiste, s'incruste, posant un nuage presque tangible entre le soleil et lui. Le jeune homme se relève alors avec impatience, retourne vers la rue, jetant même quelques pièces au clown en passant près de lui. D'abord avec désinvolture puis avec conviction. Pourquoi pas ? Il en a les moyens, aujourd'hui. Et qui mieux que lui peut savoir à quel point ces quelques cents peuvent faire une différence ?

C'est en posant ce geste que la réalité, sa nouvelle réalité le rattrape. Ce soir, lui, il aura droit à un copieux repas. Un repas que son travail lui aura permis de mériter. Et cela aussi, il l'apprécie. Pourtant, en même temps, presque à regret, il se dirige vers la rue du Trésor, constatant que le temps passe vite, trop vite. Il doit déjà penser à retourner vers Sainte-Foy. Il respire profondément l'air surchauffé comme s'il devait en faire des provisions. Dans quelques heures, la ville sera de nouveau derrière lui. Brusquement, il craint le grand calme de la campagne. Comme s'il avait peur de ce silence imposé. Pourtant, Sébastien aime la solitude.

Mais que se passe-t-il donc ?

D'un coup de pied colérique, envers la vie qu'il ne comprend toujours pas mais aussi envers lui-même parce qu'il est encore si compliqué, il envoie valser un papier graisseux qui traînait sur le bord du trottoir. Il enfonce les mains dans ses poches et traverse la Place d'Armes, les yeux au sol.

Seule la vue des tableaux exposés le long des murs des maisons de la rue du Trésor arrive à le détendre pour un moment, lui faisant oublier le mal d'être qui l'a envahi.

Il constate que, finalement, Jérôme a raison : les dessins qu'il fait ne sont pas mauvais. Pas mauvais du tout...

Pourtant, quand il retrouve Claudie, son regard est fermé, sombre. Il est brusque, taciturne, la colère envers lui-même ayant eu le dessus. Alors la jeune fille n'insiste pas. De renouer avec la rue a dû ramener Sébastien dans le passé. Un passé qu'il ne regrette peut-être pas vraiment. Et elle peut comprendre même si elle n'approuve pas totalement. Pourquoi retourner le fer dans la plaie ? À ses yeux, la rue ne sera jamais une solution. Pourquoi Sébastien y revient-il avec nostalgie ? Elle aurait envie de lui dire qu'il perd son temps. Malgré tout, elle s'oblige à respecter le silence de son ami et parle pour deux de choses et d'autres, de banalités. Elle entretient ensuite la conversation avec Jérôme, car Sébastien s'est engouffré à l'arrière du véhicule et il reste enfoncé dans son coin, le regard vrillé sur le paysage qui défile.

Cependant, quand Sébastien décline son invitation à faire une promenade et qu'il part seul le long du sentier qui borde le champ où les voisins ont semé du maïs, Claudie ne peut retenir les larmes qui lui montent aux yeux.

Quand donc Sébastien cessera-t-il de se faire du mal ?

Quand donc décidera-t-il à ouvrir son cœur pour de bon ?

Et dire qu'elle croyait avoir eu une bonne idée pour lui, pour eux. Elle vient de comprendre que ce n'est pas ce soir, ni même demain probablement qu'elle pourra en parler à Sébastien. Dommage.

Debout sur la galerie à l'arrière de la maison, ravalant ses larmes et sa déception, Claudie lève la tête et cherche

Sébastien du regard. Il est déjà presque rendu à l'orée de l'érablière. Le soleil couchant éclaire violemment son chandail rouge et Claudie peut le voir distinctement contre le mur sombre des troncs d'arbres. En ce moment, il marche à pas rapides, les mains dans les poches, les yeux au sol. Il a cette allure d'un homme d'affaires très occupé. L'allure qu'il avait quand il marchait sans but dans les rues de Montréal.

CHAPITRE 2

On trouve toujours ce que l'on cherche.
La réponse est toujours présente et,
si on lui en donne le temps, elle se révèle à nous.
THOMAS MERTON

Toujours au mois de mai, à Montréal

La touffeur de l'air trop chaud et humide pesant sur la ville depuis quelque temps rejoint intimement celle qui a envahi la vie de François.

« Je ne sais comment... Vous êtes séropositif. »

La voix du médecin comme une douleur lancinante sur sa vie, un scalpel qui tranche dans la chair vive, arrachant un cri qui part du ventre, immense. Depuis cet instant, il n'y a plus que ces mots en lui qui résonnent à l'infini, qui le rongent comme un cancer, qui rendent chaque geste lourd à poser, qui l'empêchent de respirer.

Et quelques heures plus tard, il y avait eu le regard lumineux de Marie-Hélène, sa voix vibrante de tout l'espoir, de toute la fierté du monde comme seule peut l'être celle d'une future mère.

— Je suis enceinte, François. Ça y est, je suis enceinte...

Marie-Hélène dégageait une douceur nouvelle, cette manière d'être particulière quand le geste et la voix se font attente heureuse. François avait ressenti cette douceur jusqu'au fond de son être. Alors, il y a aussi ces mots qui rendent les battements du cœur douloureux. Cette peur immense en lui. Peur de l'irrévocable mais peur de l'inconnu, aussi.

Comment dire à celle que l'on aime qu'elle porte la mort en elle ?

Ce bébé, leur bébé, celui qu'il espérait tout autant que Marie-Hélène, aujourd'hui, il n'en veut plus. Il ne veut pas d'une vie marquée au fer de la marginalité, il ne veut pas de douleur pour ce petit qui ne demande qu'à être aimé. Qui a droit à tout ce qu'il y a de meilleur en eux et à qui, lui, François, son père, a légué ce qu'il y a de pire.

Il voulait donner la vie, il n'a semé que la mort.

Chaque pas qu'il fait est devenu pénible parce que lourd du terrible secret qu'il porte en lui. Car François n'arrive pas à parler.

Les mots restent coincés entre son cœur et sa tête, l'étranglant au point de faire venir les larmes.

Comment dire à celle qui rêvait d'être mère qu'elle devrait se faire avorter ? Qu'elle ne pourra jamais porter d'enfant ?

Parce que François en est convaincu : ils n'ont pas le droit de laisser naître cet enfant. Pas le droit de le condamner à une vie de reclus, de souffrances. Ni lui ni aucun autre. Alors il ne veut pas parler de leur bébé. Ni avec Marie-Hélène ni avec personne d'autre. Il ne veut surtout pas s'attacher en laissant son cœur parler comme il en aurait envie. La vie est devenue un chaos où François ne retrouve ni ses valeurs ni ses choix.

Et ses devoirs envers Marie-Hélène, celui de la rendre heureuse, de l'aimer, de la respecter, qu'en a-t-il fait ?

François est coupable, l'unique responsable et il doit

demander à Marie-Hélène de porter avec lui le poids de sa culpabilité. Belle preuve d'amour ! François se déteste tout autant qu'il a peur. Toutes les parties de sa vie, les bonnes comme les mauvaises, les difficiles comme les plus douces, se heurtent en lui, le laissant haletant, blessé. Implacablement blessé...

Depuis qu'il sait, François pense de plus en plus souvent à Marco, son ami d'adolescence qui avait choisi de se donner la mort parce qu'il ne voyait pas de raisons valables de vivre. Malgré les apparences et tout ce que François avait pu en penser jusqu'à ce jour, finalement, c'est Marco qui a eu la meilleure part parce que sans le savoir, c'est lui qui a fait le bon choix.

Toute la vie de François est étranglée par la spirale sans pitié qui l'emporte loin de tout ce qu'il y avait d'important, d'essentiel pour lui. Toute sa vie brisée par un instant de stupidité, par un instant de cette naïveté de l'adolescence qui fait que l'on ne voit que le moment présent. Sans relâche, comme si un index accusateur était posé sur lui, François revoit la cave humide de Caen, en France, où il avait succombé à l'envie irrépressible qu'il avait de se perdre dans l'oubli des artifices, de la drogue. La seringue, la douleur de l'injection puis le silence, le grand silence de la paix enfin retrouvée. Cette illusion de paix, courtisane déloyale, qui vous dérobe à la réalité, qui vous rend vulnérable pour mieux vous faire payer par la suite. C'était la seule fois où il avait utilisé une seringue. L'unique occasion où il a pu être contaminé...

Aujourd'hui, l'amertume viscérale qui le consume rend le souvenir presque sarcastique. Parce qu'il avait été prévenu. Les travailleurs sociaux, ses parents, Mamie Cécile, Jérôme. Les regards inquiets que tous posaient alors sur lui et dont il se moquait. Les mises en garde, les supplications. Mais François les ignorait. Personne ne pouvait savoir, personne ne pouvait comprendre. Lui, François, il était bien au-dessus de toutes ces préoccupations. Il avait la foi railleuse et suffisante de l'adolescence. Il avait quinze ans. Et à quinze ans, l'avenir s'arrête souvent sur le moment présent. Pourtant, tous les autres qu'il voyait parfois comme des ennemis, tous, ils avaient raison. Aujourd'hui, François doit payer son dû. On ne joue pas avec la mort, on ne la nargue pas impunément. Il aurait dû le savoir, lui qui avait retrouvé Marco les veines ouvertes et l'avait bercé contre lui comme on berce un enfant.

Maintenant, c'est lui, François, qui aurait envie d'être bercé. Même s'il n'y a pas droit. Même si par sa faute, il a perdu tous ses droits.

Comment demander pardon quand on n'a droit à aucune indulgence ?

François avance en fuyant les regards, en évitant les mains tendues. Malgré la logique, malgré tout ce qu'il en sait, lui, le travailleur de rue, l'homme confronté aux douleurs des autres, il fuit comme s'il était pestiféré. Pourtant, il sait bien que le sida ne saute pas sur les gens. Il le sait mais n'y croit plus. Il a peur. Et ce qui était normal pour les autres ne l'est plus pour lui. Car si les gens savaient, ne le fuiraient-ils pas ? François juge et condamne à leur place. Peut-être par besoin de se punir ou de se prémunir des jugements. Par crainte des regards qui condamnent, justement. Désormais, la normalité des choses à travers le quotidien lui sera interdite. Ainsi la vie en a-t-elle décidé.

Alors François ne sait plus les mots à dire. Les mots qui le délivreraient mais qui enchaîneraient les autres. Tous ces autres qu'il aime...

Il garde au fond d'un tiroir la demande de consultation que son médecin lui a donnée. Parce qu'il ne veut pas se faire confirmer le pire. Mais en même temps, s'il craint l'inconnu dans lequel il est plongé, il voudrait être rassuré.

Il se tait parce que les mots à dire sont porteurs de mort. Parce que tout ce qu'il devra inévitablement dire un jour tuera l'essence même de sa vie en détruisant Marie-Hélène et l'assurance heureuse qui est la sienne depuis qu'elle sait l'enfant en elle.

Il se tait parce qu'il est égoïste et qu'il a la hantise de perdre Marie-Hélène. Que serait-il sans elle ? Quel sens donner à sa vie sans la présence de cette femme qu'il aime plus que tout ?

C'est pourquoi François ne dit rien. Par lâcheté, par certitude. Il ne veut pas voir s'éteindre la merveilleuse étincelle de joie de vivre qui a toujours brillé dans le regard de sa femme. Il sait que le jour où il parlera, cette étincelle s'éteindra à jamais. Alors il reporte le devoir qu'il a de dire les choses. Demain peut-être, ou la semaine prochaine. Laisser le temps à Marie-Hélène d'être heureuse pour une dernière fois avant de détruire l'amour entre eux. Elle est si belle depuis qu'elle est enceinte.

Entretenir par son silence l'illusion d'une vie sans déchirure comme il entretenait l'illusion d'une paix intérieure quand il se droguait…

Sur la table de la cuisine, coincée entre la salière et la poivrière, une grosse bouteille de vitamines a pris la place d'honneur. Tous les matins, scrupuleusement, Marie-Hélène se force à avaler l'énorme capsule comme si elle souscrivait au rituel d'une religion nouvelle. « C'est bon pour vous et le bébé » lui avait dit son médecin lors de la première visite. Marie-Hélène s'oblige donc à prendre ses vitamines malgré le goût amer qui lui reste dans la bouche et qui perdure jusqu'au midi. Tout comme la lourdeur de ses seins qui est une douleur joyeuse. Son corps change, se prépare, s'épanouit à cause de ce minuscule bébé qui prend tout doucement sa place.

Et Marie-Hélène est heureuse. Profondément, totalement.

Même si François lui semble un peu distant. Elle se dit que c'est normal. De sa grossesse, on ne voit rien. Ce n'est pour l'instant qu'une sensation intérieure pour elle-même, une intuition. L'instinct animal déposé en elle depuis des millénaires rend ses gestes protecteurs et son cœur plus fort. Mais pour le reste... Elle se dit que lorsqu'il pourra sentir le bébé bouger, François sera différent. Marie-Hélène en est convaincue. Ils en ont tellement parlé de cet enfant. Ils l'ont tellement voulu, tous les deux. La suite coulera de source, en son heure... C'est un peu pour cela qu'elle a accepté de ne pas parler tout de suite de son état.

— Ça nous a pris tellement de temps à le faire, ce bébé. Attendons un peu, d'accord ? avait plaidé François. Pour être bien certain que tout va bien...

Curieusement, François avait l'air inquiet en prononçant ces quelques mots. Mais comme ces paroles rejoignaient la crainte que Marie-Hélène avait, elle aussi, cette petite peur que les femmes ont toutes concernant cet enfant en elles qu'elles voudraient parfait, elle n'a rien dit. François a raison. Quand on aura l'assurance que tout se passe bien, on avisera parents et amis.

Et c'est à cela qu'elle pense, Marie-Hélène, debout dans la cuisine, énorme vitamine et verre d'eau tiède à la main, admirant le soleil qui cabriole à travers les petites feuilles dentelées du vieil érable qui étire ses branches tordues au-dessus du toit de la maison voisine. Une autre belle journée qui commence… Avec un profond soupir, rassemblant tout son courage, fermant les yeux à demi et grimaçant, elle avale l'infecte pilule au moment où elle entend François qui arrive dans la cuisine à son tour.

— Ouache ! C'est donc bien gros, soupire-t-elle en se retournant vers lui et en retenant le haut-le-cœur qui lui monte aux lèvres.

Mais en disant cela, la jeune femme a un large sourire. Il faut bien qu'il y ait quelques désagréments parce que, autrement, elle ne se sentirait pas vraiment enceinte. Tout va si bien !

— Tu veux un café ?

Marie-Hélène n'a pas attendu que François lui réponde et se dirige déjà vers le comptoir où la cafetière échappe une vapeur chaude et odorante. Puis elle prend deux tasses. Depuis quelque temps, François semble un abonné absent. Un peu comme au printemps dernier et l'autre d'avant, finalement. Cela doit être la fatigue accumulée tout au long de l'hiver, à force d'arpenter les rues, de s'inquiéter pour ses jeunes… Cette fois-ci, Marie-Hélène a décidé qu'elle ne s'en ferait pas inutilement. Après les vacances annuelles, tout va rentrer dans l'ordre. Comme d'habitude…

S'affairant à préparer les rôties et à verser le café, elle continue donc de parler comme si François lui répondait, formulant toute seule questions et réponses. Passant de son travail au bébé, de la température idyllique au bébé, des courses à faire au bébé… Puis, en déposant les tasses sur la table, elle demande :

— Alors, tu viens avec moi ou pas ?

Elle vient de rappeler le rendez-vous prévu avec le médecin pour la fin de l'après-midi.

— Je ne pourrai pas… Une rencontre avec les intervenants du Refuge…

Marie-Hélène dessine une petite grimace de déception. Malgré tout, elle commence à avoir hâte que François s'implique un peu. Quand bien même ce ne serait que pour lui montrer qu'il est heureux, lui aussi…

— Dommage…

Elle laisse ce dernier mot en suspens, espérant que François va le reprendre, s'excuser, se faire tendre pour elle. Mais rien. François se contente d'avaler rapidement sa dernière bouchée, de terminer en une gorgée le reste de son café avant de se relever pour déposer sa vaisselle sale dans l'évier. Puis:

— Ne m'attends pas pour souper, je risque d'être en retard.

Baiser sur la joue, comme à contrecœur et il est déjà parti. Pendant un bref instant, Marie-Hélène entend la dégringolade de ses pas dans l'escalier. La porte qui claque la fait sursauter puis c'est le silence. Un grand silence en elle et autour d'elle que le bruit des autos au loin n'arrive pas à briser. Deux grosses larmes perlent à ses paupières avant de glisser sur ses joues. Pourquoi? Pourquoi François est-il si distant depuis qu'il a appris qu'elle était enceinte? Elle revoit les dernières semaines. C'est à peine si son mari traverse la maison en coup de vent. Parti bien avant elle le matin alors qu'habituellement il quittait la maison vers midi, il ne revient que le soir tombé et parfois même la nuit entamée. Il ne lui fait même plus l'amour alors qu'elle-même rêve de se fondre en lui comme jamais cela ne lui est arrivé auparavant. Cette communion entre eux qui serait si totale sachant qu'un bébé est né de leur amour… Pendant un moment, elle laisse ses larmes couler puis, d'un geste brusque, elle se relève. Du revers de la main elle essuie son visage en reniflant son chagrin.

— Grosse bête, pourquoi douter ? murmure-t-elle en ramassant les vestiges du repas. Ce doit être le changement d'hormones dont on parle tant qui te rend si mélancolique. Et tu le sais, à cette époque de l'année François est toujours un peu grognon... Allons donc ! Ce n'est qu'un rendez-vous chez le médecin, à peine cinq minutes dans ta journée...

Machinalement, elle pose la main sur son ventre.

— Ton papa est un drôle de coco ! Attends de le connaître, tu vas voir !

Passer de la tristesse la plus dure à une sensation d'euphorie qui fait oublier tout le reste. Petit à petit, Marie-Hélène commence à s'y faire. Tous ces bouleversements en elle, toutes ces attitudes nouvelles dont elle ne connaissait même pas l'existence. Jamais avant elle n'avait été à l'écoute de son corps comme elle peut l'être depuis quelque temps. Il faut dire cependant qu'elle a l'impression de ne plus être la même. Tout semble amplifié en elle, les sensations physiques comme les émotions. Curieuse nature... Lentement, d'un geste très doux, elle caresse son ventre, émue, un peu déçue malgré tout de n'avoir personne avec qui partager tout ce qu'elle est en train de vivre.

— J'ai hâte de te connaître, toi.

Alors elle reporte ce besoin de complicité sur son bébé. Ce tout petit bébé, à peine plus gros qu'un pois vert et qui prend déjà tant de place dans sa vie.

Finalement, Marie-Hélène quitte la maison en chantonnant...

* * *

— Tout est normal.

D'une main amicale, le médecin aide Marie-Hélène à se relever après l'examen.

— L'utérus grossit conformément aux prévisions et à la prochaine visite nous devrions entendre battre le cœur du bébé.

Marie-Hélène est radieuse.

— Déjà ?

— Eh oui ! Vous en serez à votre treizième semaine, normalement le cœur devrait être assez vigoureux et assez gros pour qu'on puisse l'entendre... D'ici là, j'aimerais que vous passiez cet examen.

Et le médecin de lui tendre un papier.

— Formule sanguine et tout le tralala... Simple routine. Pas besoin d'être à jeun. Vous n'aurez qu'à prendre rendez-vous au numéro de téléphone inscrit au bas de la feuille. Et nous, on se revoit dans un mois.

— C'est tout ?

Le médecin éclate de rire.

— À part le fait que nous pourrions avoir une conversation sociale intéressante, oui, c'est tout. Dans le fond, je ne suis que le témoin de votre grossesse. C'est vous qui allez le fabriquer, ce bébé-là. On ne fait que vérifier que la nature coopère bien. Et n'ayez aucune crainte, dans votre cas, tout va pour le mieux. Dans sept mois vous devriez nous mettre au monde un beau gros bébé en parfaite santé.

Marie-Hélène lui rend son sourire.

— Merveilleux ! On se revoit donc le mois prochain...

Marie-Hélène a préparé un bon repas et choisi d'attendre que François revienne pour le partager avec lui, même si elle a une faim de loup. Qu'importe l'attitude de son mari, elle a décidé de prendre le taureau par les cornes !

— Veut veut pas, il ne s'en tirera pas comme ça, le futur papa, murmure-t-elle joyeusement en s'asseyant sur le balcon, face à la rue.

Depuis qu'elle est ressortie du bureau du médecin, Marie-Hélène a l'impression d'avoir des ailes. Et la force pour soulever des montagnes. Tout va bien, le docteur l'a confirmé, alors plus question d'attendre pour annoncer l'heureuse nouvelle. Présentement, Marie-Hélène aurait envie de crier son beau secret au monde entier tellement elle est heureuse. Que François s'attelle solidement, rien ne la fera changer d'avis ! Il est temps qu'il accepte sa grossesse avec l'enthousiasme qu'il mettait à en parler avant. Et c'est ce soir qu'ils vont clarifier la situation.

La soirée est douce de brise odorante et le soleil couchant se nimbe d'une lueur rosée au-dessus des toits de la ville. En biais, la croix du Mont-Royal vient d'allumer ses lumières et tout en bas, sur la droite, Marie-Hélène aperçoit le va-et-vient nonchalant de la rue Saint-Denis. Dans le parc du Carré Saint-Louis, les gens semblent vivre au ralenti, tout simplement, en accord avec cette soirée parfaite. Les couples vont à pas lents, main dans la main, et les enfants s'interpellent joyeusement. Marie-Hélène se dit que François ne pourra faire autrement qu'être sensible lui aussi à la magie que l'on sent ce soir.

Pourtant, quand il arrive enfin à la maison, François a son visage des mauvais jours. Il semble tendu, irritable, et c'est à peine s'il touche au repas que Marie-Hélène a préparé.

— Tu m'excuseras mais je n'ai pas faim. J'ai eu une journée de fou…

Et avant même que Marie-Hélène n'ait le temps de penser qu'elle voulait lui parler, il est déjà sous la douche.

Déçue, elle range machinalement la cuisine, se prépare elle aussi pour la nuit, à gestes lents, comme retenus par une pudeur toute nouvelle face à François. Parce que, en ce moment, elle a l'impression d'être avec un étranger. Quelqu'un de différent devant qui elle ne se sent pas à l'aise. Puis son énergie revient. Mais qu'est-ce que c'est que ces idées folles ? Pas question de s'endormir encore une fois sur une déception. L'homme qu'elle entend dans la salle de bain est son mari. Celui qu'elle aime plus que tout au monde, avec qui elle a vécu des espoirs, des difficultés, des victoires quand il a décidé de se prendre en mains et d'attaquer sérieusement sa désintoxication. C'est aussi celui avec qui elle fait des projets depuis des années. Et ce petit bébé, c'était vraiment un projet à deux. Elle ne l'a pas rêvé. François, c'est aussi son ami le plus cher, celui pour qui elle n'a aucun secret. Alors ensemble, tous les deux, comme avant, ils vont comprendre ce qui arrive et trouver des solutions. À cette dernière pensée, Marie-Hélène ne peut s'empêcher de faire une moue de tristesse. Trouver une solution, comme si ce qu'ils sont en train de vivre était un problème. Lentement, elle remonte le drap sur elle au moment où elle entend François qui arrête l'eau dans la salle de bain.

Ne sachant trop comment aborder le sujet, Marie-Hélène laisse François se coucher et éteindre la lampe de chevet. Et tout à coup, comme si la pénombre se faisait complice, elle se sent mieux. Malgré le fait que, selon ses nouvelles habitudes, François lui ait tourné le dos. Sans en tenir compte, elle se glisse tout contre lui, enveloppe sa taille de son bras, l'embrasse sur l'épaule. Et c'est comme si François recevait une décharge électrique dans tout son être, jusqu'à son âme. Marie-Hélène, sa douce, sa pure, sa toute belle. Serrant les poings, sans se retourner vers elle, il tente désespérément de ravaler le sanglot qui lui encombre la gorge. Puis d'une voix rauque:

— Pas ce soir... Je suis fatigué.

Pourtant, Dieu lui est témoin qu'il rêve d'elle toutes les nuits. L'envie qu'il a de lui faire l'amour est chaque soir plus présente, plus forte. Comme avant, et même plus depuis qu'il sait qu'elle attend un enfant. Leur enfant. Pourtant, chaque fois, le spectre de sa maladie s'infiltre insidieusement entre lui et Marie-Hélène, l'obligeant à se retenir, tuant peu à peu la spontanéité joyeuse qui était la leur. Alors il répète:

— Je suis vraiment fatigué.

Mais c'est comme s'il n'avait rien dit. Marie-Hélène se love encore plus étroitement contre son dos. Elle ne se rappelle ni les choses qu'elle avait à dire ni même les mots qui sauraient les dire. Pour l'instant, il n'y a que le langage du corps qui l'unit à François et, glissant sa main sur son ventre, elle l'oblige à se retourner, cherche ses lèvres dans un élan passionné. Elle sent bien la retenue de François mais ne s'y attarde pas. À gestes lents, amoureux, elle laisse sa main glisser tout au long du corps de son mari, s'arrête sur son sexe qu'elle commence à caresser langoureusement. Pendant un bref moment, elle sent que François est crispé malgré la réponse évidente de son corps. Elle insiste, devinant que le langage de son corps est tout aussi éloquent que celui des mots. Marie-Hélène se fait douce et dure à la fois. Puis brusquement, c'est la détente. La prenant tout contre lui avec une vigueur nouvelle, François la rejoint, pose sa tête sur ses seins lourds, étreint son ventre encore plat. Ses caresses se font plus précises, combien tendres et passionnées en même temps. Leurs corps retrouvent cette complicité qui est la leur, bougent ensemble à la recherche du plaisir. François sent chez Marie-Hélène une sensualité nouvelle, différente, comme si elle était encore plus femme. Alors il se laisse emporter loin de leur chambre, loin des fantômes qui l'assaillent, incapable d'y résister. Mais quand il éclate de plaisir en elle, il n'y a qu'un mot, un seul qui explose à l'intérieur de sa tête en lettres de feu : « Pardon… »

Et cette nuit-là, incapable de dormir, il tient sa femme et son enfant tout contre lui, écoutant son cœur se débattre, découvrant que de bercer ceux qu'on aime est aussi doux, aussi réconfortant que de se faire bercer soi-même.

Et curieusement, au clair de lune, les fantômes lui semblent plus diaphanes…

Sans avoir vraiment réussi à lui parler, car au matin François semblait avoir retrouvé le confort de sa carapace, Marie-Hélène lui a quand même arraché la promesse de se rendre en Beauce la fin de semaine suivante.

— S'il te plaît, François. On vit en reclus depuis quelque temps. J'ai envie de voir du monde, de changer de décor.

— D'accord pour la Beauce. Mais on ne parle pas du bébé tout de suite.

L'opportunité d'aborder le sujet s'offre sur un plateau d'argent. Et Marie-Hélène, elle, saute sur l'occasion à pieds joints !

— Mais pourquoi ? J'ai vu le médecin, hier, et tout va bien. Il dit qu'on devrait même entendre le cœur le mois prochain, tu te rends compte ? Je ne comprends pas ce qui…

Marie-Hélène parle très vite de peur de ne pas arriver à tout dire, de ne pas être suffisamment convaincante. Pourtant, François reste de glace.

— S'il te plaît…

Marie-Hélène se tait brusquement. Malgré la froideur

du timbre de la voix, il y a tellement de détresse dans l'intervention de François qu'elle n'insiste pas. Elle ne comprend pas, l'attitude de son mari la blesse, mais elle n'insistera pas. Peut-être bien, finalement, que François n'a fait ce bébé que pour lui faire plaisir et que lui, dans le fond, il n'y tenait pas vraiment. Cela expliquerait bien des choses. Connaissant François comme elle le connaît, cela expliquerait surtout son mutisme devant sa grossesse. Il a besoin de s'y faire avant d'en parler. Il a toujours été comme ça: apprivoiser les choses, les faire siennes avant de les dévoiler aux autres. Ce n'est qu'une question de temps. C'est pourquoi elle se pliera à la volonté de François. De toute façon, bien au-delà de la réaction surprenante de son mari, devenir père est probablement moins instinctif que devenir mère. Entre dire que l'on veut un bébé et se retrouver devant le fait accompli, il y a un monde. François doit s'ajuster à la situation nouvelle. C'est tout. Et il ne doit pas être le seul homme à réagir comme il le fait. Alors Marie-Hélène ravale les paroles qu'elle n'a pas eu le loisir de prononcer en même temps que sa grande déception. Par contre, sa décision est prise: le mois prochain, le futur papa n'aura pas le choix et il va l'accompagner chez le médecin. Entendre battre le cœur de son bébé devrait faire fondre sa résistance…

Depuis ce jour et jusqu'à leur départ pour la Beauce, Marie-Hélène a évité de parler du bébé. Par contre, l'enthousiasme évident de Cécile quand elle l'a appelée pour lui faire part de leur visite prochaine lui a fait un bien immense. Enfin, quelqu'un de joyeux. Car, chez elle, hormis la nuit d'amour dans les bras de François, rien n'a vraiment évolué. À se demander parfois si elle n'a pas rêvé cette fameuse nuit…

* * *

La chaleur en Beauce est beaucoup plus supportable qu'à la ville. La fraîcheur s'élevant des champs au coucher du soleil favorise le sommeil, le rend confortable. En s'éveillant, ce matin-là, Marie-Hélène se sent en pleine forme. De la cuisine, en bas, montent des éclats de voix tout joyeux. Dans le lit, à côté d'elle, la place est vide et même déjà froide. François doit être levé depuis un bon moment. Repoussant les couvertures d'un coup de pied enjoué, Marie-Hélène se lève d'un bond. D'être ici, avec les grands-parents de François, loin de la ville et de ses inquiétudes récentes, lui insuffle une vitalité nouvelle. L'intuition que tout va rentrer dans l'ordre… Marie-Hélène attrape sa robe de chambre au vol. L'odeur du pain grillé lui rappelle qu'elle a encore et toujours faim depuis quelques semaines !

— Qu'est-ce que tu dirais d'une longue promenade, Marie-Hélène ? On pourrait aller saluer mon frère et l'inviter à un barbecue ce soir.

Quand la jeune femme est entrée dans la cuisine et a constaté que François n'y était pas, Cécile n'a pu faire autrement que de lire la déception qui a traversé son visage. De la déception et peut-être aussi de l'inquiétude. Brusquement, son regard s'est éteint comme une bougie que l'on souffle et qui fait de la pénombre une grande noirceur… Pourtant, hier soir, quand son petit-fils et sa femme étaient arrivés, à voir l'étincelle lumineuse qui brillait dans les yeux de Marie-Hélène, Cécile avait cru comprendre qu'ils étaient ici pour leur annoncer enfin l'heureuse nouvelle. Peut-être s'est-elle trompée ? Cependant son intuition lui souffle qu'il y a autre chose. C'est pourquoi elle insiste.

— Alors, qu'est-ce que tu en dis ? D'accord pour la promenade ?

Après un instant d'indécision visible, comme si elle était subitement fort mal à l'aise, Marie-Hélène lève les yeux vers Cécile.

— D'accord. C'est vrai qu'il fait pas mal beau... Mais je préférerais aller vers l'érablière. Le boisé doit être tellement beau avec toutes ces petites feuilles qui poussent !

— Allons-y donc pour l'érablière ! J'appellerai Paul et Gabriel en rentrant...

Et dès que Sébastien et Claudie quittent la maison en devisant vivement afin de rejoindre Jérôme au verger, Cécile s'empresse de ranger la cuisine et d'installer confortablement Mélina.

— Ce matin aussi, je vous laisse toute seule pour un moment. Ça ne vous dérange pas trop, Mélina ?

La vieille dame a levé un regard coquin vers Cécile.

— Ben voyons donc ! Si tu savais le nombre incalculable d'heures que j'ai passées toute seule dans ma vie à attendre après tout un chacun, tu te ferais pas du sang de punaise pour si peu. Je me suis tellement bercée sur c'te galerie-là que j'comprends pas qu'il y ait pas un trou dedans ! Pis c'est juste normal que le monde continue de tourner rond même si moi, j'ai pu mes jambes d'avant pour le suivre ! Allez, file ! M'en vas en profiter pour jongler à mes vieux péchés. J'sais pas si c'est l'printemps qui m'fait ça, mais je m'ennuie de mon vieux mari sans bon sens depuis quelque temps !

Cécile l'avait donc quittée en riant. Merveilleuse Mélina, toujours de bonne humeur, toujours soucieuse des autres malgré son grand âge. Cécile l'envie, espère être de cette trempe, elle aussi, quand viendra ce temps de la vieillesse avancée.

La matinée est merveilleuse. Le soleil monte lentement dans le ciel, raffermissant ses rayons, les projetant de tous bords tous côtés, effleurant au passage la rivière que l'on voit briller en bas, dans la vallée. Malgré son immobilité, le paysage frémit de vie retenue, de vie naissante. Le bruissement des feuilles, le pépiement des oiseaux et même quelques grillons surpris de cet été hâtif… Du verger, maintenant loin derrière elles, Cécile entend l'éclat de voix joyeuses qui montent librement dans l'air tout léger de ce beau matin. Elle ne peut s'empêcher de sourire. Après quelques jours de maussaderie, Sébastien semble avoir repris son erre d'aller. Tout en restant celui qu'il est, à la fois réservé et ouvert, un solitaire qui a besoin des autres, le jeune homme a repris goût à son travail. Glissant son bras sous celui de Marie-Hélène, Cécile ajuste son pas sur le sien. Quoi de plus normal pour une vieille dame comme elle ! Mais bien au-delà d'assurer sa démarche, Cécile pressent qu'elle a besoin de créer une forme d'intimité entre la jeune femme et elle. Faire couler cette chaleur de l'une à l'autre pour peut-être aider les mots à venir. Car Cécile en est persuadée : Marie-Hélène est différente. Heureuse et malheureuse à la fois… Sachant que d'entendre les autres se confier aide parfois à susciter les confidences, Cécile se met à raconter, d'une voix un peu absente :

— Beau printemps, n'est-ce pas, cette année ?

Parler de soi à la surface des choses, tout doucement, du bout des mots et des intentions. Surtout ne rien brusquer et se fier à ce que son cœur lui dicte. Marie-Hélène reste un moment silencieuse, perdue dans ses pensées, comme absente. Cécile a même senti son bras tressaillir lorsqu'elle a commencé à parler. Puis :

— Pardon ? Oui, oui, c'est vrai. Il fait très beau cette année.

Alors la vieille dame enchaîne, toujours sur le ton de la confidence :

— Il y a parfois de ces saisons que l'on n'oublie pas...

— En effet...

Cette fois-ci, la réponse de Marie-Hélène a fusé avec une spontanéité douloureuse. La pression de la main de Cécile se fait plus forte. Elle vient de comprendre qu'elle a vu juste. Une grande tristesse soutient les propos de Marie-Hélène. Elle poursuit donc.

— J'ai souvenir, tu sais, d'un printemps en tous points pareil à celui-ci. C'était il y a fort longtemps. La plupart du temps, c'est comme si un banc de brume s'étendait sur ce souvenir. Mais curieusement, cette année, c'est un peu comme si c'était hier. Je revois les événements, je ressens les émotions d'alors avec une telle précision... Veux-tu savoir de quoi il s'agit ?

Et sans vraiment attendre une réponse qui ne viendra peut-être pas, Cécile attire Marie-Hélène vers l'avant.

— Viens. On va s'asseoir sur le banc des amoureux...

Tout en parlant, les deux femmes sont arrivées à la cabane à sucre. Et le petit banc de bois tout à côté de la porte semble les attendre. Avec une curieuse émotion, Cécile se souvient brusquement que c'est ici, l'automne dernier, qu'elle avait, pour une première fois, osé prononcer les mots qui disaient sa grande inquiétude. Elle se croyait atteinte de la maladie d'Alzheimer et Marie-Hélène était à ses côtés... Fermant les yeux un instant, il lui semble même que la senteur des feuilles mortes est toujours présente. Puis elle ouvre les yeux, obligeant le souvenir à reculer dans l'ombre. Dieu soit loué, elle n'est pas malade. Le destin devait savoir bien avant elle qu'elle avait encore des tas de choses à faire. « Des tas de cœurs à consoler », se dit-elle en entendant le profond soupir que pousse Marie-Hélène. Alors elle reprend là où elle avait laissé, devinant aisément que le sujet qu'elle tente d'aborder n'est pas très loin de la réalité de Marie-Hélène.

— Oui, je me rappelle que c'était une année de chaleur inusitée pour un mois de mai. Comme maintenant... Je n'avais que dix-huit ans, tu sais. L'âge pour être heureux, paraît-il. L'âge de l'insouciance, des projets joyeux, de la foi indéfectible en l'avenir. L'âge de l'amour fou. Mais moi...

Pendant un court instant Cécile laisse revenir en elle tous les souvenirs, les douleurs de l'époque, les espoirs et les déceptions. Mais ce dont elle se souvient le plus, en ce moment, c'est l'amour sincère qu'il y avait entre Jérôme et elle. Un amour comme celui qu'elle a toujours senti battre entre François et Marie-Hélène.

— Mais moi, reprend-elle dans un murmure, j'étais prise entre deux émotions. Heureuse et malheureuse à la fois. Un peu comme je te sens, ma belle, fait-elle en tapotant affectueusement la main de Marie-Hélène. Oui, c'est ça: heureuse comme on ne peut pas imaginer que ce soit possible et profondément malheureuse de ne pouvoir crier sa joie au monde entier. Je venais d'apprendre que j'étais enceinte. Et tu sais, en 1942, attendre un bébé sans être mariée, ça ne se faisait pas... Alors j'étais heureuse et malheureuse en même temps. Par chance, Jérôme était là.

— Mais moi, on dirait que François est absent.

Comprenant que Cécile avait tout deviné, les mots de Marie-Hélène sont venus spontanément. Dans le fond, c'est ce qu'elle espérait sans se l'avouer en venant ici. Que son secret soit percé afin de pouvoir enfin en parler au grand jour. Et qui mieux que Cécile pouvait le faire ? À son tour, la main de Marie-Hélène cherche le bras de Cécile, le serre presque durement. Puis toutes les tristesses des dernières semaines se bousculent.

— Oui, Cécile, vous avez vu juste, je suis enceinte. Merveilleux, n'est-ce pas ? Et je croyais bien sincèrement que François allait sauter de joie en apprenant la nouvelle. Vous vous rappelez l'an dernier quand je vous disais à quel point on était déçus parce que ça ne marchait pas et qu'on rêvait tous les deux d'avoir un bébé ? Eh bien, non. C'est comme si j'avais assommé François en lui apprenant la nouvelle. J'ai vraiment l'impression que je prenais des vessies pour des lanternes et que mes certitudes n'étaient rien d'autre qu'une illusion. On dirait que la venue de ce bébé est une catastrophe dans la vie de François. Il ne veut pas que j'en parle et refuse même d'en parler avec moi. Chaque fois que je prononce le mot bébé, c'est comme si je l'attaquais. Il devient même agressif… Je ne comprends pas, Cécile. Ça me fait tellement mal.

— Oh tu sais, les hommes !

La vieille dame se veut rassurante. Et tout d'un coup, présentement, c'est presque toute sa vie qui court et galope en tous sens dans la tête de Cécile. Comme les flashs d'un appareil photo elle revoit Jérôme, à ses vingt ans puis encore lui, à soixante ans. Leurs choix réciproques, leurs décisions différentes. Et entre les deux apparaît Charles, son premier mari, le meilleur des hommes, qu'elle n'arrivait pas toujours à comprendre.

— Oui, les hommes sont bien différents de nous, tu sais, enchaîne-t-elle pour elle-même comme pour Marie-Hélène. Et c'est l'expérience de toute une vie qui me fait parler. Tu vois, ma belle, ça m'a pris des années pour enfin accepter que l'expression d'une même émotion puisse parfois prendre des allures totalement différentes. Malheureusement, quand on est jeune, cela engendre souvent des incompréhensions, des rejets… C'est dommage.

— Vous êtes sincère quand vous dites ça ?

— Tout à fait.

— Alors je dirais que c'est du temps perdu.

— Pas nécessairement. Avec le recul, je peux même affirmer que si ça permet de faire un bout de chemin, ça n'est jamais perdu. On dit que l'on apprend de nos propres expériences et non de celles des autres. C'est peut-être à ça que servent les déceptions… Mais j'admets que ton mari pourrait être… comment dire… pourrait être plus délicat. Je me souviens à quel point j'avais l'impression de flotter quand j'étais enceinte. C'était comme si je participais à un miracle. Oui, c'est ça : j'étais la complice directe du bon Dieu !

— Vous avez tout compris.

Pendant un moment, les deux femmes se regardent en souriant. Finalement, c'est peut-être pour cela que les souvenirs de Cécile se faisaient si précis cette année. Se rappeler ses émotions d'hier pour comprendre celles de Marie-Hélène aujourd'hui. Cette envie de crier sa joie alors que par respect elle doit se taire. Chacune à sa façon, pour des raisons différentes. Mais cela n'explique pas pourquoi François est si réticent.

— Tu sais, ma belle, je crois connaître ton mari comme le fond de ma poche. Avec le temps et les expériences vécues avec lui, j'ai parfois l'impression de lire dans un grand livre ouvert avec ce garnement. Et si je ne me trompe pas, c'est le bouleversement qui rend François, disons, distant. Il n'aime pas être bousculé, ton homme. Et puis, malgré une sensibilité à fleur de peau, il reste un être pragmatique. Il est probablement aussi heureux que toi mais en même temps, il prévoit tous les chambardements que cela va créer dans votre vie. Peut-être qu'il a peur de ne pas être à la hauteur. Et peut-être aussi qu'il a peur que tout n'aille pas comme il le souhaiterait. Tu sais, les hommes n'ont pas cette intuition que l'on ressent quand on est enceinte. Dans un sens, il n'est que le témoin de tout ce qui se passe en toi. Et ça l'inquiète probablement.

— C'est vrai.

— Alors donne-lui un peu de temps.

À ces mots, Marie-Hélène s'emporte un peu.

— Mais du temps, il en a eu, non ? Ça fait presque deux mois qu'on sait…

Cécile sent que Marie-Hélène trépigne d'impatience. Et elle la comprend fort bien. Elle aussi, à l'époque, elle aurait voulu annoncer la bonne nouvelle à tous ceux qui lui étaient chers. Alors elle demande :

— Veux-tu que je lui parle, à ton François ?

Marie-Hélène se tourne aussitôt vers Cécile.

— Non, non… Je lui avais promis de ne rien dire.

— Mais tu n'as rien dit, rétorque alors la vieille dame avec un sourire taquin. C'est moi qui ai tout deviné !

En entendant Cécile parler de la sorte, avec cette conviction amusée dans la voix, Marie-Hélène ne peut s'empêcher d'éclater de rire. Un rire qui vient du fond du cœur parce que retenu depuis si longtemps. Elle se sent soulagée, toute légère.

— Mais ça ne change rien, Cécile. Vous avez probablement raison pour François : je vais laisser couler encore un peu d'eau sous les ponts. Mais je crois que c'est à moi de parler à mon mari si jamais ça s'avérait nécessaire.

— Alors je ne dirai rien. Ce secret, c'est le tien, le vôtre, devrais-je dire.

Puis de nouveau, se sentant taquine et le cœur tellement joyeux à la pensée du petit bébé en route, la vieille dame ajoute :

— Mais n'oublie pas de me faire signe le jour où je pourrai en parler... C'est merveilleux : Jérôme et moi, on va de nouveau être arrière-grands-parents.

— Promis, Cécile. J'espère seulement que ça ne tardera pas trop.

Marie-Hélène éclate de rire encore une fois, comme une gamine malicieuse, tellement libérée d'avoir pu enfin partager ses joies et ses déceptions.

— De toute façon, la nature se chargera bien d'annoncer toute seule la nouvelle si jamais François restait réticent, laisse-t-elle tomber, moqueuse, en posant la main sur son ventre. La bedaine devrait me grossir un de ces jours, non ?

— Oh pour ça ! Et en parlant de bedaine, comment ça se passe ? Pas trop de nausées ?

— Des nausées ? Connais pas. En fait, il faut vraiment que je m'arrête pour y penser parce que pour l'instant, je ne me sens pas enceinte. Sinon les émotions qui sont comme exacerbées. J'ai envie de pleurer pour un oui ou pour un non et l'instant d'après, je pouffe de rire comme une enfant.

— C'est normal...

Pendant un bref instant Cécile semble perdue dans ses pensées. Puis, sur le ton de la confidence, comme on le fait entre grandes amies, elle demande :

— Et toi, est-ce que tu as des goûts bizarres ? Moi je me rappelle que je rêvais de crème glacée presque toutes les nuits. C'est un peu fou, tu ne trouves pas ?

— C'est vrai ? Ça me soulage d'entendre ça. Moi aussi, parfois, j'ai envie de choses complètement farfelues. Comme l'autre nuit...

Et toutes les paroles, toutes les émotions que

Marie-Hélène gardait muselées en elle faute de quelqu'un avec qui les partager s'échappent d'un coup. Comme un jeune chiot libéré de son enclos qui se met à courir partout. Garçon, fille, Amélie ou Samuel ?, vitamines et seins douloureux, tout y passe. Tout au long du chemin de retour, le mot bébé revient à toutes les phrases. Puis, alors qu'elles arrivent près du potager et aperçoivent Mélina qui se berce toujours sur la galerie, Marie-Hélène ralentit le pas.

— Si vous saviez comme j'ai hâte d'en parler à mes parents, à ceux de Jérôme. Je sais que ça va tellement leur faire plaisir. Ce n'est pas toujours facile de garder le secret.

Marie-Hélène se penche vers Cécile, effleure sa joue d'un baiser.

— Mais vous, ce n'était pas pareil... Merci Cécile de m'avoir écoutée. Merci d'être là.

Cécile lui rend son sourire.

— Pas de quoi, ma belle. Une grand-maman c'est à ça que ça sert...

Puis levant le bras et haussant la voix :

— Mélina, nous sommes de retour ! Qu'est-ce que vous diriez d'un barbecue, ce soir ?

Toute la fin de semaine, François a fait des efforts surhumains pour se mêler le plus naturellement possible aux conversations. De Sébastien qui voulait tout savoir de la ville depuis son départ à Claudie qui lui confiait combien elle avait envie de retourner en Gaspésie, en passant par Jérôme qui s'entêtait à l'intéresser à la fabrication du cidre et par Cécile qui le regardait avec un drôle d'air. Comme il connaît sa grand-mère, François est persuadé qu'elle a compris que quelque chose ne tournait pas rond dans sa vie. Il n'a jamais rien pu lui cacher ! Mais avec elle, aussi, les mots se sont refusés.

Comment dit-on à un être que l'on chérit tendrement et qui vous le rend bien, comment dit-on que l'on est condamné ? François ne sait pas...

Au moment où il entre dans la cuisine de leur appartement, le dimanche soir, il aperçoit la demande d'examen que le médecin a remise à Marie-Hélène. Elle l'a épinglée sur le babillard près du téléphone, comme elle le fait toujours quand elle ne veut pas oublier quelque chose. Et c'est à ce moment-là que la réalité le rattrape. Sa réalité... Sur le papier, à travers des tas de mots, trois lettres. VIH. François a l'impression que le sol se dérobe sous ses pieds. Pendant un long moment, il reste là, immobile, à fixer le papier comme si l'insistance de son regard avait le pouvoir d'effacer les mots. Et quand Marie-Hélène l'appelle depuis leur chambre pour lui demander s'il vient se coucher, il sursaute violemment. Ses mains se mettent aussitôt à trembler.

— Pas tout de suite. Je... J'en ai pour quelques minutes. Je veux regarder un dossier. Installe-toi, je te rejoins dans une demi-heure...

Tout ce qu'il souhaite, c'est que Marie-Hélène ne vienne pas le retrouver. Pas tout de suite. Il a besoin de temps pour se ressaisir. Besoin de temps pour trouver le courage de parler avant qu'il ne soit trop tard...

Mais le mot courage semble bien avoir disparu de son vocabulaire. Le lundi matin, quand il fuit la maison comme un voleur pris en flagrant délit, François n'a toujours rien dit. Seul le baiser donné à Marie-Hélène avant de partir était différent, passionné, presque brutal. L'éclat de surprise heureuse qu'il a alors cru apercevoir dans le regard de sa femme lui a fait mal. Très mal. C'est pourquoi, au lieu de se diriger vers le local qui lui sert de bureau, François se laisse dériver au gré des rues.

Ses pas l'ont amené jusqu'au Vieux-Port. Avec un soupir de lassitude, il se laisse tomber sur l'herbe. À cette heure de la matinée, autour de lui, il n'y a que des passants qui semblent préoccupés, qui foncent droit devant eux et ils ne s'intéressent pas à lui. Tant mieux. De l'autre côté du bassin, on s'affaire déjà à préparer les pédalos pour la journée qui s'annonce encore une fois belle et chaude...

Mais en lui, François a l'impression que l'orage gronde en permanence sous un amoncellement de nuages noirs. L'éclat du soleil le rejoint à peine. Il se sent fébrile, frissonnant. Assis à même le sol, les bras entourant ses jambes et le menton appuyé sur ses genoux, il fixe le vide droit devant lui. Quiconque l'observerait pourrait conclure qu'il est fasciné par la préparation des petits bateaux de plaisance. Pourtant il n'est pas vraiment ici, François. Ni ailleurs ni nulle part. Il dérive dans son monde intérieur, incapable de s'accrocher à quoi que ce soit, à la recherche inutile d'un havre de paix, d'une sécurité inaccessible. Il écoute grandir en lui l'envie irrésistible de faire comme s'il ne savait rien. S'en remettre à d'autres, s'en remettre au destin pour prévenir Marie-Hélène. Dans quelques jours, elle va passer l'examen... Alors elle saura, tout le monde saura.

Le bruit guttural du klaxon d'un gros camion le fait sursauter violemment. Pendant un instant, François regarde autour de lui, presque surpris d'être là, assis dans l'herbe devant le bassin du Vieux-Port. Il s'étire longuement, le temps d'un soupir. Il fait si beau ! Puis il reprend la pose. Le souvenir d'un petit bout de papier blanc accroché sur le babillard de sa cuisine lui revient avec une précision douloureuse. Il joue les indécis, fronce les sourcils, soupire de nouveau.

Pourtant, il sait que sa décision est prise.

Se relevant lourdement, François prend le temps de regarder autour de lui. Il aime bien cet endroit de la ville, y revient souvent quand il a besoin de faire le point. Et si la vie en avait voulu autrement, c'est ici qu'il aurait aimé promener son fils… Un dur sanglot lui secoue les épaules. Son fils… Pendant un instant, son cœur se gonfle. Cet enfant, ce tout petit être, il l'aime déjà plus que sa propre vie. S'il pouvait revenir dans le temps, tout reprendre à zéro, effacer les erreurs et soulever sa femme dans ses bras en lui redisant à quel point il l'aime. En lui disant merci pour cet enfant qu'elle porte pour eux. Dire merci à la vie d'être si belle, si généreuse. Oui, pendant un instant, François se laisse porter par ce qui aurait pu être, le visage levé vers le ciel. Il laisse cette émotion de père qui bat instinctivement en lui prendre la place qui est sienne. Se sentir fort, protecteur, invincible… Puis, lentement, ses épaules s'affaissent. Les images heureuses s'effacent peu à peu dans son esprit, la réalité remplace l'espoir.

Parce que cela aussi lui est refusé : désormais il n'aura même plus le droit de rêver…

CHAPITRE 3

En dépit de toute l'affection que nous portons aux êtres qui nous sont chers, il peut arriver que, pendant leur absence, nous ressentions une paix inexplicable.

ANN SHAW

Début juin 1996, en Beauce et à Montréal

Sébastien s'ennuie. De son périple à Québec, il a retenu et compris qu'il s'ennuie de la ville. Pour l'instant, il ne saurait mettre en mots ce qu'il ressent exactement. Comme un vague à l'âme qui surveille ses réveils et assiste à ses couchers. Entre les deux, cela peut toujours aller ! Il aime le travail qu'il fait, il apprécie la présence des gens qui l'entourent. Mais il lui tarde quand même d'avoir quelques jours de repos pour retourner chez lui. Un chez-soi qui n'a rien à voir avec l'image traditionnelle que l'on en a. Le chez-soi de Sébastien est fait de trottoir, de foule bigarrée, de macadam chauffé au soleil, de coups de klaxon… Le chez-soi de Sébastien, c'est aussi un salon un peu rococo, jalousement entretenu par un gros homme en tablier à fleurs et à la voix un peu trop haut perchée. Gilbert, sa famille à lui. Alors de vivre ici entouré d'une vraie famille qui véhicule de vraies valeurs lui donne envie de retourner à Montréal pour vérifier certaines choses.

Le retour au bercail de la brebis toujours un peu perdue !

Simplement pour quelques jours. Jamais il ne pourrait laisser tomber Jérôme. Ce fait est peut-être nouveau pour Sébastien, mais il est aussi essentiel que sa vie d'errance l'était l'an dernier : il a donné sa parole, et en réponse au respect que les gens lui témoignent, il tiendra cette parole jusqu'au bout.

— Hé Sébastien !

Comme souvent au coucher du soleil, le jeune homme est assis sur la clôture en perches de cèdre qui sépare le champ de maïs des voisins du lopin de terre de Jérôme. Devant lui, en contrebas, la grande maison blanche et rouge des Cliche se découpe sur un ciel d'été qui vire à l'orange et au mauve, spectacle grandiose qui rejoint Sébastien. Ici ou en ville, c'est le même soleil qui se couche ; la fascination qu'il ressent reste identique et porte en soi ce pouvoir presque magique de le réconforter, créant une espèce de continuité dans sa vie. C'est un peu pour ça qu'il fait le point ici, tous les soirs, quand la température le permet, qu'il essaie de se comprendre... Courant sur le petit sentier, Claudie vient vers lui. Sa jeune amie, habituellement plutôt calme, semble tout excitée !

— Devine !

Elle arrive enfin à sa hauteur, une main sur la poitrine, essayant de reprendre son souffle. À son tour, elle grimpe sur la clôture de cèdre, s'installe à califourchon, une main sur la cuisse de Sébastien.

— Jérôme vient de m'annoncer qu'on pourrait prendre deux semaines de vacances. Merveilleux, non ? Il dit que c'est un peu plus tranquille au début de juin quand les pommiers viennent d'être arrosés contre les parasites. Si on veut en profiter, c'est le temps de le faire. Tout de suite. Après ça, paraîtrait que ça va ressembler à une course contre la montre !

Au fur et à mesure que Claudie parlait, une lueur de plaisir s'est allumée dans le regard de Sébastien.

— Ah ! Oui ? Super...

— Et moi, je sais fort bien ce que j'ai envie de faire de ces deux semaines... Dis, Sébas, j'aurais quelque chose à te proposer...

La jeune fille se fait câline. Depuis le temps qu'elle y pense, elle se dit que c'est peut-être l'occasion ou jamais. Elle pose sa tête sur l'épaule de Sébastien, laisse courir ses doigts le long de son dos.

— Qu'est-ce que tu dirais de prendre ces quelques jours de repos pour venir chez moi, en Gaspésie ?

Et voilà ! L'idée est lancée. Cela doit faire au moins un mois qu'elle en rêve, la belle Claudie. Malheureusement, Sébastien semble un peu sceptique.

— En Gaspésie ?

Claudie s'emballe.

— Pourquoi pas ?

Se redressant, la jeune fille lève les bras au ciel comme si elle voulait étreindre toute la campagne environnante contre son cœur. Puis son regard cherche celui de Sébastien.

— C'est toi qui me disais l'autre jour à quel point c'est beau ici. Mais ce n'est rien comparé à chez moi. La Gaspésie, Sébas, c'est la mer à perte de vue, c'est un ciel immense, c'est le soleil qui joue à l'infini sur les vagues. Pas juste un petit reflet dans le fond d'une vallée comme ici... Comment je pourrais t'expliquer ? Quand je regarde autour de moi, à cause des collines qui coupent le regard, à cause des champs trop bien quadrillés, à cause de la rivière qui ressemble à un petit lacet, j'ai l'impression que la nature a foulé au lavage. Tandis que chez moi...

Claudie se veut convaincante. Elle voudrait tant

présenter Sébastien à ses parents, espère du plus profond de l'ennui qu'elle a de son coin de pays que son ami partagera avec elle cette attirance pour les grands espaces, pour la senteur de poisson, à la fois âcre et douce...

— Alors, qu'est-ce que tu en dis ?

Il lui semble que personne ne peut résister à cet appel de la mer. Pour elle, il n'y a rien de comparable. Pourtant, l'enthousiasme de Sébastien tarde à se manifester. Sans répondre, le jeune homme déplie les jambes, s'étire longuement. Puis il se réinstalle sur la clôture, les coudes appuyés sur ses cuisses, les yeux ramenés sur l'horizon où le soleil se couche lentement derrière le boisé de sapins.

— C'est bien gentil mais...

Sébastien hésite. Comment lui dire que pour lui, l'espace qu'il y a ici est déjà bien assez vaste ? Qu'il lui semble même un peu trop vaste à son goût, presque étourdissant ? Il n'est pas habitué à exprimer à voix haute ce qu'il ressent. Il préfère garder pour lui ses sentiments, ses émotions. Par pudeur naturelle, par manque d'habitude. Déjà que vivre entouré de gens, avoir à entretenir une conversation qui lui semble démarrer implacablement tous les matins et perdurer jusqu'au soir lui demande un effort considérable, il ne voit pas la nécessité d'en rajouter. Pourtant, il est sincère quand il dit aimer Claudie. Sa présence lui est aussi nécessaire que le besoin de solitude qu'il sent grandir en lui, de plus en plus envahissant depuis quelque temps. Cette fichue ambivalence, en lui, qui le harcèle de nouveau. Alors, si Claudie a envie de retrouver ses grands espaces et sa famille, il peut fort bien le comprendre parce que, lui, c'est retrouver un peu de silence dans sa vie dont il a envie. Un silence particulier, qui n'appartient qu'à l'itinérant qu'il a été et qu'il reste un peu dans l'âme, porté sur fond de bruits de ville, sur fond d'anonymat... Il espère simplement que son amie va le comprendre à son tour.

— Tu sais, Claudie, je suis un gars de la ville, moi. Et de voir la rivière, loin, très loin en bas de la colline, d'être entouré d'arbres, de champs et de vaches suffit amplement pour que je me sente un peu perdu. Alors la Gaspésie...

— Mais la mer, Sébastien, l'interrompt vivement Claudie, toute la conviction du monde dans la voix. La mer, c'est différent. As-tu déjà vu l'océan à perte de vue ? Senti les embruns de...

Sébastien hausse les épaules, un peu agacé, l'interrompant à son tour.

— Bien sûr. Et même à plusieurs reprises. L'Atlantique, la Méditerranée et même le Pacifique, une fois.

Ainsi donc, Sébastien a déjà voyagé ? À cette pensée, Claudie reste un moment silencieuse, prenant conscience subitement qu'ils ne savent rien l'un de l'autre, finalement. Que Sébastien avait une vie avant la rue et que de cette vie, elle, Claudie, n'a pas la moindre idée. Une curieuse émotion lui fait battre le cœur. Comme une jalousie qui naît de ce constat et s'impose en elle. Jalousie de ce temps qu'elle ne connaît pas, de ce passé que Sébastien n'a pas cru bon partager avec elle. Pourtant, il lui a déjà dit qu'il l'aimait. Alors pourquoi tous ces secrets ? Brusquement Claudie se sent triste.

— Si j'ai bien compris, tu ne viendras pas ?

— Pas cette fois-ci, non. Moi, vois-tu, j'ai envie de sentir l'odeur des autos et celle des sous-bois du Parc La Fontaine. C'est peut-être moins romantique, mais c'est comme ça.

Le ton qu'il emploie est catégorique, sans espoir de compromis. Pourtant, d'une voix plus douce, comme pour se faire pardonner, se penchant vers Claudie, Sébastien ajoute :

— J'ai envie de revoir Gilbert. De parler avec François qui m'a semblé un peu bizarre l'autre jour... Et Virginie aussi, j'ai hâte de la revoir. Tu n'as pas envie de savoir ce qu'ils deviennent ?

Claudie est déçue. Au-delà de ce simple refus de l'accompagner, elle a l'impression qu'il y a un mur en train de se dresser entre Sébastien et elle. Rien de tangible, seulement une intuition. Malgré cela, pour une fois, elle n'a pas envie de compromis, elle non plus.

— Comme tu veux, fait-elle en sautant en bas de la clôture, le visage sombre.

— Claudie, s'il te plaît, essaie de comprendre !

À ces mots, Claudie se tourne vivement vers Sébastien.

— Mais tu ne vois pas ? C'est exactement ce que je fais, essayer de te comprendre. En fait, j'ai l'impression que c'est toujours à moi d'essayer de comprendre quelque chose. Alors que toi... Oh ! Et puis, fait-elle en soupirant, ce n'est pas grave. Tu... Tu diras bonjour à Virginie et à Gilbert de ma part. J'irai les voir plus tard... Pour l'instant, je rentre faire mes bagages.

Et sans attendre de réponse précise venant de Sébastien, de toute façon qu'aurait-il pu ajouter, elle reprend le sentier qui mène à la maison. En courant. Parce qu'elle ne veut pas que Sébastien voit les larmes qui lui montent aux yeux ni n'entende les sanglots qu'elle n'arrive pas à retenir...

* * *

Elle est partie dès le lendemain. À l'aube pour pouvoir attraper le premier autobus en partance pour Gaspé. « La route est longue entre la Beauce et la Gaspésie », avait-elle expliqué à Jérôme et Cécile en entrant dans la cuisine.

— C'est bien ce que tu disais ? C'est tout de suite qu'on doit prendre nos vacances, n'est-ce pas ? J'aimerais arriver chez moi pour le souper, avait-elle ajouté pour justifier sa précipitation.

Et comme elle avait les yeux un peu rouges et que sa voix avait un petit quelque chose de fébrile, Jérôme avait immédiatement acquiescé à sa demande.

— Pas de problème. Appelle la compagnie de transport pour connaître l'heure exacte du départ et c'est comme si tu étais déjà partie. De toute façon, j'aime bien me lever à l'aube à cette époque de l'année. Le lever du jour a un petit côté magique qui me remue jusqu'au fond du cœur !

C'est pourquoi Sébastien n'a pas eu l'occasion de s'excuser. Quand il est enfin revenu à la maison, après avoir longuement soupesé les paroles de Claudie, son amie était déjà couchée et à son réveil, elle était partie. Pourtant, il aurait bien aimé lui dire qu'ils se reprendraient à la fin de l'été et qu'il l'accompagnerait avec plaisir. Qu'il regrette sincèrement la peine qu'il lui fait, mais que c'est plus fort que lui : il a besoin de retourner en ville pour quelques jours. Il aurait voulu lui dire aussi à quel point il apprécie tout ce qu'elle fait pour lui, sa présence, sa délicatesse. Mais que pour l'instant, à cause de tous ces changements dans sa vie, il n'est pas capable d'en faire plus. Mais Claudie n'était plus là pour l'entendre. Il a donc gardé pour lui ses bons mots en se redisant, un peu cynique, à quel point la vie peut parfois être bête. Et compliquée !

Puis il a entrepris ses propres bagages.

Deux jours plus tard, un vendredi matin, il refait à contresens la route qui l'a amené jusqu'à Québec au printemps. Un peu nerveux. Il n'a prévenu personne, ne sait même pas où il va coucher ce soir. Il prend place au fond de l'autobus en haussant les épaules, glissant son sac à dos sous ses jambes et se calant contre la fenêtre pour éviter d'avoir à entretenir une conversation dont il n'a surtout pas envie en ce moment. Ce ne serait pas la première fois, non, qu'il ne saurait pas où dormir la nuit venue ? Curieusement, le plaisir ressenti à s'installer sous les arbres ne ressemble plus à celui d'avant. Brusquement, Sébastien a l'impression d'être en train de lire un livre. Le livre de sa vie, finalement. Et voilà qu'au moment de tourner une page, il n'est plus certain d'avoir envie de connaître la suite de l'histoire.

L'autobus traverse des fermes, des petits villages puis une forêt interminable. Sébastien bâille son ennui. C'est long avant de voir poindre la civilisation ! Mais une fois Drummondville traversée, le paysage change. Sébastien se redresse, le nez collé à la fenêtre comme s'il pouvait humer les odeurs de la ville à distance et à travers la vitre scellée...

Tout à coup, au loin, le mat du Stade pointe dans la brume du matin. Alors Sébastien étire un sourire. Enfin ! Enfin, il revient à la maison...

Sac à dos à l'épaule, il sort du terminus à Berri. Il est au coin de Maisonneuve. De la chaussée monte une chaleur indéniable malgré l'heure matinale. Le bruit des moteurs lui chante aux oreilles. Pendant un moment, les yeux mi-clos, Sébastien respire l'odeur de la ville à pleins poumons, comme d'autres le font quand ils se trouvent dans une région sauvage sentant bon le sapin et la terre humide des sous-bois. Puis il redresse les épaules, s'oriente un instant. S'il remonte, il va se retrouver sur le Plateau, s'il redescend, il sera au Vieux-Port. Sébastien hésite, ayant envie de tout voir de la ville d'un seul coup. Retrouver ses repères, repasser dans ses pas d'hier, essayer de comprendre tout ce qui se passe en lui depuis quelques mois. Son ennui de la ville, son plaisir à travailler sur une ferme, les liens qui se créent à son corps défendant parfois, et d'autres qui semblent plus fragiles... Peut-on arriver à tout concilier ? Bâtir une harmonie qui nous est propre ? Sébastien l'ignore.

À ce moment, un jeune traverse la rue en courant et le bouscule au passage. Un jeune aux bottes de marcheur presque neuves mais au jeans élimé. Un jeune qui avance du pas pressé de l'homme d'affaires préoccupé, les yeux au sol. Ce jeune, c'est un peu lui, c'est encore une partie de lui, même si l'image ne correspond plus. Alors, spontanément, Sébastien se tourne vers l'est. Il sait où il doit aller. Où il allait toujours quand il voulait mettre de l'ordre dans ses pensées, dans ses émotions.

De toute façon, en se dirigeant vers le Parc La Fontaine, il se rapproche de chez Gilbert...

Il avance d'un bon pas, son sac à dos battant joyeusement la cadence contre ses reins. Blotti sur sa fesse droite, il sent la présence de son porte-monnaie. Un porte-monnaie tout neuf, en cuir brun, que Jérôme lui a offert quand le jeune homme a ouvert un compte à la Caisse populaire de Sainte-Marie, en Beauce.

— Pour ne pas briser ta carte de guichet, c'est fragile ces fichus bidules-là, avait-il expliqué. Mais de nos jours, c'est presque indispensable...

Maintenant, il y a donc aussi sa carte de guichet automatique. Comme une étape dans la vie de Sébastien. Il le reconnaît : dans ce domaine, il ne voudrait pas faire marche arrière. Contre sa fesse, ce sont de nombreuses heures de travail qu'il trimbale avec lui. Et il en est fier.

Curieusement, ce tout petit bout de plastique lui procure

une sensation de sécurité dont il ne pensait jamais avoir besoin.

— C'est le début de l'esclavage, avait-il dit à Jérôme devant le cadeau offert, mi-sérieux, mi-taquin, quand même ému que le vieil homme ait pensé à cela. Ton porte-monnaie, Jérôme, c'est un cadeau de Grec. C'est juste une paire de menottes déguisée...

Jérôme avait alors éclaté de rire. Il aime bien le franc-parler de Sébastien, ses réflexions toujours imagées, souvent justes. Puis, redevenu sérieux :

— L'important, c'est de bien choisir son esclavage, le jeune. Alors il se transforme en plaisir et les menottes disparaissent comme par enchantement.

Sébastien a l'impression de se tenir exactement là : sur l'invisible démarcation entre deux mondes.

Et les deux l'attirent...

Sébastien a passé l'avant-midi assis sur un banc, se chauffant au soleil, essayant de faire le vide dans sa tête, sachant que pour lui, il arrive souvent que la lumière naisse du silence. L'appel lointain de l'invisible cloche d'une église lui fait ouvrir les yeux. Midi. Et comme la vie de Gilbert est réglée au métronome, le temps de se diriger vers l'appartement du gros homme, il devrait arriver en même temps que lui...

— Mon doux Jésus, un revenant ! Mais entre, voyons, reste pas planté là comme un cactus en pot !

La porte de l'appartement s'est ouverte sur un Gilbert en grande forme, chemise à fleurs et tablier rose bonbon.

En apercevant Sébastien sur le palier, son visage s'est empourpré, virant au rose comme son tablier. Fidèle à lui-même, le gros Gilbert brasse de l'air comme jamais, susurre la bouche en cul de poule.

— Mais veux-tu ben me dire ce que tu fais ici, toi-là ? J'pensais que t'étais caché dans ta campagne jusqu'à l'automne... Pis ça me regarde pas. T'as-tu mangé ? Non ? Ben, envoye, assis-toi. Quand y'en a pour un, y'en a pour deux. De toute façon, ça va juste être bon pour ma bedaine.

Puis se tournant vers Sébastien, les yeux roulant son inquiétude :

— Tu trouves pas que j'ai engraissé un peu ? Me semble que je suis à l'étroit dans mon linge d'été...

Et Gilbert de se tortiller un moment. Adoptant une pose théâtrale, il lance :

— As-tu remarqué ma chemise ? De l'importation italienne, mon cher !

Comme si Sébastien pouvait ignorer le tissu jaune soleil à fleurs indigo ! Curieusement, sur Gilbert, la chemise n'a même pas l'air ridicule. Comme si elle faisait partie intégrante du personnage et que c'est plutôt une banale chemise blanche qui semblerait incongrue...

À peine le temps de se retourner et Sébastien est assis devant une table joliment dressée, la vapeur d'un appétissant ragoût d'agneau lui chatouillant les narines. Pendant un moment, les deux hommes mangent en silence. Puis Gilbert se relève, retire les couverts.

— Un morceau de gâteau ? Non ? Alors un café ? Va t'installer sur le balcon, je te rejoins dans l'instant...

Quinze minutes à peine et Sébastien a l'impression qu'il n'a pas quitté la ville ! Des derniers potins aux plus récentes transformations, rien n'a échappé à la verve galopante de Gilbert.

— Bon, c'est pas que je m'ennuie en ta compagnie, mon beau, fait-il en se relevant, mais faut que j'y aille, moi là. L'boss sera pas content si j'arrive en retard. On a une commande d'Europe qui rentre justement cet après-midi pis faut toute que je place ça en vitrine. Tu devrais voir les tendances de l'été ! Une vraie merveille ! Les hommes de Montréal vont être beaux, mon Sébastien, beaux comme ça a pas d'allure ! Oh ! J'allais oublier...

Avant de quitter la terrasse, Gilbert glisse la main dans sa poche, tend une clé à Sébastien.

— Tiens, prends ça. J'sais pas ce que t'as l'intention de faire, mais tu sais que t'es ici chez toi.

La délicatesse du geste ne surprend pas le jeune homme. Il lève les yeux vers Gilbert, lui sourit.

— Merci. Ça ne dérange pas si je crèche ici pour quelques jours ?

Est-ce bien lui qui se demandait où coucher, il y a de cela quelques heures à peine ? Quand on rentre au bercail après une longue absence, il n'y a que chez soi où l'on se sente bien. Et c'est vraiment l'impression que Sébastien a en ce moment : il vient de rentrer à la maison. C'est même une évidence à ses yeux. Gilbert, lui, semble aux anges.

— Me déranger ? Mais pourquoi grands dieux que tu me dérangerais ? J'viens de le dire : t'es ici chez toi... Bon, astheure, je file. J'suis déjà en retard.

Et Gilbert retourne à l'intérieur avant de pointer de nouveau la tête par la porte de la terrasse.

— On soupe ensemble ?

Il y a tellement d'attente dans cette banale question que Sébastien ne peut s'empêcher de sourire. Sacré Gilbert !

— C'est sûr, ça. On soupe ensemble.

Gilbert quitte alors l'appartement en sifflotant, concoctant en pensée un petit filet de porc à la moutarde.

Ce n'est qu'au moment où il entend le pas lourd du gros homme dans l'escalier que Sébastien prend conscience que son ami n'a pas parlé de son grand amour. S'il se rappelle bien, au printemps, Gilbert en était convaincu: avec Marcel, c'était pour la vie!

— Pauvre Gilbert, murmure-t-il en quittant l'appartement à son tour.

Sans aucun doute, l'idylle de son ami s'est terminée comme toutes les autres. Un feu de paille vite éteint!

Sébastien a passé l'après-midi à arpenter les rues avec un plaisir viscéral. Là, l'immeuble qui l'a abrité pendant quelques semaines a été démoli et ici, le petit café où il aimait s'arrêter à l'occasion a été remplacé par une boutique de cadeaux. Curieux comme les choses changent parfois rapidement et comme on a tendance à tenir à certains petits détails. Malgré l'apparence d'une vie d'errance, sans but et sans attaches, il se crée malgré tout une routine à laquelle on s'identifie. Spontanément, les pas de Sébastien l'ont amené sur la rue Saint-Hubert, là où il sait que François occupe un local qui lui sert de bureau. Sans hésiter, il grimpe au deuxième étage, retrouve Michel, seul.

— Désolé, François n'est pas ici. En fait, depuis quelque temps, il ne fait que traverser notre local en coup de vent. C'est pas vraiment ici que tu vas avoir la chance de le croiser. Mais si je le vois, je vais lui dire que tu es passé.

Puis pensif, en hochant la tête, il ajoute:

— Oui, vraiment dommage qu'il ne soit pas ici. Ça lui aurait peut-être fait du bien de te voir. J'sais pas ce qui se passe avec lui, mais le moins qu'on puisse dire, c'est que François n'est pas dans son assiette depuis quelques semaines.

En disant cela, Michel a l'air à la fois désolé et inquiet.

Sébastien a donc rebroussé chemin, un peu déçu. Inquiet à son tour. « On dirait bien que le printemps n'est pas la saison de Gombi » a-t-il alors conclu en revenant vers le centre-ville. « D'abord la vilaine grippe de l'an dernier, puis ce drôle d'air absent cette année. »

— On aurait dit qu'il n'était pas là, murmure-t-il, se parlant à lui-même en revoyant les quelques jours que François a passés en Beauce.

Sébastien a ensuite oublié François, sollicité qu'il était de toutes parts par les souvenirs que chaque coin de rue lui offrait.

C'est en arrivant à la hauteur de la rue Ste-Catherine qu'il a repensé à Virginie. Et à l'envie joyeuse de la revoir qui lui trotte dans la tête depuis quelque temps. Pourtant, une fois arrivé devant la boutique où elle travaille, Sébastien ne sait plus. De loin, pendant quelques instants, il observe la jeune fille qui va d'un client à l'autre. Il hésite avant de revenir sur ses pas sans même oser traverser la rue. Pensivement. D'où lui vient cette retenue subite et inexplicable ?

C'est l'image de Claudie, seule face à la mer, cheveux au vent, qui fait office de réponse. À défaut d'autre chose, sans qu'il ne cherche à comprendre.

Il rentre alors à l'appartement pour attendre Gilbert...

Tel qu'il s'y attendait, Gilbert est arrivé sur le coup de dix-huit heures, les bras chargés de sacs et de petites boîtes bien ficelées.

— On va se faire un vrai festin, mon beau. Pour fêter ta visite.

Sans en avoir parlé, juste par intuition, il se doutait bien que Sébastien n'était là que pour un temps. Raison de plus pour en profiter, les jours lui semblant par moments fort longs et fort semblables. Il laisse dégringoler ses achats sur la table en soufflant comme un phoque hors de l'eau.

— Ouf ! Bonté divine qu'il fait chaud, lance-t-il alors, sa courte main boudinée en éventail brassant l'air tiède devant son visage dégoulinant de sueur. Donne-moi deux minutes et quart pour me rafraîchir pis je reviens... Tu peux fouiller dans les sacs si t'en as envie, ajoute-t-il en haussant le ton tout en disparaissant derrière la porte de la salle de bain. On mange un filet de porc avec sa garniture !

Un filet de porc et sa garniture ! Sébastien éclate de rire. Finalement, on rit souvent chez Gilbert. Les petits riens de l'existence prennent une telle importance qu'on en vient à oublier ses tracas. Et le jeune homme en convient aisément : cela lui fait du bien. Parce que la vie, c'est aussi une pléiade de petits détails auxquels il n'est pas désagréable de s'attarder...

Les deux hommes ont mangé sur la terrasse avant de rentrer en catastrophe, de gros nuages noirs s'étant rapidement pointés à l'horizon. En quelques minutes à peine une pluie torrentielle s'abat sur Montréal.

— Tant mieux, ça va changer l'air...

Puis ils passent au salon pour le dessert et le café. En silence. Comme si tous les deux, ils retenaient quelques questions qui leur tiennent à cœur, mais qu'ils n'osent demander à voix haute. La pluie fouette rageusement les carreaux de la fenêtre, le vent gémit contre la porte moustiquaire, le tonnerre fait vibrer la maison.

— Un autre café, mon beau ?

Sébastien regarde sa tasse pensivement. Puis la tend à Gilbert.

— Pourquoi pas ?

Le gros homme se lève aussitôt, se dirige vers la cuisine en jetant par-dessus son épaule :

— Sors la bouteille de cognac. On va baptiser notre café…

Sébastien se lève à son tour, se rappelant que la dernière fois où il a bu du cognac, ici, en compagnie de Gilbert, il en avait été malade. Pourtant, le souvenir ne lui est pas désagréable. Parce que pour une première fois peut-être, il avait réussi à mettre des mots sur ce qu'il vivait. Il avait enfin réussi à parler de lui…

— Et voilà ! Quelques gouttes de cognac, un peu de crème et ça va être un vrai régal.

Tandis que Gilbert s'affaire, un violent éclair zèbre le salon suivi d'un bruyant coup de tonnerre qui fait trembler les murs.

— Doux Jésus, la maison va s'écrouler !

Mais en fait d'écroulement, il n'y a que lui, le gros Gilbert, qui se laisse tomber sur la causeuse, laquelle par principe et habitude émet quelques gémissements. Puis un autre éclair, suivi d'un roulement sinistre et d'un claquement qui fait même sursauter les deux hommes.

— Malgré tout, j'aime les orages, constate le gros homme une main sur le cœur. Ça fait sentir son petit chez-soi confortable.

Placé à l'angle de la bâtisse, le salon donne à la fois sur le fleuve et la montagne. En ce soir d'orage, la vue est saisissante. Toute la ville a l'air d'une zone sinistrée. C'est vrai que Gilbert a raison : Sébastien se sent bien, comme à l'abri. Comme on devrait toujours se sentir chez soi… C'est à cet instant qu'un souvenir d'enfance lui revient en mémoire. Clair et précis. Maxime, son jeune frère… Maxime qui a peur des orages et vient se blottir contre lui, dans son lit, parce qu'il est interdit de déranger les parents, la nuit. Cette maison de leur enfance, construite et décorée à l'image de leur père. Immense, froide, sans chaleur. Est-ce qu'il s'y sentait bien, le petit Sébastien, en sécurité, heureux ? Malheureusement, c'est un non catégorique qui lui vient à l'esprit.

Lentement, Sébastien regarde autour de lui. Ici, c'est comme chez Mamie Cécile, même si les deux endroits n'ont rien en commun. On y est bien. Comme si l'âme des propriétaires s'était installée en permanence dans les lieux, les rendant confortables, accueillants. Il semble si facile parfois de créer de la joie autour de soi. Certains êtres en ont le secret. Alors que d'autres... À cet instant, Sébastien remarque que la décoration du salon a changé. La potiche offerte par Claudie et Virginie, au Noël dernier, n'est plus là. Certains tableaux aussi ont été changés, et des bibelots ont disparu. Même le *Ladro*, cette drôle de statuette en porcelaine que Sébastien jugeait un peu terne mais que Gilbert bichonnait comme la septième merveille du monde, s'est volatilisée. Sur la tablette du foyer, c'est un banal pot de verre avec quelques fleurs séchées qui lui a volé sa place. Le mot volé lui saute alors à l'esprit. Se pourrait-il que...

— Dis donc, toi, qu'est-ce qui s'est passé ici ? T'as eu la bougeotte et tu as tout chambardé dans le salon, encore une fois ?

Pendant un moment, Gilbert reste silencieux. Puis Sébastien assiste à la métamorphose de nouveau. Comme si le masque de précieuse un peu ridicule craquait de partout et que le comédien effaçait les derniers vestiges de son maquillage après la représentation, Gilbert change d'apparence. Lentement, il dépose sa tasse sur la table, se penche vers l'avant, les bras appuyés sur ses cuisses dans une pose typiquement masculine. Même la voix qui consent enfin à répondre a baissé d'un ton.

— C'est Marcel.

Un nom, un seul et tout est clair. Le grand amour de sa vie était en fait amoureux des bibelots de Gilbert. Et dans la voix comme dans l'attitude, Sébastien comprend que c'est l'homme qui a été blessé. Profondément. Un être tel que Gilbert, foncièrement généreux et bon, ne pourra jamais comprendre la cupidité, la déloyauté, la trahison. Ces mots lui sont étrangers. Les sentiments qu'ils suscitent aussi.

— Je suis arrivé du travail, un bon soir, et la place avait été vidée, explique-t-il d'une voix éteinte. Et le délit était signé, sans l'ombre d'un doute : dans le garde-robe de la chambre, toutes les choses de Marcel avaient disparu en même temps que mes tableaux. Pis je l'ai jamais revu... Oh ! Je ne lui en veux pas... Pas trop, laisse-t-il encore tomber en reprenant sa tasse de café et la faisant jouer entre ses mains. Plus maintenant. Mais ça m'a fait mal, je l'avoue. J'étais tellement déçu...

Sébastien comprend aisément que la déception de Gilbert va bien au-delà des objets perdus. C'est une partie de son cœur que Marcel lui a volé...

— Déçu ? C'est normal. On le serait à moins que ça...

— J'sais bien. Mais quand même... Des fois, je me demande ce qui peut bien m'attirer chez les hommes.

Un constat, une interrogation sur sa propre vie... Pendant quelques instants, Gilbert reste de nouveau silencieux. D'une voix rauque, fort surprenante de sa part, les yeux rivés sur la tasse qu'il tourne machinalement entre ses doigts, il ajoute comme pour lui-même :

— Des fois je me demande qui je serais aujourd'hui si mon oncle avait pas... J'étais juste un gamin. On est tellement influençable à cet âge-là... Oui, juste un tout petit garçon qui aurait donné tout ce qu'il avait pour être capable de dire non quand le vieux vicieux m'amenait en arrière de la grange, chez mon grand-père... Mais j'avais peur. De lui, de ce que je ressentais. Parce que, malgré le dégoût pis l'envie de fuir, il y avait aussi une forme de plaisir qui m'attirait, qui m'excitait... Compliqué tout ça... Tout ce que j'ai retenu de ce temps-là c'est que le cul mène ben des affaires dans le monde.

La vulgarité de Gilbert sonne étrangement dans le salon. Cela lui ressemble si peu. Pourtant...

— Le cul pis l'amour, poursuit-il sur le même ton.

Puis, d'un coup, sa voix se fait vibrante.

— J'aimerais ça, moi aussi, être en amour pour vrai comme tout le monde. J'aimerais ça que quelqu'un tienne à moi, me le dise. J'aimerais ça, bâtir une vie à deux pis des souvenirs pour occuper les temps morts. Pas juste des partouzes qui durent le temps d'une nuit. Pis, en même temps, je me dis qu'il faut quand même être réaliste, non ? M'as-tu vu ? Comment peut-on tomber en amour avec une grosse tapette comme moi ? Hein ? Parce que c'est ce que je suis...

Jamais Sébastien ne s'est senti aussi mal à l'aise. Comment dit-on à quelqu'un qu'il a raison en même temps qu'il se trompe lourdement ? Gilbert n'a peut-être pas tort quant à l'image, mais pour le reste... Gilbert, c'est un cœur sur la main, c'est l'écoute attentive, c'est la générosité désintéressée. Gilbert c'est... Sébastien se redresse et, se penchant vers l'avant, il pose sa main sur le bras de son ami.

— Tu te trompes, Gilbert. Je le sais, moi, qu'on peut tomber en amour avec toi... C'est ce qui s'est passé avec moi... Dans la vie, il y a toutes sortes d'amour. T'es... T'es à la fois le père et la mère que je n'ai jamais eus. Pis ça aussi, c'est une histoire d'amour. Des fois, il faut se donner la peine de regarder derrière l'image. L'essentiel est là.

Gilbert a les yeux pleins d'eau. Jamais personne ne lui a parlé comme ça. Pendant un long moment, les deux hommes se regardent, immobiles. L'orage s'éloigne, le salon est plongé dans la pénombre, la pluie frappe toujours aux carreaux. Alors Gilbert se redresse lentement, dessine un petit sourire. Aux mots que Sébastien a prononcés, Gilbert vient de comprendre à quel point le jeune a changé. Ce n'est plus le gamin perturbé, un peu capricieux qui a quitté Montréal au printemps, mais l'homme qu'il est en train de devenir. Brusquement, une curieuse émotion lui envahit le cœur. Une émotion nouvelle, venue d'un petit coin caché dont il ignorait l'existence. Il ressent la joie d'un père devant son fils qui devient un homme à son tour, il ressent une gratitude immense envers la vie. Et l'envie de penser à l'autre plutôt qu'à soi.

— Merci, Sébastien. Ça fait du bien à entendre.

Sébastien hausse les épaules en rougissant légèrement.

— C'est pas pour ça que je l'ai dit. C'est parce que je le pense sincèrement. T'es un gars correct, Gilbert. Le plus correct que j'ai jamais connu. Pis en même temps, t'es une vraie mère-poule. Comme il s'en fait plus. Qu'est-ce qu'on peut demander de plus ?

Sébastien souhaite seulement que Gilbert ait compris. Malgré ses mots malhabiles, pour une rare fois, il a laissé son cœur parler. Et curieusement, il se sent bien, tellement bien. Comme si c'était à lui-même qu'il venait de faire plaisir. Et lorsque son regard croise celui de Gilbert, il comprend que le gros homme a saisi ce qu'il voulait dire. Alors sa joie est encore plus grande. Petit à petit, les rides de sourires reprennent leur place, la bouche s'arrondit, les mains déposent la tasse, dansent un invisible ballet au-dessus de la table à café avant de se joindre à la hauteur du cœur.

— On devrait tous se faire parler comme ça de temps en temps, mon beau, susurre le gros homme, la voix à nouveau haut perchée. C'est les plus beaux mots d'amour que j'ai entendus. Pis ça fait du bien ! Dommage que tu sois un gars *straight*, mon p'tit v'limeux...

La voix de Gilbert est de nouveau onctueuse comme le miel, sucrée à souhait.

— Pis toi ? demande-t-il dans un soupir maniéré. Tu m'as toujours pas dit ce que tu fais à Montréal. Tu parles d'une idée de se cacher au fin fond des campagnes comme tu le fais depuis le printemps. Moi, j'comprends pas. Comment on fait pour vivre loin d'une ville ? Pas de cinéma, pas de restaurants, pas de boutiques, pas de bars... Un vrai mystère.

Puis, roulant un regard d'incompréhension :

— Une vraie misère, non ?

À ces mots, Sébastien éclate de rire. L'atmosphère se détend, s'allège même si à travers son allure de caricature, Gilbert reste à l'essentiel des choses.

— C'est pas si pire que ça... Même si parfois...

Pendant quelques instants, c'est au tour de Sébastien de rester silencieux. Il revoit les derniers mois : le plaisir qu'il ressent à faire son travail, la présence attentive de Cécile et Jérôme, celle plus complexe de Claudie... Et sur tout cela, l'ennui. Un ennui qu'il ne comprend pas toujours. Qu'il aurait tendance, présentement, à caser à l'enseigne du caprice.

— Non, c'est pas si pire que ça, admet-il honnêtement. Même si j'ai l'impression que ce n'est pas vraiment ça que je recherchais.

Poussant un long soupir fait de déception, d'incompréhension :

— J'ai encore l'impression que j'avance dans la mélasse. J'aime pis j'aime pas. Un matin je me lève tout content d'être où je suis pis le lendemain je voudrais être à Montréal. Un instant, je suis bien comme ça se peut pas avec Claudie pis l'autre d'après, elle me tape sur les nerfs. Peut-être bien que mon père avait raison : je suis juste un capricieux qui sait pas ce qu'il veut.

— Ben voyons donc ! T'as le droit de te poser des questions. C'est normal.

— Normal ? C'est normal de jamais savoir ce que l'on veut, normal de toujours chercher ce qu'on n'a pas ?

— Ben oui !

À ces mots, Sébastien s'emporte.

— Ben, si c'est aussi normal que ça, dis-moi donc, toi, ce que je vais faire à l'automne quand il n'y aura plus d'ouvrage à la ferme ? Parce que moi, je le sais toujours pas. J'en suis encore à la case départ…

— Pis après ? Ça, mon beau, c'est juste dans la normalité des choses. C'est même pas une question existentielle, ça fait partie de la banalité du quotidien. J'appellerais ça de la planification d'avenir. Pis on en est tous au même point, crois-moi. T'es aussi bien de te faire à l'idée : ça revient souvent dans une vie d'avoir l'impression d'être encore revenu à la case départ, comme tu dis…

Et sachant que Sébastien a besoin d'intérioriser ces quelques mots à l'allure banale pour s'en faire une image précise, Gilbert se relève, cherchant un prétexte pour quitter la pièce un moment.

— Bonté divine, qu'il fait chaud. L'orage a pas amené l'humidité avec lui. On dirait même que c'est pire… Tu veux une bière ?

Et sans attendre de réponse, il se dirige vers la cuisine,

en profite pour faire disparaître les vestiges du souper avant de revenir au salon. Sébastien n'a pas bougé d'un iota, lui donnant raison : le jeune avait besoin de réfléchir à tout ce qu'il venait d'entendre.

— Dans le fond, fait-il en prenant pensivement la bière que Gilbert lui tend, comment savoir où j'ai envie d'aller quand je sais même pas d'où je viens...

La question est lourde de sens. Gilbert en est conscient, en même temps qu'il prend conscience que c'est maintenant que Sébastien en vient à l'essentiel. Laissant volontairement le silence planer entre eux, il va à la fenêtre, l'ouvre toute grande sur une ville qui sent bon la pluie récente. Cette odeur de terre mouillée montant du parc de l'autre côté de la rue et qui le fait inspirer profondément. Puis il fait un peu de clarté, ajuste un coussin ou deux et revient s'asseoir face à Sébastien.

— Comment fait-on, reprend alors le jeune homme sur ce même ton pensif, pour savoir si c'est essentiel ou si c'est juste de la banalité ?

— Oh ! Attention, mon beau. De la façon dont tu dis le mot, on dirait que pour toi, de la banalité c'est juste du superflu, de l'inutile. C'est surtout pas ça que j'ai voulu dire. Quand tu entends banal faudrait que tu penses prévisible, naturel. C'est naturel de remettre les choses en question.

— Alors comment fait-on pour savoir si on apporte les bonnes réponses à ses questions ?

Gilbert hausse les épaules.

— À l'usage, avec le temps. À force de jongler pis d'essayer, il arrive qu'un beau matin la lumière se fasse sur ce qui était sombre. Alors on sait qu'on s'est pas trompé. Pis quand tu disais tout à l'heure que l'important c'est peut-être de savoir d'où l'on vient, t'as raison. De retrouver ses racines, de marcher dans les pas d'hier, ça oriente les pas de demain.

— Pis si on a l'impression que le passé ne veut rien dire du tout ? Si on a l'impression qu'on n'a même pas de passé ?

— Je te dirais alors que c'est une fausse impression. On a tous quelque chose en arrière de soi. Quand ben même ça serait juste de la *bullshit*.

Sébastien esquisse l'ombre d'un sourire amer.

— Okay, je suis d'accord. Parce que moi, c'est en plein ça que j'ai en arrière : de la merde. En veux-tu ? En v'là, il y a juste ça.

— C'est pas vrai.

À ces mots, Sébastien s'emporte de nouveau.

— Comment pas vrai ? Comment t'appelles ça, toi, un père qui boit pis qui te tabasse à tout propos pis une mère qui fout le camp sans laisser d'adresse ? C'est quoi si c'est pas quelque chose qui pue ?

— Ça, peut-être. Je suis pas là pour juger pis il y a juste toi qui peux savoir. Mais ce que je sais, par contre, c'est que t'as aussi un frère. De la façon que tu m'en as déjà parlé, lui, c'était pas de la *bullshit*.

Une simple allusion, pas même un nom, et Sébastien semble se tasser sur lui-même. Ses traits se creusent, son regard se fige. Gilbert a raison. Son passé, c'est aussi Maxime. Leurs espoirs, leurs dessins d'enfant, leur cabane dans le gros chêne du parc voisin. Maxime, c'est de longues minutes à écouter l'orage qui déferle et les courses folles, main dans la main, dans l'eau froide des vagues d'une plage quelconque. Maxime, c'est à la fois son passé et les longues heures qu'ils prenaient à parler d'avenir ensemble. Il n'y a finalement qu'au présent où Sébastien n'arrive pas à le conjuguer. Bien que…

— C'est fou, murmure-t-il pour lui-même, mais on dirait que là, en ce moment, mon ennui de la ville et celui de Maxime, c'est juste la même chose. Pis que si je pouvais lui parler, tout prendrait sa place.

Levant la tête vers Gilbert, il demande :

— Mais comment faire pour le retrouver ?

Le gros homme le regarde un instant puis hausse de nouveau les épaules devant l'évidence de la réponse. Une réponse que Sébastien a déjà trouvée sans vouloir se l'avouer, il en est persuadé.

— Ça, je pense que tu le sais mieux que moi, non ? C'est juste que tu veux pas l'admettre. Ou que t'es pas encore capable de le reconnaître. Mais le jour où tu seras prêt, vraiment prêt, y'aura rien pour t'arrêter. Et ce qui semble difficile aujourd'hui, obscur et sans réponse en même temps, sera d'une banalité dont tu te moqueras, d'une évidence crasse...

Sébastien a rougi en entendant les mots de Gilbert. Parce que le jeune homme sait que son ami a raison. Parce que le jour où l'envie de voir son frère sera essentielle, Sébastien n'aura qu'à sonner chez son père. Comme Gilbert vient de le dire : c'est d'une évidence crasse. Un petit sourire effleure le visage de Sébastien.

Une banalité, quoi.

Et Sébastien le sait, l'a toujours su...

Pourtant, ce n'est pas durant ce séjour que Sébastien ose faire le pas, le tout petit pas qui le sépare de Maxime. Malgré l'envie, malgré ce qu'il croit être un besoin vital. S'imaginant que deux semaines c'est fort long, d'un jour à l'autre, il reporte sa décision. Puis se retrouve au terminus d'autobus, toujours aussi indécis. Surtout fort en colère contre lui-même de n'avoir pas su...

Et Virginie non plus, il ne l'a pas vue.

Par contre, s'il sait fort bien ce qui l'a retenu de sonner à la porte de son père, il ne comprend vraiment pas ce qui l'a poussé à refuser une rencontre avec Virginie. Même si Gilbert lui a proposé un souper à trois. Curieusement, contrairement à sa façon d'être habituelle, le gros homme n'a pas insisté. Et tout aussi curieusement, Sébastien en a été soulagé…

Alors, en grimpant dans l'autobus qui le ramène à Québec, s'avouant, pas vraiment surpris, que l'été risque de lui paraître un peu long, et au-delà de la colère qu'il ressent envers lui-même de ne pas avoir fait les quelques pas qui lui auraient peut-être enfin permis de rencontrer son frère, Sébastien se demande comment il va expliquer à Claudie que, finalement et contrairement à ce qu'il lui avait dit, il n'a pas revu Virginie.

CHAPITRE 4

Vous connaîtrez la vérité et la vérité fera de vous des hommes libres.

JEAN, 8:32

Fin juin, à Montréal et en Beauce

Un jeudi soir, en revenant chez lui, François remarque que la demande d'examen n'est plus au babillard.

Le compte à rebours est donc commencé…

Il se couche le cœur battant jusque dans la gorge. Et ne s'endort qu'au moment où le soleil laisse poindre ses premières clartés sur l'horizon, tous les scénarios possibles et impossibles s'étant chevauchés dans sa tête sans répit…

Cela prend combien de temps encore avant d'obtenir les résultats à ces examens ?

Pour Marie-Hélène, la prise de sang et le test d'urine n'ont été qu'une simple formalité sans conséquence autre que l'obligation de prendre une heure de congé par une belle journée de juin. Heureuse contrainte ! Elle avait donc quitté son travail plus tôt pour profiter joyeusement de l'occasion afin de célébrer la température idyllique. Elle s'était offert une longue promenade jusqu'à l'hôpital.

— Beau temps, n'est-ce pas ? Espérons que tout l'été sera à l'image de ce printemps exceptionnel.

L'infirmière qui l'avait reçue était gentille. Pendant quelques instants les deux femmes avaient parlé température. Puis faisant du coq à l'âne, elle lui avait demandé, les yeux fixés sur son bras tout en finissant de remplir un nombre impressionnant de tubes avec le sang rouge foncé de Marie-Hélène :

— Un premier bébé ?

Devant l'affirmative, elle avait alors ajouté, une pointe d'envie dans la voix :

— Chanceuse ! Ça me rappelle tellement de beaux souvenirs.

Marie-Hélène avait été sur le point de lui demander comment son mari avait vécu la chose, lui. En effet, que sont les questions posées à une inconnue ? Elles n'engagent à rien. Mais tout aussi brusquement que la question lui était venue à l'esprit, elle avait renoncé à prononcer les mots. Peut-être par crainte d'une réponse qui l'aurait blessée...

Puis la jeune femme avait oublié la prise de sang. Son médecin l'avait prévenue qu'il lui donnerait les résultats à sa prochaine visite...

— Une simple formalité. Ne vous inquiétez surtout pas, avait-il dit en l'accompagnant à la porte de son cabinet lors de la dernière visite.

En effet, pourquoi s'inquiéter ? Il continue de faire très beau, Marie-Hélène vient d'apprendre que les semaines qu'elle avait retenues pour ses vacances ont été acceptées et ce matin, en enfilant sa jupe marine, elle a constaté, avec un battement de cœur tout joyeux, que le fermoir montait difficilement. Tant pis pour François, il n'aura plus le choix...

La journée a donc été merveilleuse.

* * *

En entrant chez elle, le rituel que Marie-Hélène fait toujours, c'est envoyer valser ses souliers sur la moquette du salon, déposer sa mallette et son sac à main contre le canapé puis aller dans la cuisine déposer sur la table les achats qu'elle vient de faire pour le souper. Puis, invariablement, elle se tourne vers le téléphone pour vérifier si le témoin lumineux clignote. Par habitude et par espoir, parce qu'avant, François lui laissait souvent un message. Parfois, juste pour lui dire qu'il l'aimait… En soupirant ce soir, parce qu'elle se rend compte que, depuis quelque temps, il n'y a plus jamais aucun message. Le temps d'amorcer son geste et le soupir meurt aussitôt sur ses lèvres, remplacé par un large sourire. Comme une petite lumière heureuse, le témoin rouge clignote. De joie, lui semble-t-il. La jeune femme s'empresse de prendre le combiné, signale le code, prête attention, négligeant même la crème glacée qu'elle ne met pas immédiatement au congélateur.

Ce n'est pas François…

C'est un message à la fois laconique et froid, mais porté par une voix qui lui semble vibrante d'une émotion qu'elle serait bien en peine d'identifier. Son médecin lui demande de le joindre dans les plus brefs délais…

Le sourire s'efface aussitôt des lèvres de Marie-Hélène et ses sourcils se froncent alors qu'elle retire machinalement sa veste pour la lancer sur le dossier d'une chaise. Le médecin n'avait-il pas dit qu'ils ne se reverraient que dans un mois ? « Il me semble que le rendez-vous est pour la semaine prochaine, non ? » songe-t-elle en regardant sur le calendrier par acquit de conscience. Pas d'erreur, il est fixé pour le mardi suivant, la date est bel et bien encerclée au crayon rouge.

Elle connaît alors quelques instants d'hésitation soutenus par une inquiétude subite, totale.

— Mon Dieu, le bébé, murmure-t-elle en pesant sur une touche pour entendre le message de nouveau pendant que, d'un regard nerveux, elle cherche la carte de la clinique du Dr Couture, affichée, elle aussi, sur le babillard, et qu'en esprit elle revoit tous les tubes de sang qu'on lui a retirés, il y a maintenant plus de deux semaines. Elle signale le numéro du médecin d'une main fébrile...

À peine quelques mots puis Marie-Hélène raccroche avant de se précipiter vers le salon.

Si elle remet ses souliers et prend son sac à main au vol, c'est uniquement par automatisme qu'elle agit. Parce que, présentement, dans sa tête et dans son cœur, une angoisse terrible l'empêche de réfléchir à quoi que ce soit.

Le médecin veut la rencontrer tout de suite. « Pour regarder ensemble les résultats de vos examens. Bien entendu, si c'est possible, mais le plus tôt serait le mieux ! » Mais aux yeux de Marie-Hélène, pour le bébé, tout est toujours possible. Qu'importe le souper à préparer et les draps de leur lit qu'elle voulait mettre à laver. Le médecin veut la voir et rien d'autre n'a d'importance.

Quand elle claque la porte d'entrée, sur la table de cuisine, le carton de crème glacée dessine déjà une flaque laiteuse sous le sac en papier brun...

* * *

La soirée est chaude. De cette humidité propre au mois de juin, collante, désagréable, sans le moindre souffle d'air. Dans le Carré Saint-Louis, les gens sont nombreux à profiter des bancs du parc ; sur la rue Saint-Denis, ils sont attablés aux terrasses ou déambulent à pas lents. C'est une soirée de vin rosé et frais, de petite bouffe à l'extérieur comme les Québécois aiment bien s'en offrir pour oublier que huit longs mois par année ils n'ont pas le choix de vivre enfermés. C'est la période des homards que les restaurants offrent à grand renfort de publicité et des cornets de crème glacée qu'on déguste lentement en se promenant. Toute la ville de Montréal prend un moment de répit et semble n'avoir rien de plus important à faire que de profiter du temps qui passe. On entend des rires, des appels joyeux. Même le bruit des klaxons d'autos a un petit quelque chose de léger et ne résonne pas avec l'impatience coutumière.

Recroquevillée sur elle-même, les yeux dans le vague, Marie-Hélène a pourtant très froid. Un frisson qui part du cœur et la fait trembler de la tête aux pieds.

Elle vient d'arriver de chez le médecin. Elle s'est changée pour revêtir un chaud cardigan et un pantalon de coton ouaté parce qu'elle était frigorifiée. Elle a fermé le battant des fenêtres du salon et s'est même demandé, hésitante, si elle ne devait pas faire une bonne flambée. Devant l'effort à fournir, elle a cependant haussé les épaules, épuisée, puis elle s'est installée sur la causeuse pour attendre. Attendre que François revienne peut-être ou tout simplement que le temps passe. Que sa vie passe…

Les deux mains sur son ventre, Marie-Hélène attend…

Sur la table de cuisine, la crème glacée n'est plus qu'une marée blanchâtre qui tombe goutte à goutte sur le plancher. Quelques mouches entrées par inadvertance s'entêtent au-dessus du sac d'épicerie, attirées par l'odeur des steaks que la jeune femme voulait faire griller sur le barbecue pour faire plaisir à François. Mais quelle importance maintenant ? Marie-Hélène n'a plus faim. Elle n'aura probablement plus jamais faim comme avant. Avant les mots du médecin dont elle ne se rappelle presque plus rien. Sinon qu'il respecterait son choix quel qu'il soit. Peut-être devrait-elle songer à une interruption volontaire de grossesse ?

— Il n'est pas trop tard. Mais ce n'est peut-être pas nécessaire, vous savez. Aujourd'hui, il existe des médicaments... Ça reste votre choix. Vous avez encore le temps d'y penser.

Son choix ? Marie-Hélène avait longuement regardé le médecin sans répondre. Sans comprendre. Comment peut-il encore parler de choix ? Lui a-t-on demandé son avis à elle dans toute cette histoire ? Par la suite, elle a vaguement entendu les propos du Dr Couture. Examens plus poussés, certaines techniques, certains nouveaux médicaments, l'urgence d'un traitement pour elle, l'intervention de spécialistes... Des mots, que des mots qui l'ont à peine effleurée.

— Donnez-vous un peu de temps. Je sais que ce n'est pas facile à apprendre... Cependant, il faut agir avec diligence, pour vous comme pour le bébé. Dans un cas comme dans l'autre... Tenez, lisez cela. On en reparle dès la semaine prochaine, dans cinq jours, lors de votre visite. J'aurai pour vous le nom d'un spécialiste...

Marie-Hélène s'était alors relevée de son fauteuil comme mue par un ressort, tendant la main pour prendre les quelques brochures que le médecin lui tendait. Oui, c'est cela, on en reparle la semaine prochaine ou l'an prochain si vous le voulez...

— Un dernier conseil : n'en parlez pas tout de suite autour de vous. Attendez, rien ne presse, vous savez.

Marie-Hélène l'avait regardé sans comprendre, sans

chercher à comprendre, avait acquiescé du bout des lèvres avant de quitter la clinique précipitamment pour retourner chez elle. Elle avait besoin de se retrouver entourée de ses choses, de ses odeurs. Un besoin viscéral de se sentir à l'abri comme si les objets avaient le pouvoir de la protéger.

Et que le médecin se rassure: elle n'avait surtout pas envie d'en parler.

Maintenant, assise dans le salon, les deux mains pressées sur son ventre, elle attend.

Sous ses doigts, elle sent le ballon tout rond que forme déjà son utérus. Un peu comme un cantaloup. Son bébé... Encore impersonnel, sans identité, sans même de sexe. Mais c'est son bébé et pour lui, elle donnerait sa vie. Puis les mots du médecin lui reviennent. Que disait-il encore? Ah! oui. Il a parlé d'interruption de grossesse possible. Un choix parmi les autres, un choix que l'on respecterait si c'était là sa décision... Un long frisson convulsif secoue la jeune femme pendant qu'un gémissement vient mourir sur ses lèvres. D'un autre monde, lui semble-t-il, les bruits de la ville la rejoignent par vagues lentes, au rythme des battements de son cœur. Un cœur qui va probablement cesser de battre en même temps que celui de son enfant si jamais...

— Vous avez encore le temps d'y penser.

C'est aussi cela que le médecin a dit, n'est-ce pas? Alors Marie-Hélène va attendre que le temps passe. Assise dans son salon, immobile, les yeux secs parce qu'il n'y a aucune larme qui pourrait la soulager, qui saurait apporter une solution, elle va regarder le temps qui tombe lentement, minute après minute, une seconde à la fois pour le faire durer l'éternité, les deux mains sur son ventre pour que le bébé sente sa chaleur. Sente l'amour immense qu'elle a pour lui.

Elle entend toujours la voix du médecin qui la harcèle, qui la secoue comme un arbre isolé dans la tourmente malgré la douceur du timbre et la bienveillance du regard. Dans le fond, il n'y a eu que quelques mots. Mais ces mots étaient irrévocables, inattendus, destructeurs. Et cette peur de l'inconnu qui l'avait envahie en même temps que les mots du médecin tombaient sur elle comme une pluie de grêlons. Séropositive, c'est bien ce que le médecin avait dit, comme une excuse dans la voix.

— Vous êtes porteuse du VIH…

Il avait eu la décence de ne pas poser de questions… Cela serait probablement pour la prochaine fois… C'est de cela que le médecin voulait lui parler. Les autres résultats de ses examens étaient normaux.

— Vous ne faites ni anémie, ni diabète…

Merveilleux ! Comme si cette bonne nouvelle avait une quelconque importance après ce qu'elle venait d'apprendre… Le médecin avait continué de parler, mais Marie-Hélène n'avait pas vraiment entendu ce qu'il disait. Il y avait une stupéfaction posée en suspens au-dessus de sa vie qui empêchait la jeune femme de penser, d'écouter…

Tout doucement, dans la tête de Marie-Hélène, la voix du médecin s'éloigne comme s'éloigne un orage. Les orages finissent toujours par mourir quelque part au loin…

Maintenant, c'est le mot choix qui revient, hésite, recule et revient encore.

Avoir le choix…

Jusqu'où a-t-on le choix ? Peut-on prendre les décisions au nom d'un autre ? Marie-Hélène a-t-elle le droit de décider pour cet enfant qui grandit en elle ?

Lentement, Marie-Hélène commence à se bercer, se laissant guider par les émotions qui l'envahissent. Se laisser conduire par l'instinct. Cet instinct de mère déposé en elle depuis la nuit des temps. Faire de son corps un geste lent et doux comme une mélopée. Bercer l'enfant en elle pour qu'il soit bien, pour le protéger. Le monde entier pourrait s'écrouler que cela ne la toucherait plus. Elle a plus important à faire que de se préoccuper du sort de l'univers. Elle doit décider si elle a le choix. Après, elle aura peut-être à décider de la vie de son enfant. Parce que maintenant, c'est de son bébé qu'il s'agit. François n'a plus rien à voir avec lui, avec elle. C'est dans son ventre à elle que ce bébé a cherché refuge et personne au monde ne décidera à sa place.

Le médecin lui a dit qu'elle avait du temps mais brusquement, Marie-Hélène sent l'urgence d'agir en elle. Tant qu'elle ne saura pas ce qu'elle va faire, elle ne pourra respirer à fond, elle ne pourra vivre. Le médecin ne sait pas de quoi il parle. Personne ne peut savoir…

Le jour n'est plus qu'un reflet mauve au-dessus des arbres du parc quand Marie-Hélène se relève enfin. Le salon est maintenant éclairé par la lueur jaunâtre du lampadaire recourbé à la hauteur de ses fenêtres. Elle regarde longuement autour d'elle comme au sortir d'un rêve, s'étire en bâillant. La sueur a collé ses longs cheveux sur sa nuque, sur son front. Est-ce bien elle qui avait froid tout à l'heure ? Elle vient à la fenêtre et l'ouvre toute grande. L'air doux et humide sent bon les fleurs en pot qu'elle a mises sur sa galerie. Des géraniums rose saumon et des azalées blanches dans de longs bacs en bois, avec, dans le coin, un immense hibiscus orangé dans un vase de terre cuite, pour le contraste et le parfum. Odeur de terre et de fleurs, comme dans une serre à cause de l'humidité ambiante, ce soir. Fermant les yeux à demi, Marie-Hélène respire à fond et cela lui fait du bien. Sentir que l'on vit. Sentir qu'on est toujours vivante…

Tout en bas, le Carré Saint-Louis ressemble encore à une mosaïque, tous ces gens se promenant à pas lents, mouvement de kaléidoscope comme celui qu'elle aimait tant quand elle était toute petite. Puis le rire d'un enfant monte, cristallin, dans l'air doux de cette merveilleuse soirée d'été et Marie-Hélène se surprend à sourire pendant qu'elle pose doucement la main sur son ventre.

— Dans un an, bébé, c'est toi qui riras, murmure-t-elle.

Sa décision est prise. Quel qu'en soit le prix. Quelles qu'en soient les conséquences...

Alors elle va à la cuisine. Même si elle doute avoir encore faim un jour, il lui faut manger.

Les mouches bourdonnent autour du sac d'épicerie, se posent un instant sur la crème glacée fondue, repartent, reviennent. D'un geste brusque, une grimace de dégoût sur les lèvres, Marie-Hélène attrape le sac d'épicerie et va le jeter dans la poubelle sur le balcon, ouvre toute grande la porte moustiquaire pour aérer la cuisine. Elle n'a surtout pas envie de manger un steak, ce soir. Quelle drôle d'idée elle a eue en achetant ces morceaux de viande...

Ensuite, elle essuie les dégâts, se fait un sandwich au fromage, se verse un jus de tomate et revient au salon. Pour attendre de nouveau. François ne devrait plus tarder.

Une à une les pièces du puzzle des dernières semaines s'emboîtent les unes aux autres. La froideur de François, son recul face à elle, son refus de parler du bébé.

François savait.

Depuis quand ?

Marie-Hélène a un long frisson. François qui ne se doute probablement pas qu'elle sait. François qui l'a trahie par son silence.

Oui, Marie-Hélène l'attend. Marie-Hélène la douce, la conciliante est en ce moment plus dure que l'acier, plus froide que le marbre. Parce que Marie-Hélène n'est plus l'amie ou l'épouse. Et c'est François lui-même qui, par son silence, lui a refusé cette place dans sa vie. En ce moment, Marie-Hélène n'est plus que la mère. C'est tout ce qui lui reste pour l'instant. C'est tout ce qu'on lui a laissé pour s'accrocher à la vie. Une mère qui ne connaîtra probablement qu'une seule maternité, sachant désormais qu'elle est porteuse du virus du sida. Une mère qui devra être forte. Une mère qui vivra, avec comme toile de fond à sa vie, la peur de mourir pendant que son enfant aura encore besoin d'elle.

Quand elle entend la porte d'entrée qui s'ouvre et se referme puis les pas lourds de François qui monte l'escalier, Marie-Hélène vient de prendre une autre décision.

Les deux décisions les plus importantes de toute sa vie.

Et pour elle tout comme pour l'enfant, présentement, ce n'est qu'une simple question de survie. Pour le reste, elle avisera plus tard. Mais pour l'instant…

Levant la tête, elle surveille l'entrée du salon. Elle ne veut ni discussion ni apitoiement stérile. De toute façon, il n'y a rien à discuter et les larmes seraient inutiles. Tout ce qu'elle veut, c'est plonger son regard dans celui de François et le fouiller jusqu'au cœur. Pour qu'il comprenne. Pour qu'il n'oublie jamais. Après, dans quelque temps peut-être, viendront les explications. Mais pas ce soir, pas tout de suite. Comme le disait le médecin, elle a besoin de temps pour elle, pour se faire à l'idée. Comme si on pouvait se faire à cette idée que la mort n'est peut-être plus aussi loin qu'on aurait été tenté de le croire.

Sur la table à café du salon, quelques brochures en

couleurs sont éparpillées. Les dépliants que le médecin lui a remis et que Marie-Hélène a consultés rapidement. Le mode d'emploi pour apprendre à vivre en harmonie avec le sida, a-t-elle pensé, cynique, en prenant connaissance des innombrables recommandations.

— Allô !

La porte du palier vient de se refermer et curieusement, François semble joyeux, ce soir. Détendu… Mais cela ne touche pas Marie-Hélène. Parce que la jeune femme, elle, n'a pas envie de rire. Ses sourires et ses rires, elle va les garder pour plus tard. En faire une provision immense, une réserve inépuisable pour que malgré tout, son enfant n'en manque jamais. Elle entend les pas dans le couloir. Alors elle redresse les épaules, oublie les brochures, se concentre sur les bruits qu'elle entend. Puis François paraît dans l'encadrement de la porte.

— Comment ça va ?

Marie-Hélène ne répond pas. Elle se contente de fixer François froidement, sans émotion autre que la déception immense qui bat en elle. Désillusion envers cet homme qui n'a pas eu confiance, qui l'a reniée. François blêmit aussitôt.

— S'il te plaît, laisse-moi t'expliquer.

Vaine tentative. De toute façon, il n'y croit pas lui-même. Qu'y aurait-il à expliquer autre que sa lâcheté ? Dans le regard de sa femme, il lit les reproches et la colère. Et il comprend. Il savait. Il savait et n'a rien dit. Il vient de l'avouer par ces quelques mots qui ne disent rien, qui disent tout… Longuement, Marie-Hélène regarde celui qu'elle aime encore tant et tant. Et l'envie de se jeter dans ses bras se fait violence pendant une fraction de seconde. Être ensemble, être deux à souffrir au-delà des mots. Mais la douleur qui lui déchire le cœur n'a d'égale que la peur immense qu'elle ressent depuis quelques heures. Seule, parce que François n'a pas eu assez confiance. En elle comme en leur amour. Et cela suffit à justifier sa décision. Il y a comme une cassure entre eux. Marie-Hélène ressent une immense lassitude, de celles qui donnent envie de dormir pour longtemps, pour très longtemps. La jeune femme se redresse un peu plus, le regarde droit dans les yeux sans ciller. Sa voix est froide, glaciale. Qu'on en finisse pour aujourd'hui. Elle veut aller se coucher.

— Il n'y a rien à expliquer. Va-t'en.

François a l'impression que le sol se dérobe sous ses pieds. Il s'attendait à des larmes, des blâmes, des questions. Tous ces scénarios qu'il avait imaginés depuis quelques semaines... Il ne s'attendait pas à cette femme froide, distante. Une inconnue... Du regard il survole le salon comme s'il espérait y trouver une réponse. La réponse qui serait la panacée, l'unique, la brillante répartie qui permettrait de tout dire, tout expliquer, tout comprendre, tout pardonner en même temps. Quand ses yeux tombent sur les feuillets en couleurs éparpillés sur la table à café, il se met à trembler, sachant de quoi ils parlent, ayant les mêmes cachés au fond de sa mallette. Le petit carton vert et blanc avec un ruban rouge épinglé sur le coin gauche semble le narguer. Ce ruban, comme une marque distinctive. Tout à coup, il revoit quelques images d'un vieux film français, du temps de la guerre. Cette étoile jaune qui distinguait les juifs des autres. Il secoue la tête, revient à Marie-Hélène qui n'a pas bougé d'un pouce et qui continue de le fixer. Il fait un pas vers elle, voudrait la prendre dans ses bras, n'ose pas.

— Mais voyons.

— Sors d'ici, François. Sors de ma vie, de notre vie,

ajoute-t-elle en mettant la main sur son ventre. On n'a pas besoin de toi.

Pour une première fois dans sa vie, Marie-Hélène sent qu'elle pourrait devenir méchante, agressive. Depuis l'instant où François est apparu dans la porte, l'air lui est devenu subitement irrespirable. Et lui qui ne bouge pas, qui reste là à attendre. Pendant une brève seconde, l'envie de lui sauter au visage la trouble. Lui faire mal comme lui l'a blessée. Puis ce réflexe meurt de lui-même. Marie-Hélène, c'est une douce, une femme de compromis. Et malgré tout, malgré son attitude présente, elle aime toujours François. Alors, elle redit les mêmes mots, mais d'une voix lasse, cette fois-ci, brisée par l'émotion :

— S'il te plaît, laisse-moi. Pour l'instant... J'ai besoin d'apprendre à être forte toute seule. Pour moi et pour lui, ajoute-t-elle la main toujours posée sur son ventre. Toi, finalement, malgré ce que je croyais, tu n'as jamais été là. Et devant ton attitude des derniers mois, je doute que tu n'y sois jamais. Alors va-t'en. S'il te reste un semblant de respect pour moi, tu vas attendre que je te fasse signe.

Ce n'est qu'au moment où elle entend la porte d'entrée se refermer sur François que Marie-Hélène pousse un profond soupir. De soulagement et de tristesse entremêlés.

Soupir de déception parce que François l'a écoutée et qu'il est parti sans rien dire, sans rien faire...

Soupir d'appréhension devant la solitude qu'elle voit poindre devant elle.

Soupir d'angoisse aussi.

Marie-Hélène voudrait pleurer, elle n'y arrive pas. Ce grand vent sec qui l'entoure, cette hébétude posée sur sa vie qui gobe toutes ses émotions. Et ce cœur qui débat à chaque fois que les mots du médecin reviennent dans sa tête.

Aujourd'hui, elle a appris qu'elle allait peut-être mourir bientôt.

Et son bébé aussi.

Pourtant, son mari l'a laissée seule. Malgré sa demande, pour une fois, Marie-Hélène aurait peut-être aimé que François ne l'écoute pas et la prenne tout contre lui.

Ambivalence d'un cœur blessé qui ne sait trop où trouver refuge…

* * *

Si François a abdiqué sans se battre, c'est uniquement parce qu'il savait qu'un moment comme celui-là allait venir et qu'il l'anticipait. Parce qu'il n'y avait rien à dire qui saurait implorer le pardon comme il aurait voulu le faire. Parce qu'il avait peur. Mais aussi parce que Marie-Hélène avait raison : il l'aimait toujours autant et la respectait, comme elle l'avait dit. Alors, il ne s'est pas défendu malgré l'envie qu'il avait de ne pas tenir compte de la demande de sa femme et de la prendre tout contre lui. Il se sentait coupable alors il n'a rien fait, rien dit.

Comment Marie-Hélène pourrait-elle lui pardonner un jour cette nouvelle réalité qui serait désormais la leur ? La sienne…

Pendant un long moment, il a marché sans savoir qu'il marchait, heurtant les gens qu'il croisait, s'excusant sans même entendre le son de sa voix, par réflexe, par politesse apprise depuis toujours. Puis, sans l'avoir vraiment décidé, il se retrouve à Berri au terminus, demande un billet aller simple en partance pour Québec et s'assoit pour attendre le matin : le prochain bus ne sera qu'à six heures et il est deux heures de la nuit…

Au moment où il grimpe enfin dans l'autobus, il prend conscience de ne pas avoir pris de vêtements de rechange...

Quand Cécile s'est éveillée, ce matin, son cœur battait de façon désordonnée. Elle avait mal dormi. Cette intuition en elle qui ne s'est jamais démentie au fil des ans. Cette faculté qu'elle a, quant à tous les siens, de deviner les choses, de pressentir les douleurs ou les joies. Aussi n'est-elle pas vraiment surprise quand le téléphone se met à sonner, à neuf heures trente, heure inhabituelle pour un appel chez les Cliche. Elle s'y attendait. À peine un regard de curiosité entre Jérôme et elle puis Cécile se relève et s'approche de l'appareil pour prendre la communication. C'est peut-être Claudie qui appelle pour expliquer son retard à revenir... Elle ne prononce que quelques mots avant de raccrocher en se retournant vers Jérôme. Une ride d'inquiétude marque son front.

— C'est François. Il demande si on peut aller le chercher au terminus à Sainte-Foy...

Quand François est enfin arrivé, il s'est excusé pour le dérangement, a prévenu qu'il aurait à leur parler puis a demandé s'il pouvait dormir un peu avant.

— J'ai passé la nuit sur un banc de métal tout raide. Je suis fatigué. Mais promis, je vous explique tout ça dès que je me réveille.

Il a dormi toute la journée. Cécile et Jérôme ont travaillé côte à côte, par besoin de sentir la présence de l'autre, sachant leur inquiétude identique. Quand François rejoint enfin ses grands-parents, le soleil commence déjà à descendre sur le boisé des sapins tout près du chemin et tout le monde est à terminer le souper. Comprenant que cette visite a un côté inattendu, particulier, Sébastien se relève aussitôt, comme mal à l'aise d'être le témoin de quelque chose qui ne lui appartient pas.

— Bon, c'est l'heure de ma promenade quotidienne, lance-t-il faussement joyeux. On se revoit plus tard.

Et sur un signe de tête en direction de François, comme un salut silencieux entre eux, une entente tacite entre deux hommes qui se respectent, il tourne les talons et claque la porte derrière lui. Alors à son tour, Mélina se relève, son intuition ayant joué dans le même sens.

— Cécile, viens m'aider à m'installer sur la galerie en avant de la maison, ordonne-t-elle de sa voix bourrue. J'vas profiter des derniers rayons de soleil pour boire ma tisane.

Puis elle lève les yeux au ciel un instant avant d'ajouter en regardant François:

— Imagine-toi donc que j'en suis rendue à la tisane, mon jeune. Fini le café pour moi, le soir, ça m'empêche de dormir... Des fois, j'ai l'impression que le bon Dieu m'a oubliée ici pis que j'vas traîner de même pendant l'éternité.

François ne peut s'empêcher de dessiner un petit sourire sans joie.

— Comme ça, je ne suis pas le seul à penser que le bon Dieu nous oublie parfois, approuve-t-il alors pensivement.

Puis levant la tête vers son arrière-grand-mère, il ajoute avec une tendresse évidente dans la voix:

— Mais ce n'est pas votre cas, Mélina. Vous, si vous êtes encore ici, c'est parce qu'on a encore besoin de votre présence. C'est pour ça que le bon Dieu vous permet de rester avec nous...

Et en disant ces mots, sa voix s'étrangle subitement. Alors Cécile se lève, aide Mélina à le faire et, sachant que parfois il est plus facile de parler entre hommes, elle déclare qu'elle va accompagner la vieille dame sur la galerie pour boire une tisane elle aussi. Mais son cœur bat très fort, jusque dans sa tête, alors qu'elle se dirige à pas lents vers l'avant de la maison en guidant Mélina qui se déplace difficilement avec sa marchette. Son esprit virevolte sans savoir où se poser. Marie-Hélène, François, le bébé... Que se passe-t-il donc pour que François ait l'air à ce point bouleversé ?

Pendant un moment, François et Jérôme restent silencieux, perdus dans leurs pensées. Ils sont faits tous les deux du même bois, plutôt silencieux, les mots à dire ne venant pas spontanément. Puis Jérôme se relève.

— Un bol de soupe ?

François sursaute.

— Je... Je n'ai pas tellement faim.

— Pas besoin d'avoir faim pour manger la soupe de ta grand-mère, bougonne alors Jérôme.

Il insiste, dépose le bol fumant devant François, se rassoit de l'autre côté de la table.

— Alors ?

— Je...

Les mots ne viennent pas. Pourtant, François est conscient qu'il ne peut plus reculer. Malgré tout, la vie continue et la sienne n'a plus le choix d'aller par où elle doit passer. Alors...

Pendant quelques minutes, dernier sursis, il se concentre à manger la soupe, évitant le regard de son grand-père. Il s'aperçoit, surpris, que finalement il avait faim. Très faim. Puis il repousse le bol vide, soupire et lève les yeux.

— Je... Ce n'est pas facile à dire.

Il hésite encore. La sueur lui coule dans le dos. Pourtant, il n'a plus le choix. Il se décide tout d'un coup. Ce ne sont que des mots. Des mots à mettre sur une réalité qu'il ne pourra cacher très longtemps. Alors aussi bien plonger tout de suite. Ici, en présence d'un homme qui l'aime, qui l'a toujours soutenu. Comme on se décide à aller chez le dentiste, en se disant que ce n'est qu'un mauvais moment à passer...

— Je suis séropositif, Jérôme. Il y a quelques semaines j'ai appris que j'étais séropositif, répète-t-il comme s'il voulait être bien certain que son grand-père a compris ce qu'il disait.

Pendant qu'il parlait, François s'est redressé pour aussitôt se recroqueviller sur lui-même. Il a l'impression qu'il vient de mettre le doigt dans un engrenage qui va l'avaler tout entier. Que d'avoir prononcé les mots les rend encore plus vrais. Que l'irrévocable lui avait donné rendez-vous ici, dans la cuisine de ses grands-parents et qu'à partir de maintenant, plus rien, jamais, ne sera pareil. Et que c'est cela, finalement, qu'il repoussait avec autant d'énergie. Tant que les mots n'étaient pas dits, il restait, en lui, l'ombre d'un espoir. Inutile, peut-être, inconscient mais bien présent. François n'était pas prêt à faire face au recul des gens, à leur jugement. Pourtant, contrairement à ses craintes, dès que Jérôme entend les mots, voyant son petit-fils se tasser sur sa chaise comme un gamin en train d'avouer une bêtise, il sent son cœur se serrer avec une intensité douloureuse. François, le tout petit François. Là maintenant, c'est le gamin qu'il revoit. Puis l'adolescent qu'il a vu se battre pour se sortir de sa dépendance aux drogues et enfin l'étudiant qu'il a encouragé alors qu'il travaillait comme un forcené pour réussir ses études. Spontanément, sa main se tend, bouscule quelques plats restés sur la table et vient se poser sur celle de François avant de la serrer très fort. Très, très fort.

— T'inquiète pas, mon François. On est là.

Entre eux, les mots ont souvent été inutiles. C'est le regard qui parle. Alors, pendant de longues minutes, les deux hommes se regardent sans parler. Puis Jérôme répète:

— Oui, on est là.

À cet instant, François éclate en sanglots. Tout le désespoir des dernières semaines s'étale entre eux, à travers ses larmes. Jérôme se relève, contourne la table et vient se placer derrière François.

Et sans un mot, de toute la force de l'amour qu'il ressent pour son petit-fils, il entoure ses épaules de ses deux bras et le tient tout contre lui. Comme on tient l'enfant blessé contre son cœur pour le consoler…

Ce n'est que plus tard, quand le soleil n'est plus que rougeur sur l'horizon et qu'il entend Cécile et Mélina entrer dans la maison que François demande, une supplication dans la voix:

— Est-ce que tu peux parler à Mamie? Je ne suis pas capable d'imaginer la voir triste à cause de moi… S'il te plaît!

À ces mots, à la tristesse de Jérôme se greffe une vive inquiétude. Cécile, sa Cécile, qui a été malade l'an dernier. Comment lui annoncer une telle nouvelle sans risquer une rechute? Oui, François a raison: il n'y a que lui, Jérôme, qui puisse le faire.

— D'accord. Promis, je lui parle dès ce soir.

Jamais soirée n'a paru si longue à Jérôme… Continuer de sourire, parler de la cidrerie et du verger avec Sébastien comme si de rien n'était, le cœur et l'esprit à des lieux de toute discussion, sursauter chaque fois que Cécile l'interpelle. Finalement, c'est au moment où ils se retrouvent enfin seuls, dans leur chambre, au moment de se mettre au lit qu'il se décide. Dès que Cécile exprime la grande inquiétude qui a soutenu toute sa soirée.

— Alors ? Veux-tu bien me dire ce qui se passe ? Tu as l'air d'une chatte qui vient de perdre sa portée, mon pauvre Jérôme.

Pendant un moment, le vieil homme soutient le regard de sa femme. Il sait à quel point Cécile aime François. Comment va-t-elle réagir ? Comment va-t-elle encaisser le coup ? Il pousse un profond soupir. Cécile, c'est aussi une femme de sagesse et de grande compréhension. En plus d'être médecin...

— Ce qui se passe ? C'est François... Ce qui nous faisait peur quand il était jeune, ce dont on parlait parfois tous les deux, sans vraiment y croire parce qu'on pense toujours finalement que ça n'arrive qu'aux autres, le pire qu'on ait pu imaginer est devenu une réalité, Cécile. François a appris qu'il était porteur du VIH.

Pendant de longues minutes, de trop longues minutes, Cécile le fixe avec ce même regard absent qu'elle avait l'an dernier. Puis elle ferme les yeux en soupirant avant de secouer la tête dans un geste mécanique de négation, comme pour éloigner le mal, et pose de nouveau les yeux sur Jérôme. Son regard a la clarté limpide d'un ruisseau de montagne. Glacial et froid. Jérôme pousse un soupir de soulagement.

— Pauvre enfant...

Et sans plus, sans les questions que Jérôme s'attendait à entendre ou les larmes qu'il pensait avoir à essuyer, Cécile vient jusqu'à la fenêtre, repousse le rideau et prend une profonde inspiration. En une fraction de seconde, elle vient de tout comprendre. La conversation qu'elle a eue avec Marie-Hélène lui revient en mémoire avec une précision douloureuse. Alors elle demande :

— Et Marie-Hélène ? François a-t-il parlé de Marie-Hélène ?

— Non. En fait, il n'a presque rien dit. Autre que cette terrible nouvelle.

— Ah bon !

Curieusement, Cécile la douce, la femme d'émotion, capable de pleurs spontanés comme de rires faciles, semble plus froide que le marbre. C'est que présentement, un cruel combat se déroule dans sa tête comme dans son cœur. Pendant quelques instants, elle est tentée de dévoiler le secret que Marie-Hélène lui a confié. Presque aussitôt, elle y renonce. Si François n'a pas parlé... Et elle avait promis de ne rien dire. Alors...

— Demain, je vais à Montréal.

Jérôme relève la tête, d'abord surpris, puis inquiet.

— À Montréal ? Tu n'y penses pas ! À notre âge ! Tu n'es pas sérieuse, n'est-ce pas ? À notre âge, répète-t-il...

La réaction de Cécile est instantanée. Parce que présentement, il y a en elle une force qui la pousse à aller jusqu'au bout de cette douleur qu'elle ressent pour Marie-Hélène.

— Qu'est-ce qu'il a notre âge ? Je ne suis pas encore gâteuse. Et puis, je n'ai pas dit que je voulais conduire jusqu'à Montréal, j'ai dit que j'allais à Montréal. Nuance. Je vais y aller en autobus. Après avoir parlé à François...

Puis dans un élan, par besoin de sentir sa chaleur, Cécile vient se blottir dans les bras de Jérôme.

— Fais-moi confiance, Jérôme. Je sais que je dois aller voir Marie-Hélène. Elle ne peut rester seule dans un moment aussi décisif de sa vie. Si François est ici, seul, c'est qu'il y a un problème quelque part, tu ne crois pas ?

Levant les yeux vers son mari, elle redit avec toute la

détermination dont elle est capable quand il est temps de venir en aide aux siens :

— Je dois partir, crois-moi. Je t'expliquerai à mon retour. Je te demande simplement de me faire confiance.

Jérôme referme les bras sur elle, rassuré. Parce que, justement, il a toujours eu confiance en elle.

— D'accord, ma douce. Demain, j'irai te conduire à l'autobus… Et maintenant, si on se couchait ? J'ai l'impression d'avoir été roué de coups. Je suis épuisé.

Mais au rythme qu'avaient leurs respirations, ils ont compris, l'un comme l'autre, qu'ils ne dormaient pas. La tête blottie contre le dos de son mari, un bras passé autour de sa taille, Cécile a regardé la lune traverser le ciel et les carreaux de la fenêtre en pensant à Marie-Hélène. À Marie-Hélène qui devait savoir maintenant et qui attendait un petit bébé…

* * *

Ce matin, le ciel est triste. D'un gris blanchâtre, sans risque de pluie parce que les nuages sont très hauts dans le ciel, mais maussade quand même. Cécile savait que la journée serait sombre parce que le lever du jour n'avait été qu'une barre rouge sur l'horizon sans éclat avant de s'éteindre complètement dans la grisaille du ciel. Elle s'était alors levée, sans faire de bruit parce que Jérôme, lui, avait réussi à s'endormir, et elle était venue à la cuisine attendre le réveil des autres. Pour penser aussi. Au grand jour, il lui semblait que ses réflexions étaient plus claires, débarrassées de leur enveloppe d'émotions qui l'avait tenue éveillée toute la nuit. Jérôme était venu la rejoindre et l'avait prise dans ses bras. Sans un mot. La chaleur de ce corps contre le sien avait redonné tout son courage à Cécile et avait renforcé sa détermination à partir. Marie-Hélène devait avoir terriblement besoin de sentir la chaleur de quelqu'un.

Terriblement besoin de sentir la chaleur de François, même si Cécile avait l'intuition que la jeune femme avait repoussé son mari…

À ses yeux, avec le recul et toutes les émotions qui avaient traversé sa vie, Cécile savait que quelqu'un devait agir…

Quand François les a rejoints dans la cuisine, il a compris, au regard lancé par sa grand-mère, qu'elle était au courant. Il s'est servi un café avant de s'éclipser sur la galerie. Parce que, curieusement et pour une première fois peut-être, Mamie Cécile le regardait avec une grande sévérité.

Cette dernière le rejoint aussitôt que Jérôme et Sébastien s'éloignent vers le verger. Discrète, à la demande de Cécile, Mélina s'est retirée au salon.

— Pas de troubles, ma Cécile, m'en vas écouter les nouvelles. Tu viendras me le dire quand je pourrai revenir dans la cuisine pour t'aider…

Puis avec une certaine inquiétude dans la voix, l'intuition d'une vie d'écoute et de services guidant ses paroles, elle avait demandé :

— C'est pas trop grave au moins ?

— Je ne sais pas encore… Mais ne vous en faites pas, Mélina. Il y a des solutions à tout.

Alors la vieille dame lui avait offert un beau regard serein, empreint de la sagesse de toute une existence faite de confiance envers le destin et le bon Dieu.

— Ça, c'est ben vrai. Je l'ai toujours dit : faut faire confiance à la vie. Même si on comprend pas toujours ce qu'elle cherche à nous dire... M'en vas prier en t'attendant. J'ai quelques connections directes et personnelles avec le ciel...

Sur un sourire, Cécile est revenue à la cuisine, s'est servi un autre café et a gagné la galerie à son tour. Cécile prend le temps de s'asseoir, regarde longuement sa tasse, reporte les yeux sur l'horizon. Elle entend François qui bouge sur sa chaise, comme impatient. Ou encore mal à l'aise. Alors elle demande de sa voix toujours aussi douce mais en même temps décidée :

— Alors, c'est bien vrai ce que Jérôme m'a dit hier ?

— Oui.

La réponse de François n'est qu'un murmure, un filet de voix. Celle de Cécile, par contre, reste froide. Brusquement, François a l'impression que sa grand-mère lui en veut.

— Et depuis quand le sais-tu ?

— Quelques semaines.

De nouveau, un bref silence de la part de Cécile. Puis, d'une voix un peu incrédule :

— Quelques semaines et toi tu n'as rien dit ?

Du coin de l'œil, Cécile aperçoit François qui se redresse, même si en apparence elle continue de fixer la lisière de l'érablière.

— Comment sais-tu que...

Cécile hausse les épaules en soupirant. Impatience, blâme à peine caché ? François se recroqueville encore plus sur lui-même pendant que sa grand-mère explique de la voix de celle qui doit exposer une évidence :

— Parce qu'alors c'est avec Marie-Hélène à tes côtés que tu nous aurais annoncé tout ce qui bouleverse votre vie. Les bonnes choses comme les pires. Pour moi, c'est aussi visible que le nez en plein milieu de la face...

Puis se tournant vers son petit-fils :

— Je me trompe ?

— Non.

De nouveau, un simple murmure. François a détourné la tête et rabaissé les yeux.

— Je ne savais pas comment…

— Je comprends que ça puisse être difficile. Surtout dans les circonstances présentes. Mais ce n'est pas une excuse.

— Je sais. Pas besoin de me le dire, je le sais.

Au bout d'un petit silence embarrassé, comprenant à travers les mots prononcés que sa grand-mère sait pour le bébé, il demande :

— Comme ça, Marie-Hélène t'a parlé pour le bébé ?

— J'avais deviné… Marie-Hélène n'a pas trahi la promesse qu'elle t'avait faite, elle n'a fait que confirmer ce que j'avais compris…

Encore une fois, reproche à peine déguisé. À ces mots, François baisse la tête encore un peu plus, fixe les planches disjointes de la galerie.

— Et qu'est-ce que tu comptes faire maintenant ?

— Je ne sais pas. Marie-Hélène m'a demandé de quitter la maison pour un…

— Et tu l'as écoutée ? Mais François, comment as-tu pu lui faire ça ?

— C'est ce qu'elle voulait.

— Oh non ! Je ne crois pas que c'est vraiment ce qu'elle voulait. Il faut savoir lire entre les lignes, François.

Brusquement, Cécile est épuisée. En elle, c'est la mère, la femme et le médecin qui s'affrontent. Et le combat s'annonce difficile. Pendant de longues minutes, elle reste silencieuse, essayant de comprendre ce que son cœur essaie de lui dire. Cette déchirure qu'elle ressent quand elle pense à

Marie-Hélène et cette tendresse aussi envers François alors que le médecin, lui, crie à l'urgence d'agir. Elle se tourne vers François qui n'a pas bougé.

— Tu sais, mon grand, il ne faut jamais laisser la peur ou la colère dicter notre conduite. Il n'y a que le cœur qui soit bon conseiller.

Finalement, en elle, c'est la mère qui a gagné. Celle qui ne pourra jamais lancer la première pierre. François ne répond pas tout de suite. Pendant un long moment, il garde la pose, le corps vers l'avant, les bras appuyés sur ses cuisses, la tête penchée comme s'il était fasciné par l'alignement des planches de la galerie. Puis, lentement, il relève les yeux et cherche le regard de Cécile.

— Alors j'aurais dû rester avec elle, avoue-t-il enfin. C'est ça que mon cœur me disait de faire…

Cécile esquisse un sourire. Elle vient de retrouver son petit-fils.

— Je crois, oui. Mais je me trompe peut-être. Comment savoir le secret des êtres ?

Spontanément, en écho à ses propres paroles, Cécile ouvre les bras.

— Viens ici, toi.

D'un seul geste, François se relève, s'approche de sa grand-mère, s'assoit sur le sol et pose la tête sur ses genoux. Alors, tout doucement, Cécile se met à caresser ses cheveux.

— Je t'aime, François. Tu ne dois jamais douter de ça. Et j'aime aussi Marie-Hélène et le bébé qui s'en vient…

— Justement, le bébé…

Pour une première fois depuis des semaines, il semble à François que les mots viennent tout seuls. Il se sent bien, en confiance, et tout ce qui lui semblait terrible ne l'est plus autant.

— Pour le bébé, reprend-il, tu ne crois pas que ce serait préférable qu'il ne voit jamais le jour ? Je sais que c'est affreux de dire ça, mais a-t-on le choix ? C'est pour ça que je ne voulais pas que Marie-Hélène en parle...

François y a tellement pensé depuis des mois qu'il arrive à prononcer ces mots sans émotion apparente. Pourtant, au creux de sa poitrine, il sent son cœur se serrer avec une intensité douloureuse. Et en même temps, il se sent soulagé d'en parler librement, de s'en remettre à quelqu'un d'autre. Mais devant cette question si lourde de conséquences, Cécile est déchirée. C'est le regard voilé d'une eau tremblante qu'elle demande à son tour :

— Comment savoir ? On ne pourra jamais lui demander ce que lui voudrait pour sa vie, François. Jamais...

La voix de Cécile est chargée d'une émotion que son petit-fils ne pourrait pas comprendre.

— Par contre, même si je suis hors-circuit depuis quelques années, je sais qu'il existe maintenant des médicaments. Sont-ils efficaces ? Je ne saurais le dire. Mais ce que je sais, c'est que ce n'est pas à toi tout seul de décider pour cet enfant. Vous êtes deux, ajoute-t-elle avec force, avec conviction.

— Mais Marie-Hélène ne...

— Chut ! Ne dis rien.

Pendant quelques minutes, Cécile reste silencieuse, sa main continuant de caresser doucement les cheveux de son petit-fils. Il y a tellement de souvenirs qui refluent en elle en ce moment qu'elle en est tout étourdie. Des tas de pensées qui tournoient sans savoir où se poser, qui s'imposent, disparaissent, reviennent. Puis l'image de François adolescent avale tout. François à seize ans, leur présentant sa nouvelle amie, Marie-Hélène. François leur annonçant que pour elle, il avait envie de se battre pour s'en sortir. Et cette toute jeune femme qui leur avait dit, à ce moment-là, la voix vibrante d'espoir :

— Vous allez voir, on va réussir.

Oui, Cécile s'en souvient comme si c'était hier. « On va réussir ! » Pour Marie-Hélène, c'était déjà leur vie à deux qui commençait. Et elle n'avait jamais laissé tomber François. Jamais. Alors...

— Je sais, moi, que Marie-Hélène a probablement besoin de toi comme jamais auparavant, mais qu'elle ne veut pas se l'avouer à elle-même, murmure enfin Cécile. Quand tu étais plus jeune, François, quand tu es entré en cure de désintoxication, combien de fois nous as-tu dit que tu ne voulais plus nous voir ? Que tu nous détestais ? Te souviens-tu ? Peux-tu me jurer que tu le pensais vraiment ? Non, n'est-ce pas ? Je crois que Marie-Hélène en est au même point. Elle croit te détester et a besoin de toi en même temps.

François ne répond pas, le même souvenir lui montant à l'esprit, il comprend fort bien ce que Cécile est en train de lui dire. La vieille dame reprend :

— Est-ce que je peux te demander une faveur, François ?

Le jeune homme lève les yeux sans comprendre.

— Une faveur ?

— Oui. La faveur de me mêler de ce qui ne me regarde pas... J'aimerais parler à Marie-Hélène. Si tu acceptes, j'irai à Montréal pendant que toi, tu vas attendre bien sagement ici.

— Mais pourquoi ? Puisque tu viens de dire que je devrais...

— Je sais. Mais je sais aussi que le drame que vous vivez tous les deux pourrait fausser les données entre vous deux.

Quand on parle sur le coup des émotions…

— Mais toi ? Je te connais assez, Mamie, pour savoir que tu dois bouillir en ce moment. Les émotions, ça te connaît non ?

— Pour ça… Mais disons que la vie m'a suffisamment fait de crocs-en-jambe pour que je puisse me relever sans trop de mal… Et justement parce que je suis quelqu'un qui vit ses émotions librement, je crois que Marie-Hélène a besoin de parler de mère à mère d'abord et avant tout. En ce moment, il ne doit y avoir que la mère qui pense et vit en elle.

— Ouais… C'est vrai. Si tu voyais comment elle parle de ce bébé…

— C'est bien ce que je pensais…

Spontanément, François repose la tête sur les genoux de sa grand-mère, entoure ses jambes de ses bras et la serre avec affection. Cécile ajoute alors, la voix de nouveau froide :

— Commençons par remettre les émotions à la bonne place et ensuite on va attaquer le problème de front. Et là, c'est le médecin qui parle : chaque jour qui passe est un jour qui compte. On ne peut pas faire comme si de rien n'était…

Toute la sérénité que François commençait à ressentir s'évapore d'un coup. Le fait d'avoir parlé ne change rien à la situation. Le spectre de sa maladie étend son ombre de nouveau. D'une voix étranglée, il dit alors :

— J'ai peur, Mamie. Si tu savais comme j'ai peur…

— Je sais, mon grand, je sais… Et c'est normal d'avoir peur devant l'inconnu… Alors imagine ce que doit ressentir Marie-Hélène. Elle, en ce moment, elle a peur pour deux…

Quand Cécile a quitté Québec, le ciel était toujours

aussi maussade. Ce qui ne l'a pas empêché de sourire devant les multiples recommandations de Jérôme.

— Cesse de t'en faire, grand fatigant. Je ne m'en vais pas en Papouasie, je vais à Montréal, à deux heures à peine d'ici, dans un autocar de luxe avec air climatisé.

Puis elle s'est laissé bercer par le roulis de l'autobus, permettant à ses pensées de vagabonder comme bon leur semblait.

À Drummondville, la pluie s'est mise à tomber, en un fin crachin. À Montréal, c'est un véritable déluge qui l'attend. Dans sa poche, elle a un plan du quartier dessiné par François pour s'y retrouver et une clé de l'appartement, au cas où Marie-Hélène serait absente.

— Pour le plan, c'est à l'eau, murmure-t-elle en sortant du terminus sur la rue Berri.

En levant les yeux au ciel, elle ajoute, mi-figue, mi-raisin :

— C'est le cas de le dire.

Et pour ce qui est de la clé, elle espère seulement ne pas avoir à s'en servir. Elle n'aimerait pas arriver et entrer sans la présence de Marie-Hélène, comme une intruse. Déjà que de s'imposer, comme elle le fait en ce moment, lui donne de légers grattements dans l'estomac... Levant le bras pour héler un taxi, elle se répète les mots de Mélina : faire confiance en la vie. Toujours et en tout lieu. Comme pour se donner courage et raison.

— Carré Saint-Louis, s'il vous plaît.

Se calant contre la portière, Cécile regarde la ville détrempée défiler tristement sous ses yeux en priant le ciel de lui donner les mots à dire. Juste les mots, les bons mots. Car pour le reste, elle sait qu'elle n'a qu'à se fier à son cœur...

* * *

On aurait dit que Marie-Hélène l'attendait, et Cécile le voit comme un heureux présage. La porte s'ouvre dès qu'elle sonne et tout en haut de l'escalier, la jeune femme la regarde monter.

— C'est haut chez nous, n'est-ce pas ?

Marie-Hélène a les traits tirés de qui n'a pas beaucoup dormi mais sa voix est claire et semble calme.

— Venez, Cécile. Je vous espérais, vous savez…

La vieille dame la rejoint, pose la main sur la rampe un instant pour reprendre son souffle puis lève les yeux vers Marie-Hélène pour demander :

— Comment pouvais-tu savoir ?

Marie-Hélène lui répond d'un sourire, à la fois triste et moqueur.

— Il n'y a que chez vous où François pouvait aller… Le reste coule de source… Vous voulez un café ? Je viens tout juste d'en faire une pleine carafe.

Les deux femmes se sont installées dans la cuisine, face à face, chacune d'un côté de la table. Pendant quelques instants, Cécile détaille la pièce jaune et blanche qui semble ensoleillée malgré la grisaille du ciel et le crépitement de la pluie contre les carreaux de la fenêtre. Une pièce qui ressemble à Marie-Hélène, à la fois douce et tonique. Puis elle reporte son attention sur la jeune femme qui semble hypnotisée par sa tasse de café qu'elle tourne et retourne entre ses doigts. Marie-Hélène lève alors la tête et son regard croise celui de Cécile. Et c'est comme si le temps suspendait son cours pour un moment. Les deux femmes se dévisagent en silence, pendant que la pluie s'acharne contre la vitre et que la cafetière chuinte doucement sur le comptoir :

— Si vous êtes ici, c'est donc que vous êtes au courant, n'est-ce pas ?

— Oui. François nous a parlé hier soir...

— Chanceuse ! Moi, il ne m'a rien dit.

Que d'amertume derrière cette phrase banale ! Spontanément, Cécile tend la main pour la poser sur le bras de Marie-Hélène. Elle la sent tendue comme une corde de violon, comme un volcan sur le point d'exploser. D'une pression des doigts elle tente de l'apaiser.

— Je comprends. Oui, je crois comprendre ce que tu ressens. Mais au-delà de cela, il reste que...

Peine perdue, la jeune femme la fixe avec amertume, une lueur de défi au fond du regard. Puis elle retire brusquement son bras pour le cacher sous la table.

— Il n'y a rien au-delà de cela, Cécile, l'interrompt-elle alors vivement. Rien pour l'instant. Cela, comme vous dites, ce sera désormais ma vie. Je dois m'y faire et vite, car je ne suis pas seule. La vie de mon enfant en dépend...

— Je sais.

À ces mots, Marie-Hélène éclate.

— Vous croyez ? Vous employez les mêmes mots que mon médecin, tiens ! Mais moi, je n'en suis pas si sûre que ça que vous compreniez, l'un comme l'autre... Vous ne savez pas vraiment. Personne ne peut vraiment comprendre ce qui se passe dans notre tête et notre cœur quand on apprend qu'au lieu de la vie, c'est peut-être la mort qu'on porte.

— Aujourd'hui, il y a des solutions de rechange, tu sais.

À ces mots, la colère de Marie-Hélène se dégonfle, aussitôt remplacée par un regard hermétique, douloureux.

— Oui, c'est vrai, j'ai appelé mon médecin ce matin et il m'en a glissé un mot... Mais pour l'essentiel, rien ne pourra faire en sorte que... Vous venez de le dire vous-même : ce ne sont que des solutions de rechange. Et puis, comment être certain à cent pour cent que tout va fonctionner comme on le voudrait ? Il restera toujours des probabilités, des risques, des incertitudes.

Puis, dans un profond soupir de lassitude, Marie-Hélène laisse tomber :

— Depuis hier, j'ai l'impression d'être devenue une statistique de plus dans un registre maudit. Et que c'est un peu la même chose pour le bébé. Belle perspective d'avenir pour quelqu'un qui n'est pas encore au monde !

Que pourrait répondre Cécile ? Face à Marie-Hélène, elle se sent démunie. Aussi démunie qu'elle sent la jeune femme vulnérable, fragile malgré sa détermination, sa hargne apparente. Cécile se souvient que lorsque la vie la malmenait, il lui arrivait parfois d'avoir envie de s'en remettre à d'autres. Pour l'instant, cet autre de Marie-Hélène, c'est elle, Cécile. Et son intuition lui dicte que la jeune femme a surtout besoin de parler. Dire à voix haute tout ce qui doit la tourmenter en silence depuis hier.

— L'avenir, Marie-Hélène, il est tel qu'on le fait. C'est toi et toi seule qui peut le bâtir cet avenir. Quel qu'il soit ...

— Ça aussi, je le sais, Cécile. Mais disons que j'ai l'impression que les dés ont été truqués. Et que même si je m'acharne à les lancer, ils ne tomberont jamais sur une case gagnante.

— À toi peut-être de déterminer ce qui est une case gagnante et ce qui ne l'est pas...

Marie-Hélène ne répond pas, Cécile ayant mis le doigt sur ce qui la fait souffrir le plus directement. Cette déchirure en elle quand elle songe au bébé. Ce tout petit qu'elle voudrait garder alors qu'en même temps, bien froidement, elle se demande si elle en a le droit. Pendant de longues minutes, elle se concentre sur sa tasse, se met encore une fois à la tourner et la retourner entre ses mains, la repousse, la reprend, recommence le manège. Dehors, la pluie s'est allégée. Par le carreau ouvert, on entend même les moineaux qui se remettent à piailler dans les arbres. Le ciel est plus léger, de ce blanc cru qui fait monter les larmes aux yeux. Tout à coup, la cafetière émet un hoquet essoufflé. Alors Marie-Hélène relève la tête, repoussant sa tasse d'un geste définitif.

— Ma vie est vraiment un coup de dés, Cécile. Hier, j'étais convaincue que le mieux à faire était de garder le bébé. Ce matin, je ne sais plus. Et si c'était là pur égoïsme, hein ?

— Et quand bien même ce serait cela ? La plupart de nos décisions découlent d'une bonne part d'égoïsme.

— Peut-être bien, oui… Mais aujourd'hui, l'enjeu n'est pas banal. Je n'ai pas le droit d'exiger de mon bébé une vie de souffrance, peut-être. De réclusion.

— Mais rien ne dit que ce sera le cas, Marie-Hélène.

— Comment savoir ? C'est bien ce que je dis : un coup de dé. Et si je croisais les doigts ? Peut-être que ça aiderait à conjurer le mauvais sort…

Cela dit, avec toute l'amertume que cela suppose, Marie-Hélène se relève, prend les tasses pour les porter dans l'évier, tourne le bouton de la cafetière. S'appuyant les reins contre le comptoir, elle relève la tête et regarde Cécile droit dans les yeux, en caressant son ventre d'une main lente et possessive.

— Par moments, dit-elle tout doucement, j'ai l'impression de réfléchir dans le vide. C'est à peine si mon ventre a grossi. Tout va si bien que je dois m'arrêter pour me dire que je suis enceinte… Pourtant, je sais fort bien qu'il est là.

Encore tout petit, si fragile, si dépendant de ma propre vie. Je n'ai pas le droit de me tromper, Cécile. Pas le droit pour lui.

— Et si tu attendais François pour en parler avec lui. Pour décider avec lui ?

Marie-Hélène dessine l'ombre d'un sourire, triste.

— François ?

Pendant une brève seconde, elle reste silencieuse, perdue dans ses pensées. Puis son regard se pose de nouveau sur Cécile.

— Non, je n'attendrai pas François pour décider. Ça ne le regarde pas. Pas après sa réaction des derniers mois. Vous rappelez-vous quand vous m'avez dit l'autre jour que François avait peur du bouleversement que ce bébé allait apporter dans notre vie ? Vous ne pouviez si bien dire. Vous aviez terriblement raison en supposant que François avait peur. Mais cette peur se jouait à un autre niveau, un niveau qu'on ne pouvait même pas imaginer. Je le connais suffisamment pour savoir qu'il est mort de trouille, en ce moment. Il déteste ne pas être en contrôle, ça lui rappelle trop les années où il était dépendant des drogues. Malheureusement pour lui, je n'ai pas d'énergie à lui consacrer comme je l'ai fait dans le temps. Voyez-vous, Cécile, ce qui nous arrive, je l'avais assumé dès le départ. Je savais de quoi était fait le passé de François et j'en acceptais les conséquences. Pour moi. Mais si j'avais su avant, jamais je n'aurais fait cet enfant-là. Et si François avait eu confiance en moi, en nous, il m'aurait parlé dès qu'il a su. On n'en serait pas là ce matin et, dans ces conditions, c'est bien certain que la décision se serait prise à deux.

Cécile a écouté Marie-Hélène sans dire un mot. Elle se revoit à peu près au même âge, décidant de son avenir, seule, après le décès de sa mère. Ce choix qu'elle avait alors fait de repousser le mariage pour se consacrer à son père et son petit frère, sans consulter Jérôme, se fiant uniquement à ses émotions à elle… Pourrait-elle encore aujourd'hui dire que c'était là la meilleure chose à faire ? En toute conscience, Cécile doit avouer qu'elle ne sait pas. Parce que la vie lui a appris que quel que soit le chemin emprunté, il y aura toujours des intersections qui nous feront douter du bien-fondé de nos décisions. Cécile pousse un profond soupir. Voilà pourquoi tous les souvenirs de ce temps lointain lui étaient revenus en mai dernier. Se rappeler jusque dans les moindres détails pour comprendre ce que vit Marie-Hélène. Malheureusement, le passé ne peut être garant de l'avenir. Que valent les expériences d'une vieille dame quand on se retrouve soi-même à la croisée des chemins ? Cécile ne peut décider à la place de Marie-Hélène et ne peut même pas la conseiller. C'est seulement en elle que la jeune femme peut trouver la réponse. Comme en écho à ses pensées, Marie-Hélène reprend :

— Cécile, si j'osais, je vous demanderais de m'accompagner chez le médecin. Il m'attend cet après-midi et ensemble nous devons examiner toutes les options qui se présentent. Je sais que ça paraît un peu froid, dit comme ça, mais je ne vois pas comment…

Marie-Hélène hausse alors les épaules en ouvrant tout grand les bras devant elle, comme si elle appelait à l'aide.

— J'aimerais simplement que vous soyez là.

Pendant que Marie-Hélène parlait, Cécile s'est relevée pour venir jusqu'à elle. La vieille dame qui s'est toujours sentie toute petite à côté de la jeune femme doit lever la tête pour croiser son regard. Mais curieusement, en ce moment, elle a l'impression que leurs yeux sont à la même hauteur.

— Alors j'y serai, ma belle. N'aie crainte, je serai avec toi.

À ces mots, le regard de Marie-Hélène s'embue. Une eau tremblante perle à ses cils, puis quelques larmes coulent sur ses joues. Cécile se hausse sur la pointe des pieds et prend la tête de celle qu'elle aime comme une petite-fille pour la poser sur son épaule.

— Sache bien, surtout, que quelle que soit ta décision, je la respecterai. Et je ne t'en aimerai pas moins...

Alors Marie-Hélène éclate en sanglots. Larmes dures, désespérées. Larmes de soulagement aussi. Elle n'est plus seule...

Et Cécile la laisse pleurer, caressant doucement son dos comme pour l'encourager à aller jusqu'au bout de sa détresse. Parce qu'elle le sait très bien: l'acceptation, le réconfort et le courage viennent souvent des larmes qu'on a pris le temps de verser.

CHAPITRE 5

Les deux pieds sur le sol, on ne peut pas apprendre grand-chose sur le saut en chute libre.
JOYCE MAYNARD

Toujours fin juin, en Beauce et à Montréal

Cela fait maintenant trois jours que François est arrivé chez ses grands-parents comme un cheveu sur la soupe et Sébastien, lui, n'arrive toujours pas à comprendre ce qui se passe. Sinon que ce qui tourmente le travailleur de rue doit être assez sérieux : ce dernier ne se lasse pas de faire de longues promenades, seul, d'un bout à l'autre de la terre jusqu'à l'érablière ou tout au long du rang, s'évadant parfois pendant des heures.

François ne mentionne jamais le nom de Marie-Hélène, lui qui trouvait toujours prétexte pour y faire allusion. Il ne parle ni de son travail, ni de ses projets, ni de la cidrerie. En fait, c'est à peine s'il ouvre la bouche pour demander qu'on lui passe le lait ou le beurre quand il est à table avec eux... Sébastien a l'impression que François n'est que l'ombre de lui-même, une ombre courant à perdre haleine pour essayer de rattraper quelque chose ou fuir quelque chose de terrifiant... Et Sébastien, qui jurait ne vouloir vivre que pour lui-même et pour le moment présent, se surprend à essayer de comprendre afin d'aider celui qui l'a si bien fait pour lui par le passé. Le soir, assis sur sa perche de cèdre, dominant la vallée et le visage tourné vers le soleil couchant, les yeux mi-clos, il revoit le déroulement de chaque journée, espérant y trouver un indice. Jusqu'à maintenant, tout ce qui lui semble évident, c'est que François est malheureux. Et inquiet... Mais plus que quiconque, Sébastien sait que l'on ne peut aider personne contre son gré. On ne force pas les confidences. Elles viennent à leur heure quand elles ont à venir et l'amitié, la vraie, c'est justement de respecter l'autre jusque dans son silence. Cela, Sébastien le sait. Ce qui ne l'empêche pas d'essayer de comprendre malgré tout. Même Jérôme est différent depuis que François est apparu à la ferme l'autre jour. L'enthousiasme qu'il montrait face à sa petite entreprise semble éteint et Cécile s'est enfuie comme une voleuse dès le lendemain matin. Tout ce qu'il a appris, c'est qu'elle est partie pour Montréal. Suffisant pour se poser des questions... et vouloir leur trouver une réponse valable.

Sébastien pense à tout cela, assis sur sa clôture, le visage levé vers le ciel, profitant des derniers rayons de soleil. Ce soir, au souper, Cécile a appelé de Montréal et François a passé un long moment enfermé dans la petite pièce à l'avant de la maison pour lui parler. Il en est ressorti les yeux rougis et aussitôt Jérôme lui a proposé de sortir prendre une marche. Ce qu'ils ont fait sans donner d'explication, laissant Sébastien seul avec Mélina. La vieille dame l'avait alors regardé en fronçant les sourcils comme sous l'effet d'une profonde réflexion. Puis elle avait demandé de sa voix bourrue :

— Curieux, n'est-ce pas, tout ce mystère qui nous entoure depuis quelques jours ?

Trop heureux de voir que quelqu'un partageait sa vision des choses, Sébastien lui avait aussitôt emboîté le pas.

— Vous aussi vous trouvez ça ?

— Et comment !

Puis Mélina avait baissé les yeux pour que Sébastien n'y lise pas la satisfaction qu'elle éprouvait. L'aïeule avait ressenti un grand courant d'affection pour le jeune homme dès qu'elle l'avait rencontré. Cécile lui avait vaguement parlé de son passé et expliqué les raisons de sa présence parmi eux, l'intuition de Mélina avait fait le reste et le sourire de Sébastien l'avait définitivement conquise. Et depuis que François était ici, elle le sentait malheureux. Alors, de le savoir inquiet ne lui plaisait guère. De là son intervention et ses remarques. Et Sébastien avait réagi exactement comme elle le souhaitait : il était tombé dans le panneau à pieds joints, même si aux yeux de Mélina, l'astuce lui semblait un peu grosse, cousue de fil blanc. Mais Sébastien n'avait pas vraiment de secrets pour elle. Il lui faisait penser à Jérôme au même âge : plein de fougue, intransigeant, maladroit dans l'expression de ses émotions, par moments empêtré avec lui-même… C'est pourquoi elle avait renchéri :

— Oui, c'est bien mystérieux, tout ça.

Puis, catégorique, elle avait ajouté :

— Mais ça ne nous regarde pas.

Sébastien avait alors ouvert de grands yeux de désaccord.

— Vous croyez ? Pourtant, moi, je sens que François a besoin d'aide.

Mélina avait haussé les épaules avant de trancher.

—Ça, c'est certain. Mais encore faut-il qu'il le sache lui-même et qu'il décide d'où lui viendra cette aide.

Pendant quelques instants, Sébastien était resté silencieux. Il se revoyait, il y a de cela un an à peine, refusant tout contact, tout regard étranger sur sa vie. Pourtant, malgré cela, François avait insisté et c'était peut-être là la meilleure chose qui lui était arrivée depuis fort longtemps. C'est pourquoi il avait ensuite déclaré, impétueux, catégorique comme seule la jeunesse peut l'être :

— Parfois, les autres ont une meilleure vision des choses que nous-même.

Puis il avait levé les yeux vers la vieille dame, modulant sa pensée.

— Vous ne pensez pas, vous ?

Mélina avait fait la moue.

— Des fois, oui, ça arrive. C'est vrai. Mais malgré tout ce qu'on en pense, je dirais que c'est plutôt rare.

Puis elle l'avait regardé franchement, droit dans les yeux, et avait dit :

— Est-ce que je peux te parler ben simplement ? Oh ! Puis non, répond même pas parce que j'vas parler pareil. J'suis rendue à un âge qui m'autorise à dire tout ce que je veux. Y'en a qui disent que c'est du radotage, moi, j'pense plutôt que c'est l'expérience mêlée d'un petit brin de sagesse qui nous permet de dire c'qu'on pense... Ça fait que j'vas te dire c'que j'pense de la situation pis après t'en feras ben c'que tu voudras... Pour moi, c'est ben clair que François vit quelque chose de difficile, de ben difficile. Pis si y'est ici, c'est qu'en quelque part, y'a compris qu'il pourrait pas s'en sortir tout seul. Ça, c'est clair comme le nez au milieu de la face. Mais au-delà de ça, qu'essé tu veux qu'on fasse de plus, toi pis moi ? Rien. On peut rien faire d'autre que lui faire sentir qu'on l'aime pis que si l'envie lui prend de nous parler, on sera là pour lui. Dans la vie, mon jeune, y'a des moments pour parler pis d'autres pour se taire. Pis la sagesse, c'est d'être capable de faire la part des choses entre les deux. Ça fait ben des années maintenant que ma vie se résume à regarder les autres vivre autour de moi pis à les écouter. C'est ça que j'ai finalement compris. Une présence silencieuse vaut parfois ben plus qu'un moulin à paroles qu'on est pas prêt à entendre. Laisser son cœur écouter... Oui, c'est ça : laisser son cœur écouter au lieu des oreilles pis tu vas voir qu'on entend ben des choses. Pis y'a d'autres fois où un geste peut valoir mille mots. Juste une main sur une épaule ou juste un sourire peut parler plus fort que le plus grand des discours... C'est ça que j'avais à te dire. J'en sais pas plus que toi sur ce qui se passe dans la vie de François. Mais je m'en fais pas. Cécile m'a dit qu'il y avait des solutions à tout et sur ce point, j'suis ben d'accord avec elle. D'une façon ou d'une autre, la vie finit toujours par nous faire signe pour qu'on sache par où on doit aller. Suffit de faire confiance...

Pendant de longues minutes, le mot confiance avait survolé la cuisine, s'imposant dans tous les sens qu'on voulait bien lui donner. Un mot que Sébastien avait rejeté longtemps hors de sa vie et qu'il recommençait seulement à tolérer. Avoir confiance en soi, en l'autre, en la vie...

— D'accord, avait-il finalement murmuré. Je pense que je comprends ce que vous voulez que je comprenne.

Mélina avait de nouveau haussé les épaules comme devant une évidence.

— C'est sûr que tu comprends. Moi, j'ai pas de doute là-dessus. J'sais pas grand-chose de ton passé, Sébastien, mais quand on a choisi la rue pour vivre pendant un temps, c'est que la vie nous a pas fait de cadeau. Personne viendra changer mon opinion là-dessus. Pis si t'as préféré la rue à toute autre maison, c'est que t'as pas vraiment connu la vie de famille qui fait serrer les coudes et s'entraider. Un p'tit gars qui se retrouve tout fin seul à dix-huit ans peut pas avoir été un enfant heureux. C'est pas malaisé à comprendre. Pis quand on a déjà été malheureux, c'est facile de deviner la tristesse des autres. On dirait que le malheur fait pousser des antennes. Pour l'instant, le p'tit gars aux antennes, c'est toi. C'est pour ça que tu veux aider François. Mais faut faire attention : les meilleures intentions ne sont pas nécessairement la réponse à tout. Comme on dit : l'enfer est pavé de bonnes intentions.

Comment une vielle dame retenue chez elle depuis de si longues années avait-elle pu le percer aussi facilement ? Pendant que Mélina parlait, Sébastien avait senti que les larmes lui montaient aux yeux. Larmes d'émotions trop longtemps rejetées qu'il avait brusquement envie de verser aujourd'hui pour lui comme pour François. Et pour une première fois depuis longtemps, il n'était pas gêné d'avoir les yeux un peu trop brillants.

— Merci, Mélina, de m'avoir parlé comme vous venez de le faire... Ça m'a fait du bien.

Puis il avait ajouté d'une voix rauque :

— J'vous aime bien, vous savez.

Alors Mélina avait dit, taquine, pour détendre l'atmosphère :

— Ça fait des lunes qu'un beau gars m'a pas dit une chose pareille. Ça fait du bien à entendre. Moi aussi je t'aime gros. Tu me fais penser à mon Jérôme quand y'avait ton âge : tout feu tout flamme.

Puis elle avait longuement soupiré.

— Astheure, le jeune, permets-tu à une vieille femme de dire qu'elle est fatiguée ? Ben fatiguée. Tu vois, les émotions, ça use. Pis depuis que François est ici, elles sont à fleur de peau, mes émotions. Si j'osais, je te demanderais de m'aider à retourner dans ma chambre. J'pense que j'vas me contenter de regarder la tévé, ben confortablement assise dans mon lit, pour à soir...

Sébastien l'avait aidée à regagner ses quartiers... Puis il avait rangé la cuisine avant de venir s'installer sur sa perche de cèdre.

Présentement, les paroles de Mélina lui trottent en tête dans toutes les directions, se greffant tant à son passé qu'à ses espoirs face à l'avenir et à ses inquiétudes pour François.

Puis, caprice de l'esprit, c'est le nom de Claudie qui s'impose brusquement. Que devient-elle ? Sa jeune amie devrait être ici depuis plus d'une semaine, maintenant. Mais pas de nouvelles, sinon un appel au lendemain de son départ pour dire qu'elle était bien rendue et qu'elle pensait à lui. Depuis, plus rien...

À cette pensée, Sébastien ne peut s'empêcher de pousser un long soupir d'impatience. Ça fait bien des choses désagréables en même temps, lui qui déteste se sentir bousculé... Claudie, François et pourquoi pas Maxime, tant qu'à y être ? Quand est-ce qu'il va enfin se décider à essayer de rejoindre son frère ? Qu'est-ce qui le retient ?

La réponse à cette dernière question lui effleure l'esprit, mais Sébastien ne la retient pas. Il ne sait que trop bien ce qui l'arrête et il n'a pas envie de s'y attarder. Pas ce soir.

D'un coup de reins, il saute sur la terre durcie du champ mis en jachère pour cette année et, ignorant le sentier, il revient à la maison des Cliche à travers les rangs mal entretenus, à la terre inégale. Brusquement, il lui semble qu'il doit se battre contre quelque chose pour arriver à brûler le surplus d'énergie qui gronde en lui. Colère, impatience, frustration, il ne saurait le dire. Pas plus qu'il ne saurait dire d'où lui vient cette sensation désagréable et vers qui elle est dirigée…

Le soleil n'est plus qu'une grosse boule de lumière entre les troncs des sapins au loin là-bas, près de la route. L'ombre dessinée par Sébastien s'étire à l'infini derrière lui. Une ombre morcelée et capricieuse comme les mottes de terre qu'il enjambe en sautant…

Le lendemain, pour la première fois depuis qu'il est ici, François se joint à son grand-père et à Sébastien pour travailler au verger. Présence silencieuse mais efficace, ayant aidé Jérôme pendant de nombreux étés.

À plusieurs reprises, le regard de Sébastien croise celui de François. Un regard hermétique et douloureux à la fois. Un regard qui dérange Sébastien parce qu'il repousse l'autre et crie au secours en même temps. Il se sent mal à l'aise, ne sait trop s'il doit rester ou s'éloigner. C'est alors que les paroles de Mélina lui reviennent en tête : « Tu sais, un geste, un sourire disent parfois plus qu'un beau discours… » Profitant d'un de ces instants de contact entre François et lui, Sébastien tente un sourire. Un peu gauche, gêné mais sincère. Contre toute attente, François lui répond aussitôt de la même façon. Comme s'il espérait ce geste, cette attention. Tout au long de la journée, ces instants de communion se répètent, se font d'une fois à l'autre plus francs, plus directs. En même temps, à travers eux, Sébastien découvre une dimension nouvelle de sa relation avec François. Aujourd'hui, il n'y a plus d'intervenant, de travailleur de rue ou d'itinérant en quête de refuge, d'avenir, d'identité peut-être. Il n'y a que deux hommes à peu près du même âge avec, lui semble-t-il, les mêmes interrogations, les mêmes espoirs face à la vie.

Les mêmes craintes aussi.

Au souper, alors qu'ils préparent le repas à trois, François partage même leurs rires devant leur incompétence.

— Quand Cécile est ici, la cuisine, c'est son fief ! Pas question que j'y mette les pieds quand elle est à faire le repas ! Alors je manque d'expérience, avoue Jérôme en guise d'excuse face à sa maladresse à faire les crêpes.

— Disons qu'avec Marie-Hélène, c'est un peu la même chose. Remarque que j'arrive bien souvent après elle, le soir et…

— Des excuses ! Des excuses !

Les rires qui résonnent dans l'immense cuisine ont des tonalités de libération, venue d'on ne sait où mais bien palpable. Mélina qui arrive à petits pas le perçoit.

— Quand le chat n'est pas là, les souris dansent à ce que je vois !

Et dans ses yeux brille le plaisir d'entendre François rire de nouveau. Elle a tellement prié pour lui depuis quelques jours !

Quand François annonce qu'il a envie d'aller se promener après le souper, comme il le fait tous les soirs, cette fois-ci, il se retourne vers Sébastien. Pendant un moment, il hésite. Puis il se jette à l'eau.

— Est-ce que ça te tente de venir jusqu'à la sucrerie avec moi ? Ça fait un bail qu'on n'a pas jasé ensemble !

Ambivalence de ce discours où il ne sait plus qui il est. C'est à la fois l'homme blessé qui cherche un ami et le travailleur de rue soucieux qui s'adressent à Sébastien. Ce dernier lui fait un grand sourire.

— Super ! J'vas avoir quelqu'un pour partager ma réflexion du soir.

François ouvre de grands yeux, oubliant momentanément tout ce qui lui encombre l'esprit depuis quelque temps.

— Ta réflexion du…

Sébastien éclate de rire.

— Viens-t'en, m'en vas t'expliquer ça…

Ils quittent la cuisine en parlant pommiers.

Pendant un instant, Jérôme les regarde s'éloigner, visiblement soulagé de voir que l'attitude de François est différente. Rien n'est acquis, rien n'est fait, mais seulement l'entendre rire durant le repas, la simple invitation qu'il a lancée à Sébastien à partager sa promenade suffisent à rassurer quelque peu Jérôme. Levée péniblement de table, Mélina le rejoint à la fenêtre.

— Pas facile, mon grand, d'avoir du souci pour ceux qu'on aime, hein ? Surtout quand on peut pas faire grand-chose. Me semble que les tracas sont encore plus grands dans ce temps-là.

Tout en parlant, Mélina a posé sa main toute ridée sur le bras de Jérôme. Ce vieil homme, c'est son fils, encore et toujours son enfant, un peu son petit garçon, et elle n'aime pas le voir soucieux.

— Notre petit François est devenu un homme, astheure, rappelle-t-elle. On n'a pas le choix de s'y faire. Pis des fois, quand on est rendu des adultes, y'a juste soi-même qui peut régler les problèmes. Pas les autres, ajoute-t-elle pensive.

Puis sa voix se fait plus ferme.

— Pis c'est juste normal que ce soit de même. Y'a des fois où la vie nous oblige à nous regarder en pleine face pis c'est là que les autres existent plus. François me donne l'impression d'être exactement là où j'parle. Alors nous autres, on n'a pas le choix de rester en arrière. C'est juste une autre façon de dire à quelqu'un qu'on l'aime pis qu'on le respecte. Faudrait surtout pas l'oublier.

Ému, Jérôme est venu enserrer la main de sa mère dans la sienne. Que cette vieille dame sans grande instruction, n'ayant, pour ainsi dire, jamais quitté sa maison, sache être à ce point clairvoyante et juste dans ses réflexions le surprend toujours un peu. À cette pensée, la pression de sa main se fait plus forte, aimante. Alors Mélina lève la tête vers son fils et tous les deux, ils se sourient, sachant que leurs pensées se ressemblent. Lui, songeant qu'il a une chance inouïe d'avoir encore sa mère tout près de lui malgré son âge et Mélina se redisant à quel point la vie peut être généreuse parfois, elle qui lui a ramené son fils après tant d'années d'absence. Puis, tous les deux, ils se retournent pour regarder les deux jeunes hommes dont les silhouettes reflétant le coucher du soleil se découpent sur le boisé de l'érablière. Un chandail rouge et un autre jaune, deux taches de couleur qui semblent danser le long du champ. Deux hommes qui sauront peut-être s'aider l'un l'autre. C'est ce que se répète Jérôme, emmêlant ses espérances aux prières de sa mère.

Pourtant, ni François ni Sébastien ne sent l'envie de bousculer le silence qui les entoure. Porté par quelques chants d'oiseaux et le bruissement des herbes balayées par la brise du soir, il a quelque chose de magique, ce silence, et personne n'ose le briser.

Pour Sébastien, il y a aussi une certaine pudeur, une certaine gêne qui le retient. Car en ce moment, il a l'impression de vivre à l'envers et que c'est lui maintenant qui peut aider, qui peut conseiller. Il ne sait d'où lui vient cette sensation mais elle est là, bien présente dans ses pensées. Peut-être à cause de l'attitude de François qui semble tourmenté alors qu'il l'a toujours vu confiant. Et curieusement, c'est un peu la même chose pour François. De sentir la présence de Sébastien à ses côtés lui ramène justement cette forme de confiance qu'il n'a pas ressentie depuis des mois. Cela fait du bien. Le travailleur de rue, celui qui aide et soutient, revient avec force. Mais cette fois-ci, c'est lui-même qu'il aurait envie d'aider à travers l'envie de savoir ce que devient Sébastien. Même s'il est centré sur lui-même depuis qu'il est ici, la mine soucieuse et trop sérieuse de Sébastien ne lui a pas échappé.

S'il commençait par là, peut-être bien que tout le reste suivrait... François se tourne alors vers Sébastien, le regarde un moment puis reporte les yeux sur le sol.

— Alors Sébas ? Quoi de neuf ?

Au son de la voix de François qui lui semble immense tout à coup après cette promenade silencieuse, Sébastien sursaute. Puis il hausse les épaules.

— Bof ! Plein de choses et pas grand-chose en même temps.

— C'est clair !

Sébastien ébauche un sourire, sans vraiment regarder François, à peine un regard en coin avant de reprendre.

— Tu sais François, c'est pas parce que je suis ici que tout a changé dans ma vie. Des questions sans réponses, il y en a encore.

C'est au tour de François de dessiner l'ombre d'un sourire.

— Et si je te disais qu'il y en aura toujours ?

Sébastien souffle dans ses joues avant de reprendre.

— Ouais, c'est bien ce que je suis en train de comprendre. Pis je trouve ça fatigant, ben ben fatigant.

— Mais non, ce n'est pas fatigant. C'est plutôt rassurant de se poser des questions. Ça veut dire qu'on existe, qu'on progresse. Moi, c'est le jour où je ne me poserai plus de questions que je vais commencer à avoir peur, à trouver ça fatigant, comme tu dis.

Pendant un moment, Sébastien continue d'avancer sans un mot. Puis il s'arrête, tourne la tête et regarde François directement.

— Okay pour les questions, je suis d'accord avec toi. On peut pas vraiment les éviter. Mais quand on trouve pas de réponse, on fait quoi avec nos maudites questions ?

— On finit toujours par trouver quelque chose, Sébastien. Toujours. Même si des fois, c'est pas du tout ce qu'on pensait trouver.

François s'écoute parler et brusquement il comprend que c'est à lui-même qu'il répond à travers les mots qu'il a pour Sébastien.

— Ouais...

Sébastien semble sceptique.

— Ça, c'est juste des mots. Une manière de dire qui dit rien. Moi, ce que je veux, c'est des solutions.

— Des solutions à quoi ?

De nouveau, Sébastien reste silencieux pour un temps. Puis il recommence à marcher les yeux au sol, aussitôt suivi de François qui remonte jusqu'à ses côtés en deux longues enjambées.

— Des solutions à moi, murmure-t-il enfin. Juste des solutions à ce que je suis.

— Alors, on est tous les deux sur la même marche, mon vieux. On cherche des solutions à des questions qui nous semblent sans réponse... C'est pas facile, hein ?

« Pas facile... » Les mots restent un moment suspendus dans l'air entre eux. Non, ce n'est surtout pas facile, François aurait envie brusquement de crier cette toute petite phrase qu'il vient de prononcer. Il revoit les mois vécus dans la peur. Cette peur qui l'a cloué au sol. Brusquement, elle l'envahit de nouveau, faisant trembler ses mains. Alors, d'un geste prudent, machinal, il les glisse dans ses poches.

— C'est peut-être parce qu'on a peur des réponses, qu'on se dit que ce n'est pas facile, se répondant à lui-même. Ça donne une excuse raisonnable pour prendre tout son temps...

Encore une fois, ces quelques mots restent entre eux comme un trait d'union. Quelques mots valables pour l'un comme pour l'autre. Les rôles sociaux, les places que l'on prend ou que l'on a ne veulent plus rien dire, n'ont plus la moindre importance. En ce moment, il n'y a que deux amis marchant côte à côte. Deux amis qui sentent instinctivement qu'ils peuvent s'entraider et s'aider eux-mêmes à travers cela.

— On s'assoit ?

Ils sont arrivés devant la cabane à sucre. Le petit banc de bois est éclairé par un rayon du soleil couchant qui ondule entre les arbres. Sébastien hausse les épaules tout en répondant à François.

— Si tu veux...

Mais son apparente nonchalance ne dure qu'un instant. Lui, c'est surtout en marchant qu'il fait le point depuis deux ans. Sauf peut-être depuis qu'il est ici, alors qu'il aime bien s'installer sur sa clôture. Mais la présence de François change tout. Il a l'impression de remonter dans le temps. Et comme s'il venait de poser les fesses sur un nid de guêpes, le jeune homme se relève et se met à marcher comme un ours en cage devant François. Le mot « peur » que le jeune travailleur de rue a prononcé l'obsède et l'enrage tout à la fois.

— Mais moi, de savoir ça, que j'ai peur, que je suis un lâche pis tout le reste, ça m'avance pas. T'es pas le premier à me dire que j'ai peur des réponses. Pis je le sais que vous avez raison. Je suis pas complètement borné. Mais de le savoir, ça me dit pas quoi faire.

Sébastien s'arrête un instant, fronce les sourcils comme s'il cherchait quelque chose de bien précis, puis il reprend sa marche énergique.

— Pis quand bien même je saurais quoi faire, c'est pas ça qui va me donner le courage de faire ce que je devrais faire.

Puis il s'arrête pour de bon, avec l'impression d'être complètement épuisé, à bout de souffle. Et en colère.

— C'est toujours plus facile de dire aux autres quoi faire que de le faire soi-même, lance-t-il enfin.

Et pour ces quelques mots, Sébastien s'attend à une réponse virulente. Le François qu'il connaît n'accepte pas les défaites, les excuses faciles. Pourtant la répartie tarde à venir. Et quand elle arrive, finalement, elle est totalement différente de ce qu'il prévoyait.

— Tu as raison, Sébas. C'est beaucoup plus facile de trouver des solutions pour les autres que pour soi. J'en sais quelque chose, c'est mon travail de tous les jours de trouver des solutions…

Puis il lève la tête et regarde Sébastien droit dans les yeux.

— Mais je ne suis pas différent des autres. Moi aussi j'ai peur des questions imprévues, de l'inconnu. Pourtant, je sais d'avance les réponses parce que je les ai déjà formulées pour d'autres. Mais quand vient le temps de les appliquer à soi… Cordonnier mal chaussé, n'est-ce pas ?

Sébastien fronce les sourcils, oubliant momentanément

ce qui l'occupait il y a quelques instants. N'est-il pas ici à la demande de François ? Un François qui ne ressemble en rien à celui qu'il connaissait.

— Je comprends pas.

— Il n'y a rien à comprendre.

François regarde autour de lui comme un animal apeuré. Alors Sébastien vient jusqu'à lui, s'assoit à son tour sur le banc de bois rêche. Jamais avant il n'a vu quelqu'un qui semble aussi désemparé que François. Pas même sa mère quand il était petit et que toute sa famille avait à subir une des poussées de colère de Me Duhamel. Maladroit, ne sachant ni les mots à dire, ni les gestes à poser, il tend tout de même la main et effleure l'avant-bras de François.

— Hé ! Qu'est-ce qui se passe ? Qu'est-ce qui ne va pas ?

— Ce qui ne va pas ?

La réplique lui monte aux lèvres spontanément. Le ton est amer.

— Demande plutôt ce qui va, lance-t-il, sarcastique. Ça serait moins long à répondre…

Pendant un bref moment, François redevient silencieux, le regard hermétique. Puis les traits de son visage se creusent, ses poings se referment comme s'il fomentait une bataille. Peut-être bien la bataille de sa vie… Il explose comme un volcan.

— Ce qui ne va pas ?

François est maintenant debout, fébrile, survolté. De rage, de peur, Sébastien ne saurait le dire. « Probablement les deux », se dit-il pendant que le jeune travailleur de rue se met à marcher à son tour.

— Il n'y a plus rien qui va, Sébas. Rien… Le pire c'est que tout est de ma faute…

François s'arrête, dévisage intensément Sébastien avant

de faire volte-face et se mettre à frapper à poings fermés le premier tronc d'arbre venu.

— J'ai appris que j'étais séropositif, Sébas...

François a mordu dans le mot avec une agressivité incroyable. Comme s'il voulait le détruire. Sébastien ose à peine respirer, devine intuitivement qu'il n'y a rien à dire. Son cœur bat à tout rompre, autant devant l'énormité de cette révélation que devant la tristesse qu'il ressent pour François et son incapacité à l'exprimer. Révélation qui laisse supposer tout un passé dont François n'a jamais parlé. Puis Sébastien se dit qu'il n'a pas besoin de parler. Tout ce dont François a besoin, c'est une présence qui devient prétexte à extérioriser sa hantise, sa haine, son désespoir. Il sait aussi, sans rien y connaître, simplement par instinct, il sait que François a besoin de vivre l'intensité du moment présent comme s'il était seul.

— J'ai appris que j'étais porteur du sida, répète-t-il, comme s'il voulait être bien certain que Sébastien avait compris.

La voix de François est immense comme un cri, comme une longue plainte de douleur.

— Le pire, c'est que je n'ai rien fait, rien dit... Moi, le travailleur de rue qui connaît l'importance d'agir rapidement, qui connaît le nom des meilleurs médecins, les cliniques où s'adresser, je suis resté là comme un imbécile à attendre. Attendre que les autres me disent quoi faire, peut-être. Un idiot, oui, qui est en train de détruire ce qu'il y a de plus important dans sa vie...

François revient face à Sébastien, le regarde de nouveau droit dans les yeux.

— Je n'ai même pas parlé à Marie-Hélène qui est enceinte. Est-ce que tu te rends compte ? Je n'étais pas capable, les mots restaient bloqués dans ma gorge, j'étais complètement paralysé devant elle.

Brusquement, il se laisse tomber sur le sol, le dos appuyé contre un gros tronc rugueux. De grosses larmes inondent son visage. Il les essuie d'un geste rageur.

— Pourtant, je suis le premier à tout vouloir faire avec elle. Je l'aime tellement. On sait tout l'un de l'autre. On n'a jamais eu de secrets. J'ai promis de la rendre heureuse et je lui ai transmis la mort, Sébas. Et j'ai été trop lâche pour le lui dire moi-même. Pourquoi est-ce que j'ai agi comme ça ? Je ne comprends pas. Je ne me comprends plus. Peut-être parce que je voulais la protéger ? Comme si le fait de ne rien dire pouvait changer quelque chose... Peut-être à cause du bébé... Si tu voyais à quel point elle est heureuse.

La voix de François n'est plus maintenant qu'un murmure.

— Et c'est à cause de moi qu'aujourd'hui elle doit... Elle a eu raison de me dire de partir. J'ai agi en lâche... Je sais qu'il faut que je réagisse mais je n'y arrive pas. Alors tout ce qu'il y a d'important dans ma vie m'échappe. Marie-Hélène, mon travail... J'ai peur, Sébastien. J'ai peur de mourir. Je ne veux pas quitter les miens comme ça. Pas maintenant. C'est trop vite, bien trop vite...

François a enfoui son visage dans le creux de son bras et les derniers mots qu'il dit sont étouffés par les larmes. Pendant quelques instants, Sébastien ne dit rien. Puis, sur le ton de la confidence, à son tour il se met à parler.

— Je n'y connais pas grand-chose, mais je sais que tu as raison en disant qu'il faut agir rapidement. T'as pas le droit de te laisser aller. Ni pour toi, ni pour les autres. Reste pas comme ça. On a encore besoin de toi, Gombi.

Gombi... Les yeux de François se remplissent une autre

fois de larmes. Gombi, c'est l'affection qui l'unit à Sébastien, c'est leur complicité, c'est une main tendue. Gombi, c'est aussi le travailleur de rue, l'homme qu'il était devenu à force de volonté. Celui qui avait décidé un jour de se prendre en main, de relever le défi de la désintoxication afin de se donner une belle et bonne vie et pouvoir ainsi aider les autres. Un mot tout simple, un surnom affectueux, et François a l'impression de s'éveiller de sa léthargie malsaine. C'est un battant, François. Un homme capable de lutter, capable de gagner. Alors, à travers les larmes, un timide sourire fleurit.

— Tu as raison, Sébas, je n'avais pas le droit de me laisser aller comme je l'ai fait. J'ai agi comme avant quand j'étais adolescent, incapable de résister aux solutions de facilité, à la drogue, à l'alcool. Pourtant je sais que je suis capable de me tenir debout. Je l'ai déjà fait.

Pendant un long moment, François redevient silencieux, les yeux vagues, tourné tout entier vers son passé. Il revoit tous ces mois où il s'est battu contre lui-même quand il avait choisi de faire une cure de désintoxication. Il lui semble encore ressentir les douleurs physiques et morales subies alors en serrant les dents. Mais il avait tenu bon et, petit à petit, il avait réussi à bâtir un mur de résistance. Péniblement, lentement, une pierre après l'autre. Puis, quelque temps plus tard, il avait décidé de reprendre ses études. Il revoit aussi toutes ces longues années à se retrousser les manches, au propre comme au figuré, parce qu'il était loin d'être un premier de classe. Et il avait gagné. Son diplôme, avec Grande Distinction, obtenu à la fin de ses études universitaires, il l'avait amplement mérité. Impulsivement, les poings de François se referment. De nouveau, sa vie se trouve à une intersection. Et devant lui, il voit distinctement les deux routes qui s'offrent. Celle de la facilité où il peut avancer en larmoyant, s'en prenant à l'univers entier, se complaisant dans ce qu'il dit être la plus infâme des injustices. Et celle, plus difficile, où il doit se relever et reprendre le bâton du pèlerin pour avancer, car il sait qu'il aura à se battre. Il a le choix. On a toujours le choix...

François relève alors les yeux. Lentement, il regarde autour de lui en respirant bruyamment. C'est ici, dans cette même cabane à sucre, que sa vie avait commencé à changer. Au moment précis où son regard avait croisé celui de Jérôme. Cécile avait invité tous les siens pour une partie de sucre et il y avait plein de gens. Mais pour un instant, François avait eu la très nette sensation d'être seul face à Jérôme et que ce dernier lui insufflait une force nouvelle à travers le sourire qu'il lui faisait. Plus jamais, à partir de cet instant-là, plus jamais François n'avait eu la certitude d'être abandonné comme il en était persuadé avant. Certes, il y avait eu des hésitations, des reculs, des rechutes, mais tout au fond de lui, le souvenir du sourire de Jérôme veillait. Puis quelque temps après, il y avait eu celui de Marie-Hélène. Il y a toujours celui de Marie-Hélène...

Alors que fait-il là, assis à même le sol, les yeux embués ?

La vie lui a peut-être réservé un croc-en-jambe sournois qu'il n'avait pas vu venir, mais François Léveillé va se relever et se battre.

D'un coup de reins volontaire, François s'est redressé. D'un bond, il se retrouve debout, fixant Sébastien d'un regard nouveau, limpide.

— Merci, Sébas.

Sébastien ouvre de grands yeux.

— Pourquoi ? J'ai rien fait de spécial.

— Merci d'avoir été là, c'est tout.

À ces mots, Sébastien le regarde drôlement. Puis il fronce les sourcils.

— Me semble qu'on a déjà dit ça. Sauf que c'était à l'envers. Si je me rappelle bien, c'est moi qui te remerciais.

À son tour, il saute sur ses pieds, s'approche de François qui lui tend la main.

— Mamie Cécile dit souvent qu'il faut faire confiance à la vie, Sébas. Laisse-moi te dire que depuis quelques mois, je n'y croyais plus. Mais ma grand-mère a raison. En même temps que la vie me poignardait dans le dos, elle a permis que tu croises mon chemin. L'amitié, la vraie, c'est un des plus beaux cadeaux que l'existence puisse nous faire. Alors je le répète, merci d'être là.

À ces mots, Sébastien se met à rougir violemment.

— Ben voyons donc, j'ai rien fait...

— Au contraire, tu as fait beaucoup. Tu m'as réveillé. Et il était temps que quelqu'un le fasse. Par contre...

À cet instant, François pousse un profond soupir tout en faisant la grimace.

— Par contre, je ne sais trop par où commencer. Il va falloir bouger, prendre des décisions, c'est bien certain, mais j'ai l'impression d'être devant un casse-tête de dix millions de morceaux et...

À son tour, Sébastien dessine une drôle de grimace.

— Allez, viens. On rentre, lance-t-il comme s'il n'avait pas entendu les derniers propos de François. Ton grand-père doit nous espérer, comme dirait Mélina...

Se tournant brusquement vers François et le regardant droit dans les yeux, il ajoute cependant:

— Mais si tu veux, moi je connais quelqu'un qui pourrait peut-être t'aider à démêler tes morceaux de casse-tête. Un gars formidable. Il s'appelle Gilbert...

CHAPITRE 6

Les larmes les plus amères versées sur les tombes
tiennent aux paroles passées sous silence
et aux actions restées inaccomplies.

LILLIAN HELLMAN

À Montréal, fin juin 1996

— Veux-tu bien me dire ce qui se passe ? Oui, oui, j'ai entendu ! J'arrive...

Le bruit d'un pas lourd, le frôlement d'une chaîne et la porte de bois verni s'ouvre finalement sur un Gilbert en tenue du samedi, jogging moulant et chandail vieux rose, qui écarquille aussitôt les yeux.

— Qu'est-ce que tu fais encore en ville, toi là ? T'étais pas supposé revenir juste à l'automne ? Pis c'est qui lui ?

Bien planté sur ses courtes jambes dans l'encadrement de la porte, le traditionnel tablier fleuri tout de travers sur sa panse dodue, mal rasé, les yeux bouffis d'une veille un peu trop bien arrosée, Gilbert détaille François avec circonspection. À côté du longiligne travailleur de rue, il semble plus court et boudiné que jamais, la tenue décontractée accentuant cet effet, et le gros homme ressent viscéralement cette différence notable. Pourtant, tout en se jurant de se mettre à la diète sur-le-champ parce qu'il déteste se sentir mal à l'aise (régime qu'il ne suivra pas, il le sait fort bien, mais cela donne bonne conscience !), les yeux de Gilbert lancent des paillettes de plaisir. Son Sébastien est là !

— Mais qu'est-ce que c'est que cet interrogatoire ? Si tu me laisses entrer, peut-être bien que je vais te le dire, ce qui m'amène en ville.

Sébastien se sent moqueur, utilise le même ton un peu pointu pour répondre à Gilbert, comme il le fait souvent lorsqu'ils se rencontrent. Cet homme-là lui fait l'effet d'une piqûre de bonne humeur.

Gilbert a joint les mains à hauteur du cœur en entendant les reproches de son jeune ami, par pur plaisir, avant de rouler des yeux effarés, image conforme au scénario habituel, comme un rite entre lui et Sébastien parce que le jeune homme vient de le rappeler à l'ordre. Puis brusquement, il commence à brasser de l'air tout autour de lui, les deux bras en avant.

— T'as raison, mon beau. Décidément, je manque aux plus élémentaires manières...Qu'est-ce que je pense, moi là, à vous laisser poireauter sur le palier comme des vieilles savates... Entrez, voyons, entrez !

Essayant du mieux qu'il le peut de retenir les rondeurs un peu molles de sa grosse bedaine, passant une main sévère et désolée sur ses joues rêches, Gilbert se glisse entre la porte et la cloison pour les laisser passer. Puis, avec le sens de l'hospitalité qui lui est coutumier, il ajoute avec emphase :

— Un bon café, peut-être ? Ou du gâteau ? Oh ! Oui ! Du gâteau. J'ai essayé une nouvelle recette de génoise pralinée dont vous allez me donner des nouvelles. Fais les honneurs du salon, mon beau Sébastien, je reviens.

Fin juin, en plein midi, il fait une chaleur torride à Montréal. Les fenêtres largement ouvertes et le ventilateur de plafond lancé à plein régime permettent un semblant de confort dans le salon. Les rideaux battent mollement, le soleil qui entre en biais frappe joliment quelques bibelots, les fauteuils fleuris sont accueillants. Tout de rose peinte, avec une pointe de vert tendre, la pièce ressemble à un jardin.

— C'est très beau, ici, murmure François en regardant autour de lui. C'est... comment dire ? C'est reposant.

À son tour, Sébastien regarde tout autour de lui comme s'il venait ici pour la première fois.

Il remarque que Gilbert s'est finalement décidé à remplacer la potiche chinoise que Claudie et Virginie lui avaient offerte et qui lui avait été dérobée. À la simple pensée du nom de ses deux amies, l'estomac de Sébastien a eu un drôle de spasme qu'il se dépêche d'oublier. Il reporte les yeux sur la potiche et dessine un léger sourire.

— Oui, c'est vrai que c'est une jolie pièce. Gilbert a un talent naturel pour la décoration. C'est inné chez lui. D'un rien, il fait des merveilles.

Et dans la voix de Sébastien, on devine une certaine fierté, comme si c'était lui qui avait décoré le salon.

— Ça fait je ne sais combien de fois que je dis à Gilbert de se lancer en décoration. Il ferait fortune. Mais il ne veut rien entendre et se contente de son job de vendeur de...

— Vêtements pour hommes, complète le principal intéressé qui vient tout juste d'entrer dans la pièce, portant précieusement un cabaret joliment dressé, les cheveux peignés, le visage rafraîchi. Pis ça, ça te regarde pas, mon beau, ajoute-t-il, sévère, les sourcils froncés. Si j'aime ça, moi, aider les hommes à bien paraître, à se sentir bien dans leur peau, c'est de mes affaires, d'accord ? Y'en a assez qui sont malheureux à cause de leur…

Sans compléter sa pensée, il dépose le cabaret sur la table à café et s'empresse de servir tout le monde, le ton de sa voix retrouvant du même coup les modulations mielleuses qui sont les siennes.

— Assez parlé de moi, les gars. Goûtez-moi ça ! Un vrai délice. Ça fond dans la bouche et ça coule au fond du gorgoton comme un p'tit Jésus en culottes de velours… Pis ? Qu'est-ce que vous en dites de mon gâteau ?

Sébastien prend le temps de goûter, les yeux mi-clos, puis un éclat de satisfaction gourmande traverse son visage.

— C'est vrai Gilbert, c'est un pur délice !

Et on ne sait si Sébastien est sincère ou s'il se moque. Pendant un court moment, il soutient le regard de Gilbert puis lui sourit. Il est heureux d'être ici.

Pendant un moment, les trois hommes mangent en silence, chacun perdu dans ses pensées. C'est finalement Gilbert qui brise le silence en posant les yeux sur Sébastien.

— Alors, mon beau ? Quoi de neuf ?

Façon indirecte de mettre la conversation sur les rails. Gilbert se doute bien que l'ami de Sébastien est la cause première de cette visite inattendue. Mais avec son tact et son intuition habituels, il préfère y aller de manière détournée. Tout comme cette même intuition lui a soufflé, dès l'instant où il a ouvert sa porte, que cet homme tout en longueur est le travailleur de rue dont Sébastien lui a si souvent parlé et que finalement il n'a jamais rencontré. Le personnage correspond tout à fait à la description que le jeune lui en avait faite : très grand, presque maigre, le regard perçant, le sourire facile… En fait, il n'y a que sur ce dernier point que Gilbert cherche encore la ressemblance : le visage qui lui fait face est plutôt fermé et il serait prêt à jurer que ces lèvres-là n'ont pas souri depuis longtemps. Un pli d'amertume en souligne le dessin et assombrit le regard. Alors, par délicatesse naturelle, Gilbert porte les yeux sur Sébastien et répète :

— Alors, quoi de neuf ?

Le jeune homme hausse les épaules, fataliste, cruellement lucide, les noms d'un tas de personnes lui traversant l'esprit en coup de vent.

— Pas vraiment grand-chose, avoue-t-il, laconique. Mais je sens que ça mijote. Inquiète-toi pas, ça va finir par donner un résultat quelconque. Je sais pas encore quoi, mais je sais que ça va donner quelque chose.

Réponse hermétique que seul Gilbert peut comprendre. Aussitôt suivie d'un curieux silence qui envahit la pièce. Silence fait de pudeur, de retenue, de respect aussi. Mais pour François, le silence qui les entoure est fait de bien-être. Il ne saurait dire d'où cela lui vient, ni pourquoi, mais depuis qu'il est ici, il lui semble que ses problèmes ont pris une autre dimension. Il y a dans l'air comme une forme d'acceptation naturelle, de bien-être qui le rejoint et l'habite. Peut-être est-ce tout simplement à cause de la personnalité bon enfant de Gilbert. Le travailleur de rue a vite senti que cet homme-là était d'un naturel désarmant et capable d'une écoute hors du commun…

Le soleil a contourné l'appartement et maintenant la pièce est plongée dans une pénombre rafraîchissante. Le bruit des pales du ventilateur, celui des autos montant du carrefour et quelques rires qui viennent du parc de l'autre côté de la rue occupent toute la place pour un moment. Puis François se redresse. C'est par choix qu'il est ici. Par choix et par besoin parce qu'il n'en peut plus d'attendre.

Sébastien lui a dit que Gilbert pouvait l'aider et c'est tout ce dont il a besoin. Un petit élan pour reprendre le rythme de croisière. Après, François est convaincu qu'il saura se tenir debout tout seul. Pour lui comme pour Marie-Hélène. Depuis qu'il a parlé à Sébastien, il n'a plus envie de jouer à l'autruche. Il est fatigué de se fuir lui-même... Tout en regardant Gilbert droit dans les yeux, il tend la main.

— Je me présente: François Léveillé. Je suis travailleur de rue, c'est comme ça que Sébastien et moi on s'est connus... Et si je suis ici, c'est que Sébastien croit que vous pourriez m'aider.

Pendant un bref instant, Gilbert scrute le visage de François comme s'il venait d'apprendre qu'il devra en faire le portrait de mémoire dans quelques heures. Cet homme-là lui plaît bien. Son regard franc, son attitude directe, cette espèce de retenue naturelle qui ressemble à du respect... Il comprend que Sébastien ait vite créé des liens avec lui. À son tour, Gilbert tend sa courte main boudinée.

— Et moi, Gilbert Lacasse. Bien heureux de faire ta connaissance, Sébastien m'a souvent parlé de toi.

— Ah oui ?

Aussitôt François porte les yeux sur Sébastien. Leurs regards se croisent, le temps d'un sourire et curieusement, François a l'impression que ce regard-là essaie de l'encourager à poursuivre. Il revient à Gilbert.

— Ça ne m'est pas encore facile de parler de tout ça, mais pourquoi tergiverser ? Vous devez bien vous demander ce que je fais ici, n'est-ce pas ? C'est simple...

Le temps de prendre une profonde inspiration et François poursuit sur sa lancée, le débit de ses paroles s'accélérant d'un mot à l'autre comme s'il avait peur de revenir sur sa décision avant d'avoir tout dit.

— J'ai appris il y a quelques mois que j'étais séropositif. En même temps que...

C'est la première fois que François prononce ces quelques mots sans l'habituelle hantise d'être aussitôt stigmatisé. Pas ici. Il lui semble que ça ne serait pas de mise dans ce salon fait pour les confidences. Car c'est ainsi qu'il perçoit la pièce: une sorte de coffret feutré où tout peut être dit et entendu... Presque calme, il expose la situation, parle de son désarroi, avoue sa peur immense et termine sur Marie-Hélène qui attend un bébé et qu'il n'avait même pas eu le cœur de prévenir.

— Quand elle a su, probablement par son médecin, elle m'a purement et simplement foutu à la porte sans autre forme de procès.

— Je comprends...

Curieusement, la voix de Gilbert est de nouveau sévère mais son regard reste doux, compréhensif.

— Oui, je comprends ce que tu as pu ressentir, ta peur, comme tu dis et tout le reste, mais je crois pouvoir aussi comprendre la colère de ton épouse. Parce qu'elle, elle n'est pas seule. Vois-tu, une femme qui attend un bébé, ce n'est plus simplement une femme. C'est tout de suite une mère.

D'où lui vient cette sagesse, cette connaissance des choses de la maternité ? En entendant les propos de Gilbert, François a froncé les sourcils, décontenancé. Seul Sébastien ne semble pas surpris. C'est même pour cela qu'il tenait à ce que son ami rencontre Gilbert. L'intuition toute féminine de l'homosexuel a pris le dessus tel qu'il l'espérait et de plus, comme le gros homme a plusieurs amis atteints du VIH, il est probablement la seule personne au monde capable d'aider véritablement François. Et ce, à tous les niveaux. Parce que présentement, c'est d'un ami que

François a le plus besoin. Pas uniquement d'un médecin.

Un bref silence surplombe la pièce pendant que Gilbert se penche pour déposer tasse et soucoupe sur la table à café. Puis il se cale confortablement contre les coussins.

— Comme ça, ça fait quelques mois que tu sais mais si je comprends bien, tu n'as pas encore consulté ?

François se sent rougir, se sachant fautif sur ce point. C'est maintenant, et d'une façon brusque et absolue, qu'il admet avoir fait une erreur. Des erreurs... Tout à coup, il lui semble que sa peur maladive n'avait pas sa raison d'être. Pas telle qu'il l'a vécue...

— C'est exactement ça. Pourtant, s'il y en a un qui savait l'importance de réagir rapidement...

Et ouvrant les bras sur ce constat, il poursuit:

— C'est pour ça que je suis ici. Même si je sais fort bien ce que je dois faire et qui j'aimerais consulter, je n'arrive pas à me décider. Et il y a aussi Marie-Hélène...

— Il y a surtout Marie-Hélène, rectifie Gilbert d'une voix pensive en l'interrompant. Oui, c'est elle surtout qui a besoin de soutien.

Depuis le début de cette conversation, le visage de Gilbert, habituellement ouvert et presque caricatural, s'est refermé. Ses traits se sont creusés et sa voix ressemble à son visage, lasse et triste.

— Maladie maudite, lance-t-il en soupirant, la colère grondant à travers ses propos. Le drame de notre siècle. J'ai perdu des amis très proches alors que d'autres...

Pendant un court moment Gilbert reste silencieux, comme replié sur lui-même, puis de nouveau, Sébastien assiste à la métamorphose: le petit homme se redresse le plus qu'il peut, et malgré sa courte taille rondelette, il semble tout à coup immense dans la pièce. Un dernier geste de lassitude, les deux mains frottant longuement son visage, s'attardant sur ses paupières, puis son regard retrouve sa vivacité et sa voix gagne quelques octaves.

— Mais j'en connais d'autres qui vivent normalement, mon cher. Oui, tout à fait normalement... Pourquoi eux et pas d'autres ? Personne ne le sait. Mais c'est comme ça. Qu'est-ce qui nous dit que ce ne sera pas ton cas ? Et pour ce qui est du bébé, j'ai lu quelque part que... Attends-moi ici, je reviens...

Gilbert a remis à François quelques revues et des articles de journaux, soigneusement découpés, classés par date de parution et qu'il garde précieusement dans un tiroir de sa table de chevet, remisés dans une chemise de carton jaune vif.

— Donne-toi la peine de lire tout ça... Ce n'est pas parce que tu connais quelques solutions au problème que tu es au courant du problème lui-même, n'est-ce pas ?

Se tournant vers Sébastien :

— Viens m'aider, toi là. Mon frigo me donne des maux de tête depuis quelques jours... Je ne sais pas si c'est cette fichue chaleur qui nous accable depuis la pluie de l'autre matin. Peut-être l'humidité, non ?

Et discrètement les deux hommes se retirent.

François a tout lu, avidement, comme quelqu'un s'abreuve à une fontaine après avoir longuement marché sur une route en plein soleil. Il a relu quelques pages, fébrile, les sourcils froncés, avant de remettre les feuillets en place, consciencieusement, dans le même ordre. Puis il s'attarde sur les avis nécrologiques qui complètent le dossier, remarque que certains d'entre eux sont tout froissés à force d'avoir été manipulés puis il referme la chemise d'un geste lent. Alors, la tête et le cœur à des lieux de ce salon confortable du centre-ville de Montréal, il se relève et vient machinalement jusqu'à la porte-patio, l'ouvre toute grande et se glisse sur la terrasse que le soleil, au coin de la bâtisse, commence à chauffer de ses rayons crus. François est bouleversé, il frémit d'espoir et la chaleur mordante du soleil lui semble tout à coup supportable, bénéfique même, comme si elle avait le pouvoir de le réconforter. Pendant un long moment, son regard s'attarde sur la multitude de petits bateaux de plaisance qui sillonnent le fleuve, sur les milliers de promeneurs qui flânent au Vieux-Port et qu'il peut apercevoir entre les bâtiments voisins. À croire que la ville de Montréal au grand complet est en vacances aujourd'hui ! Il ramène alors les yeux sur le parc de l'autre côté de la rue et là, c'est le rire d'un gamin de trois ans qui lui arrache un sourire pendant qu'il sent son cœur se gonfler d'espoir. Parce que c'est cela que son cœur et son esprit ont choisi de conserver : l'espoir. Croire encore et toujours que la vie est possible. La sienne et celle de Marie-Hélène, tout comme celle, à venir, du bébé qu'ils attendent. Dans l'article qu'il a relu, on parle d'un nouveau traitement qui semble bien vouloir faire ses preuves. De plus en plus souvent... Pour une première fois depuis des mois, il sent battre la vie en lui, tenace. Pour une première fois depuis des mois, il voudrait être avec Marie-Hélène et la regarder droit dans les yeux sans honte, sans le moindre sentiment de culpabilité et lui dire et redire qu'il l'aime, qu'il a besoin d'elle, qu'ensemble ils vont encore une fois se battre et gagner. Cette envie est si forte qu'il en tremble presque...

— Alors ?

Gilbert a glissé la tête dans l'embrasure de la porte, faisant sursauter François qui se tourne aussitôt vers lui.

— Merci. Cette lecture m'a fait du bien.

— Je savais… Mais ça ne doit pas te rendre négligent pour autant. S'il semble bien que le spectre soit un peu moins effrayant qu'il y a dix ans, il n'en reste pas moins qu'il est toujours là, bien réel.

— Oh ! Ça… Pas de danger que je l'oublie… Mais il me semble maintenant que j'ai moins peur. C'est comme si avant la simple perspective de voir un médecin me condamnait à mort. Alors que maintenant…

Gilbert est maintenant à côté de lui, accoudé à la rampe du balcon.

— Tant mieux. Je crois sincèrement du fait de côtoyer des tas d'amis aux prises avec le même drame que toi que c'est là la seule façon d'affronter la réalité… Et pour ta femme ? Tu as vu le papier qui parle du traitement à l'AZT pour les femmes enceintes ?

À ces mots, le regard de François s'illumine.

— Je l'ai même relu à deux reprises. Ce n'est pas une assurance mais ça permet de croire que l'avortement n'est pas nécessairement une obligation comme je le croyais. C'est un risque, c'est sûr, peut-être même juste un coup de dés, mais ça vaut peut-être la peine de…

François a alors un long soupir.

— Et dire qu'on espérait cet enfant-là avec tant d'impatience…

— Oui, ça doit être une joie immense, attendre un bébé.

Dans la voix de Gilbert, il y a une telle envie que François ne peut s'empêcher de fixer le gros homme pendant un instant, comprenant que dans une vie, il peut y avoir des tas de drames, de déceptions, de rêves inaccessibles et que tous sont aussi importants les uns que les autres…

— C'est une joie immense, confirme-t-il enfin. Mais quand l'ombre de la mort assombrit l'espoir de la vie, ça fait un curieux mélange d'émotions. C'est peut-être à cause de cela que…

Encore une fois, un profond soupir lui gonfle la poitrine.

— Je cherche encore à me disculper ! On cherche tous et tout le temps des excuses à nos comportements, constate-t-il d'une voix lasse et sévère. Comme un enfant qui fait une bêtise.

— Pourquoi vouloir à tout prix te culpabiliser ? C'est probablement un des réflexes les plus humains que je connaisse, chercher des excuses. Tu avais le droit à tes émotions, à tes réactions. Un autre aurait peut-être agi différemment mais pour toi, c'est comme ça que ça devait arriver… L'important, maintenant, c'est ce qui vient, pas ce qui est derrière.

— Oui, c'est vrai. Mais je regrette tellement ma faiblesse, ma lâcheté face à Marie-Hélène. Ça a pris quelqu'un pour me réveiller…

— Et après ? Ce n'est pas être faible que d'avouer avoir besoin d'aide. Au contraire… Et ce n'est pas lâche que d'avoir peur. L'important, c'est de ne pas s'y complaire.

— Oui, je comprends, et je suis d'accord.

— Alors ? répète Gilbert. Tu fais quoi à partir de tout de suite ?

— Mettre toutes les pièces du puzzle en place ! Je n'ai pas le choix. Commencer par prendre rendez-vous avec un spécialiste, voir avec lui où j'en suis exactement, déterminer un protocole de traitements.

— Effectivement, c'est ce que tu dois faire… Et pour ta femme ?

— Marie-Hélène ?

François dessine un sourire. Franc, sincère, vibrant de conviction amoureuse.

— Pour elle, je vais défoncer des portes s'il le faut. On ne peut pas en rester là. Mais avant, je veux parler à Mamie Cécile. C'est ma grand-mère, ajoute-t-il en guise de précision, comme si ce fait expliquait tout par lui-même.

Et fidèle à lui-même, Gilbert se contente de cette explication. Même s'il ne comprend pas vraiment ce qu'une vieille dame vient faire dans toute cette histoire, ça ne lui appartient pas. Par contre...

— Et si je t'invitais à rencontrer un de mes amis ? lance-t-il tout à coup en se tournant franchement vers François. Jeannot, qu'il s'appelle. C'est un ami de longue date qui pourrait sûrement t'aider. Ça fait huit ans qu'il se bat contre la maladie. Huit ans qu'il s'en tire et qu'il arrive à mener une vie à peu près normale.

François reste silencieux un moment. La proposition de Gilbert lui fait tout drôle. En même temps qu'il veut bien rencontrer quelqu'un, il lui semble que d'accepter cette invitation va lui mettre le doigt dans un engrenage qui va l'avaler tout entier et de façon irrévocable... Puis il hausse les épaules. Il a déjà le doigt dans l'engrenage, non ?

— D'accord... Oui, j'aimerais ça parler avec lui. Comment s'appelle-t-il déjà ?

Et en prononçant ces mots, c'est un regard teinté de reconnaissance qui se penche vers Gilbert. Le gros homme a raison : ce n'est pas de la faiblesse que d'avouer avoir besoin d'aide ni de la lâcheté que d'avoir peur. En quelques mots, Gilbert a remis ses émotions dans leur véritable perspective. Son seul regret est celui d'avoir écouté Marie-Hélène plutôt que de la prendre dans ses bras comme il en avait terriblement envie quand elle lui a demandé de quitter la maison. Mais ce n'est que partie remise. Tout à coup, François se sent fort à nouveau, capable de reprendre sa vie en mains. Il se retrouve, retrouve la force qu'il a déjà eue pour se battre. François Léveillé n'a pas dit son dernier mot...

* * *

Désœuvré et en même temps content de se retrouver seul, Sébastien a refermé la porte sur Gilbert et François qui viennent de quitter l'appartement. Le temps de regarder autour de lui, de soupirer longuement en se demandant ce qu'il fait là par un si bel après-midi et Sébastien attrape son sac à dos, vestige d'une époque pas si lointaine, avant de s'élancer à son tour dans l'escalier en colimaçon qui mène à la rue. La foule est dense et il aime cela. Humant l'air chaud autour de lui, allongeant la jambe, il bifurque à sa droite et se mêle aussitôt à la cohue en soupirant de plaisir comme un chat ronronne en retrouvant son panier.

Pendant un long moment, il se laisse porter par l'affluence des promeneurs, prend plaisir aux bruits de la rue, glisse ses pas dans ceux d'hier, s'amusant presque à faire semblant en scrutant les immeubles pour trouver un endroit où passer la nuit. Puis brusquement, tout aussi spontanément qu'il s'était laissé prendre au jeu, il s'en lasse et se trouve même un peu ridicule d'avoir cédé à un amusement aussi puéril. N'a-t-il pas plus important à faire ? N'a-t-il pas maintenant l'occasion de faire ce qu'il remet depuis longtemps, alléguant que l'occasion ne se présente pas ? Les excuses sont toujours faciles à trouver, n'est-ce pas ?

Envoyant valser un bout de papier d'un coup de pied rageur, Sébastien tourne résolument au coin de Berri et remonte vers le nord. Surtout, ne pas penser à ce qui va arriver. Juste se laisser porter par ce qu'il se promet de faire depuis si longtemps et aller jusqu'au bout. Il réfléchira après...

Glissant la main dans la poche de son jeans, il repère une pièce de deux dollars et la tend au caissier morose assis dans sa cabine de verre. Ligne orange du métro, il doit aller jusqu'à la station Henri-Bourrassa puis prendre l'autobus... Machinalement, il prend le billet de correspondance puis s'élance dans l'escalier. Surtout ne pas penser...

Le quartier qui a abrité ses jeunes années semble écrasé par la chaleur torride qui monte de la chaussée avant de se mêler à celle qui tombe du ciel. Seul le reflet bleuté de la rivière des Prairies apporte une illusion de fraîcheur. Pendant un moment, Sébastien laisse son regard voguer au gré des ombres mouvantes de l'eau, y puisant des milliers de souvenirs, d'images, de sensations connues, repoussant délibérément l'échéance. Puis il regarde autour de lui. Il n'y a que trois coins de rue à traverser, juste là devant lui, avant de tourner sur sa gauche, de remonter de quelques maisons, de... Un spasme fait d'appréhension et d'incertitude lui serre le cœur. Et s'il faisait une erreur ? Pourquoi chercher à renouer avec un passé qu'il a si farouchement renié ? Mais en même temps, une attirance presque viscérale le fait avancer malgré lui, un pas après l'autre, lentement, cachant ses mains tremblantes au fond de ses poches. Voilà la maison de Gabriel, puis celle de Michaël, à deux pas du dépanneur qui vend des bonbons à un sou. « Comme dans le temps de mon enfance » disait régulièrement sa mère. Combien de fois Maxime et lui se sont-ils retrouvés hésitants, minaudant et comparant devant l'étalage multicolore, riches d'une fortune inépuisable de quelques sous ? Quel temps merveilleux où la plus importante occupation de la journée consistait à choisir la poignée de bonbons qui allaient accompagner leurs jeux...

Sébastien hésite un instant, tenté de vérifier si monsieur Chartrand est fidèle au poste, si les bonbons à un sou sont toujours aussi beaux. En soupirant, il passe son chemin, se promettant d'arrêter au retour. Comme une récompense qu'il va s'offrir après. Pour l'instant, il a plus important à faire...

Brusquement, il se retrouve devant la maison de son enfance. Comme toujours, les boîtes à fleurs sont garnies de géraniums rouges, les haies sont taillées de frais, les clôtures de fer forgé luisent de peinture neuve. Machinalement, son regard monte vers la fenêtre de sa chambre, s'y attarde, se souvient des murs bleus, des affiches de films, des étagères croulant sous les livres et les jouets toujours bien rangés à cause de son père. Son père... La voix rauque et dédaigneuse lui revient avec une telle précision que l'envie de faire demi-tour s'empare de lui comme s'il voyait un fantôme. Il doit faire un effort conscient pour ne pas s'enfuir. Surtout ne pas reculer, pas aujourd'hui. Car s'il le fait, Sébastien sait qu'il ne reviendra jamais et qu'il devra s'en remettre au hasard pour retrouver son frère.

Alors, n'écoutant que ce désir en lui, cette envie de revoir Maxime, il traverse la rue, enjambe le trottoir, emprunte l'allée de pavés qui mène au perron. De toute façon, à cette heure-ci, le risque de tomber sur son père est plutôt mince. Surpris, il constate que les jardinières ne sont pas garnies de géraniums rouges mais d'une autre sorte de fleurs, tirant plutôt sur l'orange. Il voit ce changement comme un signe favorable. Le cœur battant la chamade jusque dans sa tête, il appuie sur le bouton de la sonnette et le gong qu'il entend, feutré à travers le lourd battant de bois, le ramène tout droit plusieurs années en arrière. La porte s'ouvre enfin sur un visage noir, ridé, souriant sous la tignasse crépue striée de gris. Dolorès... Dolorès Gentil, l'engagée qui venait régulièrement aider sa mère ou parfois les garder, Maxime et lui, lorsque ses parents partaient en voyage. Dolorès, c'est le parfum exotique de ses souvenirs, c'est une voix mélodieuse aux propos imagés comme un conte d'enfant, c'est le parfum des îles avec une pointe de vanille. Sébastien doit se retenir pour ne pas lui sauter au cou...

— Monsieur ?

Dolorès ne semble pas le reconnaître. Alors Sébastien recule d'un pas, ne sachant s'il est déçu ou soulagé. Ici, c'est chez lui, mais on ne le reconnaît pas... Avalant sa salive, il soupire avant de demander :

— Bonjour. Je... J'aimerais parler à Maxime s'il vous plaît.

Dolorès reste silencieuse pour un moment, scrutant le visage de Sébastien. Puis elle hausse les épaules.

— Désolée, Missié Maxime n'est pas ici. En fait, Missié Maxime nous a quittés depuis quelques mois déjà. Vous ne le saviez pas ?

De nouveau la vieille dame hésite, fronce les sourcils en fixant toujours le visage de Sébastien puis soupire longuement, comme quelqu'un qui a une grosse déception.

— Et vous ? demande-t-elle alors. Qui êtes-vous ? Il me semble que je ne vous ai pas vu souvent ici quand le jeune maître était encore... Et jamais je n'oublie un visage...

« Missié Maxime nous a quittés... » Les mots se sont emparés du cœur et de l'esprit de Sébastien avec une intensité inouïe, douloureuse, l'empêchant de penser. Que veulent dire ces mots ? Qu'il a banalement quitté la maison ou plutôt qu'il est... L'esprit de Sébastien refuse d'aller plus loin, se contente d'une intuition douloureuse sans oser formuler l'impensable. Et Dolorès qui l'observe toujours, attendant un mot, un geste... S'arrachant à la spirale qui l'étourdit, Sébastien soutient ce regard pendant une brève seconde, espérant qu'elle va le reconnaître. Pour aussitôt changer d'avis et profiter de ce semblant d'anonymat pour s'éclipser.

— Qui je suis moi ? Oh ! C'est sans importance. Je suis un ami. Une connaissance plutôt. J'espérais simplement saluer Maxime avant de...

Sébastien a fait un effort considérable pour garder une voix ferme, impassible. Au nom de Maxime, Dolorès s'est mise à rouler les yeux comme elle le faisait si souvent quand il était petit et qu'elle était émue. Derrière elle, de l'autre côté du hall immense, venant de la cuisine, on entend le babil d'un jeune enfant. Dolorès tourne machinalement la tête.

— Je dois y aller, c'est le petit missié Alexandre qui m'appelle. C'est un gentil petit, Alexandre, comme l'étaient les premiers missiés de la maison.

Puis elle revient face à Sébastien, l'observe encore un moment, sourcils froncés avant de répéter :

— Dommage pour vous, comme je viens de le dire, Missié Maxime n'est plus avec nous.

Levant les bras vers le ciel, Dolorès poursuit :

— Mon bel oiseau s'est envolé... Tous les oiseaux prennent un jour leur envol, parfois petit parfois plus vieux. C'est la vie qui est comme ça. Mais aujourd'hui, la maison ne chante plus dans les oreilles de Dolorès. Je...

Sébastien est déjà sur le trottoir quand il entend la porte se refermer sur la vieille dame qui continue de parler toute seule. Allongeant le pas, il regagne la rue principale, passe devant le dépanneur sans s'y arrêter. Il n'a plus envie de vérifier si les bonbons sont toujours dans leurs pots de verre. Parce que les bonbons à un sou, c'était aussi Maxime et que Maxime n'est plus là.

Dédaignant l'autobus, Sébastien continue de marcher, la voix chantante de Dolorès le suivant à deux pas derrière, le poursuivant, se mêlant aux bruits de la rue et aux battements de son cœur.

« Désolée, missié Maxime nous a quittés... »

Au geste que la vieille servante a eu, quand elle a levé les bras, Sébastien a tout compris, et c'est à ce moment-là qu'il a tourné les talons pour fuir. Quand on dit que quelqu'un nous a quittés en montrant le ciel, c'est qu'il est mort, non ? La peur qu'il avait de se présenter chez son père devait découler d'un pressentiment. Il savait, tout au fond de lui, il savait que cette démarche tournerait mal, qu'il serait blessé. C'est ce qu'il se répète tout en se laissant guider par l'habitude des rues pour revenir au centre-ville.

Le soir est déjà tombé. Le soleil, caché par les édifices, se devine uniquement à la clarté qui nimbe les toits et la chaleur monte présentement des trottoirs surchauffés pendant le jour, se mêlant agréablement à la fraîcheur qui tombe du ciel. Assis sur un banc de bois écaillé, au coin du Carré Saint-Louis, à l'angle de Saint-Denis, Sébastien attend. Tout au long de l'après-midi, la peur, la douleur, l'incrédulité se sont disputé la place dans sa tête. Maintenant, il est vidé. Alors ne reste qu'à attendre que le temps passe, que la voix de Dolorès s'efface, que son cœur cesse de se débattre, l'esprit arrêté sur quelques mots qui peuvent dire n'importe quoi, qui lui disent surtout que son frère n'est plus là. Il a marché pendant des heures, seul. Il s'est retrouvé là où il était bien avant. Ce silence qu'il s'invente, cette solitude que la foule lui offre. Il ne veut voir personne. Pas plus François ni Gilbert que qui que ce soit d'autre. Pas ce soir. Plus jamais. À cause des mots qu'il devrait leur dire ou de ce silence qu'il devrait inventer pour se protéger. Sébastien a mal à son enfance brisée, à ses souvenirs qui ne se rattachent plus à rien. Il se laisse envelopper par les bruits de la foule et c'est là qu'il espère retrouver les repères qui permettront peut-être de survivre.

— Hé ! Sébas...

De l'autre côté du carrefour, silhouette à demi cachée par les autos qui passent, un bras levé pour le saluer, Virginie sourit en se haussant sur la pointe des pieds. Puis s'élançant dans la rue, se faufilant entre les voitures, elle vient vers lui. Sébastien la regarde venir, ne se demande même pas s'il a envie de la voir car présentement, cette présence lui est douce comme le miel. Brusquement, il vient de comprendre que la rue, la solitude, l'exclusion ne sont plus les alliées qu'il croyait avoir. Il a besoin d'une présence à ses côtés comme il a besoin d'air pour respirer.

— Salut toi ! Mais qu'est-ce que tu...

Brusquement, la voix de Virginie se casse, l'enthousiasme remplacé aussitôt par l'inquiétude. Parce qu'à la place du sourire qu'elle espérait, c'est un regard voilé de larmes qui se lève vers elle.

— Hé vieux ! Qu'est-ce qui se passe ?

Sébastien baisse la tête sans répondre. Alors Virginie fait le dernier pas qui le sépare de lui, tend la main pour la poser sur l'épaule voûtée, caresse son dos. Il y a quelques mois, c'est ce garçon-là qui l'a aidée, qui lui a tendu une main qu'elle avait peur de prendre. Pour survivre, elle a choisi de lui faire confiance et ne l'a jamais regretté. Aujourd'hui, elle ne peut le laisser tomber. Entre eux, certains liens se sont créés, spontanément, à la faveur d'une détresse qu'il a partagée avec elle. Virginie sait que des liens comme ceux-là résisteront au passage du temps. Se glissant sur le banc à côté de lui, la jeune fille continue de frotter doucement le haut de son bras. Elle ne sait pourquoi Sébastien semble aussi défait mais elle va l'aider. Même si elle sait que Sébastien est un être farouche, un peu renfermé, elle va trouver comment le faire parler pour ensuite l'aider. Envers et contre tout…

* * *

À quelques pas de là, assise sur son balcon parce que l'air de l'appartement est irrespirable, trop chaud, Marie-Hélène attend, elle aussi, que le temps passe. Ce matin, Mamie Cécile est repartie pour chez elle, la laissant seule à sa demande.

— J'ai besoin de réfléchir. J'ai besoin de faire la paix avec moi-même, de faire le vide de toutes ces émotions que je viens de vivre en quelques jours à peine. Je veux que la décision que je vais prendre soit la meilleure. Pour le bébé comme pour moi.

Cécile s'était retenue pour ne pas demander d'essayer aussi d'inclure François dans sa décision. Elle savait trop bien que Marie-Hélène n'était pas encore prête à redonner à son mari la place qui lui revenait. La douleur que ce dernier lui avait infligée, même malgré lui, était trop fraîche encore, trop sensible. Mais comme si elle avait deviné les pensées de sa grand-mère d'adoption, Marie-Hélène avait ajouté en se penchant gentiment vers la vieille dame :

— N'ayez crainte, Cécile. Les choses, toutes les choses vont retrouver la place qui est la leur. Une après l'autre, en temps voulu. Je ne peux faire mieux pour l'instant. Je... Mais promis, je vais donner signe de vie à François bientôt. Lui aussi doit souffrir présentement. Et malgré les apparences, je ne suis pas insensible à sa souffrance.

Cécile avait donc quitté la métropole avec, bien ancrée au fond du cœur, une raison d'espérer que tout rentre dans l'ordre rapidement. Les propos tenus par le médecin lors de la visite faite par Marie-Hélène avaient apporté une clarté nouvelle sur la situation car ils permettaient l'espoir, justement. Un drôle d'espoir fait de foi absolue, de courage, de ténacité.

— Tout est possible, maman... Un bon suivi médical avec spécialiste qui vous voit régulièrement en collaboration, un traitement musclé et, oui, tout est permis...

Cette curieuse manie qu'a le médecin d'appeler ses patientes « maman » lorsqu'elles sont enceintes. Et qui ajoute à la douloureuse indécision de Marie-Hélène. Depuis qu'elle a entendu le cœur de son enfant, comme le bruit d'un petit cheval lancé au galop, elle a l'impression de vivre en suspens au-dessus de sa propre vie. Le cœur lui débat à la moindre occasion, sa main s'égare à tout propos sur son ventre. Que faire ? Désormais, elle sait cette vie en elle, irrévocable, unique, indépendante d'elle-même. De quel droit va-t-elle décider en son nom ?

Elle a choisi d'attendre un peu, de laisser ses émotions décanter. Elle a l'impression d'avoir à reprendre son souffle d'abord et avant tout. Le besoin de se donner un répit lui semble essentiel, vital.

— Lundi, je vais retourner au travail, Cécile. J'ai besoin de retrouver une certaine stabilité, de retrouver ma petite routine. Il me semble que tout le reste va couler de source après... C'est un peu fou, vous ne trouvez pas ?

Cécile avait alors souri. Elle qui est une femme de paix, de stabilité justement, elle comprenait tellement bien ce que devait ressentir Marie-Hélène.

— Mais non, ce n'est pas fou, ma belle. Ça revient à ce que j'ai toujours cru : laisser la vie s'occuper d'elle-même et lui faire confiance. Ce que nous ne comprenons pas aujourd'hui sera peut-être la lumière de demain.

Puis, après une brève hésitation, elle avait ajouté :

— Et si François me demande ce que tu…

— Dites-lui que je l'aime, avait alors interrompu vivement Marie-Hélène, ses joues empourprées accompagnant joliment son sourire très doux. S'il y a une chose que je sais, c'est bien celle-là. Mais pas n'importe comment. Plus n'importe comment. Si lui aussi m'aime comme il le dit, il va comprendre. Dites-lui simplement que je pense à lui et que je vais lui faire signe bientôt…

Et ce soir, assise sur le balcon surplombant le parc, s'amusant à regarder les flâneurs, Marie-Hélène s'oblige à laisser la vie couler doucement. Lundi, elle retourne au travail et elle a hâte de revoir ses petits patients, tous ces enfants ayant un problème d'audition et qu'elle aime, qu'elle admire à cause de leur ténacité justement. Ne sont-ils pas la preuve qu'en chacun de nous, il y a une force qui nous est propre, une force que les autres ne peuvent comprendre et qui nous aide à faire face à notre propre vie ? Pourquoi cette vérité ne s'appliquerait-elle pas à son bébé ? Elle a pris rendez-vous avec le spécialiste que son médecin lui a recommandé et elle a décidé d'attendre que la vie lui fasse signe. Que la vie s'occupe d'elle-même, comme le dit si bien Cécile.

Assise bien droite, la main s'égarant machinalement sur son ventre, le caressant par habitude, du bout des doigts car elle ne veut vraiment pas y penser ce soir, Marie-Hélène concentre ses pensées et ses regards sur la foule qui déambule sous ses yeux. Petit à petit, la nuit remplace le jour, gobant les dernières clartés une après l'autre. Les réverbères à deux boules travaillées comme des flambeaux, à l'image de ceux que l'on voit sur les dessins d'une autre époque, viennent de s'allumer et dessinent des ombres nouvelles, différentes sur les pelouses et les trottoirs, inventant tout à coup des bulles d'intimité autour des couples, des familles. La fontaine, au milieu du parc, éclabousse joyeusement l'eau peu profonde du bassin et ce bruit de cascade réussit à rejoindre Marie-Hélène à travers le dédale des voix et des rires. C'est rafraîchissant, apaisant. Les arbres centenaires, immenses, referment leurs branches au-dessus d'elle et brusquement la jeune femme se sent bien, comme à l'abri. Le parfum sucré des jardinières posées sur son balcon lui monte à la tête, l'étourdissant légèrement, agréable comme un vin joyeux. « Quel endroit fantastique pour promener un bébé » pense-t-elle malgré elle. Sa main se fait alors plus lourde, épouse intimement la légère rondeur de son ventre. Comment pourrait-elle ne pas y penser alors que tout, autour d'elle, la ramène sans cesse à ce petit être qui grandit en elle ? Toutes les femmes qui vivent une maternité sont-elles comme ça ? Passent-elles leur temps à penser au bébé, à vouloir qu'il soit déjà là en même temps qu'elles aimeraient garder entre eux et pour l'éternité cette intimité particulière, très physique ? D'un coup, comme ça, Marie-Hélène aimerait que sa mère soit à ses côtés, tout près d'elle, pour expliquer, pour lui raconter comment cela s'est passé quand elle attendait sa fille. Brusquement, ses parents lui manquent, leur amour, leur présence. On reste toujours l'enfant de quelqu'un et le besoin qu'elle aurait de mettre la tête sur leur épaule, l'envie de leur confier la grande joie teintée de douleur qui est la sienne se fait presque violence. S'en remettre à quelqu'un d'autre pour décider... Un sourire amer traverse le visage de la jeune femme. Comment pourraient-ils l'aider, eux qui ne savent même pas qu'elle est enceinte ?

Ne prenant plus aucun plaisir à regarder la foule, Marie-Hélène se relève et regagne l'appartement. La chaleur est étouffante. Laissant la porte coulissante entrouverte, elle se dirige vers la cuisine pour en ouvrir la fenêtre et ainsi créer un courant d'air qui saura peut-être rafraîchir les pièces et l'aider à dormir. Avant de sortir du salon, vérifiant tout autour d'elle que tout est bien rangé pour la nuit, son regard tombe sur la photographie. Une photo choisie par François et elle qu'ils avaient fait agrandir et encadrer, avant de l'accrocher à la place d'honneur au-dessus du foyer. Une photo prise par une journée de chaleur torride comme aujourd'hui, datant de quelques années seulement, mais que Marie-Hélène voit tout à coup comme une vieille, très vieille photo. C'était au matin de leurs noces, la foule des invités était rassemblée sur le perron de l'église et encore aujourd'hui, il lui semble qu'elle entend le photographe s'activant comme une mouche du coche à grand renfort de recommandations, d'exaspération, de soupirs. Mais il avait fait d'excellentes photos. Dont celle-ci, que François et elle affectionnent particulièrement. Malgré la présence de tous leurs parents et amis, il se dégage de cette photo une sensation d'isolement, de plénitude entre les deux mariés que rien ne saurait troubler. Alors que tout le monde fixe l'objectif, François et elle se tournent l'un vers l'autre et on a la très nette sensation que le photographe n'a saisi qu'eux pour la postérité.

— Cette photo est de la toute première importance, avait-il déclaré, offusqué alors que les gens étaient plutôt agités et que Marie-Hélène ne voyait pas la nécessité de monopoliser tout le monde par une si grande chaleur. Vous saurez me le dire dans quelques années…

Ce soir, quelques années ont effectivement passé. Et Marie-Hélène regarde la photo avec une grosse boule d'émotion dans la gorge. On ne voit qu'elle et François sur l'image. Ils dominent la scène, remplissent le cadre à eux seuls. Le photographe était-il un visionnaire ? À tout le moins, il était un artiste, un génie en son domaine pour avoir su capter avec autant d'acuité cette impression de plénitude entre François et Marie-Hélène, laissant le reste des invités dans l'ombre, presque effacés.

François et Marie-Hélène, Marie-Hélène et François…

Brusquement, la présence de François lui manque tellement que Marie-Hélène doit s'appuyer contre l'encadrement de la porte pour ne pas tomber. Qu'est-ce qu'elle croyait encore ? Qu'est-ce qu'elle disait ? Vouloir choisir toute seule ? Mais allons donc ! Larmes aux yeux, les bras croisés sur sa poitrine et les mains posées sur ses épaules, comme si quelqu'un la tenait contre lui, par besoin de sentir un peu de chaleur, la jeune femme regarde intensément la photo. Ils étaient deux, ce matin-là, et ils sont encore deux. C'est ensemble qu'ils ont voulu ce bébé, qu'ils l'ont espéré, qu'ils l'ont fait avec un amour immense qui prenait toute la place dans leur vie. Et aujourd'hui, elle voudrait décider toute seule du sort de cette petite vie ? D'un coup, Marie-Hélène mesure l'immensité de la solitude qu'elle leur a imposée à tous les deux. À elle comme à François. Que ne donnerait-elle pas, là maintenant, pour entendre le pas de son mari montant l'escalier en courant, pressé qu'il est de la rejoindre. Que ne donnerait-elle pas pour effacer les derniers jours...

Se dirigeant lentement vers sa chambre, Marie-Hélène laisse l'ennui prendre toute la place. Oui, elle s'ennuie de François, de leur complicité, de leur petite vie toute simple bien à eux. Elle s'ennuie de leurs discussions, de leurs projets un peu fous parfois. Et voilà que par sa faute, son mari est loin d'elle alors qu'ils vivent peut-être un des moments les plus intenses de leur vie.

Mais qu'a-t-elle donc pensé en l'obligeant à quitter la maison ?

Elle ne comprend plus ce qui s'est passé en elle. Toutes les bonnes raisons qu'elle croyait avoir ne veulent tout à coup plus rien dire. La colère en elle est morte, remplacée par les regrets. Elle finit par s'endormir avec le nom de François s'enroulant aux premières vagues de sommeil...

Quand elle s'éveille vers deux heures du matin pour se rendre à la salle de bain, elle ne se doute de rien. Depuis quelques semaines déjà c'est devenu une routine de se lever à deux ou trois reprises, la nuit. Mais quand elle aperçoit une traînée de sang sur le papier hygiénique, elle sent littéralement son cœur bondir avant de s'arrêter de battre pour un moment.

— Oh non ! Pas ça, murmure-t-elle alors que tout son corps se met à trembler. Je Vous en supplie, mon Dieu, pas ça...

Pendant un long moment elle fixe le papier blanc marqué d'une tache brunâtre, n'arrive pas à se décider à le jeter. Qu'est-ce que ça veut dire ? Que se passe-t-il dans son ventre ? Est-ce là le signe que la vie s'est chargée de lui donner ? Ne devrait-elle pas être soulagée que la décision se prenne toute seule, comme ça ? Mais brusquement

Marie-Hélène comprend que sa décision était déjà prise. Qu'en fait, elle l'était depuis les tout premiers débuts et que c'est justement pour que personne ne vienne apporter d'interdits qu'elle a demandé à François de quitter la maison. Elle veut garder son bébé. Elle l'a toujours voulu. Tout le reste, ce n'était que des excuses, des prétextes pour gagner du temps.

Elle avait surtout très peur que François ne soit pas d'accord…

Revenant lentement vers sa chambre, Marie-Hélène se remet au lit.

Elle sait qu'elle ne dormira probablement pas, qu'elle va se relever dix fois peut-être pour vérifier, espérant que ce n'est rien.

Elle sait aussi qu'elle voudrait avoir François avec elle mais qu'elle n'appellera pas. Il est trop loin pour revenir comme ça, sur appel. Il faudrait déranger Jérôme et ce n'est pas dans la nature de Marie-Hélène de déranger les gens. De toute façon, on n'appelle pas les gens au beau milieu de la nuit. Même pour une chose comme celle-là qui donne l'impression de cesser de vivre. Alors elle n'avisera pas le médecin tout de suite non plus. Pour lui dire quoi ? Qu'elle a de légers saignements ? Il va probablement lui dire d'attendre pour voir l'évolution de la situation, qu'il ne peut rien faire pour l'instant.

Couchée sur le côté, les deux mains pressées sur son ventre, lovée comme son bébé doit l'être dans son ventre, Marie-Hélène attend.

Attendre que le jour se lève, attendre une heure, peut-être, avant de se relever pour aller voir si…

Attendre que le temps passe, tout simplement, et prendre conscience qu'une minute, parfois, peut durer l'éternité.

CHAPITRE 7

Les humains vivent en trouvant refuge
les uns dans le cœur des autres.
PROVERBE IRLANDAIS

L'été continue, en Beauce et à Montréal

En descendant de l'autobus, à Sainte-Foy, ce dimanche-là, Sébastien s'attendait à retrouver Jérôme venu le chercher car il l'avait prévenu de son arrivée. Et cela faisait son affaire : avec Jérôme on n'avait jamais vraiment besoin de parler. Mais sur le quai, faisant les cent pas, c'est Claudie qui surveille son arrivée. Juste avant que l'autobus ne tourne en épingle au coin de l'immeuble, Sébastien l'a aperçue. Alors, il reste assis à sa place, laissant les autres passagers descendre avant lui, indécis, contrarié. Ainsi donc, elle est de retour. Après plus de trois semaines de silence, elle est revenue. Pourquoi ? Sébastien ne s'attendait pas à la revoir. Pas comme ça, arrivée à l'improviste, un peu comme un cheveu sur la soupe, après avoir brillé par son absence et son silence pendant tout ce temps. Pas aujourd'hui, après tout ce qu'il vient de vivre à Montréal. L'image de Virginie se superpose à celle de Claudie pour un instant. Il revoit la soirée de vendredi alors qu'elle l'avait facilement convaincu d'aller chez elle. Cette facilité de paroles entre eux, pendant qu'il contait la visite chez son père. Son inquiétude mise à nu, naturellement, sans fausse pudeur, sans la moindre retenue quand il parlait à sa jeune amie. Puis cette sensation de détente, une fois qu'il avait fini de tout dire... Et ce matin, c'est Claudie qui l'attend. Non, pour l'instant, il n'a pas vraiment envie de la voir. Son esprit est ailleurs et son cœur aussi. Alors il se forge un sourire, un peu cynique, en constatant que sa réinsertion sociale va bon train. Avant, rien ni personne n'aurait pu l'obliger à sourire s'il n'en avait pas envie...

Claudie l'accueille en lui sautant au cou, visiblement heureuse de le revoir. La jeune fille est gaie comme un pinson. Alors, sans se douter de rien, elle fait les frais de la conversation, lui raconte sa Gaspésie avec moult détails. Elle parle ainsi jusque chez Jérôme, passant d'une description à une anecdote, en riant, tandis que Sébastien constate, une fois de plus, qu'il y a des milliers de choses qu'ils ne savent pas l'un de l'autre. À commencer par le fait banal que Claudie avait son permis de conduire et qu'il l'ignorait. Il se contente de lui répondre par monosyllabes, par grognements.

Dès qu'il entre dans la maison, Cécile vient à lui.

— Enfin ! Te voilà... J'aimerais que tu me donnes le numéro de téléphone où...

Sans vraiment porter attention à ce que la vieille dame est en train de lui dire, Sébastien se dérobe aussitôt.

— Excusez-moi, Cécile... Pas maintenant. Je reviens.

Et s'excusant une seconde fois auprès de Cécile, il traverse la cuisine en coup de vent et grimpe à sa chambre, taciturne.

Cécile pousse un profond soupir au moment où Claudie se tourne vers elle, visiblement décontenancée.

— Mais qu'est-ce qui se passe avec lui ? demande la jeune fille. C'est à peine s'il a dit deux mots en venant ici. Des problèmes ?

Cécile fait la moue puis lui sourit, oubliant momentanément que Marie-Hélène a appelé et aimerait connaître le numéro où joindre François. Chaque chose en son temps... Elle se dépêche donc de répondre à Claudie.

— Pas que je sache. Mais allez donc deviner ce qui se cache dans le cœur des gens !

C'est au tour de Claudie de dessiner une petite grimace, déçue.

— Moi qui me faisais une joie de le revoir. Disons que le comité d'accueil était plutôt froid.

À ces mots, Cécile vient à elle, la prend contre son épaule.

— Allons, petite fille, pourquoi t'en faire pour si peu ? Chaque fois qu'il revient de Montréal, Sébastien est un peu renfermé. Je crois bien, finalement, qu'il n'est peut-être pas fait pour la campagne et que, d'une fois à l'autre, il en prend conscience avec un peu plus d'acuité. Un peu comme toi, non ? demande-t-elle sans véritablement attendre de réponse. Après trois semaines d'absence sans nouvelles, tu nous tombes du ciel, différente... Mon petit doigt me dit que ça brasse là-dedans, ajoute-t-elle en pointant la tête de Claudie du bout de l'index. Je me trompe ?

Claudie ne peut s'empêcher de sourire.

— Pas vraiment... J'avoue que la Gaspésie me manque terriblement. Mes parents aussi.

— Alors ?

La jeune fille hausse les épaules en soupirant.

— Je ne sais pas. C'est tout ça qui brassait, comme vous dites. D'un côté j'ai donné ma parole pour vous aider et ça, pour moi c'est important. De l'autre, il y a Sébastien dont je me suis beaucoup ennuyée. Et entre les deux, il y a chez moi. De revoir la mer m'a fait comprendre à quel point je me suis ennuyée... Finalement, j'ai décidé de revenir. Mais oui, j'avoue que j'ai longtemps hésité avant de prendre ma décision.

Levant la limpidité de son regard vers la vieille dame, elle avoue avec fougue :

— Je l'aime, vous savez. Même si Sébastien est un gars complexe, difficile à suivre, difficile à vivre parfois, je l'aime. C'est comme ça. C'est ce qui a fait pencher la balance...

Puis au bout d'une légère hésitation, elle constate :

— Mais lui, on dirait à certains moments que je l'agace, que je l'embête.

— Alors mets les choses au clair avec lui. N'attends pas.

— Ouais... Je sais que vous avez raison. C'est un peu pour ça que je suis revenue.

Puis l'enthousiasme de la jeunesse prenant le dessus, elle s'échappe de l'étreinte de Cécile et dessine quelques pas de danse sur le prélart de la cuisine.

— Savez-vous quoi, Cécile ? L'idéal serait que Sébastien vienne avec moi en Gaspésie. Oh ! Juste quelques jours pour commencer. Je sais qu'il va aimer ça. Tout le monde aime la Gaspésie. C'est un des plus beaux coins du monde. Après, il va vouloir rester... J'en suis certaine ! Maintenant, au travail ! C'est aussi pour ça que je suis ici...

Et sur ces mots, la jeune fille quitte la cuisine pour rejoindre Jérôme à la cidrerie. Pensive, Cécile va jusqu'à la fenêtre et regarde la silhouette dansante qui se dirige vers le vieux hangar transformé. Une ride d'incertitude barre son front. Parce qu'elle, elle est loin d'être aussi certaine que Sébastien va aimer la Gaspésie. Un garçon comme Sébastien ne vivra jamais en campagne.

— C'est une fleur de macadam, murmure-t-elle en levant les yeux au plafond comme si elle pouvait voir le jeune homme à travers les lattes de bois.

Puis son esprit revient à sa préoccupation première: si Sébastien n'est pas descendu dans une heure, elle ira frapper à sa porte pour avoir le numéro de téléphone où rejoindre François. En ce moment, Marie-Hélène doit attendre son appel avec impatience. Déjà hier, quand elle l'a rejointe, la jeune femme semblait fébrile…

Pourtant, à ce même instant, Sébastien est loin de penser à François ou à son avenir. C'est le passé qui lui court après, se soudant au présent avec douleur. Les mots de Dolorès continuent de le harceler, repoussant le sommeil jusqu'à l'aube depuis vendredi. Même si Virginie lui a fait admettre que finalement, la vieille servante n'avait rien dit de concret.

— Allons donc, Sébas! Maxime nous a quittés, ça peut vouloir dire tout ce qu'on veut! Il est peut-être parti étudier à l'extérieur, il est peut-être en voyage, il vit peut-être avec un ou une amie. Ça fait beaucoup de peut-être, tu ne trouves pas?

— Ouais…

Sébastien était à demi convaincu. Un curieux pressentiment, découlant de la peur immense que l'impossible soit réalité, continuait à lui faire débattre le cœur. Et ça n'a pas cessé depuis.

— Alors, appelle chez ton père pour en avoir le cœur net.

Sébastien avait alors levé un regard à la fois sceptique et

blasé. Rien de nouveau sous le soleil, n'est-ce pas ? Retour à la case départ : il devait tout recommencer. Car il savait que Virginie avait raison. Pendant un moment, il avait vivement regretté de ne pas avoir eu le courage d'aller jusqu'au bout quand il était face à Dolorès. Là, il n'était plus sûr de lui, plus certain de trouver suffisamment d'assurance afin de poursuivre la démarche. Pourtant... Pourtant il ne pourrait vivre indéfiniment avec une telle interrogation au cœur. Il savait qu'il finirait par se décider. Mais pas tout de suite. Il avait besoin de temps pour être bien préparé. Juste au cas où...

Il en est là. Allongé sur son lit, les yeux détaillant pensivement le plafond, il se demande quoi faire et comment le faire. Retourner chez son père et se présenter clairement à Dolorès ? Il sait que la vieille dame serait contente de le voir. Et il n'y a peut-être qu'avec elle que Sébastien pourrait encaisser la nouvelle si ses pressentiments s'avéraient justes. Elle saurait partager sa peine comme elle a partagé si généreusement ses chagrins d'enfant. Mais après ?

Sébastien se retourne sur le côté, laisse glisser son regard le long du mur, s'arrête au drôle de pli que la tenture s'entête à faire malgré ses efforts répétés pour la redresser. Il s'y attarde un instant comme s'il n'avait rien de plus important à faire pour le moment puis soupire. Il lui semble que présentement tous les aléas de la vie ne forment qu'un maelström étourdissant. Une sensation de perte de contrôle tellement grande qu'il aimerait fermer les yeux et tout oublier. Claudie, Maxime, François, la Beauce... Lui reste-t-il quelque chose de vraiment agréable dans la vie ?

Le nom de Virginie s'impose subitement comme une lumière dans sa tête ramenant la soirée de vendredi à son esprit.

Il avait suivi Virginie sans aucune discussion, lui qui offre habituellement une pléiade d'excuses pour rester seul. Au moment où la jeune fille lui avait tendu la main, l'image d'une autre nuit lui était revenue avec une telle précision que les émotions alors vécues s'étaient fait présence. Virginie venait d'être agressée par trois jeunes vauriens. Elle ressemblait à un petit animal blessé, craintif. Pourtant, elle avait pris le risque de lui confier sa main tremblante et l'avait suivi. La confiance qu'elle lui avait accordée, cette nuit-là, venait de rejoindre Sébastien et s'était fait sienne. À son tour, il avait envie de s'en remettre à elle. Spontanément, comme jamais avant il ne l'avait fait avec personne. Pas même avec Gilbert. Sans chercher à comprendre, il s'était levé et avait suivi Virginie jusque chez elle.

Un peu plus tard dans la soirée, les confidences avaient coulé de source, sans le moindre effort. Tout semblait si facile avec elle. Et tout en parlant, il comprenait que si le sourire de Claudie l'avait séduit, Virginie, elle, l'attirait irrésistiblement. Comme une évidence que l'on ne peut réfuter, même avec les meilleurs arguments qui soient… S'il avait eu envie de mieux connaître Claudie, il avait l'impression de connaître Virginie depuis toujours. Si le sourire de Claudie était un rayon de soleil dans ses journées, la présence de Virginie lui apportait l'assurance d'être là où il devait être. Sans la moindre interrogation, la moindre indécision.

Ils avaient traversé la nuit en parlant, de l'un comme de l'autre, devinant les choses de l'un et de l'autre. Évitant, comme un accord tacite entre eux, évitant de prononcer le nom de Claudie.

De penser à Virginie avec une telle intensité ramène à Sébastien l'inconfort de ses indécisions ou plutôt des décisions qu'il aura inévitablement à prendre. Puis c'est le nom de Maxime, venu il ne sait d'où, qui domine encore une fois. D'un geste spontané et colérique, il se relève. Mais quelle idée a-t-il eu de quitter la rue ? Il était bien dans ce temps-là, non, seul, l'unique préoccupation de ses journées étant de trouver de quoi manger et un endroit pour dormir ? Mais en même temps, bien ancrée en lui, l'idée qu'il est injuste de penser comme ça, l'idée qu'il se trompe s'impose, encombrante. Il sait, sans vouloir se l'avouer clairement, qu'il ne pourrait plus revenir dans le temps et faire comme si les derniers mois n'avaient pas existé. L'amitié connue auprès de François, de Gilbert et des filles, le fait d'avoir un but, un travail qui lui plaît malgré la distance qui le sépare de Montréal, le pressentiment qu'entre lui et Virginie il pourrait y avoir quelque chose de beau et de grand ont aussi leur importance et il y tient.

Mais c'est parfois bien compliqué !

Ouvrant la porte de sa chambre d'un geste brusque, il descend à la cuisine, soulagé de voir qu'il n'y a personne pour l'instant et sort de la maison comme s'il avait le diable à ses trousses.

Brusquement, il a besoin d'espace autour de lui et de l'air pur à profusion sinon, il craint de mourir étouffé...

Et tout en remontant le sentier qui sillonne à côté de la terre en jachère, il n'arrête pas d'entendre la voix de Gilbert qui suggère : « Dans la vie, il faut prendre les choses une à la fois. C'est tellement plus simple comme ça, mon beau ! »

Mais comment faire pour dissocier tous ces noms qui tourbillonnent en lui ?

Arrivé au sommet de la colline, Sébastien s'arrête un instant, à bout de souffle, s'apercevant un peu surpris que c'est à la limite de la course qu'il est venu jusqu'ici. Penché vers l'avant, il essaie de calmer les battements désordonnés de son cœur quand, toute faible et portée par la brise, il entend la voix de Claudie.

— Attends-moi, Sébas. J'arrive...

Alors Sébastien ferme les poings en soupirant d'impatience, sachant en même temps qu'il est fort injuste. Sa jeune amie ne peut savoir... Pourtant, malgré cela, il ramasse quelques pierres et, les lançant à la volée devant lui, il passe sa rage.

Curieusement, chaque pierre porte un nom qu'il murmure en mordant dedans avant de la lancer.

— François, Claudie, Maxime...

Puis il se retourne au moment où il entend le gravier rouler sous les pas de Claudie, un peu plus bas sur le sentier. Et pour la seconde fois en quelques heures, puisant sa volonté dans les reflets métalliques de la rivière qui serpente entre les arbres, là-bas dans la vallée, il s'invente un sourire qui ne veut rien dire du tout pour l'instant...

* * *

En s'éveillant ce dimanche-là, Virginie s'étire longuement comme elle le fait chaque matin avant de casser son mouvement quand le nom de Sébastien s'impose à elle, suite logique des dernières pensées qu'elle a eues avant de s'endormir.

— Sébastien.

Pendant quelques instants, elle s'amuse à murmurer ce nom à répétition, lui donnant chaque fois une tonalité différente, comme le rythme lent d'une mélodie. Puis la nuit de vendredi à samedi lui revient en mémoire, et comme elle l'a fait à quelques reprises déjà, elle se tourne sur le dos pour en revoir les moindres détails.

Elle n'avait pas eu de difficulté à convaincre Sébastien de la suivre, contrairement à ce qu'elle prévoyait. Il s'était laissé remorquer comme un enfant perdu.

Puis il avait parlé.

Pendant des heures, il avait confié sa peur, sa crainte immense que ses pressentiments s'avèrent justes.

— Maxime, c'est tout ce qui reste de vrai, d'intact dans ma vie. Et voilà que…

Il avait alors raconté son enfance, les foyers d'accueil, sa décision de choisir délibérément la rue parce qu'il détestait tout ce qu'il connaissait de la vie.

Virginie l'avait laissé se vider le cœur, devinant par intuition que c'était probablement la première fois qu'il le faisait ouvertement face à quelqu'un et que parler ainsi l'aiderait à faire le point avec lui-même. Puis tout doucement, elle avait ajouté quelques mots, avant de se mettre à parler d'elle-même, mêlant ses confidences à celles de Sébastien. Sa vie avec sa mère, seules toutes les deux, dans une petite municipalité sans envergure, n'ayant jamais connu de père. Puis sa décision de venir à Montréal tenter sa chance parce que dans son patelin, il n'y avait pas tellement d'ouvrage et que les études ne dépassaient pas le secondaire. Ils avaient finalement marié leurs espoirs face à l'avenir. L'envie viscérale que Sébastien avait de revenir en ville et le plaisir ressenti à travailler en communion avec les choses de la nature; les cours que Virginie allait entreprendre en septembre et l'appartement qu'elle devrait quitter bientôt, incapable de supporter le loyer toute seule encore bien longtemps.

— Il va falloir que je parle à Claudie, avait-elle alors constaté en regardant autour d'elle. Savoir ce qu'elle veut que je fasse des meubles. Tout ça, c'est à elle…

C'est alors que Sébastien avait eu cette drôle de réflexion.

— Moi aussi je vais devoir parler à Claudie, avait-il déclaré en la regardant droit dans les yeux.

Il n'avait rien ajouté de plus. Il n'avait pas eu à dire autre chose. Les regards qu'ils échangeaient étaient éloquents, les battements de leurs cœurs aussi.

Et c'est en écoutant son cœur débattre toujours aussi joyeusement que Virginie laisse couler quelques instants. Sébastien a promis de l'appeler cette semaine et elle a l'impression qu'elle va compter les heures et les minutes jusqu'à ce qu'il le fasse... Puis elle envoie promener ses couvertures d'un pied léger. Pour le moment, elle a plus important à faire que de passer son temps à se complaire dans ses souvenirs, aussi agréables soient-ils. Dimanche, jour de congé hebdomadaire, elle s'est promis de tout mettre en branle pour rassurer Sébastien. Dans un sens ou dans l'autre. Aux yeux de Virginie, rien ne peut être pire que l'incertitude.

— Il s'appelle Duhamel, murmure-t-elle tout en faisant son lit. Son père est avocat et il habite dans le quartier de Ahuntsic... C'est pas grand-chose, mais c'est mieux que rien. Jamais je croirai que je ne trouverai pas...

Elle quitte son appartement fermement décidée à n'y revenir qu'après avoir parlé à quelqu'un. Quand Sébastien va appeler, elle aura une réponse pour lui...

Malheureusement, la démarche s'avère plus difficile qu'elle le croyait.

Débarquée de l'autobus au coin d'un parc magnifique, planté d'arbres centenaires et descendant en pente douce vers la rivière des Prairies, Virginie hésite longuement. À droite ou à gauche ? Elle décide finalement de se fier à son instinct et prenant à sa droite elle avance lentement, scrutant à la loupe les maisons des rues transversales qu'elle croise. Sébastien n'a-t-il pas mentionné qu'il habitait, enfant, une grande maison blanche et noire garnie de fleurs rouges ? Mais le quartier ne correspond pas à l'idée qu'elle s'en était faite. Ici, il n'y a que des duplex, des jumelés ou de petits immeubles à trois ou quatre logements. Et plus elle avance, plus les immeubles d'appartements grossissent… Déçue, elle fait demi-tour et revient sur ses pas.

— Ce n'est pas comme ça que je vais trouver, murmure-t-elle en repassant devant le parc. Il faut que je m'informe, murmure-t-elle, constatant en même temps qu'elle est affamée.

Cela fait maintenant plus de trois heures qu'elle est partie de chez elle.

Elle aperçoit alors sur sa droite un tout petit dépanneur installé dans le sous-sol d'une maison. Sans hésitation elle s'y dirige. Un bon sandwich, une boisson et une tablette de chocolat devraient lui redonner un peu d'énergie. Car pour l'instant, c'est la fatigue et l'envie de retourner chez elle qui dominent. La mission qu'elle s'est donnée est probablement impossible : autant chercher une aiguille dans une botte de foin !

L'intérieur du petit magasin est plutôt sombre. Il y règne une fraîcheur agréable par cet après-midi de canicule. Derrière le comptoir, un vieux monsieur l'accueille d'un sourire. Il a l'air gentil et aussitôt, Virginie répond à son sourire avant de se diriger vers le comptoir réfrigéré. En levant les yeux pour payer, la jeune fille aperçoit les nombreux bocaux remplis de bonbons, rangés minutieusement sur une tablette de bois qui jadis devait être vernie. Toutes sortes de friandises, toutes plus tentantes les unes que les autres, comme il y en avait chez le marchand général de son village. Alors, à la place d'hésiter devant les nombreuses marques de tablettes de chocolat, elle tend le doigt, souriante.

— Et quelques boules noires, s'il vous plaît. Et peut-être aussi des jujubes en forme d'oursons…

Au moment où le vieil homme lui tend le petit sac de papier brun, l'idée lui saute aux yeux. Qui mieux qu'un marchand comme lui pourrait connaître les habitants du quartier ? C'est pourquoi elle demande, tout en cherchant de la monnaie au fond de sa poche :

— Pardon, je cherche quelqu'un… Savez-vous où habite maître Duhamel ? On m'a dit qu'il…

— Duhamel, vous dites ?

— Oui, Duhamel.

Le vieil homme a froncé les sourcils sans pour autant cesser de sourire.

— Je ne sais pas si… Ça remonte à quelques années déjà. Ils étaient deux. Deux petits garçons blonds, les cheveux longs, précise-t-il en frottant la base de son cou de ses longs doigts un peu jaunis par l'usage répété du tabac. Si je m'en souviens, c'est qu'ils étaient toujours polis contrairement à certains. Oui, deux gamins très bien élevés et ils s'appelaient justement Duhamel. Un bon matin, je ne les ai plus jamais revus et leur mère non plus. Une gentille femme, vous savez. Toute menue et blonde comme ses enfants, un peu effacée. On aurait dit qu'elle avait peur de quelque chose en permanence. Toutes sortes de bruits ont couru. Que le père buvait, que la mère s'était enfuie, que les enfants avaient été placés… Mais moi, je n'écoute jamais les potins. Ce que je sais, c'est que la mère et les enfants ont disparu. Mais si vous voulez mon avis, ils ont bien fait de partir. Me Duhamel était un air bête…

Pendant un moment, le vieil homme reste silencieux, puis il reprend :

— Je ne sais pas si c'est lui que vous cherchez mais le père habite toujours là. À trois rues d'ici, en continuant tout droit. Vous ne pourrez pas manquer la maison, elle est blanche et noire avec des fleurs orangées dans des jardinières. C'est la première année qu'ils ne mettent pas de géraniums rouges dans...

Virginie n'écoute plus vraiment. Tout en payant, elle doit se mordre le dedans des joues pour ne pas laisser éclater le sourire de moquerie qui lui monte aux lèvres : pour quelqu'un qui dit ne pas écouter les potins, il semble au courant de beaucoup de choses, le vieux monsieur.

Le repas est vite expédié même si le parc invite à la détente. Un peu plus loin, une cabane de bois blanche et noire comme on en voit souvent dans les parcs municipaux et plus au nord, les reflets de la rivière des Prairies se multiplient dans tous les tons de bleu et d'argent. Les arbres du parc sont immenses, surtout le gros chêne qui s'élève en plein milieu. Des plates-bandes fleuries bordent l'allée où quelques personnes âgées se promènent à pas lents. Ici, on ne sent pas l'effervescence de la ville et Virginie pourrait facilement imaginer qu'elle est de retour dans sa petite ville natale. Il y a dans l'air un je ne sais quoi de différent, de paisible. Glissant le petit sac de papier brun dans une poche, elle se relève et jette les restes de son repas dans une poubelle avant de glisser une boule noire dans sa bouche. Puis, sourire aux lèvres parce que le bonbon a exactement le goût qu'elle espérait retrouver, elle se dirige aussitôt vers la rue que le marchand lui a indiquée. Elle ignore encore ce qu'elle va y faire une fois rendue mais peu importe.

La maison est imposante et Virginie n'a aucune

difficulté à la reconnaître. C'est la plus cossue de la rue, la mieux entretenue aussi. Même la pelouse est impeccable, ses bordures taillées avec soin, les haies bien égales, la peinture de la clôture de fer forgé sans la moindre écaille, bien lisse et bien luisante. À un point tel que Virginie est intimidée. Mais qu'est-ce qu'elle croyait ? Qu'elle allait arriver sans tambours ni trompettes et remettre tout ce beau monde à l'ordre, tout simplement parce que son ami est malheureux ? Allons donc ! On ne bouscule pas l'intimité des gens comme ça. Elle le sait fort bien, elle qui a été violée par trois prétendus amis qui disaient que ce n'était qu'un jeu. Elle qui est ici un peu par reconnaissance envers Sébastien pour l'avoir secourue, cette nuit-là...

Marchant à pas lents, elle passe et repasse devant la maison, scrutant les fenêtres comme si elle espérait y percevoir un signe de bienvenue. Elle s'arrête devant la maison en soupirant. Elle a le trac, ses mains tremblent comme lorsqu'elle était enfant et devait faire une présentation devant sa classe. Puis elle se décide d'un coup. Elle n'est toujours pas venue jusqu'ici pour rien et il y a Sébastien... Sébastien qui se meurt d'inquiétude pour son frère.

Empruntant à son tour l'allée de pavés couleur d'ardoise, elle remonte jusqu'à la maison et, sans penser à ce qui va arriver, elle enfonce le bouton de la sonnette. Tant pis si c'est Me Duhamel qui vient répondre, elle improvisera en temps et lieux...

La porte s'ouvre enfin sur un visage d'ébène.

Dolorès Gentil...

L'anxiété de Virginie s'évapore aussitôt. La vieille dame est telle que Sébastien l'avait décrite : la peau noire comme la nuit, aussi plissée qu'une pomme oubliée au verger à l'automne et le regard très doux. À demi caché dans les plis de sa longue jupe bariolée aux couleurs des îles, un gamin d'à peu près cinq ans dont elle ne voit qu'une mèche de cheveux dorés, toute bouclée, et le regard d'azur de deux grands yeux étonnés.

— Oui ?

La curiosité s'entend dans le timbre de la voix chantante de la vieille dame.

— Je m'appelle Virginie. Je... Je suis une amie de Sébastien.

À ces mots, un large sourire éclaire le visage de la femme de couleur, contraste frappant entre sa peau noire et la blancheur éclatante de ce sourire.

— Il me semblait aussi... Je suis heureuse de vous voir. Entrez, jolie demoiselle, entrez !

— Je ne sais si...

— Les maîtres sont absents pour quelques jours encore, précise alors la servante comme si elle avait deviné la raison de la réticence de Virginie.

Et prenant le gamin par la main, Dolorès se glisse derrière la porte pour la laisser passer avant de la guider vers l'arrière de la maison.

La cuisine sent bon les épices chaudes et la cannelle.

— Avant tout, laissez-moi vous dire que j'espérais cette visite. La vôtre ou celle de Sébastien. L'autre jour, revenant à la cuisine, la ressemblance m'est apparue claire comme le jour par petit matin d'avril. Regardez bien ce petit homme, fait-elle en pointant le gamin du menton. Il est la réplique de Sébastien au même âge. Il n'y a que la couleur des cheveux qui varie un peu. J'ai voulu rappeler le jeune homme aux cheveux blonds devinant qui il était, mais l'oiseau s'était envolé... Asseyez-vous, mademoiselle. Ainsi, vous êtes une amie de missié Sébastien... Si vous saviez la joie qu'il y a dans le cœur de la vieille Dolorès! Mes beaux oiseaux du paradis ne sont finalement pas partis pour toujours. J'aurais dû le savoir: les oiseaux finissent toujours par revenir au nid...

Un peu décontenancée par les images colorées employées par Dolorès, Virginie est tout de même subjuguée par le rythme chantant de sa voix grave. Une voix qui berce, qui rassure. Elle comprend maintenant pourquoi Sébastien lui parlait de la vieille servante de ses parents avec une pointe d'émerveillement dans la voix.

— Ainsi donc vous êtes une amie de missié Sébastien, répète alors Dolorès en s'asseyant à son tour face à Virginie et prenant le petit garçon sur ses genoux. Parlez-moi de lui. Que devient-il?

— Oh, vous savez, Sébastien est quelqu'un d'un peu renfermé Vous devez probablement en savoir plus sur lui que moi je n'en saurai jamais.

— Peut-être oui. Peut-être. Je les ai vus grandir, vous savez, lui et son frère. Deux petits anges tombés du paradis. Il y avait ici deux gentils oiseaux, rieurs, chantants comme une rivière. Malheureusement, on s'amusait à leur couper les plumes des ailes pour qu'ils ne puissent s'envoler. Puis un beau matin, on les a même mis en cage. Mais à force de patience, les plumes finissent toujours par repousser.

— Alors Sébastien a décidé d'apprendre à voler, répond Virginie sur le même ton, séduite par l'image. C'est exactement ce qu'il fait aujourd'hui: il apprend à voler. Il aime la nature et la ville, il aime le travail de la terre et essaie de trouver la voie qui lui permettra de tout mettre ensemble.

— Alors c'est une belle voie que le jeune missié a empruntée. Le cœur de Dolorès s'en réjouit. Quand on aime la terre, on aime la vie. C'est là la seule chose importante.

Mise en confiance par la grande douceur que Dolorès dégage, Virginie explique le but de sa visite.

— Pauvre enfant, murmure alors la vieille dame. Quelle méprise ! Pourquoi missié Sébastien n'a-t-il pas demandé ? Il savait qu'on peut tout demander à Dolorès.

— Il avait peur. Si vous saviez ce que Maxime représente pour lui. Quand Sébastien en parle, il a des étoiles dans les yeux.

— Et quand Maxime parlait de son frère, il y avait du chagrin dans sa voix. Laissez-moi vous raconter.

Et à travers les propos fleuris de la vieille Dolorès, Virginie apprend ce qu'a été la vie chez Me Duhamel quand la famille a éclaté. Le départ précipité de son épouse, le placement des enfants, son remariage, la naissance du nouveau petit « missié ».

— C'est à cette époque que le jeune maître Maxime est revenu vivre ici. Et que la vieille Dolorès a repris du service. Mais la vie était souvent sous les nuages dans la belle demeure du maître, même s'il avait beaucoup changé avec la nouvelle jeune dame de la maison. Il était plus gentil, plus patient mais le maître restait malgré tout un colosse aux pieds d'argile avec une grande faiblesse. Et à cause de cela, le tonnerre grondait souvent sous son toit. Mais ce n'était pas la faute du maître. Il était malade de la boisson. Beaucoup d'hommes sont comme lui dans mon pays. La vieille Dolorès connaît bien les hommes qui aiment trop l'alcool qui fait oublier les tracas mais rend méchant. C'est quand Maxime s'est mis à boire lui aussi, et à prendre toutes sortes de choses bizarres que Dolorès préfère ne pas nommer, c'est ce jour-là que le maître a tout compris et qu'il a changé. Plus une goutte, jamais. Par contre Maxime, lui, était comme le maître : aussi fragile que l'oisillon à peine sorti de l'œuf. Un matin, il est parti laissant une lettre qui a fait pleurer le maître. C'était la première fois que Dolorès voyait un homme pleurer autant. Depuis, on n'a plus eu de nouvelles… C'est pour cela que Dolorès a dit qu'il s'était envolé. Malheureusement, aujourd'hui, personne ne sait dans quel ciel missié Maxime a choisi de voler… Alors le maître cherche son fils depuis ce jour-là, espérant que…

Laissant planer un doute, la servante serre le petit garçon contre son cœur et tout en ouvrant les bras devant elle, elle conclut :

— C'est tout ce que Dolorès peut vous dire. Et peut-être aussi qu'elle n'a jamais cessé de prier Dieu pour qu'Il lui ramène ses enfants sains et saufs… Aujourd'hui, Il a commencé à m'écouter et Il m'a envoyé son messager. Grâce lui soit rendue…

Pendant un long moment, on n'entend plus que le bruissement des feuilles des arbres du jardin par la porte grande ouverte sur l'été. Virginie n'est plus du tout certaine d'être soulagée par ce qu'elle vient d'entendre.

Car, pour un gars comme Sébastien, savoir que son frère a disparu, avec les problèmes qu'il avait, est peut-être pire que d'apprendre qu'il est mort…

CHAPITRE 8

Un jour, lorsque nous aurons dompté les vents, les océans, les marées et la gravité, nous devrons exploiter l'énergie de l'amour. Alors, pour la seconde fois dans l'histoire du monde, l'Homme aura découvert le feu.

TEILHARD DE CHARDIN

À Montréal, toujours à l'été 1996

Marie-Hélène, qui croyait avoir exploré toutes les facettes du désespoir au cours de la semaine, vient de comprendre qu'il n'en était rien.

Après une journée d'accalmie, les saignements viennent de reprendre. Rien de majeur, que des traces mais qui lui arrêtent le cœur chaque fois qu'elle le constate.

Et Cécile qui n'a pas rappelé depuis hier.

Quant au médecin, il est absent pour la fin de semaine. Hier matin, samedi, quand elle a tenté de le rejoindre, une téléphoniste laconique lui a suggéré d'appeler la salle d'accouchement où une infirmière plutôt blasée lui a répondu d'attendre le retour de son médecin.

— Merveilleux, avait-elle ironisé en raccrochant l'appareil. C'est l'histoire de l'œuf et la poule qui se répète !

Alors depuis hier, elle n'a pas quitté son appartement.

Indécise, ne sachant si elle doit garder le lit ou ne pas

trop s'en faire, Marie-Hélène se dirige vers la cuisine, se prend un verre de jus par habitude, en boit une gorgée avant de jeter le reste dans l'évier. Elle n'a pas faim.

Débranchant le téléphone, elle l'apporte dans sa chambre, pousse un peu la table de chevet pour le rebrancher et se réinstalle dans son lit.

— Dans le doute, vaut mieux s'abstenir, murmure-t-elle en lissant les couvertures.

Et pendant un moment, elle s'amuse à s'inventer un horaire au cas où elle devrait garder le lit pendant les prochains mois. Puis s'en lasse.

Le soleil éclabousse le mur de milliers de paillettes aveuglantes. Par la fenêtre ouverte sur la chaleur de midi, elle entend le va-et-vient des gens venus chercher un peu de fraîcheur dans le parc. L'envie de se relever pour les rejoindre est grande. Mais elle n'ose pas. En fait, c'est à peine si elle ose respirer depuis vendredi soir.

C'est à cet instant qu'une humidité suspecte la fait se précipiter à la salle de bain. Est-ce son imagination ou les saignements sont un peu plus abondants, plus rougeâtres qu'hier ? Sans hésiter, elle revient dans son lit et attrape le téléphone. Elle n'en peut plus de ne pas savoir. Tant pis pour l'inquiétude qu'elle va lui causer, elle veut consulter Cécile. Après tout, la vieille dame est médecin et peut sûrement la conseiller.

— … Alors je suis morte d'inquiétude. Si vous saviez à quel point ça m'effraie, tout ça.

Un court silence s'empare de la ligne. Puis Cécile demande, d'une toute petite voix, comme si elle avait peur de prononcer ces quelques mots :

— Si tu as peur c'est donc signe que ta décision est prise ?

— Si vous saviez…

La voix de Marie-Hélène est étouffée par l'angoisse et en même temps porteuse d'une telle espérance.

— Oui, la décision est prise. En fait, je crois bien qu'elle l'était depuis le début. Je veux mon bébé. Mais j'ai tellement peur que ce qui m'arrive soit un signe de la nature qui en a décidé autrement et…

— Oh là ! l'interrompt Cécile. Mettons les choses au clair. Je veux que tu cesses tout de suite d'imaginer le pire. Contrairement à ce que les gens pensent, c'est relativement fréquent d'avoir quelques saignements pendant une grossesse. Ensuite, sois assurée que le virus qui t'atteint n'a rien à voir avec tout cela. Présentement, s'il y a un problème, il n'est relié en aucun cas à ce virus. C'est au moment de la naissance que le risque de contracter la maladie est le plus grand pour le bébé. Je suis loin d'être une experte dans le domaine mais depuis mon retour, vendredi, j'ai pris la peine de feuilleter les revues que je continue de recevoir et qui s'empilent sur mon secrétaire. Et sur ce point, les chercheurs sont unanimes.

— Vous croyez ?

La voix de Marie-Hélène n'est qu'un filet, oscillant entre la crainte bien réelle de perdre son bébé et l'espoir qui vient de naître en elle aux paroles de Cécile.

— Tout à fait. S'il y a un problème majeur relié à ta grossesse, ce n'est pas de là qu'il vient et même si tu gardais le lit, rien n'empêchera la nature de faire ce qu'elle a à faire. Je suis persuadée que l'important, c'est d'abord et avant tout de garder le moral et demain, tu consulteras ton médecin. Seul un examen saura dire ce qui se passe. Et souvent, on ne trouve aucune explication à ces saignements. Alors, tu vas me faire le plaisir de te lever et, s'il fait aussi beau chez vous qu'il le fait ici, file t'aérer les esprits.

— Vous croyez ?

— Encore ?

Cécile ne peut s'empêcher de rire gentiment.

— On dirait que tu manques de vocabulaire tout à coup ! Oui, ma belle, je crois que tu serais bien mieux dehors que dans ton lit. Pour aujourd'hui. Demain, par exemple, devant le choix que tu as fait, il est de la toute première importance que tu avises ton médecin de ta décision. Il y a tout un protocole de traitements.

La voix de Cécile est toute pétillante. Ses prières ont porté fruit ! Vendredi, dès son retour à la maison, elle s'était enfermée dans le petit bureau à l'avant de la maison où elle avait épluché la montagne de périodiques et de comptes rendus qu'elle reçoit régulièrement et qu'elle empile négligemment sur le secrétaire, alléguant qu'elle n'a pas de temps à y consacrer et qu'elle les feuillettera une fois l'hiver arrivé. Absorbée par sa lecture, la journée avait filé sans qu'elle ne la vît. La médecine avait fait un bond de géant et aujourd'hui on était en mesure de croire que le bébé n'était pas nécessairement condamné à connaître le même sort que sa mère. Et le cas échéant, certains d'entre ceux qui avaient eu la chance d'avoir une mère qui avait reçu un traitement musclé pendant sa grossesse, même s'ils étaient porteurs du virus, ils étaient aujourd'hui âgés de plus de quinze ans et menaient une vie à peu près normale. Pendant plus d'une heure elle avait tourné et retourné les choses dans sa tête. Devait-elle jouer de son influence auprès de Marie-Hélène ? Puis le lendemain, la jeune femme avait appelé. Elle cherchait François. C'est à cet instant que Cécile avait compris qu'elle n'insisterait pas. Les connaissant aussi bien tous les deux, Cécile savait que jamais ils ne prendraient une telle décision à la légère. Elle avait donc choisi de ne pas intervenir, mais la décision prise par Marie-Hélène la soulage d'un grand poids. Et son intuition lui dicte que François aussi va être d'accord avec elle. Et parlant de François...

— Pour ce qui est de mon petit-fils, ajoute-t-elle, je n'ai toujours pas le numéro de téléphone pour le rejoindre. Sébastien est bien revenu ici, tout à l'heure, mais il a filé comme un lapin... Mais dès que je connais ce fichu numéro, je rappelle.

— D'accord... Vous êtes bien certaine que je peux me lever ?

— Ma parole, on est sceptique, ce matin ? Puisque je te le dis. Rien, tu m'entends, rien n'est plus fort que la nature. Si tu as à perdre ce bébé-là, ce n'est pas en restant couchée que tu vas empêcher les choses d'évoluer. Mais mon expérience me dit que tu t'en fais pour rien. Un avortement spontané ne se présente pas comme ça. Des pertes comme celles que tu me décris, ça peut durer quelques jours mais aussi parfois quelques semaines, voire quelques mois. La plupart du temps, on ne sait d'où elles viennent. Mais ce n'est pas ça qui empêche de donner naissance à un beau bébé.

— Puisque vous le dites.

Marie-Hélène est encore incrédule. Mais Cécile doit bien savoir ce qu'elle dit, non ? La connaissant comme elle la connaît, Marie-Hélène est persuadée que la future arrière-grand-mère ne prendrait aucun risque à l'égard de son arrière-petit-fils... À cette pensée, Marie-Hélène se met à sourire. C'est la première fois qu'elle pense à son bébé comme étant possiblement un petit garçon...

— D'accord. Je me lève et je vais aller me promener au

parc. J'avoue que ça va me faire du bien. Je n'en peux plus d'examiner le plafond de ma chambre. Je vous appelle dès mon retour pour avoir le numéro.

Puis au bout d'un petit silence.

— Je regrette tellement ce qui s'est passé la semaine dernière. Je ne comprends pas ce qui m'a pris. Si vous saviez à quel point François me manque en ce moment.

— Et pourquoi regretter ? Rien n'arrive pour rien dans une vie. Vous aviez peut-être besoin de ce temps d'arrêt, François et toi. L'un comme l'autre. Ce que vous vivez n'est pas facile et il arrive qu'on ait besoin de faire le point seul. Même si on s'aime sincèrement.

De nouveau, Cécile perçoit une légère hésitation au bout du fil.

— Merci, Cécile. J'avais besoin d'entendre ces mots-là. Je... je vous rappelle à l'heure du souper ou laissez-moi le message sur le répondeur si je suis absente. Pour l'instant, je crois que je vais m'offrir un bon déjeuner sur une terrasse. C'est curieux, mais l'appétit vient de me revenir tout d'un coup.

— Ça c'est bon signe ! Profite bien de ta journée, belle enfant. Et je vais en faire autant, crois-moi ! Un petit bébé tout neuf... Oui, la journée va être très belle !

Et la voix de Cécile est toute légère, comme rajeunie de vingt ans ! Elle rejoint Marie-Hélène d'un direct au cœur, et c'est rassurée qu'elle se lève enfin et se hâte de faire son lit, visiblement soulagée de pouvoir s'y soustraire.

— Et maintenant, à la bouffe ! C'est fou comme j'ai faim... Qu'est-ce que tu dirais d'un *bagel* avec des œufs brouillés, bébé ? Ça serait bon, non ?

Elle quitte l'appartement d'un pas léger, respirant profondément l'air chaud porteur des effluves de l'été et regardant tout autour d'elle, les yeux grands ouverts comme si elle voyait la ville pour une première fois...

* * *

Au moment où il pose sa main sur la poignée de la porte, François hésite un bref instant. Et si Marie-Hélène ne voulait pas le revoir tout de suite ? Même s'il a envie de défoncer des murs pour elle, forcer sa porte, maintenant, serait une agression de plus. Une agression de trop. Il y a eu tant et tant de bavures dans toute cette histoire. Tellement d'erreurs malheureuses, de craintes injustifiées... Pourtant, lorsqu'il a quitté Gilbert, une heure auparavant, il était fermement décidé à reconquérir ses quartiers et la femme qui y régnait. Il est toujours aussi décidé, mais plus n'importe comment. À ses yeux, ce n'est qu'une question de respect, d'amour aussi...

Les deux derniers jours ont été fertiles en émotions de toutes sortes. Remorqué par Gilbert, François a l'impression d'avoir fait le tour au grand complet du quartier gai de Montréal et, si ce n'était du tragique de sa condition, il trouverait la situation plutôt drôle. Pourtant, il n'y a rien de risible dans ce qu'ils vivent, Marie-Hélène et lui, à commencer par le fait qu'ils sont éloignés l'un de l'autre... Tout ce qu'il souhaite, c'est lui parler, tenter de s'expliquer. Et si, malgré cela, Marie-Hélène ne voulait pas de lui, François comprendrait. Mais il ne baissera pas les armes sans se battre. Il y a eu trop de beaux moments entre eux, il y en a sûrement encore tant et tant devant. François espère simplement une vie toute simple avec Marie-Hélène et leur bébé. Une vie où il va faire tout ce qui est en son pouvoir afin de la rendre la plus normale qui soit. Cette maladie, ce n'est pas une fin de non-recevoir. C'est une terrible réalité, oui, mais ce n'est pas une condamnation à mort. Pas pour l'instant, du moins. S'il n'avait pas consulté pour le bébé et sa grippe, il ne saurait rien de sa maladie. Il a compris, à rencontrer des amis de Gilbert aux prises avec le virus, il a compris qu'il vaut mieux prendre les journées une après l'autre.

— J'ai choisi la vie, lui avait tout simplement dit Jeannot, un homme d'à peu près trente-cinq ans, à l'allure normale, presque banale. Je traverserai la rivière une fois rendu, pas avant. Je ne veux même pas essayer d'imaginer de quoi aura l'air la rivière. Y aura-t-il des remous, sera-t-elle paisible ? Je ne veux pas le savoir. Ce n'est pas tous les jours facile mais j'y arrive.

Puis il avait eu un regard pour Gilbert. Un regard d'amitié sincère d'une rare intensité.

— Et quand je suis au bout de mes ressources, j'appelle Gilbert. Il n'y a pas son pareil pour vous remonter le moral...

Le gros homme s'était mis à rougir.

— Ben voyons donc ! Je fais juste ce qu'il faut faire. T'es mon ami, non ?

Oui, François avait vécu deux journées de fortes émotions qui l'avaient convaincu sans le moindre doute qu'il valait la peine de se battre. Comme avant, quand il avait seize ans et qu'il voulait s'en sortir. L'engourdissement qu'il connaissait depuis plus d'un mois n'était que chose du passé. Ce matin, il lui tarde de reprendre la vie là où il l'a laissée. Son travail, les amis du bureau, Marie-Hélène, ses jeunes itinérants...

Reculant de quelques pas, il examine la façade de l'immeuble où il habite, espérant peut-être y percevoir un signe de vie... Les rideaux sont tirés, ce qui est normal à cette heure de la journée : le soleil vient de tourner le coin de la maison et la chambre comme le salon doivent être inondés de soleil. Sur le balcon, les jardinières fleuries sont plus luxuriantes que dans son souvenir. Mais ça aussi c'est peut-être un peu normal. Il fait un temps merveilleux pour les plantes : on dirait que toute la ville est placée sous un globe de verre, dans une serre chaude et humide. C'est alors qu'il repense à l'unité d'air climatisé qu'il s'était promis d'acheter. Et avec Marie-Hélène qui est enceinte…

À cette pensée, son cœur fait un bond désordonné, le ramenant à sa crainte de ne pas être le bienvenu. Puis il prend une profonde inspiration et pousse le bouton de la sonnette. Le bruit se répercute contre les murs de l'entrée tout en haut de l'escalier et lui parvient étouffé, mat. Il attend et essaie encore. Aucune réponse. Est-ce voulu ou Marie-Hélène est bel et bien absente ? Il n'ose entrer pour vérifier. Pas après tout ce qui s'est dit l'autre soir. Pourtant, la clé, dans la poche de son pantalon, lui semble tout à coup très lourde. Mais il n'arrive pas à se décider. Il aurait l'impression de violer l'intimité de Marie-Hélène, et c'est bien là la dernière chose au monde qu'il voudrait lui faire subir. Alors faisant demi-tour, il dévale les marches de l'escalier de fer noir, traverse le trottoir et la rue pour s'installer sur un banc du parc, face à chez lui. Il va attendre. Peut-être son retour, peut-être un signe de vie sur le balcon ou à une fenêtre.

Chose certaine, il ne quittera pas le Carré Saint-Louis sans lui avoir parlé…

Il l'aperçoit dès qu'elle tourne le coin de la rue. Le soleil de deux heures plombe avec intensité, dessinant crûment les gens et les choses. Plus grande que la plupart des autres femmes, Marie-Hélène se démarque aussi par sa démarche calme et posée. « Une démarche attentive, pense aussitôt François », ému de constater la rondeur de son ventre. Juste une petite semaine et le changement est notable. Puis, quand elle arrive enfin à sa hauteur, il lève le bras et lance, la voix enrouée :

— Marie ?

La jeune femme se retourne lentement comme si elle s'attendait à le voir là, exactement à cette place et qu'il était prévu qu'il l'interpelle ainsi. Elle le savait de retour en ville puisque Cécile l'en avait informée. Alors, oui, elle espérait cette rencontre sans oser y croire vraiment. Habituellement, ce genre de chose n'arrive qu'au cinéma. Et voilà que le destin… Le regard de Marie-Hélène est doux, son sourire un peu triste.

— François !

Sans hésiter, la jeune femme se dirige vers lui. Il se pousse un peu sur le banc pour lui faire de la place au moment où elle traverse la rue, sa longue jupe paysanne volant autour de ses jambes.

— J'aime bien quand tu portes cette jupe-là, fait-il tout simplement lorsqu'elle arrive à côté de lui.

Pendant un long moment ils se regardent dans les yeux, sans un mot. Puis Marie-Hélène s'assoit.

— Moi aussi je l'aime bien. Mais je crois que je vais devoir attendre à l'été prochain avant de pouvoir la remettre. J'ai dû l'attacher à la taille avec une grosse épingle de nourrice.

Quelques mots, banals en apparence, mais qui viennent de dévoiler tout leur avenir. François a des papillons dans l'estomac en comprenant ce qu'ils sous-entendent. Il voudrait qu'ils soient clairs, sans la moindre possibilité d'interprétation.

— Est-ce que ça veut dire que…

— Ça veut dire que dans quelques semaines, je vais avoir l'air d'un gros ballon, oui !

— Merci, Marie. Merci.

François a les mains qui tremblent, les yeux pleins d'eau. Alors Marie-Hélène glisse sa main dans la sienne dans un geste déjà maternel.

— Pardon, François.

La voix de la jeune femme n'est qu'un filet, à peine audible, tant elle a la gorge serrée par l'émotion. Le bras de François se pose doucement sur ses épaules avant de se faire lourd, protecteur.

— Pourquoi ? Il n'y a rien à pardonner, mon amour. Et s'il y avait quelque chose à dire, c'est moi qui devrais te demander pardon. Pardon de ne pas t'avoir fait confiance. Et encore là, ce n'est pas exactement ça. La peur peut-être ? La puissance des émotions nous a égarés, leur violence nous a emportés loin de ce que nous sommes. Alors que voudraient dire les excuses ? Rien. Tout ce qui me semble important, c'est de te dire que je t'aime et que jamais je n'ai voulu te faire souffrir comme tu as dû souffrir.

Pendant un long instant, Marie-Hélène reste silencieuse. Ces mots qu'elle espérait entendre, ce bras autour de ses épaules qui lui a tant manqué… Pourtant, elle n'a pas envie d'en rester là. Parce qu'alors, elle en est persuadée, la souffrance qu'ils ont vécue n'aurait plus de sens. Une force la pousse à aller jusqu'au bout des confidences. Après, tous les deux, ensemble, ils pourront enfin tourner la page.

— C'est vrai que ça m'a fait mal, très mal, murmure-t-elle enfin, le regard posé sur le trottoir. Autant de me sentir dépasser par la réalité que par ton silence. Ton manque de confiance envers moi a été plus dur à vivre que tout le reste.

Et la peur immense qui me tord le ventre chaque fois que je pense à lui, ajoute-t-elle en posant la main sur son ventre.

Spontanément, la main de François se pose sur la sienne.

— Ce n'était pas un manque de confiance envers toi, je viens de te le dire. C'était la peur, Marie. Juste la peur de te faire mal, de voir nos espoirs, toute notre vie dégringoler. La peur de mourir.

Et sur ces mots, François se tait, sachant que cette peur de la mort, Marie-Hélène doit la vivre tout comme lui et qu'ils auront à l'apprivoiser l'un comme l'autre, chacun pour soi. Il sent la main de sa femme qui tremble dans la sienne et aussitôt, il repense aux paroles de Gilbert : « Une femme qui attend un bébé ce n'est plus simplement une femme. C'est tout de suite une mère. » Alors, présentement, Marie-Hélène doit avoir peur pour deux... Il reprend d'une voix très douce.

— J'avais l'impression de tenir une poignée de sable dans ma main et de ne pouvoir la garder. Je voyais fuir chacun des petits grains par l'interstice de mes doigts sans rien pouvoir y faire... Je sais que je n'aurais pas dû agir comme je l'ai fait. Et je le regrette tellement. Malheureusement, je ne peux changer le cours des choses et ce qui est fait le restera.

— Je comprends. Moi aussi je regrette ma réaction.

Autour d'eux, la ville continue de bouger bruyamment, la vie continue de vivre inexorablement. Autour d'eux, il y a une forteresse de silence et de complicité. D'un mot à l'autre, d'un regard à l'autre ils reconquièrent leur domaine, ajustent leurs pas sur les sentiers mille fois battus. Sans grands éclats, tout doucement.

— Je t'aime, Marie-Hélène.

— Je t'aime, François.

Tout est là. Le pardon et l'espoir, le courage et la fragilité. Être deux…

Petit à petit, la ville les retrouve, les rejoint, appelle tout ce qu'il y a de jeunesse et d'impatience en eux. Alors Marie-Hélène regarde autour d'elle, comme au réveil, le temps de s'ajuster à la réalité. Puis elle repense aux saignements…

— On entre chez nous ?

— On entre chez nous.

Brusquement, elle a envie d'être en sécurité, à l'abri des oreilles indiscrètes pour partager son inquiétude. Mais en même temps, il lui semble que ce n'est plus aussi dramatique. François est là…

Enlacés et à pas lents, ils traversent la rue ensemble. Machinalement, François glisse la main dans sa poche, en ressort son trousseau de clés, cherche du bout des doigts celle qui convient. La lourde porte de bois verni se referme sur eux dans un bruit mat, feutré. Marie-Hélène et François viennent de rentrer à la maison…

* * *

Installée à l'indienne sur la causeuse fleurie, Virginie maltraite allègrement les coussins de soie fine sous l'œil navré et inquiet de Gilbert.

— Et qu'est-ce que je fais maintenant ? Je ne peux tout de même pas lui annoncer ça au téléphone ! Et je n'ai pas envie de lui mentir non plus.

— Qui te parle de mentir ? Pis arrête de massacrer mes coussins, chère ! C'est de la soie brute, ça coûte la peau des fesses pis ça se lave pas !

Virginie sursaute comme si une abeille venait de la piquer, lâchant aussitôt les coussins.

— Excuse-moi, Gilbert. Je ne pensais pas à ce que je faisais… Si tu savais comment je me sens…

Et sans plus, Virginie reprend un coussin pour le serrer contre son cœur.

— Oh ! Ça ! Je m'en doute un peu.

Tout en parlant, Gilbert se soulève à demi, attrape les deux coussins jaune poussin par un coin, les place en sécurité à côté de lui et se réinstalle confortablement.

— Bon ! Astheure, on va pouvoir parler ! Si j'ai tout compris, notre beau Sébastien s'est enfin décidé ?

— Ouais… à moitié, disons. Il s'est effectivement rendu chez son père et là, la bonne lui a appris que « Maxime s'était envolé ! » Toute une réponse ! Tu connais Sébas ? Il n'en fallait pas plus pour qu'il s'imagine le pire. Je l'ai trouvé quelques heures plus tard, en larmes, assis au Carré Saint-Louis. Contrairement à ce que je m'attendais, il m'a suivie jusque chez moi et là, il m'a tout raconté. En fait, il a passé la nuit à me raconter sa vie. Je… Nous…

En repensant à cette nuit-là, Virginie se met à rougir comme une pivoine. Et les coussins qui sont hors de portée ! Pour l'instant, elle aurait besoin d'occuper ses mains afin de camoufler sa confusion. Sans réfléchir, elle se penche et attrape le premier bibelot venu, s'empresse de l'examiner sous toutes ses coutures, un peu brusquement. C'est au tour de Gilbert de bondir comme un diable hors de sa boîte.

— Mon *Ladro* ! Mais veux-tu bien me dire quelle mouche t'a piquée, toi, aujourd'hui ? Laisse mes bébelles tranquilles. Elles ne t'ont rien fait…

Virginie lève un regard navré et replace la statuette sur la table. C'est à cet instant que le gros homme croit tout comprendre. Son cœur fond aussitôt comme une glace au soleil. Il a un flair naturel pour les histoires d'amour et elles lui ont toujours fait cet effet. Mais il n'est pas homme à forcer les confidences. Elles viennent quand elles sont mûres, tels les fruits au verger. Alors...

— Et après ? En tout cas, moi j'comprends pourquoi Sébas était silencieux et renfermé quand il est revenu le samedi après-midi après m'avoir fait toutes sortes de frousses quand je l'ai pas vu entrer pour dormir, la veille. Il tournait en rond comme un chien au bout de sa corde ! Mais tu sais comment il est ? Pas moyen de rien savoir quand il a décidé de rien dire.

— Pour ça... J'ai vite compris qu'il était paralysé par la peur de se voir confirmer ses appréhensions. C'est pour ça que j'ai décidé d'aller aux informations. Ça me faisait de la peine de le voir comme ça. Pis c'est là que j'ai appris tout ce que je viens de te dire. Mais comme je connais Sébas, je me demande si c'est pas pire...

— En effet...

Pendant un bref moment, les bruits de la ville emplissent le salon. Puis Gilbert pousse un profond soupir.

— De toutes façons, Sébastien va finir par apprendre ce qui se passe vraiment. Aussi bien que ce soit le plus vite possible. Et que ce soit annoncé par quelqu'un qu'il aime bien.

Virginie se remet à rougir. Gilbert fait celui qui n'a rien vu. Pourtant, il ajoute :

— Va le voir ! Demande quelques jours de congé pis va dans la Beauce. Tout seul, loin de ses amis, il doit se sentir abandonné. Je le connais assez pour savoir ça. Il joue les indépendants, comme ça, mais je sais qu'il a besoin d'être soutenu...

— Mais Claudie est là, non ?

— Claudie ?

Un nom, prononcé comme à regret du bout des lèvres, et Gilbert comprend qu'il ne s'est pas trompé. Entre Sébastien et Virginie, le feu couve. Sinon, la jeune fille ne s'inquiéterait pas de la présence de leur amie et cela expliquerait peut-être la raison qui poussait Sébastien à décliner toute forme de rencontre avec la jeune fille depuis quelque temps. Comment se fait-il qu'il n'ait rien vu venir ? De nouveau, Gilbert soupire longuement puis revient aux propos du moment.

— Non, Claudie n'est pas en Beauce pour l'instant. Sébastien m'a dit qu'elle était dans sa famille en Gaspésie. C'est pour ça que je dis qu'il doit se sentir bien seul.

— Ah ! Bon...

Virginie reste un instant pensive avant de lever les yeux et de croiser le regard de Gilbert qui l'observe gentiment. Leurs sourires se rencontrent au-dessus de la table à café. Sourire d'amitié, sourire de complicité. Virginie se sent bien. Chez Gilbert, on se sent toujours bien. Il règne ici une facilité d'être à nulle autre comparable. La jeune fille s'étire au moment où le gros homme se relève.

— Je compte sur toi pour parler à Sébas. Je sais que tu vas trouver les bons mots. Tu lui diras seulement que j'pense à lui pis que si l'envie lui prend de venir ici, la porte est toujours grande ouverte pour mes amis. Mais ça, il le sait...

Puis faisant du coq-à-l'âne, il se penche vers Virginie, l'attrape par la main et l'oblige à le suivre.

— Allez, debout, j'ai besoin de toi. Samedi prochain, je reçois des amis pour souper pis j'ai essayé une nouvelle recette de forêt-noire. Mais j'ai l'impression qu'il est trop fort en alcool... Je voudrais savoir ce que t'en penses...

Virginie retient une grimace. Dix heures du matin, ce

n'est pas exactement ce qu'elle espérait comme déjeuner. Mais allez donc refuser quelque chose à Gilbert !

— D'accord. Mais alors, juste un tout petit morceau. J'ai pas encore pris mon déjeuner...

CHAPITRE 9

Nos préoccupations devraient nous mener
vers l'action, non la dépression.
KAREN HORNEY

Juillet 1996, en Beauce

Quand Sébastien l'avait appelée, le mercredi soir précédent, Virginie avait fait un effort conscient pour garder un semblant d'enthousiasme dans la voix. Loin d'elle l'idée qu'il la dérangeait. Bien au contraire. Son cœur battait si fort qu'elle avait l'impression qu'il allait lui sortir de la poitrine et c'est à peine si elle entendait ce que Sébastien lui disait. Mais le secret qu'elle portait en elle rendait les mots à dire et les rires plus difficiles. Elle n'avait osé lui annoncer sa venue, ne sachant à quel moment elle pourrait se libérer.

Ce matin-là, en entrant à la boutique, le patron l'attendait.

— T'as bien raison quand tu dis que ça fait longtemps que t'as pas eu de vraies vacances. J'ai vérifié tout ça. Fait que, dans dix jours, tu prends une semaine. Ordre du patron ! Pourquoi t'en as pas parlé avant ?

« Parce que j'avais besoin de beaucoup d'argent, pis que je savais pas que j'aurais besoin de partir » avait-elle répliqué intérieurement. Pour le patron, cependant, elle avait eu un sourire reconnaissant.

— Comme ça, sans raison. Mais là, avec le déménagement que je viens de vivre, il me semble que ça va me faire le plus grand bien de me reposer un peu. Je suis vraiment fatiguée. Merci beaucoup, là.

Parce que Virginie venait d'emménager dans un tout petit logement, beaucoup plus à la mesure de ses modestes moyens, sachant surtout que rien sur terre ne l'empêchera de retourner aux études à l'automne.

Quant aux meubles, elle avait finalement gardé ceux de Claudie, alléguant (la belle excuse !) qu'elle ne pouvait la joindre en Gaspésie.

Et ce matin, elle roule en autobus vers Québec, l'estomac noué. Personne ne l'attend parce qu'elle n'a prévenu personne de sa visite. Elle ne sait pas ce qui va arriver, ne sait pas ce qu'elle va dire exactement, ne sait même plus penser correctement. Tout ce qu'elle a pour se retrouver, c'est que Sébastien habite chez Jérôme et Cécile Cliche, à Sainte-Marie, dans une maison immense, blanche au toit rouge. Elle va faire avec.

« Pas pire que de dénicher un certain Me Duhamel à quelque part dans le nord de la ville », pense-t-elle pour la millième fois peut-être.

Hier, quand Virginie a appelé Dolorès, question d'être bien certaine qu'il n'y avait aucun changement, celle-ci lui a confirmé qu'il n'y avait toujours rien de nouveau sous le soleil.

— La migration n'est pas finie, avait-elle lancé de sa jolie voix mélodieuse. Le maître est même parti encore une fois pour un pays lointain. Il paraît qu'on l'aurait vu...

Puis, après une courte hésitation que Virginie avait sentie, même à distance, elle avait ajouté :

— Dites à missié Sébastien de revenir. Son papa serait tellement heureux de le revoir.

Alors Virginie va devoir expliquer ce que veulent dire les mots : le bel oiseau s'est envolé. Et tenter d'annoncer à Sébastien que son père aimerait le revoir... À cela non plus, elle essaie de ne pas trop penser, se fiant à ce sentiment très doux qu'elle ressent pour Sébastien afin de la guider.

Quand elle arrive enfin dans la Capitale, le ciel est voilé, la brise est fraîche. L'autobus pour la Beauce ne sera que dans deux heures. Incapable de rester en place, Virginie ajuste son sac à dos d'un coup de reins volontaire et se dirige vers le centre commercial. Il n'est pas dit qu'elle va se ronger les sangs encore durant deux heures. Le trajet depuis Montréal l'a suffisamment éprouvée !

* * *

La grande maison blanche et rouge des Cliche est bien telle que Sébastien l'avait décrite : immense et attirante. Le soleil s'amuse avec les nuages et deux ou trois rayons chatouillent les lucarnes assises sur le toit de tôle. Quelques lourdes chaises en bois, posées deux par deux sur la galerie, attendent les confidences. « C'est là que j'aimerais parler à Sébastien » pense aussitôt Virginie, séduite par l'endroit. L'auto du garagiste qui l'a emmenée s'éloigne déjà dans un nuage de poussière.

Empoignant fermement son bagage, elle emprunte le chemin de terre battue qui mène à la maison. Elle est en vacances et a pensé venir saluer son ami Sébastien en passant. C'est ce qu'elle a retenu pour expliquer sa présence ici. Si les propriétaires des lieux sont tels que Sébastien les a décrits, accueillants et généreux, sa venue ne devrait causer aucun problème. Pour le reste, on avisera plus tard...

— Les Cliche, c'est bien ici ?

Le nez écrasé contre le fin grillage de la moustiquaire, Virginie essaie de voir à l'intérieur de la cuisine. Toute la famille semble attablée pour le repas du soir.

— Oui. C'est bien ici. Mais entrez, ne restez pas sur la galerie.

C'est Cécile qui a répondu, son habituel sourire sur les lèvres malgré la ride de curiosité qui marque son front. Quant à Claudie, elle bondit de sa chaise dès que la porte s'entrouvre.

— Virginie ! Wow ! Mais c'est super...

Claudie ? Virginie était persuadée qu'elle était en Gaspésie. Interdite, décontenancée, la jeune fille reste sur le seuil de la porte, n'ose avancer, visiblement mal à l'aise. Son recul est évident. Pourtant, Claudie et elle ne sont-elles pas censées être deux bonnes amies ? Des yeux, la nouvelle arrivée cherche le regard de Sébastien. Pourquoi ne lui a-t-il rien dit ? Tout ce qu'elle a cru depuis deux semaines, ses battements de cœur un peu fous, le souvenir de certains regards entre eux, cette main qui avait cherché la sienne puis l'avait serrée longuement, le ton qu'il avait au téléphone, l'autre soir, était-ce uniquement une illusion ? L'intensité du regard échangé avec Sébastien la rassure aussitôt mais arrête Claudie dans son élan. Des yeux, dans un drôle de silence, elle va de l'un à l'autre, revient à Sébastien qui n'a cessé de fixer Virginie. Le temps semble suspendu au-dessus de la cuisine. Un flottement qui ne dure qu'une fraction de seconde mais qui n'échappe à personne. Surtout pas à Claudie qui vient brusquement de tout comprendre. Son intuition se fait douleur. Les retraits répétés de Sébastien face à elle, ses sourires qui lui semblaient forcés, son impatience parfois... Bousculant Virginie au passage, elle quitte la cuisine en claquant la porte derrière elle. Cécile, qui n'y comprend rien, est déjà debout, cherchant à détendre l'atmosphère qui s'est subitement alourdie. La main tendue, elle avance vers la jeune fille restée immobile près de la porte qui vibre encore de la sortie fracassante de Claudie.

— Virginie ? C'est bien ça ? Entrez, voyons, entrez ! Vous êtes la bienvenue chez nous. Sébastien m'a souvent parlé de vous...

* * *

Sébastien est parti rejoindre Claudie depuis plus d'une heure maintenant. On aperçoit leurs silhouettes assises sur la clôture, se découpant sur l'horizon où s'amoncellent une brigade de petits nuages gris tout ronds. Intimidée, Virginie s'est retrouvée devant une assiette bien garnie et a mangé de bel appétit même si elle était persuadée ne rien pouvoir avaler tant sa gorge était serrée. Sébastien, quant à lui, n'a pas desserré les lèvres de tout le repas, se contentant d'un sourire à l'intention de Virginie de temps à autre. Dès la dernière bouchée avalée, il s'est excusé et s'est enfui comme s'il avait le diable à ses trousses.

Puis Claudie est revenue, seule, a traversé la cuisine les yeux au sol, s'excusant d'une voix à peine audible et on a entendu la porte de sa chambre qui se refermait sur elle. De nouveau un silence palpable étend son inconfort sur la pièce pendant que Cécile, Mélina et Jérôme échangent un regard. Puis Cécile se relève.

— La vaisselle maintenant, lance-t-elle. Il commence à se faire tard.

— Et moi, je retourne à la cidrerie pour une petite heure.

À ces mots, Mélina lève la tête vers son fils.

— Juste pour une heure ?

— À peu près, oui. Pourquoi ?

— Ben, si c'est pour pas plus long que ça, j'aimerais que tu m'aides à y aller, moi avec. J'aime ça, sentir l'odeur des pommes qui virent en cidre. Même si c'est pas encore vraiment la saison, on dirait que l'odeur reste cachée dans les murs.

Puis dans un petit rire.

— Ça me rappelle des p'tites folies de jeunesse pis ça me fait du bien là-dedans, explique-t-elle en se pointant le cœur.

Alors la mère et le fils quittent la cuisine bras dessus bras dessous, sous l'œil attendri de Cécile, en devisant comme deux compères.

— C'est beau de les voir aller, ces deux-là, murmure-t-elle en les regardant s'éloigner.

Puis elle se tourne vers Virginie, lui offre son si beau sourire. Cette jeune fille-là lui a plu dès le premier instant.

— Le temps de ranger tout ça et je suis à toi. Il reste une chambre de disponible, en haut. Elle est à ta disposition, le temps où tu voudras bien rester.

— Mais je ne veux pas déranger ! Je vais…

— Tu es la bienvenue, ici, l'interrompt Cécile tout en commençant à empiler les assiettes. Et mon petit doigt me souffle à l'oreille que dans le fond, tu aimerais bien rester avec nous pour quelques jours. Je me trompe ?

Alors Virginie dessine un large sourire.

— Vous avez raison. Après tout, je suis en vacances ! Mais voyez-vous, il y a aussi Claudie. Je ne croyais pas qu'elle serait ici. Je la pensais encore en Gaspésie. Je ne veux pas lui faire de peine. Je l'aime bien, vous savez. Je... je crois que la situation est délicate. Mais je l'aime bien, répète-t-elle comme si elle cherchait à convaincre quelqu'un de sa bonne foi.

— Je n'ai aucun doute là-dessus. Et je crois deviner de quelle situation tu parles... Mais, soyons sincères : la peine est déjà faite, tu ne penses pas ? Et c'est peut-être mieux comme ça. Les choses qui traînent finissent toujours par s'envenimer.

Pendant un instant, Virginie reste immobile, les yeux dans le vague. Puis elle lève la tête vers Cécile tout en repoussant sa chaise.

— Dans ce cas, laissez-moi vous aider. Ce sera ma façon de vous dire merci pour le succulent souper.

— Bonne idée. Habituellement, c'est Claudie qui m'aide mais ce soir, je ne crois pas qu'elle aura le cœur à l'ouvrage après sa mise au point avec Sébastien. Et à deux, les choses vont tellement mieux.

Et sur ces quelques mots à double sens, Cécile tend un torchon à Virginie.

— Laverais-tu la table, s'il te plaît ? Moi, j'attaque les chaudrons.

C'est en s'installant à côté de Cécile pour essuyer les casseroles que Virginie prend conscience qu'à travers les quelques mots que Cécile a eus pour elle, la vieille dame lui a fait comprendre qu'elle avait tout deviné de ce qui se passait entre les jeunes. Sébastien, Claudie, elle... Du coin de l'œil, Virginie lance un regard vers Cécile. Les cheveux retenus sur la nuque par une savante torsade, le dos bien droit, toute jolie dans un jeans et un chemisier comme une jeune fille, la vieille dame s'affaire sans se douter de l'examen qu'elle est en train de subir. Sébastien avait bien raison de dire que Cécile était une femme merveilleuse, qui comprenait toujours tout, qui n'avait jamais de reproches à la bouche, quoi que l'on fasse. Alors, spontanément, comme il lui arrive souvent d'agir, Virginie étire le cou et lui place un baiser sonore sur la joue. Puis en rougissant, elle lance:

— Sébastien me l'avait bien dit: vous êtes gentille...

Sébastien ne revient que beaucoup plus tard dans la soirée, les traits tirés, les yeux rougis. Sans un mot, il se glisse dans une chaise berçante à côté des trois femmes qui prennent le frais avant de se préparer pour la nuit. Jérôme est déjà monté et Claudie n'a pas quitté sa chambre.

— La promenade a été bonne?

— Si on veut...

— J'ai installé Virginie dans la chambre verte, au bout du couloir.

— Ah! Bon...

Sébastien a son visage des mauvais jours, hermétique, colérique. Du regard, Mélina fait comprendre à Cécile qu'elle aimerait bien rester seule avec lui pour un instant. En effet, en quelques mots, alors que Virginie était à défaire son léger bagage, Cécile lui avait expliqué le feu qui couvait entre les jeunes lorsqu'elle était revenue de la cidrerie.

— Pauvres enfants! C'est dur, une peine d'amour. C'est ben dur pour tout le monde.

Et depuis, tout en participant à la conversation du bout des lèvres, Mélina ne cesse de penser à Sébastien. Et aussi à son Jérôme et à Cécile quand ils avaient le même âge. Eux aussi, ils ont connu des peines et des difficultés. Les histoires de cœur ne sont jamais faciles...

Comprenant aisément le message, Cécile se relève.

— Viens m'aider, fait-elle à l'intention de Virginie. J'ai

envie d'une bonne limonade fraîche. Une vraie, pleine de fruits et de sucre ! Après, on ira se coucher.

Et les deux femmes disparaissent dans la cuisine. Aussitôt, Mélina intensifie le mouvement de sa chaise berçante et on entend les craquements plaintifs des berceaux qui accompagnent le chant de quelques grenouilles, plus loin dans le champ, là où, jadis, il y avait un petit étang pour les canards, aujourd'hui presque sec.

— Belle soirée, hein le jeune ?

Au son de la voix de Mélina, Sébastien sursaute.

— Heu... Oui, c'est beau. Pas très chaud mais beau...

— C'est mieux comme ça. On va bien dormir.

— Peut-être.

— C'est vrai que quand le cœur bat tout croche, c'est pas facile de s'endormir.

Sébastien lève la tête, fixe la vieille dame en fronçant les sourcils. Puis un sourire fugace traverse son regard.

— Non... Pas du tout. On dirait que je suis condamné à ne pas dormir par les temps qui courent.

— Ça arrive... C'est fou toutes ces intentions que l'on prête au cœur, tu trouves pas ? J'ai mal au cœur, j'ai le cœur en mille miettes... Comme si dans le fond ça se passait pas dans notre tête ou ailleurs. Ben curieux...

— Mais c'est vrai qu'on dirait vraiment que c'est le cœur qui fait mal...

— Ouais... Et toi, t'as mal à ton cœur ?

Habituellement, Sébastien n'aime pas ces interrogatoires, ces incursions dans son monde intérieur. Mais avec Mélina, ce n'est pas pareil. Tout à coup, il repense à Dolorès. Quand il était tout petit et qu'elle était chez lui pour une raison ou pour une autre, c'est souvent avec Dolorès qu'il guérissait ses chagrins d'enfant. Curieux que le souvenir de cette femme lui soit sorti de l'esprit pendant toutes ces années ! De nouveau, il jette un regard en coin à la vieille dame qui continue de se bercer allègrement. Ses deux pieds chaussés de pantoufles de feutre font un bruit mat sur le bois de la galerie, régulier comme le battement d'une horloge. S'appuyant contre le dossier de sa chaise, Sébastien commence à se bercer lui aussi.

— Oui, j'ai mal à mon cœur. Beaucoup. Avant ça me faisait rien de blesser les autres. C'est comme si j'avais eu une carapace. Alors que maintenant...

— C'est signe que t'es en vie, mon jeune. Quand le cœur fait mal, ça veut dire qu'on est vivant.

— Pourquoi vivre alors si c'est pour avoir mal ?

— Pour apprécier le bonheur quand il passe.

Sébastien cesse son mouvement pour un instant. Puis le reprend de plus belle.

— Faut croire que je vis en batince. J'ai l'impression d'avoir le cœur en charpie depuis quelque temps.

— J'sais... Ça aussi ça arrive de temps en temps dans une vie. On dirait que tout va de travers. Pis c'est souvent quand on a la meilleure volonté du monde que ça se met à mal tourner. On veut bien faire pis ça vire au vinaigre. On veut aider, pis on s'aperçoit qu'on nuit... Pas toujours facile, la vie. Ma mère disait souvent dans ces moments-là qu'à vouloir faire mieux, on fait pire. Elle avait raison... Des fois faut savoir laisser les choses aller toutes seules. Te rappelles-tu ce que je t'ai dit l'autre jour ? Dans la vie, y'a des moments pour se taire pis d'autres pour parler.

— Oui, j'm'en rappelle. Pis ce soir, c'était un moment pour parler, je crois bien. Mais parce que j'avais pas eu le courage de le faire avant, ça a sorti trop tard pis tout croche. Ça fait que j'ai fait de la peine à quelqu'un.

— Oh ! Ça aussi ça arrive… On peut pas passer toute une vie sans écorcher du monde au passage. Même si c'est pas ce qu'on veut.

— C'est exactement ce que je me dis depuis tantôt. Mais je me sens quand même pas bien là-dedans.

— Si t'es honnête envers toi pis les autres, c'est ça l'important. Le temps finira bien par arranger les choses. De toute façon, ce soir ou avant, tu penses pas que ce que t'avais à dire à Claudie lui aurait fait de la peine ?

Claudie ? Ainsi donc, Mélina avait tout deviné ? Sébastien s'immobilise un moment puis soupire. Tant mieux si Mélina a compris. Il n'y aura rien à expliquer demain quand la jeune fille leur annoncera son intention de retourner chez elle, en Gaspésie. Parce que si Mélina a tout compris, c'est certain que Cécile et Jérôme aussi l'ont fait…

— Tant qu'à ça…

— Fais-y confiance à la belle Claudie. C'est une petite fille ben plus forte qu'elle en a l'air. Faut pas se fier aux apparences, ça trompe souvent. Pis fie-toi à mon intuition : elle va finir par comprendre les choses, la belle Claudie. Dis-toi bien qu'à votre âge, on meurt pas d'une peine d'amour.

Sébastien cesse de se bercer pour tout de bon. Curieusement, les derniers mots de Mélina lui ramènent le nom de Maxime en tête. Maxime, c'est aussi une peine d'amour. Alors :

— Pas sûr, moi, qu'on peut pas mourir d'une peine d'amour. Pas sûr du tout.

— Tu sauras me le dire dans quelques années. Faire confiance, Sébastien. Ne jamais oublier la confiance même si des fois ça peut sembler impossible.

Un long silence chargé d'émotion tient lieu de réponse. Alors, devinant les tourments de l'âme de Sébastien, comprenant à travers ses soupirs que derrière son silence il y a bien plus qu'une simple rupture entre jeunes, Mélina demande encore :

— Veux-tu me promettre quelque chose ?

— Ça dépend...

— C'est sûr ça, ajoute alors Mélina, taquine. Avec les jeunes ça dépend toujours de quelque chose... Tu vas voir, c'est pas compliqué. J'veux juste que tu me promettes que, si un jour t'as l'impression de pas t'en sortir, tu vas venir me voir. Reste pas tout seul à jongler dans ton coin. J'suis peut-être juste une vieille femme, pas ben utile depuis quelques années, mais ça, j'peux le faire. Si t'as de la peine, j'peux la partager avec toi. Des fois, à deux, ça paraît moins lourd...

Pendant un long moment, Sébastien reste silencieux, immobile, les yeux tournés vers la lune qui monte lentement au-dessus de la colline. Une grosse orange lumineuse qui découpe les sapins et la cime des érables en une dentelle très fine. Ses paupières brûlent encore des larmes passées et peut-être aussi de celles qui ne sont pas loin. Maxime a-t-il encore la chance de contempler les reflets de la lune ? En ce moment, regarde-t-il cette même lune ou est-il... Le cœur de Sébastien se serre. Tellement que la douleur est réelle. Puis le visage en larmes de Claudie se superpose à celui de Maxime. À cet instant, les poings de Sébastien se referment durement. Il a la très nette impression que sa vie n'est qu'un gâchis présentement. Alors il se tourne lentement vers Mélina.

— Promis, Mélina. Si un jour j'ai mal à crier, je viendrai vous voir.

« Pis ça va être peut-être plus vite qu'on pense », ajoute-t-il intérieurement. Mais les mots n'arrivent pas à franchir ses lèvres. Pas ce soir. Il y a trop d'émotions en lui. Mais demain peut-être... Mélina se contente de sourire, tend la main pour lui tapoter gentiment le bras. Alors, cessant son balancement, elle tourne la tête vers la porte et lance de sa voix qui porte toujours fort bien :

— Alors cette limonade ? Ça vient ? À force de jaser, j'ai la gorge toute sèche.

Puis elle reprend la pose, les bras croisés sur la poitrine, et le frottement des pantoufles rejoint le grincement de la chaise qui recommence à balancer.

— C'est une belle soirée, à soir. Une ben belle soirée...

* * *

Cécile et Mélina sont montées se coucher tout de suite après avoir bu leur verre de limonade. Pendant une longue partie de la nuit, Sébastien et Virginie sont restés à se bercer sur la galerie. Et ils ont parlé. D'abord de Claudie et de sa peine, de sa réaction immense devant les mots de Sébastien, de son envie viscérale de retourner chez elle, tout de suite, de son désir de ne pas revoir Virginie pour l'instant. La lune écoutait leur conversation d'un nuage à l'autre, d'un sapin à l'autre, éclairant la galerie de sa lueur blafarde pour susciter le reste des confidences. Alors à son tour, Virginie a parlé. De sa recherche, de Dolorès, de Maxime. Et contrairement à ce qu'elle anticipait, les mots lui sont venus facilement et Sébastien est resté très calme.

— Tu as fait ça pour moi, répète-t-il pour la troisième fois. Tu as cherché la maison de mon père et tu es allée aux renseignements pour moi ?

Il est ému.

— Merci, Virginie. Moi, je n'aurais pas osé. Pas tout de suite. Et je me serais rongé les sangs pendant tout l'été. Alors que maintenant...

Pendant un long moment, il était resté silencieux.

— Je suis content de savoir que Maxime est toujours vivant. Tellement... Et je peux comprendre qu'il ait eu envie de partir. Dans le fond, malgré le silence et l'absence des dernières années, on continue de se ressembler...

Et devant cette forme de sérénité, Virginie avait osé parler de son père à Sébastien. Là aussi, il était resté très calme, mais Virginie le sentait tendu. Plutôt que « calme », ce sont les mots « de glace » qui lui venaient à l'esprit.

— Pour ça, on verra. Je ne suis pas rendu là.

Puis après un court silence :

— T'es sûre de ce que tu dis ? Mon père parcourt le monde pour trouver Maxime ?

— C'est ce que Dolorès prétend. Et je ne la crois pas femme à mentir.

Sébastien avait échappé un sourire.

— Dolorès ? Non. C'est la femme la plus sincère que je connaisse... Mais, disons que ça me surprend... Je ne vois pas le grand criminaliste en train de... Et tu dis qu'il ne boit plus ?

Ils en étaient restés là. Ils avaient ensuite parlé de l'été, des projets de Virginie, de son inscription au cégep, de son excitation à reprendre les études et aussi de l'incertitude de Sébastien face à son avenir.

— Je ne sais pas du tout ce que je vais faire à la fin de l'automne. Et ça m'inquiète... J'aime bien le travail que je fais mais de là à étudier dans le domaine...

Et il avait l'air tellement malheureux en disant cela...

Quand ils étaient montés se coucher, la lune avait tourné le coin de la maison et fouillait maintenant à travers les sapins du bord du chemin…

C'est pourquoi, ce matin, Virginie est encore dans son lit malgré les bruits qui montent de la cuisine. Elle ne veut pas heurter Claudie plus qu'elle ne l'est présentement et va respecter ce qu'elle a demandé. Dans quelques semaines, si son amie ne lui a pas donné signe de vie, Virginie prendra alors les devants. Mais pas pour l'instant. Puis elle repense à la réaction de Sébastien, la nuit dernière. Son calme devant la révélation que son frère a disparu et même cette curieuse attitude faite à la fois d'acceptation, de réticence et de froideur quand elle lui a parlé de son père. Chose certaine, Sébastien ne semblait ni révolté ni accablé par les événements. Alors elle s'étire longuement, le cœur tout léger. Et dire qu'elle est en vacances pour toute une longue semaine ! Quelques jours ici puis elle ira faire un tour dans son patelin pour voir sa mère et lui parler de ses projets. C'est à cet instant qu'un léger coup frappé à sa porte la fait sursauter. C'est Sébastien, venu la chercher. Claudie vient de partir en compagnie de Cécile et Jérôme.

— Et voilà, c'est fait. Je suis soulagé et triste en même temps. C'est comme si un morceau de ma vie venait de se terminer…

— C'est un peu ça…

Et sur ces mots, Virginie se lève d'un bond.

— As-tu vu le soleil, ce matin ? Merveilleux… Qu'est-ce que tu fais de ta journée ? Je peux vous aider ?

— Pour l'instant, il n'y a rien à faire. J'attends le retour de Jérôme pour compléter la stérilisation des cuves.

— Laisse-moi deux minutes pour m'habiller et manger et on va lui faire une surprise. Tu me dis quoi faire et on stérilise les cuves ensemble. D'accord ?

Virginie a l'air d'une gamine en colonie de vacances, les yeux grands ouverts sur les nouveautés. Sébastien ne peut lui dire non.

— D'accord... Mais avant, viens, j'ai quelque chose à te montrer.

Et prenant Virginie par la main, Sébastien l'entraîne vers sa chambre. Subjuguée, la jeune fille s'arrête sur le seuil de la pièce, n'osant pénétrer dans ce qui lui apparaît comme un sanctuaire. Les murs sombres sont tapissés de dessins multicolores absolument splendides de luminosité et de transparence.

— On dirait un immense jardin, murmure alors Virginie, avançant enfin de quelques pas dans la chambre, sur le bout des pieds.

Puis se tournant vers Sébastien.

— C'est toi qui fais ça ?

Le jeune homme se met à rougir.

— Ben oui... Mais c'est trois fois rien. Juste des dessins comme les enfants en font si souvent.

— Trois fois rien ? T'es aveugle ou quoi ? C'est absolument fantastique, Sébas. Je ne savais pas que tu dessinais...

Et allant de l'un à l'autre, Virginie examine les différents tableaux qui ornent les murs. Des fleurs plus fines que les vraies, des papillons diaphanes, des oiseaux qui semblent croqués en plein vol, tout légers...

— Je ne pensais pas que tu aimais la nature à ce point-là, murmure-t-elle en revenant vers lui. Je comprends certaines choses maintenant...

Et c'est en se retournant une autre fois qu'elle aperçoit le grand carton que Sébastien tient dans ses mains, devant lui.

— Tiens, Virginie, celui-là est pour toi. Je l'ai fait la semaine dernière.

Dans un jardin de pivoines, on voit une jeune fille occupée à cueillir un bouquet de fleurs. Et malgré la distance et le fait qu'elle soit penchée, Virginie voit immédiatement qu'il s'agit d'elle. La jeune fille aux pivoines, c'est elle… Son regard s'embue aussitôt.

— Mais c'est donc bien beau… Et t'as fait ça comme ça, de mémoire ?

— Oui… Mais ça n'a pas été difficile, je pense tout le temps à toi…

Pendant un long moment, les deux jeunes restent immobiles à se regarder, leurs deux cœurs réunis dans un grand jardin de fleurs, émus au-delà des mots pour le dire. Au loin, dans le champ de maïs du voisin, on entend les hirondelles qui se poursuivent en piaillant. Puis Virginie tend la main à l'instant même où Sébastien comprend ce qui le retenait, il y a quelques mois à peine. Il était déjà amoureux d'elle mais ne voulait pas se l'avouer.

— Je peux le prendre ?

— Bien sûr, c'est à toi.

Virginie saisit alors le dessin du bout des doigts, le tend devant elle, cligne des yeux, le rapproche, l'éloigne à nouveau.

— C'est fantastique… C'est vraiment moi. Pis les fleurs ! As-tu vu ces fleurs-là ? Et en plus, tu l'as fait sur du vrai carton à dessin… Je vais pouvoir le faire encadrer.

— Encadrer ça ? Je te l'ai dit, c'est juste un croquis… Pis pour le carton tu diras merci à Jérôme. C'est lui qui m'a acheté la tablette de beau papier. Il dit que c'est un péché de gaspiller un talent comme le mien sur du papier d'ordinateur…

— Et comment !

Virginie regarde fixement le dessin encore une fois avant

de le déposer sur le lit en murmurant :

— Oui, c'est vraiment moi mais en même temps...

Elle hésite, fronce les sourcils.

— Mais c'est comme pas moi.

Puis elle lève la tête vers Sébastien.

— Tu m'as fait plus belle qu'en réalité.

— Oh non ! Bien au contraire. Jamais je ne réussirai à te faire aussi belle que tu l'es !

L'objection a fusé dans un cri du cœur. Et sans qu'ils n'y soient pour quelque chose, Sébastien et Virginie se retrouvent dans les bras l'un de l'autre. Un long regard fait de timidité, d'abandon et de complicité les unit. On n'entend plus que les hirondelles et quelques vaches au loin. Le temps s'est arrêté, le soleil s'entête à éclairer la jeune fille aux pivoines, abandonnée sur la courtepointe à carreaux, et les cheveux dessinés au crayon brillent vraiment dans le rayon sinueux qui traverse la chambre alors que l'on voit ses longs doigts fins se refermer sur la tige d'une fleur presque transparente. Sébastien se penche et ses lèvres cherchent celles de Virginie pendant que ses deux bras entourent doucement sa taille. En ce moment, et pour la première fois de sa vie peut-être, il comprend ce que veulent dire les mots je t'aime...

CHAPITRE 10

Le plus beau cadeau que l'on puisse offrir à l'autre est une attention profonde à l'égard de son existence.
SUE ATCHLEY EBAUGH

À Montréal, fin juillet

Depuis une semaine, en fait, depuis leur visite au bureau du Dr Samuel, il arrive fréquemment dans une journée que Marie-Hélène vienne s'asseoir dans le salon, dans la causeuse face au foyer éteint, toujours à la même place, et qu'elle ferme les yeux pour revivre cette rencontre dans les moindres détails. C'est sa façon à elle de reprendre son souffle, car, depuis cette visite, elle a l'impression que le quotidien n'a été qu'un formidable tourbillon l'emportant dans une direction imprévue, un peu à son corps défendant.

Ce matin encore, une tasse de café entre les doigts, les yeux mi-clos, le bruit de la dégringolade matinale des pas de François dans l'escalier quand il quitte pour son travail s'estompant petit à petit dans sa tête, elle laisse la vie se détendre un petit peu.

Le bureau du médecin était une vaste pièce, très éclairée, le soleil pouvant y pénétrer par deux larges fenêtres donnant sur le sud et l'ouest. La vue sur le centre-ville était saisissante. Probablement que c'était voulu, afin de détendre les gens, de les emporter pour un instant loin de leur réalité. Car le jour où on entrait dans le bureau du Dr Samuel, c'était souvent pour apprendre qu'on était condamné à mort. Marie-Hélène et François, eux, connaissaient déjà le verdict. Le Dr Samuel n'avait eu qu'à confirmer, en y apportant cependant quelques bémols que Marie-Hélène se faisait un devoir de répéter chaque fois qu'elle repensait à cette visite afin de s'en convaincre le plus possible.

— ... Et malgré tout ce que je viens de dire, une naissance reste une naissance et dans mon livre à moi, ça veut dire une joie. Vous avez droit à cette joie profonde, petite madame. Voici ce que l'on va faire...

Et avait suivi la liste interminable des interdits, des précautions, des remises en question, des changements immédiats, de ceux à prévoir à court terme, puis à long terme... Marie-Hélène en était revenue tout étourdie, un papier de ce médecin à la main recommandant à son gynécologue un retrait préventif du travail, effectif immédiatement.

— Les médicaments que vous allez commencer à prendre ont certains effets secondaires. Parfois plus violents chez certains que chez d'autres. Pensez à vous. Prenez du repos, vous allez en sentir le besoin. Peut-être des nausées, des troubles digestifs, de la somnolence. Peut-être pas grand-chose non plus. Ça dépend...

Le médecin était un homme sans âge défini, probablement au début de la quarantaine, au visage buriné par le soleil sous sa barbe mi-longue, en broussaille, aux gestes rares et précis, à la parole directe mais au regard immensément doux qui modulait tout le reste.

— Fini les aliments crus pour vous deux. On lave tout,

on fait cuire, on évite les gens malades. Votre système immunitaire est attaqué, fragile, vous ne devez plus jamais compter sur lui. Maison propre, vêtements propres, nourriture exempte de germes. C'est vital... Plus de sushi, de tartare, etc...

La liste n'en finissait plus.

— Pour vous, François, pensez à changer de milieu de travail. La rue reste un endroit à risques. Les grippes, les gastros, les problèmes de peau, le manque d'hygiène... à votre place j'y penserais deux fois.

Puis le médecin s'était levé pour aller à la fenêtre, leur tournant le dos, leur laissant peut-être la chance de commencer à digérer tout ce qu'il venait de leur lancer en vrac. Il parlait vite, de façon concise et directe, il le savait. Mais c'était sa façon de faire et depuis le temps, cette attitude avait fait ses preuves. Les patients l'aimaient, aimaient son style... Alors, revenant face à François et Marie-Hélène :

— Et maintenant la question à cent piastres. Celle que tout le monde finit par poser. Doit-on en parler ? demande-t-il à leur place, sachant qu'inévitablement cette interrogation leur taraude l'esprit.

De nouveau, bref silence. Le médecin avait alors haussé les épaules.

— Là encore, ça dépend. Ce n'est pas nécessairement une bonne idée. Pour l'instant, vous n'êtes pas malades... Attendez-vous à toutes sortes de réactions pas toujours agréables. Les gens ont peur du sida. Avec raison, mais aussi avec exagération. Le sida ne saute pas sur les gens. Certains le comprennent. D'autres pas, et c'est la panique. À vous de juger. Et encore là, ce ne sont pas nécessairement ceux à qui on croit pouvoir tout dire qui ont les meilleures attitudes. Ce que je dis toujours à mes patients : prenez votre temps. Et attendez-vous à des reculs, des rejets. C'est triste à dire, mais c'est malheureusement la réalité à laquelle les gens atteints du sida doivent s'attendre. Et parfois ces rejets viennent des gens que l'on croyait les plus proches...

Puis il avait repris sa place derrière le lourd bureau de bois sombre.

— Et maintenant l'autre question à cent piastres. Celle que tout le monde a en tête mais que peu ont le courage de poser. Quelle est mon espérance de vie ? C'est cru et direct, je le sais. Mais je sais aussi que vous y pensez. Malheureusement, je ne peux répondre. Encore une fois, ça dépend. Personne ne réagit exactement de la même façon aux médicaments. Certains développent des résistances, des intolérances. D'autres réagissent merveilleusement bien. Seul le temps saura nous le dire... Pour l'instant, on instaure un protocole de traitements qu'on ajustera au fur et à mesure des besoins. On se voit régulièrement, on reste vigilants mais on continue à vivre... Certains de mes patients ont une vie plus active et normale, entre guillemets, que bien des gens en parfaite santé. Ça fait des années qu'ils sont porteurs et ils continuent de fonctionner comme avant. Ça demande une grande latitude, une grande disponibilité, une bonne dose de confiance. Les ajustements à prévoir sont astreignants. Mais on finit par s'y faire. Il y aura des périodes d'abattement, de grande fatigue, de problèmes reliés à la prise massive de médicaments. Et je sais que l'envie de tout balancer par-dessus bord finira par vous atteindre comme tous les autres. C'est normal. Au besoin, appelez-moi. Je suis là pour vous. Uniquement pour vous...

Et sur ces mots, encore une fois, son regard s'était tourné vers Marie-Hélène.

— Et vous... Pour l'instant, l'important c'est le bébé.

Ce que vous vivez est unique, mais chaque naissance est unique. Sachez que présentement, le bébé n'est probablement pas malade. Les doses massives d'AZT que vous allez prendre devraient suffire à le garder à l'abri pour le temps de gestation. C'est au moment de la naissance que les risques d'être contaminé sont les plus grands. On y verra à ce moment-là, n'ayez aucune crainte, toujours avec l'AZT. Vous continuez à être suivie par votre médecin, et à la lecture du dossier qu'il m'a fait parvenir, votre grossesse semble tout à fait normale. Ne l'oubliez jamais. Lui et moi, on va travailler de concert afin de mettre toutes les chances possibles de votre côté. Les probabilités d'avoir un enfant en parfaite santé sont réelles mais pas absolues. Et selon ce que vous m'avez dit, je sais que vous en êtes consciente. Par contre, n'en faites pas une idée fixe et ne concentrez pas vos pensées sur les risques. Chaque chose à son heure. Profitez de votre grossesse comme vous y avez droit.

— Mais les saignements que j'ai ? Mon gynécologue dit qu'à l'examen tout est normal mais…

— Je sais, c'est écrit… Et si votre médecin dit que tout est beau, c'est que tout est beau. Ce n'est pas rare qu'une femme ait des saignements lors d'une maternité et dites-vous bien que ça n'a rien à voir avec votre état. On revient à ce que j'ai dit : pensez à vous. Profitez de votre grossesse pleinement. Malgré tout, ce moment dans votre vie doit rester un beau souvenir.

Et c'est à tout cela qu'elle pense, Marie-Hélène, une tasse de café entre les doigts, la main s'égarant parfois sur son ventre. La voilà en congé de maternité, de longs mois devant elle à penser à tout ce qui peut arriver. Son supérieur immédiat avait pris la nouvelle avec un petit sourire en coin.

— Ainsi donc c'était ça... Depuis le temps que tu en parlais, je suis content pour toi. C'est sûr que ça dérange que tu partes comme ça, sans préavis, mais on va s'arranger. L'important, c'est le bébé...

Et sur ces mots, son sourire s'était légèrement étiré.

— ... Me semblait aussi, que tu étais différente depuis quelque temps.

Marie-Hélène n'avait pas élaboré sur le sujet. Elle avait donc quitté son travail avec les félicitations habituelles, la promesse formelle de les tenir au courant des moindres détails et la liste des inévitables recommandations de ses compagnes ayant déjà connu une maternité.

— Du lait ! Tu dois boire des litres de lait ! Sinon, le bébé n'aura pas de belles dents.

— Et pas de peinture. C'est dangereux pour le bébé l'odeur de la peinture.

— Des biscuits soda avant de se lever ! C'est merveilleux pour éloigner les nausées.

Marie-Hélène n'avait pas osé faire remarquer que le temps des nausées était largement passé. Elle avait peur des questions indiscrètes.

« Profitez de votre grossesse ! » Les mots du médecin lui tournent dans la tête et le cœur comme un manège un peu fou. C'est tout ce qu'elle voudrait, profiter de sa grossesse ! Mais voilà que depuis quelques jours, depuis l'instant où elle a compris que jamais elle ne pourrait interrompre cette grossesse, Marie-Hélène ne cesse de penser au jour où la maladie aura le dernier mot. Qui s'occupera de son bébé ? Qui sera là pour voir grandir son enfant ? Qui verra à ses études, à son épanouissement ? Qui saura l'aimer comme elle ? Et chaque fois que ces pensées sombres prennent le dessus, ses yeux s'emplissent d'eau tant la perspective de mourir avant son enfant lui fait mal, lui fait peur. Ce matin comme toutes les autres fois…

Essuyant ses larmes du revers de la main, Marie-Hélène se lève d'un bond en reniflant. Le ciel est peut-être tristounet, aujourd'hui, mais la jeune femme n'a pas envie de se morfondre dans ses pensées sombres. Au moment où elle se tourne un peu vivement pour replacer les coussins du divan, un léger, tout léger mouvement la fait s'arrêter brusquement. Immobile, elle reste à l'affût, l'oreille tendue comme on le fait pour percevoir un bruit très fin. Et voilà qu'un sourire la transfigure. Un sourire de joie intense qui part du cœur et l'habite tout entière. Le bébé bouge. Un tout petit mouvement, comme le frôlement d'ailes de papillon mais aucun doute, c'est bien lui. Les larmes de tristesse de Marie-Hélène se transforment aussitôt en larmes de joie. Il est là. Enfin, elle le sent. Et si le bébé bouge, c'est qu'il est bien vivant. Tant pis pour les saignements, le médecin devait avoir raison : ce n'est pas si grave, après tout.

Toute à cette merveilleuse découverte, Marie-Hélène n'a pas entendu les pas qui montaient les marches de l'escalier à la volée. Ni la porte ouverte avec fracas. François paraît sur le seuil de la porte et fronce aussitôt les sourcils.

— Mais tu pleures ?

Marie-Hélène sursaute et lève les yeux vers son mari, un immense sourire éclairant son visage. Les idées noires se sont envolées. D'un pas, elle vient se blottir contre lui.

— Ce n'est pas ce que tu crois… Je suis heureuse, François, heureuse ! Notre bébé bouge. Là, maintenant, je le sens faire des pirouettes. C'est… c'est comme un petit chat qui joue avec une balle de laine. C'est doux, c'est tellement doux…

Pendant un moment, ils restent enlacés, émus, chacun perdu dans ses pensées. Puis Marie-Hélène se dégage, fixe François avec un sourire mutin.

— Je veux que tu dises oui !

Puis elle fronce les sourcils à son tour.

— Mais qu'est-ce que tu fais ici, toi ?

— Des papiers que j'ai oubliés... Mais dire oui à quoi ?

— Dis oui d'abord !

Marie-Hélène est jolie, les cheveux en bataille, encore en robe de nuit avec son regard suppliant. François la reprend tout contre lui.

— D'accord. Je dis oui. Oui à tout ce que tu veux.

— À tout ? Alors je veux une auto neuve, une garde-robe de maternité complète, peut-être un manteau de fourrure, et aussi...

Puis la jeune femme éclate de rire.

— Non, je veux simplement qu'on descende à Québec en fin de semaine. Il est temps de prévenir nos parents, François. Temps de partager avec eux notre joie d'avoir un bébé. Tu ne crois pas ?

— Oui, tu as raison.

Puis Marie-Hélène blottit sa tête sur l'épaule de François.

— Mais pour le reste, on va attendre. Ils n'ont pas besoin de savoir tout de suite. Pourquoi gâcher leur joie ?

— Je suis d'accord avec toi. Le reste, comme tu dis, viendra bien assez vite...

Et ce soir-là, quand François revient du travail, fourbu, la petite pièce qui leur sert de bureau a été vidée de ses meubles maintenant éparpillés un peu partout dans l'appartement. Assise en tailleur au beau milieu de la chambre, Marie-Hélène est pensive. Autour d'elle, des revues de décoration ouvertes, des échantillons de couleur, des bouts de tissu. Quand elle entend les pas qui s'approchent, elle tourne aussitôt la tête.

— Qu'est-ce que tu préfères ? Du jaune ou du vert pour une chambre de bébé ?

François ouvre de grands yeux.

— Et tu veux une réponse comme ça ?

— Pourquoi pas ? Et il va falloir lui trouver un nom à cet enfant. On ne va pas l'appeler bébé toute sa vie ! Et sais-tu ce que j'ai vu au centre commercial ? Fantastique ! Ça ressemble à une demi-lune et ça...

Marie-Hélène est intarissable. Quelques mouvements, la certitude tant attendue que l'enfant est là, bien vivant et le reste importe peu. Aujourd'hui, elle a choisi de prendre le médecin au mot.

Se relevant, Marie-Hélène s'approche de François, le regarde droit dans les yeux.

— Tu sais, la plus grande crainte que j'ai, c'est de mourir avant que notre petit soit grand, qu'il reste seul sans nous, avoue-t-elle pour une première fois à haute voix. Aujourd'hui, j'ai décidé que je vivrais. Non pas que je vais défier la mort, je n'en suis pas capable. Mais je vais vivre tout ce qu'il m'est donné de vivre jusqu'à la dernière limite. Pleinement. Pour l'instant, il semble bien que les médicaments ne m'affectent pas, c'est bien. Si demain je suis malade, j'y verrai demain. Est-ce que tu comprends ce que je ressens ?

François reste silencieux pour un moment, les paroles de Marie-Hélène se greffant intimement à ce qu'il vit lui aussi. Puis, resserrant son étreinte autour de ses épaules, il murmure :

— Oui, oui je comprends. Et moi je te dis que c'est ensemble que nous allons vivre, Marie ma belle. Ensemble... Tous les trois...

Enlacés, tête contre tête, ils restent un long moment immobiles, écoutant palpiter en eux l'envie de vivre plus forte que la maladie, plus forte que la mort. Derrière les carreaux de la fenêtre l'orage se prépare. Le ciel est lourd de nuages menaçants. Le vent s'est levé et harcèle les arbres, les ploie sous sa colère, une branche feuillue heurtant la fenêtre avec régularité tel un métronome. Mais rien dans le petit bureau ne peut atteindre Marie-Hélène et François. Ils ne voient pas le ciel gris, n'entendent pas la tourmente qui se prépare. Faisant pivoter Marie-Hélène, François entoure sa taille de ses deux bras et pose doucement la main sur son ventre. Se laissant aller tout contre lui, Marie-Hélène appuie la nuque sur son épaule.

— Qu'est-ce que tu disais encore à propos de la couleur de la chambre ? demande-t-il en regardant les murs blancs. Qu'est-ce que tu dirais de jaune maïs ? C'est doux, c'est stimulant et c'est chaud…

CHAPITRE 11

Cherchez toujours la réponse en vous.
Ne soyez pas influencés par ceux qui vous entourent,
ni par leurs pensées, ni par leurs paroles.
EILEEN CADDY

En Beauce, quelque part à l'automne 1996

L'été est déjà chose du passé. Les érables, au fond du champ, ont commencé à changer de couleur et quelques feuilles hâtives se glissent sous les pas en craquant. Les épis de maïs sont cueillis et la terre voisine est hérissée de tiges desséchées, grisâtres. Au fond de la vallée, les reflets de la rivière sont encore plus bleus qu'au mois dernier, de cette couleur électrique et pure qui n'appartient qu'à l'automne. En retrait, derrière la grange devenue cidrerie, les pommiers tardifs sont lourds et odorants. La senteur des fruits gorgés de soleil rejoint Sébastien, même si, présentement, il est assis sur sa perche de cèdre à plusieurs pas de là. Les épaules chauffées par le soleil couchant, le jeune homme ne se lasse pas de respirer à pleins poumons, le regard vrillé sur l'horizon, là où les collines rejoignent le ciel. L'air est doux, sec et agréable. La cidrerie fonctionne à plein régime, la récolte est bonne. Virginie a appelé hier soir : elle est emballée par les cours et s'y donne pleinement.

— Tu vas voir, Sébas ! Dans deux ans, je suis à l'université. En je ne sais pas quoi encore, mais je vais trouver ! J'adore apprendre…

Il s'ennuie d'elle mais pas question de prendre quelques jours pour se rendre à Montréal : les journées sont trop remplies pour penser vacances. Mais dans quelques semaines…

Sébastien pousse un profond soupir. Dans quelques semaines, le travail chez Cécile et Jérôme sera complété, l'hiver sera à la porte et lui aussi, probablement. Et que fera-t-il de son temps ? Il l'ignore. Et plus les jours passent et plus son humeur s'en ressent. Il y a comme un grand vertige en lui, même s'il sait que Virginie l'attend avec impatience et qu'il s'ennuie énormément de leurs longues discussions. Et il y a encore Maxime dont on n'a aucune nouvelle. Virginie appelle régulièrement Dolorès parce que lui, il ne sait toujours pas s'il a envie de revoir son père. Alors, il y a aussi Me Duhamel et son désir de renouer avec son fils pour venir troubler la sérénité du quotidien. Et pour quelqu'un comme Sébastien, cela fait beaucoup de choses désagréables en même temps. Suffisamment pour avoir besoin de s'évader, loin de la maisonnée, au moins quelques minutes chaque jour avant le souper.

Il en est là, assis sur sa clôture, le dos rond se chauffant au soleil, les deux coudes appuyés sur ses genoux et scrutant l'horizon. Dans un mois, à peu de chose près, il sera de nouveau devant l'inconnu. Il a vingt ans et ne sait toujours pas ce qu'il va faire de sa vie. Pourtant, il sent un grand bouillon en lui, comme si quelque chose essayait de se faire entendre. Il a beau chercher, il ne comprend pas d'où lui vient cette exaltation, ce feu nourri d'émotions qui ressemble à de l'impatience, parfois à de la colère. Au moment où il referme les poings impulsivement, une voix claire et douce interrompt son mouvement.

— Quelle belle journée !

Remontant le sentier, Cécile vient à sa rencontre.

— On ne soupera pas tout de suite, annonce-t-elle comme pour expliquer sa présence. Jérôme est parti au village...

Puis, après un court silence :

— Je peux m'asseoir ?

Sébastien hausse les épaules avant de tracer un petit sourire.

— Bien sûr.

D'un geste encore sûr, Cécile grimpe sur la perche de cèdre près de Sébastien et, prenant la même pose que lui, elle porte le regard au loin.

— La vue qu'on a d'ici est merveilleuse. J'ai l'impression qu'on touche au ciel ou à quelque chose de tellement grand que ça ressemble à un morceau d'infini. C'est souvent un peu plus haut, là où il y a un petit buisson, que je viens m'asseoir quand j'ai envie de faire le point. Il me semble que les décisions prises ici ne peuvent être que bonnes...

— C'est vrai qu'on est bien, murmure alors Sébastien. Moi aussi j'ai l'impression qu'il y a une force qui me pousse vers le haut quand je m'assois sur ma clôture...

Puis dans un soupir :

— Ne reste qu'à dénicher vers où elle me pousse cette fichue force...

— Ça t'inquiète, n'est-ce pas ?

— C'est inquiétant de ne pas savoir ce que l'on veut vraiment quand on a vingt ans.

— C'est vrai. Moi à ton âge...

Pendant un bref moment, Cécile reste silencieuse. Elle,

à vingt ans, son avenir semblait tout tracé devant elle: Jérôme était parti se battre en Europe et on l'avait porté disparu depuis quelques mois. Elle s'occupait donc de sa famille, sa mère étant décédée à la naissance de son petit frère Gabriel. Qui aurait pu prédire qu'un jour elle serait médecin ?

— Tu sais, Sébastien, la vie finit toujours par nous indiquer la voie, constate-t-elle en repensant à cette période de sa vie.

De nouveau, un bref silence entre eux durant lequel Cécile revoit encore quelques vieux souvenirs. Puis elle reprend.

— Oui, répète-t-elle avec conviction. Il faut écouter ce que la vie nous dit.

— Alors elle ferait bien de se dépêcher parce que moi, j'en ai assez d'attendre.

— Pourtant, moi, je crois qu'elle t'a déjà fait signe.

Sébastien se redresse, une lueur d'intérêt au fond des pupilles.

— Ah ! oui ?

— Tu aimes la nature, n'est-ce pas ?

La question de Cécile lui recourbe l'échine.

— C'est sûr, admet-il comme à contrecœur. Et j'ai vraiment aimé l'été que je viens de passer. Je ne voudrais pas que vous vous mépreniez sur ce que je vais dire. Mais je ne me vois pas en train d'étudier l'agronomie ou l'horticulture. Je m'en fous, moi, de savoir comment faire pousser des carottes ! C'est le résultat qui me fascine.

— C'est ce que je dis.

— Je ne vois pas.

— C'est pourtant tellement évident. As-tu déjà pensé à entrer aux beaux-arts ?

— Aux beaux-arts ?

Un mot et aussitôt une image s'imprime dans l'esprit de Sébastien. Il imagine une grande salle un peu sombre malgré la présence de larges fenêtres ouvertes sur l'extérieur. Et des rangées de chevalets, des tables avec des boîtes de couleurs, des pots remplis de pinceaux… Image fugace rapidement remplacée par une grande sensation de froideur.

— Mais allons donc ! Qui pourrait être intéressé par mes gribouillis ? Je…

— Ce ne sont pas des gribouillis, Sébastien, interrompt alors Cécile tout doucement. Ce que tu fais est éblouissant, d'une grande sensibilité. Tu sais, je crois même que tu t'en doutes. Sinon, tu ne passerais pas tout ce temps seul avec tes crayons. Mais on est tous un peu comme ça, n'est-ce pas ? On n'ose pas se reconnaître un talent quelconque de peur d'avoir l'air prétentieux.

— Et vous trouvez que j'ai du talent ?

— Ça crève les yeux, jeune homme. Et ce serait un vrai gaspillage de ne pas l'exploiter. Surtout qu'on sent de la passion dans tes dessins. Quand on aime quelque chose passionnément, on n'a pas le droit de s'en éloigner. Dans la vie, j'estime qu'on doit faire ce que l'on aime si on veut le faire à la perfection.

— Peut-être…

Pendant un long moment on n'entend plus que le sifflement de la brise dans les herbes hautes, le cri plaintif de quelques oiseaux, Cécile respectant le silence de Sébastien.

— Et pourquoi pas, murmure alors le jeune homme. Pourquoi pas ?

Puis il tourne un large sourire vers Cécile.

— J'ai envie d'essayer. C'est vrai que j'aime ça. Quand je suis devant une feuille blanche avec mes crayons ou de l'aquarelle, j'oublie tout, je ne vois pas le temps passer. Et ça dure depuis toujours. Je n'avais pas encore l'âge d'aller à l'école que je passais déjà des journées entières avec mes crayons de couleur. Ça ne me tannait jamais.

— Merveilleux ! Tu comprends maintenant ce que je voulais dire quand je parlais de signe ? Le signe que tu cherchais tant, il était là, au bout de tes doigts.

— Peut-être, oui...

Pendant une brève seconde, il revoit le visage impatienté de son père quand il lui offrait un dessin. Cette voix dédaigneuse, ce rejet visible... Curieusement, en ce moment, le souvenir ne l'agresse plus. C'est comme s'il était au-dessus de tout cela. Alors, il refait un sourire. Pour lui-même, juste pour lui-même.

— Et tant pis si ça a l'air prétentieux, ajoute-t-il en marmonnant.

Puis il se tourne vers Cécile qui vient de sauter en bas de son perchoir.

— Et maintenant qu'est-ce que tu dirais de rentrer à la maison avec moi ? Tu pourrais tenir compagnie à Mélina pendant que je vais terminer la préparation du repas.

— Bonne idée ! J'ai une faim de loup...

Quand la vieille dame les voit arriver, elle ne peut retenir la petite moquerie qui lui vient à l'esprit.

— De loin, comme ça, on dirait un couple de gamins qui reviennent de faire l'école buissonnière.

Cécile éclate de rire.

— Ça ressemble un peu à ça ! Mon souper n'est pas encore prêt !

— Je peux t'aider ?

— Pas question, Mélina. Profitez des derniers rayons de soleil. Dans quelque temps, ils seront derrière nous, tous ces beaux jours !

Alors, heureuse d'avoir Sébastien tout à elle, Mélina tapote le bras de la chaise à côté d'elle.

— Viens t'asseoir, le jeune, on va attendre ensemble.

Et repartant son balancement de plus belle, elle ajoute, mine de rien, tandis que Sébastien s'installe :

— T'as une drôle de face, toi là ! T'as l'air content pis fâché en même temps. Ça fait un drôle de mélange...

— Vous trouvez ça, vous ? Ben apprenez que je sais ce que je vais faire en retournant à Montréal. Je m'inscris aux beaux-arts.

Et en disant ces mots, le visage de Sébastien est rayonnant. La vieille dame lui répond d'abord d'un large sourire.

— Enfin !

— Comment enfin ?

— Je me demandais juste combien de temps ça prendrait avant que tu te décides. C'est ben évident que c'est là qu'il faut que t'ailles. Chanceux ! Tu vas pouvoir faire du beau pour les autres. C'est important de semer du rêve autour de soi. Aussi important que d'être docteur ou ben banquier. Moi avec, j'aurais aimé ça avoir du talent. La musique, le dessin, j'sais pas... Mais j'étais juste bonne pour écouter les autres pis aider quand ça se présentait. J'ai jamais eu de talent pour créer...

Pour un moment, Sébastien reste silencieux, surpris qu'une vieille personne comme Mélina puisse avoir des rêves, des regrets aussi. Par contre, ce qu'il connaît d'elle, c'est un cœur large comme le monde. Alors...

— Juste écouter ? Alors vous êtes un génie dans votre domaine, Mélina. Il n'y en a pas deux comme vous pour semer de la joie, de la paix au cœur. Pis pour moi, c'est aussi important que de faire de belles choses ou être docteur comme vous dites.

Mélina semble émue. Son regard brille étrangement.

— C'est drôle, j'avais jamais vu ça de cet angle-là. Merci, mon jeune. Ça fait plaisir à entendre. Semer de la paix, murmure-t-elle encore. C'est une jolie image…

Puis elle se redresse.

— Mais ça explique pas le côté fâché de ta face, par exemple.

— Oh ! Ça…

Et voilà que l'étincelle de pur plaisir qui illuminait le visage de Sébastien s'éteint d'un seul coup comme une bougie que l'on souffle.

— C'est pas parce que j'ai enfin une petite idée de ce qui s'en vient que ça efface tout ce qu'il y a derrière moi. J'ai l'impression que quel que soit mon avenir, le passé finira toujours par me rattraper.

— Faudrait peut-être que tu règles tes vieux comptes avec ce passé qui a ben l'air d'un fantôme, Sébastien. Pis une bonne fois pour toutes, à part ça…

Le jeune homme hausse les épaules.

— Régler mes vieux comptes… C'est pas facile à faire.

— Y'a-tu quelque chose de vraiment facile dans la vie ? Même le bonheur des fois est pas facile à comprendre. Ça fait que les mauvais souvenirs…

Mauvais souvenirs… Pendant quelques instants, ces deux mots tourbillonnent dans l'esprit de Sébastien, charriant avec eux des tas d'images, les cris, les taloches derrière la tête, les reproches, le tout saupoudré d'une pluie de confettis que son père vient de lancer à la volée à travers la cuisine. Un autre dessin voué aux ordures…

— Pour régler mes comptes, murmure enfin Sébastien, faudrait d'abord que je me décide à…

Il se tait tout d'un coup, la gorge serrée. En lui, le

maelström d'émotions qui bouillonnent depuis tant d'années devient orage, tempête, ouragan. La haine, les déceptions, les espoirs, les tristesses se bousculent, éclatent enfin à travers des tas de mots qui se précipitent à ses lèvres. Brusquement il lui faut parler, raconter, tout dire avant que ne reviennent la peur et le silence.

— Finalement, avec le recul, c'est pas par plaisir que j'ai choisi la rue, murmure-t-il d'une voix rauque, le regard tourné vers le boisé d'érables au fond du champ. C'est même pas par liberté. C'est ce que je croyais mais je me racontais des histoires… Je fuyais. Ou plutôt, j'essayais de fuir mon passé. J'avais l'impression qu'en rejetant l'image de ce que ma vie avait été, je réglerais mes problèmes. Je m'aperçois aujourd'hui que ce n'était qu'une fausse impression. La colère est toujours en moi. Les images ne mourront jamais. Elles sont là, indélébiles. Voyez-vous, Mélina, mon enfance n'a pas été exactement ce qu'on pourrait appeler une enfance dorée…

Alors Sébastien se met à raconter ce qu'il a vécu. Son père toujours trop occupé quand il était à jeun, mais omniprésent et violent quand il avait bu. Puis le départ précipité de sa mère dont il n'avait plus jamais entendu parler, les familles d'accueil et finalement, la rue.

— Je croyais que c'était mon choix, la rue, constate-t-il d'une voix éteinte, blessée, je comprends aujourd'hui que c'était plutôt une conséquence. On ne choisit pas la rue, on la vit, parfois malgré soi. C'est très différent. Et voilà qu'il y a quelques semaines, j'ai appris que mon petit frère avait disparu lui aussi et que mon père voulait me revoir. Alors je ne sais plus où j'en suis…

De nouveau un bref silence interrompt sa confession alors que son visage est crispé comme sous l'effet d'une douleur ou d'un effort intense.

— Je veux, poursuit-il enfin d'une voix lente et monocorde, oui, je voudrais tous les revoir, quand bien même ce serait juste par curiosité ou pour avoir la chance de dire à mon père à quel point je le déteste. Je...

La voix étouffée par les larmes, Sébastien se tait. Pendant un moment, Mélina le laisse pleurer. Pour elle, les larmes seront toujours la meilleure des consolations. Puis, lorsqu'elle sent que Sébastien est plus calme, elle enchaîne d'une voix très douce, elle qui habituellement est plutôt brusque et bourrue :

— Petit garçon, murmure-t-elle avec une infinie tendresse. La vie est pas toujours facile, n'est-ce pas ? Pas toujours clémente... Pis la plupart du temps, on comprend pas pourquoi. On crie à l'injustice. Mais moi j'pense qu'on est souvent l'artisan de son malheur. À cause de la peur en nous, à cause de la rancœur... Depuis le temps que tu vis avec nous, t'es un peu de la famille, non ? En tout cas, moi, je te vois comme un petit-fils. Ça fait que j'vas te raconter une page de l'histoire de notre famille.

Alors le cœur tourné vers le passé, Mélina se met à raconter les amours déchirées de Cécile et Jérôme. La naissance malheureuse de leur petite fille confiée à l'adoption, le départ de Jérôme pour la guerre puis le terrible matin où ils avaient reçu une lettre de l'armée leur annonçant que « le soldat Jérôme Cliche, disparu depuis des mois, était finalement déclaré mort. »

— Ça, mon garçon, ça a été la pire journée de ma vie. La plus douloureuse. On met pas un enfant au monde pour le voir partir avant soi... Y restait juste Cécile qui disait qu'en dedans d'elle, elle était pas certaine pantoute que son Jérôme soit mort. Ça a pris quarante ans, oui, quarante ans, pour que la vie lui donne raison. Te rends-tu compte ? Pis c'est là que j'veux en venir. Encore aujourd'hui, Cécile regrette de pas être allée en France comme son cœur lui criait de le faire. Probablement qu'elle aurait fini par le retrouver puisqu'il vivait dans un espèce de couvent pas trop loin de la plage où il avait disparu. Cécile regrette pas sa vie, comprends-moi ben, elle regrette seulement de pas avoir écouté son intuition. Ça fait que je te dis de pas faire comme elle. Écoute ce qu'il y a en dedans de toi. Laisse pas le passé gruger ton avenir comme une souris gruge du fromage. C'est pas drôle avoir une vie pleine de trous, tu sais. Pis attends pas trop. C'est moi qui te le dis. On a juste le temps de dire ouf ! qu'on est déjà rendu à l'autre boutte...

Pendant un long moment Sébastien laisse les mots de Mélina faire leur chemin en lui. Son instinct hurle à son cœur qu'elle a raison. Il le sait. Depuis toujours peut-être. Va-t-il laisser la peur et la haine gruger sa vie ? Le gruger lui, avec tout ce qu'il peut avoir d'espoir et d'envie ? Lentement il relève la tête, fixe de nouveau l'horizon pendant une brève seconde puis il se tourne franchement vers la vieille dame qui se berce à côté de lui.

— Merci de m'avoir parlé comme vous l'avez fait, Mélina. Je sais pas trop quand ça va arriver mais ça va venir, ne vous inquiétez pas. Pis promis, j'attendrai pas trop... Non, pas trop...

CHAPITRE 12

Lorsque l'on a écarté tous les impossibles,
on doit constater ce qui reste, aussi invraisemblable
que cela puisse nous sembler, là se trouvera la vérité.
SIR ARTHUR CONAN DOYLE

Montréal, décembre 1996

Pendant la nuit, la première neige s'est enfin décidée et a saupoudré la ville d'un peu de clarté. Les rues sombres et mouillées d'hier ont cédé la place à une image de carte postale invitante et chaleureuse. C'est ce que Sébastien se répète, assis à la cuisine, un œil distrait sur son café et un autre curieux sur les toits lourds et blancs. Invitant et chaleureux, douillet même, voilà l'impression que l'hiver lui laisse en ce moment, alors qu'il est confortablement installé.

Depuis deux semaines, il est revenu à la ville. Sans discussion, sans même l'ombre d'une hésitation, il est venu rejoindre Virginie dès la fin des travaux à la cidrerie. Ils savent que pour l'instant, leurs pas vont dans la même direction. Ni l'un ni l'autre ne cherchent à savoir de quoi tous les lendemains seront faits. Ils sont bien ensemble au quotidien comme dans leurs projets et leurs vues sur l'avenir qui se croisent et se complètent. Sébastien a donc payé sa part du loyer à même le pécule amassé pendant l'été et déménagé son maigre butin chez son amie, sous le regard humide de Gilbert. Les histoires d'amour le remuent toujours jusqu'au fond de l'âme.

— C'est beau de vous voir, vous deux.

Puis, dans un soupir à faire fondre une banquise :

— Sapristi que je vous envie !

Et son opulente personne en tressaillait, de soupirs en soupirs, tandis qu'il allait d'une pièce à l'autre, rectifiant un coussin, redressant une gravure, déplaçant une chaise. Les nombreuses illustrations de Sébastien ont changé l'allure du modeste logement, l'éclairant d'une personnalité nouvelle, redonnant certaines lettres de noblesse aux vieux meubles défraîchis. Et se promenant d'une pièce à l'autre, de la cuisine au salon et du salon à la chambre, puis revenant à la cuisine, les sourcils de Gilbert fronçaient de plus en plus.

— T'as pas pensé à recouvrir ce vieux divan, ma belle ? Un bout de tissu et le tour serait joué. J'peux t'aider si tu veux !

Les yeux du gros Gilbert en brillait de plaisir anticipé. Rien de tel qu'un projet de décoration pour lui remettre l'humeur au beau fixe.

— Pis on pourrait décaper cette vieille table toute égratignée avant de la peindre dans les tons de violet avec une pointe de crème pour les...

— Les meubles sont pas à moi, Gilbert.

Avertissement inutile. Le gros homme avait balayé l'objection de sa courte main en balayant l'air devant lui comme pour se débarrasser d'une invisible mais malencontreuse poussière.

— Pis ça ? La propriétaire de tout ce vieux barda serait sûrement contente de voir son bien amélioré. Non ?

Virginie avait fait la moue, par principe.

— Ouais... Peut-être.

Puis après une hésitation, brève et peu convaincante :

— Pourquoi pas ? Quand tu seras prêt tu me feras signe, Gilbert. J'embarque... Ça va me faire du bien d'avoir un peu de couleur autour de moi. Pis je pense pas que ça va lui déplaire.

D'un accord tacite, on évite de prononcer le nom de Claudie. Elle n'a toujours pas donné signe de vie et chaque matin, en s'asseyant à la table de cuisine qui lui appartient, Virginie se promet de la contacter. Chaque soir en se couchant, elle constate, navrée, que le temps lui a encore manqué. En attendant, elle se prépare à tout chambarder, se répétant, comme pour s'en convaincre, que Claudie devrait apprécier de retrouver des meubles remis à neuf si jamais l'envie lui prenait de les ravoir. Samedi prochain, Gilbert et elle ont même pris congé afin de faire les boutiques ensemble.

— On va écumer Saint-Hubert, ma belle. Rien de moins.

Il n'en dort plus, imaginant des milliers de combinaisons possibles, essayant de tenir compte à la fois des goûts de Sébastien et de ceux de Virginie. Il a même dessiné un plan afin d'emménager de façon plus adéquate le coin de travail de celui qu'il aime comme son garçon.

— Un artiste a besoin de beauté autour de lui, Sébas ! M'en vas t'en faire, moi, te contenter du coin de la table pour dessiner ! Voir si ça a de l'allure. Allons, mon beau, faut voir grand dans la vie !

Car lorsque Sébastien était arrivé, une surprise l'attendait. Tout contre la large fenêtre de la cuisine, Virginie avait placé quelques étagères pour ranger son matériel à dessin.

— Va falloir que tu te prépares pour la rentrée, non ? Pis ça m'a presque rien coûté. J'ai tout trouvé dans une vente de garage à la fin d'octobre.

Sébastien en avait eu le regard tout brillant.

— C'est gentil d'avoir pensé à ça…

— Pis moi, astheure, je m'en vas te compléter tout ça dans les règles de l'art, avait alors ajouté Gilbert, coupant court aux démonstrations émotives. Fais-moi une liste de ce que tu as besoin. Crayons, peinture, chevalet, table à dessin… J'sais pas, moi !

— Mais Gilbert !

— Y'a pas de « mais Gilbert » qui tienne.

Puis le ton baissant de quelques décibels, regardant Sébastien droit dans les yeux, le gros homme avait plaidé :

— S'il te plaît, Sébastien. C'est à moi que je fais plaisir. Viens pas gâcher ma joie, d'accord ?

Alors depuis son arrivée, tous les jours, pendant que Virginie est à ses cours, Sébastien fait des croquis au crayon ou à l'aquarelle en attendant le matériel que Gilbert veut lui acheter en fin de semaine. Des tas de croquis pour se monter un portfolio. Mi-janvier, il est attendu chez Christobal, un peintre de talent tenant une école sur la Rive-Sud.

Et ce matin, un café fumant à portée de main, un œil critique posé sur l'extérieur, il tente de reproduire l'enfilade de toits enneigés qui s'offre à lui. Le jeu de la brillance et des zones sombres de la neige le fascine. Surpris, il constate qu'il n'y a rien de tel qu'un peu de couleur pour rendre une neige vraiment blanche. Une touche de bleu grisâtre, un soupçon de brun sali, et voilà qu'apparaît un amoncellement tellement blanc qu'il semble éclatant et froid en même temps.

— Super, murmure-t-il, franchement satisfait de son travail.

Ce qu'il comprend et admet enfin, c'est que le dessin et le jeu des couleurs sont innés chez lui. Comme un instinct qui lui dicte spontanément le tracé des lignes, le rôle des ombres et des lumières. Aujourd'hui, plus sûr de lui, Sébastien ne se contente plus de fleurs et de papillons. D'un dessin à l'autre, il s'enhardit à reproduire tout ce que son esprit lui suggère. Le résultat est troublant de vérité. Et rien n'arrive à déranger sa concentration quand il est devant la table en train de dessiner. Sinon la sonnerie du téléphone, car tout un chacun espère et attend un appel de François annonçant enfin la naissance du bébé dont on ne sait toujours pas s'il est un petit garçon ou une petite fille, les parents ayant préféré se réserver la surprise. Quand Sébastien a rencontré Marie-Hélène samedi dernier lors d'un souper chez Gilbert, il n'a pu s'empêcher de la taquiner devant l'ampleur pris par son tour de taille.

— Un petit dessin pour garder un souvenir de ta grosse bedaine ?

La jeune femme avait éclaté de rire.

— Grosse, tu dis ? Énorme, oui ! C'est incroyable de voir à quel point la peau est élastique. Mais j'avoue que s'il faut que bébé Léveillé reste encore bien longtemps dans sa cachette, je pense que je vais éclater comme une balloune trop gonflée... Et merci quand même pour le dessin, François s'est chargé d'immortaliser la rondeur. Il a fait toute une série de photos. Ma bedaine, on la voit sous tous les angles, ça me suffit amplement...

Marie-Hélène était rayonnante. La médication intensive imposée par sa grossesse n'a présenté que de légers effets secondaires et, tel que conseillé par les médecins qui la suivent, la future maman a profité de sa maternité comme toute autre femme. Samedi, au souper, François la suivait du regard, ému, visiblement amoureux, attentif à ses moindres besoins. Ensemble, ils avaient choisi la vie. Leur vie, telle qu'elle se présente avec ses hauts et ses bas, sans artifices, sans faux-fuyants. Les matins de nausée et les journées de grande fatigue faisaient désormais partie de leur quotidien. La rigueur en tout face à la propreté aussi. Ils avaient décidé d'accepter ces impondérables comme d'autres doivent finalement accepter un handicap à la suite d'un accident.

— Ou on accepte ou on commence tout de suite à mourir à petit feu, avait un soir déclaré durement Marie-Hélène, en conclusion à une journée plus pénible où elle avait été incapable de garder quelque nourriture que ce soit. Demain, ça ira mieux. Il faut que ça aille mieux.

Elle ne se fait nulle illusion face à l'avenir mais n'a pas envie de gâcher le temps présent. François et elle ne veulent ni pitié ni apitoiement sur leur sort. Et au bout d'une longue discussion entre eux, soupesant le pour et le contre, ils ont choisi de taire leur réalité. Seules quelques personnes sont au courant du drame qui affecte leur vie, et cela suffit pour l'instant. Leurs parents, tout à la joie d'avoir un petit à aimer bientôt, ne savent rien du terrible combat qu'ils doivent mener.

Alors, tout en dessinant les toits d'une ruelle de Montréal, Sébastien pense aussi à Marie-Hélène et François, espérant entendre bientôt la sonnerie du téléphone, lui apprenant enfin si c'est un petit Jean-Nicolas ou une petite Laurence qui est arrivé. Mais quand un bref coup frappé à la porte se fait entendre, Sébastien ne peut s'empêcher de froncer les sourcils. Machinalement, il lève les yeux vers le poêle pour vérifier l'heure. Se pourrait-il qu'il ait été à ce point absorbé qu'il n'a pas vu l'avant-midi passer ? Il arrive parfois que Gilbert lui fasse la surprise d'une pizza toute chaude à partager avec lui pendant son heure de lunch. Mais à onze heures trente, il est beaucoup trop tôt pour une visite imprévue de son ami.

— Curieux, murmure-t-il en déposant son crayon. À moins que ce soit François qui…

Sébastien se lève d'un bond. S'il fallait que François ait une mauvaise nouvelle à annoncer et qu'il n'ait pas eu le courage de le faire par téléphone… Puis c'est le nom de Maxime qui lui traverse l'esprit en coup de vent. Tombé des nues, juste comme ça, parce qu'il pense souvent à son frère tout comme à son père depuis qu'il est revenu à Montréal, cherchant en lui le courage de donner suite aux recommandations de Mélina. Ne pas laisser la peur ou la rancœur gruger sa vie… Chaque fois qu'il y repense, il se dit qu'à Noël, peut-être…

— J'arrive, lance-t-il, tandis qu'il emprunte le long corridor sombre qui mène au salon et à l'entrée, au moment précis où un second coup impatient se fait entendre.

C'est à l'instant où il fait glisser la chaîne du verrou et tourne la poignée que le temps s'arrête. Juste une seconde, le temps d'un battement de cœur douloureux, le temps de retrouver à travers ses souvenirs le masque d'indifférence, le masque de la rue pour gommer ses émotions.

Devant lui se tient Me Duhamel, arrivé de nulle part, peut-être une apparition.

Pourtant, Sébastien se heurte au même regard perçant, à ce même pli dédaigneux à la commissure des lèvres, remarque les sourcils broussailleux, froncés en permanence, comme avant.

Puis un éclat de surprise traverse brièvement son regard.

Me Duhamel est tellement plus petit que dans son

souvenir. Le géant de son enfance a rétréci, s'est glissé dans un personnage à dimension presque humaine.

Aujourd'hui, Sébastien peut le regarder droit dans les yeux.

— Je peux entrer ?

Même voix gutturale, rauque, capable encore de hanter certains rêves de certaines nuits. Pourtant, Sébastien est presque soulagé d'entendre cette voix-là. L'apparition se matérialise. Voilà, c'est fait… Son père est là. Ainsi en a choisi la vie.

Alors le jeune homme se glisse contre la porte avec un imperceptible haussement d'épaules, sans dire un mot. Me Duhamel fait un pas, regarde autour de lui, puis un autre, détaille le mur du salon, son regard allant d'un dessin à l'autre.

— Tu dessines toujours ?

Nul bonjour, nulle explication à sa présence. Que cette interrogation. À moins que ce ne soit qu'une constatation ? Sébastien sent son humeur se hérisser. Son souffle s'accélère, ses poings se referment impulsivement.

— Si t'es venu ici pour continuer tes critiques, tu peux t'en aller. J'ai pas besoin de…

— Je ne critique pas, je constate.

Cette voix, dure, sans chaleur qui tranche, qui décide. Puis ces mots, surprenants.

— Tu as du talent. Non que j'apprécie habituellement ce genre de dessin mais j'avoue que c'est fait d'une main sûre. Ça, je peux le reconnaître facilement.

Alors Sébastien ébauche un sourire. À la fois désabusé devant le personnage qui n'a pas tellement changé mais aussi rassuré de se retrouver en pays de connaissance. Un très, très léger sourire. Peut-être aussi à cause de ces mots qu'il aurait tant voulu entendre quand il était petit. Par contre, il n'est pas certain que c'est ainsi et sur ce ton qu'il aurait voulu que ce soit dit. Alors, laissant volontairement un sourire narquois flotter sur son visage, il ajoute :

— T'as pas changé, hein, toujours aussi grande gueule...

Brusquement, il lui semble qu'il peut tout dire. Qu'il a le droit de tout dire. Il est ici chez lui et si son père n'aime pas, il n'a qu'à s'en aller. Mais en même temps, du plus profond de tous ses souvenirs comme dans son espérance la plus folle, il souhaite qu'il n'en sera rien.

Me Duhamel se retourne d'un bloc, laisse flotter un instant de silence lourd, dense, théâtral. L'avocat de talent n'est jamais bien loin. Puis il hausse les épaules.

— Pourquoi changer ? demande-t-il sans relever l'impertinence du propos et du ton. C'est cette grande gueule comme tu dis qui a fait de moi un plaideur reconnu. Je le vois comme une qualité. Mais toi non plus tu n'as pas changé, remarque-t-il, presque moqueur, saisissant une invisible couette de cheveux à hauteur de sa nuque. Et c'est bien comme ça, admet-il, reportant les yeux sur les dessins de son fils. L'artiste que tu es deviendra peut-être un maître.

De nouveau, un lourd silence s'abat sur la pièce. Ils sont là, le père et le fils, immobiles, chacun perdu dans ses pensées, ayant peut-être imaginé l'un comme l'autre un moment comme celui qu'ils sont en train de vivre. Est-ce ainsi que Sébastien avait prévu la scène ? Mais avait-il vraiment prévu quoi que ce soit ? Sinon la peur qu'il sentait naître en lui chaque fois qu'il y pensait. Curieusement, cette peur qui a tout dicté, cette rage et cette colère qu'il entretenait en lui, elles ont disparu à l'instant où le rêve s'est concrétisé. Peut-être à cause de la distance scrupuleusement observée pendant si longtemps ou parce que le souvenir ne correspond plus exactement à la réalité. L'ogre de son enfance est mort. Devant lui, il ne voit qu'un homme. Rien de plus. Peut-être un père, il n'en est pas encore certain. C'est à cet instant que Me Duhamel lui fait face de nouveau.

— Je ne te demanderai pas pardon. Ce n'est pas dans ma nature. Mais je dis quand même que je regrette.

Cette voix dure qui confesse sans préambule, comme en passant. Cette voix brusque qui prononce des mots presque doux, déconcertants. Sébastien soutient le regard de son père sans répondre. Il n'y a rien à répondre. Il espérait ces mots sans vraiment y croire. Il ne sait pas s'il doit s'y fier. Trop de souvenirs, trop de déceptions au fil des ans. Pourtant l'homme devant lui poursuit:

— Je regrette les bouteilles vides et les critiques qui venaient avec. Muriel, ta belle-mère, m'a fait comprendre bien des choses.

Sa belle-mère… C'est vrai, Sébastien a une belle-mère. L'espace d'un instant il aurait envie de demander à son père s'il a des nouvelles de sa mère. Il y renonce au même moment. Pas maintenant, pas tout de suite. L'idée lui paraît même incongrue à peine formulée dans son esprit. Il y a peut-être plus important à dire.

— Tu nous as fait mal, tu sais. Et quand tu dis que le mot pardon ne fait pas partie de ton vocabulaire, j'avoue qu'il ne fait peut-être pas partie du mien non plus.

Une mise au point qui lui paraissait essentielle. Ce droit qu'il sent en lui de tout dire. Ne rien négliger pour ne rien regretter par la suite. Et tant pis pour les conséquences. Sébastien a vécu sans cet homme pendant si longtemps qu'il est convaincu de pouvoir probablement le faire le reste de sa vie sans trop en souffrir. Car en ce moment, malgré l'apparence d'un dialogue du bout des mots, il est en train de faire la paix avec son passé.

— Je comprends…

Tant mieux. Me Duhamel semble prendre la chose comme lui. Encore une fois, un silence à couper au couteau se glisse entre eux. Puis lentement, comme s'il calculait son geste, Me Duhamel tend la main à Sébastien.

— Ça veut peut-être dire qu'on repart à égalité ?

Cette fois, l'interrogation est sans équivoque. Et elle appelle une réponse. Longtemps, Sébastien regarde la main tendue. Cette main qui s'abattait derrière sa tête, qui déchirait ses dessins, qui serrait son bras si fort, trop fort alors que les larmes lui montaient aux yeux. Cette main qui se tend vers lui aujourd'hui, nue, légèrement tremblante. Sébastien lève alors la tête vers le visage de son père. Les plis se sont accentués avec le temps, les cheveux ont grisonné et le regard n'est peut-être plus tout à fait le même. Surpris, Sébastien aurait envie de dire que c'est là le regard d'un homme qui souffre. Alors, lentement, il avance le bras, frôle la main de son père avant de refermer les doigts sur elle.

— Disons qu'on se donne une dernière chance. Je ne peux aller plus loin pour l'instant.

— C'est de bonne guerre.

Aussitôt la main de Me Duhamel se retire. Pour lui, une première chose vient d'être réglée et il n'est pas dans sa nature d'y revenir. Il n'est pas dans sa nature de s'éterniser sur les émotions. Son esprit de plaideur s'y perd quand il s'agit de les exprimer pour lui-même alors qu'il est passé maître dans l'art de les manipuler à la défense de ses clients. Alors, il reprend, d'une voix neutre, détachée :

— J'ai besoin de toi.

À ces mots, Sébastien a l'impression qu'un vent glacial vient de s'engouffrer dans le salon. Un vent de désillusion.

— C'était donc ça, murmure-t-il en mordant dans les mots. Comment est-ce que j'ai pu croire que tu étais ici juste pour me retrouver, pour me voir.

— Non!

La réponse a éclaté en un véritable cri du cœur. Comprenant la méprise, Me Duhamel fait le pas qui le sépare de Sébastien, l'oblige à lever la tête.

— Ce n'est pas ce que tu crois. Je suis ici pour toi. D'abord et avant tout. C'est vrai. Mais je suis ici pour Maxime aussi. Dans mon esprit, vos deux noms sont indissociables. Ça, tu peux au moins le reconnaître, non?

Maxime... Manipulation ou sincérité? Sébastien ne sait plus. Il admet cependant du bout des lèvres:

— D'accord. Oui, ça a peut-être un certain sens.

Peut-être... Me Duhamel ne peut s'empêcher de hausser les épaules. Son fils ne changera jamais. Toujours indécis. Puis son impatience retombe aussi vite qu'elle s'était levée. Il a vieilli, il est fatigué de se battre, tant pour les autres que pour lui-même. Alors, il reprend d'une voix plus calme:

— Donne le sens que tu voudras à ma démarche, ça ne changera rien au fait que vous êtes tous les deux mes fils. Pense ce que tu voudras, Sébastien, mais sache que vous avez de l'importance à mes yeux. Je sais reconnaître les erreurs du passé, il ne faudrait pas qu'elles soient garantes de l'avenir. Tu m'as dit que tu voulais qu'on se donne une dernière chance. C'est bien ça?

— Oui. Mais je...

— Alors on va se donner cette dernière chance pour Maxime. Après, nous deux, on avisera, si c'est ce que tu veux. Mais en attendant, peux-tu faire ça pour ton frère?

— Tu sais que oui.

La réponse de Sébastien fuse spontanément, sincère. Me Duhamel ébauche un sourire.

— Tu as raison, je savais que oui. Et c'est pour ça que je suis ici ce matin. Pour te dire que je regrette et pour te demander de m'aider à retrouver ton frère. Moi, il me fuit. Mais toi…

— Qu'est-ce qui te fait croire que je peux réussir ?

— Parce que toi, tu es fort. Tu as toujours été le plus fort des deux. Quand tu as choisi la rue, je n'ai même pas été surpris.

— Tu savais que…

— Oui. Je ne t'ai jamais perdu de vue. Pas plus que je ne perds Maxime de vue. Il faut bien que l'argent serve à quelque chose. Surtout aux choses qui nous paraissent essentielles. Quand je me suis remarié, tu as fait savoir que tu ne voulais plus me revoir. J'ai respecté ton choix. Mais tu restais mon fils quand même, non ?

Sébastien a l'impression de tomber des nues. Ainsi donc son père savait qu'il vivait dans la rue. Il aurait dû s'en douter. Ça ressemble à son père de vouloir rester en contrôle. Il est à la fois choqué d'avoir été épié à son insu et reconnaissant de n'avoir jamais été vraiment abandonné. Et voilà que maintenant, Maxime… Il revient à son père, le fixe un moment avant de demander :

— Et que veux-tu que je fasse que toi tu n'as pas fait ?

L'arrogance pointe sous la question. Me Duhamel fait celui qui n'a rien perçu.

— Je veux que tu lui parles. Que tu le raisonnes. Présentement, je sais qu'il est en France, dans le sud, à Marseille. La dernière fois que j'y suis allé, je l'ai même aperçu. Mais il s'est sauvé dès qu'il a entendu ma voix.

Mais toi, je sais qu'il va t'écouter.

— Moi ? Pourquoi moi ?

— Parce que Maxime t'admire. Il t'a toujours admiré. Et il sait que tu l'as toujours protégé.

— Peut-être...

Présentement, des milliers de souvenirs lui reviennent à l'esprit. Les nuits d'orage, les bonbons à un sou, la cabane dans le gros chêne du parc, les moments de larmes dans les bras l'un de l'autre quand leur père buvait...

— Mais pourquoi chercher à le ramener ici ? Moi, quand j'étais dans la rue, tu m'as laissé faire. Pourquoi pas lui ?

— Toi, c'était toi. Maxime, c'est Maxime. Je te savais capable de t'en sortir tout seul. Alors que lui...

C'est alors que, pour la seconde fois en quelques minutes, Sébastien sent littéralement le temps se figer autour de lui. Les plis d'arrogance du visage de son père s'affaissent. Ils ne sont plus que souffrance alors que sa voix rauque se brise en milliers d'éclats, comme un vase que l'on jette contre le mur, l'écho de leur cassure se répercutant à l'infini dans ses oreilles, dans sa tête, dans son cœur.

— Parce que présentement, ton frère se sauve. De moi, de la justice, de certains individus plutôt non recommandables. Il est dans le trafic de drogue jusqu'aux oreilles, Sébastien. C'est ce qu'il m'a écrit avant de quitter la maison comme un voleur. Je m'en doutais, il n'a fait que confirmer. C'est pour ça que tu dois m'aider. Je sais que toi, il va t'écouter. Je t'en supplie, ne le laisse pas tomber, implore-t-il, laissant couler ses larmes sans la moindre retenue, sans la moindre pudeur.

Larmes dures, déchirantes pour celui qui en a si peu versées dans sa vie. Larmes déconcertantes, bouleversantes pour Sébastien qui n'a jamais vu son père pleurer. Cet homme dur, arrogant, aujourd'hui vulnérable, fragile et qui s'en remet à lui. « Toi, tu es fort ! » Ces quelques mots que son père vient d'avoir en parlant de lui. Ces quelques mots qui malgré tout remettent son passé en question, imprimant certains souvenirs en relief. Sa perception des choses aussi. Son père voyait en lui quelqu'un de fort alors que Sébastien pensait tout le contraire. « Ne laisse pas la rancœur gruger ta vie ! » Et la voix de Mélina qui s'impose brusquement. Sébastien ne sait pas, ne sait plus. Cette hésitation en lui, comme une seconde peau. Puis brusquement, l'inquiétude pour Maxime prend toute la place. Le petit Maxime qui le suivait partout comme une ombre, qui levait de grands yeux vers lui, confiant dans les pouvoirs de son grand frère... Alors, Sébastien tend la main, effleure l'épaule de son père du bout des doigts avant de répondre d'une voix étranglée :

— D'accord. Je vais t'aider à retrouver Maxime. Je te promets que je vais tout faire pour le ramener. Et après, on verra pour le reste...

Me Duhamel renifle ses dernières larmes, essuie son visage du revers de la main, détourne enfin les yeux, mal à l'aise, confus de s'être abandonné si facilement à ses émotions. À toutes ses émotions. Car ses larmes, elles sont à la fois larmes de détresse face à Maxime et larmes de joie d'avoir enfin revu Sébastien. Puis il redresse les épaules.

— Merci pour Maxime. Je savais que tu comprendrais. Et pour le reste comme tu dis...

Me Duhamel ne complète pas sa pensée et les derniers mots prononcés restent en suspens dans le salon pendant qu'il s'approche du dessin de la jeune fille aux pivoines.

— C'est bon. Ton coup de crayon est sûr... Il l'a toujours été...

Mots surprenants que Sébastien ne comprend pas. Pourquoi, alors, avoir déchiré tant de dessins si son père reconnaît y avoir vu une forme de talent ? La question lui brûle les lèvres sans qu'il n'ose la demander. Et comme s'il devinait ses pensées, son père ajoute :

— Mais ce genre de talent-là me faisait peur à cause de…

Encore une fois, Me Duhamel ne précise pas ses propos. Il hausse les épaules, jette un regard à sa montre, reporte les yeux sur son fils et reprend.

— Un jour je t'expliquerai certaines choses, Sébastien. Des choses que je n'avais pas le droit de révéler à l'enfant que tu étais. Pour moi, c'était une question de respect, de principe. Après, tu prendras la décision que tu jugeras à propos pour ce que tu appelles le reste entre nous deux. Maintenant, je dois partir. Je plaide dans une heure et j'ai toujours eu besoin d'un long moment de silence autour de moi avant de me présenter en cour. Ça aussi, c'est une question de respect, de principe…

Puis glissant une main dans la poche de son luxueux manteau de cachemire, il en ressort un bout de papier froissé, un peu sali à force d'avoir été consulté, plié et déplié.

— Prends ça. Tu le liras quand je serai parti. Moi, je n'en ai plus besoin, je le connais par cœur. C'est un ami qui me l'a donné quand j'ai décidé d'arrêter de boire et ça m'a fait comprendre certaines choses. Ça m'a fait du bien et ça a changé bien des choses dans ma vie. Peut-être que ces quelques mots t'aideront toi aussi ?

Et sans plus, Me Duhamel repart comme il est venu, sans salutation. La porte se referme sur lui dans un bruit de soupir.

Pendant un long moment, Sébastien regarde le papier qu'il tient du bout des doigts sans se décider à le lire. Puis sans vraiment y penser, il fait quelques pas, se laisse tomber sur la causeuse du salon aujourd'hui tendue d'une livrée sombre qui met en valeur les coloris éblouissants de ses dessins. Décidément, Gilbert a un talent incroyable ! Lentement, son regard se porte sur le papier et Sébastien s'aperçoit que sa main tremble légèrement.

Un petit bout de papier sali qui lui confirme que son père est vraiment venu. Venu et reparti, comme par hasard. Me Duhamel a rendu visite à son fils entre deux rendez-vous. Comme avant, toujours pressé…

— Et après, murmure Sébastien.

Il lui semble que ce n'est plus tellement important. Que l'essentiel ne se joue pas uniquement à ce niveau. Ne se joue surtout pas à ce niveau… Relevant le bras, il se met à lire et aussitôt son regard s'embue.

Seigneur, donne-moi la sérénité d'accepter les choses que je ne peux changer,

Le courage de changer celles qui doivent l'être

Et la sagesse de voir la différence entre les deux.

Une prière. Son père lui a remis une prière. Le froid, l'impassible avocat s'en est remis à une prière pour donner un sens à sa vie.

De grosses larmes glissent sans bruit sur les joues de Sébastien.

Que de choses mal comprises, probablement. Que de silences inutiles, que de rancœurs stériles… Peut-être bien que l'avenir saura répondre à toutes ces interrogations restées en latence au fond de son cœur depuis tant d'années. Peut-être…

Essuyant ses yeux, Sébastien relit le papier et alors c'est

à François et Marie-Hélène qu'il pense. Connaissent-ils cette prière? Sébastien ne saurait le dire. Par contre, à voir leur détermination, leur courage justement, ces quelques mots sont le reflet de leur vie.

Malgré l'incroyable déchirure dans leur vie, ils semblent heureux...

Sébastien revoit le sourire de Marie-Hélène, l'autre soir. Un sourire éblouissant, sincère. Mais il se rappelle aussi son regard voilé qui posait en même temps une ombre sur son visage. Un regard triste, inquiet. Et s'il s'en souvient aussi clairement, c'est justement à cause de ce regard qu'il avait proposé de faire un croquis de son gros ventre. Sa façon à lui de dire qu'il est là au besoin, qu'il les aime et les admire...

La présence de cet enfant a obligé Marie-Hélène et François à dépasser leurs peurs. Et vite. Ils n'ont pas eu le choix.

Présentement, assis dans la pièce assombrie par l'amoncellement de lourds nuages gris revenus poudrer un peu de neige, Sébastien comprend à quel point le bonheur de ses amis est fragile. Éphémère peut-être...

Et dire que lui, depuis des années, il crie à l'injustice, à la dureté de la vie à son égard!

Que sont ses petites considérations existentielles à côté des perspectives d'une existence tronquée, soumise peut-être à de grandes souffrances, à la mort venue en avance au rendez-vous?

Sébastien se sent petit, mesquin. Que de temps perdu à se complaire dans ses petites misères! Lui, il n'a qu'à le vouloir pour changer les choses alors que François et Marie-Hélène doivent trouver la sérénité d'accepter...

Me Duhamel a raison: cette prière a le pouvoir de

changer bien des choses quand on se donne la peine d'y croire. Oser croire que malgré les apparences, Dieu existe peut-être…

Une dernière fois, Sébastien relit les quelques mots qu'il a toujours à la main avant de se relever brusquement pour se diriger vers la cuisine.

Il vient de trouver le cadeau qu'il va offrir à ses amis pour la naissance de leur bébé.

Prenant une grande feuille blanche, la dernière encore attachée à la tablette offerte par Jérôme, il se met à dessiner fébrilement.

Aussitôt, un immense jardin naît sous son crayon. Un jardin de roses à peine écloses et de papillons aux ailes multicolores. Un soleil doux mais quand même lumineux dessine des ombres translucides. Au beau milieu, l'esquisse d'une femme se penchant vers un berceau.

La main de Sébastien vole sur le papier.

Peu à peu, l'esquisse se précise. Marie-Hélène apparaît. Une Marie-Hélène au regard tendre, doux, serein, à la main toute légère posée sur la couverture qui enveloppe le bébé endormi.

Une Marie-Hélène heureuse, épanouie, confiante comme elle a le droit de l'être…

Quand l'aquarelle est bien sèche, Sébastien sort une bouteille d'encre de Chine et une plume de bois à la pointe de métal comme on en voyait dans les écoles à une autre époque.

Dans l'herbe vert tendre du jardin, à travers les fleurs blanches et roses qui jonchent le sol, en lettres très fines, il transcrit les mots du papier.

Seigneur, donnez-moi la sérénité d'accepter…

Et pendant que la main trace les lettres, le cœur de

Sébastien répète les mots à l'infini pour Marie-Hélène et François, avec la ferveur d'une prière…

CHAPITRE 13

Je suis devenue celle qui promène un regard triste sur le bonheur des autres.

Paroles de Cécile, dites le 22 septembre 1944

17 décembre 1996

La date prévue pour l'accouchement est déjà largement dépassée. Neuf jours... Depuis neuf longues journées, Marie-Hélène regarde le temps s'écouler une minute après l'autre. Écoute l'anxiété grandir en elle seconde après seconde. Que se passe-t-il encore ? Pourquoi ce retard ? Le bébé serait-il déjà malade ?

Comme elle l'a vécu durant les quelques mois de saignements qu'aucun médecin n'a pu clairement expliquer, à nouveau, la peur repousse le sommeil. L'inconfort précipite ses réveils. Entre les deux, les journées sont interminables.

Quand François revient de l'ouvrage, le soir, fatigué, parfois même exténué, l'anxiété de Marie-Hélène se soude à son abattement. Alors, repoussant délibérément sa lassitude, il prend la relève. Marie-Hélène aurait-elle envie de quelque chose ? Aussitôt, François est prêt à repartir pour trouver l'introuvable. Il est de toutes les corvées, obligeant Marie-Hélène à s'installer confortablement pour jouer les contremaîtres.

— Demandez, madame ! Vos désirs sont des ordres !

Maintenant, c'est souvent lui qui parle pour deux, le bébé étant le principal sujet de ses monologues. Tout, n'importe quoi pour voir fleurir le sourire de sa bien-aimée. Parce qu'il sait qu'au cœur de leurs pensées, intimement emmêlée à la joie de voir bientôt leur bébé, la peur perdure. Nul besoin d'en parler, encore moins l'envie de s'y attarder. Ils ont fait le point ensemble, le plus froidement possible, essayant même de le faire avec un certain détachement. Depuis, seuls les regards crient l'angoisse en eux. Les regards et certains silences. De jour en jour, Marie-Hélène semble se tasser sur elle-même. L'ambivalence des émotions qui l'habitent doit être intolérable. Et sans le vivre aussi intensément qu'elle puisque ce n'est pas lui qui porte l'enfant, François croit tout de même le pressentir. À cause de ce creux dans l'estomac, toujours présent, trois fois par jour lorsqu'il doit avaler ses médicaments. Il se répète comme une implacable litanie qu'un jour, peut-être, leur enfant aura lui aussi à prendre toutes ces damnées pilules...

Seigneur, je Vous en supplie, faites qu'il n'ait rien...

Et cette prière, à chaque fois répétée avec ferveur comme un écho répondant à sa peur devant l'inconnu...

Ce matin, un peu surprise, Marie-Hélène constate qu'elle a bien dormi. Déjà sept heures... Enfin, une nuit complète. C'est une clarté nouvelle, blanchâtre et insistante, qui l'a éveillée. Sachant qu'elle n'arrivera pas à se rendormir, elle se glisse le plus doucement possible hors de son lit, tempêtant gentiment contre son gros ventre qui la rend si malhabile. L'inévitable arrêt à la salle de bain, puis elle se dirige vers le salon, ouvre tout grand les tentures qui habillent les hautes fenêtres. Le Carré Saint-Louis ressemble à un gros gâteau saupoudré de sucre glace tant les arbres sont lourds de cette première neige tombée. Une main soutenant le lourd rideau, Marie-Hélène retient son souffle, éblouie par la beauté du paysage. Un rayon de soleil, bravant hardiment les nuages encore denses, se glisse entre les toits et givre les allées du parc où l'on peut deviner les traces de pas de quelque promeneur matinal. La fontaine endormie, encapuchonnée de blanc, brille de mille feux aveuglants. Un peu comme le faisaient les gouttelettes d'eau éclaboussant le ciel d'été.

Pendant un long moment, Marie-Hélène se tient immobile à la fenêtre, sensible comme toujours aux émotions suscitées par un décor, par l'atmosphère qui s'en dégage. Cette douceur qu'elle ressent, cette impression de grandeur lui fait pousser un long soupir de bien-être. Une auto qui passe dans la rue dans un bruit feutré, dans un bruit de chuintement mouillé, la tire de sa rêverie à l'instant même où le bébé, plutôt discret depuis quelque temps, en profite pour s'étirer. Marie-Hélène penche la tête en souriant.

— Allez, paresseux, murmure-t-elle, sors de là. Sinon, le père Noël ne saura pas qu'il y a un petit bébé qui habite ici et tu n'auras pas de cadeaux !

Noël… Le mot s'accroche à sa pensée comme une boule scintillante à l'arbre. Brusquement, Marie-Hélène revoit les Noëls de son enfance. L'attente impatiente devant l'arbre décoré, la joie un peu somnolente pour les cadeaux offerts, l'excitation grandissante accompagnant la fête qui commence… Puis brusquement, tout droit sorti du monde des souvenirs cachés, elle revoit les sourires attendris de ses parents et aussitôt, c'est comme si une main impitoyable lui broyait le cœur.

Combien de Noëls aura-t-elle le droit de vivre avec son enfant ? Combien d'anniversaires ?

Reniflant bruyamment les larmes qui spontanément lui sont venues aux yeux, Marie-Hélène doit se faire violence pour repousser les pensées sombres. Pas ce matin, il fait trop beau…

De son pas lourd et dandinant (François dit qu'elle marche comme un canard !), Marie-Hélène se dirige vers la cuisine pour infuser le café. Fixant pensivement le liquide ambre qui tombe goutte à goutte dans la cafetière, elle ne cherche pas à prévoir la journée qui vient, car elle ne peut retenir ses émotions plus longtemps. Incapable de leur résister, elle les laisse se poser là où bon leur semble, à travers des tas de pensées disparates, cheminant jusqu'à son cœur.

Comment, comment oublier que la mort nous guette ? Comment oser croire encore que l'espoir est toujours permis ? Comment réussir à faire confiance à la vie quand elle nous a sournoisement joué dans le dos ?

Marie-Hélène laisse ses larmes couler librement, n'ayant nulle envie de les retenir. Elle se dit qu'elle y a droit et curieusement, elles lui font du bien. Quand elle entendra François se lever, elle s'inventera un sourire. Pour lui. Parce qu'elle l'aime et que malgré tout, elle tient à la vie qui est la leur. Parce qu'elle aussi, elle a hâte de connaître leur enfant. C'est la déchirure en elle, sise quelque part entre une joie immense et une peur encore plus grande, qui lui fait terriblement mal…

Finalement, soutenue par les propos échevelés de François qui lui aussi a pensé à Noël en voyant la neige, l'ambiance de carte de souhait a eu le dessus. Se laissant emporter de nouveau par les plus beaux souvenirs de son enfance, Marie-Hélène quitte l'appartement peu de temps après son mari. Bizarrement, aujourd'hui, elle a l'impression que le bébé est moins lourd et de ce fait, elle se sent remplie d'une énergie débordante. Une main volontairement placée sous son ventre proéminent, comme s'il était trop lourd pour elle, et le geste accompagné d'un sourire enjôleur, Marie-Hélène amène le vendeur du bout de la rue à venir lui installer le sapin jusque dans son salon.

— S'il vous plaît ! C'est pour la surprise ! Pour mon fils qui est à l'école, ajoute-t-elle avec précipitation, subitement inspirée, voyant l'hésitation du brave homme.

Petit mensonge qui ne fait de mal à personne ! Quand on s'installe au coin d'une rue pour vendre des sapins, c'est qu'on est sensible à la joie des enfants, non ? Reins cambrés, le ventre poussé vers l'avant à l'extrême, Marie-Hélène est convaincante ! Ronchonnant, le vendeur lui jette un regard méfiant.

— Ouais... On sait bien. Ma femme était pareille quand elle attendait le p'tit. Marcel par-ci, Marcel par-là, pour un oui ou pour un non. S'il te plaît, Marcel, minaude-t-il pour lui-même une dernière fois...

Dans un soupir résigné, il ajoute :

— Moi, j'avais l'impression qu'elle se moquait de moi. Mais allez donc savoir ! Pis c'est lequel que vous avez choisi ?

Marie-Hélène a fait trois voyages jusqu'à la cave pour trouver les décorations à travers les objets inutiles que l'on garde au cas où et réussir à les monter jusque chez elle. Mais l'effort en valait la peine. En fin de journée, le sapin scintille doucement dans la pénombre du salon, son éclat bleuté mis en valeur par la valse rougeâtre des flammes qui tournoient dans l'âtre. Éreintée, Marie-Hélène se laisse tomber sur le premier fauteuil venu. Une douleur sourde et continue lui scie le bas du dos.

— Ça t'apprendra aussi à jouer les matamores, se gronde-t-elle à voix basse, une main glissée dans son dos.

Auriez-vous oublié que vous êtes enceinte, madame ?

De nombreux papiers et des boîtes de toutes formes s'éparpillent à qui mieux mieux dans la pièce. D'un regard navré, Marie-Hélène survole le salon, incapable de se résoudre à les ramasser. De toute façon, présentement, elle est persuadée que jamais elle ne trouvera la force nécessaire pour se relever de ce fauteuil. De là à imaginer qu'elle pourrait faire le ménage...

C'est ainsi que François retrouve sa femme : toujours prostrée, affalée tant bien que mal en biais sur le fauteuil, le regard attaché au sapin, une main glissée dans son dos et grimaçant à tous moments...

— Mais veux-tu bien me dire ce...

Marie-Hélène lève les yeux, contrite.

— Je me sentais en pleine forme ce matin. Je t'assure... Mais là...

Un élancement plus violent la fait grimacer.

— Quelle idée aussi !

François hésite entre une bonne réprimande et un éclat de rire. Puis il fronce les sourcils et demande, sévère :

— Et l'étoile tout en haut ?

— J'ai grimpé sur une chaise, confesse alors la jeune femme, penaude.

Et sur ce, elle refait une autre grimace.

— J'ai mal dans le dos, constate-t-elle en essayant de se redresser. J'ai peut-être surestimé mes forces. Tu as probablement raison.

— Et comment si j'ai raison ! Allez, debout, ordonne-t-il en lui tendant un bras charitable. Et vite, dans un bon bain chaud. Ça devrait te faire du bien. Moi, je vais préparer le souper. Qu'est-ce que tu veux manger ?

Le bain n'a rien donné. Bien au contraire ! La douleur

est de plus en plus forte. Incapable de trouver de position confortable, Marie-Hélène repousse son assiette.

— Je n'ai pas très faim, avoue-t-elle en soupirant.

— Veux-tu qu'on appelle à l'hôpital ?

— Pour quoi faire, demande Marie-Hélène en haussant les épaules. Ce n'est pas des contractions que j'ai, c'est un mal de dos bien mérité après une journée de fou que je n'aurais jamais dû entreprendre sans toi. Tant pis pour moi. Je vais m'allonger dans le salon et ça devrait passer...

Mais rien ne passe... Vers vingt-deux heures, n'en pouvant plus de voir le visage crispé de sa femme, François se dirige vers la cuisine pour appeler à la maternité de l'hôpital. Malgré les exhortations de Marie-Hélène qui le poursuivent jusqu'à l'autre bout de l'appartement, le suppliant presque de n'en rien faire.

— Puisque je te dis que c'est juste un mal de dos...

Peine perdue, François entend déjà la sonnerie qui lui donne la communication avec l'aile des salles d'accouchement.

— Des maux de dos, vous dites ?

L'infirmière a une voix claire, joyeuse.

— Oui. Depuis le souper. Même un bain chaud n'a rien changé. Ma femme dit que ça ne ressemble pas aux fausses douleurs qu'elle a connues la semaine dernière alors qu'elle les ressentait dans le bas du ventre, alors moi ça m'inquiète.

— Et vous avez dit que ça durait depuis l'heure du souper, demande l'infirmière sans se préoccuper le moins du monde de l'inquiétude du futur père.

— Exactement. Par contre ma femme dit que ce ne sont pas des...

— Ça ressemble fort à un début de travail, l'interrompt

alors la voix qui semble tout à coup pressée. Pour quelle date était prévu l'accouchement ?

— La semaine dernière. Mais...

— À votre place je m'en viendrais ici...

— Vous croyez ? Mais ma femme dit que...

— Monsieur ! Je crois savoir de quoi je parle, non ?

La voix de l'infirmière est à la fois sévère et amusée.

— Pardon, s'excuse François d'une voix contrite. Vous avez raison, je n'y connais rien. Le temps de boucler la valise et on arrive.

— Donnez-moi le nom de votre femme. Je vais faire monter le dossier...

François repose le combiné d'une main tremblante. Ça y est. Le moment tant attendu semble enfin arrivé. Le cœur veut lui sortir de la poitrine. Incapable de la moindre pensée cohérente, il regarde autour de lui, fait quelques pas vers l'évier pour se prendre un verre d'eau, s'apercevant qu'il a la gorge en feu. Y renonce aussi vite, revient sur ses pas. Puis il prend une profonde inspiration. Ce n'est pas le moment de céder à la panique grandissante qu'il sent palpiter en lui. Marie-Hélène n'aura sûrement pas besoin de ses états d'âme de père apeuré ! Affichant une assurance qu'il est bien loin de ressentir, François s'en retourne au salon.

— L'infirmière conseille de nous rendre à l'hôpital, annonce-t-il prudent, mesurant bien ses mots, sur un ton détaché. Quitte à revenir ici, ajoute-t-il précipitamment, apercevant la lueur de panique qui traverse le regard de Marie-Hélène.

— Je n'ai pas envie d'aller à l'hôpital.

La voix de Marie-Hélène est sourde, presque gutturale, dure.

— Mais voyons Marie…

— Je n'ai pas envie d'aller à l'hôpital, répète-t-elle butée.

Puis brusquement, elle éclate en sanglots, tremblante comme une feuille d'automne malmenée par le vent. D'une main crispée, elle s'accroche au bras de François qui s'est agenouillé près d'elle.

— J'ai peur, François ! J'ai peur de ne pas être à la hauteur. J'ai peur que notre bébé ne soit pas en santé. Tant qu'il est là, lance-t-elle en posant une main possessive sur son ventre, l'espoir reste permis.

Puis, dans un cri étouffé :

— J'ai peur de mourir !

Toutes les pensées sombres, les tourments, les appréhensions et la peur à l'état pur qui ont accompagné le cours des derniers mois viennent d'éclater au grand jour. Le visage inondé de larmes, Marie-Hélène se blottit contre l'épaule de son mari. C'est alors que les inquiétudes de François s'évanouissent. Marie, sa toute petite Marie, si belle et si fragile a besoin de lui, de sa force. Glissant un doigt sous son menton, il l'oblige à lever les yeux vers lui.

— Marie, je t'aime… Et moi aussi je serais probablement mort de trouille devant ce qui s'en vient. Mais je sais que tu vas être à la hauteur. Comme toutes les femmes le sont, mon amour. Je sais bien que ce n'est pas très réconfortant de savoir ça mais que…

— Et si je mourais ? Si à cause de… S'il y avait des complications ? Je ne suis pas les autres femmes, François. Je suis moi avec cette terrible…

À ces mots, la main de François se fait presque dure pour soutenir le visage de Marie-Hélène, l'obligeant à se taire. Et d'une voix très calme, douce et enveloppante, il redit :

— Je t'aime, Marie. Au-delà de la maladie, de la peur ou de la mort. Cet enfant-là, on l'a fait avec amour. Rien, tu m'entends, rien ne pourra faire en sorte que ce soit différent à mes yeux. Je t'aime, toi, et je l'aime, lui. Pour le reste, on ne peut plus rien changer. Mais pour lui, fait-il en posant sa main sur le ventre de Marie-Hélène, pour lui et pour toi, j'ai choisi de me battre. Et je vais le faire jusqu'à mon dernier souffle, tu m'entends. Alors, si tu as peur, amour, appuie-toi sur moi et je vais t'aider à vaincre tes fantômes. Avec toi, je sais que je serai encore plus fort. Ensemble, on peut tout vaincre...

Les paroles de François ont un pouvoir apaisant, le ton de sa voix enveloppe Marie-Hélène d'un voile protecteur. C'est vrai, ils sont deux. Et au-delà des souffrances de la naissance, ils seront encore deux. Pour leur enfant, pour la vie quelle qu'elle soit. Toujours aussi tremblante, elle n'y peut rien, c'est incontrôlable, Marie-Hélène lève un regard plus calme vers François.

— Je suis prête...

Elle se relève péniblement, aidée par François, inspire profondément puis le regarde droit dans les yeux, intensément.

— Pour le meilleur et pour le pire, dit-elle alors comme au matin des noces, étrangement grave. Je comprends maintenant ce que veulent dire ces mots. Et je t'aime comme jamais avant je ne t'ai aimé.

Puis elle se détourne, fait quelques pas, revient face à François qui n'a pas bougé. Une lueur mutine traverse son regard. À travers la force de son mari, elle a retrouvé une partie de la sienne. Et puis, elle doit l'avouer, elle en a assez de trimbaler partout ce gros ventre encombrant. Le médecin ne lui a-t-il pas dit lors du dernier rendez-vous que l'accouchement s'annonçait bien ? Comme lorsque l'on se retrouve au sommet de la plus haute tour, Marie-Hélène vient de comprendre qu'elle ne peut plus reculer. L'échelle pour redescendre a été enlevée ! Ainsi en a voulu la vie, et ce, depuis des millénaires… Alors Marie-Hélène prend une longue inspiration avant de murmurer tout doucement :

— Alors tu viens, François ? On a un rendez-vous important. Laurence ou Jean-Nicolas nous attend…

ÉPILOGUE

Quelques jours plus tard…

Douillettement enveloppée, son petit berceau placé à angle près de la fenêtre, tout à fait indifférente au ciel gris qui perdure depuis sa naissance, bébé Laurence dort à poings fermés. Quelques mèches sombres, douces comme la soie, dépassent de la couverture rose pâle qui se soulève régulièrement au rythme du souffle de la petite. Debout près du berceau, une main posée légèrement sur le bord de la couverture pour ne pas troubler le sommeil de Laurence, Marie-Hélène ne se lasse pas de la regarder dormir.

Sur le bureau vert terne et écaillé par endroits, appuyé contre le mur, le dessin offert par Sébastien éclaire la pièce d'une douceur lumineuse à défaut d'un soleil absent depuis quelques jours. Le ciel est lourd et la brillance de la neige n'est plus qu'un souvenir. Une gadoue grisâtre détrempe la chaussée et les trottoirs. Sur le rebord de la fenêtre, de merveilleux bouquets embaument la chambre. Gilbert, Mamie Cécile et Jérôme, les grands-parents, venus pour une visite éclair malgré la distance, les compagnons de travail… Tout le monde a voulu souligner l'arrivée de la petite fille…

Quand il était venu visiter Marie-Hélène, Sébastien était resté un long moment à contempler le bébé. Son regard d'artiste détaillait le petit visage presque parfait sans même sans rendre compte.

— Elle est belle, avait-t-il alors dit en se retournant vers Marie-Hélène.

Sa voix avait une gravité nouvelle que la jeune femme ne lui connaissait pas. Ils avaient alors simplement échangé un long sourire. Et Marie-Hélène aurait été prête à jurer qu'il y avait quelque chose de différent chez Sébastien. Puis le jeune homme avait secoué sa longue mèche de cheveux, rompant le charme. Ils avaient bavardé à bâtons rompus, redisant souvent, au fil de la conversation, à quel point Laurence était une belle petite fille.

Oui, mademoiselle Laurence est un joli bébé. C'est ce que Marie-Hélène se répète à l'infini, ravie, depuis la naissance. Une naissance facile, finalement, selon les dires du médecin.

— Vous avez fait ça comme une pro ! Félicitations, c'est un bébé superbe.

— Vous trouvez ? C'est vrai que moi je la trouve belle...

Et sur ces mots, Marie-Hélène avait levé un visage rayonnant. Ils étaient encore à la salle d'accouchement. Au creux de son bras, le bébé bien éveillé découvrait, avec un drôle de petit regard curieux et sceptique, le monde qui serait désormais le sien. François, penché sur elles, affichait un sourire euphorique.

— Et comment si elle est belle ! C'est le plus beau bébé que je n'ai jamais vu. Rien de moins.

D'Artagnan ! Puis il s'était redressé en bombant le torse.

— Et ma femme ! Avez-vous vu comment elle a fait ça ? Vous avez raison, docteur : une vraie pro !

À croire qu'il avait accouché lui-même ! C'est alors que Marie-Hélène était redevenue grave, le temps d'une réflexion. Levant les yeux vers le médecin, elle avait alors expliqué :

— C'est une drôle de sensation. Comment dire... Une douleur ingrate. C'est ça. Ça fait une bizarre d'image mais ce sont les mots qui me viennent à l'esprit. Je me souviens fort bien avoir crié, avoir pensé que la douleur allait m'achever tellement ça faisait mal. Mais en même temps, c'est comme si j'avais oublié l'intensité de cette souffrance-là. Comme si maintenant que Laurence est née, ça n'avait plus la moindre importance.

Puis elle avait reporté les yeux sur son bébé.

— C'est vrai qu'elle est jolie, tellement...

Un bébé superbe qui semble en parfaite santé. Laurence avait eu droit à une batterie de tests dès son arrivée sur terre. Le pédiatre semblait confiant.

— Rien à signaler. Tout fonctionne à merveille dans cette petite machine-là. On attend les résultats de ses prises de sang et vous pourrez partir si votre médecin est d'accord.

Et le docteur Couture était d'accord.

— Pas la moindre infection. Pas de problèmes majeurs à la formule sanguine. Tout juste une légère anémie, normale pour une maman qui a accouché avec un peu de retard. Continuez à prendre vos vitamines de maternité et tout devrait rentrer dans l'ordre rapidement.

Marie-Hélène avait fait la grimace.

— Ouache !

— Que voulez-vous ? On n'a rien sans effort... Et vous avez une fille splendide.

Il ne manque que la visite du pédiatre pour ce qu'ils appellent l'examen de sortie et François pourra ramener ses deux femmes à la maison, comme il le dit avec fierté. Jamais il n'aurait pu penser être si heureux et ne pas en mourir.

Et c'est exactement la même sensation qu'éprouve Marie-Hélène chaque fois qu'elle contemple la petite

Laurence endormie. Un bonheur si grand qu'il donne l'impression d'étouffer. Le spectre de la mort, de la maladie, a reculé d'un pas depuis l'arrivée de bébé Laurence. Dans le cœur de Marie-Hélène, dans sa tête comme dans son âme, il n'y a pas de place pour autre chose que Laurence. Une petite puce qui a tout bouleversé à sa naissance et s'est posée en conquérante sur la vie de ses parents.

— Alors, prête à partir ?

François vient de glisser la tête dans l'embrasure de la porte.

— Presque... Le temps de ramasser mes choses et c'est fait. Ne reste que la visite du pédiatre. Il doit venir avant onze heures. L'infirmière de la pouponnière m'a remis plein de choses pour Laurence et elle m'a dit que notre fille allait on ne peut mieux...

Pendant un instant, Marie-Hélène soutient gravement le regard de François. Elle sait que leurs pensées se rejoignent, qu'ils partagent la même inquiétude. Dans quelques instants, ils vont savoir... Le résultat des prises de sang effectuées sur Laurence doit être connu à l'heure actuelle. Puis elle secoue vigoureusement la tête, soupire et refait un sourire pour François en lui tendant la main.

— Viens ici toi ! Regarde comme elle dort bien. Un vrai petit ange. Un bébé aussi calme ne peut pas être malade...

Une toute petite phrase qui dit à la fois l'inquiétude et l'espoir. Entourant les épaules de Marie-Hélène d'un bras protecteur, François approuve :

— C'est vrai qu'elle est calme. Et si petite...

Puis, forçant l'enthousiasme :

— Alors on les fait, ces bagages ? J'ai hâte d'être à la maison...

Le pédiatre est entré en coup de vent dans la chambre

selon une technique qui lui semble personnelle. C'est un homme tout petit, sec et nerveux, aux gestes rapides et précis. Mais malgré cette apparence détachée, presque indifférente, son regard a une lueur de bonté qui n'a pas échappé à Marie-Hélène. Cet homme-là aime les enfants, c'est indéniable. Approchant du berceau, il déshabille bébé Laurence en un tournemain puis l'examine sous toutes ses coutures.

— Tout est beau, annonce-t-il finalement. Pas la moindre malformation. Le cœur, les poumons, les réflexes, tout fonctionne normalement.

Puis prenant le dossier qu'il a posé sur le lit en entrant dans la chambre, il le feuillette un instant avant de lever les yeux.

— Pour ce qui est des examens, on en a parlé lors de notre première rencontre. Ces résultats-là ne sont pas définitifs. Ni dans un sens ni dans l'autre. À première vue, votre petite fille est débordante de santé. Elle semble même avoir échappé aux petits problèmes que l'on rencontre parfois chez les nouveau-nés. Pas de jaunisse en vue, pas de baisse dans le taux de sucre, pas de problèmes digestifs. Tout est parfait. Il ne reste que les résultats du test de détection du VIH.

De nouveau, le médecin se penche sur les papiers qu'il tient à la main pour les consulter une dernière fois. Puis il relève la tête et regarde Marie-Hélène droit dans les yeux. Alors celle-ci, sans même avoir entendu ce que le médecin va lui dire, devine qu'elle va avoir mal. Très mal. Impulsivement, elle se tourne vers Laurence, referme la couverture sur son petit corps encore nu et la prend dans ses bras. Puis, forte de tout son amour de mère, elle revient face au médecin et soutient son regard.

— Alors docteur, ces résultats ?

Le médecin hausse les épaules, trace un sourire qui se veut encourageant. Pour lui, rien n'est dit, rien n'est fait. Il faut attendre…

— Ils ressemblent à ce que je vous avais prédit. Mais je vous l'ai expliqué : le résultat d'aujourd'hui ne veut rien dire. Ce n'est que dans trois ou quatre mois que l'on pourra se prononcer avec exactitude. Les résultats qui sont aujourd'hui positifs auront peut-être changé. Ne vous inquiétez pas inutilement.

Rien n'a été dit clairement mais tout est là. Le test pour déceler la présence du virus du Sida est positif. Le médecin continue de parler, mais Marie-Hélène ne l'entend pas. Elle a l'impression que le sang se vide de tout son corps. Ses oreilles bourdonnent et elle est lourde, lourde…

D'un pas, François est près d'elle et la soutient fermement tout en glissant la main sous le corps de Laurence. Ils restent là, immobiles, tous les trois enlacés. Le médecin parle toujours mais ils ne l'entendent pas. Cet homme n'a plus rien à faire ici. Il n'a rien à voir avec leur vie… Alors refermant les bras sur sa femme et sa fille, François demande d'une voix sourde :

— S'il vous plaît, pouvez-vous nous laisser ? Je comprends très bien ce que vous essayez de nous dire mais c'est inutile. Rien ne pourrait atténuer notre inquiétude. Rien…

Puis il porte les yeux sur son enfant. Comme si elle comprenait la gravité du moment, Laurence fixe son père de ce regard bleuté qui n'appartient qu'aux nouveau-nés, de ce regard un peu flou comme s'il portait en lui une portion de ciel, d'éternité et qu'une telle vision était indéfinissable. Alors François resserre son étreinte sur les épaules de Marie-Hélène et, étouffant un sanglot rauque qui lui déchire le cœur, il répète :

— S'il vous plaît, laissez-nous...

L’oasis

À tous ceux que j'aime, ils sauront se reconnaître...

À Nicole et Marie-Claire,
pour leur confiance et leur soutien...

À Ginette et Hélène, deux amies exceptionnelles...

NOTE DE L'AUTEUR

Nous voici au bout d'un long chemin. Les années ont passé, les générations se sont succédé. La vie a suivi son cours, rivière tortueuse, capricieuse, parfois de cascades et rochers, parfois anse calme éclaboussée de soleil.

Lorsque nous avons rencontré Cécile, elle n'avait que dix-huit ans. L'aube de la vie, l'âge des espoirs les plus fous. 1942, la guerre faisait rage autour d'elle, malmenant bien des destinées. Époque de silence et d'interdits qui brisent les rêves et détruisent les attentes. Époque de tabous dont on ne parlait qu'en chuchotant. Cécile n'y a pas échappé. Elle a beaucoup souffert. Mais comme elle a aussi beaucoup aimé, la vie a finalement consenti à se montrer généreuse.

Aujourd'hui, Cécile est une vieille dame. Alerte, soucieuse des siens, aimante comme jamais, mais une vieille dame tout de même. Elle aspire au repos, à la douceur d'un quotidien sans heurts et sans blessure. Mais il y a François, Marie-Hélène et leur toute petite Laurence, frappés tous les trois par le destin. Il y a aussi Sébastien qui poursuit sa route les sourcils froncés face à un avenir qu'il n'arrive pas toujours à bien cerner. Mélina n'est plus toute jeune et Jérôme prend de l'âge lui aussi. Et il y a tous les autres, Dominique, Denis, Gérard, Gabriel, ses enfants, ses frères, ses amours… Une femme comme Cécile gardera toujours une place privilégiée pour eux dans son cœur. Leur destinée aura toujours de l'importance à ses yeux, même si parfois la vie les a éloignés d'elle pour un temps.

Cécile vient d'avoir soixante-treize ans. Certains jours, elle est vive comme une gamine, à d'autres moments, terriblement fatiguée. Mais une chose est certaine, Cécile continue de brasser la vie à pleines mains quand le besoin s'en fait sentir ou elle s'empresse de la tenir étroitement contre son cœur dans les instants de détente. Sa foi est indéfectible et son amour sans faille…

Partie I

Hiver 96-97

CHAPITRE 1

« Oublie jamais ça, ma p'tite fille : il y a rien de plus important que d'aimer. Rien de plus beau que de savoir aimer les siens pis de prendre le temps de leur dire... »

PROPOS DE JEANNE VEILLEUX, MÈRE DE CÉCILE, AU PRINTEMPS 1943

— Alors, Docteur, ces résultats ?

Le médecin hausse les épaules, trace un sourire qui se veut encourageant. Pour lui, rien n'est dit, rien n'est fait. Il faut attendre...

— Ils ressemblent à ce que je vous avais prédit. Mais je vous l'ai expliqué : le résultat d'aujourd'hui ne veut rien dire. Ce n'est que dans trois ou quatre mois que l'on pourra se prononcer avec exactitude. Les résultats qui sont aujourd'hui positifs auront peut-être changé. Ne vous inquiétez pas inutilement.

Rien n'a été dit clairement mais tout est là. Le test pour déceler la présence du virus du sida est positif. Le médecin continue de parler, mais Marie-Hélène ne l'entend pas. Elle a l'impression que le sang se vide de tout son corps. Ses oreilles bourdonnent et elle est lourde, lourde...

D'un pas, François est près d'elle et la soutient fermement tout en glissant la main sous le corps de Laurence. Ils restent là, immobiles, tous les trois enlacés. Le médecin parle toujours mais ils ne l'entendent pas. Cet homme n'a plus rien à faire ici. Il n'a rien à voir avec leur vie... Alors refermant les bras sur sa femme et sa fille, François demande d'une voix sourde :

— S'il vous plaît, pouvez-vous nous laisser ? Je comprends très bien ce que vous essayez de nous dire mais c'est inutile. Rien ne pourrait atténuer notre inquiétude. Rien...

Il porte les yeux sur son enfant. Comme si elle comprenait la gravité du moment, Laurence fixe son père de ce regard bleuté qui n'appartient qu'aux nouveau-nés, de ce regard un peu flou comme s'il portait en lui une portion de ciel, d'éternité et qu'une telle vision était indéfinissable. Alors François resserre son étreinte sur les épaules de Marie-Hélène et, étouffant un sanglot rauque qui lui déchire le cœur, il répète :

— S'il vous plaît, laissez-nous...

Comprenant qu'il n'y a rien à ajouter, réprimant un soupir de tristesse, le docteur Langevin se retire silencieusement. Il connaît l'histoire de ce jeune couple, se surprend encore une fois à penser que la vie est parfois injuste, cruelle. Malgré plusieurs années de pratique médicale, il ne s'habitue toujours pas à voir des enfants souffrir, à soutenir des parents qui s'effondrent de douleur. C'est pour cela qu'il est devenu pédiatre : pour disposer de moyens afin d'aider les enfants à mener une vie heureuse et normale. Puis il consulte la pile de dossiers qu'il porte sous le bras. « Ici, songe-t-il en poussant la porte d'une seconde chambre, il n'y aura que des sourires... » Et relevant le front, il passe à autre chose. Ainsi en a voulu sa vie.

Pendant un long moment, François retient Marie-Hélène contre lui, soutient le corps si léger de sa fille. En cet instant, il a le sentiment profond que c'est l'univers entier qu'il porte dans ses bras. Sa femme et son enfant, les deux êtres pour qui il donnerait sa vie sans hésiter. Les mots du médecin résonnent dans sa tête et il comprend que pour l'instant, son univers est suspendu au-dessus de la vie de sa toute petite fille. Tant qu'il ne saura pas définitivement, François va retenir son souffle et espérer. Il ne lui reste que cela : l'espoir et la rage de vivre et, sentant le corps de Marie-Hélène qui tremble toujours contre le sien, il sait aussi qu'il va devoir espérer pour deux, se battre pour deux. Encore aujourd'hui, Marie-Hélène, c'est un peu Laurence. C'est encore un peu la même vie qu'il sent battre en elles. Penchant la tête, il dépose un baiser léger sur le front de son bébé et, reculant d'un pas, il oblige Marie-Hélène à le regarder en glissant un doigt sous son menton.

— Maintenant, on va y aller... J'ai envie d'être chez nous. Pas toi ?

— Oui, murmure Marie-Hélène.

Dans un soupir, elle ajoute :

— N'importe où pourvu que ce ne soit pas ici...

Ils n'ont pas échangé plus de trois mots tout au long du chemin les ramenant à leur appartement. Marie-Hélène s'est assise à l'arrière de l'auto près de Laurence et ne l'a pas quittée des yeux. Dès qu'elle est entrée dans l'appartement, la jeune femme a laissé tomber son manteau sur le sol et a déposé le bébé sur le divan pour la retirer de ses nombreuses couvertures. La petite dort toujours à poings fermés, un vague sourire sur ses lèvres. Impulsivement, Marie-Hélène la prend tout contre elle. Sa tout-petite, son amour, sa raison d'être. Jamais elle n'a ressenti autant de pulsions d'amour envers quelqu'un. Ce tout petit bébé s'est frayé un chemin jusqu'à son cœur dès son premier cri et rien ne saurait l'éloigner de Marie-Hélène. Délaissant manteau et couvertures, la jeune mère se dirige vers sa chambre, emportant Laurence avec elle.

— Je vais dormir un peu.

— Avec bébé ?

Marie-Hélène hausse les épaules, se tournant vivement vers François.

— Bien sûr. Qu'est-ce que tu crois ?

Le regard de la jeune femme est à la fois terne parce qu'elle est fatiguée et rempli d'une farouche détermination. François hésite un moment avant d'insister. C'est que Marie-Hélène a l'air tout à fait décidée. Mais alors que sa femme détourne la tête et s'engage dans le couloir d'un pas ferme, il propose tout de même :

— Si tu veux vraiment te reposer, je pourrais m'occuper de mademoiselle ? Pour l'instant elle peut très bien dormir dans son petit lit et…

Le regard que lui lance Marie-Hélène est très éloquent. Sans autre forme de discussion, elle quitte le salon et se dirige vers la chambre. Le bruit de la porte qui se referme sur elle, aussi feutré soit-il, fait sursauter François. Soupirant sa déception, il ramasse machinalement les vêtements que Marie-Hélène a laissés tomber négligemment sur le plancher et les range dans le placard de l'entrée. Puis d'un même geste, il plie les couvertures de Laurence, les porte à sa chambre avant de revenir au salon et de pousser l'interrupteur qui allume les lumières du sapin. Dans quelques jours, ce sera Noël. Un drôle de Noël, cette année, fait d'une joie immense à cause de la présence de leur fille mais aussi empreint d'inquiétude à cause des satanés résultats. Maladie maudite qui les empoisonne l'un après l'autre. Le médecin les avait pourtant prévenus, avait longuement expliqué le curieux processus qui fait que le bébé, à travers les anticorps de sa mère, semble porteur du virus, lui aussi. Souvent, à la naissance, les bébés nés d'une mère porteuse du VIH semblent infectés. Néanmoins il n'en est rien et le test suivant est négatif. François veut y croire : la petite Laurence paraît vraiment en parfaite santé avec ses joues rosées, rondes et douces comme des pêches. Mais le doute veille, sournois, alimente l'inquiétude qui ronge comme un cancer, occasionnant parfois des battements de cœur plus douloureux. Cela ne fait que quelques heures qu'ils ont appris les résultats, mais François a l'impression que le cauchemar dure depuis des siècles. Il est déjà épuisé de s'inquiéter. Malgré tout, un léger sourire effleure ses lèvres au moment où il se laisse tomber dans un fauteuil. Venue de nulle part, la voix de sa mère le rejoint à travers sa réflexion.

— Attends, mon grand, attends d'être parent à ton tour ! Tu vas voir ce que c'est que de s'en faire pour un enfant.

Elle n'aurait pu si bien dire… Et Dieu lui est témoin que lui, François, il en a alimenté des inquiétudes quand il était adolescent ! Aujourd'hui, à cause de la présence d'une minuscule petite fille, il mesure l'immensité de tout ce que ses parents ont pu vivre à cause de lui. Il aurait envie d'être près d'eux et leur dire qu'il regrette, qu'il les aime. Il a surtout très hâte de leur présenter sa petite Laurence…

François s'est assoupi. Les derniers jours ont été fertiles en émotions de toutes sortes et il est beaucoup plus fatigué qu'il ne le pensait. La sonnerie du téléphone, incroyablement stridente dans le silence feutré de l'appartement, le fait sursauter. Il se précipite à la cuisine en espérant que le bruit n'a pas réveillé Marie-Hélène.

— Allô mon grand !

C'est sa mère, Dominique, la voix aussi enjouée qu'une gamine en vacances.

— Alors ?

François est heureux d'entendre le son de cette voix. En ce moment, Montréal lui semble fort éloigné de Québec. Se sentant tout léger et moqueur, il joue à ne rien comprendre. Et comme s'il ne saisissait pas ce que sa mère cherche à savoir, il répète :

— Alors ?

Dominique éclate de rire.

— Comment va la plus jolie petite-fille du monde ? C'est bien aujourd'hui qu'elle devait arriver à la maison, non ?

— On ne peut rien te cacher. Laurence se porte à merveille. Tout comme sa maman et son papa.

Tout en parlant, en contradiction avec sa voix joyeuse, François ressent un curieux malaise. En apparence, tout va bien. Mais qu'en est-il vraiment ? Puis il s'ébroue, s'oblige à se concentrer sur le moment présent. Sa vie, désormais, se doit d'être une succession de moments présents. Ne jamais l'oublier. Jamais. C'est à ce prix qu'il pourra être heureux malgré tout.

— Oui, tout va pour le mieux, maman, répète-t-il, essayant de mettre toute la conviction du monde dans sa réponse.

— Tant mieux. Comme ça, on peut compter sur votre présence pour le réveillon. C'est merveilleux : tout le monde va être présent. Tes grands-parents Lamontagne, mamie Cécile et Jérôme, ton frère, ta sœur.

Pas l'ombre d'une interrogation, d'une incertitude ! C'est au tour de François d'éclater de rire devant l'assurance de sa mère.

— Ça serait bien, oui ! Mais faudrait peut-être que j'en parle à Marie-Hélène avant de te donner une réponse définitive. Noël, c'est dans moins d'une semaine et Marie vient tout juste d'accoucher. Je ne sais pas trop si elle va être suffisamment en forme pour aller à Québec.

Bref silence au bout de la ligne. Puis, avec une légère déception dans la voix de Dominique :

— Je sais bien... Mais tu peux au moins le lui demander, non ? Si tu savais à quel point on a hâte de serrer Laurence dans nos bras, ton père et moi.

— C'est sûr, ça. Imagine-toi donc que j'y avais pensé. Promis que j'en parle dès ce soir. Et promis aussi que je vais me faire le plus ardent défenseur d'une visite à Québec. Moi aussi, j'ai bien hâte que vous connaissiez bébé Laurence. Si tu voyais à quel point elle est jolie, maman. Et toute tranquille.

— Comme toi, François. Tu étais un bébé facile et toujours de bonne humeur.

Poussant de nouveau un petit rire, Dominique ajoute :

— C'est plus tard que ça s'est gâté... Mais tout ça, c'est du passé, maintenant. Alors je compte sur toi et j'attends ta réponse.

— Bien sûr. Je te rappelle demain au plus tard.

« Mais tout ça, c'est du passé, maintenant... » François raccroche pensivement, une douleur réelle lui traversant la poitrine. Comment, comment annoncer à ses parents que le passé lui court toujours après ? Que le passé se fait cruellement présent ? François ne le sait toujours pas, même s'il est très lucide et se répète régulièrement qu'il ne pourra jouer à l'autruche indéfiniment. Depuis maintenant près de neuf mois déjà, il se sait séropositif et personne, hormis Cécile, Jérôme et quelques amis très proches, n'est au courant. Le docteur Samuel leur avait conseillé d'agir avec prudence. La réaction des gens n'est pas toujours prévisible et souvent ce sont ceux qui nous sont proches qui acceptent difficilement. Après de longues discussions, Marie-Hélène et François avaient décidé d'écouter ses conseils. Pourtant, aujourd'hui, François n'est plus du tout certain que ce soit la bonne chose à faire. Alors, en plus de l'inquiétude qu'il ressent pour Laurence, il y a aussi cette incertitude qui se permet de troubler le cours du temps.

La noirceur est tombée. Au bout du couloir, seule la clarté colorée du sapin met un peu de vie dans l'appartement. Tout le monde semble dormir encore. Pourtant, Laurence devrait commencer à avoir faim. Silencieusement, sur le bout des pieds, François se dirige vers la chambre, faisant un peu de clarté sur son chemin. Puis il ouvre doucement la porte. Dans le rayon de lumière provenant du couloir, il devine la silhouette de Marie-Hélène, recroquevillée sur le côté, et celle du bébé, lovée contre le ventre de sa mère. Comme elle devait l'être à l'intérieur, il y a de cela quelques jours à peine. Ce doit être pour cette raison qu'elle ne s'est pas éveillée à seize heures pour son boire. Trop bien, blottie contre maman, mademoiselle Laurence en a oublié d'avoir faim. Ému, François entre dans la chambre, s'agenouille à côté du lit, les bras appuyés sur la courtepointe fleurie.

En ce moment, malgré l'implacable revers que le destin lui a réservé, il aurait envie de prier. Prier, non pour demander, mais pour remercier. Ne serait-ce que pour avoir eu ce privilège immense de toucher à l'essence divine de l'amour. Jamais, de toute sa vie, il n'aurait pu imaginer qu'on peut aimer à ce point et que ce soit si doux et dur à la fois. Comme un grand vertige qui se suffit à lui-même.

Du bout du doigt, il caresse le petit poing fermé, réprimant l'envie subite qu'il a de pleurer. Larmes de peur et de joie entremêlées, larmes d'espoir, surtout. C'est à cet instant que Laurence décide que la sieste a suffisamment duré. S'étirant longuement, exactement comme un chaton qui s'éveille, elle fronce les sourcils, plisse le front, fait de drôles de petites grimaces et se met aussitôt à hurler, sans la moindre transition. Devant une telle colère, François est aussitôt ramené à des considérations très pratiques. Pour les émotions, on repassera. Mademoiselle Laurence a décidé qu'elle avait faim et rien d'autre ne peut avoir d'importance.

Glissant doucement les mains sous le corps de sa fille, François la soulève au moment où Marie-Hélène ouvre un œil. Pour aussitôt refermer les bras sur le bébé.

— Laisse, je m'en occupe.

Le ton est sans équivoque. Repoussant les mains de François, Marie-Hélène est déjà debout, Laurence dans ses bras.

— Mais voyons, Marie! Reste allongée. Je peux très bien changer sa couche et lui donner son boire.

Peine perdue. Marie-Hélène lui jette un regard sceptique comme si elle avait de sérieux doutes sur ses capacités parentales. Puis c'est un éclat de douleur qui traverse son regard.

— Non. Merci quand même, mais je vais m'en occuper. Déjà que je n'ai pas le droit de l'allaiter, tu ne viendras pas me l'enlever en plus!

« Tu ne viendras pas me l'enlever... » Mots durs, malhabiles mais qui disent une si grande tristesse. Mots durs, inutiles qui écorchent François.

Pourtant, Marie-Hélène passe devant lui comme si de

rien n'était et se dirige vers la chambre de Laurence pour la changer. Ravalant sa déception, son incompréhension, François lisse les couvertures du lit en un geste machinal avant de regagner le salon et de s'affaler dans un fauteuil, le cœur en charpie. Depuis l'accouchement, il ne reconnaît plus sa femme. Un peu comme si la Marie-Hélène qu'il avait toujours connue avait disparu dans les douleurs de l'enfantement, faisant place à une autre Marie-Hélène, distante, détachée et même froide à son égard. Déjà, lorsqu'il la rejoignait à l'hôpital, il avait l'impression de vivre sur une autre planète qu'elle. Depuis deux heures qu'ils sont à la maison, ses soupçons se confirment. Et dire qu'il a promis à sa mère de la convaincre d'aller à Québec pour fêter Noël ! Il a l'intuition que la partie n'est pas gagnée d'avance. Et Laurence qui continue de crier avec véhémence. Empli de bonne volonté, oubliant les quelques mots que Marie-Hélène lui a lancés à la figure, François se relève pour la rejoindre, question de voir si elle n'a pas besoin d'aide. C'est que Laurence crie vraiment à fendre l'air.

— Comment une si petite chose peut-elle produire autant de bruit ?

Il se veut drôle, cherche à détendre l'atmosphère, même s'il ne saisit pas vraiment pourquoi l'air lui semble surchauffé en permanence.

— Comment peux-tu parler ainsi ? C'est normal qu'un bébé pleure. Au cas où tu ne l'aurais pas encore compris, ça pleure un bébé quand ça a faim. C'est le seul moyen de communication dont notre fille dispose.

La voix de Marie-Hélène est lourde de reproche sous-entendu.

— Mais je le sais, reprend aussitôt François. Ce n'est pas ce que je voulais dire. Mais avoue avec moi que c'est plutôt surprenant d'entendre un si petit bébé pousser des cris aussi stridents.

Marie-Hélène hausse les épaules avec impatience.

— Je ne trouve pas, moi... Va falloir que tu t'y fasses : elle en a pour probablement un an, sinon plus, avant de pouvoir nous parler autrement... Plutôt que de dire des âneries, va donc faire chauffer trois onces de lait. Tu as bien acheté le lait au moins ? Celui qui est recommandé...

Ce n'est que beaucoup plus tard en soirée, alors qu'ils sont tous les trois au salon, Marie-Hélène berçant le bébé auprès du feu, le sapin brillant joyeusement dans la pénombre de la pièce, que celle-ci s'excuse enfin.

— Pardon pour tout à l'heure. Je crois que je n'ai pas été très gentille envers toi.

— Ne t'en fais pas pour si peu. Je crois savoir que tu as été plutôt sollicitée depuis quelques jours. Normal que tu sois fatiguée, non ?

— Probable. Sûrement même... La nature est drôlement faite, parfois. Il y a deux semaines, je souffrais d'insomnie chaque nuit et j'aurais pu m'occuper d'une pouponnière au grand complet à moi toute seule. J'accouche, et Dieu sait que ça n'a pas été un accouchement très difficile, et voilà que je dormirais vingt heures sur vingt-quatre. C'est vraiment mal pensé, soupire-t-elle en se penchant vers Laurence, un sourire tendre aux lèvres, contredisant avec éloquence les propos qu'elle vient d'avoir. Mais c'est pas grave : elle est tellement jolie ! Et tranquille...

Puis fronçant les sourcils :

— Tu crois que c'est normal un bébé aussi sage ? Elle dort pratiquement toute la journée.

François ne peut s'empêcher de rire d'elle gentiment.

— Alors tu aimerais mieux avoir un bébé qui pleure tout le temps ? Ça serait, comment dire, ça serait peut-être plus naturel selon toi ?

— Non, évidemment… Mais quand même…

Un bref silence envahit le salon pendant quelques instants. Puis Marie-Hélène secoue la tête comme si elle voulait chasser une pensée désagréable.

— Vaut mieux ne s'arrêter qu'à des choses agréables, murmure-t-elle alors pour elle-même.

Puis, levant les yeux vers François :

— Et que faisons-nous pour Noël ? lance-t-elle joyeusement. J'avais pensé à un réveillon tout simple entre deux boires. Une bonne bouteille de mousseux, quelques petites choses agréables à grignoter. Qu'est-ce que tu en penses ?

— Justement…

Délaissant son fauteuil, François s'approche de la berceuse et, s'accroupissant sur le sol, il pose doucement la main sur Laurence avant de lever les yeux vers Marie-Hélène.

— Maman a appelé, cet après-midi. Elle donne le réveillon cette année. Et elle nous…

— Pas question.

— Laisse-moi finir, Marie… Tu ne crois pas que ce serait là l'occasion rêvée de présenter Laurence à tous ceux qu'on aime ? On fait d'une pierre deux coups : maman va être aux anges, mamie Cécile et Jérôme aussi et pas besoin de faire la grande tournée pour rencontrer tout le monde. Le lendemain, on fait un saut chez tes parents avant de revenir ici et le tour est joué !

Marie-Hélène esquisse une moue hésitante.

— Tu as peut-être raison sur un point : c'est vrai que ça faciliterait les choses. Mais je trouve que Laurence est bien petite pour rencontrer autant de gens. Peut-être plus tard, quand on…

Marie-Hélène se tait brusquement. « Quand on aura les résultats définitifs », complète intérieurement François. Pas besoin de lui faire un dessin pour savoir ce que pense Marie-Hélène. Posant la main sur le genou de sa femme, il le serre tendrement.

— Allons, Marie ! Si on habitait Québec, c'est certain que tous ces gens-là viendraient nous voir à la maison et on leur ouvrirait notre porte, n'est-ce pas ? Où est la différence ?

— Ce serait différent. Laurence resterait dans ses affaires. Je ne sais pas… Ça ne me tente pas, c'est tout.

Comment expliquer ce qu'elle ressent ? Elle-même n'arrive pas à s'y retrouver. Ce n'est que pure intuition. Une sensation tout à fait physique qui fait qu'elle n'a pas envie de partir pour Québec. Pourtant, elle aime bien ses beaux-parents et les visites à Québec sont toujours un réel plaisir pour elle. Sachant cela, François insiste :

— Ça ne te tente pas ? Est-ce une raison ? Si tu me disais que tu es trop fatiguée, je comprendrais. Mais là…

— Le problème, ce n'est pas moi. Et tu le sais. Je suis en pleine forme. Le problème, c'est Laurence.

— Es-tu sérieuse quand tu dis ça ? Regarde-la : elle dort comme un ange. Penses-tu vraiment qu'un voyage de vingt-quatre heures à Québec la dérangerait ? Probablement qu'elle va dormir tout le temps comme elle le fait ici.

— C'est vrai qu'elle n'est pas tellement difficile à vivre… Mais ça m'inquiète quand même.

— S'il te plaît, Marie ! Pense aux grands-parents…

De nouveau Marie-Hélène fait la grimace. Puis, en soupirant, elle concède :

— C'est vrai qu'elle est facile... D'accord. Mais juste une journée. Et c'est bien pour te faire plaisir. Parce que moi...

— Merci, Marie. Je suis certain que ça va nous faire du bien de voir des gens.

C'est ainsi que le vingt-quatre décembre, tout de suite après le boire de dix heures, pour faire la route avant le boire de treize heures, François prépare l'auto pour le grand départ. Une pile impressionnante de sacs et de valises s'entassent dans l'entrée.

— T'es sûre qu'on a besoin de tout ça ? se lamente-t-il en finissant de monter le long escalier pour une troisième fois et constatant qu'il reste encore deux sacs et un paquet de couches à transporter.

Le regard foudroyant de Marie-Hélène le fait taire aussitôt.

— C'est ça, voyager avec un bébé. Faut assumer ses choix dans la vie, mon grand !

Et au ton employé par Marie-Hélène, François ne saurait dire si elle est sérieuse ou si elle se moque. Ravalant la réponse qui lui vient à l'esprit, il empoigne les derniers bagages et les porte à l'auto sans rouspéter, car il sait que Marie-Hélène est capable de se montrer inflexible s'il le faut. Depuis qu'elle a cédé et accepté de faire le voyage à son corps défendant, Marie-Hélène n'a plus quitté Laurence, la trimbalant partout avec elle. « Ça doit être normal, pense alors François en redescendant l'escalier. Mais quand même, elle exagère ! »

La route se fait sans encombre, bébé Laurence ne dérogeant pas à ses habitudes et dormant tout au long du chemin.

Dominique les attendait à la fenêtre.

— Enfin !

Marie-Hélène n'est pas aussitôt entrée que Laurence se retrouve dans les bras de sa grand-mère. Et voilà ! Ce que la jeune mère craignait vient d'arriver. Elle n'aime pas voir son bébé dans les bras d'une autre. Même si cette autre est la grand-maman ! Les lèvres serrées sur les mots désobligeants qui lui viennent spontanément à l'esprit, Marie-Hélène tourne les yeux vers François. Ce dernier hausse imperceptiblement les épaules. Que pourrait-il faire qui ne soit susceptible de heurter sa mère ? Après tout, elle est la grand-mère et a déjà tenu un bébé dans ses bras. Elle en a même élevé trois, ce qui lui confère une certaine autorité en la matière. François ne comprend pas pourquoi Marie-Hélène en fait tout un plat. Car il est bien évident que Marie-Hélène n'est pas du tout d'accord avec la tournure des événements. Attrapant quelques bagages avec impatience, elle passe devant lui en le bousculant pour se diriger vers son ancienne chambre. Le temps d'installer le parc qui servira de lit à Laurence, de retirer quelques vêtements propres pour la changer avant son boire et Marie-Hélène revient au salon. Confortablement calée au creux des bras de Dominique, Laurence boit avidement le lait que sa grand-mère lui présente.

— Tu permets, n'est-ce pas Marie-Hélène ? demande alors gentiment Dominique. Ça fait tellement longtemps que je n'ai pas eu cette chance et François m'a dit que c'était l'heure de son boire.

Que répondre ? C'est vrai que Laurence n'est pas à plaindre dans les bras de sa grand-mère. Pourtant, Marie-Hélène n'aime pas cela. Elle a l'impression d'être la victime d'un complot. Depuis quand François décide-t-il du moment de faire boire sa fille ? Malgré tout, elle ne peut rien faire ou dire. De toute façon, elle aime bien Dominique et ce n'est pas dans sa nature de blesser les gens. Avec un petit sourire sans joie, elle approuve enfin.

— D'accord. Mais je veux lui faire passer son rot. Elle est plutôt capricieuse à ce sujet.

— Comme tu veux. C'est toi la maman.

Est-ce l'intuition ? Le souvenir de ses propres maternités ? Dominique vient de dire exactement ce qu'il fallait pour rassurer Marie-Hélène. Dessinant un premier vrai sourire depuis qu'elle est arrivée, Marie-Hélène s'assoit face à Dominique en soupirant d'aise, gardant tout de même un œil critique sur sa fille. Voyant qu'elle boit toujours aussi calmement, les deux poings pressés contre son petit visage, elle pousse encore une fois un long soupir de bien-être. Elle a toujours aimé l'atmosphère qui règne dans la maison de ses beaux-parents. « Chez vous, c'est une maison pour être heureux, a-t-elle souvent répété à François. Je ne sais pas comment ta mère fait, mais on dirait qu'il y a dans l'air un petit quelque chose d'accueillant, d'invitant. J'aime bien être chez tes parents. » Et elle a toujours été sincère en disant cela. Dans le fond, François avait peut-être bien raison et ce petit voyage va faire du bien à tout le monde. À elle la première. Dans l'âtre, une joyeuse flambée réchauffe la pièce et, malgré le fait qu'elle reçoive plus de dix personnes pour le réveillon, Dominique semble calme et détendue. C'est peut-être pour cela que la maison des Léveillé est si agréable : on n'y est jamais bousculé...

— Et voilà, c'est fait, lance la grand-maman en retirant le biberon de la bouche du bébé, interrompant ainsi la réflexion de Marie-Hélène. Cette jeune fille a tout bu. Et si je ne m'abuse, elle en prendrait bien un peu plus ! Elle est gourmande !

— Vous croyez ?

— Dans mon temps, c'est ce que les médecins nous disaient. Quand un bébé boit tout son lait, on doit en ajouter un peu. Il faut toujours qu'il en reste dans le fond de la bouteille pour être bien certain qu'elle n'a plus faim. Tiens, reprends ta fille pour le rot.

Déposant Laurence dans les bras de sa mère, Dominique ajoute :

— Merci de me l'avoir laissée pour son boire. Tu viens de me faire une belle joie.

Puis, sans transition, elle lance joyeusement :

— Et maintenant, aux fourneaux ! Je passerais bien l'après-midi à la bercer, cette jolie fille, mais ce n'est pas ça qui va préparer mon réveillon.

— Je peux vous aider ?

— Hors de question ! Vous êtes ici pour vous faire gâter, jeune maman. Si tu veux me tenir compagnie, ça va. Mais rien de plus. Ou tu peux faire une sieste, si tu préfères…

L'après-midi se passe dans les rires, Marie-Hélène confortablement installée dans un coin de la cuisine, Laurence endormie dans ses bras. François avait raison : il fait bon de se changer les idées. Du sous-sol, Marie-Hélène l'entend rire avec son père et cela aussi lui fait chaud au cœur. Et au moment où elle s'allonge pour un bref repos auprès de sa fille, avant l'arrivée des invités, l'amoncellement de nuages noirs qui semblaient planer sur sa vie s'est allégé. Ses craintes et ses tourments lui semblent moins criants de certitude. Et si le test était négatif dans quelques mois ? Après tout, la chose est tout à fait possible. Aussi possible que l'inverse, le médecin le lui avait clairement affirmé.

— Ne vous inquiétez pas, petite maman. Je sais que

c'est difficile à imaginer et si le test s'avère positif à la naissance, vous ne verrez que cela. Mais il faut garder espoir. Aujourd'hui, avec le traitement intensif que vous suivez présentement, il y a de fortes chances que, vers l'âge de trois mois, tout rentre dans l'ordre. Les résultats obtenus à la naissance n'auront été que de faux résultats. En aucun cas, il ne faut s'y fier...

Marie-Hélène en était à la toute fin de sa grossesse. Le pédiatre qu'elle rencontrait pour une première fois à la demande de son médecin lui était sympathique. Elle se rappelle que pendant ce bref entretien, elle avait caressé son ventre d'une main machinale, comme elle le faisait si souvent tout au long de sa grossesse, se disant que le destin ne pouvait continuer de s'acharner contre elle indéfiniment. Elle était alors persuadée que le test serait négatif. Pourtant...

Avec un peu de nostalgie, sa main s'égare un moment sur son ventre plat. Déjà fini ce temps de la complicité... Puis, du bout du doigt, Marie-Hélène caresse la joue rebondie de sa fille. Présentement, c'est la voix enjouée de Dominique qui s'extasie devant la petite à l'heure du boire en fin d'après-midi qui lui revient.

— Vous nous avez fait une belle fille, Marie-Hélène et François ! Un bébé qui boit avec un aussi bel appétit, c'est un bébé heureux et en santé !

Et pour une première fois depuis la naissance de Laurence, c'est avec sérénité que Marie-Hélène s'endort et non avec l'habituelle inquiétude d'apprendre finalement que sa petite Laurence sera condamnée pour le reste de sa vie.

La vue de toute la famille réunie au salon pour la fête remet cette belle philosophie en question. Indécise,

Marie-Hélène reste un instant immobile sur le seuil de la porte. Toutes ces voix qui s'apostrophent joyeusement l'étourdissent et lui font resserrer l'étreinte sur Laurence. C'est la première fois depuis des années que toute la famille est réunie. Cécile et Jérôme viennent d'arriver et s'entretiennent avec Thérèse et René Lamontagne, les parents adoptifs de Dominique. De la cuisine, on entend la voix de Dominique qui parle avec Mélina. La vieille dame a tenu à faire le voyage malgré les réticences de Jérôme.

— Écoute ben c'que j'm'en vas te dire, mon Jérôme, avait-elle plaidé. Pis retiens-le ben parce que c'est pas des mots faciles à dire pis que je recommencerai pas. Je l'sais que chus rien qu'une vieille dame. T'as pas besoin de me le rappeler, mes jambes le font à tous les matins. Pis j'sais aussi que c'est rien qu'un paquet de troubles pour vous autres de trimbaler une vieille comme moi. Chus quand même pas gâteuse au point de rien voir aller. Mais à chaque anniversaire qui passe, à chaque Noël, à chaque Pâques, j'me dis qu'à un moment donné, ça va être le dernier. Lève pas la main pour m'interrompre, mon garçon, tu l'sais que j'ai raison. Ça fait que viens pas me dire que je serais mieux de rester icitte. J'ai pas envie de me faire garder, Jérôme. Pas envie pantoute. Surtout que c'te année, il y a le bébé de François pis Marie-Hélène. J'ai ben envie de la connaître, cette p'tite-là. Pis on part pas pour deux semaines, sapristi, avait-elle conclu plus bourrue que jamais. On part pour quelques heures au plus…

Jérôme avait ravalé toutes ses belles excuses, contrit. Sa mère avait raison et il avait tendance à s'en faire pour rien. C'est pourquoi Marie-Hélène entend aussi la voix forte de Mélina qui domine le brouhaha général.

Brusquement, elle n'a plus envie d'être là, plus envie de

voir son bébé passer d'un bras à un autre, car elle se doute bien que c'est ce qui risque d'arriver…

Tout heureux de la voir enfin apparaître, fier comme un paon, François vient à elle pour prendre Laurence dans ses bras afin de la présenter à mamie Cécile et à sa grand-mère Thérèse, la mère adoptive de Dominique.

— Je peux prendre Laurence un moment ? demande-t-il gentiment, sans vraiment attendre de réponse tant il lui semble naturel de présenter sa fille à cette famille qui est la sienne et qu'il aime beaucoup. J'aimerais la présenter à mes grands-mères.

Et voilà ! Même si elle s'y attendait, même si c'est dans la normalité des choses que François ait cette réaction, Marie-Hélène a un léger mouvement de recul. Il y a trop de bruit, trop de gens. Elle n'est pas à l'aise. Laurence n'est pas un bébé comme les autres. Il y a peut-être des risques à côtoyer tous ces gens. Pourquoi François ne veut-il pas l'admettre ? Marie-Hélène aimerait tellement sentir un peu de complicité de sa part. Faire front commun dans l'inquiétude et l'espoir. Impulsivement, ses bras se referment sur Laurence et du regard elle tente d'attirer l'attention de François. Peine perdue. D'un geste très doux, il soulève déjà la petite et la tient tout contre lui avant de se retourner pour regagner le fond de la pièce. Marie-Hélène a l'impression qu'on vient de lui arracher son bébé. C'est démesuré, presque fou, mais c'est là, en elle : Marie-Hélène se sent dépossédée. Les bras ballants, elle reste sans bouger. Laurence va de l'un à l'autre et chaque baiser qui effleure sa joue est comme une épine dans l'esprit de Marie-Hélène. Et quand le petit Raphaël, le neveu de François, réclame à son père de prendre sa petite cousine dans ses bras, Marie-Hélène retient son souffle. François ne va tout de même pas confier leur fille à un enfant de quatre ans! Laurence a tout juste neuf jours. Mais il semble bien que Marie-Hélène soit la seule à considérer la chose comme impensable. Dominique s'est approchée et installe Raphaël dans un coin du divan, un gros coussin sous le bras.

— Ça me fait penser à vous deux, les garçons, quand je suis revenue de l'hôpital avec Geneviève. Vous n'arrêtiez pas de vouloir prendre votre petite sœur dans vos bras, se rappelle-t-elle, visiblement émue.

Puis elle lance, toute joyeuse:

— André, une photo! C'est la première fois que nos deux petits-enfants sont ensemble.

C'est à cet instant que Raphaël, incapable de frotter son nez qui pique car il a peur d'échapper le bébé, éternue bruyamment deux fois.

— Ça suffit!

La voix de Marie-Hélène, étrangement forte et froide, résonne désagréablement dans le salon, interrompant rires et gestes. D'un élan, elle est déjà à côté de sa fille qu'elle reprend un peu brusquement dans un geste possessif. Le petit Raphaël a les yeux pleins d'eau, Dominique tend la main pour s'interposer, mais déjà Marie-Hélène s'est relevée, Laurence appuyée contre sa poitrine. Dans ses oreilles, le bruit des éternuements de Raphaël résonne toujours. S'il fallait que Laurence attrape la grippe...

— Tu fais ce que tu veux, François, annonce-t-elle d'une voix sourde, en se retournant, mais moi je rentre à la maison. J'en ai assez de voir Laurence se faire trimbaler comme une poupée.

Et sans plus elle quitte la pièce.

— Mais voyons! C'est insensé, murmure Dominique, désemparée, alors que François se précipite hors du salon.

— Non, Dominique, ce n'est pas insensé. Démesuré, peut-être, mais pas insensé, réplique doucement Cécile. Marie-Hélène vient tout juste d'accoucher.

L'explication est valable et d'un coup, elle détend l'atmosphère. Il est vrai que certaines jeunes mères sont très possessives. Les conversations reprennent. Mais au moment où Dominique s'apprête à donner raison à Cécile avant de retourner à la cuisine, elle surprend le regard que cette dernière échange avec Jérôme. Un regard chargé de douleur et d'inquiétude, Dominique serait prête à le jurer.

Aussitôt une terrible intuition se greffe à l'incompréhension de Dominique : on lui cache quelque chose. Quelque chose de grave. Et quand elle voit Cécile quitter précipitamment le salon à son tour, cette intuition devient certitude. Quelque chose d'anormal se passe. Quelque chose qu'on cherche délibérément à lui cacher. Elle ne comprend pas pourquoi mais c'est un fait : on la tient à l'écart. Et cela lui fait mal, très mal. Mais Dominique n'est pas femme à s'imposer. De plus, ce soir, c'est Noël et elle est l'hôtesse de la fête. Alors, le cœur pourtant à des lieux de cette fête, elle lance le plus joyeusement possible :

— Qui a faim ? Le buffet va être servi dans quelques instants !

Puis elle se précipite vers la cuisine, espérant que personne n'a remarqué que ses yeux brillent de larmes contenues…

CHAPITRE 2

« Faut faire confiance à la vie, Sébastien ! »

Conseil donné par Virginie à l'automne 1995

— Mais veux-tu bien me dire ce qui m'a pris d'accepter ?

Perplexe, en colère contre lui-même, Sébastien raccroche bruyamment le combiné du téléphone. Puis il se lève vivement, fait quelques pas, regarde par la fenêtre, soupire, revient s'asseoir en malmenant les coussins au passage. Son visage fermé, avec une ride profonde entre les sourcils, est celui des mauvais jours.

— Mais qu'est-ce qui m'a pris d'accepter, répète-t-il en levant la tête vers Virginie, comme s'il espère qu'elle pourra répondre à son interrogation.

Le sourire moqueur de cette dernière avive sa colère.

— Et en plus, tu ris de moi ?

— Qui ça ? Moi ? Je ne ris pas.

— Non, mais tu souris. C'est pareil.

Le sourire de Virginie s'accentue. Depuis le temps qu'elle a appris à connaître Sébastien, Virginie sait fort bien que ce genre de grogne ne dure jamais longtemps. Quelques instants de bouderie, le regard mauvais, un coussin pressé contre sa poitrine, le souffle court. Puis, sans transition, envoyant valser le coussin à travers la pièce, Sébastien éclate de rire.

— Ouf ! Ça m'a fait du bien cette petite colère. Mais ça n'explique pas pourquoi j'ai accepté de réveillonner chez mon père. Je m'étais promis d'appeler Gilbert.

— Connaissant Gilbert comme on le connaît, réplique Virginie pour rassurer Sébastien, s'il avait eu l'intention de passer la nuit de Noël avec nous, ça fait longtemps que l'invitation serait lancée. Tu sais comment il est !

— Justement, je le connais ! Il est assez discret pour ne rien imposer aux tourtereaux, comme il le dit.

— Ouais, peut-être bien que tu as effectivement raison... N'empêche que je trouve que c'est une bonne idée.

— Quoi ? Aller chez mon père ? Pas sûr, moi, que c'était la meilleure décision à prendre.

Pendant un court moment, le mot décision reste suspendu dans l'air avant que Virginie ne décide de le reprendre.

— Est-ce vraiment une décision, Sébas ?

Indécis, Sébastien examine Virginie du coin de l'œil comme s'il cherchait à comprendre le sens de ses propos. Puis il hausse les épaules.

— Qu'est-ce que c'est si ce n'est pas une décision ? Une décision irréfléchie, à part ça ! Que veux-tu que ce soit d'autre ?

— Peut-être bien la réponse à un besoin. Peux-tu affirmer, honnêtement, que tu n'espérais pas cette invitation ?

Sébastien reste silencieux, le regard vague. Virginie a raison. Si son père n'avait pas appelé, il aurait été déçu. Oui, tout au fond de lui, sans l'avouer à personne, bien entendu, il espérait cette invitation. « Pour avoir le plaisir de la refuser » ajoute-t-il intérieurement, en se calant sur le divan. Pour aussitôt se redresser en se reprenant, tout à fait conscient de sa mauvaise foi. Ce n'est pas vrai. Il se ment à lui-même et le sait fort bien. Quand donc acceptera-t-il de dire qu'il est finalement heureux d'avoir retrouvé une partie de sa famille ? Même si ce n'est pas exactement la partie qu'il souhaitait revoir en premier lieu. Mais compte tenu des circonstances, retrouver son père, c'est aussi tenter de retrouver Maxime, son frère. Alors...

Il se décide enfin à lever les yeux vers Virginie.

— Je crois que tu as raison, admet-il en soupirant. Mais si tu savais à quel point tout ça me semble compliqué. Je veux, je ne veux pas. Quand mon père a appelé, mon cœur battait à tout rompre. Mais je ne sais pas trop pourquoi. J'étais heureux et en colère en même temps.

— C'est peut-être normal. Depuis le temps... Et d'après ce que tu m'as raconté, ta vie avec lui n'a pas été facile. C'est peut-être normal d'être ambivalent. Mais pourquoi toujours être sur la défensive ? Faut quand même donner une chance aux autres, non ?

Puis, après une légère hésitation, elle ajoute :

— C'est un peu ce que j'ai fait avec toi. Rappelle-toi ! La nuit où on s'est rencontré, j'aurais eu toutes les raisons du monde de refuser la main que tu me tendais. Mais finalement, avec le recul, aujourd'hui je sais que ça aurait été une belle erreur.

Il est rare que Virginie fasse allusion à cette nuit maudite où elle avait rencontré Sébastien. Elle venait d'être abusée par trois jeunes vauriens et Sébastien l'avait trouvée à demi nue derrière un bosquet d'arbres sur le mont Royal. Aussitôt, il lui avait proposé de l'aider. Et contre toute attente, Virginie avait accepté. Elle n'en parle presque jamais, ayant choisi de tout reprendre à zéro dans sa vie.

En fait, elle n'y revient qu'aux moments de grandes indécisions qui accablent parfois Sébastien. S'approchant de lui, la jeune fille s'accroupit sur le plancher et pose doucement les mains sur ses genoux.

— Je sais que tout cela est difficile pour toi, Sébas. Mais dis-toi que tu ne seras pas seul à avoir le trac. J'ai une peur folle de rencontrer ton père. Après tout ce que tu m'en as dit...

À son tour, elle reste silencieuse un instant, puis secouant ses longs cheveux, elle se relève d'un bond, obligeant Sébastien à la suivre. Alors, le regardant droit dans les yeux, elle ajoute :

— Ce ne sera peut-être qu'un mauvais moment à passer avant de découvrir plein de belles choses. Que dirais-tu d'inviter Gilbert pour le souper de Noël ? Comme ça personne ne sera laissé-pour-compte.

À ces mots, Sébastien ne peut s'empêcher de sourire. Comment Virginie s'y prend pour arriver à le comprendre aussi bien reste encore un mystère pour lui. Pourtant, chaque fois où il est empêtré avec lui-même, s'il se décide à lui parler, elle réussit, la plupart du temps, à débroussailler ce qui lui semblait dense et incompréhensible. Mystère !

— Une fois encore, tu as tout compris, fait-il enfin, reconnaissant. Comment fais-tu ?

— C'est probablement beaucoup plus facile de cerner une situation quand on l'observe de l'extérieur, déclare-t-elle un brin sentencieuse, se moquant gentiment de lui. Quand on est plongé dans l'eau jusqu'au cou, difficile de voir la berge, non ? Et puis, j'aime ça jouer à la mère supérieure qui sait tout. Ça flatte mon *ego* ! Allez, viens ! On s'habille et on profite du beau temps pour aller chez Gilbert. Ça serait plus gentil que de l'inviter par téléphone, non ?

— Excellente idée ! J'ai passé toute la journée devant ma table à dessin et j'ai l'impression d'avoir la tête grosse comme un melon... Ça va me faire du bien de prendre l'air. Te rends-tu compte ? Je commence mes cours de dessin dans trois semaines. J'ai hâte, j'ai hâte !

* * *

La nuit de Noël est saupoudrée d'une pluie de flocons tout légers. « Exactement comme l'an dernier » pense Sébastien le nez à la fenêtre.

Que de chemin parcouru en une si petite année !

À cette heure-ci, l'année dernière, Sébastien était encore au Refuge des jeunes, morose. C'est là que Gilbert avait réussi à le rejoindre pour l'inviter à fêter avec eux. C'est aussi ce soir-là qu'il avait laissé entendre à Claudie qu'elle lui plaisait bien. Songeur, il porte les yeux sur le tout petit bout d'horizon que lui offre le coin de la rue. Que devient-elle, Claudie ? Depuis l'été, en fait depuis le soir où Sébastien lui a avoué que ce qu'il ressentait pour elle n'était rien d'autre que de l'amitié, Claudie n'a pas donné signe de vie. Elle est repartie pour la Gaspésie dès le lendemain rejoindre sa famille et, depuis, personne ne l'a revue. Virginie lui a tout de même envoyé une carte de souhaits, espérant renouer avec elle. Malheureusement sa missive est restée sans réponse. « Dommage » pense Sébastien en se retournant, conscient que c'est un peu grâce à la présence de Claudie dans sa vie qu'il a finalement décidé de se prendre en mains.

— Maintenant, comment je m'habille, murmure-t-il pour lui-même, sautant du coq à l'âne, perplexe devant une garde-robe plutôt restreinte.

Après une bordée de jurons bien gras, un ou deux changements complets, Sébastien réussit à trouver quelques vêtements susceptibles de ne pas heurter le sens de l'esthétique de son père, à défaut de lui plaire.

— Ça se peux-tu, lance-t-il un brin agressif en regagnant le salon où Virginie, prête depuis longtemps, est assise à l'attendre. Me voilà rendu à essayer de ne pas lui déplaire. Non mais...

Puis Sébastien et Virginie quittent la maison main dans la main.

L'air est doux comme une brise de printemps et invite à la détente. Pourtant, à la pression qu'elle sent à travers sa mitaine, Virginie sait que Sébastien est tendu comme une corde de violon. Et elle est consciente qu'elle n'en mène guère plus large. Ce qu'elle a appris de Me Duhamel à travers les rares confidences de son ami n'est pas particulièrement invitant. Qui est-il vraiment, cet homme qui a blessé l'enfant que Sébastien était par ses propos et ses gestes? Comment quelqu'un peut-il heurter délibérément la sensibilité d'un enfant? Elle imagine un être froid, indifférent, hautain, et l'envie qu'elle a de le rencontrer est plutôt mitigée.

Malgré cela, la vue de la grande maison blanche et noire garnie d'une dentelle de lumières scintillantes et ornée de guirlandes de sapin aux fenêtres arrive à la détendre. Le décor est splendide avec cette belle neige qui tombe. Virginie est agréablement surprise. De froide et imposante qu'elle était, l'été dernier, la maison d'enfance de Sébastien lui semble chaleureuse, accueillante.

— Allez, viens, lance-t-elle en tirant sur la manche du manteau de son ami, car Sébastien s'est brusquement arrêté sur le trottoir et semble bien déterminé à prolonger la soirée les deux pieds dans la neige fondante. Comme le dirait

Gilbert, on restera pas là à faire racines comme des cactus en pot!

La mention du nom du jovial Gilbert amène un sourire sur les lèvres de Sébastien.

— D'accord.

Puis, après une profonde inspiration:

— Allons-y!

En cet instant, Sébastien ne saurait dire ce qui le dérange le plus. Passer toute une soirée en compagnie de son père ou remettre les pieds dans cette maison qui abrite tant de souvenirs désagréables. Peut-être un peu les deux...

Quand il entend le son grave du gong de l'entrée résonner à travers la maison derrière la lourde porte de bois verni, ornée de la traditionnelle couronne de gui que son père fait venir à grands frais d'Angleterre chaque année, il ne peut s'empêcher de frissonner, se demandant pour la centième fois peut-être ce qu'il fait là.

Le salon au plafond très haut, décoré de l'immense sapin placé devant les fenêtres, est exactement à l'image du souvenir qu'il en gardait. Étrangement ému, il reconnaît les anges de porcelaine que sa mère accrochait religieusement chaque année, interdisant aux enfants d'y toucher. À la pensée de cette femme toute blonde et menue qu'était sa mère, une femme qui semblait terrorisée en permanence, Sébastien pousse un profond soupir. À cet instant, une jolie femme blonde, un peu comme l'était sa mère, s'approche de lui en souriant, interrompant sa réflexion.

— Sébastien! Moi, c'est Muriel, fait-elle en lui tendant la main. Je suis heureuse de te connaître. Et lui, c'est Alexandre, ton demi-frère.

Se penchant, elle prend dans ses bras le jeune bambin qui restait caché derrière elle.

— C'est un timide, lance-t-elle joyeusement.

Puis, redevenue sérieuse, elle regarde le petit garçon droit dans les yeux et lui explique :

— Tu vois, lui aussi c'est ton grand frère. Comme Maxime. Tu te souviens de Maxime, n'est-ce pas ?

— Bien sûr. Il était gentil. Il faisait souvent des blagues. Et il a le même papa que moi.

— Exactement. Et lui, c'est le frère de Maxime. Il s'appelle Sébastien. Et lui aussi, il a le même papa que toi et Maxime.

Pendant un moment, le petit garçon reste silencieux, songeur. Puis levant les yeux vers sa mère :

— Ça fait beaucoup de garçons pour un seul papa, tu trouves pas ?

Puis se retournant vers Sébastien, il ajoute :

— Tu t'appelles Sébas. Comme mon ami à la garderie.

En entendant le gamin prononcer le surnom qui lui colle à la peau depuis toujours, Sébastien ne peut réprimer le sourire qui lui monte aux lèvres.

— Sébas, oui, comme tu dis. Tous mes amis m'appellent Sébas.

— Alors je veux être ton ami, moi aussi, et t'appeler Sébas. Parce que Sébastien, c'est trop difficile à dire.

Puis les choses étant maintenant claires pour lui, Alexandre se met à gigoter comme un beau diable pour échapper à l'étreinte maternelle, reluquant du coin de l'œil le gros sac que Sébastien tient à la main.

— C'est quoi ça ?

— Qu'est-ce qu'on fête, ce soir ? demande alors Sébastien en guise de réponse.

— Ben, c'est Noël.

— Et à Noël, qu'est-ce qu'il y a de particulier ?

— Euh… Les cadeaux ?

— En plein dans le mille. Tu as donc deviné ce qu'il y a dans mon sac. Tu m'aides à les placer sous le sapin avec les autres ?

Subjugué par Alexandre qui ressemble étrangement à Maxime quand il avait son âge, Sébastien en a oublié Virginie qui, intimidée, se tient en retrait au seuil de la pièce. Jamais de toute sa vie elle n'a vu autant d'opulence, à commencer par le jeune homme en livrée qui leur a ouvert la porte. Pourtant, Sébastien, lui, a l'air tout à fait à l'aise. Il n'a même pas sourcillé devant le maître d'hôtel. Une facette de la personnalité de son ami qu'elle ignorait totalement. Comment imaginer que le jeune itinérant rencontré l'année précédente puisse être le même jeune homme que celui qu'elle voit se promener avec aisance dans un décor de cinéma !

— Mon père a dû retenir les services d'un traiteur pour le réveillon, a-t-il laissé tomber en entrant.

Mais Virginie, elle, a plutôt l'impression d'être au seuil d'un monde étrange qu'elle ne connaissait qu'à travers certaines émissions de télévision et qu'elle croyait tout à fait irréel. Elle sursaute quand un homme entre deux âges l'interpelle d'une voix autoritaire.

— L'amie de Sébastien, je suppose ? Virginie, c'est bien ça ?

Devant elle, vêtu de façon décontractée mais très chic, visage sévère sous la masse étonnante des sourcils broussailleux, se tient Me Duhamel. L'homme lui tend la main. Exactement tel que Sébastien le lui avait décrit. Un homme austère, impressionnant malgré une taille moyenne, peu engageant. Mais quand elle glisse sa main dans la sienne en le regardant droit dans les yeux comme elle le fait toujours, Virginie aurait envie de dire que son regard est bienveillant. « Non, rectifie-t-elle aussitôt, appréciant la poignée de main franche et solide, pas bienveillant mais plutôt anxieux. » Comme si Me Duhamel cherchait à lui plaire sans trop savoir s'il y parviendra.

— Oui, Virginie. Vous avez raison. Je suis l'amie de…

— Et moi, Antoine Duhamel, l'interrompt alors le père de Sébastien. Bienvenue chez nous et excusez les manières pour le moins désinvoltes de mon fils.

Se retournant d'un coup dans ce geste théâtral qu'il maîtrise si bien :

— Tu aurais pu nous présenter, Sébastien.

— Oui c'est vrai, admet le jeune homme en venant vers lui. Mais, vois-tu, j'avais quelqu'un à rencontrer d'abord. Je viens d'hériter d'un petit frère. Ça me semblait important.

Pendant un instant, le père et le fils se mesurent du regard. Puis Me Duhamel sourit et Virginie en reste bouche bée. Quand Me Duhamel sourit, l'homme austère s'efface aussitôt pour faire place à quelqu'un d'ouvert qui semble prodigieusement s'amuser.

— En effet, c'est important. Voilà cinq ans que je me tue à expliquer à Alexandre qu'il a deux frères.

Et, sans transition, il ajoute :

— Heureux que tu sois là, garçon.

« Garçon… » C'était là le seul mot gentil dont son père usait quand Sébastien était petit. Quand l'impassible homme de loi utilisait ce terme pour l'appeler, cela voulait dire qu'il était de bonne humeur et surtout qu'il était à jeun. L'ébauche d'un sourire effleure le visage de Sébastien quand il lui tend la main à son tour.

— Moi aussi, finalement, je pense que je suis content d'être venu.

— Parfait. Et maintenant, les cadeaux, lance alors Me Duhamel en regagnant sa place, égal à lui-même. Il y en a un qui ne tient plus en place depuis l'heure du souper. C'est à peine s'il a fermé l'œil en attendant l'heure du réveillon.

Puis, fronçant les sourcils et faisant mine de chercher autour de lui, le timbre de sa voix se faisant tout à coup très doux, il demande :

— Mais qu'est-ce que j'entends ? Alexandre, est-ce que tu entends, toi aussi ? On dirait que ça gratte...

— Le Père Noël ! Le Père Noël ! lance aussitôt le gamin, tout excité pour immédiatement s'élancer vers son père et grimper sur ses genoux, brusquement gêné.

Dans le hall, à deux pas en retrait, se tient un gros monsieur à la barbe blanche, au manteau rouge.

— J'veux pas aller sur ses genoux, murmure alors Alexandre, se blottissant encore plus étroitement contre la poitrine de son père.

— Mais comment veux-tu qu'il te donne tes cadeaux ? murmure doucement Me Duhamel sur ce ton que Sébastien n'a jamais entendu.

— J'ai peur. Je l'ai entendu l'autre jour au magasin : il a une trop grosse voix pour être gentil. Une grosse voix comme toi, des fois, quand tu parles de ton travail et que tu es en colère.

— C'est vrai que j'ai une grosse voix parfois. Tu as raison. Et alors ? Est-ce que tu as peur de moi pour autant ?

C'est alors que l'enfant éclate de rire. Un rire léger et moqueur.

— Ben non, voyons. T'es mon papa...

Subjugué, Sébastien assiste à ce dialogue en apparence anodin. Comme il doit y en avoir tant et tant entre un père et son fils. Pourtant, en ce moment, il a l'impression que c'est tout son passé qui lui court après, tentant de lui expliquer certaines vérités encore obscures pour lui. C'est Virginie qui avait raison : ce réveillon n'était qu'un mauvais moment à passer avant de découvrir de belles choses. L'homme assis dans un fauteuil du salon est son père, et Sébastien découvre qu'il ne le connaît peut-être pas vraiment. Et puis, c'est la première fois que le Père Noël daigne s'arrêter chez lui ! Il n'aurait surtout pas voulu manquer ça ! Comprenant que bien des choses ont changé sous le toit de Me Duhamel, et se laissant prendre au jeu, Sébastien se cale contre le dossier du fauteuil et regarde le gros homme qui a commencé la distribution des cadeaux. Jusqu'au moment où Muriel, ayant déballé le tableau que Sébastien a apporté pour elle et son père, s'exclame, une pointe de sévérité dans la voix, admirant le tableau à l'aquarelle :

— Antoine ! Comment se fait-il que tu ne m'aies jamais parlé du talent de ton fils ? C'est tout simplement prodigieux. Non mais, as-tu vu ce reflet du soleil sur l'eau ?

— Pas mal.

— Pas mal ? T'es aveugle ou quoi ?

— Je répète : pas mal. Il y a toujours place à amélioration.

— On sait bien ! Avec toi, rien n'est jamais parfait. Et encore, tout ce qui n'est pas article de loi a plus ou moins d'importance. Par chance que je suis avocate, car tu ne m'aurais jamais remarquée ! Mais laisse-moi te dire que le temps de ton ignorance en matière d'art vient de se terminer. Je vais m'occuper de...

Décontenancé par les paroles de sa belle-mère, et surtout par le ton sévère qu'elle emploie, Sébastien reste suspendu à ses lèvres. Jamais sa mère n'aurait osé parler sur ce ton à son père. En fait, elle ne parlait pas beaucoup, sa mère, et semblait parfois se tasser sur elle-même quand on l'interpellait. Même les objets semblaient vouloir s'effacer quand Me Duhamel rentrait chez lui. On ne répliquait pas à son père et on s'efforçait de ne pas rester sur son passage. Pourtant, présentement, l'austère avocat semble s'amuser prodigieusement de cet échange verbal, tout comme Muriel qui le sermonne de belle façon. Les regards qu'ils échangent sont éloquents, chargés d'une complicité que Sébastien n'aurait jamais cru possible entre ses parents. Pendant un moment, brusquement ramené dans le temps et oubliant ce qui se passe autour de lui, Sébastien revoit clairement sa mère, trottinant sans arrêt à travers la maison, nettoyant et frottant. Tout, toujours, était impeccable dans la maison. Les repas étaient obligatoirement prêts à l'heure, le linge ne traînait jamais. Aussitôt porté, aussitôt lavé, empesé, repassé, rangé. Lentement, le regard de Sébastien fait le tour de la pièce. Dans un coin, quelques blocs et un camion. Sur la table à café, des revues en piles disparates. Jamais une telle chose n'aurait été imaginable du temps de sa mère. Elle disait que son mari ne tolérait pas le désordre. Alors que visiblement, aujourd'hui... Sébastien sursaute quand Alexandre le tire par la manche de son chandail.

— Allez, Sébas! Viens m'aider à monter mes jouets dans ma chambre!

— Je peux? demande alors Sébastien cherchant son père du regard.

Ce dernier hausse les épaules.

— Tu es ici chez toi. Tu vas où tu veux. Il n'y a pas de pièces interdites, à ce que je sache.

Sébastien retient à grand-peine la réplique spontanée qui lui monte aux lèvres. À l'époque, seules la cuisine et leurs chambres étaient permises aux deux gamins qu'ils étaient, Maxime et lui. Mais il semble bien que les choses aient changé ici. L'espace d'un battement de cœur, Sébastien aimerait savoir ce qui s'est passé, essayer de comprendre ce qu'était leur vie de famille à l'époque. Mais il se tait. À quoi servirait de faire lever la vieille poussière ? Et pour y découvrir quoi ? Pas maintenant, pas ce soir...

— Allez, viens, s'impatiente Alexandre.

Alors, portant les yeux sur ce petit demi-frère que la vie lui a donné, Sébastien sourit.

— D'accord, d'accord, j'arrive.

Brusquement, il lui tarde de voir où on a installé la chambre d'Alexandre...

Gravissant lentement les marches du long escalier double, Sébastien se sent anxieux, s'avouant intérieurement qu'il n'aimerait pas qu'on lui ait donné sa chambre.

Finalement, le gamin dort dans l'ancien bureau de son père. Curieusement, et sans qu'il ne cherche à comprendre d'où lui vient ce sentiment, Sébastien en est soulagé. Cela ressemble à du respect ou peut-être à de l'espoir, et une curieuse émotion lui fait débattre le cœur.

Aussitôt les jouets neufs lancés sur son lit, pressé et curieux de voir s'il n'y a pas autre chose pour lui par hasard — on ne sait jamais ! —, Alexandre le reprend par la main pour retourner au salon.

— Tu viens ?

Mais Sébastien n'a pas envie de redescendre. Pas tout de suite.

— Dans un instant, Alexandre. Je te rejoins dans un instant.

Le bambin file sans poser de questions, encore tout excité par l'ambiance de la fête, alors que Sébastien revient dans le couloir, l'esprit tout entier tourné vers son passé. À l'autre bout du corridor, comme isolées dans une alcôve, il y a les deux portes de sa chambre et de celle de Maxime, face à face. Impulsivement, Sébastien s'y dirige et lentement, il tourne la poignée de celle qui donne sur la façade de la maison. C'était sa chambre.

C'est toujours sa chambre.

Autant qu'il s'en souvienne, ici, rien n'a bougé. Les posters de *La guerre des étoiles*, les étagères croulant sous les livres et les jouets bien rangés, le tapis moucheté qu'il avait lui-même choisi... Sébastien est curieusement ému en constatant que rien n'a été donné à Alexandre. Pas même le gros ours en peluche tout neuf, donné par sa mère malgré le fait qu'il venait d'avoir douze ans. Il est toujours assis sur son lit. Comme si le toutou l'attendait depuis huit ans... Et de nouveau, Sébastien remonte dans le temps. Il se revoit, au matin de son départ. Le travailleur social venait de lui dire de se choisir quelques objets qu'il aimait bien car il partait pour quelque temps. Il se rappelle aussi qu'il avait été déchiré de laisser son gros ours derrière lui. Le jouet sentait encore le parfum de sa mère et c'est tout ce qui lui restait d'elle. Mais le garçon de douze ans avait peur qu'on se moque de lui. Et puis le travailleur social avait dit de ne rien prendre de trop gros parce qu'il n'aurait probablement pas de chambre à lui. Et cela l'intriguait. Dans le quartier, tous ses amis avaient une chambre bien à eux. Où donc l'emmenait-on ? Et maintenant, tout en promenant distraitement les doigts dans la peluche épaisse de son ours, Sébastien se souvient fort bien qu'il ne voulait pas partir. Tant pis pour les taloches derrière la tête, ici c'était chez lui et il voulait y rester. Mais on l'avait emmené quand même...

Il revient ensuite dans le couloir et ouvre la porte de la chambre de son frère. C'est alors que le passé se soude brutalement au présent. Ici, tout est différent. Rien ne subsiste de la pièce colorée qui avait abrité l'enfance de Maxime. Il est vrai que son frère l'habitait encore il y a de cela quelques semaines à peine et que le décor dont Sébastien se rappelle ne convenait plus. Pourtant, malgré ce fait, la chambre ne ressemble en rien aux souvenirs qu'il garde de son frère. La pièce est sombre, lugubre même, avec ses tons de gris, de noir et de beige. Nulle couleur vivante, pas le moindre accessoire coloré. Pour Sébastien qui dessine par instinct des jardins multicolores et des paysages pleins de soleil, cette constatation est déconcertante, dérangeante même. Qui pourrait aimer vivre dans une chambre aussi ascétique qu'une cellule de monastère ? Seul un être tourmenté peut s'y sentir à l'aise, Sébastien en est convaincu.

Alors qui donc est son frère ? Serait-il devenu un étranger pour lui ?

En se retournant pour quitter la pièce, son regard tombe sur l'image d'une espèce de fantôme hurlant. C'est la reproduction d'une toile de Munch, un peintre norvégien, obsédé par la mort. Sébastien n'a jamais aimé ce visage qui fait naître en lui un curieux malaise. Cette toile s'appelle *Le cri* et, brusquement, c'est la voix de Maxime qui résonne à ses oreilles. Le petit Maxime qui cherchait refuge auprès de lui, car il avait peur des orages et des gens qui criaient. Lentement, Sébastien regarde autour de lui. Non, rien ici ne rappelle le petit garçon un peu timide, souvent inquiet, parfois effarouché, mais quand même espiègle dont il se souvient. Puis son regard revient à l'image du visage blême, à la bouche grande ouverte qui semble hurler d'horreur, et c'est l'urgence d'agir qui lui saute au cœur. L'image du fantôme et Maxime ne font qu'un, et un lancinant appel au secours hurle aux oreilles de Sébastien. D'en bas lui parviennent les bruits joyeux de la fête. Alors Sébastien serre les poings. Mais que font-ils tous ici à festoyer alors que Maxime est seul, au bout du monde, en danger, peut-être, selon les dires de son père ?

Revenant sur ses pas, Sébastien se dirige tout de suite vers le salon d'où lui proviennent des rires. Lui, il n'a plus le cœur à rire.

— Papa ?

La voix de Sébastien, grave et forte, suspend les rires, interrompt les conversations. Antoine Duhamel se retourne.

— Oui ? Quelque chose qui ne va pas ?

— Rien ne va... Quand est-ce qu'on part rejoindre Maxime ?

— Et tes cours de dessin qui doivent commencer dans...

Sébastien hausse les épaules.

— Ça fait tellement longtemps que j'attends ce jour-là que je peux attendre encore un peu. Je crois que j'ai plus important à faire.

Alors Me Duhamel vient vers lui, la main tendue et le regard brillant.

— Merci, garçon. Pour Maxime je te dis merci. Je me renseigne et je te fais signe dès que possible.

Pendant un moment, les deux hommes se regardent droit dans les yeux. Puis, après une pression un peu plus forte de sa main sur celle de Sébastien, Me Duhamel ajoute :

— Mais pour l'instant, si tu permets, on va continuer la fête. Il y a ici un gamin qui ne comprendrait pas que Noël s'arrête brusquement. Tu peux comprendre cela, n'est-ce pas ?

À ces mots, Virginie comprend qu'il y a eu erreur sur la personne. Elle ne sait du passé de Sébastien que ce qu'il a bien voulu conter. Et jamais elle ne mettrait sa parole en doute. Mais Me Duhamel n'est pas l'homme insensible qu'elle croyait. Elle en est persuadée. Impressionnant, oui, autoritaire sans nul doute, mais pas insensible. Alors, approchant de Sébastien, elle glisse sa main sous son bras.

— Viens, Sébas. Tu n'as même pas déballé tes cadeaux. Et il y en a un de la part d'Alexandre. Je suis certaine que ça va lui faire plaisir que tu l'ouvres en premier.

CHAPITRE 3

« Il y a des affaires de même dans la vie…
Même si on fait toute pour les arranger, on dirait
que quelqu'un s'amuse à les détricoter en arrière de soi.
C'est le destin, je crois ben. Pis ça… y'a personne
qui peut y échapper. Personne… »

Paroles de Mélina au printemps 1943

Depuis plus de deux jours, il neige sans arrêt. Les beaux flocons lourds de la nuit de Noël ont cédé la place à une poussière de neige qui s'est emparée du paysage et du quotidien des gens. Tout a commencé pendant le réveillon et cela continue de plus belle, sans le moindre répit depuis cette nuit-là. Les routes sont dangereuses, les commerces restent fermés. Au grand désespoir de Cécile qui aimerait bien convaincre Jérôme d'aller à Montréal. Mais avec ce temps, elle n'ose même pas lui en parler, sachant à l'avance la réponse qu'il va lui faire. Et il aurait raison : c'est à peine si on distingue les grands sapins qui bordent le rang devant la maison, et l'érablière, derrière la grange, tout au fond du champ, disparaît dans un nuage de poudrerie. Même le retour après le réveillon s'est avéré une véritable aventure et si ce n'avait été des qualités de conducteur de Jérôme, ils seraient encore à Québec. Poussant un profond soupir de déception et d'impatience, Cécile laisse retomber le rideau de dentelle blanche et se dirige vers le poêle. Même si elle n'a pas très faim depuis avant-hier, elle doit voir au repas du midi. En fait, c'est le départ précipité de François et de sa petite famille qui lui a coupé l'appétit. Depuis lors, elle ne cesse de penser à eux. Car, lorsqu'elle avait rejoint Marie-Hélène dans l'ancienne chambre de François, croyant pouvoir lui parler, la réconforter, la jeune femme avait les yeux pleins de larmes et, tout en tenant fermement Laurence contre elle, elle finissait déjà de boucler les valises.

— Et ne vous avisez surtout pas de me faire changer d'avis, avait-elle lancé, agressive.

C'étaient là les seules paroles que Marie-Hélène avait eues à l'intention de Cécile, sur un ton qu'elle ne lui connaissait pas. Derrière la voix légèrement tremblante mais tranchante comme l'acier, Cécile avait entendu la blessure, l'angoisse. Mais comme la vieille dame n'est pas femme à s'imposer, elle n'avait rien dit. Empoignant le sac du bébé, Marie-Hélène avait quitté la pièce sans autre explication.

— Je t'attends dans l'entrée, François.

Quant à ce dernier, il avait haussé les épaules, fataliste, une lueur d'excuse dans le regard.

— Elle a peut-être raison, Mamie. Je ne sais pas. Je ne sais plus...

Puis il l'avait embrassée sur la joue.

— Ça ne ressemble pas à ce que j'imaginais... Je dis bonsoir à maman et je la rejoins... Je ne veux pas la faire attendre. Je t'appelle dès que possible, avait-il ajouté devant la visible inquiétude qu'il lisait dans le regard de sa grand-mère.

Et quand Cécile avait rejoint les autres au salon, le regard lancé par Dominique était sans équivoque : sa fille se doutait bien de quelque chose. Profitant de la présence des nombreux invités, Cécile avait évité de se retrouver seule avec elle.

Depuis, nulle nouvelle de personne.

C'est pourquoi Cécile ronge son frein, n'osant les déranger, maugréant contre la température exécrable. Si au moins elle pouvait aller à Montréal ! L'excuse d'une visite à son frère Gérard la servirait à merveille. Quoi de plus normal que d'aller saluer son arrière-petite-fille alors qu'elle est de passage dans la métropole ? De là à essayer d'aider Marie-Hélène, il n'y aurait qu'un pas à franchir. Un pas que Cécile franchirait sans la moindre difficulté, elle n'en doute aucunement. Une fois la poussière de l'autre nuit retombée, Cécile se dit que les liens qui l'unissent à Marie-Hélène devraient permettre un certain dialogue. La jeune mère semble tellement tendue, inquiète. Comme un petit animal aux abois.

— Fichu temps, n'est-ce pas ?

Jérôme vient d'entrer dans la cuisine et à son tour, machinalement, il repousse le rideau pour regarder à l'extérieur.

— À qui le dis-tu !

Trop heureuse de voir qu'enfin quelqu'un partage sa vision des choses, Cécile laisse éclater sa mauvaise humeur. Amusé par le ton mordant de sa douce, si peu naturel chez elle, Jérôme se retourne vers Cécile, délaissant son appréciation de la température extérieure.

— Oh là ! Mais que se passe-t-il ? Si je me rappelle bien, habituellement, tu aimes les tempêtes, non ?

— En temps normal, oui.

— Et alors ? Qu'y a-t-il d'anormal aujourd'hui pour que tu aies changé d'avis concernant les tempêtes de neige ?

Cécile ne répond pas tout de suite. Comment expliquer à Jérôme que son intuition lui dicte d'aller voir Marie-Hélène ? Ce besoin est là, en elle, aussi présent que l'inquiétude qu'elle ressent pour son petit-fils et Laurence. « Aussi réel que cette maudite tempête de neige » pense-t-elle alors en soupirant, les yeux tournés vers la fenêtre au-dessus de l'évier. Repoussant du bout du couteau les légumes qu'elle était à préparer, Cécile se retourne et sourit un peu tristement à Jérôme.

— C'est juste que j'aimerais aller à Montréal.

Jérôme ouvre de grands yeux.

— Montréal ?

— Oui, Montréal. On n'en a pas reparlé, mais Marie-Hélène me semblait pour le moins crispée l'autre nuit. Tu ne trouves pas ?

Jérôme se donne le temps d'un soupir en haussant les sourcils.

— Oui, peut-être… Par contre, même si je n'y connais pas grand-chose, il me semble que c'est normal pour une jeune femme qui vient d'accoucher, non ? Toi-même, l'autre nuit, tu disais que… Comment appelle-t-on ça, encore ?

Cécile ne peut s'empêcher de rire doucement.

— Le *baby blues*. C'est vrai, tu as raison. Après l'accouchement, c'est relativement fréquent d'avoir une petite passe dépressive. Mais là…

Curieusement, refaisant surface à la vitesse de l'éclair, un vieux souvenir lui revient à l'esprit. Probablement le moment le plus pénible de sa vie. Elle se revoit devant une fenêtre de pouponnière tentant de trouver sa fille au milieu d'une vingtaine de bébés. Elle n'était alors qu'une toute jeune femme, elle n'était pas mariée, elle venait d'accoucher quelques heures auparavant et son bébé n'était déjà plus là. Sa petite fille était partie rejoindre sa famille d'adoption et elle, Cécile, sa mère, ne l'avait même pas vue. Aujourd'hui, en pensant à Marie-Hélène, la vieille dame se souvient de la douleur alors ressentie. Si forte, si dure qu'aucun mot ne saurait la décrire. Cela n'a peut-être rien à voir avec la situation de Marie-Hélène, mais les émotions, elles, doivent être les mêmes. Ce sentiment d'injustice, d'impuissance… Quand on apprend que son bébé est peut-être atteint d'un mal sournois et grave, on doit aussi avoir mal à crier. Impulsivement, Cécile a fait les quelques pas qui la séparait de Jérôme et elle vient se blottir tout contre lui.

— Si tu savais tout ce qui me traverse l'esprit, Jérôme. L'esprit et le cœur. C'est plus fort que moi. Chaque fois qu'il y a une naissance, on dirait que…

— Je sais, ma douce, je sais…

Pendant un moment, ils restent ainsi, enlacés, silencieux. Ce passé qu'ils partagent à deux… Puis Jérôme reprend.

— Mais pour l'instant, il n'y a rien que l'on puisse faire pour François et Marie-Hélène.

Cécile relève le front et regarde intensément Jérôme. Comment peut-il parler de la sorte ?

— Je pourrais leur parler, expliquer…

— Expliquer quoi, Cécile ? Que c'est bien malheureux mais qu'ils doivent apprendre à vivre avec leur inquiétude ? Dis-toi bien qu'ils le savent déjà.

Au fond d'elle-même, Cécile sait bien que Jérôme a raison. Ce qui ne l'empêche pas d'insister.

— Mais quand même… Savoir qu'ils ne sont pas seuls… Il me semble que…

Il est rare que Jérôme fasse obstacle aux intuitions de sa

femme. Habituellement, quand elle juge, quand elle sent qu'elle doit agir, Jérôme lui fait confiance. Mais présentement, il est convaincu que ce serait forcer les choses et leur intimité que d'aller au-devant de François et Marie-Hélène. Ils n'ont pas besoin de cela pour l'instant.

— Non, Cécile. Je suis persuadé qu'on n'a pas à intervenir. En cas de besoin, Marie-Hélène et François savent très bien qu'on est là.

Cécile ne répond pas, un peu déçue. Dans le fond, la tempête n'était qu'un prétexte et elle se doutait bien que Jérôme ne serait pas d'accord avec son idée d'aller à Montréal. De là sa mauvaise humeur… Elle se dégage de l'étreinte de ses bras en soupirant.

— Comme tu veux.

Sentant toute la déception qu'il y a dans le ton de sa voix, Jérôme la retient par le bras et l'oblige à se tourner vers lui.

— Je n'aime pas te sentir triste, Cécile. Et je sais bien que tu es toujours prête à voler au secours des tiens quand tu les sais malheureux. Mais cette fois-ci, je ne pense pas que ce soit une bonne chose. François et Marie-Hélène doivent s'ajuster à leur vie, Cécile. Et personne d'autre ne peut le faire à leur place. Mais promis, s'ils nous appellent pour quelque raison que ce soit, on essaiera de profiter de l'occasion pour se faire inviter… Qu'est-ce que tu en dis ? Dans un sens ou dans l'autre, notre présence serait alors justifiée. Si tout est rentré dans l'ordre, on partagera leur joie. Et si tout va de travers, alors on pourra tenter de les aider. Mais s'il te plaît, attendons qu'ils nous fassent signe. De toute façon, avec la température…

À ces mots, Cécile ne peut s'empêcher de tracer un sourire sarcastique.

— On y revient ! C'est bien ce que je disais : température de fous !

Pourtant, au bout d'un silence, elle avoue :

— Dans le fond, je sais bien que tu as raison. François et Marie-Hélène ont bien des choses à ajuster dans leur vie. À commencer par apprendre à vivre avec un bébé ! Mais je te jure que s'ils appellent, ça prendra pas goût de tinette, lance-t-elle en fronçant les sourcils, adoptant volontairement une vieille expression du terroir pour détendre l'atmosphère. Je pars dans l'heure. Tempête ou non !

* * *

Le trajet de retour entre Québec et Montréal avait suffi à lui seul à mettre les nerfs de François en boule. Avec toute cette neige qui tombait, la nuit déjà bien entamée, il était enfin arrivé chez eux fourbu. Marie-Hélène avait fait la route assise à l'arrière, auprès de sa fille, et la jeune femme avait reniflé aux trois minutes, incapable de maîtriser son chagrin. À peine le temps de garer la voiture et d'en faire le tour pour ouvrir la portière que déjà Marie-Hélène l'avait devancé et elle se trouvait sur le trottoir, Laurence dans ses bras. Sans dire un mot, elle s'était dirigée vers la maison. François sentait bien qu'elle lui en voulait, mais il n'arrivait pas à comprendre pourquoi. Était-ce le simple fait d'avoir voulu présenter leur fille à ses grands-parents qui avait causé tout ce drame ?

— Ridicule, avait-il murmuré en attrapant leur valise pour la monter à l'appartement.

Quand il était entré dans le salon, le manteau de Marie-Hélène et les couvertures de Laurence gisaient avachis sur le canapé, selon la toute nouvelle vision des priorités. François avait eu un sourire attendri. « C'est vrai qu'un bébé prend beaucoup de place » avait-il alors pensé. De la chambre de Laurence lui parvenait la voix de Marie-Hélène qui devait être en train de la changer avant le boire de nuit. Indécis, François avait hésité, tenté de les rejoindre. Sur un long soupir, il avait décidé que non. Il n'avait pas envie de se faire rabrouer encore une fois pour des peccadilles. Depuis son retour à la maison après l'accouchement, François ne savait plus sur quel pied danser avec Marie-Hélène. On l'avait prévenu qu'une jeune mère était parfois difficile à vivre dans les premiers temps. Mais jamais il n'aurait pu imaginer que ce pouvait être pénible à ce point-là. Depuis des mois qu'il rêvait de tenir sa fille dans ses bras, qu'il attendait impatiemment le temps où, à son tour, il pourrait s'en occuper, et voilà que c'était à peine s'il pouvait s'en approcher ! François se sentait inutile et démuni. Il était surtout immensément déçu. Sans dire un mot, il avait porté leur valise dans la chambre, s'était dévêtu et s'était couché, se promettant d'attendre Marie-Hélène afin de lui parler. À ses yeux, la situation telle qu'ils la vivaient ne pouvait guère durer plus longtemps sans risquer de s'envenimer. Mais le sommeil l'avait pris par surprise et quand Marie-Hélène avait regagné la chambre à son tour, François dormait comme un bienheureux.

C'est un peu plus tard, aux petites heures du matin, que la crise avait atteint son apogée.

— Déjà, avait-il grogné à moitié éveillé par les cris véhéments de leur bébé affamé. Ma parole, ça mange tout le temps, ces petites choses-là ! J'y vais, avait-il soupiré en repoussant les couvertures.

Curieusement, Marie-Hélène était parfaitement éveillée et elle se glissait déjà hors du lit.

— Tant qu'à t'entendre disputer après elle, j'aime autant y aller moi-même.

Le ton était agressif. Elle l'avait même repoussé contre les oreillers en voyant que François persistait à se lever.

— Reste couché, on n'a pas besoin d'être deux pour donner un biberon.

C'est à ces mots que François avait perdu patience. Ce n'était pas ainsi qu'il aurait voulu aborder le sujet, mais tant pis. Il y avait certaines choses qui se devaient d'être mises au clair.

— Ça suffit, Marie. Laurence, c'est aussi ma fille au cas où tu l'aurais oublié. Ça me ferait plaisir de m'en occuper un...

— Plaisir ? T'es pas sérieux quand tu dis ça ? Tu passes ton temps à rouspéter qu'elle pleure trop fort, qu'elle a faim tout le temps.

— Et après ? C'est vrai que Laurence a une voix qui porte bien, non ? Et c'est vrai qu'on dirait qu'elle n'est jamais rassasiée. Mais ça n'empêche pas que j'ai envie de m'en occuper.

Dans la chambre d'à côté, comme pour lui donner raison, on entendait Laurence qui hurlait à fendre l'air. François avait eu un sourire.

— L'entends-tu ? Ne viens pas me dire que ces cris-là ne sont pas agressants, non ? Même si je sais que c'est normal, moi, ça me dérange. Mais ça n'a rien à voir avec l'amour que j'ai pour elle. Essaie donc de comprendre.

— Ce que je comprends, c'est que tu es impatient avec Laurence. Ça, tu ne peux pas le nier. Et moi, vois-tu, je ne peux pas le tolérer. Un point c'est tout. Alors reste couché et rendors-toi.

— Et si j'insiste ? Je veux lui donner son boire.

— Et moi je refuse.

Le visage de Marie-Hélène était inondé de larmes. Ses mains tremblaient, sa voix aussi, même si malgré cela elle était étrangement dure et froide.

— Si je l'allaitais, tu ne penserais même pas à la faire boire. Ça serait normal que ce soit moi qui me lève et m'en occupe. Personne n'y trouverait à redire. Et on n'en serait pas là à s'engueuler en pleine nuit pour savoir qui va prendre soin de Laurence. Mais je n'ai pas le droit de l'allaiter. Te rends-tu seulement compte de ce que ça peut vouloir dire pour moi ? Je ne peux pas allaiter ma fille, car je risque de lui transmettre la mort, François. Je donnerais ma vie pour elle, mais je ne peux pas la nourrir de mon lait parce que je risque de la tuer en faisant ça. Et tout ça à cause du virus que tu…

Sur ces mots, Marie-Hélène s'était tue brusquement, le visage empourpré. Accusation à peine voilée qui avait atteint François d'un direct au cœur. Il s'était mis à trembler à son tour, comme une feuille malmenée par l'orage, incapable de se contenir. Marie-Hélène n'avait nullement cherché à diminuer la portée de ses paroles.

— Alors, de grâce, ne m'enlève pas la joie de lui donner à boire, d'accord ? Ne m'enlève pas ça.

C'était une sommation. Puis, après un court silence :

— Et ça vaut aussi pour toutes les grands-mères du monde, avait-elle ajouté en quittant la chambre.

Et sa voix était toujours aussi froide en prononçant ces derniers mots.

Incapable de se rendormir, François s'était levé et machinalement il avait enfilé ses vêtements, son manteau et il était sorti de l'appartement. Dehors, il neigeait toujours et à six heures du matin, en cette fin de décembre, il faisait encore nuit noire. Mais le fond de l'air était doux. Alors, laissant son instinct de travailleur de rue le guider, il s'était mis à marcher sans but, les paroles de Marie-Hélène le poursuivant comme une implacable litanie. Longtemps, les yeux au sol, François avait marché. Puis, alors qu'il se trouvait tout près du Vieux-Port, François avait fait volte-face. Brusquement et en serrant les poings. Comme quelqu'un qui vient de décider d'affronter son ennemi et qui veut le faire avant de perdre courage. Non, il ne laisserait pas la culpabilité envahir sa vie comme elle l'avait fait l'an dernier. Leur vie à tous trois se devait de dépasser ce seuil de l'intolérable. Et si Marie-Hélène était incapable d'aller au-delà de son inquiétude, lui, François, il allait tenter de le faire pour elle. Car bien présente en lui, la lueur de l'espoir persistait. Et cette toute petite flamme s'entêtait à dire que tout n'était pas perdu et que malgré l'inquiétude, il fallait regarder devant. Il fallait croire coûte que coûte, en dépit de la maladie. François avait compris que sans cette foi absolue, sa vie ne voudrait plus rien dire. Et dorénavant, quand il pensait à sa vie, c'était aussi à Laurence qu'il pensait. À Laurence et à Marie-Hélène. Il était alors entré chez lui, toujours sur le qui-vive face à une Marie-Hélène imprévisible depuis l'accouchement, mais tout de même apaisé et confiant. Confiant en lui, en la vie, malgré tout. Quoi qu'il pût arriver, sa fille allait être heureuse. Elle aurait droit à une vie teintée de l'amour que ses parents ressentaient pour elle. Pour l'instant, et même plus tard, il n'y avait que cela d'important, d'essentiel. Et Marie-Hélène allait devoir comprendre que Laurence avait deux parents pour l'aimer: une mère et un père. François n'avait peut-être pas eu le privilège de la porter, de la mettre au monde, la nature étant ce qu'elle est, mais il aimait Laurence tout autant que Marie-Hélène. Et cela, elle allait devoir l'accepter et en tenir compte.

* * *

Pourtant, malgré la bonne volonté évidente de François qui s'ingénie à aider du mieux qu'il le peut, Marie-Hélène reste l'ombre d'elle-même. Effacée, silencieuse, elle n'a de yeux et de sourires que pour Laurence qu'elle garde en permanence avec elle. Retirée dans un monde qui semble imperméable à tout ce qui n'est pas sa fille, c'est à peine si Marie-Hélène semble s'apercevoir de la présence de François. Sa vie est réglée sur celle du bébé.

Profitant d'un des rares instants où il peut approcher sa fille, alors que Marie-Hélène prend son bain, François s'est glissé dans la chambre du bébé. Fidèle à elle-même, Laurence dort à poings fermés. Alors, répondant à l'envie qu'il a de sentir la chaleur de sa fille tout contre lui, François la soulève délicatement et, refermant la couverture sur le petit corps roulé en boule, il s'installe dans la chaise berçante près de la fenêtre. Dehors, un froid glacial a remplacé la neige des derniers jours et dessine une forêt de givre sur les carreaux de la fenêtre. La lune à son dernier quartier y accroche sa lumière avant de poser une lueur bleutée sur la tignasse de soie brune, toute bouclée, de bébé Laurence. « Elle a les mêmes cheveux que maman » pense François, étrangement ému de constater la ressemblance. Impulsivement, amoureusement, son doigt caresse la joue rebondie et si douce du bébé. Il est heureux, comblé par la présence de ce petit être si fragile et si fort à la fois. De toute la force de l'amour que Laurence fait naître en lui, il jure de tout faire pour qu'elle soit heureuse. Il voudrait être à la fois le père et l'ami. Celui en qui elle pourra toujours avoir confiance, sur qui elle pourra toujours compter. Il espère du plus profond de son cœur qu'il n'y aura jamais de rancune ou de secret entre eux. C'est à cette pensée que toute l'ambivalence de sa vie lui saute aux yeux. Mais de quel droit peut-il espérer une si belle relation avec sa fille, lui qui tient ses parents à l'écart du tragique destin qui est le sien ? Il comprend alors que c'est la peur qui le retient. Peur d'être jugé, rejeté. S'il avait appris qu'il était atteint du cancer, aurait-il eu ce réflexe de silence ? Honnêtement, il doit admettre que non. Spontanément, il aurait cherché refuge auprès de ceux qui l'ont toujours soutenu. Et le fait de se dire qu'il voulait les protéger n'était qu'un prétexte à son choix. Comme si son silence modifiait la réalité. Sa réalité. Tout en berçant sa fille, François comprend qu'être parent, c'est aussi accepter de souffrir, d'avoir mal. Il admet enfin qu'il préférerait avoir mal plutôt que d'apprendre que Laurence souffre seule, loin de lui.

C'est à l'instant où il se promet de parler à ses parents dès que possible que Marie-Hélène entre dans la chambre.

— Mais veux-tu bien me dire ce que tu fais là ?

François qui ne l'avait pas entendue arriver sursaute et lève la tête. Marie-Hélène aperçoit alors les larmes qui brillent dans ses yeux. Est-ce cette vulnérabilité, cette apparente fragilité qui réussit enfin à se frayer un chemin à travers l'enchevêtrement de ses émotions ? Pendant un instant, Marie-Hélène reste immobile, écoutant les battements désordonnés de son cœur. Sa sensibilité mise à nu depuis la naissance de Laurence ne peut résister à cet appel. D'un élan, la jeune femme est auprès de François. Elle se met à genoux à côté de la chaise berçante, prend son visage entre ses mains. Curieusement, les larmes de François ont un pouvoir apaisant, réconfortant. Peu importe ce qui a pu les provoquer, Marie-Hélène accepte enfin qu'elle n'est pas seule. Comment a-t-elle pu douter ? Longuement, François et elle se regardent, plongent un dans l'autre. Intensément, silencieusement. En cet instant, les paroles seraient de trop. Puis, avec une très grande douceur, Marie-Hélène entoure les épaules de François d'un bras maternel et pose délicatement son autre main sur le corps de Laurence.

— J'ai peur, François. Pour elle, pour nous.

— Moi aussi j'ai peur, Marie. Mais on ne doit pas se laisser guider par cette peur.

— Je sais. Mais c'est plus fort que moi. Elle est si petite.

— Oh ! oui, elle est petite ! Et c'est justement pour cela que nous deux, on doit être forts. Elle a besoin de nous, Marie.

— Tu as raison. Je sais que tu as raison.

De nouveau, Marie-Hélène se tait. Puis elle ajoute dans un murmure, comme si elle ne parlait que pour elle-même :

— Quand j'étais enceinte, ma plus grande crainte était de mourir avant mon bébé. Si tu savais le nombre de fois où j'ai bâti des scénarios pitoyables d'enfants orphelins. C'était une vraie obsession. Aujourd'hui, c'est le contraire. J'ai l'impression que mon esprit a basculé quand elle est venue au monde et je n'arrête pas d'imaginer ce que je deviendrais s'il fallait que Laurence parte avant moi. C'est pour ça que je ne veux voir personne. J'ai tellement peur qu'elle attrape une grippe, un virus. S'il fallait qu'à cause de notre négligence… C'est pour ça aussi que je la garde avec moi tout le temps. J'ai l'impression que lorsqu'elle est dans mes bras, rien ne peut lui arriver. C'est ridicule, mais je n'y peux rien.

À ces mots, François comprend que le désespoir qui habite Marie-Hélène est total, incontrôlable. Et c'est ce désespoir qui a guidé ses gestes, ses propos. Comment pourrait-il lui en vouloir ? Se dégageant de l'étreinte de Marie-Hélène, c'est lui maintenant qui entoure ses épaules d'un bras protecteur.

— Pourquoi n'avoir rien dit, Marie ? Pourquoi avoir gardé cette peur pour toi toute seule ? Si tu savais comme je comprends mieux. Tu aurais dû parler, mon amour. Je suis là. On est deux à l'aimer, notre petite Laurence. Et nous serons deux à trembler pour elle si un jour…

— Je sais.

Levant les yeux vers François, Marie-Hélène ajoute :

— Je t'aime, François.

— Oh ! Moi aussi je t'aime, je vous aime. Tellement…

Pendant un long moment ils restent enlacés, la petite Laurence dormant entre eux. Tout doucement, François se dégage.

— Viens, Marie. Maintenant on va dormir. Avec un peu de chance on a peut-être deux heures devant nous.

— Et Laurence ?

François répond à cette interrogation par un sourire ému qu'il pose sur le bébé endormi.

— Laurence ? Elle vient avec nous. Tu sais, moi aussi j'ai l'impression qu'elle est en sécurité auprès de nous. Que tant que nous veillerons, rien ne saurait l'atteindre.

Ce n'est que plus tard, au moment où les premières vagues du sommeil commencent à l'emporter, que François repense à ses parents. Il entend le souffle régulier de Laurence qui dort tout contre lui et, avant de s'endormir pour de bon, il jure que plus jamais il ne tiendra ses parents à l'écart de sa vie. C'est avec eux qu'il veut désormais partager les joies comme les peines que la vie sèmera sur son passage.

CHAPITRE 4

« Faut pas laisser les regrets v'nir gâcher ton plaisir.
Garde tous tes souvenirs ben précieusement
dans ton cœur pis fonce drette en avant de toi.
Y'a rien que de même qu'on peut être heureux. »

Parole de Gisèle Veilleux, tante de Cécile, à l'automne 1953

Janvier, jusqu'à ce jour, brise des records de froidure. Et comme le grommelle si bien Sébastien, chaque matin quand il vérifie le thermomètre :

— Pour un ancien itinérant comme moi, il n'y a rien de pire que le frette...

Les quelques carrefours qu'il doit traverser pour se rendre à son école d'art en sortant de l'autobus suffisent à le renfrogner. Mais l'odeur de peinture et de diluant qui imprègne le local ravive son sourire.

Jamais de toute sa vie il n'a été aussi heureux.

Du matin au soir, penché sur sa table à dessin ou devant son chevalet, il oublie tout. Même le fait que son père n'a pas encore appelé pour lui parler de leur départ afin de retrouver Maxime perd de son importance quand il est à ses cours. Pourtant, au soir du réveillon, Me Duhamel semblait heureux de constater que Sébastien était prêt à partir immédiatement. Heureux et visiblement soulagé.

Mais depuis ce jour, il n'a donné aucune nouvelle.

— Probablement que ton père n'a rien de nouveau à dire, avait suggéré Virginie. Si, comme tu le dis, Maxime le fuit, il n'est sûrement pas facile à trouver. Et puis, un avocat comme ton père ne peut probablement pas quitter la ville comme bon lui semble à tout moment. Il doit avoir des procès en cours. Non ?

— Peut-être, oui...

Invariablement, ils en restent là. Mais, chaque soir, le rituel de la question de Sébastien est respecté. La première chose qu'il fait en entrant quand il rejoint Virginie à leur appartement, c'est demander si son père a appelé... Et devant la réponse négative chaque jour répétée, il a un bref instant d'intériorité, comme un voile qui se pose sur son regard, avant de se ressaisir et de se lancer avec enthousiasme dans la description de sa journée.

— Fabuleux ! C'est inouï tout ce que j'arrive à faire avec un peu de technique. Incroyable ! Attends que mes peintures soient sèches et que je puisse les apporter sans risquer de les abîmer. Tu vas voir le progrès. Même mon professeur dit que...

Immanquablement, il en a pour une bonne demi-heure d'explications, de descriptions, de détails à raconter. Devant sa visible euphorie, Virginie se prête au jeu de bonne grâce. Jamais elle n'aurait pu imaginer que le jeune homme taciturne qu'elle a connu puisse être à ce point exubérant. Petit à petit, elle voit Sébastien changer, devenir plus sûr de lui. Entre eux, la relation aussi se modifie, se stabilise. Virginie n'est plus uniquement l'appui dont Sébastien croyait avoir besoin à travers l'amour qu'il ressentait pour elle. Virginie est maintenant la compagne, l'amie avec qui il peut tout partager. Les études de la jeune fille vont bon train, et de plus en plus souvent elle parle de devenir professeur.

— Il me semble que j'aimerais ça, passer mes journées avec une bande de gamins. J'aime les enfants. Mais je crois que je préférerais les petits. Deuxième, troisième année... Avec les ados je suis moins à l'aise.

L'avenir se dessine tranquillement. Ils le voient de plus en plus précis, ensemble, tous les deux, et ils en parlent avec enthousiasme.

— Quand on pourra le faire, on va déménager.

— Oh ! oui ! J'aimerais bien avoir un atelier. Un coin dans la cuisine, ça peut aller pour de l'aquarelle, mais avec l'huile...

— Et moi une salle d'étude qui sera peut-être un jour une salle de correction. J'en ai assez de voir traîner des piles de papier et plein de livres partout dans notre chambre.

— Et moi j'ai toujours peur qu'il arrive malheur à mes dessins. Ça me donne des sueurs dans le dos de les voir partager la même table que la cafetière ou les bols de soupe !

Ils ont des projets, des ambitions, des rêves. Ils sont heureux. Et si ce n'était de l'inquiétude qu'il ressent quand il pense à Maxime, pour la toute première fois dans sa vie, Sébastien pourrait dire qu'il n'a plus peur de l'avenir. Il a enfin compris qu'il n'est plus une victime soumise aux revers du destin mais bien l'artisan des événements.

— J'ai compris qu'avec de la volonté, on peut faire bouger les choses.

Comme tous les jeudis soir, il est avec Gilbert pendant que Virginie travaille à la boutique. Les deux hommes se retrouvent toujours avec un même plaisir partagé. Le gros homme, fidèle à lui-même, l'attend chaque fois avec un gueuleton digne des grands chefs, son tablier fleuri posé de guingois sur sa panse volumineuse, sa voix susurrante, son sourire contagieux et cette affection sincère qui marque leur relation depuis près de deux ans maintenant.

— Je savais que tu finirais par t'en sortir, mon beau.

Sébastien a un sourire moqueur.

— Tu savais ça, toi ? Ben t'étais le seul parce que moi, si je m'en souviens bien, je ne voyais pas grand-chose devant. Ni derrière, finalement. À part les taloches…

Pour un instant, Sébastien se laisse emporter vers ses souvenirs. Curieusement, chaque fois maintenant qu'il repense à son enfance, il lui semble que les images sont moins précises. Comme si elles étaient moins vraies.

— C'est drôle comme notre perception des choses peut changer au fil du temps, fait-il pensivement, sachant qu'avec Gilbert il n'a pas besoin d'élaborer ses pensées.

— C'est normal. C'est signe que tu vieillis, mon Sébas. Qui aurait pu dire que tu accepterais de voir ton père sans te jeter sur lui toutes griffes dehors ?

Sébastien ébauche encore une fois un petit sourire.

— Ouf ! Tu sais… On dit tellement de choses. C'est peut-être ce que j'aurais voulu faire, mais jamais je n'aurais osé. Je le détestais, oui, et j'avoue que je ne sais pas encore si j'ai envie de lui faire confiance, mais j'avais surtout peur de lui.

— Et maintenant ?

— Maintenant ?

Sébastien reste silencieux, le regard hermétique. Puis il hausse les épaules en levant la tête vers Gilbert.

— Je ne sais pas trop… C'est sûr que ce n'est pas la grande passion. C'est mon père, oui, et je découvre petit à petit un homme différent de celui qui a alimenté ma rage. Ça, c'est certain. Mais au-delà de ça…

De nouveau, Sébastien retourne à l'intérieur de lui-même pour quelques instants. En soupirant il ajoute :

— Je n'arrive pas à dire... Il me déconcerte. Oui, c'est un peu ça. Je ne sais plus quoi penser.

— Peut-être bien que tu en avais une perception tellement noire que de découvrir des nuances te surprend. Mais dis-toi bien qu'il n'y a personne de totalement noir ou de totalement blanc. On est tous faits de demi-tons. Ton père n'est pas différent des autres.

— C'est sûr. Mais ça n'explique toujours pas pourquoi il nous traitait aussi durement. Tu devrais le voir avec Alexandre, mon petit frère. Ce n'est pas le même homme.

S'emportant, Sébastien ajoute :

— Je n'ai toujours bien pas rêvé les insultes, les taloches, les punitions. Comme s'il avait voulu nous mater alors qu'avec Alexandre...

À ce moment, Sébastien surprend le regard de Gilbert qui l'observe à la dérobée. Le jeune homme se dépêche de dissiper le malentendu possible.

— Ne te méprends pas, Gilbert. Je ne suis pas jaloux d'Alexandre. Il est tellement chouette. Mais je l'envie. Et je ne comprends pas pourquoi mon père....

— À l'époque ton père buvait, l'interrompt alors le gros Gilbert.

— La belle excuse ! Non, Gilbert, pas avec moi. Je refuse de lui trouver des excuses. Rien ne peut justifier ce qu'il a fait.

— Alors pose-lui des questions. Dis-lui ce que tu ressens.

La colère de Sébastien retombe sur-le-champ, comme un ballon qui se dégonfle d'un seul coup quand il vient se frotter aux épines d'une rose.

— Facile à dire... Quand je dis qu'il semble différent,

faut quand même pas exagérer ! Sur bien des points, Me Duhamel correspond encore au souvenir que j'en avais. Il est toujours aussi cinglant, arrogant. Et il réussit encore à me paralyser, inquiète-toi pas. Alors, pour ce qui est d'avoir une conversation avec lui…

— Ce n'est pas toi qui disais qu'il faut savoir faire bouger les choses ?

Sébastien arbore un sourire moqueur.

— Oh toi ! Tu l'as la manière de nous remettre à notre place. Oui, c'est ce que j'ai dit.

— Alors bouge, grands dieux ! Ton père te bouffera pas tout cru. Vide la question une bonne fois pour toutes pis après tu décideras de ce que t'as envie de faire face à lui.

— Tu penses ça, toi, que je vais pouvoir décider quelque chose ? Si Me Duhamel n'a pas le contrôle de la situation, rien ne va. Tiens ! Prends juste pour Maxime. J'étais même prêt à repousser mes cours. Et, bien sincèrement, je pensais que ça y était : pour une fois, mon père et moi on était sur la même longueur d'ondes. Mais je m'étais trompé. On va partir le jour où lui va décider qu'il faut partir. Et pendant ce temps-là, mon frère est tout seul au bout du monde et, selon ce que mon père en dit, il n'en mène pas large. Qu'est-ce qu'il attend pour agir ?

— Il n'y a que lui qui pourrait répondre à ça…

Et sur cette constatation navrante, mais criante de vérité, Gilbert se relève pour ajouter une bûche dans l'âtre. Il connaît suffisamment Sébastien pour savoir qu'il a besoin de digérer leur conversation avant de réagir. Du coin de l'œil, tout en tapotant ses chers coussins de soie jaune paille et en jouant avec quelques revues déjà en piles rectilignes, Gilbert observe le visage de Sébastien. Celui-ci finit par lever les yeux vers son ami.

— Je sais que tu as raison. Mais par quel bout commencer ? Des fois, j'ai l'impression que je n'ai pas tellement changé. Je sais, je ne sais pas. Je veux pis j'ai peur en même temps.

— On ne change pas, Sébas. On évolue. Et c'est probablement bien mieux comme ça.

— Ouais... Mais disons que dans mon cas, l'évolution ne m'a pas fait avancer tellement plus loin qu'à la case départ. J'aimerais, oui, clarifier certaines choses avec mon père. Mais en même temps, j'ai l'intuition que ça va me faire mal. Alors j'hésite. C'est lui qui disait de moi quand j'étais petit que je ne savais jamais ce que je voulais. Peut-être bien qu'il avait raison. Après tout, je ne serai peut-être qu'un éternel insatisfait.

Mais au même moment, Sébastien entend la voix de son père qui lui disait, il y a de cela quelques semaines à peine, qu'il était fort : « Je te savais capable de t'en sortir tout seul. » C'est exactement cela que son père avait dit. Était-ce là la perception que son père avait réellement de lui ou n'était-ce que des paroles gonflées de vent ? De celles que le brillant plaideur manipule à loisir ? Accablé, Sébastien souffle dans ses joues avant de se retourner vers Gilbert.

— Je le répète : j'ai l'impression de me retrouver à la case départ et que je n'en sortirai jamais. Je n'ai pas envie de passer le reste de ma vie à surveiller le téléphone en espérant l'entendre sonner même si j'ai peur d'entendre la voix autoritaire à l'autre bout de la ligne.

— Il n'y a qu'une solution : provoque les choses, mon beau. Prends les devants. Invite ton père à manger quelque part. Rien de mieux qu'une bonne bouffe pour détendre l'atmosphère, propose le gourmand impénitent qui veille en permanence. Je ne sais pas... Je peux peut-être te passer mon appartement ? Comme ça, tu serais en terrain neutre. Je pourrais même te préparer un bon petit souper et tu…

Déjà le gros Gilbert élabore le menu, tout heureux d'être utile à quelque chose.

— Ici ?

Du regard, Sébastien fait le tour de la pièce, interrompant l'envolée du gros homme. Malgré le vent glacial qui souffle à la fenêtre, le salon rose et jaune réchauffe le cœur comme un jardin inondé de soleil chauffe la peau en plein été. Ici, c'est l'endroit au monde où Sébastien est le plus à son aise. Ici et en compagnie du gros homosexuel qu'il a connu pour une tout autre raison. C'était l'époque de la rue, l'époque des recherches à l'intérieur de soi, l'époque où, en échange d'un repas et d'un lit, Sébastien était prêt à bien des concessions. Mais la relation entre les deux hommes avait rapidement évolué et maintenant, c'est une solide amitié qui les unit. Alors, levant les yeux vers Gilbert, Sébastien ajoute :

— Non, Gilbert, pas ici. Parce que je ne serais pas en terrain neutre. Ici, vois-tu, c'est un peu chez moi. J'ai peut-être retrouvé celui que la vie m'a donné comme père mais celui qui vit ici, c'est le père que j'ai choisi. Et là-dessus, je n'ai surtout pas envie de donner d'explications. Ça m'appartient et jamais je ne le partagerai avec Me Duhamel. Mais tu as raison sur un point : j'ai envie de savoir et j'en ai assez d'attendre. Et toutes mes questions sans réponse, il n'y a que moi qui peux les poser si je veux une réponse…

* * *

La conversation avec Gilbert a ébranlé Sébastien. Après quelques jours de réflexion, le jeune homme doit admettre qu'il reste encore trop de choses dans l'ombre, trop d'hypothèses, de suppositions… À commencer par ce silence persistant concernant Maxime.

— Je dois lui parler, tranche-t-il à voix haute.

L'image de sa chambre d'enfant que personne n'a touchée pendant de si nombreuses années, malgré la naissance d'Alexandre, continue de l'intriguer. Comment un homme aussi détaché que son père peut-il accorder de l'importance à un détail aussi superficiel qu'une chambre ? Il aurait pu la donner à Alexandre au lieu de bouleverser son bureau ? Et d'ailleurs, où travaille-t-il maintenant quand il est à la maison ? À moins que ce soit Muriel qui ait imposé le changement. Cette femme semble différente de sa mère… Puis c'est la chambre de Maxime qui s'impose. Sombre, dépouillée, hormis cette immense affiche criant un désespoir sans fond.

Mais qu'est-ce que son père attend pour bouger ?

Incapable de supporter le poids de ses nombreuses questions sans réponse, Sébastien se décide enfin à prendre les devants. Comme le dit si bien Gilbert, Me Duhamel ne le « bouffera pas tout cru ».

Contre toute attente, son père semble ravi de l'avoir au bout de la ligne.

— Je pensais justement à toi.

Ah oui ? « Facile à dire ! Pourquoi ne pas avoir appelé ? », pense aussitôt Sébastien. Mais il retient sa curiosité. Ce serait bien mal entamer un dialogue que de provoquer son père. Par contre, il entend bien profiter de ce qui lui semble de la bonne humeur.

— Que dirais-tu d'un dîner ensemble ? Au restaurant.

Le jeune homme improvise, visualisant mentalement avec horreur le trou béant qu'un repas au restaurant va faire dans son maigre budget.

— D'accord. Mais c'est moi qui invite.

Soulagé, Sébastien accepte, et laisse à son père le soin de déterminer l'endroit. Puis il raccroche. Soulagé et anxieux à la fois. Voilà, les premiers pas sont faits. Que fera-t-il de ces instants en tête-à-tête ? Il l'ignore totalement. Il ne saurait dire s'il aura le courage d'aller jusqu'au bout. Revenir à son enfance demanderait une bonne dose de confiance qu'il est loin de ressentir envers son père. Mais parler de son enfance, c'est aussi revenir à sa mère et à son frère. Et de là part toute l'attitude qui a été la sienne pendant des années. Alors Sébastien se dit que c'est pour sa mère qu'il va tenter de savoir. Savoir pourquoi un bon matin elle a choisi de quitter le domicile familial sans laisser d'adresse. Pourquoi ? Peut-être bien qu'après tout son père saura répondre à cette question qui a obsédé son adolescence.

— Au pire, se dit-il à voix basse, pour la énième fois en retirant de la garde-robe les vêtements qu'il portait pour le réveillon, je parlerai de mes cours. Là au moins je me sens en terrain connu. Et je parlerai de Maxime. Ça au moins, c'est un point commun entre nous…

Il quitte l'appartement avec des papillons dans l'estomac, sous l'œil inquiet de Virginie qui le regarde partir par la fenêtre. Elle sait à quel point cette rencontre est importante pour lui. Et si ça devait mal tourner, pour quelque raison que ce soit, Sébastien en reviendrait démoli. La jeune fille en est convaincue et n'ose imaginer ce qui pourrait en découler. Il reste en Sébastien une grande part d'ombre que seul son père pourrait dissiper. Si ce dernier n'y arrive pas, Sébastien est bien capable de tout laisser tomber de nouveau. Le jeune homme a peut-être commencé à changer, il est plus sûr de lui, mais présentement Virginie se demande si c'est vraiment profond ou si, au contraire, ce n'est qu'une façade friable échafaudée par la reconnaissance de son talent. Sur ce point, Sébastien fonce droit devant. Mais pour le reste…

Sébastien tenait à faire la route à pied jusqu'au restaurant choisi par son père. Comme si ce semblant de retour à l'itinérance pouvait amener en lui une part de désinvolture capable de tout régler. Capable de lui donner suffisamment de détachement pour oser aborder ce qui encombre sa vie depuis tant d'années. Sébastien a l'impression de marcher sur une corde raide sans filet protecteur. Quand il entre dans le restaurant, son père l'attend déjà et juste à le voir, Sébastien se sent tout tremblant.

— Salut, garçon. Heureux de te voir. Je te fais venir à boire ?

— Non… Merci. En fait, je bois rarement.

— Bonne chose.

Puis, au bout d'un silence songeur :

— Très bonne chose.

L'occasion de parler est là, à portée de bon vouloir. Encore plus facile que tous les scénarios élaborés par Sébastien depuis quelques jours. Mais les mots se refusent à lui. Tout comme lorsqu'il était enfant, il a la sensation désagréable de ne plus avoir de pensée. Dans sa tête, hormis les battements désordonnés de son cœur qui lui remplissent les oreilles, il n'y a rien d'autre. Comme un grand trou noir sans fond… Il doit faire un effort surhumain pour porter attention à ce que son père est en train de lui dire.

— …Alors tu veux un Virgin Mary ou pas ?

— Pardon ? Je m'excuse, mais j'étais dans la lune.

— Pas nouveau, ça.

Le ton de Me Duhamel est moqueur, un brin

sarcastique. Sébastien soupire. Que croyait-il ? Que tout avait changé ? Il hausse les épaules.

— Non, là-dessus je n'ai pas changé, admet-il avec une pointe d'agressivité. Et après ?

— Pas de problème, Sébastien. Aujourd'hui, je peux très bien vivre avec ça. Alors ce *drink* ? Tu le veux ou pas ?

— Je prends.

Les quelques instants pris par le serveur à lui apporter son verre ont permis à Sébastien de constater que le courage lui manque toujours. Pourtant son père semble en grande forme. L'œil vif, le regard acéré détaille Sébastien sans rien perdre de ce qui se passe autour de lui. Sarcastique, hautain — comme il l'a toujours été —, ce qui ne l'empêchait pas d'être malgré tout de bonne humeur à l'occasion... Fataliste, Sébastien admet que ce ne sera pas suffisant. C'est pourquoi, après un long soupir et une bonne gorgée, il lance :

— J'ai commencé mes cours, tu sais.

— Ah oui ?

Et sur ce, Me Duhamel éclate de rire.

— Pourquoi jouer les surpris ? Comme si je ne le savais pas ! Et alors ? C'est comment ?

— C'est super ! Les profs sont pas mal forts. Il y en a même un qui est membre de l'Académie royale.

Sébastien est volubile, enthousiaste. Il parle techniques, tendances, écoles. Et son père lui donne la réplique sur un ton avisé. Surpris, Sébastien s'aperçoit que Me Duhamel en connaît un bout sur la peinture. Des impressionnistes à Picasso, il trace un portrait juste et éclairé sur les tendances du dernier siècle. Muriel se moquait vraiment lorsqu'elle a lancé qu'il lui faudrait l'éduquer en matière d'art...

Mais alors que Sébastien s'apprête à lui donner joyeusement la réplique, son père l'interrompt en plein envol.

— Suffit maintenant.

Sébastien fronce les sourcils.

— Mais que se...

— Assez parler peinture.

Puis, après un bref silence :

— Si on parlait de ce qui t'amène vraiment ici ? Qu'en dis-tu ?

— Ce qui m'amène... Pourquoi tu dis ça ?

— Parce que je sais que ce n'est pas uniquement pour me faire un discours comparatif sur l'art que tu m'as appelé. Je me trompe ?

Sébastien reste silencieux. Puis, osant un regard vers son père en rougissant, il demande :

— Comment peux-tu...

Me Duhamel hausse les épaules avec désinvolture.

— Parce que c'est mon job de deviner ce qui se cache derrière les beaux discours. J'ai vite compris que ton enthousiasme, sans être faux, était peut-être un peu forcé... J'ai raison ou pas ?

À ces mots, Sébastien rougit de plus belle. Mal à l'aise comme toujours de se savoir si prévisible. Pourtant, il concède :

— Tu as raison. Depuis Noël, je pense très souvent à Maxime. Qu'est-ce qu'on attend ? Il me semble que c'était clair au réveillon et que...

Me Duhamel l'interrompt de nouveau. D'un soupir très long et contrarié.

— Disparu, ton frère. Envolé. Dernière destination connue : Paris. Depuis, plus rien. Le détective que j'ai engagé compte sur ses contacts pour le retrouver. Mais Paris, ce n'est pas Montréal... Faudra être patient, je présume. Je m'excuse mais effectivement, j'aurais dû te prévenir. Mais tu sais ce que c'est...

— Ah bon ! laisse tomber Sébastien, visiblement déçu à la fois de savoir son frère disparu et de voir que son père n'a pas songé à le prévenir.

— C'est comme tu dis. Surtout qu'avec Maxime...

C'est au tour de Me Duhamel d'avoir l'air songeur, hésitant. Il regarde Sébastien intensément, ses sourcils broussailleux formant une forêt compacte au-dessus de son regard perçant. Le moment qu'il anticipe depuis tant d'années serait-il venu ? Sébastien est-il vraiment devenu l'homme équilibré qu'il laisse croire ? Serait-il, aujourd'hui, capable de connaître enfin la vérité ? Parce que parler de Maxime, c'est aussi parler de Brigitte, leur mère. Et le sujet est délicat... Pourtant, dans le regard de son fils, Me Duhamel croit deviner des milliers de questions sans réponses. Et ce regard-là est clair, direct, sain. Rien à voir avec Maxime qui, lui... Se fiant à son flair, il se décide d'un coup comme il le fait quand il rencontre un nouveau client. D'un regard il jauge la situation et l'individu et, se fiant à son intuition, il prend la décision de le défendre ou pas. Et jusqu'à maintenant, son intuition ne l'a jamais trompé. Alors, rompant le silence qui s'est glissé entre lui et Sébastien, il propose :

— J'aimerais te parler de Maxime. De Maxime et de ta mère.

Le ton est curieusement très doux. Un peu comme celui qu'il employait l'autre jour quand il s'adressait à Alexandre. Parce que pour Me Duhamel, aussi cinglant puisse-t-il être généralement, Sébastien est aussi son fils et, au fil des ans, il a compris bien des choses. Le jeune homme, intrigué, lève un regard interrogateur. Est-ce bien à lui que Me Duhamel veut parler ?

— Ce que j'ai à dire ne sera pas facile à entendre. Bien

que… La vie est telle qu'elle est et parfois on n'y peut rien changer. Et quand on ne peut pas changer les choses, les regrets sont inutiles. C'est pour cela que l'autre jour, chez toi, j'ai dit que je ne te demanderais pas pardon. Je regrette peut-être la façon dont les choses se sont passées, l'alcool et le reste parce que ça, j'aurais pu avoir un contrôle dessus. Par contre, je ne regrette nullement les événements. Je n'y étais pour rien.

Après avoir fixé Sébastien un long moment, Me Duhamel ajoute :

— À voir l'homme que tu es devenu, j'oserais même dire qu'il n'y a rien à regretter. Je suis fier de toi.

C'est la première fois que Sébastien entend son père dire qu'il est fier de lui. Une grosse boule d'émotion lui bloque la gorge et il sent ses yeux devenir brillants pendant que son père, les coudes appuyés sur la table, regarde maintenant fixement devant lui. Alors Sébastien sait que Me Duhamel s'apprête à raconter. Le grand plaideur a toujours ce moment de recul, d'intériorité avant de se mettre à parler.

— Ça remonte à loin… J'avais à peu près ton âge. J'étais à l'université. C'est là que j'ai rencontré Brigitte. Une femme brillante, très jolie, qui suivait les mêmes cours que moi. Oui, ta mère était ce que j'appelle un esprit supérieur. Trop, peut-être…

Subjugué par les paroles de son père, par sa voix grave qui sait si bien mettre les émotions là où elles se doivent, Sébastien se cale sur sa chaise pour écouter. Me Duhamel parle bien. Quand il raconte un événement, une anecdote, l'avocat laisse le plaideur prendre toute la place. Et il plaide comme d'autres racontent des histoires, avec son cœur, avec son âme. Et présentement, l'avocat est conscient que ce sera probablement la plaidoirie la plus importante de sa vie : il plaide pour sa propre défense. Fasciné comme le sont tous les enfants devant le passé de leurs parents, Sébastien remonte dans le temps à la suite de son père. Il imagine aisément le petit appartement qu'Antoine et Brigitte habitaient au début de leur mariage, sur le plateau Mont-Royal, alors qu'ils venaient tous deux de terminer leurs études. Ils se préparaient l'un comme l'autre à une brillante carrière. Antoine jugeait que la rhétorique de Brigitte était assurément un peu échevelée, mais la jeune femme palliait ce défaut par un charisme indéniable qui faisait oublier un discours parfois décousu. Quant à lui, il s'était fait remarquer par une firme d'envergure qui l'avait rapidement engagé. Habile négociateur, en quelques années à peine il en était devenu un associé important. Selon leurs calculs, les problèmes financiers devaient normalement s'aplanir d'eux-mêmes assez rapidement. C'est là qu'ils avaient, Brigitte et lui, emménagé dans l'immense maison blanc et noir. Brigitte était enceinte de trois mois.

— C'est à ce moment que ta mère a changé. Ce que j'appelais des convictions profondes, des envolées oratoires passionnées malgré parfois le ton discordant, s'est transformé en comportements excessifs ! Tout était prétexte à suspicion, à rejet : elle disait que ses collègues de bureau la critiquaient, elle était persuadée qu'on lui donnait toujours les procès perdus d'avance. Elle allait même jusqu'à prétendre que le marchand du coin de la rue la regardait bizarrement. Bien sûr, ce n'était que pure imagination ! Du jour au lendemain, elle a quitté son emploi. Elle justifiait cette décision par sa grossesse. Quoi de plus normal, n'est-ce pas ? Je n'y ai vu que du feu ! C'est à cette même époque que Brigitte s'était mise à développer des passions aussi envahissantes que subites ! Et moi, pauvre imbécile, je prenais plaisir à trouver une maison impeccable ! J'aurais dû me douter que ce n'était pas normal de frotter avec une telle frénésie. Mais j'étais encore au début de ma carrière, les charges financières étaient lourdes et notre bébé allait naître dans quelques semaines ! Je ne m'arrêtais pas à tous ces détails qui auraient dû, déjà à cette époque, me mettre la puce à l'oreille. Pourtant, c'est plutôt bizarre de partir une machine à laver pour une simple chemise et on n'a pas vraiment besoin de cirer un plancher de cuisine aux trois jours ! Je me disais qu'elle devait trouver les journées longues et qu'elle s'occupait comme elle le pouvait. C'est alors que tu es né. Jamais je n'ai vu ta mère pleurer autant ! Elle voulait une fille et voilà que son beau rêve venait de s'écrouler ! Les médecins avaient alors parlé de dépression *post-partum* et, encore une fois, je me suis laissé endormir par des belles paroles. On me disait que c'était fréquent et que tout allait rentrer dans l'ordre une fois de retour à la maison. Et c'est bien ce que j'ai cru. Ta mère a recommencé à frotter. Elle s'occupait bien de toi. Tout était donc revenu à la normale. Je travaillais comme un fou pour joindre les deux bouts parce qu'il semblait de plus en plus évident que ta mère ne reprendrait pas le boulot, et la maison, c'était avec un budget basé sur nos deux salaires qu'on l'avait achetée ! Et c'est aussi à ce moment-là que j'ai commencé à boire. Je palliais le manque de sommeil par un verre de boisson. L'alcool me fouettait les sangs et me permettait de passer au travers. Belle erreur, oui ! Mais à l'époque, je considérais que notre vie était on ne peut plus normale. Comme tous mes collègues, je roulais à un train d'enfer, mais c'était correct. Ma réputation d'excellent plaideur commençait à porter fruit. Je me suis mis à faire de l'argent, beaucoup d'argent et, comme bien des jeunes, j'y voyais là le signe évident d'une réussite sociale et familiale. Puis ta mère est devenue enceinte une seconde fois. Si tu savais à quel point j'ai souhaité que cette grossesse ramène les choses à la normale. Avec deux enfants sur les bras, je me disais que ta mère arrêterait enfin de frotter. Car c'était devenu une véritable obsession et ça commençait vraiment à m'inquiéter. Alors j'ai prié pour avoir une petite fille. Pour moi, il semblait évident que tout devait passer par là. Mais ton frère est né et la santé mentale de ta mère, déjà précaire, s'est détériorée de façon notoire. Son contact avec la réalité a périclité de plus en plus jusqu'à devenir un fil ténu. Et encore ! Ce fragile contact avec le monde ne concernait que les choses du quotidien qu'elle continuait de traiter avec frénésie. Les repas étaient prêts, le ménage était fait, le linge était impeccable, mais encore faut-il voir de quelle façon ta mère le faisait… Tu dois te rappeler combien elle était maniaque d'ordre et de propreté, non ?

— C'est vrai, se rappelle Sébastien dans un souffle.

— Et moi, poursuit Antoine Duhamel, j'avançais dans la vie en me croisant les doigts, toujours sur le qui-vive, incapable d'entrer en communication réelle avec ta mère. Il lui arrivait souvent, la nuit, de me tenir des discours complètement farfelus sur tous ces gens qui nous en voulaient. C'est pour ça que je ne voulais jamais de vous deux dans notre chambre. Je ne voulais pas que vous voyiez votre mère avec ce visage hagard… Elle vivait dans un monde à part où vous étiez les seuls à pouvoir entrer, Maxime et toi. Jusqu'au jour où de retour après le travail, je vous ai trouvés, tous les deux, habillés avec des robes. Ta mère venait de régler son problème. Elle était euphorique. Elle avait eu deux filles…

Pendant un instant Me Duhamel se tait. Puis il reprend, d'un ton las:

— Jamais, je crois, je n'ai fait de colère aussi grande que ce jour-là! Oui, j'avoue que j'ai perdu le contrôle. Mais j'avais tellement peur pour vous deux. Peur des dommages que votre mère pouvait causer en vous traitant de la sorte. Tu devais avoir environ trois ans… Finalement, j'ai réussi à convaincre votre mère qu'elle était fatiguée, très fatiguée, ce qui n'était que vérité car avec les journées de fou qu'elle s'imposait à frotter et laver, elle avait atteint ses limites. Elle a accepté de consulter un médecin. Et le diagnostic est tombé rapidement: Brigitte était schizophrène et maniaco-dépressive. C'est comme si j'avais reçu un coup de massue derrière le crâne.

De nouveau Me Duhamel se retranche dans son silence pour un bref instant. Puis il lève son regard d'aigle vers son fils. Curieusement, Sébastien n'y voit qu'un reflet de l'autorité habituelle. Présentement, c'est le mot détermination qui lui monte à l'esprit. Détermination et courage…

— À partir de là, notre vie familiale a pris la tournure dont tu dois te souvenir. Ta mère a été mise sous médication, ce qui apportait un semblant de mieux au quotidien. Mais ça n'a jamais empêché les lubies, les accès de frénésie de toutes sortes. Et surtout, ça n'a jamais remis en question l'envie qu'elle avait d'avoir des filles. Et à partir de là, les choix qu'elle faisait pour vous deux étaient toujours biaisés. Vos cheveux longs, les couleurs pastel qu'elle s'entêtait à vous faire porter, les sports qu'elle bannissait systématiquement de vos vies. Tu ne pourras jamais imaginer à quel point tout cela me faisait peur, me rendait agressif. Chaque matin, quand je quittais la maison pour le travail, je partais à reculons. Je ne savais jamais à quoi m'attendre pour le retour. Quand tout s'était bien passé, je prenais un verre pour me détendre. Quand il y avait problème, je prenais un verre pour me donner le courage de l'affronter. Et quand j'avais bu, la peur se transformait en rage contre elle et contre la vie. Quand elle a quitté la maison, ça faisait quelque temps qu'elle avait décidé de ne plus prendre ses médicaments et je savais que quelque chose allait se passer. J'ignorais quoi et quand, mais son attitude redevenait celle d'avant et son monde n'avait rien à voir avec le nôtre. Finalement, son départ de la maison m'a soulagé. Ça aurait pu être pire que cela.

Sébastien a écouté sans interrompre, buvant les paroles de son père.

— Mais pourquoi n'avoir rien dit ?

— Oh, tu sais... On veut toujours faire pour le mieux quand un orage traverse notre vie... Je pensais que vous étiez trop jeunes pour comprendre. Et, je l'avoue, la boisson faussait bien des données à cette époque-là. Mais comme la plupart des alcooliques, je refusais de l'admettre. La dégringolade était prévisible et c'est exactement ce qui s'est passé. Vous avez été placés, Maxime et toi. Et tu connais le reste...

— Et maman ? Est-ce que...

— Ta mère ? Je l'ai fait rechercher, tu dois bien t'en douter. La police l'a retrouvée errant dans les rues de la ville, complètement désemparée, perdue. Elle a été hospitalisée, mais jamais elle n'a repris contact avec la réalité. Elle est placée depuis ce temps-là. Je vais la voir une fois par mois mais elle ne me reconnaît pas. Elle vit dans son monde, passant ses journées à parler de ses filles à qui veut l'entendre. Heureusement, les médecins disent qu'elle n'est pas malheureuse. Elle traverse la vie sans même s'en rendre compte...

À travers les propos de son père, des milliers d'images

ont submergé l'esprit de Sébastien. Des images, des souvenirs, des émotions appartenant à son passé mais le rejoignant au présent dans ce qu'il a de plus sensible. Beaucoup de choses se recoupent, s'assemblent, s'expliquent. Cela ne lui rendra jamais son enfance. Cette période de sa vie a été écorchée et le restera. Mais aujourd'hui, il peut comprendre pourquoi...

— Voilà, conclut le père de Sébastien en ouvrant les mains sur la table comme s'il lui présentait quelque chose.

Puis d'une voix rauque, chargée d'émotion, il reprend :

— Malheureusement, ces mains-là vous ont frappés, ton frère et toi. Et ça, oui, je le regrette. Mais à l'époque je croyais compenser aux mièvreries de votre mère par une attitude dure. C'était ridicule et aujourd'hui, je le reconnais. Et je te jure que jamais je ne lèverai la main sur Alexandre. Je sais maintenant que mon attitude envers vous était à sa façon aussi dommageable que celle de votre mère. Mais comme moi aussi j'avais été élevé à coup de taloches derrière la tête, je ne pensais pas que... Et voilà, Sébastien, tu sais tout... Presque tout.

— Presque tout ?

— Oui... Ne reste que Maxime. À le voir aller les derniers temps où il habitait avec nous, je pense qu'il a les mêmes problèmes que votre mère. Amplifiés, je dirais, par une consommation régulière de drogues diverses. Le tableau est sombre.

— Alors pourquoi attendre ?

— Tu me connais... Je n'irai pas perdre mon temps à Paris. Mais je te jure qu'à l'instant où Paul me fait signe, nous partons. Peu importe les procès en cours, je laisse tout tomber. Je trouverai bien... J'ai peut-être raté mon coup avec ta mère, en autant que j'aurais pu intervenir, je ne le saurai jamais, mais il n'est pas dit que je vais le rater avec mes enfants. J'ai fait des erreurs, c'est vrai, mais je crois qu'il est toujours temps de faire quelque chose pour Maxime. La vie m'a donné trois fils. Et vois-tu, la seule raison valable de continuer, c'est de tout faire pour les rendre heureux. Les aider à devenir des hommes capables de se prendre en main. Ça vaut pour toi, pour Maxime et pour Alexandre.

Et en disant ces derniers mots, les yeux d'Antoine Duhamel brillent de larmes contenues. Alors Sébastien tend la main et vient la poser sur celle de son père. Tout ce qu'il vient d'apprendre lui fait mal. Il en voudra toujours à cet homme d'avoir massacré son enfance. Sébastien en est cruellement conscient. Par contre, grâce à son expérience, il comprend en même temps qu'il peut lui faire confiance. Parce que malgré les apparences, malgré les mots blessants et les coups, Me Duhamel n'a jamais cessé d'aimer ses fils. Maladroitement, sincèrement… Un grand pas vient d'être franchi entre eux. Serrant durement la main de son père dans la sienne, Sébastien le regarde droit dans les yeux.

— Merci de m'avoir parlé comme tu viens de le faire. Et même si je n'accepte pas tout, je peux comprendre…

— Tant mieux. Et dis-toi bien que ce n'est pas pour implorer ton pardon que je l'ai fait. Simplement, je crois que tu avais droit à la vérité.

Et sur ce, considérant que ce qui avait à être dit l'a été, Me Duhamel retire sa main, regarde un moment autour de lui. Puis il lève le bras pour faire signe au serveur.

— Et si on mangeait maintenant ? fait-il à l'intention de Sébastien. Je n'ai plus grand temps devant moi, je rencontre un client à Bordeaux à quatorze heures.

Et sa voix a retrouvé l'intonation habituelle. Froide et cassante.

Partie II

Printemps-été 1997

CHAPITRE 5

« Par contre, ce que je connais, c'est la foi.
Celle qui soulève les montagnes et rend heureux.
Celle qui donne le pain quotidien et les mots à dire.
Gardez la foi, Jérôme... En vous, en la vie. »

PAROLES DE DON PAULO À JÉRÔME À L'AUTOMNE 1984

Le printemps tarde à s'installer. Dans le parc du Carré Saint-Louis, les allées sont toujours encombrées de neige. Le fond de l'air est humide et froid. Le ciel reste gris, lourd et encore une fois, l'annonceur télé prédit une chute de neige fondante pour la nuit prochaine.

— Ouache !

Bien que consciente de vivre enfermée dans l'appartement depuis plus de trois mois par choix délibéré, Marie-Hélène n'en reste pas moins fatiguée de cet état de fait. Si le temps pouvait enfin tourner au beau, elle pourrait se permettre de sortir un peu avec Laurence. Malheureusement il n'en est rien. L'hiver dure et perdure et jamais elle n'acceptera de promener sa fille à l'extérieur par un temps pareil. Depuis les Fêtes, son attitude envers François s'est bonifiée mais, en ce qui concerne Laurence, elle est inflexible. Sous aucune considération elle n'exposera sa fille au moindre risque tant et aussi longtemps que son bébé n'aura pas passé le second test sanguin prévu pour la semaine prochaine. Même si le docteur Langevin, le pédiatre qui suit mademoiselle Léveillé depuis sa naissance, essaie de convaincre sa maman d'avoir une vie normale.

— Je parierais ma dernière chemise que cette enfant-là est en parfaite santé, répète-t-il chaque mois lors de leur visite à son bureau. Mais de toute façon, quels que soient les résultats obtenus, il va falloir que vous acceptiez de lui donner une vie normale ! Et ce n'est pas une petite promenade dehors qui va mettre sa vie en danger, que diable !

Marie-Hélène ne veut rien entendre. Et, ayant compris qu'il ne servait à rien de la contredire, François prend la situation avec un grain de sel. S'il n'en tient qu'à cela pour voir sa femme sereine et épanouie, il gardera leur fille à l'abri des présences étrangères le temps que Marie-Hélène le jugera à propos.

— Pas de voyage à Québec. Et pas de visite chez nous.

À ces mots, François l'avait regardée de travers.

— Es-tu sérieuse en disant ça ? Tu sais aussi bien que moi que pour ce qui est de la visite éventuelle, on n'a pas d'inquiétude à avoir, Marie. Aurais-tu oublié à quel point les gens de Québec trouvent que Montréal, c'est l'autre bout du monde ? Hein ? C'est normal que nous, nous y allions mais l'inverse... Quand est-ce que ta famille ou la mienne s'est déplacée pour nous voir, hein ?

— C'est vrai. Mais disons que pour une fois, c'est parfait comme ça !

Et comme il neige sans arrêt, François non plus n'a pas envie de prendre la route.

L'hiver leur a donc servi de prétexte à rester bien confortablement chez eux, malgré les appels répétés des grands-mères qui se languissent de voir Laurence. François admet, en son for intérieur, que cela sert à merveille la crainte qui l'habite quand il pense à ses parents. Il ne leur a toujours pas parlé. L'intention est là, mais pour ce qui est de passer à l'action, il y a un monde de la coupe aux lèvres. Et le fait que son père le questionne habituellement sur son travail constitue une raison supplémentaire pour être heureux de rester à Montréal. Il aurait en effet de la difficulté à mettre l'enthousiasme habituel pour en parler. Il n'a pas oublié les propos du Docteur Samuel lui conseillant de changer d'emploi, lui recommandant de se trouver quelque chose de moins fatigant où il y aurait moins de risques d'être en contact avec la maladie, les virus. Oui, François sait fort bien qu'il devra quitter la rue et chaque fois qu'il y repense, son cœur se serre. Se promener à la grandeur du centre-ville, aider les jeunes en difficulté, c'est toute sa vie. Comment imaginer que le cours des jours pourrait changer ? Il a bien préparé son curriculum vitæ. Il en a fait une pile impressionnante de copies puis les a déposées sur le coin arrière de sa commode. Deux semaines plus tard, agacé de les voir s'empoussiérer, il les a cachées sous ses bas, dans un tiroir. « Plus tard, on y verra plus tard... » Puis il s'est dépêché de les oublier. Par chance, bébé Laurence prend beaucoup de place dans sa vie. Une place aujourd'hui remplie de ses sourires, de ses gazouillis. À n'en pas douter, c'est un bébé parfait ! Sur ce point, François et Marie-Hélène sont comme tous les parents du monde. Aucun autre enfant n'arrive à la cheville de Laurence.

— Regarde François ! Tu ne trouves pas qu'elle est encore petite pour essayer de se tourner toute seule ? Vraiment, c'est un bébé éveillé...

— Et sage ! Et jolie !

* * *

Avril est là et c'est toujours l'hiver. Mais François et Marie-Hélène ne s'en plaignent pas. Laurence a apporté avec elle une provision de soleil suffisante pour éclairer les mois à venir.

La date fatidique est arrivée. Cet après-midi, on doit faire une prise de sang à Laurence. Et dans quelques jours ils en auront le cœur net… Assise dans la salle d'attente du bureau du docteur Langevin, Marie-Hélène tient sa petite tout contre elle. Elle sent la chaleur de François contre son épaule et celle de son enfant contre sa poitrine. Ils ne parlent pas, mais ils savent très bien que leurs pensées se rejoignent. Il y a un an, ils apprenaient la présence d'un enfant dans leur vie. Depuis un an, ils attendent l'instant qu'ils sont en train de vivre, espérant qu'ils ont fait le bon choix. « Mais à cela, il n'y aura finalement que Laurence qui pourra vraiment répondre, se dit Marie-Hélène, l'estomac noué. Un jour peut-être, quand elle sera assez vieille… » Sa réflexion ne déborde jamais de cette limite qu'elle s'est inconsciemment imposée. Son esprit refuse d'aller au-delà, se refuse à imaginer cet avenir lointain que Laurence n'aura peut-être pas la chance de connaître. Si Marie-Hélène veut survivre, il lui faut, pour l'instant, vivre au jour le jour dans un monde prévisible.

Elle sursaute quand on les appelle pour pénétrer dans la salle d'examen.

Laurence n'a même pas bronché alors que l'infirmière la piquait. Curieuse de nature, elle observait le mur au-dessus de la table d'examen, et les poupées accrochées à portée de main étaient beaucoup plus intéressantes que la dame en blanc qui s'occupait d'elle.

— Et voilà, c'est fait. Vous avez une bien jolie petite fille. Et curieuse, à part ça.

François et Marie-Hélène échangent un regard. En effet, elle est très jolie, et curieuse et tout ce que l'on voudra ! Puis ils repartent pour la maison après avoir rencontré le pédiatre qui n'a rien à ajouter.

— Comme d'habitude, Laurence se porte à merveille. Bonne croissance, développement normal. Les poumons, le cœur, tout marche au quart de tour ! Dès que je reçois les résultats, on communique avec vous. Probablement ma secrétaire pour fixer un rendez-vous. Des questions ?

— Pas vraiment... À part le fait qu'elle soit toujours affamée... C'est normal ?

Le médecin éclate de rire.

— Ces chers parents d'un premier bébé ! Oui, c'est normal chez un individu en bonne santé de ressentir la faim au moins trois fois par jour !

Puis, portant les yeux sur le dossier du bébé, il ajoute :

— Presque quatre mois... Vous pouvez commencer à lui donner des céréales si vous jugez que le lait ne suffit plus.

— Déjà ?

— Eh oui ! Laurence ne restera pas dépendante d'un biberon toute sa vie !

Ils décident donc de faire un arrêt à l'épicerie avant de retourner à la maison.

— Et si nous allions à l'épicerie ensemble ?, murmure Marie-Hélène, surprise par ses propres paroles, alors que François vient de garer la voiture.

Elle lève la tête vers François, espérant peut-être qu'il prenne la décision, ne comprenant nullement d'où lui est venue cette réflexion, elle qui normalement préfère garder sa fille à l'écart de tout contact avec ce qu'elle appelle le monde extérieur. « Comme une vieille sœur cloîtrée » lui avait dit François en riant alors qu'il proposait une promenade aussitôt déclinée par Marie-Hélène. Et voilà qu'en ce moment, la proposition inattendue de sa femme rejoint justement ses propres pensées.

— C'est drôle, j'allais justement te le proposer… On dirait que maintenant que la prise de sang est faite, une page vient d'être tournée. J'ai l'impression qu'une partie de ma vie se retire dans l'ombre derrière moi. Pourtant, on n'a pas les résultats…

Pendant une brève seconde Marie-Hélène soutient le regard de François. Puis elle reporte les yeux sur Laurence qui, le nez en l'air, essaie de voir ce qui se passe de l'autre côté de la vitre teintée de l'auto.

— En effet, murmure-t-elle, c'est tout à fait ridicule, mais j'ai la même impression que toi.

Au bout d'un silence très bref, Marie-Hélène ajoute, songeuse :

— De toutes façons, quels que soient les résultats, il va falloir qu'on s'y ajuste, n'est-ce pas ? On ne la gardera pas enfermée toute sa vie…

François comprend à ces mots, surprenants venant de la part de Marie-Hélène, qu'à sa façon, petit à petit, la jeune mère se prépare. À être heureuse ou à être forte…

Alors, tous les trois, Laurence bien calée dans le creux des bras de son papa, ils sont entrés dans l'épicerie. Geste banal s'il en est un, mais pour Marie-Hélène, c'est la normalité de la vie qui la rejoint enfin. Poussant un long soupir tremblant, elle s'accroche au bras de François et ajuste son pas au sien, le cœur battant très fort.

Il arrive parfois dans la vie que des riens portent en eux l'expression d'un bonheur immense et qu'ils restent gravés en nous à jamais.

Par contre, les quelques jours à vivre dans l'attente des résultats leur semblent interminables.

— Ça me fait penser au dernier temps de ma grossesse. Les journées sont tellement longues, François. Et le pire, c'est qu'on ne peut rien faire pour accélérer les choses.

La seule à ne pas s'en faire, c'est la principale intéressée. La découverte des céréales la remplit d'aise et le mobile accroché au-dessus de son lit occupe les moments d'éveil de bébé Laurence qui juge que la vie est une chose plutôt intéressante.

Mais, de son côté, la maman a beau l'attendre, l'espérer et l'anticiper en même temps, la sonnerie du téléphone, cinq jours plus tard, lui fait débattre le cœur. Par instinct, elle sait que c'est l'appel tant attendu. Mais au même moment, elle se raisonne : ce n'est probablement que la secrétaire fixant le rendez-vous. Pas de quoi se mettre à trembler comme une feuille. Malgré cela, sa main est légèrement hésitante quand elle prend le combiné.

— Madame Léveillé, docteur Langevin.

Marie-Hélène fronce les sourcils. Comment cela se fait-il que ce soit le médecin lui-même qui appelle ?

— Madame Léveillé ?

Marie-Hélène secoue la tête.

— Oui, pardon docteur, je suis là. Mais comment se fait-il que...

— Que ce soit moi qui vous appelle, demande le médecin comme en devinant les pensées de Marie-Hélène. C'est juste que je ne voulais pas vous faire languir plus longtemps. Je viens de recevoir les résultats et je considère qu'une bonne nouvelle peut très bien s'annoncer au téléphone. Vous ne croyez pas ?

À nouveau, Marie-Hélène reste sans voix. Le

soulagement est subit, total. Il est tellement grand qu'il forme une grosse boule d'émotion qui l'empêche de parler. Elle doit s'asseoir tant ses jambes sont molles et instables.

— Une bonne nouvelle, parvient-elle enfin à articuler. Vous voulez dire que...

— Les résultats sont négatifs. Laurence n'a rien. Vous pourrez dorénavant la promener aussi souvent que vous le voulez.

— Vous êtes bien certain ?

— Tout à fait. Votre petite fille est débordante de santé.

— Merci, Docteur.

Le médecin égrène un petit rire joyeux.

— Je n'y suis pour rien, vous savez.

— Qu'importe... J'ai l'impression que Laurence vient au monde une seconde fois. Et que cette fois-ci est la bonne. Alors j'ai envie de dire merci. C'est tout.

Marie-Hélène rit et pleure en même temps.

— Merci. Mille fois merci.

Pendant un moment, on n'entend que les reniflements de Marie-Hélène. Puis la voix du docteur Langevin se fait grave alors qu'il prononce :

— Ce n'est pas moi que vous devriez remercier, madame Léveillé. C'est le bon Dieu. À mes yeux, bébé Laurence est ce que j'appelle un bébé miracle. Même si on a tout fait pour aider le miracle, il y en a un qui a eu son mot à dire dans tout ça.

Après un autre rire, empreint de douceur cette fois-ci, il ajoute :

— De toute façon, je vais Lui transmettre le message, ne vous inquiétez pas. Il arrive à l'occasion que j'aie besoin de Lui parler. Maintenant, je vais vous passer ma secrétaire pour prendre rendez-vous. Mademoiselle Laurence va devoir commencer son programme de vaccins. On se revoit donc bientôt.

Quand Marie-Hélène raccroche, son visage est inondé de larmes, mais un large sourire reste figé en permanence.

— Oui, murmure-t-elle, le docteur a raison... Merci, mon Dieu. Merci, merci, merci...

Et aussitôt elle se précipite vers la chambre de Laurence qui fait la sieste. Incapable de résister, Marie-Hélène se penche et la soulève pour la prendre dans ses bras. Tant pis pour le dodo, il lui faut sentir la chaleur de son bébé. Exactement comme au moment de sa naissance, Marie-Hélène doit regarder sa fille, se gaver de l'image de ce petit visage qui a pris tant d'importance dans sa vie. De grosses larmes de bonheur coulent sans retenue sur ses joues, glissent sur son menton pour venir s'écraser sur le petit pyjama rose, imprimé d'oursons turquoise. Mais alors qu'elle vient tout juste de s'asseoir dans la chaise berçante pour savourer l'intensité d'un des plus beaux instants de sa vie, elle bondit sur ses pieds comme un pantin à ressort hors de sa boîte.

— François, murmure-t-elle. Je dois appeler François.

Serrant Laurence contre son cœur, elle lui dit :

— Viens, ma puce. On va appeler papa. Mon petit doigt me dit qu'il ne sera pas du tout fâché d'être dérangé à son travail. Je crois même qu'il va être très très content de notre appel...

* * *

Cette fois-ci, François n'a eu aucune difficulté à convaincre Marie-Hélène de partir pour la capitale. Ils étaient à table devant un repas de fête pour souligner l'événement.

— Un petit arrêt en Beauce pour annoncer la bonne nouvelle à mamie Cécile et Jérôme puis on file chez mes parents.

À ces mots, son regard s'était assombri.

— J'ai décidé de tout leur dire. Ils ont droit à des explications. Ils ont droit à la vérité.

C'est à peine si Marie-Hélène avait pris le temps d'avaler sa bouchée.

— Comme ça ?

— Comment veux-tu que je m'y prenne ? Il n'y a pas de bonnes ou de mauvaises façons pour annoncer les mauvaises nouvelles. Je crois que l'occasion s'y prête bien. D'une part, un coup de massue mais de l'autre, une raison d'être heureux.

François s'était tu brusquement. Puis, levant la tête vers leur fille, bien installée dans sa petite chaise au bout de la table et très occupée à examiner ses doigts, il avait ajouté, une forte émotion faisant trembler sa voix :

— Si un jour Laurence traverse des moments difficiles, Marie, j'espère qu'elle aura suffisamment confiance en moi pour m'en parler. Je serai toujours là pour elle. Alors pourquoi agir différemment face à mes parents ? Ce ne sera pas facile, je le sais. Mais je dois le faire.

— D'accord, avait accepté Marie-Hélène, songeuse. Mais moi, vois-tu, je préfère attendre. Je… Disons que je ne suis pas prête. Mes parents apprendront bien assez vite que leur fille…

Elle n'avait pas terminé. Son silence était éloquent. Alors François non plus n'avait rien dit. C'était son choix, et François n'avait rien à ajouter…

Ils ont décidé de partir de bon matin. Laurence, bien éveillée, cette fois-ci, regarde avec un vif intérêt la cime des arbres et des poteaux qui défilent derrière la vitre. François est taciturne, l'esprit tout entier tourné vers les mots qu'il s'est promis de dire. Sa décision est prise et elle est irrévocable. Mais il ne sait toujours pas comment il va s'y prendre. L'arrêt chez Cécile et Jérôme est un grand éclat de rire et fait reculer dans l'ombre l'anxiété grandissante de François.

— Je le savais ! Je le savais donc, n'arrête pas de répéter Jérôme, le regard tout brillant. Si vous saviez combien j'ai prié et espéré.

Et sans demander l'avis de personne, il débouche une bonne bouteille.

— Mais as-tu vu l'heure ? Du vin à dix heures le matin. Voyons Jérôme !

— Un vieux travers français, s'excuse-t-il en rougissant.

Puis, penaud, il demande :

— Tu ne trouves pas que l'occasion est valable, Cécile ?

Celle-ci éclate de rire.

— Oh oui ! Allons-y donc pour un p'tit ballon de rouge !

Les yeux brillent et les voix sont joyeuses. Bien installée au creux des bras de son arrière-grand-mère, Laurence examine la scène en fronçant les sourcils. Curieusement, Marie-Hélène ne ressent plus ce besoin maladif de garder sa fille dans ses bras. Si elle a eu l'impression d'assister à une seconde naissance de Laurence, elle aussi a eu droit à une renaissance. Elle ne se reconnaît plus.

— Et si tu veux, dit alors Cécile en regardant François, Denis pourrait s'occuper de Laurence. Il est attaché à l'hôpital pour enfants, tu sais. Tu te souviens de Denis, n'est-ce pas ?

François avait eu un bref sourire, la mention de ce nom le ramenant directement au cœur de cette visite à Québec.

Denis, fils adoptif de Cécile, est pédiatre et c'est lui qui avait accompagné François quand ce dernier avait décidé de se prendre en main à l'adolescence.

— Comment oublier Denis ? Je me rappelle très bien tout ce qu'il a fait pour moi dans le temps. C'est un excellent médecin, pas de doute.

Puis tournant la tête vers Marie-Hélène, et sachant fort bien qu'aucune décision concernant leur fille ne se prendra sans son accord, il ajoute :

— On verra. Mais promis, on va en discuter, Marie et moi...

Peu après, François et Marie-Hélène reprennent la route. Et la nervosité de François croît à chaque tour de roue qui le rapproche de Québec...

Ils sont assis au salon. Comme toujours, le souper était bon, copieux et selon son habitude, André, le père de François, a tenu à servir des petits verres de digestif. Alors ils se sont installés confortablement au salon pour le siroter. Dehors, malgré la présence de monticules de neige encore hauts, le jour persiste, rappelant que malgré les apparences, le printemps est là. Le feu crépite, Laurence gazouille dans les bras de sa grand-mère. C'est en remarquant tout à coup que, curieusement, ses parents ne sont pas allés en Floride cette année que François se décide. Se pourrait-il que... Plongeant son regard dans celui de Marie-Hélène pour y puiser le courage dont il a besoin, impulsivement, il entremêle ses doigts aux siens et les serre très fort.

— Papa, maman, il faut que je vous parle...

Alors Dominique lève la tête vers lui. Elle s'y attendait. Depuis Noël, son instinct lui disait qu'il y avait quelque chose d'anormal dans l'attitude de Marie-Hélène. Resserrant doucement les bras autour du petit corps tout chaud de Laurence, elle pose le regard sur ce fils qui l'a parfois bien malmenée, mais qu'elle aime de chaque fibre de son être. François, tout comme Frédérik et Geneviève, ses deux autres enfants, resteront toujours d'une certaine façon ses tout-petits...

François a tout dit sans rien omettre. Sa peur, son refus d'accepter, l'aide apportée par Gilbert, sa hantise pour le bébé à naître, leur indécision face à cette grossesse, le médecin, les médicaments, l'attente interminable du verdict final... Il termine en annonçant la bonne nouvelle : Laurence est en parfaite santé.

Pendant un long moment, seul le bruit des flammes occupe le salon. Puis André lève la tête vers son fils, soutient son regard.

— Tu pourras toujours compter sur nous, François. Je...

Il s'interrompt, respire bruyamment comme s'il voulait reprendre le contrôle puis il ajoute, la voix enrouée :

— Ça fait mal, tu sais... Je... je t'aime... C'est parce que je t'aime que ça fait mal, fiston.

Deux larmes glissent sur ses joues.

— Mais on est là. N'est-ce pas, Dominique, qu'on est là ?

Cette dernière sursaute. Elle n'a rien dit parce qu'elle ne trouve rien à dire. Depuis que François a parlé, elle n'arrive pas à donner un peu de cohérence à ses pensées. La révélation de son fils l'a assommée, la ramenant très loin dans le temps à cette époque de l'adolescence de François où elle croyait que jamais elle ne pourrait avoir plus mal. Elle s'était trompée. Présentement, son cœur bat à tout rompre et chaque battement lui est douloureux. Dominique n'arrive plus à comprendre ce qu'elle ressent réellement.

— C'est certain, ça, qu'on est là, fait-elle pensive.

Sa voix est retenue, à peine audible. François aurait envie de dire qu'elle est réticente. Pendant un moment il regarde sa mère, espérant croiser son regard. Mais celle-ci s'entête à fixer les flammes. Alors, déçu, il reporte les yeux sur son père qui le dévisage intensément. Longuement les deux hommes se regardent. Jusqu'au fond de l'âme. Puis André sourit.

— Une fois n'est pas coutume, lance-t-il en se relevant. Que diriez-vous d'une autre tournée pour célébrer la venue de cette jolie demoiselle ? Il me semble qu'on n'a jamais fêté dignement la naissance de cette belle enfant. Alors, ce soir, on va lever nos verres en son honneur. D'accord, François ?

De nouveau, François et André se regardent intensément. Puis François lui rend son sourire.

— D'accord, papa. Ce soir, c'est la fête de Laurence !

À la réaction de son père, François sait que ce dernier accepte sa condition sans compromis. Il comprend surtout que son père est comme lui : d'abord et avant tout, et depuis longtemps, André a décidé de choisir la vie. Telle qu'elle se présente…

* * *

Dominique ne dort plus, mange à peine, sursaute quand on l'interpelle. Elle est tout à fait consciente qu'elle a vivement tressailli au moment où la main de Marie-Hélène a frôlé la sienne quand elle reprenait Laurence, l'autre soir. Et elle s'en veut. Terriblement. Mais elle n'y peut rien. Elle a toujours eu peur de cette maladie et sa réaction était tout à fait incontrôlable. Savoir que son fils et sa belle-fille en sont porteurs crée en elle une ambivalence qui la bouleverse.

— Maladie maudite, lâche-t-elle pensive alors qu'elle est à table avec André.

Ce dernier glisse les yeux au-dessus du journal déployé devant lui.

— Oui, peut-être, approuve-t-il en sachant très bien à quoi Dominique fait allusion. Mais pour l'instant, ils ne sont que porteurs. Et comme François nous l'a dit…

Et André de reprendre les explications de son fils depuis le début concernant l'évolution du virus.

— Rien ne peut prédire si oui ou non, Marie-Hélène et lui vont développer la maladie. Pour l'instant, tout est sous contrôle. Quant à Laurence, elle n'a rien. Dieu soit loué !

Mais Dominique est sceptique.

— Oui, c'est ce qu'il a dit. Mais n'empêche que…

— N'empêche que quoi ?, s'emporte André, devinant ce qui préoccupe le plus sa femme. N'empêche que tu vas les éviter ? N'empêche que Laurence est subitement moins intéressante ?

Il a posé vivement le journal sur la table et dévisage sévèrement Dominique. Mal à l'aise, celle-ci se dérobe à son regard en se levant pour venir porter sa tasse dans l'évier.

— Ce n'est pas ce que j'ai dit.

— Non, pas aussi clairement. Mais ta réaction laisse supposer…

— Qu'est-ce qu'elle a ma réaction ? Je n'ai pas le droit d'être ce que je suis, André ? Pas le droit d'avoir peur ?

— Non, tu n'as pas le droit d'avoir peur. François est notre fils. L'enfant que nous avons mis au monde et qu'on a juré d'aimer.

À ces mots, Dominique s'est retournée vers son mari, toute tremblante, les yeux inondés de larmes.

— T'es injuste, André. Penses-tu vraiment que je peux

oublier que François est mon fils ? Dis-toi bien que depuis l'autre soir, chaque fois que je pense à lui, j'ai l'impression que c'est un morceau de moi qui est malade. Je... Chaque fois qu'un de nos enfants a un problème, c'est comme s'il redevenait le bébé que j'ai mis au monde. Et rien d'autre, tu m'entends, rien d'autre n'a d'importance. En ce moment, François est mon petit garçon. Exactement comme lorsqu'il se faisait mal, enfant, ou quand il a eu des problèmes à l'adolescence.

Puis elle craque.

— Je voudrais tellement le prendre dans mes bras. Mais j'ai peur, André. J'ai tellement peur...

— Alors tu vas devoir surmonter cette peur. Tu...

Dominique ne l'écoute plus. Comprenant que, pour l'instant, ce n'est que dialogue de sourds entre eux, elle se précipite hors de la cuisine. Elle déteste les discussions, elle déteste avoir à mettre ses idées en ordre rapidement quand elle est émue.

— Voyons, Dominique, attends. Je...

Mais Dominique n'a pas envie d'attendre. Attrapant son manteau elle ouvre la porte et sort sur le perron. L'air est agréablement doux, contrairement à ce qu'elle anticipait. Le printemps se décide enfin à prendre la place qui lui est due. Tout en respirant à fond, elle remonte l'allée et, arrivée au trottoir, tourne impulsivement à gauche. Brusquement, il lui faut entendre la voix chaude de son père. René Lamontagne est le seul être sur terre en qui elle a une confiance absolue et pour l'instant, c'est de lui qu'elle a besoin...

— Dominique ! Quel bon vent t'amène de si bonne heure ?

Il était à la cuisine à faire son déjeuner. Revenu seul de

Floride depuis une semaine puisque Thérèse, sa femme, a décidé de prolonger leur habituel séjour annuel de quelques semaines, l'hiver semblant vouloir s'installer à demeure au Québec, il savoure égoïstement ces quelques jours qui lui appartiennent sans compromis. Voyant le visage tourmenté de sa fille, il fronce les sourcils.

— Toi, il y a quelque chose qui ne tourne pas rond… Les enfants ?

Dans la vie de Dominique, il n'y a eu que les enfants pour lui donner cette mine sombre. Sinon, elle est plutôt femme à prendre les choses avec un grain de sel. Mais quand il s'agit de ses trois mousses comme elle les appelle encore parfois…

— Viens t'asseoir. Tu veux des œufs ?

— Non. Merci. Je… J'ai déjà mangé.

Puis elle éclate en sanglots.

— Papa, si tu savais…

Alors elle lui dit tout. Même si le secret entourant la santé de François ne lui appartient pas vraiment, face à cet homme qui l'a toujours soutenue, Dominique ne ressent pas l'obligation de se taire. Elle répète les propos de François, parle de Laurence qui, heureusement, n'a pas été infectée, s'arrête longuement sur sa peur face à eux, face à l'avenir et sur la réaction d'André qui semble ne pas comprendre cette peur.

— Pauvres enfants, murmure René au moment où Dominique se tait enfin, reniflant ses dernières larmes. Il me semble que François et Marie-Hélène auraient mérité mieux que ça… Par chance, la petite Laurence n'a rien.

Puis, levant la tête, il regarde longuement Dominique.

— Et toi, tu ne sais plus où tu en es, n'est-ce pas ? Je peux comprendre.

Nulle accusation, aucun reproche dans la voix grave de son père.

— C'est sûrement très difficile d'apprendre que notre enfant est... Alors, que comptes-tu faire, Dominique ?

— Je ne sais pas. Tout ce que je sais, c'est qu'il faut que je réagisse d'une façon ou d'une autre. J'ai bien senti l'autre jour que François s'attendait à une réaction quelconque. Et il avait raison. Mais je n'ai rien dit, rien fait. Sinon avoir un geste de recul quand Marie-Hélène a repris le bébé. Et je m'en veux... Mais que pourrais-je lui dire ?

— Que tu l'aimes. Tout simplement.

— C'est sûr...

Dominique reste songeuse.

— Mais ça, il le sait déjà.

— Et alors ? Il arrive parfois, ma grande, que l'on oublie des vérités aussi évidentes que celle-là. Et puis, tu ne trouves pas que ça fait du bien de se le faire répéter ? Même si on le sait, même si parfois ces quelques mots sont galvaudés. Pas besoin de chercher la grande phrase et pas besoin de jouer les héros. Personne ne te le demande, Dominique.

— Tu crois ? Pourtant... Si tu savais comment je me sens... J'ai peur et en même temps je me sens responsable de ce qui lui arrive ! Si on avait été plus vigilants quand il était jeune, si au lieu de lui faire confiance on avait pris les devants et imposé les choses, peut-être bien qu'on n'en serait pas là aujourd'hui. Peut-être qu'il n'aurait pas cette maudite maladie, peut-être que sa vie serait plus...

— Dominique, Dominique... Ça fait bien des peut-être, tu ne trouves pas ? Et devant l'homme que François est devenu, tu n'as surtout pas à te culpabiliser. Si vous aviez employé la méthode forte, comme tu le dis si bien, je ne suis pas certain que votre fils...

Pendant un moment, René Lamontagne reste silencieux, revoyant en pensée les années difficiles que François avait traversées, remorquant dans son sillage, bien malgré lui, tous ceux qui l'aimaient. Puis il reprend, avec une bonne chaleur dans la voix.

— François est un homme maintenant et c'est à lui de voir à sa vie. Et grâce à tout ce que vous lui avez donné, il est capable de le faire. N'aie crainte à ce sujet. Par contre, on a toujours besoin de sentir la présence de ceux qu'on aime. Surtout dans les moments difficiles. Et c'est là que vous pouvez intervenir, André et toi. Mais vous n'avez pas besoin d'aller plus loin.

Pendant un long moment, Dominique reste silencieuse. Respectant ce silence, René Lamontagne se relève et va au comptoir pour servir deux cafés. Puis, tout doucement, il dépose la tasse fumante devant sa fille.

— Tiens, prends ça. Un breuvage chaud, ça fait du bien quand on a le cœur lourd.

Et, reprenant sa place, il en avale lui-même une longue gorgée avant d'ajouter :

— Qu'est-ce que tu dirais d'une semaine de vacances ? C'est moi qui l'offre ! Va rejoindre ta mère.

— Pour quoi faire ?

— Pour te mettre les idées en place ! Je te connais comme si je t'avais tricotée, jeune fille, et je sais que tu en as besoin.

À ces mots, Dominique trace un petit sourire.

— C'est vrai que ça me ferait du bien de m'éloigner un peu pour quelques jours. M'éloigner d'André qui ne veut rien comprendre et prendre un peu de recul face à la situation. Comment fais-tu pour lire en moi comme ça ?

— C'est parce que tu es ma fille, c'est aussi simple que ça.

Spontanément, la main de Dominique vient se poser sur celle de son père adoptif. Une main ridée, aujourd'hui saupoudrée de taches brunes à cause de l'âge. Émue, elle constate à quel point son père a vieilli. Pourtant, il porte toujours aussi fièrement ses longs six pieds et son regard conserve toute sa vivacité et sa bienveillance naturelle.

— Oui, je suis ta fille, murmure-t-elle alors. Et ça, vois-tu, je ne l'ai jamais remis en question. Même quand j'ai retrouvé Jérôme et que j'ai vu à quel point je lui ressemblais.

— Oh ! Tu sais, les ressemblances... Avant, oui, avant ça a été un regret de ne pas trouver justement de ressemblance chez mes enfants. Mais aujourd'hui, ça ne veut plus rien dire.

À son tour, René Lamontagne a un sourire ému.

— De toutes façons, avec tes grandes jambes, qui aurait pu dire que tu n'étais pas notre fille, et les jumeaux avec leurs yeux noisette et leurs taches de rousseur ressemblent à Thérèse. On peut bien faire dire tout ce qu'on veut aux ressemblances. Tu ne crois pas ? L'essentiel ne se joue pas à ce niveau.

— Ça, papa, je l'ai compris il y a bien des années. Quand j'ai connu Cécile. Elle était peut-être ma mère biologique, mais dans mon cœur...

Dominique reste silencieuse pour un instant. Puis elle reprend, le cœur et l'esprit tournés vers son passé :

— J'aime Cécile, c'est certain, dit-elle d'une voix douce en repensant à ce matin où dans l'anonymat d'une petite salle de réunion elle avait enfin rencontré celle qu'elle se languissait de connaître. Te souviens-tu à quel point j'espérais la connaître ? Et jamais je ne regretterai d'avoir entrepris les démarches pour la retrouver. Mais en même temps, j'ai compris que jamais elle ne pourrait vous remplacer. Finalement, je crois qu'elle a été plus importante pour les enfants que pour moi.

— Comme quoi il n'arrive jamais rien pour rien dans la vie ! Rappelle-toi combien la présence de Jérôme et Cécile a été décisive dans la vie de François. C'était une bonne chose qu'ils soient là. Parce que ta mère, elle, n'aurait jamais pu tenir le rôle que ton fils espérait de la part de ses grands-parents. Elle a bien des qualités, Thérèse, mais disons que ce n'est pas une femme chaleureuse. Elle vous a aimés tous les trois, Claude, Francine et toi, et jamais elle n'aurait pu être heureuse sans votre présence dans sa vie. Mais elle aime bien sa tranquillité aussi, et le jour où Francine a quitté la maison, je te jure qu'elle a poussé un soupir de soulagement.

— Pour ça, je te crois sur parole, approuve Dominique avec une pointe de moquerie dans la voix, entendant toujours l'exaspération de sa mère quand un événement banal venait bousculer sa petite routine. Pourtant, maman n'a jamais compté les heures pour nous et je sais qu'elle sera toujours là en cas de besoin.

Puis Dominique éclate de rire franchement.

— Mais faut que ce soit important, par exemple ! Thérèse Lamontagne n'aime pas voir bousculer son horaire !

— C'est vrai mais je crois que présentement, c'est important… Alors, ce voyage ?

Dominique fait la moue comme si elle hésitait alors qu'elle est terriblement tentée d'accepter.

— Ça me tente, avoue-t-elle enfin. Et malgré les mots durs d'André, je crois qu'il va comprendre. Il finit toujours par me comprendre, tu sais. C'est juste qu'on est différent.

Lui, c'est un impulsif, un rapide. Alors que moi… Mais je dis quoi à maman pour justifier ma présence ?

— Tu connais ta mère. C'est une nerveuse, une éternelle inquiète. Alors tu dis simplement que tu en avais assez de l'hiver et que tu avais besoin de te reposer. Occupée comme elle l'est avec ses bridges et son golf, elle devrait à peine se rendre compte que tu existes ! Mais ne t'en fais pas. Je lui parlerai quand le moment sera propice. Et malgré les apparences, ta mère est une femme forte. Elle va battre des ailes un moment, s'agiter et pousser des lamentations puis elle va se calmer et accepter. Elle est comme ça.

Puis, avec un grand sourire :

— Et vois-tu, ma grande, je l'aime comme ça. Comme je t'aime toi, telle que tu es, avec ta peur, tes indécisions et ton cœur immense…

Dominique se décide tout d'un coup.

— D'accord, j'accepte. Va donc pour la Floride !

Elle ajoute, en soupirant :

— Ne reste qu'à expliquer tout ça à André…

Redevenue sérieuse, elle murmure, tant pour elle-même que pour son père :

— Je sais qu'André a raison et que ma réaction est injustifiée. Mais j'ai toujours été comme ça : je suis allergique à tout ce qui se rapproche de la maladie. De près ou de loin ! Et je crois même que, si les accouchements à domicile avaient existé à l'époque, jamais je n'aurais mis les pieds dans un hôpital…

Dominique lève alors les yeux vers son père et lui fait un petit sourire.

— Merci pour le voyage. Je vais profiter de cette semaine en tête-à-tête avec moi-même pour apprivoiser l'idée. Je n'ai pas vraiment le choix…

Sur ces mots, elle se relève, saisit son manteau qu'elle avait posé négligemment sur le dossier de la chaise et l'enfile.

— Merci, papa. Je savais qu'avec toi, j'arriverais à faire un peu de clarté dans tout ça. Dans le fond, j'ai l'impression qu'on se ressemble, toi et moi.

Mais alors qu'elle quitte la maison, René Lamontagne murmure, avec un pincement au cœur, tout en la regardant partir par la fenêtre :

— Ce n'est pas à moi que tu ressembles, Dominique. C'est à ta mère. À Cécile. Même si toi, tu ne le vois pas...

Puis il se ressaisit, soupire et se retourne.

— Et maintenant, les réservations pour l'avion, lance-t-il finalement à haute voix. Où est-ce que j'ai mis ce fichu numéro ?

CHAPITRE 6

« Quand on a envie de faire quelque chose dans la vie, faut surtout pas attendre que les autres agissent à notre place... Rien de mieux qu'un peu de recul pour comprendre sa vie. »

Conseil donné par Mélina à l'hiver 1984

— Mélina, que diriez-vous de préparer une grosse fête pour Jérôme ? Dans deux semaines il va avoir soixante-quinze ans. Il me semble que ça serait bien de le souligner en grandes pompes !

Cécile et Mélina ont repris leur bonne vieille habitude de s'asseoir sur la galerie depuis que le printemps s'est enfin décidé à s'installer à demeure. En quelques jours la neige a fondu comme... neige au soleil, le fond de l'air s'est radicalement adouci, et sans hésiter Cécile a demandé à Jérôme de sortir les lourdes chaises de bois sur la galerie.

— Pour ta mère... Un peu d'air pur va lui faire du bien. Te rends-tu compte qu'elle n'a pas mis le nez dehors depuis Noël ?

C'est ainsi que, depuis le début de la semaine, Cécile et Mélina prennent place sur la galerie afin de profiter des chauds rayons de midi, juste avant de manger, en attendant que Jérôme vienne les rejoindre après le long avant-midi qu'il passe invariablement à la cidrerie pour commencer à préparer la saison prochaine. Mélina lève un regard incrédule vers Cécile.

— Soixante-quinze ans ? T'es ben sûr de ça, ma Cécile ?

— Pas l'ombre d'un doute ! Jérôme va avoir soixante-quinze ans au début de mai. Par contre, je pense qu'il serait mieux d'attendre la fin du mois pour organiser quelque chose. Question de mettre Dame Nature de notre côté. Et ça va permettre un effet de surprise ! Jérôme ne s'y attendra pas.

— Soixante-quinze ans, répète Mélina, omettant volontairement une partie du discours de Cécile. Eh ben ! C'est fou comme le temps passe vite...

La vieille dame reste songeuse un moment.

— Si quelqu'un m'avait dit qu'un jour je verrais les soixante-quinze ans de mon fils...

Puis Mélina porte les yeux sur le champ des voisins, tourne la tête vers l'érablière que l'on devine au bout de la terre, pousse un long soupir, lève le nez pour humer l'air, revient au champ labouré à l'automne dernier. Puis soupire à nouveau. Devant elle, le paysage résume toute sa vie, passée ici, dans cette maison, devant ce même champ que l'on va probablement semer de maïs. « Somme toute, une belle vie » songe-t-elle. Puis elle revient à Cécile et lance de sa voix qui porte toujours aussi bien :

— C'est sûr qu'y faut fêter ça en grande ! Et ton idée d'attendre la fin de mai a plein d'allure, fait-elle, catégorique, se ralliant ainsi à la proposition de Cécile. J'me rappelle, moi aussi, quand mon homme a eu cet âge-là ! J'avais pour ainsi dire rapaillé toute la paroisse chez nous pour le fêter ! Bonyenne que Gaby était content. Même ses amis d'la p'tite école s'étaient déplacés pour lui. C'est vrai que mon mari était aimé de tout le monde... Ouais, un ben bon gars, mon Gaby... J'm'ennuie, tu sais, ma Cécile. Y'a pas une journée où j'ai pas pensé à lui depuis qu'y est mort. Pas une...

Et sur ces mots, Mélina replonge dans un silence méditatif entrecoupé de longs soupirs que Cécile se garde bien d'interrompre. Inspirant profondément, elle se contente d'admirer la nature qui leur offre cette journée idyllique. Quelques traces de neige subsistent encore sous les pommiers donnant à l'air une petite senteur piquante de terre mouillée et, très haut dans le ciel, les hirondelles dansent leur ballet annuel à la recherche de la cabane abandonnée à l'automne. Le soleil dessine des ombres courtes derrière le hangar et l'herbe commence à verdir par plaques inégales. « Et si on montait une tente comme pour les noces de François » pense alors Cécile. « Quand on est nombreux et que le temps se chagrine, c'est encore la meilleure solution. Et on devrait peut-être aussi retenir les services d'un traiteur pour le repas. À notre âge, Mélina et moi, je doute que nous arrivions à préparer un repas digne de ce nom pour une grande foule. Encore faudrait-il savoir combien nous serons ! La première chose à faire serait de... » Perdues toutes deux dans leurs pensées, Cécile et Mélina n'ont pas remarqué Jérôme qui arrive à grandes foulées.

— La belle journée, lance-t-il tout guilleret, interrompant la réflexion de Cécile et faisant sursauter sa mère.

— Et comment, bougonne cette dernière en portant la main à son cœur qui s'est mis à débattre.

Alors que Jérôme atteint la galerie, il souligne :

— J'ai bien l'impression que Sébastien va me manquer, cette année. Il n'avait l'air de rien comme ça, monsieur l'artiste, mais bon sang qu'il abattait de la besogne dans une journée !

À la mention de ce nom, Cécile lève un sourcil, se disant qu'il ne faudrait pas l'oublier dans la liste des invités et Mélina lui jette un regard qui semble bien vouloir dire la même chose, le tout sans répondre à Jérôme qui les regarde tour à tour.

— Bonjour quand même, fait-il en grimaçant.

Cette fois-ci, les deux femmes échangent un sourire.

— Mais qu'est-ce qui se passe ici ? Vous avez l'air de deux conspiratrices.

Mélina lève alors les yeux au ciel.

— Deux cons... Bonyenne que c'est fatigant d'avoir un fils qui parle comme un dictionnaire. Deux comparses peut-être. Deux commères... Pis t'es dans l'erreur, mon gars. Qu'essé tu veux qu'on complote, Cécile pis moi, hein ? C'est pas icitte perdues en campagne, au boutte d'un rang qui mène nulle part, qu'on peut changer le cours des choses, voyons donc. Au lieu de dire des âneries, aide-moi donc à me relever pour aller manger. Depuis qu'on prend l'air comme ça tous les jours, l'appétit m'est revenu ! C'est une bonne affaire parce que j'étais rendue à picorer comme un moineau. Hein, Cécile c'est une bonne chose de bien manger ? T'es docteur, tu dois ben l'savoir... Moi, j'ai pour mon dire : quand l'appétit va, le reste suit. Envoye, Jérôme, donne-moi ton bras. J'ai les jambes en coton. Où c'est que j'ai mis ma marchette ? Engin du diable...

Et tout en suivant la vieille dame à deux pas derrière, échangeant un regard malicieux devant les paroles échevelées de Mélina, Cécile et Jérôme entrent dans la cuisine pour se mettre à table...

* * *

Ils seront tous là, à l'exception de Sébastien qui se désiste à la dernière minute, en appelant Cécile tout juste la veille de la fête.

— Je ne pourrai y être. Je regrette…

Puis après un bref silence, il donne en guise d'explication :

— Je dois partir pour Paris avec mon père.

Ce qui finalement n'explique rien du tout et suscite une foule de questions. « Tiens ! Il a renoué avec son père ? Nouveau, ça ! Et pourquoi Paris ? » prend-elle le temps de penser en raccrochant le combiné du téléphone. Pour aussitôt passer à autre chose. Ce n'est pas une sinécure que d'avoir plus de cinquante personnes sous son toit, et malgré le fait que Mélina et elle aient choisi de confier l'organisation du repas à un traiteur, il reste des milliers de petites choses à préparer… dans le plus grand secret, car Jérôme ne se doute de rien.

— Mais veux-tu bien me dire ce qui te prend à frotter comme ça depuis deux jours ?

— Le grand ménage du printemps, Jérôme… Pour faire plaisir à ta mère. Tu sais comme moi à quel point c'est important pour elle. Et je me rappelle que c'était la même chose pour ma mère ! Dès que les hirondelles se pointaient, ma mère se mettait à frotter. Elle sortait même les matelas sur la galerie pour les faire aérer. Tu te rends compte ? Alors viens pas me dire que je frotte trop ! À moins que tu ne veuilles m'aider ? On pourrait peut-être les sortir, les matelas, nous aussi… Qu'est-ce que tu en dis ?

Sans demander son reste, Jérôme s'était déjà éclipsé et avait filé vers la cidrerie, les yeux au ciel.

Puis le jour de la fête est arrivé. C'est un petit matin gris, mais le couvert nuageux est très haut dans le ciel. Il ne devrait pas pleuvoir. Par contre, il fait chaud malgré une bonne brise qui se promène dans le verger, gorgée de la senteur sucrée des pommiers en fleurs. Cécile a réussi à convaincre Jérôme que les achats concernant la cidrerie ne pouvaient attendre plus longtemps.

— Il faut que je me prépare moi aussi !

— Justement... Je me demandais cette année si c'était vraiment nécessaire de se lancer dans les confitures, tartes et autres con...

Cécile prend aussitôt un air furibond.

— C'est ça, Jérôme ! Dis donc tout de suite que ce que je fais est inutile !

— Ce n'est pas ce que j'ai dit, voyons ! Je pense seulement qu'à notre âge, sans l'aide de Sé...

— On engagera quelqu'un d'autre. De toute façon, l'épicier compte sur nous.

— Peut-être, oui.

Et comme Jérôme ne sait rien refuser à sa douce, il part dès le petit déjeuner avalé avec une liste impressionnante d'effets « dont j'ai besoin immédiatement ! » précise Cécile.

— Mais j'en ai pour la journée !

— Mais non, mais non ! Tu vas voir ! Tu devrais être de retour pour seize heures.

— C'est bien ce que je disais. Il te faut vraiment toutes ces...

Le regard de Cécile lui clôt le bec. Et celle-ci pousse un soupir de soulagement quand l'auto disparaît au tournant du rang.

— Enfin ! J'ai bien cru qu'il ne partirait jamais.

À quinze heures, la tente est montée, le traiteur a disposé son buffet et les invités commencent à arriver. Le plaisir de se retrouver brille dans tous les regards. Et tous ceux qui ont de l'importance aux yeux de Jérôme ont réussi à se libérer pour l'occasion.

— On ne voudrait manquer ça pour tout l'or du monde !

Ils sont tous là ! François, Marie-Hélène et Laurence qui commence à se traîner un peu partout, rieuse et bouclée comme un petit mouton. Denis, le fils adoptif de Cécile, a demandé un congé spécial, sachant qu'il fera plaisir à sa mère en étant présent avec son épouse et ses deux fils. René et Thérèse arrivent avec une immense gerbe de fleurs, suivis de près par Frédérik et Geneviève, le frère et la sœur de François. Judith, la sœur de Jérôme, s'est pointée dès le matin pour donner un coup de main à sa famille. Dominique et André aussi sont arrivés un peu plus tôt. Puis c'est la famille de Cécile, ses nombreux frères et sœurs et leurs familles qui arrivent enfin, Paul et Gabriel en tête, suivis d'un Gérard à la dernière minute comme toujours.

— S'cuse-moi, la sœur, mais avec Marie qui se remet difficilement de sa crise d'angine, j'sais jamais quand je peux partir. Mais nous v'là, c'est ça qui compte.

Marie, l'épouse de Gérard, a eu des difficultés avec son cœur durant l'hiver. Elle est encore toute pâle mais, comme toujours, elle est souriante.

— Gérard voulait que je reste à la maison, confie-t-elle à Cécile. Tu sais comment il est ! J'ai eu droit à une crise majeure quand j'ai dit qu'il n'en était pas question.

Alors Cécile installe sa belle-sœur sous les pommiers auprès d'une Mélina endimanchée, le regard brillant de joie anticipée.

— Bonyenne que c'est une belle journée, ne cesse de répéter la vieille dame à qui veut bien l'entendre.

Et quand Jérôme, harassé d'avoir couru à droite et à gauche pour satisfaire les caprices de Cécile, descend de sa voiture, c'est une clameur qui s'élève au-dessus de la terre ancestrale des Cliche.

— Mon cher Jérôme, c'est à ton tour...

Pendant un moment, à voir la blancheur cireuse que prend le visage de Jérôme, Cécile se demande si c'était une si bonne chose que de lui réserver la surprise. Mais comme le rouge monte aussitôt aux joues d'un Jérôme visiblement heureux et ému, elle se rassure.

— Bonne fête, mon amour !

Elle vient jusqu'à lui et l'embrasse tendrement sur la joue. Puis les invités se pressent autour d'eux tandis que les serveurs commencent à promener les plateaux...

La fête bat son plein. À tour de rôle, les invités ont tous pris quelques instants pour féliciter Jérôme, s'entretenir avec lui de choses et d'autres. Curieusement, ces marques d'affection le laissent nostalgique. Il est heureux de la présence de tous ces gens qui l'aiment sincèrement, mais en même temps leur présence crée un sentiment d'absence. Qui pourrait parler avec lui des quarante années de sa vie qui pour eux n'ont jamais existé ? Parce que, présentement, si Jérôme ressent la chaleur de leurs souhaits et la sincérité de l'affection que chacun lui porte, les paroles échangées avec eux ne restent qu'à la surface du quotidien. Jérôme Cliche n'a aucun souvenir à partager avec eux. Constatant que les gens se dirigent maintenant vers la grande tente blanche pour se restaurer, il en profite pour déposer son verre sur une table de jardin et s'éclipser en direction du verger. Le bourdonnement des rires et des conversations se mêle au souffle de la brise chaude. Les pommiers sentent bon, les hirondelles sont affairées. Perché à flanc de coteau, le verger laisse entrevoir un reflet de la rivière qui serpente dans la vallée. S'asseyant alors au pied d'un vieil arbre tordu,

Jérôme laisse remonter tous les souvenirs qu'il ne peut partager avec qui que ce soit. Quarante ans... Plus de la moitié de sa vie. Il revoit en pensée un autre verger, aux allées bien droites, bordées de fleurs, odorant comme celui-ci. Cette senteur de pommes qui pendant des années a suscité de curieux soubresauts de son âme sans qu'il en comprenne ni le sens ni l'origine. Il s'appelait alors Philippe, il vivait dans un monastère en France où les moines l'avaient recueilli après le Débarquement où il avait été blessé à la tête. Il ne se souvenait de rien, sinon que la senteur des pommes devait, pour une raison quelconque, appartenir à son passé. Pendant plus de dix ans, il avait vécu au présent, son esprit refusant de se rappeler le passé et n'ayant pas la force d'envisager l'avenir. Dix ans de sa vie à s'appeler Philippe parce qu'il ne se rappelait ni son nom ni ses origines. Puis la mémoire lui était revenue, portée tout simplement par quelques mots d'une chanson entendue à la ville. Quelques mots et un nom, Juliette, avaient suffi à réveiller son passé et tous ses souvenirs. Il s'appelait en réalité Jérôme Cliche, il habitait au Québec, il avait une fiancée et une petite fille cédée à l'adoption qu'ils avaient décidé d'appeler Juliette. Il avait pourtant choisi de rester en France et de poursuivre sa destinée sous le nom de Philippe. Trop de temps s'était écoulé sans lui pour qu'il puisse revenir dans sa famille. On le croyait mort, on s'était habitué à son absence, on avait continué à vivre sans lui. Jérôme avait peur de ce temps que la vie lui avait volé. Jérôme avait peur de retrouver celle qu'il aimait encore heureuse sans lui. Aujourd'hui, à l'aube de ses soixante-quinze ans, Jérôme se souvient de toutes ces années que personne ne peut partager avec lui, le cœur battant très fort. C'est là que Cécile le trouve, ayant, elle aussi, cherché refuge au verger pour se détendre un peu.

— Fatigué, mon bel amour ?

Jérôme ne répond pas. S'approchant alors de lui, Cécile se laisse tomber dans l'herbe et ferme les yeux à demi. Puis elle pousse un profond soupir, confrontée, à son tour, à des souvenirs que jamais elle ne pourra oublier.

— Curieux, murmure-t-elle, de voir à quel point l'odeur des fleurs de pommiers arrive encore après tant d'années à remuer mon âme.

Jérôme dessine un sourire un peu las.

— Curieux de voir que malgré l'absence, malgré les silences, nous étions tous les deux attachés au même parfum, répond-il d'une voix très douce.

Se méprenant sur le sens réel de ces quelques mots, Cécile se presse encore plus étroitement contre lui.

— Comment oublier ce printemps de 1942 ? Toute notre vie y est rattachée.

Jérôme lève brièvement les yeux vers elle avant de poursuivre.

— Pour toi cette odeur de fleurs se résume à une saison dans ta vie. Pour moi, l'odeur des pommes, c'est quarante ans de ma vie. Comment oublier quarante ans de sa vie, Cécile ? Comment oublier que je m'appelais Philippe ? Comment oublier que le seul être sur terre qui pourrait aujourd'hui parler du passé avec moi s'appelle Don Paulo et qu'il vit retraité en Italie ?

C'est la première fois que Jérôme lui parle ouvertement de Philippe, de tout ce temps où il s'appelait Philippe et vivait reclus dans un monastère français. Sinon, à l'occasion, des allusions aussi brèves que concises. Sinon un voyage dans cette région du monde, ensemble mais accompagnés d'un François adolescent qui finalement avait occupé leur temps et leurs pensées. Comprenant l'importance des instants qu'ils sont en train de vivre, Cécile glisse sa main dans celle de Jérôme comme pour l'inviter à poursuivre. Mais Jérôme, tout entier tourné vers son passé, reste un long moment silencieux avant de se décider à parler encore. C'est la chaleur de Cécile contre son épaule qui déclenche en lui le besoin impérieux de mettre en mots ces quarante années de silence entre eux. Cette chaleur lui a tellement manqué.

— J'aimerais retourner en France, Cécile, explique-t-il d'une voix étouffée. Pour refaire les pas d'hier avec toi. Pour te raconter ma vie. Te raconter les cycles immuables d'une vie dans un monastère. Que tu saches que chaque jour je pensais à toi et que chaque nuit je rêvais de nous. Que le verger où nous sommes assis tous les deux se superposait à l'autre là-bas et que lorsque je fermais les yeux, il m'arrivait d'entendre la voix de mon père qui m'appelait. Que le son de la cloche du monastère nous conviant à la prière faisait écho à la cloche installée sur la galerie de mon enfance et que ma mère faisait tinter quand elle avait à nous parler et que nous étions à l'autre bout du champ. J'aimerais te dire cette vie loin de toi que par lâcheté j'avais choisie parce que j'avais peur d'apprendre que je t'avais perdue. Par lâcheté et par amour… Comment, Cécile, comment savoir si j'ai fait le bon choix? Jamais, je crois, je n'arriverai à répondre à cette question qui continue de me hanter.

— Pourquoi chercher à y répondre? Pour moi aussi il y aura toujours quarante ans d'absence et de silence. Pour moi aussi il y aurait tant et tant de souvenirs à partager. Mais ces souvenirs n'appartiendraient pas à notre vie. Par contre, ils auront contribué à faire de nous ce que nous sommes. De là leur importance, peut-être…

Se reculant légèrement, Cécile se tourne vers Jérôme et prend son visage entre ses deux mains. Elle le regarde longuement, amoureusement. Alors, d'une voix très douce, elle ajoute :

— Tu sais combien j'aime à répéter qu'il faut faire confiance à la vie, n'est-ce pas ? Je ne sais pas plus que toi pourquoi elle a choisi de nous tenir éloignés l'un de l'autre si longtemps. Et souvent, je me suis dit que c'était injuste. Pourtant, je n'étais pas malheureuse avec mon premier mari. Charles était à sa façon un être merveilleux. Mais souvent je pensais à ce que ma vie aurait été avec toi et chaque fois, j'avoue que tu me manquais terriblement. Notre vie me manquait. Je n'ai jamais cessé de t'aimer, Jérôme. Jamais. Pourtant, si tu avais décidé de revenir, je n'aurais pu te suivre. Pas en sachant que je rendais deux êtres malheureux. Il y avait Charles à qui j'avais promis amour et fidélité et il y avait aussi Denis, mon fils, qui s'était approprié une grande partie de mon cœur et de ma vie. Jamais je n'aurais pu délibérément faire souffrir le petit garçon qui avait mis toute sa confiance en moi et en Charles. Denis est mon fils aussi sûrement que Dominique est notre fille. Qu'importe que je l'aie porté ou non, qu'importe que je l'aie mis au monde ou pas. L'essentiel ne se joue pas à ce niveau. Je l'aime depuis le tout premier instant où nos regards se sont croisés. Si tu étais revenu plus tôt, cet instant n'aurait été que souffrance et déchirement. Alors qu'au jour où nous nous sommes retrouvés, libres tous les deux, ce moment des retrouvailles a été pour moi le plus beau moment de ma vie. Maintenant, je le comprends. Et si j'ai pu t'en vouloir d'avoir choisi l'absence et le silence pendant toutes ces années, je le regrette. Car aujourd'hui, vois-tu, je sais que tu as fait le bon choix. Et ce que tu crois être de la lâcheté n'est en fait que l'expression d'une grande intuition probablement dictée par l'amour que tu avais toi aussi. À sa façon, l'amour n'a jamais cessé d'exister entre nous, et c'est lui qui a guidé nos pas et nos choix.

Pendant un long moment les mots de Cécile les unissent l'un à l'autre. Et brusquement, pour l'un comme pour l'autre, ces quarante longues années viennent de prendre un sens nouveau.

À son tour, Jérôme plonge son regard dans l'océan des yeux de Cécile. Ce bleu unique de mer par temps calme. Sa douce, sa merveilleuse Cécile. Pour elle, Jérôme a alors ce mot qui dit tout, qui résume tout.

— Merci.

Puis il enlace ses épaules et reporte les yeux sur l'horizon. Le ciel s'est dégagé et, comme parfois en France, il a cette douceur vaporeuse qui donne envie de pousser un long soupir de bien-être. Nichant sa tête au creux de l'épaule de son mari, Cécile ajoute encore :

— Oui, la vie sait bien s'occuper d'elle-même et de nous. Tout à l'heure, Thérèse me disait à quel point Laurence ressemble justement à notre fille quand elle était bébé. Mêmes grands yeux bleus, mêmes cheveux sombres et bouclés, même sourire coquin. Notre arrière-petite-fille est à sa façon un cadeau de la vie. Une façon de remonter dans le temps et de joindre le passé au présent. Je t'aime, Jérôme. Tellement, tellement fort…

Et, sachant que leurs invités ne manquent de rien pour l'instant, Cécile et Jérôme prolongent ce moment d'intense communion entre eux. Un instant de redécouverte de soi, de l'autre et de la vie.

Et tandis que Jérôme et Cécile donnent un sens tout nouveau et personnel à la fête, François, lui, perçoit cette réunion comme une occasion qui s'offre à lui de parler à sa mère. Car depuis l'autre soir, elle n'a pas donné signe de vie. Non qu'elle soit femme à les contacter régulièrement. Dominique est plutôt discrète de nature. Mais devant sa réaction, son réflexe de recul qui n'a échappé ni à Marie-Hélène ni à François, ce dernier s'attendait à un geste de sa part. Un appel, une petite lettre... Et depuis leur arrivée ici, un sourire, un mot... Il n'en demande pas plus. Mais sa mère semble le fuir. Et c'est exactement cette même impression qu'elle lui avait donnée l'autre soir quand elle n'avait pas cherché à les retenir pour la nuit, elle qui habituellement ne veut jamais les voir prendre la route quand la noirceur est tombée. Les parents de Marie-Hélène étant absents de la capitale ce jour-là, François et sa petite famille étaient donc revenus directement à Montréal après le souper. Et quand Marie-Hélène s'était levée aux petites heures du matin pour nourrir Laurence, elle avait trouvé François assis au salon, seul dans le noir. De toute évidence, il n'avait pas fermé l'œil de la nuit.

— Tu veux en parler, avait-elle alors demandé en s'agenouillant sur le sol près de lui et en prenant sa main dans la sienne, ignorant pour une première fois les pleurs venant de la chambre de leur fille.

— Qu'est-ce qu'on pourrait en dire ? Le docteur Samuel nous avait prévenus. Peut-être bien, finalement, que c'est toi qui as raison et que le silence vaut mieux que...

— Chut... Tu te fais mal pour rien, François.

— Non, c'est la réaction de ma mère qui me fait mal. Qu'elle ait peur, je peux le comprendre, j'ai connu cette même peur. Mais ce rejet évident...

Marie-Hélène était restée silencieuse pour un instant. Laurence avait cessé de crier et maintenant c'était son babil de bébé qui soutenait le silence de l'appartement. La douleur de François la touchait, rejoignait la sienne face à cette maladie indésirable qui détruisait tant de choses par sa seule évocation. Pourquoi, pourquoi avait-il fallu que... Éternelle question qui restera à jamais sans réponse.

— Je ne crois pas que ce soit un rejet, avait-elle murmuré enfin. Pas dans le sens où tu l'entends. Je connais suffisamment ta mère pour savoir que jamais elle ne pourrait renier un de ses enfants. Rappelle-toi quand tu étais adolescent ! Par contre, je la connais aussi assez bien pour comprendre que ce qui nous arrive, c'est un peu à elle que ça arrive. Elle est comme ça, ta mère, et aussitôt qu'un des siens a un problème, elle l'endosse comme si elle pouvait de ce fait vous en libérer...

— Habituellement, oui... Mais là, je n'en suis pas si certain.

Et François en est là. Indécis face à sa mère, n'espérant qu'un mot de réconfort, de soutien. Et Dominique le sait. Depuis son retour de Floride, elle n'arrête pas de se répéter qu'elle devrait appeler, prendre des nouvelles, ne serait-ce que de Laurence. Elle n'y arrive pas. Son voyage n'a pas donné les résultats escomptés. Elle est revenue avec sa peur et sa culpabilité. Seule l'attitude d'André a changé à son égard quand il a compris que la situation la dépassait. Parfois, il arrive que l'on soit incapable de faire la part des choses, malgré la meilleure volonté du monde. Et c'est exactement ce qui se passe avec Dominique. Elle a mal, elle a peur, elle se sent responsable. Curieux mélange de Cécile et de Thérèse, les deux femmes qui ont le plus marqué son existence, Dominique est souvent mal à l'aise avec elle-même. Et André sait fort bien qu'il ne faut pas la bousculer. Il a donc pris la relève et c'est lui qui va aux nouvelles, téléphonant régulièrement à son fils. Mais François n'est pas dupe et il comprend à travers cette attitude que sa mère n'a pas accepté la situation. Alors il veut lui parler. Quand bien même ce ne serait que pour se faire dire clairement qu'elle veut se tenir éloignée. Il aurait mal, certes, mais cela vaudrait mieux que des suppositions, des incertitudes. Il s'ajusterait en conséquence. Depuis un mois qu'il y pense, François a réussi à surmonter sa déception première. Tout ce qu'il veut, c'est savoir et entendre dire qu'elle l'aime malgré tout. Même si cet amour doit se vivre à distance...

C'est pourquoi, comprenant finalement que sa mère continuera de l'éviter, il se décide et profite de la première occasion offerte pour prendre les devants. Dominique est devant la table des desserts, seule, et elle semble hésiter devant la multitude des petits gâteaux tous plus tentants les uns que les autres.

— Maman ?

Au son de sa voix, Dominique sursaute.

— François !

Le ton employé, superficiel et joyeux, semble forcé, exagéré. Pendant un instant, ils se regardent. De loin. François n'ose approcher, la réticence de Dominique se percevant au fragile tressaillement des épaules qu'elle a eu. Puis elle revient face aux desserts.

— Je crois qu'il faudrait se parler.

La voix de François résonne étrangement sous la grande tente blanche. Dominique suspend son geste, la main en équilibre au-dessus du plateau comme si on venait d'arrêter la bobine d'un film. Elle ne répond pas tout de suite. Elle savait depuis l'instant où Cécile l'avait appelée pour l'inviter à la fête que cet instant allait arriver. François est son fils et elle l'aime. Là-dessus, il n'y a aucun doute dans sa tête, dans son cœur. Mais François va devoir comprendre que pour l'instant, elle ne peut aller plus loin. Elle a encore besoin de temps pour comprendre cette maladie, pour s'ajuster à sa peur. Elle a besoin de temps pour accepter que son fils va peut-être mourir bien avant elle... La main de Dominique retombe enfin le long de sa cuisse. Finalement, elle n'a plus très faim. Puis elle se retourne et offre un tout petit sourire à François. Le cœur de ce dernier bondit, soulagé.

— Tu as raison, il faut qu'on se parle. Il faut que je te parle.

Alors le cœur de François s'emballe, le soulagement d'une seconde remplacé par une violente crainte. Car au timbre de la voix de sa mère, il vient de comprendre qu'il n'aimera pas ce qu'il va entendre.

CHAPITRE 7

« Mais une chose que je sais, par exemple,
c'est que sur cette terre, à travers tous les autres,
il y a des gens qui méritent notre confiance
et on n'a pas le droit de les repousser. »

PAROLES DE VIRGINIE À FRANÇOIS À L'AUTOMNE 1995

Sébastien et son père viennent tout juste de débarquer à l'aéroport Charles de Gaulle. Livides, les traits tirés par le manque de sommeil et le décalage horaire, ils attendent en file pour remplir les formalités de la douane. Derrière la fenêtre, le soleil de neuf heures est déjà presque chaud.

— À l'hôtel pour une petite sieste et après, j'entre en communication avec Paul. Il attend mon appel, lance Me Duhamel en replaçant son passeport dans la poche intérieure de sa veste.

Incapable de résister à l'attrait de quelques heures dans un bon lit, suivant à deux pas derrière, Sébastien n'insiste pas.

— Va pour la sieste, approuve-t-il d'une voix éteinte.

Le temps de récupérer leurs bagages et ils s'engouffrent dans un taxi qui les mène rapidement à la ville. Trente kilomètres à bonne vitesse où Sébastien doit faire un effort constant pour ne pas sombrer dans le sommeil. Mais dès que le taxi entre dans Paris, l'ambiance de la ville lui fait oublier qu'il s'endort. L'hôtel choisi par Me Duhamel est petit mais luxueux, à l'ambiance feutrée.

— J'ai réservé deux chambres, explique-t-il en récupérant les valises. Comme ça, je pourrai continuer à travailler. C'est bien beau être ici, mais la vie n'arrête pas pour autant et j'ai un procès important qui s'en vient.

Puis, après une brève hésitation, il ajoute :

— Et j'ai pensé que tu serais peut-être plus à l'aise.

De rencontre en appel téléphonique, de détails en propositions, Sébastien découvre en son père un homme capable de délicatesse, de gentillesse. Malgré sa propension naturelle à tout dicter, à tout contrôler, Me Duhamel peut se montrer un parfait gentleman. Petit à petit, le réflexe de retenue que Sébastien cultivait farouchement envers lui s'amenuise. Même s'il n'en laisse rien paraître.

— Profite de ton voyage pour apprendre à le connaître, lui avait conseillé Virginie en l'embrassant au moment du départ. J'ai l'intuition que ton père est beaucoup plus gentil que tu ne le crois.

— Ouais, peut-être, avait alors admis Sébastien en grognant, le souvenir d'un certain dîner partagé avec lui s'imprimant aussitôt clairement dans sa tête. Mais disons qu'il cache fort bien son jeu quand il le veut.

— Oui, et après ?

Sébastien n'avait pas répondu, se contentant de serrer Virginie très fort dans ses bras. Il savait qu'il allait s'ennuyer d'elle. Mais le fait que Me Duhamel a pensé à réserver deux chambres plutôt qu'une dans un hôtel où la facture doit être salée est une preuve supplémentaire que Virginie a probablement raison. Et il le sait. Sébastien glisse vers le sommeil en repensant qu'il est ici pour retrouver son frère.

C'est un débattement du cœur très fort et à contrecoup qui l'emporte au pays des rêves…

Son père le ramène à la réalité deux heures plus tard par une série de coups bruyants frappés contre sa porte.

— Debout là-dedans ! Paul nous attend au Petit Café, en bas.

Le temps de s'ajuster au fait qu'il est bel et bien rendu à Paris et que ce n'est plus un rêve, la tête lourde et l'esprit brumeux, Sébastien se tire du lit à contrecœur et ouvre à son père. Fidèle à lui-même, rasé de près, vêtu d'une légère chemise d'été en conformité avec la température extérieure, Me Duhamel semble frais et dispos, en parfait contrôle de situation. Il éclate de rire devant la mine déconfite de Sébastien.

— Saute dans la douche, conseille-t-il avant de tourner les talons. C'est souverain pour retrouver ses esprits. Paul et moi, on t'attend en bas.

Antoine Duhamel avait raison. La douche fraîche lui remet les idées en place. Impatient de rencontrer Paul Boisvert, le détective engagé par son père à Montréal, Sébastien se dirige vers le Petit Café, emménagé dans une verrière à l'arrière de l'établissement. La voix forte de Me Duhamel lui permet de repérer les deux hommes sans difficulté. En approchant, Sébastien ne peut retenir le sourire narquois qui lui monte aux lèvres. Vêtu d'un imper beige, le col remonté malgré la chaleur évidente qu'il fait à l'extérieur — la verrière est inondée de soleil —, l'index posé comme un crochet autour d'un respectable cigare, Paul Boisvert ressemble à Colombo comme un frère jumeau. « Tout à fait dans le style de Me Duhamel, songe alors Sébastien, amusé. Il répond parfaitement au sens du théâtre de mon père », ajoute-t-il intérieurement, ravalant tout de même poliment son sourire en se glissant entre les tables. Il arrive auprès des deux hommes au moment où le détective explique l'endroit où se terre Maxime.

— Il n'est pas ressorti de là depuis des jours. J'ai contacté un ami, Conrad qu'il s'appelle, et la piaule où crèche Maxime est sous surveillance vingt-quatre heures sur vingt-quatre depuis que je l'ai retrouvé.

Puis, levant la tête vers le jeune homme qui se tire une chaise, le détective tend la main :

— Sébastien, je présume ? Paul Boisvert. Heureux de faire ta connaissance. Comme je disais à ton père, Maxime est…

— Je sais, interrompt alors Sébastien. J'ai entendu.

Puis, au bout d'un bref silence :

— Comme ça, murmure-t-il tant pour lui-même que pour les deux hommes assis à la table, un curieux spasme lui creusant l'estomac en repensant aux paroles de son père faisant allusion à la possible maladie de son frère, je n'aurais qu'à m'y présenter tout de suite pour essayer de le convaincre de me suivre.

Paul Boisvert ne répond pas immédiatement. Un dialogue silencieux, bref mais éloquent, se déroule entre Me Duhamel et le détective. Quand quelqu'un n'est pas sorti de chez lui pendant des jours, on peut s'attendre à tout, même au pire. Et Paul Boisvert sait fort bien que son patron n'apprécierait pas de voir Sébastien découvrir que son frère… Sa réflexion s'arrête là, au moment où l'avocat lui donne carte blanche en haussant imperceptiblement les épaules. Depuis le temps où les deux hommes travaillent ensemble dans certains dossiers, une confiance évidente s'est établie entre eux.

— Donne-moi le temps de vérifier de nouveau que le chemin est libre, et tu pourras y aller, propose alors le détective en reportant les yeux sur Sébastien. Ce soir, peut-être ? Ou demain au plus tard, probablement…

Et sur ces mots, il se relève, signifiant par là que l'entretien est terminé. Sans tendre la main, sur un simple signe de la tête, il se retourne et se dirige vers la sortie. Incapable de se retenir plus longtemps, Sébastien laisse entrevoir son hilarité par un large sourire.

— Drôle d'allure, souligne-t-il en le suivant des yeux. Comment veux-tu qu'on le prenne au sérieux ?

— Drôle d'allure, peut-être, réplique aussitôt Me Duhamel en suivant le regard de son fils. Mais efficace en diable… Je me suis toujours demandé si son allure caricaturale et débonnaire n'était pas justement voulue. En tous cas, ça lui sert à merveille. Fie-toi surtout pas aux apparences, garçon ! Je le répète : Boisvert est d'une efficacité redoutable…

Puis, levant le bras pour faire signe au garçon de table :

— Maintenant on se restaure un peu avant de faire la tournée.

— La tournée ?

— Oui… Je t'ai préparé un itinéraire photo… On n'aura pas le temps de se taper le Louvre ou le Musée d'Orsay, mais il n'est pas dit que tu vas quitter Paris sans avoir au moins un peu de matériel pour tes tableaux. Paris, c'est la plus belle ville du monde, rien de moins. J'ai pensé qu'il ne fallait pas que tu passes à côté. Au programme : Montmartre, Pigalle, Jardins du Luxembourg… Un survol rapide pour faire des photos. Qu'est-ce que tu en dis ?

La journée passe en coup de vent. Sébastien n'avait jamais eu l'occasion de voir Paris, même si parfois il y faisait un bref arrêt lorsqu'il voyageait avec sa mère, enfant. Subjugué par tant d'histoire, de beautés, de petits coins pittoresques, il se laisse remorquer par son père qui, lui, connaît la Ville Lumière comme le fond de sa poche. De nouveau, le jeune homme est surpris de constater que la sensibilité d'Antoine Duhamel n'a d'égal que ses vastes connaissances.

— Ça me fait curieux chaque fois, ce mélange de passé et de présent. Oh ! Regarde, là bas ! Ce peintre au coin de la rue ! Avec tout ce soleil dans les arbres, il me semble que... Mais c'est toi l'artiste. À toi de décider... Après, on prend un taxi et on se déplace à l'autre bout de la ville... Alors, tu la prends cette photo ou pas ?

Ensuite, c'est le retour à l'hôtel.

— De nouveau, douche et repos.

Me Duhamel décide, choisit, tranche. L'itinéraire de l'après-midi était précis et minuté comme du papier à musique. Et présentement, fourbu mais heureux, Sébastien aurait envie de dire que c'est son père qui est un curieux mélange de passé et de présent. Cette voix autoritaire, cette manie de toujours tout décider, d'avoir tout prévu comme dans son enfance, alliées aujourd'hui à une prévenance qu'il découvre avec plaisir.

— On se retrouve ici dans deux heures, ordonne l'avocat en désignant le hall de l'hôtel d'un geste du menton. Il ne sert à rien de se précipiter au restaurant, le dîner, comme ils l'appellent en France, n'est servi que vers vingt et une heures. Si on veut un repas digne de ce nom, vaut mieux attendre. Sinon, on se contente d'un en-cas... Et j'aurai parlé à Boisvert. À tout à l'heure.

Aussitôt dit, aussitôt fait, Me Duhamel s'engouffre déjà dans l'ascenseur... pour en bloquer les portes, revenir vers Sébastien et lui glisser une liasse de billets dans la main.

— J'avais oublié... Au cas où...

Et sans plus, revenant sur ses pas, il s'écrie :

— Attendez ! Je monte à l'étage.

Puis il disparaît pour de bon. Tout étourdi, Sébastien regarde les billets que son père lui a mis dans la main. Plus de mille francs. « Ça fait combien en dollars, ça ? » pense-t-il machinalement avant de se tourner vers la porte du Petit Café. Et comme il n'a pas envie de se retirer dans sa chambre, riche de cette fortune inattendue, il s'y dirige aussitôt.

— Une bonne bière, s'il vous plaît !

Sébastien a l'impression d'avoir besoin de reprendre son souffle. À tous points de vue !

* * *

Finalement, la rencontre avec Maxime est reportée.

— Boisvert a vu ton frère sortir de chez lui.

Et dans la voix d'Antoine Duhamel, il y a un réel soulagement.

— Mais il va sans doute y revenir puisqu'il n'avait ni son sac à dos ni la poche de hockey qu'il traîne toujours quand il quitte un endroit pour de bon. Ne reste qu'à attendre… Pas trop longtemps, j'espère, j'ai autre chose à faire à Montréal. Et maintenant, un taxi. J'ai réservé une table pour deux. Je meurs de faim !

Pourtant, en se glissant dans le taxi, Me Duhamel demande au chauffeur :

— Une mercerie pour hommes. N'importe laquelle.

— On ne va pas manger ?

— Pas avant que tu ne sois habillé comme du monde. Je déteste me faire voir avec un guenilloux… L'après-midi m'a suffi !

Agacé, Sébastien soupire et se tourne vers la vitre de la portière. « Bon, encore autre chose ! Ça ne va jamais avec lui ! » Mais au même instant, soutenant son impatience, c'est la voix de Virginie qui résonne en lui tel un signal d'alarme.

— Pourquoi toujours voir le côté négatif des choses, Sébas ? Tu n'as jamais pensé que c'était pour être gentil que ton père agissait comme ça ? Pour te faire plaisir ?

« Et pourquoi pas ? », admet enfin Sébastien en se calant sur la banquette. « Et pourquoi pas ? »

Ce n'est que le matin du surlendemain que le but premier de leur séjour à Paris se concrétise enfin.

— Boisvert vient d'appeler. C'est le bon moment. Il a vu Maxime ouvrir la fenêtre et s'installer pour prendre l'air. C'est bon signe, ça veut dire que ton frère est calme, détendu. Il devrait donc t'ouvrir quand tu vas te présenter chez lui.

Sébastien écarquille les yeux. Pour lui, il ne fait aucun doute que Maxime va lui ouvrir sa porte.

— Mais qu'est-ce que c'est que ces suppositions ? C'est sûr que Maxime va m'ouvrir la…

— Attends de voir, l'interrompt alors Antoine Duhamel, balayant l'objection de son fils du revers de la main. Oublie le gamin que tu as connu et prépare-toi des arguments en béton armé si tu veux qu'il t'écoute. Je suis persuadé que ce ne sera pas facile de l'amener à te suivre. Mais je suis persuadé aussi qu'il n'y a que toi qui puisses y arriver. Sinon, on n'aurait pas perdu notre temps ici.

« Perdu notre temps ici ! » Une fois encore, Sébastien lève les yeux au plafond, décontenancé par les propos de son père. Pourtant Me Duhamel a semblé apprécier les deux journées passées en sa compagnie. « Pas facile de s'y retrouver avec lui » songe-t-il en enfilant son chandail neuf.

Dehors, il fait beaucoup plus frais et le ciel est gris, lourd de gros nuages moutonneux qui se bousculent d'un horizon à l'autre. On parlait même d'orage au bulletin météo du matin.

Maxime habite un quartier plutôt délabré. De vieux immeubles mal entretenus, des arrière-cours encombrées, des trottoirs sales. Installé près de la fenêtre d'un café miteux, Boisvert les attendait, un œil sur la porte pour les voir arriver, et un autre en permanence sur l'immeuble en diagonale.

— Le temps a fraîchi et il a fermé la fenêtre. Tant mieux, il ne vous a probablement pas vus arriver. Par contre, c'est la première fois que je le vois si calme. Il a même souri en s'étirant avant de s'asseoir devant la fenêtre. D'attaque le jeune ?

« Comme entrée en matière, pense alors Sébastien, c'est plutôt direct ! » Il répond en haussant les épaules.

— Pourquoi pas ? Après tout, c'est mon frère, non ? Je n'arrive pas à concevoir qu'il…

S'interrompant brusquement, Sébastien hausse de nouveau les épaules.

— On verra bien, murmure-t-il, plus pour lui-même que pour la galerie.

Puis il plante l'éclat décidé de son regard dans celui de son père.

— J'y vais. Et je te jure que je reviens avec lui.

Tout en traversant la rue, il se demande ce qui le fait le plus trembler : la joie de revoir enfin Maxime ou l'anxiété de découvrir un étranger…

Contrairement à ce que son père anticipait, Maxime lui ouvre la porte dès le premier coup frappé.

— Vite, entre. Je savais que c'était toi, je t'ai vu arriver, dit-il d'une voix étouffée comme pour expliquer son empressement à lui ouvrir.

Curieusement, Maxime ne semble nullement décontenancé par la présence de son frère à Paris. On dirait même qu'il attendait cette visite. Qu'il l'espérait.

Après avoir jeté un regard anxieux par-dessus l'épaule de Sébastien en direction de la cage d'escalier, il demande en refermant promptement la porte :

— T'es sûr que personne t'a suivi ?

— Sûr ! Pourquoi voudrais-tu que...

— On n'est jamais trop prudent, l'interrompt alors Maxime tout en passant devant lui pour regagner son poste d'observation.

Puis plus un mot. Maxime, penché vers l'avant, les coudes appuyés sur ses genoux, observe silencieusement la rue derrière la fenêtre refermée.

— Maxime ?

— Chut ! intime alors Maxime, avec une pointe d'agacement dans la voix. Il y a quelqu'un en bas. On pourrait nous entendre...

Sidéré, Sébastien n'ose bouger. Voilà donc pourquoi son père le mettait en garde ! Maxime ne ressemble en rien au jeune frère dont il gardait le souvenir. Ni même à l'adolescent croisé en ville, il y a deux ans, et qui l'avait interpellé avant que Sébastien ne se décidât à faire la sourde oreille et fuir comme un voleur en se mêlant à la foule. Jamais regret n'aura été si vif ! Pourquoi avoir fui ? Peut-être bien que si Sébastien avait répondu à son appel, Maxime n'en serait pas là aujourd'hui. Peut-être que... Sébastien soupire. Encore des questions sans réponses, des suppositions.

Assis en retrait de la fenêtre, Maxime continue de fixer la rue comme si Sébastien n'existait pas. Une ride profonde sillonne entre ses sourcils et, le cœur serré, Sébastien découvre que son frère est bourré de tics nerveux. Son nez se fronce à toutes les secondes, ses sourcils se soulèvent et son cou s'étire avant que le manège ne recommence aussitôt. Comprenant que son frère a probablement oublié sa présence, s'obligeant à faire taire remords et regrets, Sébastien fait un pas dans la pièce encombrée et en désordre qui, visiblement, sert de salon, cuisine et chambre à coucher tout à la fois. D'une voix très douce pour ne pas l'effaroucher, il demande :

— Viens t'asseoir, Maxime. Il me semble qu'on a des milliers de choses à se dire.

De nouveau, silence. Maxime plisse le visage, étire le cou, soupire comme devant un enfant qui ne veut pas comprendre. Puis, la voix toujours aussi impatiente :

— Pas le temps ! Faut que je surveille la rue, explique-t-il en lui jetant un regard furtif avant de reprendre la pose.

À ces mots, au regard de Maxime qui, à la fois inquiet et trouble, ressemble étrangement à celui dont il se rappelle si bien, celui de leur mère, Sébastien comprend brusquement tout ce que son père a cherché à lui dire. Cette hérédité probable, ces inconnus aussi qui le cherchent. L'esprit de son frère sis entre réalité et chimères… Comment parle-t-on à quelqu'un qui n'écoute pas ? Comment s'adresser à celui dont l'esprit est faussé par quelque déformation par rapport à la réalité ? Sébastien ne sait pas. Alors, se fiant à la seule ressource qui peut peut-être encore exister entre eux, puisant à même leurs souvenirs d'enfance et l'amour inconditionnel qu'il a toujours eu pour son frère, Sébastien lui tend la main.

— Laisse tomber la rue, Maxime. Je suis là. Il ne peut rien t'arriver.

Sébastien a l'impression que le temps suspend son cours. Lentement, très lentement, Maxime détourne les yeux avant de lever la tête vers Sébastien. Curieusement, les tics sont moins fréquents. Le visage est calme. Seul le regard reste celui d'un petit animal inquiet.

— Tu crois ? demande alors Maxime d'une toute petite voix.

Mais avant que Sébastien ne puisse répondre, le grondement du tonnerre se fait entendre. Maxime sursaute vivement et reporte les yeux vers la rue. Un tressaillement démesuré devant le faible roulement venu de loin, deux mains qui tremblent avant de s'enfouir dans les poches. Sébastien sent son cœur se serrer. Un geste, et il vient de retrouver son frère, le petit Maxime qui tremblait dès que l'orage s'annonçait. C'est donc du plus profond de son cœur que la répartie de Sébastien fuse :

— N'aie pas peur, Maxime. Tu sais que je suis capable de faire reculer les orages. Viens, on va compter ensemble entre les coups de tonnerre et l'orage va s'éloigner.

De nouveau, Sébastien retient son souffle, espérant que ces mots tirés de leur vocabulaire d'enfant sauront le toucher, sauront se frayer un chemin dans le dédale de ses pensées obscures. Maxime est immobile, les sourcils froncés, toujours sans tics nerveux. Puis il lève la tête vers Sébastien. Cette fois-ci, le regard est clair. À un point tel que Sébastien se demande s'il ne vient pas de rêver tout ce qui vient de se passer. « Comme une éclaircie entre deux nuages » pense aussitôt Sébastien. Enfin son frère est là, de corps et d'esprit. Maxime s'est relevé, a repoussé la chaise et vient vers lui.

— Sébastien, fait-il alors d'une voix normale en lui tendant les bras. Je savais bien qu'un jour tu viendrais me chercher.

Le tonnerre se rapproche. Les éclairs sont violents et la pluie commence à tomber en cascades contre les carreaux sales de la fenêtre. Sébastien sent son frère qui tremble.

— Aide-moi, Sébas. J'ai peur.

C'est l'homme qui appelle à l'aide, mais Sébastien entend l'enfant. Son petit frère l'appelle. Il a peur des orages, il craint cet homme qui est leur père et c'est à lui que Sébastien doit le conduire. Pendant un long moment, les deux frères restent enlacés, leurs visages inondés de larmes. Puis Maxime se dégage et, regardant tout autour de lui, il lance :

— Vite, aide-moi à faire mes bagages, Sébas. Il faut qu'on parte d'ici avant qu'ils ne reviennent. Ils sont là et nous surveillent.

Pourtant, en bas, la rue est déserte. Sébastien n'ose demander de qui Maxime a peur. L'esprit de son frère est pris dans les filets de l'enfance et il a peur. C'est tout. Et cela suffit pour que Sébastien se sente fort, capable de repousser les ennemis, réels ou pas.

Tout en parlant, Maxime se tord les mains d'inquiétude, regarde autour de lui sans jamais fixer son regard, incapable de commencer ses bagages.

Et les tics nerveux sont tous revenus…

Partie III

Automne 1997

CHAPITRE 8

« Les années qui passent ne reviendront jamais […]
Et le temps passe vite, très vite […]
Ne laisse pas la vie avaler tes rêves. »

CONSEIL DONNÉ PAR JÉRÔME À FRANÇOIS AU PRINTEMPS 1995

Laurence a déjà dix mois. Rieuse, facile… toujours en mouvement à explorer le monde !

— C'est un vrai petit bolide, lance souvent François, amusé, surpris chaque fois qu'il voit sa fille détaler comme un lièvre quand il vient pour la prendre dans ses bras. Et indépendante à part ça !

François adore sa fille !

Tout comme Marie-Hélène qui, d'un commun accord avec son mari, a décidé de ne pas reprendre le travail.

— Ça passe si vite, François ! Trop vite… J'ai l'impression que dans le temps de le dire Laurence sera déjà une petite fille et que le bébé aura disparu. J'aimerais en profiter. La voir vivre et découvrir le monde, c'est fascinant ! Je veux qu'elle dise ses premiers mots avec moi et je veux être là pour soutenir ses premiers pas. Est-ce que tu me comprends ?

Et François comprend. Ils savent l'un comme l'autre, sans même en avoir parlé directement, qu'ils n'auront pas la chance de revivre ces beaux moments avec un autre enfant. Ils ont tenté le destin une fois et ils ont gagné. Mais à quel prix! Ils ne recommenceront pas. Laurence déborde de santé, de vitalité et, pour eux, il s'agit du plus beau cadeau que la vie pouvait leur offrir. Ils s'en contenteront.

— Je suis d'accord avec toi, Marie. Laurence a besoin de sa maman. Tant pis pour les sous, tant pis pour la maison qu'on aimerait s'acheter.

Regardant tout autour de lui, il constate:

— On n'est pas si mal ici. Il y a le parc, toutes sortes de commodités... Et comme je commence mon nouvel emploi le mois prochain, elle va pouvoir profiter de son papa aussi. Enfin, je vais avoir des horaires réguliers! Finalement, avec le recul et la présence de cette adorable jeune fille, il n'y a que Louise et Michel qui vont trouver le changement difficile.

Il répète souvent cette phrase et Marie-Hélène comprend que derrière les apparences François trouve difficile de quitter la rue.

Il en a reporté l'échéance tant qu'il a pu. Car il ne se sent ni malade ni fatigué. Hormis l'impressionnante quantité de pilules qu'ils doivent avaler, la maladie ne laisse pour l'instant aucun signe visible, sinon, parfois, une grande fatigue qu'ils arrivent encore à contrôler. Pourquoi se presser? Une offre d'emploi à la rubrique « Carrières et Professions » un samedi matin a précipité les choses.

— As-tu vu, François? Ils cherchent un travailleur social dans un centre d'accueil. Qu'est-ce que t'en penses?

— On peut toujours essayer.

C'est sa candidature qui a été retenue. Et voilà, c'était fait... Il y a eu une espèce de flottement dans la vie de François après la réception de la lettre de confirmation. Un flottement et un mouvement de révolte. François savait qu'il ne voulait pas quitter la rue. Pourtant son médecin était formel :

— C'est jouer avec le feu, François !

— Oui, et après ?

Au cours d'une longue fin de semaine, François avait promené sa mauvaise humeur et ses indécisions à travers l'appartement. Un sourire de Laurence, accrochée au bord de son jeans pour s'assurer d'un équilibre précaire, la tête levée vers lui avec confiance, avait eu raison de quelques réticences. Il n'était plus seul dans la vie. Il y avait Marie-Hélène et Laurence. Il avait pris Laurence dans ses bras et l'avait serrée très fort contre lui. La petite riait de bon cœur, ravie qu'on s'occupe d'elle. S'il n'apportait pas ces changements pour lui, il allait le faire en pensant à sa femme et à sa fille. Et de gaieté de cœur en plus ! Mettre toutes les chances de leur côté pour que le bonheur d'aujourd'hui dure le plus longtemps possible.

Facile à dire quand on est samedi matin et qu'il fait beau. Quand on est en congé et que l'amour de notre vie nous fait sentir important. Dès le lundi suivant, François s'était vite aperçu que pour lui, cela n'allait pas de soi. Il avait les trottoirs de Montréal tatoués sur le cœur !

C'est la gorge serrée qu'il avait annoncé son départ prochain. Meurtri par la réaction de sa mère, François n'avait rien dévoilé des raisons véritables qui avaient provoqué cette décision. Il s'était contenté de rappeler à ses confrères à quel point il était fatigué quand venait le printemps.

— Souviens-toi, Michel ! C'est toi qui me disais l'an dernier que le boulot était peut-être trop exigeant pour moi.

— C'est vrai, avait alors admis son ami dans un soupir,

un peu à contrecœur. Mais de là à te voir partir. C'est moche parce qu'on faisait une bonne équipe tous les trois.

— Je sais.

Pendant un moment, François avait porté les yeux sur le petit coin de ciel bleu que lui offrait la grande fenêtre au fond de la salle leur servant à la fois de bureau, de salle de réunion et de cafétéria. Le premier jour où il y était entré, il avait eu un véritable coup de foudre pour cette petite pièce encombrée de paperasse, de tasses de café à moitié bues, enfumée par les cigarettes que Michel allumait les unes à la suite des autres. Tout de suite, François s'était senti chez lui ici. Un beau rêve se concrétisait ! Et voilà qu'il devait tracer un trait sur tout cela. C'est vraiment en annonçant son départ à Michel que François avait senti viscéralement que sa vie se scindait en deux. Dorénavant, il y aurait avant et après. Jusqu'à maintenant, malgré l'annonce de sa maladie, la naissance de Laurence, les ajustements qu'ils avaient dû apporter à leur quotidien, Marie-Hélène et lui, la vie semblait tout de même une continuité. Il n'avait pas eu le choix de s'ajuster, les événements s'emboîtant les uns aux autres rapidement, sans la moindre possibilité de modification. Mais aujourd'hui, c'était un geste volontaire qu'il posait. Un geste dont il se rappellerait longtemps parce que c'était vraiment ce qu'il avait toujours voulu faire, être travailleur de rue…

— Vous allez me manquer, avait-il alors dit en se tournant vers Michel. Beaucoup.

Michel avait soutenu son regard, silencieusement, avant d'allumer une cigarette à même celle qu'il tenait entre ses doigts. François n'avait rien dit, mais Michel avait compris que le choix n'était pas facile à faire. Pour quelle raison, Michel l'ignorait. Et cela ne le regardait pas. L'amitié qu'il éprouvait pour François depuis toutes ces années suffisait à ce qu'il respectât son choix. Sans quitter François des yeux, Michel avait tiré une longue bouffée de sa cigarette, lui avait souri puis ils étaient passés à autre chose...

C'est dans trois semaines que cette partie de vie sera derrière François. Quand il regarde Laurence, il arrive à se convaincre qu'il a fait le bon choix. Pour cette petite bonne femme, il va délibérément s'enfermer dans un bureau pour les prochaines années, lui qui s'était juré de vivre au grand jour, dehors.

— Je t'aime, François !

Il se détourne de la fenêtre où il regardait les passants sans les voir. Marie-Hélène est près de lui. Alors il passe un bras autour de ses épaules, l'attire devant la fenêtre.

— Regarde comme il fait beau ! J'aime les rues de Montréal à l'automne quand les parcs sont colorés et le soleil encore chaud.

À ces mots, la jeune femme comprend que les propos de François vont bien au-delà des arbres rougeoyants et du soleil d'octobre qui s'y mire.

— Ça va te manquer, n'est-ce pas ?

— Terriblement, avoue François en soupirant. J'avais vraiment l'impression d'être fait pour ce travail-là. Alors que maintenant...

Il laisse sa phrase en suspens tout en resserrant son étreinte autour des épaules de Marie-Hélène. Celle-ci niche sa tête dans le creux de son cou.

— Qu'importe l'endroit où nous nous trouvons, François... L'important, c'est d'avoir la conviction que ce que nous faisons, nous le faisons de notre mieux. Le plaisir de travailler, c'est à l'intérieur de soi qu'on le trouve, pas dans le décor qui nous entoure. Tous les deux, à notre façon, nous avons choisi un travail qui permettait d'aider les autres. Moi avec mes petits enfants sourds et toi avec les jeunes de la rue. Et en cela, ce nouveau boulot va dans le sens que tu avais décidé de donner à ta vie. Tu vas continuer à aider les jeunes. Et peut-être bien que ceux que tu vas croiser ont encore plus besoin de toi.

Pendant un long moment, François laisse les paroles de Marie-Hélène faire leur chemin en lui. Puis il penche la tête et l'embrasse sur le front.

— À défaut de dire que tu as raison, fait-il en souriant, je dirais que tu n'as pas tort... Une légère nuance qui me permet de rester grognon encore un peu...

Marie-Hélène lui rend son sourire.

— D'accord. Tu as le droit d'être grognon jusqu'à ce soir. Mais après... lance-t-elle en le menaçant d'un index autoritaire.

À cet instant, Laurence décide que la sieste a assez duré. Un cri véhément leur parvient jusqu'au salon, clair et colérique. Sur un regard complice, Marie-Hélène se dégage légèrement de François.

— Après le dîner de sa majesté, que dirais-tu d'une longue promenade à travers les rues de Montréal, François ? Laurence est bien la fille de son père ! Rien ne lui fait plus plaisir que de se faire promener dans sa poussette. Qu'est-ce que tu en penses ?

Alors François se penche vers elle et l'embrasse de nouveau.

— Je dirais que le papa de Laurence aime bien promener sa fille dans les rues de Montréal. Rien ne saurait lui faire plus plaisir par une si belle journée !

Et c'est ainsi que la transition se vit pour François. Dès que la température le permet, la petite famille se précipite à l'extérieur et profite des dernières belles journées de la saison. François fait découvrir un tout autre visage de la ville à Marie-Hélène. À l'occasion, ils croisent des jeunes que François connaît bien et tout heureux, il présente sa fille qui sert d'alibi à son nouveau travail.

— Avec un bébé, c'est plus facile d'avoir un horaire régulier, répond-il invariablement quand les jeunes lui demandent ce qu'il devient.

Et quand Vincent, un jeune qu'il a aidé à reprendre pied dans la vie, lui dit:

— C'est correct, ça, de penser à ta fille en premier. P't-être ben que si j'avais pas été élevé avec la clé dans le cou j'aurais jamais pensé à faire les conneries que j'ai faites. C'était plate en estie de se retrouver toujours tu-seul à maison quand j'étais p'tit. Fait que j'étais plus souvent avec la gang dans ruelle que chez nous...

François comprend alors que sa maladie l'a obligé à faire le bon choix. Aujourd'hui, sa priorité, c'est Laurence. Et comme le lui avait dit Marie-Hélène, il a déniché à l'intérieur de lui un petit coin qu'il ignorait. Les jeunes qu'il côtoie aujourd'hui, pour la majorité d'entre eux, ont été profondément blessés par la vie. Et l'attitude qu'ils ont adoptée n'était pas nécessairement la bonne. François fait dorénavant partie de ceux qui peuvent les aider à ajuster leur vue sur le monde. Se choisir des priorités, des valeurs et s'y accrocher... Et lorsque, un matin de novembre, la fenêtre de leur chambre lui offre la vue désolante d'une journée détrempée, les rigoles de pluie dessinant des ruisseaux sur la vitre, il admet à Marie-Hélène en souriant, le doigt pointé vers la fenêtre:

— Ça, vois-tu, c'est un aspect dont je ne m'ennuie pas. Mais alors là, pas du tout. Comme quoi chaque médaille a deux côtés.

Marie-Hélène l'entend siffler sous la douche... une vieille chanson de Frank Sinatra ! Depuis quelque temps, François s'est curieusement découvert un véritable engouement pour les vieilles chansons. Aznavour, Piaf, Crosby... Allez donc savoir pourquoi ! Marie-Hélène s'était posé la question, y avait longuement réfléchi puis avait conclu que peut-être cette nouvelle lubie n'était qu'une sorte de réponse à sa maladie qui n'existait pas dans ces années-là. Sa façon à lui de défier la maladie. Soumise à une curieuse pudeur, elle n'avait osé aborder le sujet avec François. Faussant terriblement, ce dernier n'en siffle pas moins avec une conviction sincère !

— Comme quoi, murmure Marie-Hélène en s'étirant, un sourire moqueur sur les lèvres, on finit toujours par s'habituer à tout.

C'est alors que la portée de cette réflexion la frappe de plein fouet. « Oui, on s'habitue à tout, songe-t-elle en se recroquevillant sous les couvertures, subitement frileuse. On s'habitue même à la maladie... C'est à peine si j'y pense en prenant mes pilules. C'est vrai qu'on ne ressent rien de particulier. Pas pour l'instant » ajoute-t-elle intérieurement, un vertige trop bien connu lui soulevant l'estomac et lui faisant débattre le cœur.

Serrant les paupières très fort sur cette désagréable sensation, elle s'oblige à chasser toute pensée indésirable, prend une profonde inspiration et repousse les couvertures d'un coup de pied volontaire.

— Pas de pensée sombre aujourd'hui, confie-t-elle aux oreillers. La température se suffit à elle-même. Profitons de ce que mademoiselle Laurence dort encore pour s'offrir un bon café en toute tranquillité...

Accordant sa voix aux sifflements de François, elle saute

en bas du lit et se dirige vers la cuisine en chantonnant. Elle aime ces journées froides, grisâtres et sombres qui font sentir l'appartement confortable. Marie-Hélène, alors, a l'impression d'être dans un cocon douillet et que rien, jamais, ne pourra les atteindre…

— Après avoir mis le café en branle, je pars une bonne flambée, annonce-t-elle aux murs de la cuisine. Laurence adore regarder les flammes danser dans l'âtre… et moi aussi.

C'est sa nouvelle philosophie : faire de chaque petit bonheur une grande joie. Au jour le jour, sans penser au lendemain.

* * *

Si à Montréal il tombe une pluie diluvienne, en Beauce, c'est un curieux mélange qui s'abat sur la campagne.

— On dirait des gouttes de JELL-O, lance Cécile en ouvrant de grands yeux, un pan du rideau de dentelle de la fenêtre de cuisine retenu du bout des doigts.

Puis elle fait la grimace.

— Pouah ! Un temps à ne pas mettre un chien dehors.

Et, se tournant vers Jérôme qui vient tout juste d'arriver et qui lève l'interrupteur pour faire un peu de lumière dans la pièce assombrie par l'orage, elle demande :

— As-tu vu le temps, ce matin ? Un vrai désastre ! Crois-tu que c'est prudent de prendre la route avec un déluge pareil ?

Jérôme hausse les épaules tout en approchant de la fenêtre à son tour. Puis il pousse un bref soupir.

— Tu sais… S'il faut s'arrêter au moindre caprice de la température, on ne ferait pas grand-chose au Québec !

Puis il se retourne et va au comptoir pour mettre la cafetière en marche.

— Non, je ne crois pas que ce soit dangereux, poursuit-il en mesurant le café. Regarde la rue ! Le sol n'est pas encore gelé et la gibelotte qui nous tombe sur la tête fond dès qu'elle touche la chaussée.

Cécile est à moitié convaincue.

— N'empêche, hésite-t-elle encore…

Elle reporte ensuite les yeux sur le paysage détrempé. Le potager dégarni ressemble à un marécage.

— Désolant, constate-t-elle.

Elle laisse retomber le rideau et rejoint Jérôme près du comptoir pour mettre le pain à griller..

— On ne sait jamais, en novembre, poursuit-elle dans la même veine. On pourrait peut-être demander au médecin de passer ici plutôt que…

— Tu sais ce que ma mère pense de ça, interrompt aussitôt Jérôme. Elle ne veut pas être traitée en malade et tant qu'elle sera capable de se déplacer, même avec de l'aide, ça contribuera à garder son moral au beau fixe… Ça va la garder en vie ! Et comme ses jambes lui font de plus en plus mal et que ça nous a pris plus d'un mois pour avoir ce fichu rendez-vous…

Cécile soupire, contrariée. C'est que Jérôme n'a pas tort !

— C'est vrai qu'elle aime bien ces petites visites au village…

Puis elle fait la moue.

— D'accord, concède-t-elle, toujours hésitante. Mais promets-moi d'être bien prudent.

— Promis, ma douce. Pas de vitesse, pas de cascades !

— C'est ça, moque-toi…

— Jamais je n'oserais, conclut-il, un large sourire illuminant son visage.

Puis, baissant le ton parce qu'il entend le pas traînant de la vieille dame qui approche de la cuisine, il ajoute :

— Profites-en pour lire un peu. Je sais à quel point une vieille madame comme maman peut être exigeante parfois. Si on met tous ses petits caprices bout à bout, il ne reste pas grand temps pour toi.

— J'aime pas ça entendre chuchoter quand j'arrive, Jérôme !

Appuyée sur sa marchette mais les épaules toujours fières, Mélina se tient dans l'embrasure de la porte.

— J'ai toujours l'ouïe aussi fine, tu sauras, mon gars. C'est mes jambes qui ont des problèmes, pas mes oreilles. Pis chus peut-être vieille, âgée comme vous dites pour être polis, mais chus pas gâteuse pour autant. Ça fait que j'vois ben que j'dérange. Me semble qu'on en avait déjà parlé pis que j'ai dit que j'aimais justement pas en parler...

Tournant la tête vers Cécile, d'un ton qu'elle veut plus doux mais qui tombe raide comme les coups d'un tambour, Mélina ajoute :

— Excuse mon retard d'à matin, Cécile, mais j'ai fait un drôle de rêve... J'ai vu Gaby près de moi. Y'était là comme j'te parle ! Pas comme ça m'arrive d'habitude dans des rêves de fous qu'on sait que c'est juste un rêve. Non, là, c'était pas pareil. Y'était là, à côté de moi pis y parlait pas. Y'était juste là comme on l'a souvent fait, tous les deux, sur la galerie à regarder le champ pis l'érablière dans l'fond, là-bas... C'était tellement vrai que j'ai tendu l'bras quand je me suis réveillée pour y toucher pis que ça m'a pris une couple de menutes pour m'apercevoir que j'avais rêvé...

Sur ces mots, reportant les yeux sur Jérôme, elle laisse tomber dans un soupir :

— Bonyenne que j'm'ennuie de ton père, Jérôme. J'me demande ben c'que le bon Dieu a pensé en m'oubliant ici aussi longtemps après lui... Astheure, faut manger !

Puis, sur un ton guilleret :

— C'est ben à matin qu'on va chez l'docteur, non ?

Tout excitée à la pensée d'un petit tour au village, Mélina se hâte vers la table de son petit pas traînant...

Dans le fond, rusée et un brin toquée, Mélina en est fort consciente, ce n'est que pour cela qu'elle refuse que Cécile lui prescrive des médicaments : elle aime tellement retourner au village de temps en temps !

Peu rassurée par les propos de Jérôme, Cécile est restée à la fenêtre pour les regarder partir.

— Pauvre Cécile, lance Jérôme. Je crois bien que ça l'inquiète de nous voir prendre la route avec ce curieux mélange de pluie et de neige qui nous tombe sur la tête depuis ce matin, fait-il en levant le bras pour la saluer une dernière fois avant d'engager l'auto sur la route du rang.

Mélina, le nez à la fenêtre elle aussi, hausse les épaules.

— Bof ! Tu connais ta Cécile, non ? Elle a ben des qualités, mais elle s'inquiète toujours pour un oui pis pour un non. Voir si par chez nous, on arrête de bouger quand y fait pas beau !

— C'est en plein ce que je lui ai dit... N'empêche qu'on n'y voit pas grand-chose... Fichu pays, oui !

Un bref silence envahit l'intérieur de l'auto alors qu'on n'entend que le bruit des essuie-glaces qui fonctionnent à plein régime.

— C'était-y pareil le temps en France ? demande finalement la vieille dame sans quitter le paysage des yeux.

— Moins froid peut-être, mais aussi humide. Et de la pluie, en veux-tu en v'là ! Enfin, dans la région où j'habitais. C'était dans l'ouest de la France, maman, près du même océan que celui qui mouille la Gaspésie, l'océan Atlantique.

— Ah oui ? Eh ben ! Parle-moi encore de là-bas, Jérôme. J'aime ça.

— Qu'est-ce que je peux en dire, maman, que tu ne sais déjà ? C'était un pays de pommes où je vivais. Un pays qui sentait les pommes à l'année. Surtout dans le vieux monastère où j'habitais. Un monastère qui avait été construit dans les années…

Et Jérôme de reprendre l'histoire de toutes ces années vécues en France après la guerre. L'histoire de sa vie qu'il a racontée à maintes et maintes reprises, et que Mélina écoute chaque fois avec des étoiles d'envie dans le regard et un silence religieux, elle qui habituellement ne se gêne nullement pour interrompre les gens.

— J'ai l'impression de voyager quand tu m'parles des vieux pays, confie-t-elle au moment où Jérôme se tait. Parce qu'à part la ville de Québec, j'ai pas vu grand-chose dans ma vie. Te rends-tu compte ? J'ai même pas vu Montréal… Ça a quasiment pas d'allure.

Jérôme dessine un sourire tendre malgré ses sourcils froncés pour voir la route et, subitement inspiré, il propose :

— Et si on y allait ?

— Où ça ? À Montréal ?

Mélina n'en croit pas ses oreilles. Le temps de tourner les yeux vers Jérôme pour être bien certaine qu'il ne se moque pas, puis elle remet le nez à la fenêtre du passager pour ne rien manquer du paysage qui défile et pour cacher l'émotion un peu puérile qui fait briller ses yeux.

— À Montréal ? Moi ? T'es ben sérieux quand tu dis ça ?

— Pourquoi pas ? On a suffisamment de parenté pour nous héberger pendant quelques jours. Et avec une chaise roulante, on pourrait visiter la ville.

La vieille dame a joint les mains à hauteur du cœur pendant que son fils échafaudait le projet.

— Oh oui ! fait-elle d'une petite voix méconnaissable, un peu tremblante. Si tu savais comme ça me ferait plaisir. J'pourrais aller prier à l'Oratoire. Pis voir le mont Royal et aussi le Jardin botanique. Paraît que c'est beau en pas pour rire, le Jardin botanique. Pis on pourrait voir la petite Laurence aussi. J'sais pas ce qui s'est passé le jour de ta fête, mais François pis sa p'tite famille sont partis assez vite merci que j'ai même pas eu l'temps de l'embrasser, la p'tite. Pis on les a pas revus depuis.

— Je sais, admet Jérôme, pensif après un bref silence... Moi aussi je m'ennuie de la petite Laurence. Elle doit avoir encore beaucoup grandi. Ça lui fait quoi, là ? Presque un an, non ? Et sais-tu ce que Cécile m'a dit, justement le jour de ma fête, à propos de Laurence ?

— Question idiote, Jérôme ! Comment veux-tu que je le sache !

Jérôme ne peut s'empêcher de rire au ton rêche employé par sa mère qui a tout à fait raison. Un ton tellement bourru, à nul autre pareil, dans les moments de grande tendresse comme dans les moments d'impatience, que même après des années d'absence, il n'avait qu'à fermer les yeux pour l'entendre sonner à ses oreilles.

— Cécile m'a dit que Thérèse trouvait que Laurence ressemblait à Dominique comme deux gouttes d'eau quand elle était bébé. Tu ne trouves pas que c'est un beau cadeau de la vie, ça ? Après avoir tant et tant rêvé de notre petite fille qu'on n'avait pas vue à la naissance, voilà qu'on a la chance de la voir grandir... Enfin, c'est un peu ça.

— Je l'ai toujours dit, Jérôme. Pis là-dessus, Cécile est ben d'accord avec moi : faut toujours faire confiance. Toute finit toujours par s'arranger. Même si des fois, on dirait ben que c'est le contraire qui se produit. C'est juste que nous autres, on voit pas plus loin que le bout de not'nez tandis que Lui, en haut, y voit pas mal plus loin. Tu penses pas, toi ?

Un bref silence puis une respiration bruyante en guise de réponse. Pas vraiment patiente de nature, Mélina insiste.

— Hé, Jérôme ! J'te parle... La route est-y mauvaise à ce point-là ? Tu penses pas, toi, que l'bon Dieu y...

Tout en parlant, Mélina s'est détournée de la fenêtre et porte les yeux sur son fils. Elle blêmit d'un coup.

— Oh non ! Hé Jérôme, dis de quoi, bonyenne ! Mais qu'est-ce qui s'passe ?

La tête appuyée contre le dossier de la banquette, les mains crispées sur le volant, le teint cireux, Jérôme fixe la route sans bouger.

— Seigneur Jésus, mais qu'est-ce qui se passe ? Hé Jérôme, parle, réponds-moi... Mais qu'est-ce que j'peux faire ?

Envisageant le pire, un vent de panique lui fait palpiter le cœur. Jamais elle n'a vu son fils aussi blême.

— Pars pas comme ça, Jérôme. Pas tout de suite.

Puis la colère prend le dessus. Pendant une fraction de seconde, Mélina lève les yeux au plafond.

— C'est quoi l'affaire, Vous là ? Vous êtes toujours ben pas pour v'nir chercher mon gars avant moi ?

La voiture avance en zigzaguant sur la chaussée de plus en plus glissante jusqu'au tournant devant la maison de campagne des Gendron, absents à ce moment de l'année.

Rassemblant ses maigres énergies de vieille dame, Mélina détache sa ceinture, se penche vers l'avant pour soulever la jambe de Jérôme, toujours appuyée sur l'accélérateur.

— J'y connais pas grand-chose mais ça devrait arrêter, non ? marmonne-t-elle. Jérôme, réponds-moi ! Gaby, laisse-nous pas tomber. Fais de quoi…

L'auto ralentit. Sans rien y connaître, Mélina empoigne le volant et le tourne sur la droite. Tout doucement, comme dans un rêve, la voiture tourne, elle aussi, et descend l'entrée en pente qui mène vers la maison avant d'aller buter contre un arbre, tout près de la galerie. Toujours penchée vers l'avant, ayant de la difficulté à se redresser, Mélina n'a rien vu. C'est en réussissant finalement à se relever qu'elle comprend que tout danger est passé. Tout danger d'avoir un accident plus grave. Un curieux chuintement s'échappe du capot replié sur lui-même, mais rien de plus. L'auto est enfin immobile. Mélina pousse un soupir de soulagement. Son cœur bat à tout rompre, elle a les mains tremblantes mais elle est un peu plus rassurée. Jérôme, quant à lui, n'a pas bougé d'un iota. Inconscient, il a toujours les mains sur le volant même si Mélina l'a fait tourner, et son regard est aussi fixe que tout à l'heure sous ses paupières presque fermées. Aussitôt, pour avoir aidé ses nombreux voisins au fil des ans, pour avoir assisté le médecin de la paroisse auprès de plusieurs mourants, Mélina comprend que Jérôme vient d'avoir une attaque. Et que c'est grave. Seule la respiration laborieuse de son fils la rassure, confirmant qu'il est toujours vivant.

— Ça nous apprendra à nous moquer des inquiétudes de Cécile, murmure-t-elle avec des trémolos dans la voix. Elle devait le sentir. Ils s'aiment tellement ces deux-là. Mais ça me dit pas quoi faire, par exemple. J'peux pas laisser

Jérôme comme ça ben longtemps. Y'a besoin d'aide pis vite à part ça...

Malgré ses jambes douloureuses et peu stables, Mélina arrive à sortir de la voiture et se dirige vers la maison.

— Peut-être ben que l'téléphone...

Tout en marchant à petits pas, sans aide, elle arrive jusqu'au perron, en monte difficilement les marches, se retourne aux deux secondes pour jeter un coup d'œil sur Jérôme qui ne bouge toujours pas.

— Au moins, je l'entendais respirer, se dit-elle à voix basse pour s'encourager. Pis si mon Jérôme respire de même, c'est signe que l'cœur pis les poumons tiennent bon !

Elle arrive enfin en haut du court escalier avec un soupir de soulagement. La pluie continue de tomber, les arbres craquent sous le vent froid de novembre. Un long frisson secoue le corps frêle de la vieille dame alors qu'elle s'appuie sur une chaise de bois, un peu bancale, qui l'aide tout de même à faire les quelques pas qui la séparent du seuil de la maison. Contre toute attente, le battant n'était pas barré et il cède facilement sous sa faible poussée. À l'intérieur tout est sombre, et cela prend quelques instants pour que la vue de Mélina s'adapte. Puis elle repère un téléphone sur le bout du comptoir.

— Ouais !

Bref instant d'euphorie. Dès qu'elle porte le combiné à son oreille, Mélina comprend que le service a été interrompu pour l'hiver.

— J'aurais dû m'en douter. Y'a ben juste dans les vues que ça marche comme sur des roulettes. Mais qu'est-ce que j'peux faire ?

Au même instant, un bruit de frottement la fait se retourner puis pousser un petit cri de surprise.

— Jérôme ! Mais veux-tu ben m'dire c'que tu fais là ?

Une main sur la poitrine, Jérôme arrive à faire un pas, puis un autre, puis un troisième. Très lentement, péniblement, comme si chacune de ses jambes pesait cent kilos.

— Qu'est-ce... Je ne me rappelle rien. Tout est noir. Tout...

La voix de Jérôme est grave, gutturale, portée par un souffle court et bruyant. Puis, d'un coup, il s'affale sur le sol, de nouveau inconscient. Le bruit de sa chute se répercute sur les murs, immense, et atteint Mélina directement au cœur. Son Jérôme, son fils, si grand et si fort, là, gisant sur le plancher froid d'une maison inconnue. Hostile. Regardant autour d'elle, Mélina comprend vite qu'elle ne peut rien faire. Qu'il n'y a rien à faire que d'attendre. La route menant au chemin est beaucoup trop longue pour ses jambes et Jérôme est trop lourd pour qu'elle puisse espérer le soulever. Repérant une couverture sur le dossier d'une chaise, Mélina vient l'étendre sur Jérôme qui bloque l'entrée et l'empêche de refermer la porte. Un petit vent sournois s'infiltre sous son manteau et la fait frissonner de nouveau. Frisson de froid, d'inquiétude, de lassitude. Sa petite marche à l'extérieur, seule sur le sol glissant, l'a épuisée. Revenant péniblement sur ses pas, Mélina se laisse tomber sur la chaise, une main contre son cœur pour l'empêcher de sortir de sa poitrine, car c'est vraiment l'impression qu'elle a tellement il bat à tout rompre, et de l'autre main, elle referme les pans de son manteau pour tenter de se réchauffer et de contrôler ses tremblements.

— On aurait été ben mieux de rester dans l'auto, murmure-t-elle, amèrement déçue. Y faisait pas mal plus chaud. Comme quoi à vouloir faire mieux, on fait pire.

Curieusement, et de façon très claire, Mélina entend la

voix de sa mère la mettant en garde lorsqu'elle cherchait à toujours vouloir aider. Mélina n'était qu'une enfant. Elle revoit sa mère, une femme très grande, imposante, autoritaire mais tendre en même temps.

— Laisse porter, Mélina... À vouloir faire mieux, on fait pire.

Oui, sa mère répétait souvent cette phrase. Curieux de s'en rappeler aussi clairement. D'un geste impulsif, Mélina essaie de refermer son manteau encore plus étroitement sur sa poitrine.

— Bonyenne que chus gelée, murmure-t-elle les lèvres asséchées par tous les efforts qu'elle a dû déployer. Pis pour rien...

Et tout à coup, debout à côté de sa mère, Gaby est là, près d'elle.

— Gaby ! Si tu savais comme je suis contente de te voir, s'entend-elle murmurer.

Tout doucement, Mélina se sent glisser vers le sommeil. Son cœur est plus sage, sa respiration facile. Ses jambes sont redevenues légères comme à vingt ans et elle n'a plus froid.

— Faudrait aider Jérôme, Gaby, murmure alors la vieille dame assise dans la chaise. Pis prévenir Judith qu'on est là. Peut-être que notre fille pourrait nous aider, elle. Judith est encore jeune. Pis en bonne santé. Te rappelles-tu, Gaby, quand on a appris que j'attendais Judith ? Ça faisait vingt ans qu'on espérait ça. Te rends-tu compte ? Vingt ans !

Mélina voit très bien la vieille dame qui murmure comme elle voit aussi l'homme qu'elle appelle Jérôme, étendu sur le sol glacé d'une maison abandonnée pour l'hiver. La porte, balancée par le vent, s'ouvre et se ferme en grinçant, butant chaque fois sur les pieds de l'homme étendu sur le plancher.

— Faut pas laisser Jérôme tout seul, Gaby, murmure encore la vieille dame dans la berceuse. Toi, tu peux prévenir Judith, non ?

Alors la main de Gaby se glisse dans la sienne pour la rassurer. Si Gaby est là, Mélina peut s'en remettre à lui. Il règle toujours tout, Gaby. Et Mélina se sent tellement fatiguée. La pression de la main de Gaby se fait plus insistante, le sourire de sa mère l'invite au repos. Alors, tout doucement, Mélina sent qu'elle peut se laisser aller au sommeil. Un sommeil léger, léger, léger...

Incapable de lire tant elle est inquiète, Cécile a promené ses pas désœuvrés d'une fenêtre à l'autre, espérant elle ne savait trop quoi. Peut-être une accalmie, un trou dans les nuages. Mais le ciel, obstinément bouché, lui renvoie sa désolation. Le bruit de la sonnerie du téléphone la fait sursauter. Ce n'est que la clinique, demandant si madame Mélina Cliche a toujours l'intention de se rendre au rendez-vous malgré la température maussade.

— Certainement ! Elle vient tout juste de quitter la maison.

Comme si ce bref contact avec le monde extérieur avait un pouvoir quelconque, Cécile sent son anxiété baisser d'un cran après l'appel de la clinique. Elle réussit même à lire quelques pages de son roman. Mais le second appel de la clinique la ramène brusquement à la case départ.

— Vous êtes bien certaine qu'ils sont en route ?

Regard machinal vers sa montre-bracelet et tout de suite, son cœur se met à battre la chamade. Jérôme et sa mère sont partis depuis plus d'une heure maintenant.

— Peut-être un problème avec l'auto, suggère la voix

inconnue au bout du fil, sentant l'inquiétude de Cécile d'une façon presque tangible.

— Peut-être...

Mais Cécile n'y croit pas.

— Je vous rappelle si jamais j'ai du nouveau. Et quand vous les voyez arriver, dites à mon mari de communiquer avec moi, intime Cécile sans y croire.

En elle crie l'urgence d'intervenir. Jérôme et sa mère devraient être arrivés au village depuis longtemps maintenant. Accident ou avarie de moteur, peu importe. Perdus en campagne comme ils le sont, Jérôme a probablement besoin d'aide. La pluie tombe de plus belle, les maisons sur le rang sont éloignées les unes des autres, Mélina n'est qu'une vieille dame malade... Sans hésiter, Cécile signale le numéro d'urgence.

Mais peine perdue.

— S'il fallait qu'on se déplace pour une heure de retard...

La voix de la femme est inflexible.

— Laissez-moi les coordonnées de la voiture. On ne sait jamais... Rappelez-nous dans deux heures si vous n'avez pas de nouvelles... Mais ne vous inquiétez pas trop ! Ça arrive tout le temps que les gens soient en retard.

Deux heures ! Cécile raccroche avec impatience. Comment peut-on imaginer qu'elle va attendre deux heures sans s'inquiéter ?

— Aberrant, lance-t-elle aux murs en se tordant les mains d'impatience. Rappeler dans deux heures !

Deux heures à promener son inquiétude d'une fenêtre à l'autre, d'un bibelot à l'autre qu'elle déplace machinalement puis d'un fauteuil à l'autre, faute de trouver mieux pour rendre l'attente tolérable.

— Si au moins j'avais gardé mon auto ! Je pourrais peut-être faire la route et...

Une violente rafale de vent, rabattu dans la cheminée, l'interrompt insolemment. Prendre la route par un temps pareil, elle ? Cécile a l'impression que les lamentations du vent contre la maison sont des ricanements.

— Petite misère, lance-t-elle en se relevant d'un bond. Ce n'est donc pas drôle de vieillir. J'en suis rendue à être dépendante de la température. Comme le disait Jérôme : au Québec, c'est tout un esclavage ! Mais qu'est-ce qu'ils font, Seigneur ?

Et Cécile reprend le guet à la fenêtre, revient sur ses pas, replace la statue des Chérubins sur le piano, se rend à la cuisine pour se servir un verre d'eau qu'elle jette aussitôt dans l'évier.

L'attente cesse brusquement sur un coup de sonnette. Et l'inquiétude devient intolérable, le temps de se dire que si on se déplace pour la prévenir, c'est que c'est grave. Mais aussitôt, puisé à même les réflexes d'une vie de médecin, un sentiment de détachement envahit Cécile. C'est une femme à l'apparence très calme qui ouvre aux deux policiers qui viennent d'arriver.

— Messieurs ?

— Nous sommes bien chez monsieur Jérôme Cliche ?

— Tout à fait. Mais entrez, vite ! Je suis gelée jusqu'à la moelle des os...

Des heures qui suivront, Cécile ne gardera qu'un souvenir fugace. Le transport, assise à l'arrière de l'auto-patrouille vers l'hôpital de Beauceville où on a transporté Jérôme et sa mère. L'annonce par le médecin que pour Mélina, il était trop tard. Puis le verdict à propos de Jérôme : infarctus suivi d'une atteinte cérébrale. Finalement, il n'y aura que l'émotion qui lui restera au cœur jusqu'à la fin de ses jours. Cette déchirure de l'âme entre la profonde tristesse de savoir Mélina décédée et l'espoir insensé que Jérôme puisse s'en tirer sans séquelles. Toutes ces heures, assise près de lui, l'esprit arrêté sur le moment présent à écouter sa respiration laborieuse, à entendre le bip rassurant du témoin cardiaque, à sursauter au moindre tressaillement, à consulter régulièrement le dossier qui lui est accessible car elle est médecin. Puis une certaine détente, le médecin pouvant se retirer dans l'ombre, laissant la place à l'épouse.

— Il va s'en sortir. Mais dans quel état, on ne peut le dire pour l'instant…

— Vous ne le connaissez pas comme moi… Jérôme est un battant.

Puis l'inévitable, les décisions à prendre, les choix à faire. Cécile est déchirée entre ses émotions.

— Pas question de funérailles sans la présence de Jérôme.

Cécile ne bougera pas d'un iota, car c'est au nom de Jérôme qu'elle parle. Elles sont trois, assises dans le bureau du presbytère. Judith, Cécile et Dominique.

— Mais pas question non plus d'attendre comme s'il ne s'était rien passé. Mélina était la mère de Jérôme mais aussi la mienne.

Judith est inflexible dans sa douleur. Et cela aussi, Cécile le comprend.

À la suggestion du curé, on optera finalement pour deux cérémonies. Des funérailles en présence du corps dans les délais habituels puis la tombe sera placée en crypte.

— Jusqu'au printemps… On pourra alors procéder à la mise en terre avec une courte célébration… Est-ce que ça vous convient ?

Et cela convient parfaitement. Ainsi, il y aura des funérailles où seule, assise entre sa fille Dominique et son fils Denis, Cécile priera surtout pour son mari. À ses yeux, Mélina n'a pas besoin de ses prières. La vieille dame doit enfin être heureuse auprès de Gaby et si le ciel existe, elle y est sans aucun doute. Et peut-être bien, oui, si on y croit très fort, peut-être que d'où elle est, Mélina peut aider Jérôme comme elle n'aurait pu le faire sur terre. « Je vous en supplie, Seigneur, faites que tout aille bien. Et vous, Mélina, restez encore un peu auprès de lui. Je vous en supplie... »

De ces jours sombres de pluie, de vent, de froidure, Cécile gardera le souvenir d'une longue prière pour que Jérôme lui revienne comme avant.

CHAPITRE 9

« Quand on se sent apprécié et que l'estime de soi est là, le reste vient tout seul. »

Paroles de Jérôme à François au printemps 1996

Les funérailles de Mélina ont bouleversé Sébastien, lui qui n'a jamais connu ses grands-mères. La vieille église de Ste-Marie, témoin des nombreux mariages chez les Cliche comme chez les Veilleux, des baptêmes de leurs enfants et des funérailles de Gaby, était remplie à craquer de gens émus. Mélina était une femme appréciée, aimée de tous. Elle avait suivi l'histoire de sa paroisse pendant presque un siècle. Tout comme Gaby, son mari, elle avait aidé ses voisins, ses amis, ses proches sans jamais compter son temps. Le curé avait fait un éloge simple, sincère, combien vrai, à l'image de la disparue.

— Mélina n'aimerait pas les larmes que l'on a envie de verser. Elle n'était pas femme à pleurer sur ce qui n'était plus, mais elle était femme à regarder devant. Rappelez-vous l'énergie, le cœur qu'elle mettait dans tout ce qu'elle entreprenait. Même encore récemment, malgré son grand âge, jamais elle ne se laissait aller. Pourtant, Mélina aspirait au repos comme chacun d'entre nous. Elle me disait, il y a de cela quelques semaines à peine : « J'ai eu une belle vie. Et j'ai eu le temps de vivre tout ce qu'il m'était possible de vivre. Alors pourquoi continuer ? Maintenant l'impression que j'ai, c'est de vivre dans mes souvenirs. Et ça ne me ressemble pas. Mes jambes ne me permettent plus d'être active comme je le voudrais encore. Alors si je ne peux regarder devant, maintenant, j'aimerais me reposer auprès de Gaby. Contrairement à ce qu'on pourrait croire, plus le temps passe et plus je m'ennuie de lui. Mais on dirait bien que le bon Dieu m'a oubliée ici-bas. » Oui, mes amis, voilà ce que Mélina me disait, il n'y a pas si longtemps. Alors, ce matin, réjouissons-nous, car Dieu a enfin exaucé son vœu le plus cher. Aujourd'hui, Mélina a retrouvé son homme et nul doute qu'elle est heureuse auprès de lui.

Venu de Montréal avec François, Sébastien buvait les paroles du curé, espérant y puiser un semblant de réconfort. Il espérait trouver, à travers les mots que le curé disait à propos de Mélina, une source où il pourrait enfin s'abreuver, car il avait l'impression que sa vie se transformait peu à peu en marécage, une fois de plus. En même temps, il se demandait ce qu'il était venu faire là. Il se sentait étranger parmi tous ces gens qu'il ne connaissait pas. Il regardait François qui souriait à certains visages, saluait des connaissances, retrouvait des cousins perdus de vue depuis longtemps. Et Sébastien l'enviait. Sa famille à lui se résumait à un père bourreau de travail qui n'avait traversé leur demeure qu'en coup de vent, le temps d'y laisser des remarques désobligeantes, à une mère dont on lui avait appris qu'elle était malade au point de ne plus le reconnaître et à un frère qu'il n'avait pas revu depuis leur retour de France. Tout un retour d'ailleurs, Maxime le regardant avec hostilité à partir du moment où il avait compris que Me Duhamel était derrière leurs retrouvailles. Dès qu'il avait posé le pied dans le bistro où l'avocat attendait ses fils, Maxime s'était retourné en bloc et avait regardé Sébastien avec une lueur mauvaise au fond des yeux.

— C'était donc ça ! Tu travailles à sa solde, maintenant ?

Curieux comme il semblait tout à fait normal en l'accusant de la sorte. Ces mots durs avaient brisé le cœur de Sébastien. Mots de vérité peut-être, jusqu'à un certain point, mais combien atténués par l'affection sincère qu'il ressentait pour Maxime. La durée du vol entre Paris et Montréal lui avait paru durer l'éternité. C'est ainsi que depuis son arrivée, Sébastien promène un visage hermétique que même Virginie ou la peinture n'arrivent pas à dérider. L'appareil photo que son père lui a donné à Paris contient toujours la pellicule qu'il n'a plus envie de faire développer. Chaque matin, il regarde la boîte noire, posée sur son bureau. Il la prend dans ses mains avec une pointe de curiosité. Ses prises sont-elles bonnes ? Invariablement il repose l'appareil sur le coin de la commode, le visage hagard de Maxime et ses mots d'accusation se posant entre lui et tout ce qui était ses plaisirs dans la vie. Le décès puis les funérailles de Mélina ont conduit son mal d'être à un paroxysme dont il se serait bien passé. Il a l'impression que les quelques rares belles choses de sa vie sont en train de s'effriter entre ses mains.

Tout au long du chemin de retour vers Montréal, Sébastien se tient en retrait, le front appuyé contre la vitre, le visage renfrogné, les sourcils froncés.

— Ça ne va pas ?

Concentré sur la conduite de l'auto, François jette néanmoins de fréquents regards furtifs en direction de Sébastien qui se contente de grogner. Le jeune a son regard des mauvais jours, celui qu'il posait sur les gens et les choses du temps de la rue. François savait qu'il était attaché à Mélina, mais il ne croyait pas que c'était à ce point.

— Tu veux en parler ?

De nouveau, Sébastien marmonne en guise de réponse avant de tourner ostensiblement le dos à François. Il n'a pas envie de parler et peut-être bien que seule Mélina aurait pu arriver à le sortir de son mutisme. La vieille dame avait un flair pour les choses du cœur et son franc parler plaisait à Sébastien. Chaque fois qu'il avait le vague à l'âme, Mélina trouvait le mot juste, l'attitude souhaitée qui finissaient toujours par le dérider. Mais voilà, Mélina n'est plus. Au désabusement de Sébastien se greffe une peine sincère.

Tout au long de la route, il n'arrête pas de repenser à la foule nombreuse qui s'était rassemblée à l'église. Et lui, il ne connaissait personne. « Si moi, je mourais, l'église serait à peu près vide » songe-t-il curieusement avec une certaine amertume. Hormis Cécile qui était venue lui parler, personne ne lui avait adressé la parole. Et même Cécile n'était pas vraiment là. Sébastien sentait bien que le cœur n'y était pas. Mais il comprenait très bien que les pensées de Cécile étaient restées à l'hôpital auprès de Jérôme. Pour cet homme qui l'a accueilli comme un fils, Sébastien ressent de la tristesse, de l'inquiétude. Un peu comme Gilbert l'a fait avant eux, ces gens-là lui ont ouvert leur porte toute grande. Leur porte et leur cœur. Et le malheur qui les frappe, c'est un peu comme s'il frappait Sébastien aussi. Alors, paradoxalement, à cause d'eux, Sébastien, aujourd'hui, a très mal. Car c'est avec eux qu'il a appris à écouter l'autre, à s'émouvoir pour lui et avec lui. Parce qu'avant…

Poussant un profond soupir, Sébastien se détourne de la fenêtre pour regarder François.

— C'est pas juste.

La voix de Sébastien résonne drôlement dans le silence de l'auto qui n'était soutenu, depuis leur départ, que par le bruit des pneus roulant sur la chaussée humide.

— Qu'est-ce qui n'est pas juste ? La mort de Mélina ?

— Un peu. Si on veut.

— Je ne vois pas... Moi, au contraire, je pense que c'est enfin juste pour elle. C'est ce qu'elle souhaitait, Sébas. Et puis, à l'âge qu'elle avait, je n'arrive pas à m'attrister. On dit que la mort est la seule vraie justice. Riche, pauvre, beau, laid, tout le monde y passe. Et dans le cas de Mélina, j'arrive, oui, à comprendre le sens de ces mots. Parce qu'autrement, ça reste difficile même si ...

L'intonation de la voix de François a quelque chose de dur, comme s'il mordait dans chacune de ses paroles. C'est alors que Sébastien comprend ce que la mort de Mélina peut faire ressentir à quelqu'un comme François qui sait fort bien que son tour n'est peut-être pas aussi loin qu'on serait tenté de le croire. À le voir, jamais on ne pourrait penser qu'il est malade. Pourtant... Mal à l'aise, Sébastien ne répond pas. Il a l'impression, comme cela lui arrive souvent, qu'il s'est encore mis les pieds dans les plats avec ses états d'âme qu'il écoute peut-être un peu trop et, de ce fait, il a entraîné François avec lui sur une pente qu'il aurait probablement mieux valu éviter.

La pluie s'est remise à tomber et d'un geste brusque, François met les essuie-glaces en marche. Alors, de nouveau, le roulement des pneus accompagné maintenant par le glissement des essuie-glaces envahit l'auto. C'est François qui se décide finalement à briser le silence qui s'est installé entre eux.

— Et maintenant, si tu allais au fond des choses, Sébas.

Il me semble que ton attitude est un peu démesurée. J'ai l'impression qu'elle est amplifiée à cause de tout autre chose. Je me trompe ?

Une fois encore, Sébastien ne répond pas immédiatement. Depuis le temps que cela se produit, il n'est plus vraiment surpris quand il voit les gens lire en lui comme dans un livre ouvert. « Finalement, ça arrive tout le temps, constate-t-il, sarcastique. Même avec mon père ! »

— Si on veut, répète-t-il enfin. Tu sais, je n'ai pas vu la mort de près très souvent dans ma vie. Et encore, ça ne me touchait pas directement, tente-t-il d'expliquer, tant pour François que pour lui-même. Il y a eu la mère d'un ami quand j'étais petit, une tante aussi, la sœur de mon père que je ne voyais pour ainsi dire jamais. Pourtant, chaque fois c'est la même chose : ça vient me chercher jusqu'au fond du cœur. Je me sens triste comme si j'avais perdu quelqu'un de très proche de moi. Et je n'arrive pas à comprendre pourquoi.

— Oh ! tu sais...

Pendant un moment, François donne l'impression d'être tout à fait concentré sur la conduite de l'auto. Pourtant, après quelques instants, il reprend d'une voix très grave :

— Depuis plus d'un an, je n'ai pas eu le choix de penser à la mort. Au début, ça me faisait peur. Comme toi, je me disais que ce n'était pas juste. Puis, petit à petit... Vois-tu, c'est la naissance de Laurence qui a tout changé.

Le temps de dépasser une voiture et François poursuit, toujours sur le même ton grave.

— Quand Marie-Hélène était enceinte, la seule chose qui me venait à l'esprit, c'était que je n'allais probablement pas voir grandir mon enfant. Et, oui, comme toi, je n'arrêtais pas de me répéter que c'était profondément injuste.

J'avais l'impression que je ne méritais pas ça. Mais au moment où j'ai entendu le premier cri de ma fille, c'est comme si ma vie basculait... Bon sang que c'est difficile à expliquer... Comme tout le monde, je crois bien que c'est la notion du plus jamais qui me faisait peur. La mort, dans le fond, c'est la fin de tout ce que l'on connaît. Après, personne ne sait ce qu'il y a exactement. Et c'est angoissant. Je suis bien placé pour le dire. Par contre, je n'ai pas eu le choix d'apprivoiser la notion du plus jamais. Pourtant, à partir du moment où l'on comprend que tout le monde y passe, ça change. Pourquoi est-ce que ça serait plus angoissant pour moi que pour toi, hein ? Peux-tu me le dire ? Tu vas peut-être mourir demain, on n'en sait rien. La seule différence entre toi et moi, c'est que moi je sais qu'il est probable que ça arrive bientôt, alors que toi, tu n'y penses même pas. Et c'est vraiment au moment de la naissance de Laurence que tout ça m'est apparu clair comme de l'eau de roche. Ma fille était au début de sa vie mais un jour, comme tout le monde, elle allait mourir. C'est peut-être fou, mais c'est là l'idée qui m'a traversé l'esprit quand je l'ai entendue pousser son premier cri. Comme moi, comme mes parents, comme Mélina aussi. La vie, c'est éphémère. À partir du moment où j'ai compris que c'était aussi éphémère pour Laurence que pour moi, ma notion des choses a changé. Parce que moi, j'ai la chance d'avoir pris conscience que tout peut s'arrêter brusquement. Je te jure que maintenant le fait de savoir que je vais mourir, d'avoir pris le temps d'y penser parce que je n'ai pas eu le choix de le faire, je le vois comme une chance qui m'a été donnée. Et désormais, je vis chaque moment comme s'il était le dernier. Laisse-moi te dire que notre perception de la vie prend une tout autre dimension quand on se met à penser que l'on pourrait mourir le mois prochain. Et c'est Laurence qui m'a appris à vivre le moment présent avec intensité. Un bébé, ça ne fait que ça, vivre au présent. Quand elle a faim, c'est tout de suite qu'elle a faim et quand elle joue, tu devrais voir le sérieux qu'elle y met. Ce qu'elle faisait deux minutes avant n'a plus la moindre importance et elle ignore totalement ce qu'elle voudra faire dans une heure. Il n'y a que le moment présent qui est important. Je crois que c'est ça que je devais comprendre pour enfin accepter.

François n'a pas besoin d'expliquer ce qu'il avait à accepter. Sébastien le sait aussi bien que lui. Et en même temps, il comprend que cette perception de la vie est juste. Pour François comme pour lui, comme pour tout le monde. Même si elle est lourde de sens, cette idée le réconforte. Tous les hommes se retrouvent sur un pied d'égalité et pour Sébastien, cette image semble correcte.

— Merci, François, de m'avoir confié une partie de tes pensées. Sans le savoir, tu m'as fait faire un bout de chemin. Depuis quelque temps, je t'avoue que j'ai de la difficulté à m'y retrouver. Tu me connais, n'est-ce pas ? ajoute-t-il dans un petit rire. Pour ce qui est de compliquer les choses, je suis difficilement battable !

François répond à son rire.

— Pour ça ! C'est vrai que tu as le tour de compliquer les choses. Mais je ne vois pas le rapport.

— Bof !

Pendant un moment, Sébastien regarde la pluie tomber. Puis, d'une voix sourde comme s'il ne parlait que pour lui, il dit :

— À cause de tout ce qui s'est passé depuis quelques mois. Revoir mon père, apprendre que ma mère est malade et maintenant Maxime… Je n'arrive pas à comprendre pourquoi tout ça nous arrive à nous.

— As-tu vraiment besoin de comprendre ? Y a-t-il quelque chose à comprendre ? C'est comme ça, Sébas. Un point, c'est tout. Un peu comme pour Marie-Hélène et moi. Ne perds pas ton temps à essayer de décortiquer tout ce qui se passe de triste dans ta vie et profite de tout le reste, bon sang ! Je comprends qu'apprendre que ta mère et ton frère sont malades, ça peut t'affecter. C'est normal. Mais pas au point d'oublier tout ce qu'il y a de positif autour de toi. Allons, Sébas, sois honnête. Tu es heureux avec Virginie, non ? Et tes cours de dessin, de peinture... C'est toi qui disais à quel point tu aimes ça, que c'est exactement ce que tu espérais trouver dans la vie. Et d'après ce que tu laisses entendre, tout ça n'aurait plus d'importance à cause de deux personnes que tu n'avais pas vues depuis des années ?

— Ça reste que ces deux personnes sont ma mère et mon frère !

La voix de Sébastien est sourde comme s'il accusait François de ne pas comprendre.

— Oui, je sais, reprend aussitôt François sur le même ton que lui. Et c'est ce que je disais il n'y a pas deux minutes : c'est normal que ça t'affecte. Moi, vois-tu, c'est ma mère qui ne veut plus m'approcher. Pour elle, Marie et moi on est des pestiférés ! Elle a peur que le sida lui tombe dessus comme la varicelle. Et ça inclut Laurence. Alors, oui, je peux comprendre ce que tu vis. Mais moi, vois-tu, j'ai choisi de ne pas m'arrêter à la douleur que ma mère me fait. Et laisse-moi te dire que ça fait mal de voir sa propre mère nous rejeter. Parce que c'est exactement comme ça que je me sens. Mais il y a Marie-Hélène, Laurence et notre vie à trois. J'ai décidé que cette vie-là avait suffisamment d'importance pour se suffire à elle-même.

— Je m'excuse, François. D'accord, tu as raison, et c'est

moi qui embrouille tout. Comme d'habitude, finalement.

— Tu es comme tu es, Sébas. Un gars passionné, entier, un peu tourmenté.

À ce mot, François échappe un petit rire.

— Comme tous les artistes, quoi ! Les vrais. Ce sont tous de drôles de cocos. Tu n'échappes pas à la règle.

À son tour, Sébastien se met à rire.

— Merci de le prendre comme ça. Et merci de me parler comme tu l'as fait. De temps en temps, ça fait du bien de se faire sonner les cloches. C'est toi qui as raison : il y a suffisamment de belles choses autour de moi pour que je m'y attarde au lieu de me complaire dans mes bibittes…

Puis, au bout d'un court silence, il redit :

— Oui, je m'excuse. Je crois que j'ai abordé un sujet délicat et que tu ne dois pas tellement aimer en entendre parler.

François pousse un soupir tout en haussant les épaules.

— Ça va. Disons que les circonstances s'y prêtaient, non ? Et ne va surtout pas croire que la perspective de mourir ne me fait plus peur. La peur de l'inconnu est toujours là, c'est bien certain. Et le fait que ma mère est incapable de nous accepter, ma famille et moi, ça me fait terriblement mal. Mais j'ai décidé de passer par-dessus. C'est juste que je veux vivre avant qu'il ne soit trop tard. Vivre à cent milles à l'heure parce que je ne sais pas quand le compteur va décider de s'arrêter. Et je n'ai pas vraiment le choix. C'est comme sauter d'un deuxième étage. On ne le ferait jamais à moins d'avoir le feu au derrière !

Et là-dessus, comme s'il voulait mettre un terme à la discussion, François se met à siffler un vieil air américain qui arrache un sourire à Sébastien. « Sacré François, pense-t-il, ému. Des comme lui, il n'y en a pas beaucoup. » Et reprenant la pose, il s'appuie contre la fenêtre et ferme les yeux. Le grincement des essuie-glaces reprend sa place, le roulement des pneus aussi. Mais cette fois-ci, le silence n'est pas désagréable. Parce qu'il est fait de pensées communes qui d'une certaine façon se rejoignent. « En arrivant, pense Sébastien en se calant confortablement contre la banquette, je vais demander à Virginie si elle veut bien m'accompagner à l'hôpital. J'ai envie de voir maman. Avant qu'il ne soit trop tard, comme le dit François. Et après, il me semble que ça ira mieux. Dans le fond, c'est François qui a raison : on ne sait jamais ce qui nous pend au bout du nez. »

Brusquement et de façon très viscérale, il lui tarde de tenir Virginie dans ses bras et lui redire qu'il l'aime. Il lui tarde aussi de reprendre ses pinceaux, de jouer avec les couleurs et les formes...

* * *

Les invités ont tous quitté. D'abord ceux qui retournaient à Montréal, puis ceux de Québec, suivis des voisins et des proches qui habitent dans le coin. Finalement, Judith est partie.

— Attends-moi pour faire le tri dans les choses de maman. J'aimerais être là.

Jamais Cécile n'aurait imaginé fouiller dans les choses de Mélina sans la présence de ses enfants. Et qu'on puisse penser le contraire l'a attristée. Mais il est vrai que ses relations avec Judith ont toujours été un peu froides, trop polies...

La grande maison des Cliche ressemble à une zone sinistrée. Des tasses et des assiettes sales jonchent les tables, des serviettes de papier tirebouchonnées se retrouvent dans tous les coins et recoins. Rassemblant tout son courage, Cécile se met à ramasser, machinalement, la pensée à des lieux de la maison. Si elle n'est pas à l'hôpital, c'est que le médecin traitant de Jérôme lui a interdit d'y mettre les pieds avant le lendemain.

— Cécile ! Jérôme est hors de danger. Pour le reste, seul le temps saura nous dire ce qui va se passer. Demain, avec les funérailles et tout ce que ça implique, de grâce, ne venez pas vous pointer le nez ici. Pensez à vous et faites provision d'énergie, de forces, vous allez en avoir besoin.

— Oui mais, si jamais…

— Promis, au moindre changement, on vous appelle, avait précisé le médecin en l'interrompant. J'ai même laissé une note au dossier en ce sens. Ne vous inquiétez pas.

Le docteur Langlois et elle sont sensiblement du même âge. Mais, contrairement à Cécile, le vieux médecin refuse farouchement de prendre sa retraite. Puisqu'il est compétent et doué d'un bon sens inébranlable, Cécile sait qu'elle peut lui accorder toute sa confiance. Elle lui a donc obéi et ne s'est pas présentée à l'hôpital de toute la journée. De toute façon, elle se demande bien où elle aurait pris le temps pour le faire. Depuis le jour de l'accident, la maison a été envahie. D'abord Dominique, accourue dès l'appel de sa mère, le soir même. Suivie de Judith le lendemain matin puis de Gérard et Marie, arrivés de Montréal.

— J'sais ben que c'est pas l'temps de déranger, avait lancé son frère en guise de salutation dès qu'il avait mis les pieds dans le vestibule, mais faire l'aller-retour dans la même journée avec l'état de ma femme…

Tant et si bien qu'à travers les préparatifs des funérailles, le temps accordé à ses visites à l'hôpital et les gens à nourrir chez elle, Cécile a été prise dans un tourbillon qui l'a empêché de penser.

« Finalement, c'est une bonne chose » se dit-elle tout en portant une pile d'assiettes collantes à la cuisine. Parce que si je m'arrête à réfléchir à tout ce qui s'est passé depuis quelques jours… »

Sa réflexion ne va pas plus loin. Petit à petit, la maison retrouve son allure habituelle et seule la cuisine reste un endroit désolant. Fatiguée, Cécile abaisse l'interrupteur en soupirant.

— Tant pis pour la vaisselle, murmure-t-elle en revenant sur ses pas vers le salon, je verrai à tout ça demain matin.

C'est en faisant un dernier tour d'horizon pour être bien certaine que tout a été ramassé qu'elle prend conscience du grand silence autour d'elle. Tout à coup, la maison lui semble immense et sans vie. Un peu comme l'avait été sa grande maison de la rue Bougainville au moment du décès de Charles. Une même sensation de vide l'envahit. Pourtant Jérôme n'est pas décédé et, avec un peu de chance, dans quelque temps il sera ici, avec elle. Dans leur maison… À cette pensée, Cécile s'arrête un instant et regarde tout autour d'elle. Elle est dans le salon. La pièce est vaste, bien décorée malgré la présence de vieux meubles un peu désuets, inconfortables. Depuis toujours, Cécile s'est sentie à l'aise ici. Mais curieusement, ce soir, elle a l'impression de violer l'intimité de quelqu'un. Cette belle grande maison blanche et rouge, c'est la maison des Cliche. C'était la maison de Mélina. Et tant que la vieille dame y vivait, Cécile s'y sentait chez elle. Mais ce soir… elle se laisse tomber dans un fauteuil en fermant les yeux. Aussitôt, c'est l'image de la maison où elle habitait avec Charles et Denis qui se superpose à celle où elle se trouve. Elle revoit le grand salon un peu sombre où elle aimait se retirer auprès du foyer quand venait l'automne. Ici, il n'y a pas de foyer et Cécile l'a toujours déploré. Mais Mélina avait peur du feu... Tout comme elle refusait que l'on utilise un four à micro-ondes: elle craignait le cancer comme la peste. Dans la cuisine de Mélina, le vieux poêle à bois avait conservé toutes ses lettres de noblesse, soutenu à l'occasion par une antique cuisinière qui devait bien dater des années soixante! Paradoxe pour une vieille dame qui disait craindre le feu! Avec son respect habituel, Cécile n'avait jamais rien dit. Pourtant, elle a toujours raffolé des gadgets de cuisine! Alors elle s'était ennuyée de sa cuisine, la pièce la plus ensoleillée de la maison, et qui était munie des électroménagers à la fine pointe des nouveautés.

Cécile ouvre les yeux en bâillant, se passe une main sur la nuque pour délier ses muscles crispés par la fatigue. Avant, quand elle revenait fourbue de l'hôpital, c'est Charles qui lui massait le cou et les épaules pour la détendre. Depuis qu'il est mort, plus personne, jamais... En soupirant, Cécile se redresse légèrement sur son fauteuil. Curieux comme elle pense souvent à son premier mari depuis l'accident de Jérôme. Un long frisson lui fait replier les jambes sous elle, comme elle le faisait si souvent plus jeune. C'est peut-être le spectre de la mort qui lui fait penser à Charles. Elle ne veut pas revivre cette solitude si lourde qui a suivi le décès de son premier mari. La solitude, le silence envahissant, toujours présent, une maison trop grande pour elle seule. Un peu comme ce soir. Même si elle sait que Jérôme va lui revenir un jour, pour l'instant elle est seule et elle a l'impression que les amarres de sa vie sont bien fragiles. Lentement, elle regarde autour d'elle. Où donc sont passés ses choses, ses meubles, ses bibelots? Brusquement, tous ces petits riens du quotidien lui manquent terriblement. Quelle sorte d'idée a-t-elle eue en vendant tout avant de s'installer ici ? Rien n'a résisté à cette folle envie de faire table rase du passé. Comme un besoin de tracer une ligne dans sa vie. Elle a tout donné, tout vendu, ne gardant que les souvenirs les plus personnels, malgré les hauts cris de Jérôme qui ne comprenait pas… Maintenant, par sa faute, elle vit dans la maison de Mélina, la maison des Cliche. Dans le coin près de la porte de la salle à manger, c'est le piano mécanique de Gaby qui finit ses jours, désaccordé, empoussiéré. Et sous la fenêtre, sur un ancien pupitre de bois mal verni, ce sont les photos des Cliche que l'on retrouve. Sans même penser au geste qu'elle pose, Cécile s'est relevée et elle s'approche du petit bureau. Quelques photos… Jérôme enfant, puis adolescent. Et celle-ci, quand il était à l'armée, souriant dans son bel uniforme. Et toutes ces images de la vie de Judith… Sans y réfléchir, Cécile prend le cliché où l'on voit Jérôme soldat et, toujours aussi pensive, elle revient s'installer dans le fauteuil. Elle se rappelle très bien le jour où cette photo a été prise. C'était au printemps, on le voit aux pommiers fleuris à l'arrière plan. Et Jérôme sourit, un bras appuyé contre la rampe qui mène à la galerie. Ils devaient se marier bientôt et tenter de reprendre leur fille confiée à l'adoption…

— Et j'ai tout gâché, murmure Cécile en soupirant.

Longtemps, elle reste immobile en regardant la photo. Que d'années passées depuis ce jour où elle a annoncé à Jérôme qu'elle ne se marierait pas tout de suite puisque sa mère venait de mourir et que sa famille avait besoin d'elle. Jérôme était donc parti se battre en Europe et elle ne l'avait pas revu pendant quarante ans. Que d'années, oui, que de regrets stériles, de souvenirs pénibles. Puis, lentement, sous ses yeux fatigués, c'est l'image de Denis qui remplace celle de Jérôme. C'est vrai que les deux hommes avaient une certaine ressemblance à l'âge de vingt ans. Mêmes grandes jambes, même sourire franc, même regard clair. Dans sa vie il y a aussi eu Charles et Denis. Et c'est grâce à ce petit bout d'homme qu'ils avaient adopté, Charles et elle, que Cécile avait enfin réalisé le plus grand rêve de sa vie: être mère. Et qu'elle avait compris que les liens du sang ne sont pas tout. C'est la vie au quotidien qui tisse les appartenances, les émotions, les plus beaux souvenirs.

— Denis, murmure Cécile. Le fils le plus merveilleux qui soit.

Encore ce matin, bousculant son horaire de médecin occupé, il était venu de Montréal pour les funérailles. Arrivé à la dernière minute, il s'était faufilé dans la foule pour rejoindre sa mère qui pénétrait dans l'église.

— Pardon pour le retard.

— Mais voyons donc! J'aurais compris que tu ne...

Il l'avait interrompue d'un gros baiser sur la joue.

— Jamais je n'aurais pu rester loin de toi une journée comme aujourd'hui. Tu es ma mère et je tenais à être à tes côtés. Malheureusement, je ne pourrai pas rester toute la journée. Le temps de la cérémonie, un saut à l'hôpital pour voir Jérôme et je repars. J'ai une réunion importante en fin d'après-midi.

Ils s'étaient souri et Cécile avait glissé sa main sous son bras pour gagner le devant de l'église. Oui, un fils merveilleux. Cécile a un sourire attendri. Sans le moindre effort, elle entend encore le bruit de la dégringolade de ses pas quand il était adolescent, toujours affairé à une chose ou à une autre. Elle se rappelle aussi l'émotion ressentie lorsqu'il leur avait appris, à Charles et elle, qu'il voulait faire sa médecine comme eux. Denis est son fils, tout comme Dominique est sa fille. Sans la moindre différence, sinon qu'elle partage une vie de souvenirs avec Denis alors que sa fille reste parfois une énigme pour elle. Mais Cécile les aime tous les deux d'un amour aussi vrai, aussi fort...

Les paupières de Cécile sont lourdes, les souvenirs deviennent vagues, lointains, les mains échappent la photo qui tombe avec un bruit sourd sur la carpette. Tout doucement les souvenirs, les rêves et les espoirs s'emmêlent. Le sommeil gagne Cécile qui se déplace instinctivement sur le fauteuil pour être plus confortable. La courtepointe bleue tissée de blanc, laissée en permanence sur le dossier, glisse et se pose sur ses épaules. Le souffle est profond, régulier, accompagné du tic-tac de l'horloge grand-père qu'elle n'a pu se résoudre à vendre. Une horloge de bois travaillé et trouvée dans un marché aux puces lors d'un voyage avec Charles. Le bruit de l'horloge qui dit le temps qui passe, qui rassemble tous les morceaux de la vie de Cécile...

* * *

Le bruit strident de la sonnerie du téléphone réveille Cécile en sursaut. De l'autre côté de la fenêtre, il fait encore nuit. Le temps d'ajuster les rêves au moment présent puis Cécile se précipite.

Jérôme a repris conscience...

Quand Cécile quitte enfin la maison, l'horizon est maquillé d'une trace rosée qui annonce déjà que la journée sera belle. Pourtant, le jour n'existe pas encore. Nous sommes à cet instant magique où la nuit hésite à céder sa place, où l'aube attend encore la goutte de lumière qui va créer la journée. Mais Cécile est insensible à la beauté du moment. Concentrée, les mains crispées sur le volant, elle roule prudemment dans l'entrée qui mène à la route. Le sol encore humide de la pluie d'hier est glissant et elle déteste conduire une auto qu'elle ne connaît pas. Même si l'auto de location est d'un modèle semblable à celle de Jérôme, confiée aux soins du garagiste, Cécile est nerveuse. Mais s'il le fallait, elle conduirait un camion sans la moindre hésitation pour rejoindre Jérôme.

Son Jérôme, son homme qui reprend pied dans la réalité, dans leur vie…

Quand elle arrive devant l'hôpital, le soleil est là, grosse boule de lumière derrière la colline. Les oiseaux qui n'ont pas quitté la région s'égosillent de plaisir. Cécile est heureuse. Son Jérôme est revenu parmi les siens. Et il fait beau, tellement beau. Une journée comme Mélina aimait tant… À cette pensée, le sourire de Cécile s'éteint. Comment, comment dit-on à quelqu'un que sa mère qu'il aimait tant est décédée alors qu'il n'était pas là ? Est-ce que Jérôme sait que la vie vient encore une fois de lui jouer un sale tour en lui volant les cinq derniers jours comme elle l'avait déjà fait le privant de ses souvenirs, de sa mémoire pendant dix ans ?

Le front strié d'une ride, le cœur serré entre deux émotions contraires, Cécile hâte le pas vers la salle des soins intensifs, l'esprit tout entier tourné vers les mots à dire et la façon de les dire. Mais à l'instant où elle aperçoit le docteur Langlois qui vient vers elle, Cécile oublie jusqu'au nom de Mélina. Que fait ce vieux médecin ici à une heure aussi matinale ? Redressant les épaules, le cœur battant la chamade, Cécile va à sa rencontre.

— Venez, Cécile, j'ai à vous parler avant que vous ne voyiez votre mari.

Mais quand il sent que la main qui se glisse dans la sienne pour le saluer tremble comme une feuille, il ajoute aussitôt :

— Rien d'alarmant, ne vous en faites pas. Par contre, il fallait s'attendre à des séquelles. Mais venez, installons-nous ici. Je vais vous expliquer.

Et sur ces mots, il referme sur eux la porte de la petite salle d'examen…

CHAPITRE 10

« Je l'ai toujours dit : faut faire confiance à la vie. Même si on comprend pas toujours ce qu'elle cherche à nous dire... »

PROPOS TENUS PAR MÉLINA À L'ÉTÉ 1996

La discussion qu'il a eue avec François a finalement porté fruit : depuis les funérailles de Mélina, Sébastien fait des efforts louables pour s'en tenir aux belles et bonnes choses de sa vie. Le dessin et la peinture ont donc repris une place de choix dans son quotidien. Mais ses relations avec les gens qui l'entourent ont quelque chose de mitigé : quand tout va bien, il repense à sa famille avec amertume, car il a l'impression que rien ne va et quand il se heurte à quelqu'un, il fait encore un parallèle avec sa famille à propos de laquelle les blessures ne finissent pas de guérir. Sébastien n'en sort pas...

Profitant d'une journée de congé, il est à la cuisine pour classer la pile impressionnante d'esquisses et de dessins de toutes sortes qu'il a accumulés depuis le début de ses cours. Il s'est procuré des chemises de carton de couleurs différentes et il classe ses dessins par thème.

— Comme ça, ils pourront te servir de modèle ou de référence au fil des ans !

L'idée venait de Virginie, et Sébastien l'avait trouvée excellente. Des esquisses imposées dans ses cours à celles élaborées librement chez lui, Sébastien découvre avec plaisir la multitude de sujets qui s'offre à lui. Ici, la perspective d'une ruelle, là, la délicatesse d'une fleur ou les jeux de lumière sur une cafetière, le choix est illimité.

Devant lui, sur la table, il doit bien y avoir dix piles différentes et chaque dessin est soigneusement examiné avant d'être classé ; ainsi, il le retrouvera facilement si le besoin s'en fait sentir. Il prend conscience aussi, à quel point ses dessins sont ressemblants. Ici, c'est Virginie et là, Marie-Hélène avec un bébé qui a les yeux pétillants de Laurence. Il aime les paysages remplis de soleil, les jardins fleuris, l'eau tranquille d'un lac sous un ciel bleu. Mais partout, même dans ses natures mortes, la présence de l'humain est perceptible.

— Finalement, murmure-t-il pour lui-même, je mets des personnages à peu près partout... Curieux ! Et ces personnages ressemblent toujours à des gens que je connais... Tiens, on dirait Gilbert.

Un gros homme, bien campé sur ses courtes jambes, sa main en visière pour scruter l'horizon devant lui.

— Il ne manque que le tablier à fleurs et ce serait frappant, dit-il encore, se sentant moqueur. Sacré Gilbert ! Ça doit bien faire trois semaines que je ne l'ai pas vu. Même les jeudis soirs, il est occupé...

Prenant le dessin du gros homme par un coin, il le dépose dans la chemise *Personnages divers*. Mais quand il arrive sur l'esquisse d'une jeune femme blonde, entourée d'enfants dans un grand parc, ses sourcils se froncent. Pensif, il tient le dessin devant lui. Puis il le dépose avant de chercher fébrilement à travers les dessins qui lui restent à classer. Voici encore la même jeune femme marchant sur un trottoir, et là, dans un marché, et là encore près d'un étang...

Sébastien se laisse tomber sur une chaise, ces dessins étalés devant lui, toujours pensif comme s'il cherchait à mettre un nom sur ce visage. Mais qui donc... La ressemblance lui saute aux yeux d'un seul coup...

— Mais c'est maman ! murmure-t-il.

Ému, il regarde longuement les dessins, ne sachant plus, subitement, où les classer. Il lui semble qu'ils méritent mieux que de se retrouver dans la chemise *Personnages divers*. Pourtant, que lui reste-t-il de sa mère sinon des souvenirs d'enfance qui ne veulent plus rien dire depuis qu'il a appris que sa mère était une névrosée ?

Le mot lui saute au cœur. Névrosée, malade, folle...

D'un geste rageur, Sébastien lance à la volée sur la table les quelques dessins qu'il tenait dans sa main, n'ayant plus l'envie de classer quoi que ce soit.

— Crisse de famille de fous ! J'en ai assez...

Pour aujourd'hui, c'en est fait du classement. Invariablement, quand sa famille devient obsession, plus rien n'a d'intérêt aux yeux de Sébastien. Comme s'il prenait un malsain plaisir à se complaire dans sa rancune !

Ouvrant le réfrigérateur, il attrape une bouteille de bière et la décapsule en lançant le bouchon derrière lui. Et, sans même se retourner au bruit métallique que fait ce dernier en tombant sur le plancher, Sébastien se réfugie au salon...

Quand Virginie revient de ses cours, sur le coup de dix-sept heures, épuisée par un examen particulièrement long et difficile, elle trouve Sébastien affalé devant le téléviseur, le volume poussé au maximum. À côté du divan, sur le plancher, trois bouteilles de bière vides. « Pour un gars qui se vante de ne pas boire… » La réflexion de Virginie s'arrête à ces mots. Elle se doute de ce qui s'est passé. Un appel, un souvenir, n'importe quoi se rapportant à sa famille. « Encore » songe-t-elle, impatiente, en passant devant lui sans dire un mot pour se diriger vers leur chambre. Puis elle passe à la cuisine où règne un fouillis indescriptible. La vaisselle sale encombre le comptoir et l'évier, des feuilles de papier jonchent le sol, les chemises à moitié remplies s'empilent pêle-mêle sur la table. Un ouragan a traversé la cuisine… Ils sont toujours au rendez-vous, ces accès de colère, quand Sébastien pense à sa famille. En fait, il n'y a qu'à ces moments-là qu'il soit colérique… Virginie revient au salon sur un pied de guerre. Sa patience naturelle et sa grande tolérance envers les autres ont atteint leur limite. Elle en a assez des états d'âme de Sébastien. Il est temps qu'il fasse le ménage dans ses souvenirs et ses émotions, car elle a envie de passer à autre chose. Sébastien est toujours vautré sur le divan.

— Tu comptes passer la soirée comme ça ?

Sa voix est cassante. Surpris par le ton, Sébastien lève un sourcil en posant les yeux sur Virginie puis il hausse les épaules, comme indifférent, insensible. Trois bières, pour celui qui ne boit pratiquement jamais, suffisent à embrumer l'esprit. Il est fatigué et n'a surtout pas envie d'une discussion.

— Ça te dérange ?

La répartie, narquoise et cinglante à la fois, pique Virginie à vif. Une grande lassitude l'envahit aussitôt, emmêlée à un refus d'endosser encore une fois les états d'âme de Sébastien qu'elle sent à fleur de peau. Sa réplique est aussi cinglante :

— Oui, ça me dérange ! J'ai eu une journée de fou ! Et

pour une fois que tu étais à la maison, j'espérais trouver le souper prêt. Au lieu de quoi…

Volontairement, Virginie laisse les mots en suspens. Voyant que Sébastien ne réagit pas, elle reprend là où elle avait laissé, colérique.

— Au lieu de quoi je trouve mon chum affalé sur le divan, pas parlable, la cuisine dévastée, la vaisselle pas faite. Tout un accueil… Et tu penses trouver la solution à tes problèmes au fond d'une bouteille, lance-t-elle en pointant du menton les bières vides. Mais on sait bien, c'est de famille.

Les mots ont dépassé sa pensée et aussitôt, Virginie les regrette. Mais trop tard. Sébastien a bondi.

— De quel droit oses-tu ?

— Je constate, voilà tout. Il n'y a que ta famille pour te rendre aussi morose. Et je te trouve à moitié là, des bières vides à côté de toi. Facile d'en tirer une conclusion, non ?

— Tu sautes aux conclusions un peu vite à mon goût… C'est pas toi qui vis dans une famille de fous ! Un père jamais là, un frère en désintox et une mère folle à lier…

— Pardon, l'interrompt Virginie, cette fois-ci hors d'elle-même. Mais c'est toi qui embrouilles tout, mon pauvre Sébas. Et je n'aime pas le ton que tu emploies pour parler de ta mère. Elle est malade. Ce n'est pas sa faute… Quand est-ce que tu vas accepter, une bonne fois pour toutes, que ce n'est pas avec ta famille que tu vis mais avec moi ? Et puis, quand on y regarde de près, je ne trouve pas, moi, que ta famille soit si différente des autres… Tu dis que ton père n'est jamais là. La belle affaire ! En quoi, veux-tu bien me le dire, cela peut-il te déranger à ce point, hein ? C'est un homme occupé qui mène une belle carrière. Voilà tout. Et crois-moi, il n'est pas le seul à brûler la chandelle par les deux bouts. Aujourd'hui, c'est normal. S'il était chômeur je comprendrais que tu t'inquiètes, mais là... Quant à ton frère, je ne vois pas ce qui te hérisse à ce point. Il est en désintox. Et après ? C'est mieux que d'apprendre qu'il est malade comme ta mère comme l'anticipait ton père. Psychose passagère... C'est bien ce que les médecins ont dit, non ? Alors tant mieux s'il est en désintoxication. Après, ça ira mieux et d'après ce que tu m'as dit, il va sûrement vouloir te revoir. Ce n'est qu'une question de temps. Et pour ta mère, règle donc le problème pour de bon. Laisse tomber les si et les peut-être et va la voir comme tu disais vouloir le faire quand tu es revenu l'autre jour. Et quoi que tu trouves, ça ne peut pas être pire que l'incertitude et les suppositions.

Virginie s'est enfin vidé le cœur. Elle n'en pouvait plus de voir Sébastien se débattre avec des problèmes qui n'en sont pas. Elle y a été peut-être un peu durement mais, comme on dit, il fallait que ça sorte. Sébastien ne répond pas. Assis sur le bord du divan, les coudes appuyés sur ses cuisses, il reste sans bouger pendant un long moment. Puis il se décide à lever les yeux vers Virginie.

— Tu as peut-être raison. Je ne sais pas...

— Va falloir que tu saches, prévient Virginie, bien décidée à aller jusqu'au bout cette fois-ci.

La remarque est lourde de sous-entendus, mais le ton s'est adouci.

— Oui, reprend-elle, va falloir que tu te décides parce que moi, je suis fatiguée de te suivre dans tes émotions malsaines. Je t'en prie : cesse de te faire du mal, Sébas. C'est inutile. Pense à nous... Je t'aime, Sébas. Mais vois-tu, je n'ai plus envie de vivre au passé. J'ai envie d'avancer, de faire des projets... Et, je regrette d'avoir à le dire, mais ça sera avec ou sans toi...

Sans un mot, Sébastien soutient longuement le regard de Virginie. Puis il tend la main pour prendre la sienne. Et dans un souffle, il lui dit :

— Ce sera avec moi... Promis, je vais régler mes problèmes. Et après, on va regarder devant. Ensemble...

* * *

Le ciel est sombre. Il fait froid. De gros nuages se promènent d'ouest en est, poussés par un vent violent qui fouette les visages. Devant Sébastien, l'ensemble des bâtiments gris est austère, peu invitant. À l'arrière, en biais au-dessus du toit, se profilent une haute cheminée et une tour de brique qui ressemble à un phare.

— On dirait un paquebot échoué sur les rives de la ville, murmure-t-il, sa voix se perdant dans le vent qui le secoue à l'image de son cœur et de son esprit, lessivés par le trac.

Malgré les mises en garde de son père, pas du tout d'accord avec ses intentions, Sébastien s'est enfin décidé et il se tient devant l'hôpital où sa mère est internée. À sa gauche, on devine le centre-ville. Les têtes de quelques gratte-ciel se perdent dans le plafond nuageux. Devant lui, une longue allée flanquée de trottoirs et bordée d'arbres. Et derrière les murs de pierres grises, il y a sa mère.

— N'y va pas, Sébastien ! Ça ne sert à rien, elle est malade. Elle vit dans un monde imaginaire et tu risques de te faire du mal. Je t'en conjure, laisse tomber ce projet. Tu ne gagneras rien à revoir Brigitte.

Mais Me Duhamel avait eu beau utiliser tout son talent de brillant plaideur, Sébastien était resté insensible à ses arguments. Peut-être était-ce là un point de ressemblance entre les deux hommes : ils ont la tête dure !

Par ce triste matin de décembre, malmené par le vent, les mains tremblantes de froid et d'anxiété, Sébastien est donc debout sur un trottoir de l'est de la ville, indécis, se demandant si, finalement, il n'est pas ici juste pour tenir tête à son père. Il a peur de ce qu'il va trouver. Sa mère, c'est toute son enfance. Cela fait dix ans qu'il ne l'a pas vue. Cela fait dix ans qu'il pense à elle à travers les quelques beaux souvenirs qu'il a. Cela fait dix ans qu'il lui en veut de les avoir abandonnés, son frère et lui. Elle était son refuge et son espoir. Elle était déjà folle...

Lentement, ses pas le rapprochent de l'hôpital ; il entend la voix de Virginie qui l'encourage.

— Malgré ce qu'en pense ton père, je crois important que tu fasses la démarche jusqu'au bout. Depuis le temps que tu en parles... Et puis tu n'es plus un enfant. Si tu ne te fais pas d'attente concernant cette rencontre, il me semble que tu vas te sentir mieux après. En tout cas, si c'était moi, c'est sûr que j'irais.

Et en même temps, il entend son père qui essaie de le dissuader. Son cœur bat jusque dans sa tête...

Une grande salle vitrée au bout d'un corridor, comme dans *Vol au-dessus d'un nid de coucou*. Brusquement, Sébastien prend conscience que c'est exactement le genre d'endroit qu'il s'attendait à trouver. Des gens se bercent, d'autres font les cent pas, les yeux au sol. Plusieurs parlent seuls, tiennent des discours incohérents. Dans un coin, appuyé contre le mur, un homme entre deux âges remue les doigts à une vitesse folle, près de son visage, en jetant des regards inquiets autour de lui et marmonnant sans fin des mots sans suite. Une vieille dame berce une poupée de chiffon toute sale en chantonnant quelques rimes d'une berceuse. Toujours les mêmes, à l'infini, d'une voix monocorde. Elle lui fait penser à Mélina à cause de son âge avancé. Qu'aurait-elle pensé de sa démarche, sa vieille amie ? Il lui semble qu'elle aurait été d'accord, elle qui lui conseillait souvent de faire la paix avec son passé.

— Venez, suivez-moi, Brigitte s'assoit toujours là-bas, dans le fond près de la fenêtre, rigoureusement au même endroit.

L'infirmière qui l'a accueilli est jeune, souriante, gentille. Mais les mots qu'elle vient de prononcer rejoignent Sébastien dans ce qu'il a de plus sensible depuis quelque temps. « Rigoureusement au même endroit... » La rigueur de sa mère, toutes ses manies dont il se souvient de plus en plus souvent depuis que son père lui en a parlé. Mais l'infirmière a aussi ces mots pour lui :

— Vous êtes gentil d'être venu la voir. Elle n'a pas souvent de visite.

Alors la panique de Sébastien baisse d'un cran et les mauvais souvenirs s'estompent. Sa visite aura peut-être quelque chose de bon. Même si ce n'est pas pour lui. Remorqué par l'infirmière, Sébastien traverse l'immense salle, mal à l'aise, le cœur battant la chamade, comprenant ce que son père cherchait à lui dire. Personne de sensé ne peut venir ici sans être perturbé. Puis brusquement le temps cesse d'exister, sinon pour revenir en arrière. Tassée sur elle-même, délicate, encore plus menue que dans ses souvenirs, sa mère est là. Son monde imaginaire est aussi un monde intemporel car elle n'a pas changé. Mêmes cheveux blonds, longs, nattés, pas une ride. Et bien mise, avec élégance même, alors que Sébastien s'attendait à rencontrer quelqu'un de négligé, sans qu'il sache d'où lui venait cette certitude. Peut-être à cause de tous ces films qu'il a vus. Il sursaute au son de la voix de l'infirmière qui se penche vers la malade qui n'a pas réagi à leur approche.

— Brigitte, vous avez de la visite.

La malade ne bouge pas, le regard droit devant elle. Puis, imperceptiblement, elle commence à se bercer. À peine un mouvement de la chaise alors que tout le corps semble immobile. Puis le mouvement s'intensifie, les pieds se soulèvent, retombent en frappant le sol délibérément, bruyamment, se soulèvent de nouveau, retombent. La chaise bascule à toute allure. L'infirmière pose alors doucement la main sur le bras de Brigitte.

— Ce n'est pas nécessaire, Brigitte. C'est quelqu'un de gentil.

Puis à l'intention de Sébastien.

— C'est sa réaction quand elle a peur de quelque chose.

D'un geste très doux, l'infirmière caresse le bras de la malade. Et, lentement, le mouvement se calme. Brigitte tourne la tête vers Sébastien. Brigitte tourne son regard vide vers Sébastien qui a l'impression qu'elle ne le voit pas ou plutôt qu'elle voit à travers lui. Puis elle reprend la pose, les yeux devant elle, fixant la ligne d'arbres qui bordent le terrain.

— C'est beau, fait l'infirmière, Brigitte vous accepte. Vous pouvez vous asseoir.

— Ah oui ? Comment faites-vous pour…

— Pour savoir ? demande alors la jeune femme en souriant. C'est bien simple. Si Brigitte n'avait pas voulu de vous dans son entourage, elle aurait frappé du pied jusqu'à ce que vous partiez. Quand elle se calme, c'est signe qu'elle vous accepte.

— Et… Et est-ce qu'elle parle ? Est-ce que…

— Bien sûr, l'interrompt l'infirmière. Elle peut même

être intarissable. Donnez-lui un peu de temps. Parlez de choses simples et ça viendra tout seul. Mais n'oubliez jamais que le contact qu'elle a avec les gens est bien mince. Elle a sa propre perception des choses. Brigitte a son monde à elle.

— Je sais, murmure Sébastien. On me l'avait dit…

— Alors ? Je vous laisse ou…

— Oui, ça va. Vous pouvez nous laisser. Je… Je ne resterai pas longtemps.

Le bruit des chaussures à semelles feutrées qui s'éloigne est aussitôt remplacé par le murmure des voix qui brusquement ressemble à une cacophonie aux oreilles de Sébastien. Un rire strident, un cri courroucé puis de nouveau le murmure des voix comme celui de la marée, toujours pareil et en même temps à chaque vague différent. Et sa mère, immobile, regardant à l'extérieur. Ne sachant que dire pour briser le silence entre eux, Sébastien se contente de tirer une chaise pour s'asseoir.

— On dirait qu'il va neiger.

La voix aiguë de Brigitte fait sursauter Sébastien. Il ne se rappelle pas avoir entendu sa mère parler de la sorte. Pourtant… Peut-être, oui, certains souvenirs. Il entend son père gronder, sa voix grave, colérique. Et sa mère, oui, c'était sa mère qui criait d'arrêter. Ces cris stridents et cette voix aiguë se ressemblent. Sébastien doit faire un effort surhumain pour répondre. Il a l'impression que les mots vont rester coincés dans sa gorge.

— Oui, il va neiger. Il fait très froid dehors.

— Je n'aime pas la neige. C'est mouillé, c'est désagréable. Ça reste collé sur les manteaux comme de la saleté.

— Mais c'est de l'eau. Ce n'est pas sale.

— Oh ! oui, c'est sale ! Tout est sale, partout. Il faut

laver, toujours laver partout. Même la neige. Je n'aime pas la neige. Mes filles non plus n'aiment pas la neige. Sauf pour faire des bonshommes. Sandrine n'aime pas avoir froid, mais elle aime faire des bonshommes de neige.

Comme Sébastien qui n'aime pas avoir froid mais qui aime bien faire des bonshommes de neige… Un souvenir lui revient avec une précision inouïe. Ils sont tous les trois à la cuisine, sa mère, Maxime et lui. Ils sont à la fenêtre et regardent à l'extérieur. La neige a recouvert le jardin pendant la nuit. Sébastien voudrait bien sortir jouer, mais sa mère ne veut pas.

— Tu vas attraper froid. Tu vas te salir.

Sa mère qui n'aimait pas les voir jouer dehors et son père qui parlait hockey dès que venaient les premiers froids. Sébastien se revoit très clairement, le nez écrasé sur la vitre, attiré par la neige toute blanche qui illumine leur jardin d'une clarté incroyable alors que les plates-bandes dépouillées étaient si sombres, si tristes hier encore. Et sa mère qui ne voulait pas qu'il sorte… L'enfant qu'il était ne comprenait pas pourquoi il devait rester à l'intérieur. Par contre, il savait à l'avance la discussion qui viendrait quand son père serait de retour… Un long soupir soulève la poitrine de Sébastien. Comme avant, quand il était petit… Fermant les yeux un instant pour faire mourir le souvenir, Sébastien doit faire un effort surhumain pour revenir au monologue que sa mère n'a pas interrompu. Elle parle toujours de Sandrine.

— Viens, Sandrine, viens avec maman, est-elle à dire, se penchant vers l'avant comme si elle s'adressait réellement à une enfant. Viens, on va faire de beaux dessins. C'est tellement plus agréable que de jouer dans la neige.

Puis brusquement, Brigitte se redresse et tourne un

regard très clair vers Sébastien. Un large sourire de fierté illumine ses traits et curieusement, sa voix a maintenant une intonation normale.

— Elle dessine bien, ma Sandrine, vous savez. C'est une artiste.

Sandrine qui dessine comme Sébastien dessine...

— Oui, murmure Sébastien tant pour lui que pour sa mère, Sandrine dessine très bien. Surtout les papillons.

À ces mots, Brigitte se met à battre des mains comme une enfant joyeuse.

— Oui, oui, c'est vrai.

Puis elle fronce les sourcils.

— Vous connaissez Sandrine ? C'est drôle parce que personne ne connaît Sandrine et Marilou. Sauf Antoine. Est-ce que vous connaissez Antoine aussi ?

Alors Sébastien dessine un sourire très doux. Et du bout des pieds, par instinct, il entre dans le monde de sa mère, ce monde différent qu'il a l'intuition de connaître à travers les souvenirs de son enfance. Sans le savoir, déjà à cette époque, sa mère lui avait laissé voir son monde intérieur. Sébastien aimerait poser la main sur le bras de sa mère mais il n'ose pas.

— Oui, je connais Sandrine, Antoine et Marilou, répond-il d'une voix douce. Je les connais très bien. Sandrine suit des cours de dessin, vous savez.

— Oui, oui, je sais. Antoine me l'a dit. Il vient souvent, Antoine. Il est gentil. Il me parle de Sandrine et Marilou. Il est le seul à me parler de mes filles. Je sais aussi que Marilou est allée à Paris au printemps dernier. C'est Antoine qui me l'a dit... Mais parlez-moi encore de Sandrine... Est-ce qu'elle dessine encore des papillons ?

Parler de lui à travers Sandrine. Rejoindre sa mère à

travers les souvenirs d'enfance qu'ils partagent. Mais le faire, c'est rejoindre son père aussi. Le froid, l'impassible Antoine Duhamel qui joue le jeu de sa mère en lui parlant de Maxime et Sébastien en les appelant Marilou et Sandrine. Cet homme, cet inconnu, son père qu'il connaît si peu, si mal... Ému aux larmes, Sébastien répond enfin à sa mère.

— Oui, elle dessine parfois des papillons mais aussi bien d'autres choses. Des jardins, des fleurs, des paysages, des rues... Et quand elle s'ennuie, elle fait aussi votre portrait.

— Ah oui ? Sandrine pense donc à moi parfois ?

— Bien sûr ! Mais elle est tellement occupée à faire des dessins qu'elle n'a pas le temps de venir vous voir.

— Antoine me dit la même chose... Mais il dit aussi que peut-être, un jour, mes filles auront le temps et qu'elles viendront me voir. C'est pour cela qu'il m'apporte de beaux vêtements. Pour que je sois toujours prête à recevoir mes filles le jour où elles trouveront un peu de temps libre. N'est-ce pas que je porte de beaux vêtements ?

— Très beaux. La couleur est très jolie. Je suis comme Sandrine, j'aime les jolies couleurs.

— Moi aussi... C'est important d'être impeccable, toujours. Comme la maison. J'ai déjà eu une belle maison, vous savez. Très grande, très belle. Mais c'était trop fatigant de s'en occuper tout le temps. C'est pour ça que je vis à l'hôtel. Antoine dit que c'est mieux comme ça... Il est gentil, Antoine. Il vient me voir souvent. Est-ce que vous connaissez Antoine ? Il vient pour m'apporter de beaux vêtements et pour me parler de mes filles. Est-ce que vous connaissez mes filles ?

Le regard de Brigitte s'est éteint d'un coup comme une chandelle que l'on mouche. Détournant la tête, elle recommence à fixer le parc qui s'étend triste et lugubre sous les fenêtres de la grande salle, sans cesser de parler, comme si Sébastien n'était plus là. Ce n'est qu'au moment où il se relève qu'elle semble prendre conscience de nouveau de sa présence.

— Vous partez déjà ? Est-ce que vous reviendrez me voir ? J'aime bien recevoir de la visite, vous savez. Est-ce que vous connaissez mes filles ? Si oui, vous pourriez peut-être leur dire combien je suis fière d'elles. J'ai deux filles, vous savez. Sandrine et Marilou.

— Je sais, répète alors Sébastien, le cœur serré. Je connais très bien Sandrine et Marilou. Et je reviendrai vous parler d'elles. Promis.

Brigitte recommence à battre des mains.

— Oui, oui. Comme Antoine. Vous serez deux maintenant à me parler de Sandrine et de ses dessins.

— Et si je demandais à Sandrine de faire un dessin pour vous ?

À ces mots, les yeux de Brigitte s'emplissent de larmes.

— Vous croyez ? Antoine dit qu'elle n'a pas le temps.

— Je vais lui demander de faire une exception. Pour une fois. Je crois qu'elle va trouver le temps de dessiner un jardin rempli de papillons.

— Oh oui ! oh oui ! Avec mon portrait dedans...

Tout en parlant, Brigitte est revenue face à la fenêtre et s'adresse à son public imaginaire. Sa voix est de nouveau aiguë.

— Vous voyez bien que j'ai raison. J'ai deux filles. Sandrine et Marilou. Et le gentil monsieur va m'apporter un dessin de Sandrine. Vous verrez bien si j'ai raison. Elle dessine bien, ma Sandrine. C'est une artiste. Vous ne connaissez pas mes filles ? Pourtant Antoine les...

Alors, comprenant que pour l'instant sa mère n'est plus consciente de sa présence, Sébastien s'éloigne rapidement.

Pour que sa mère n'entende pas les sanglots qui lui montent à la gorge...

Arrivé à l'extérieur, Sébastien doit s'asseoir sur les marches de pierres grises. Il tremble jusqu'au fond de son âme. Il est bouleversé. D'avoir vu sa mère. D'avoir appris toutes ces choses sur son père. Plus jamais il ne dira de lui qu'il est froid, insensible. À sa façon, Antoine Duhamel continue d'aimer Brigitte, la respectant jusque dans sa folie. Et ces vêtements luxueux... Sébastien se jure que plus jamais il ne jugera sans savoir...

Il commence à neiger. Quelques flocons secs, bousculés par le vent, virevoltent devant lui. C'est vrai qu'il aimait faire des bonshommes de neige quand il était petit. Aussi vrai qu'il déteste toujours le froid.

— Maudite ambivalence, murmure-t-il en se relevant. Faut croire que ça me colle à la peau depuis toujours.

Et sans même y réfléchir, arrivé à la rue, Sébastien ignore l'arrêt d'autobus et, tournant à droite, il se dirige à pied vers le centre-ville. Avec sa mère, il vient de retrouver son enfance à travers celle qu'elle appelle Sandrine. Et marcher droit devant, apparemment sans but, fait aussi partie de sa vie. C'est un peu tout cela qui l'a amené jusqu'à aujourd'hui. Mais pour une fois, il n'a pas la démarche affairée d'un homme pressé, les yeux au sol. Il est calme, il est apaisé. Il avance en regardant devant lui, laissant les flocons de plus en plus nombreux lui piquer le visage. Il se rappelle qu'il aimait aussi faire des anges dans la neige tout autour de ses bonshommes. Et quand les flocons mouillaient son visage, il se disait que c'était lui qui se transformait en bonhomme de neige...

Sachant Virginie à la boutique pour la soirée, ses pas l'ont amené tout naturellement jusque devant la maison de Gilbert. Dans sa tête, au gré de sa longue marche, un immense jardin parsemé de papillons est né. Auprès d'une fontaine, il y a une jeune femme qui regarde ses deux petites filles en souriant. Et les petites filles s'appellent Sandrine et Marilou… Dans le cœur de Sébastien est née une grande paix qu'il a envie de partager avec Gilbert. Il ne sera plus jamais capable d'en vouloir à son père mais malgré tout, Gilbert gardera toujours une place privilégiée à ses yeux. C'est toujours lui le père qu'il aurait choisi s'il en avait eu l'occasion. Il grimpe l'escalier deux marches à la fois…

Un Gilbert endimanché, chemise amidonnée et cravate, lui ouvre la porte. Sébastien ne peut s'empêcher de sourire.

— Wow! Mais t'es ben beau! Aurais-tu perdu ton tablier à fleurs?

Gilbert vire au rouge écarlate.

— Ben voyons donc! C'est une farce plate ou quoi? C'est juste que j'ai quelqu'un…

C'est au tour de Sébastien de rougir, comprenant qu'il a de fortes chances de déranger. Un peu déçu, il fait un pas en arrière.

— Je m'excuse. J'aurais peut-être dû prévenir.

— C'est quoi ces idées-là? T'es ici chez vous… Pis reste donc pas planté à faire racines sur le palier, tu m'énerves avec tes airs malheureux. Rentre, j'vas te présenter…

Il s'appelle Langis. Bel homme, aussi viril que Gilbert est mère poule. Il a été marié, s'est vite aperçu de son erreur. Ils se sont rencontrés devant l'étal du boucher.

— Et il a deux enfants! Isabelle, quatre ans et David, six ans. Des amours!

Et en disant cela, Gilbert a des étoiles dans les yeux. Puis, discret de nature, Langis se lève.

— Je vous laisse. À mon tour de faire les courses.

— Je ne veux pas…

— Toi, mon beau, pas un mot de plus, interrompt alors Gilbert. On est jeudi non ? On mange tous ensemble.

— Et c'est moi qui régale, poursuit Langis en enfilant son manteau. Tu devrais nous voir dans la cuisine ! Deux chefs pour un même chaudron, ça fait des étincelles…

Langis quitte l'appartement en sifflotant.

— D'abord une bonne bière froide pis après tu racontes, décrète Gilbert en se levant.

— Je raconte ?

— Tu t'es pas vu l'air, mon pauvre garçon, lance le gros homme par-dessus son épaule en se dirigeant vers la cuisine. T'as écrit dans la face que t'es aux petits oiseaux…

Et revenant avec les deux bières, il demande, une visible curiosité au fond du regard :

— T'as gagné le jackpot ou quoi ?

Sébastien ne peut retenir le sourire qui lui monte aux lèvres devant l'allure caricaturale de Gilbert qui roule de grands yeux curieux. Puis il répond d'une voix posée :

— Non, malheureusement… Mais, dans le fond, je pense que c'est encore mieux. J'arrive de l'hôpital, j'ai vu ma mère.

— Oh !

Le timbre de voix et l'allure du gros homme changent instantanément du tout au tout. D'un geste adroit, il relâche le nœud de sa cravate, détache un bouton de la chemise et glisse un doigt boudiné tout autour de son cou tout en se laissant tomber sur le divan fleuri.

— Et alors ? Déçu, heureux ?

— Ni l'un ni l'autre. Les mots ne sont pas justes... Je dirais plutôt que je suis soulagé. C'est ça, oui, soulagé... De voir finalement que ma mère n'est pas malheureuse. Et de comprendre enfin qu'elle ne nous a jamais volontairement abandonnés, Maxime et moi.

Pendant un moment, on n'entend que le crépitement du feu. Puis Sébastien reprend, pensif :

— Ma mère ne m'a pas reconnu... On m'avait prévenu mais tu sais ce que c'est, n'est-ce pas ? J'avais le vague espoir que peut-être... Mais qu'importe ? Malgré tout, Gilbert, aujourd'hui, ma mère m'a redonné mon enfance. Tout est clair maintenant. Et je sais que mon enfance est intacte. Personne ne m'a rien volé comme je me complaisais à le croire. Et je te dirais que ça m'a fait du bien de voir que je continue d'exister aux yeux de ma mère, à travers celle qu'elle appelle Sandrine... Sandrine qui dessine des papillons. Sandrine qui aime faire des bonshommes de neige mais qui déteste l'hiver. Une belle fatigante, oui, comme moi.

— Fatigante, fatigante... Pis quoi encore ? T'as le droit d'être ce que t'es, mon beau Sébas...

— Peut-être, oui. Comme mon père a le droit d'être ce qu'il est. C'est une des choses que j'ai enfin admises aujourd'hui. Il était temps... Sais-tu qu'il continue de visiter ma mère régulièrement ? Il lui parle de nous à travers Sandrine et Marilou. Jamais je n'aurais pensé que l'impassible Me Duhamel puisse... Plus jamais je ne pourrai lui en vouloir. Je comprends mieux maintenant. Dans le fond, il avait peur. Les taloches, les dessins déchirés, les mots durs, c'était peut-être malhabile, exagéré mais c'était parce qu'il avait peur que notre mère nous emmène dans sa folie et fasse de Maxime et moi des...

Sébastien s'interrompt brusquement, rouge écarlate. Gilbert qui a très bien deviné ce qu'il allait dire hausse les épaules.

— Des tapettes, enchaîne-t-il sans émotion apparente. N'aie pas peur des mots, Sébas. C'était peut-être malhabile comme tu dis mais c'était correct… J'suis bien placé pour le savoir… Pas toujours facile d'être une tapette dans notre société.

C'est au tour de Gilbert de demeurer silencieux pour un moment.

— Mais faut faire confiance, tout finit toujours par s'arranger. T'en es la preuve vivante.

— Ouais, peut-être bien après tout. Mais remarque que tu y es pour quelque chose. Tu m'as obligé à me regarder sans complaisance et j'en avais besoin.

— Bof, élude Gilbert en rougissant, balayant l'air devant lui de sa courte main. Faut bien que ça serve à quelque chose, les amis.

— En parlant d'amis… C'est qui au juste, Langis ?

— Langis ? Je l'aime beaucoup et je crois que pour une fois, c'est partagé.

— Je te le souhaite. Tu le mérites.

— Oh ! Tu sais, tout le monde mérite d'être heureux. Toi, moi, Langis…

— C'est vrai… Et en plus, il a deux enfants. Toi qui as toujours rêvé d'avoir des enfants…

Curieusement, Gilbert ne répond pas, alors que Sébastien s'attendait à une de ses envolées verbales remplies d'images expressives. Au contraire… Le front barré d'une ride, Gilbert se relève et vient attiser les flammes. Ce n'est qu'au bout d'un long silence, le dos tourné, le dos voûté, qu'il précise d'une voix très grave :

— Les enfants, c'est un couteau à deux tranchants, Sébas. Il y aura toujours des langues sales pour prétendre que des homosexuels avec des enfants, c'est dangereux. Et avec mon passé…

À ces mots, Sébastien bondit de son siège et, s'approchant du foyer, il s'accroupit pour être à la hauteur de son ami.

— Tu n'as pas le droit de penser comme ça, tu m'entends ? Pas le droit et pas raison. Je vais te répéter ce que tu m'as déjà dit : il n'y a que toi qui peux savoir. L'important, c'est en dedans de toi que ça se passe. Et malgré la façon dont on s'est connu, toi et moi, je sais que d'abord et avant tout, tu es un père dans l'âme. Un vrai. Comme j'ai toujours rêvé d'en avoir un. Alors laisse faire les langues sales. Moi je te dis que c'est une chance pour ces deux enfants-là de t'avoir croisé sur leur chemin. Un cadeau du ciel, comme pour moi.

— Tu crois ?

— J'en suis certain. Dans la vie, il arrive que le père d'adoption ait plus de prix aux yeux d'un fils que le père naturel. Mon père d'adoption, c'est toi. Et je tiens à toi, Gilbert. Beaucoup.

— Merci… Ça fait du bien à entendre.

— Bof ! C'est à ça que ça sert des amis, parodie gentiment Sébastien.

À ces mots, le gros homme se relève en s'appuyant contre les briques du foyer et Sébastien assiste encore une fois à la métamorphose. Le front se lisse, la bouche s'arrondit, les mains dansent leur invisible ballet devant la panse volumineuse de Gilbert. Alors Sébastien sourit. Il sait que le gros homme est heureux, que son optimisme proverbial a repris le dessus. Il suffit de si peu parfois.

Simplement oser dire les choses comme on les pense, comme on les sent.

— Bon, lance Gilbert, maintenant le souper ! T'avais raison : pas besoin d'une cravate pour un repas à la bonne franquette... Le temps de revêtir une tenue décontractée et on attaque. Et pas le droit de rouspéter, mon beau Sébas, tu restes manger ici.

— D'accord. Mais dès le repas fini, je file. J'ai tellement hâte de retrouver Virginie. Je crois qu'on en a pour une partie de la nuit à jaser, à faire des projets.

— Ah ! L'amour, l'amour, lance Gilbert les bras au ciel en trottinant déjà vers sa chambre. Dans le fond, il n'y a que ça dans la vie. L'amour...

Et sur ce, il disparaît dans sa chambre en chantonnant un air de *Carmen* qu'il massacre joyeusement de sa voix de fausset...

Partie IV

Printemps 1998

CHAPITRE 11

« Y'a-tu quelque chose de vraiment facile dans la vie ? Même le bonheur des fois est pas facile à comprendre. »

Réflexion faite par Mélina à l'intention de Sébastien à l'été 1996

L'hiver a été pénible. De l'hôpital de Beauceville à celui de L'Enfant-Jésus à Québec en passant par le centre de réhabilitation, Cécile a parcouru la ville de Québec et sa banlieue un nombre incalculable de fois et dans tous les sens. Elle pourrait en dessiner le plan de mémoire avec exactitude. Elle est épuisée, certes, mais tellement heureuse de voir que Jérôme s'en est tiré relativement bien que sa fatigue passe au second plan. Tant pis pour les traits tirés, les cernes sous les yeux et les diverses courbatures, Jérôme lui est revenu et, ma foi, en assez bonne condition. Seule l'élocution reste laborieuse. Pour le reste, sa légère paralysie du côté gauche et la raideur de sa main, tout semble vouloir rentrer dans l'ordre. Par contre, pas question de mettre la cidrerie en marche, Jérôme a été le premier à le dire.

— Retraite. Temps prendre retraite.

Il parle difficilement, que des mots mis bout à bout, résumant péniblement sa pensée. Il enrage, cela se voit dans son regard, mais il n'y peut rien. Cécile, rompue à ce genre de communication avec de nombreux patients au fil des ans, s'est rapidement adaptée à leur nouveau genre de dialogue.

— Prends ton temps, Jérôme. Plus tu veux en dire, plus tu veux aller vite et moins tu y arrives.

Un coup de poing sur la table avait conclu leur entretien. Cécile n'avait pu retenir le sourire qui lui était venu spontanément aux lèvres. L'impatience de Jérôme lui faisait chaud au cœur. Son homme était bien vivant!

La mise en terre de Mélina avait été un moment de grande émotion. Il faisait une journée d'été comme la vieille dame aimait tant, une journée de brise douce dans les arbres à peine feuillus et de chants d'oiseaux à n'en plus finir. Main dans la main, Cécile et Jérôme étaient longtemps restés à côté de la tombe, silencieux. Cécile comprenait que cette partie de sa vie, ce temps vécu à la maison des Cliche auprès de Jérôme et sa mère avait été la plus belle tranche de sa vie. Elle comprenait aussi que c'était la présence de la vieille dame qui faisait en sorte que Jérôme et elle s'étaient sentis si jeunes, qu'ils avaient eu l'impression que leurs vingt ans leur étaient redonnés. « Ce doit être pour ça que le bon Dieu l'avait oubliée sur terre, notre chère Mélina. Tout simplement pour que Jérôme et moi, nous puissions vivre toute une vie en accéléré. Quand Mélina était avec nous, j'étais la jeune dame de la maison. Alors que maintenant... » Cécile l'avouait: elle se sentait vieillir rapidement depuis la mort de Mélina. « Faut dire que l'horaire a été plutôt chargé depuis quelque temps, pensait-elle à sa décharge. Maintenant que Jérôme va rester auprès de moi, ça devrait aller mieux. »

La lecture du testament de Mélina n'avait pas apporté de grandes surprises, la vieille dame ne s'étant nullement gênée pour en parler ouvertement de son vivant.

— La terre familiale revient au fils aîné ! C'est ainsi depuis des générations dans la famille Cliche et ça le restera. Seule la maison a été agrandie par Gaby mais la terre va d'un fils aîné à l'autre. Point à la ligne. Tout le reste ira à Judith.

Le notaire n'avait donc fait que confirmer ce que tous savaient déjà. Ce qui n'avait pas empêché l'éclat de déception que Jérôme avait décelé dans le regard de sa sœur. En sortant de chez le notaire, il n'avait eu que deux mots, voyant Judith s'engouffrer rapidement dans sa voiture pour retourner à Québec.

— Tête mule !

Cécile, surprise, l'avait regardé en fronçant les sourcils.

— Qui ça ? Judith ?

— Non. Maman !

Cécile avait éclaté de rire devant la mine butée de Jérôme.

— Oh ! Tu sais, ta mère était une vieille personne bourrée de principes aussi vifs qu'archaïques. Jamais elle n'aurait songé à déroger des promesses faites à son mari sur son lit de mort. Tu vois, Jérôme, ton père était comme moi : il a toujours continué d'espérer que tu reviennes un jour. Il s'entêtait à dire qu'un corps ne disparaît pas comme ça sans laisser de traces…

Jérôme n'avait pas répondu et ils n'en avaient pas reparlé jusqu'au matin où Jérôme lui avait tendu une longue lettre.

— Lis… Plus facile écrire…

Émue, Cécile avait pris la liasse de feuilles couvertes de la longue écriture déliée de Jérôme. Elle s'était retirée sur la galerie pour lire, s'installant par intuition dans la chaise berçante que Mélina affectionnait. Le grincement des cerceaux de bois usés contre le bois tout aussi fatigué de la galerie avait soutenu sa lecture. C'est un peu comme si Cécile venait partager ces instants avec la vieille dame.

Jérôme n'y allait pas par quatre chemins. À travers les mots simples et directs que son mari avait employés, Cécile retrouvait toute la vivacité de Jérôme. Il disait ne pas accepter la décision de sa mère. Et qu'à ses yeux, ce n'était pas manquer de respect à ses parents que de vouloir rétablir la justice.

« *Judith, elle, n'a jamais déserté,* écrivait-il crûment, *sans la moindre complaisance envers lui-même. Sa présence était peut-être moins évidente ces dernières années, car elle savait pouvoir compter sur nous. Mais avant, je sais pour l'avoir entendu maintes fois dans la bouche de ma mère, je sais que Judith s'occupait d'elle et de la terre sans jamais compter ses heures. Cette terre lui appartient autant qu'à moi. Et comme je n'ai plus la force de m'occuper de la cidrerie ni l'envie de voir à louer les terres, nous allons rétablir l'équilibre. Ce n'est que justice de partager ce bien familial avec celle que malheureusement j'ai connue sur le tard. Si tu es d'accord, nous allons vendre tout de suite. Je sais que Judith et son mari ne roulent pas sur l'or et ce ne sont pas les quelques placements que maman lui laisse qui pourront changer quelque chose à leur situation. Cette vente devrait donc être la bienvenue pour eux.* »

Suivaient les modalités qu'il avait choisies pour se départir de la ferme. Et Jérôme terminait par ces mots :

« *Les retombées de cette vente seront donc partagées en deux. Quant au reste, nous respecterons la volonté de maman. Judith aura les quelques petits placements et les meubles tel que stipulé dans le testament. Je crois qu'ainsi je pourrai dormir tranquille. Sinon, j'aurais l'impression d'être un usurpateur. Bien entendu, tout cela est valable en autant que tu sois d'accord. Si tu préfères rester ici, nous reporterons cette vente. Je t'aime et ton bonheur passera avant tout.* »

Les yeux pleins de larmes, Cécile avait laissé retomber ses mains sur ses genoux. Les feuilles de papier tremblaient entre ses doigts. Puis elle avait levé la tête et, d'un seul et immense regard, elle avait embrassé le paysage. Ici, c'était son bout du monde, l'endroit sur terre où elle avait enfin été pleinement heureuse. L'endroit où elle se voyait finir sa vie en coulant des jours paisibles avec Jérôme.

Et voilà que ce dernier voulait partir...

Sans même avoir besoin d'y penser, elle s'était relevée et avait emprunté le petit sentier qui remonte le long du champ de maïs jusqu'à la clôture de perche qui semble se dresser entre ciel et terre. Avec un peu plus de raideur que l'année précédente, elle s'était assise sur la perche de cèdre et là, à l'abri des oreilles indiscrètes, elle avait pleuré. Longtemps. Puis elle était revenue à la maison dire à Jérôme qu'elle respecterait sa volonté.

— C'est toi qui décides. Où que l'on soit, si tu es près de moi, je suis heureuse.

Jérôme l'avait prise contre sa poitrine et l'avait tenue très fort pendant un long moment. Puis il avait eu ce mot:

— Merci.

* * *

La visite de Jérôme et Cécile est joyeuse. Malgré la surprise d'apprendre que la ferme avait été vendue, Dominique était heureuse de savoir que bientôt ils allaient habiter la ville.

— L'heure de la retraite a sonné, avait joyeusement lancé Cécile. On revient en ville. Jérôme et moi. On pense voyager un peu avant qu'il ne soit trop tard. Et on veut profiter des théâtres, des expositions, des restaurants et de toutes ces petites choses que la ville nous offre.

— Hé ben ! Pour une nouvelle, c'est toute une nouvelle ! Moi qui croyais que vous vouliez finir vos vieux jours en campagne... Comme quoi on peut se tromper, n'est-ce pas ?

— À qui le dis-tu, avait répliqué curieusement Cécile. Mais Jérôme a raison, avait-elle ajouté, confirmant ainsi que Jérôme était à l'origine de cette idée, ce dont Dominique se doutait. La campagne, c'est bien beau, mais la ville aussi a du charme. Et on a décidé d'en jouir un peu. Au début, je trouvais ça un peu difficile à la pensée de quitter la Beauce, mais c'est fait maintenant et finalement, je suis heureuse de cette décision. Il est temps qu'on pense à nous.

— Hé ben...

Dominique était à court de mots. Elle était un peu déçue, ayant toujours aimé se retrouver sur la terre de Jérôme mais, avec son intuition habituelle, elle devinait que des raisons importantes, même si elles étaient obscures à ses yeux, avaient probablement dicté ce choix.

— Et la vente ? Ça s'est bien passé ?

— À peine un mois pour trouver preneur. C'est la cidrerie surtout qui intéressait les éventuels acheteurs. Et la maison. C'est vrai que c'est une belle grande maison, entretenue à la perfection. Et pour être bien certain qu'on ne changerait pas d'idée, l'acheteur tenait à passer tout de suite chez le notaire. C'est ce qu'on a fait la semaine dernière.

À ces mots, Cécile avait glissé un regard vers Jérôme. Malgré tout ce qu'il lui avait dit et écrit, ce moment avait été difficile à vivre pour lui. Cécile se rappelait à quel point sa main tremblait lorsqu'il avait signé l'acte de vente. Alors, comme c'était elle désormais qui se faisait le porte-parole du couple en public, posant amoureusement sa main sur la jambe de Jérôme, elle avait conclu:

— Ce qui nous fait le plus drôle, c'est de se dire qu'on n'est plus chez nous! Pour les deux prochains mois, on va payer un loyer au nouveau propriétaire... Et maintenant, si on parlait d'autre chose?

— Bonne idée! Allez m'attendre sur la terrasse à l'arrière et j'apporte un gros pot de limonade. C'est fou comme il fait chaud depuis quelques jours.

Et c'est ainsi qu'ils passent l'après-midi. Des appartements à louer à la possibilité d'acheter un condo, des musées à visiter au voyage en France que Cécile et Jérôme se sont promis de faire dès l'automne, ils parlent à bâtons rompus.

— Et si vous restiez souper? Allez, dites oui, insiste Dominique lorsqu'elle voit Cécile se tourner vers Jérôme. André serait sûrement heureux de vous voir. Et Geneviève aussi.

Pendant un bref moment, Cécile et Jérôme se regardent. Puis c'est Jérôme qui se décide à répondre.

— Merci... Autre fois.

Dominique est visiblement déçue.

— Dommage. C'est si rare que vous venez nous voir...

— C'est vrai. Mais maintenant, nous allons être tout près et promis, nous allons rattraper le temps perdu.

De nouveau, Cécile fixe Jérôme brièvement puis elle revient à sa fille.

— Vois-tu, Dominique, fait-elle d'une voix très douce, quitter la Beauce, c'est un peu comme vivre un deuil. Nous devons nous faire à l'idée tout en douceur. C'est vrai qu'on est heureux de s'en venir en ville, mais c'est vrai aussi qu'on est triste de quitter ce coin de pays qu'on aimait beaucoup, Jérôme et moi. Et quand il fait aussi beau qu'aujourd'hui, le soir après souper, on aime bien se promener le long du sentier qui remonte jusqu'à la sucrerie. Je sais que ton père y tient comme à la prunelle de ses yeux.

« Ton père… » Il est rare, pour ne pas dire que c'est la première fois, que Cécile parle de Jérôme comme étant son père. À ces mots, Dominique a un battement de cœur discordant.

— D'accord. Je comprends, concède-t-elle, pensive, émue. Mais vous me promettez qu'on se reprend bientôt, n'est-ce pas ?

— Promis.

Puis Cécile éclate de rire.

— Tu vas nous voir tellement souvent quand on va habiter ici que tu vas demander grâce ! Maintenant, on va y aller…

Ce n'est qu'au moment où il s'assoit dans l'auto que Jérôme remet une enveloppe à Dominique. D'un regard, il demande à Cécile d'expliquer.

— Ça, c'est pour toi. Jérôme voulait te parler de quelque chose et c'est la façon la plus simple qu'il a trouvée pour s'expliquer. Tu liras ça quand tu auras un moment…

Enfouissant l'enveloppe dans la poche de son pantalon, Dominique se penche à la portière pour embrasser Cécile.

— À bientôt, alors. Et soyez prudents !

Ce n'est qu'après avoir préparé le souper et mis la table que Dominique repense à la lettre. Un verre de vin blanc bien froid à la main et confortablement installée sur la terrasse, elle se décide enfin à l'ouvrir, curieuse de voir ce que Jérôme peut avoir à lui dire. De l'enveloppe s'échappent quelques feuilles lignées comme en utilisent les étudiants et une seconde enveloppe, plus petite. La longue écriture de Jérôme est facilement lisible et, se calant contre le dossier du fauteuil, Dominique se met à lire en sirotant son vin.

« *Dominique,*

Le plus beau cadeau que la vie m'ait donné, c'est toi à travers l'amour que j'ai pour Cécile. Je ne suis pas un homme capable d'épancher facilement ses émotions, mais je crois qu'il est important parfois de savoir dire les choses comme on les sent. Depuis le tout premier instant où ta mère m'a appris ton existence, je t'ai aimée et, tout au long des années vécues au loin, souvent je pensais à notre petite Juliette. C'était là le nom que nous avions choisi pour toi. Et sache aussi, Dominique, que la décision de ne pas te garder ne venait pas de nous. Je ne sais pas si Cécile te l'a déjà dit, mais je veux que tu sois assurée que jamais nous n'avons voulu t'abandonner. Nous rêvions, Cécile et moi, d'une existence remplie d'enfants où tu aurais été l'aînée. Mais la vie en a décidé autrement. Je remercie simplement le ciel d'avoir permis que ce soit René et Thérèse qui croisent ta route. Tu as eu les meilleurs parents qu'il soit possible d'espérer.

Est-ce la peur de mourir que je viens d'avoir qui me rend si nostalgique ? Peut-être bien. Mais depuis quelques semaines, je pense à toutes ces années où tu étais enfant. J'aurais aimé te voir faire tes premiers pas et t'entendre dire tes premiers mots. Mais c'est là une des joies de l'existence qui m'a été refusée. Je ne suis pas amer, je regrette simplement de n'avoir pu t'offrir la présence à laquelle tu avais droit. Ma récente maladie m'a fait comprendre bien des choses. À commencer par le simple constat que la vie est précieuse et ceux que l'on aime aussi. Je tenais à te le dire.

Après quelques détours, voici le but de cette lettre. Comme nous venons de te l'apprendre, Cécile et moi, la ferme a été vendue. Dans un premier temps, c'était pour Judith, ma sœur. Je crois que ce lopin de terre lui appartenait tout autant qu'à moi et je voulais qu'elle puisse en profiter tout comme nous. Et il y avait toi...

Comme je viens de te l'écrire, je regrette de n'avoir pu être plus présent pour toi. Tu es et resteras le seul être à qui j'aurai donné la vie. Même si je peux très bien concevoir que tu aies plus d'attachement pour René et Thérèse que pour moi, il n'en reste pas moins que tu es ma fille et que je t'aime. Tu trouveras donc dans cette enveloppe la part qui te revient. J'aurais pu attendre et te laisser cet argent à ma mort... Je trouve cette façon d'agir un peu ridicule. J'ai toujours pensé que le rôle d'un père était de faire en sorte que son enfant soit heureux. Et si grâce à ce pécule tu peux t'offrir quelques douceurs, ce sera ma façon à moi de remplir mon rôle de père. Piètre compensation à mon absence, mais je te l'offre du fond du cœur. C'est un peu pour cette raison que je tenais à vendre la ferme tout de suite. Je veux avoir le temps de te voir heureuse. Comme tu peux le constater, c'est finalement à moi que je fais plaisir. Je n'attends en retour ni remerciement, ni élan d'affection particulier. La vie a fait en sorte que nous soyons éloignés l'un de l'autre si longtemps qu'il est normal d'avoir développé des attachements autres que ceux qui auraient pu exister entre nous. Par contre, voilà ce que je considère comme une chance de me rattraper. Je ne fais que ce que j'aurais dû faire au cours de ta vie, te rendre heureuse. Mais je le répète, c'est à moi que je pense en agissant ainsi. Je t'aime. Jérôme. »

Pendant un long moment, Dominique reste immobile,

figée. Elle a l'impression qu'une grosse boule d'émotions a remplacé son cœur. Les mains tremblantes, elle dépose le verre de vin qu'elle n'a pas fini de boire. Puis les larmes viennent. Déchirantes. De longs sanglots bruyants secouent ses épaules alors qu'elle tient contre sa poitrine les feuilles d'écolier où Jérôme, son père, lui dit à quel point il l'aime. C'est ainsi qu'André la trouve, le visage défait par les larmes, les yeux bouffis et rouges, la lettre d'une main et le chèque dans l'autre. Aussitôt, il s'inquiète :

— François ? demande-t-il.

Dominique lui répond entre deux hoquets.

— Si on veut…

Puis voyant le visage d'André blêmir, elle se reprend aussitôt :

— Non, non, ce n'est pas ce que tu crois… Je ne suis pas triste. Juste émue. Tiens, fait-elle en lui tendant la lettre. Lis pendant que je vais rafraîchir mon vin et t'en chercher un verre. Tu vas comprendre…

Quand elle revient sur la terrasse, André a le regard brillant.

— Mais c'est une fortune que Jérôme te donne.

— Oui.

Dominique est pensive, visiblement bouleversée.

— Oui, répète-t-elle, c'est beaucoup d'argent. Mais ce que Jérôme vient de me donner vaut beaucoup plus que ça…

Levant les yeux vers son mari, Dominique ajoute :

— Je suis une privilégiée, André. J'ai eu et j'ai encore deux pères et deux mères. Et chacun d'entre eux, à sa façon, a tenté de me rendre heureuse. Et moi qu'est-ce que je fais ?

Pendant un instant, Dominique reste silencieuse,

prenant de profondes respirations. Puis elle reprend, la voix tremblante en regardant son mari droit dans les yeux :

— Pendant ce temps, j'offre à mon fils la pitoyable image de ma peur face à une maladie qui va probablement le faire mourir avant moi. Il est temps de rétablir les choses, André. Qu'est-ce que tu penserais d'un voyage à Montréal, samedi ? J'ai envie d'embrasser ma petite-fille et j'ai plein de choses à dire à François...

* * *

Quand Cécile et Jérôme reviennent de leur promenade quotidienne, le soleil n'est plus qu'une boule orangée derrière les sapins, dessinant des ombres gigantesques sur le parterre, devant la maison. La cuisine est plongée dans la pénombre et dès qu'ils entrent dans la maison, le clignotant rouge du téléphone attire l'attention de Jérôme. Il lève un doigt en pointant l'appareil de l'autre main pour signifier à Cécile qu'il prend les messages.

Le temps de signaler le code, d'écouter un instant puis il se tourne vers Cécile, le teint cireux.

— Prends, dit-il en lui tendant le combiné.

Inquiète, Cécile s'approche pendant que Jérôme sort de la cuisine pour s'asseoir sur la galerie. Cécile signale le code à son tour.

— Bonsoir Jérôme. C'est Dominique. Je veux juste te dire merci. Pour l'argent, bien sûr. C'est beaucoup trop... Mais... Mais aussi pour ce que tu m'as écrit. Je... J'étais à un moment difficile de ma vie face à François. Je... Ce que tu as dit en parlant des parents. Tu sais, voir son enfant heureux... Tu as raison. Et moi, je l'avais peut-être un peu oublié. Tu écris regretter de ne pas avoir été présent, mais c'est toi, finalement, qui m'auras donné la plus belle leçon d'amour de toute ma vie. Alors, ton rôle de père, comme tu dis, tu viens de le remplir. Et ça vaut pour toutes les années où tu n'étais pas là. Grâce à toi, je viens de retrouver la paix. C'est le plus beau cadeau que tu pouvais me faire. Et avec l'argent que tu me donnes, je vais continuer la chaîne d'amour. Je… C'est tout. Merci. Je… Moi aussi je t'aime, Jérôme. Je t'aime, papa…

Cécile repose le combiné tout doucement comme si elle avait peur de rompre un charme. La cuisine est maintenant complètement sombre, mais elle n'a pas envie d'allumer le plafonnier. La joie qu'elle ressent est comme une grande lumière en elle et cela suffit.

De l'extérieur lui parviennent les cris des premiers oiseaux nocturnes, et la plainte de la berceuse usant un peu plus le vieux bois de la galerie est une chanson d'amour…

CHAPITRE 12

« Ce n'est pas être faible que d'avouer avoir besoin d'aide. Au contraire... Et ce n'est pas lâche que d'avoir peur. L'important, c'est de ne pas s'y complaire. »

Sagesse de Gilbert, partagée avec François à l'été 1996

Si l'hiver a été difficile pour Cécile et Jérôme, il a été ponctué de tristesse et marqué d'une grande inquiétude chez François. Après une période des Fêtes plutôt froide, le réveillon se passant chez son frère Frédérik en l'absence de Cécile et Jérôme et accompagné des sourires forcés de sa mère, François et Marie-Hélène étaient revenus bouleversés à Montréal, convaincus plus que jamais que l'époque des séjours réguliers à Québec était révolue. Mais ce n'était rien à côté de l'inquiétude qui allait traverser leur vie.

Lors de ce voyage, Marie-Hélène avait attrapé une vilaine grippe. Quelques jours plus tard, elle entrait d'urgence à l'hôpital. Prévenus en catastrophe, les parents de Marie-Hélène avaient appris la nouvelle concernant l'état de santé de leur fille unique avec un stoïcisme remarquable. Profonds croyants, ils s'en étaient remis à Dieu, avaient plié bagages et étaient aussitôt venus prêter main-forte à François qui, de son côté, n'avait avisé personne de sa famille. À quoi bon inquiéter Cécile qui en avait déjà plein les bras ? Quant à ses parents, François avait éludé la question. Il ne voulait même plus penser à eux malgré le fait qu'André ait pris la relève de sa mère ces derniers mois et venait régulièrement aux nouvelles.

François et ses beaux-parents s'étaient donc relayés auprès de Laurence qui grandissait à vue d'œil et au chevet de Marie-Hélène qui, après deux semaines de lutte acharnée, avait recommencé à respirer sans assistance. Pour cette fois-ci, l'infection était enrayée. Marie-Hélène était sortie de l'hôpital un mois plus tard, affaiblie, amaigrie. Le protocole de traitement entrepris au début de sa grossesse semblait bien ne pas vouloir donner les résultats escomptés. Le système immunitaire de Marie-Hélène n'avait pas répondu à ce virus de la grippe. Le médecin avait donc changé certains médicaments, en avait ajouté d'autres. Pourtant, il restait confiant d'arriver à contrer la maladie. Seule Marie-Hélène ne savait plus trop si elle y croyait vraiment. Mais elle était de retour et François avait recommencé à respirer lui aussi. Quelques jours plus tard, devant la force morale apparente de leur fille, Alexandre et Adeline Courtois retournaient chez eux afin de redonner toute son intimité à la petite famille. Si ce n'avait été de leur foi profonde, ils auraient été démolis, car il semblait évident que François et Marie-Hélène n'auraient pas la chance de vieillir ensemble. Leur fille n'était plus que l'ombre d'elle-même.

C'est alors que Marie-Hélène avait flanché. Elle avait eu peur de mourir et cette peur avait engendré une réflexion qui teintait désormais toute sa vie. Elle se sentait si faible, sans énergie qu'elle n'arrivait pas à croire le médecin qui affirmait qu'avec le temps, tout rentrerait dans l'ordre. Elle était persuadée qu'une certaine frontière était franchie et qu'on ne voulait pas le lui confirmer. À un point tel que maintenant elle avait peur de contaminer sa fille au moindre contact. Elle n'osait même plus l'approcher. Après quelques jours de crise au sein de leur famille, ne pouvant manquer le travail à répétition encore plus longtemps, François avait réussi à convaincre Marie-Hélène de rencontrer le docteur Samuel. Seule une longue discussion avec son médecin avait finalement eu raison de sa panique, statistiques et preuves à l'appui. Pour l'instant, Marie-Hélène n'était pas plus contagieuse qu'avant. Les règles de prévention restaient les mêmes et seul le temps saurait dire si le nouveau traitement était plus efficace. Elle était revenue chez elle rassurée, un peu plus calme, et la vie avait repris son cours. Malgré cette épreuve, Marie-Hélène avait gardé son sourire. Elle faisait preuve d'un courage qui forçait l'admiration de François. À sa place, François en aurait voulu à l'univers entier. Il s'occupait de plus en plus de Laurence pour aider la convalescence de Marie-Hélène et, contrairement à l'attitude qu'elle avait eu avant, celle-ci n'opposait aucune résistance. Au contraire, chaque fois que François et Laurence étaient ensemble, un sourire très tendre, un peu énigmatique illuminait son visage désormais trop mince. La vie de famille avait pris pour eux un sens nouveau, profond et ils multipliaient les moments privilégiés à trois. Finies les escapades à Québec ou dans la Beauce, ils voulaient vivre pour eux tout simplement, un jour à la fois.

C'est pourquoi, en ce beau samedi matin de mai, François ne peut s'empêcher de faire la grimace lorsque la sonnette d'entrée se fait entendre.

— Sapristi ! Pas moyen d'avoir la paix. Veux-tu bien me dire qui peut nous…

— Probablement les Témoins de Jéhovah, suggère

Marie-Hélène en levant les yeux du journal qu'elle feuillette. Il n'y a qu'eux pour oser déranger les gens à une heure pareille le samedi matin. Pourquoi t'en faire ? Ça ne changera pas nos projets de pique-nique… Tu veux que je m'en occupe ?

— Laisse, j'y vais, fait François en soupirant d'impatience alors que la sonnette vient de tinter pour une seconde fois. Qu'ils ne réveillent pas Laurence, sinon ils vont avoir affaire à moi !

Il parcourt le couloir avec impatience et ouvre le battant avec humeur, s'apprêtant à dire sa façon de penser sans ménagement. Il lève la tête, ouvre la bouche, la referme sans dire un mot. Devant lui se tiennent Dominique et André, visiblement mal à l'aise. François fronce les sourcils. Que font-ils là ? Ils ne sont pas censés venir ici, dans la maison des pestiférés… Un invisible rideau de tension se dresse aussitôt entre eux. Brusquement, François aurait envie de leur crier de s'en aller, qu'il n'a plus besoin d'eux, en même temps qu'il voudrait se jeter dans leurs bras en demandant pardon. C'est ridicule mais c'est là, en lui, très réel… Au lieu de quoi, il recule d'un pas en rougissant.

— Vous entrez ?

D'un geste, il les invite à passer au salon, comme on le ferait avec des connaissances qui ne viennent pas souvent, qu'on connaît à peine.

— Installez-vous, je reviens. Je vais prévenir Marie de votre présence.

Le ton est poli, réservé. Mais François a à peine le temps de se retourner que Marie-Hélène arrive déjà avec Laurence dans les bras. Dominique a un coup au cœur. À la fois pour Marie-Hélène qui semble si fragile et pour Laurence. À Noël, ce n'était encore qu'un bébé enjoué. Aujourd'hui, c'est une petite fille souriante. Elle qui rêvait d'avoir une petite-fille, elle ne l'a pas vue grandir. Dès qu'elle aperçoit ses grands-parents, Laurence fronce les sourcils avant d'enfouir son visage dans le cou de sa mère. Elle ne reconnaît pas Dominique et André. La petite est gênée…

— Maman, murmure-t-elle, catégorique, en resserrant l'étreinte de ses bras autour du cou de Marie-Hélène.

Cette dernière sourit et d'un regard elle excuse sa fille auprès des grands-parents.

— Elle ne vous reconnaît pas. Et depuis quelque temps, elle est très sensible aux nouveaux visages… Mais ça ne dure habituellement pas longtemps.

Contrairement à François, Marie-Hélène semble détendue et heureuse de voir Dominique et André. Déposant Laurence dans les bras de son père, elle se retourne vers ses beaux-parents.

— À cette heure-ci, vous ne refuserez pas un bon café, n'est-ce pas ?

André accepte, alors que Dominique ne répond pas tout de suite. De nouveau, la tension est presque palpable. Marie-Hélène sent que François est tendu comme une corde de violon. Elle prend aussitôt les devants. Aussi bien mettre les choses au clair tout de suite, les relations entre eux sont déjà suffisamment pénibles ainsi.

— Je connais la peur qui vous guide, Dominique, dit-elle alors sans détour, devinant aisément la raison qui motive l'hésitation de sa belle-mère. Et je ne vous en veux pas. Il y a tellement de gens comme vous. C'est humain d'avoir peur. Mais je vous assure qu'il n'y a aucun danger à accepter un café. Jamais je n'oserais faire prendre quelque risque que ce soit à qui que ce soit… Je… Même si je fais peur à voir, il n'y a aucun danger. J'ai eu une vilaine grippe qui a tourné en pneumonie, mais tout est réglé maintenant et je ne suis pas plus contagieuse qu'avant.

Jamais François n'a autant admiré Marie-Hélène qu'en ce moment. Jamais il n'aurait osé, mais c'était exactement ce qu'il fallait dire. D'un seul coup l'atmosphère se détend malgré le petit sourire triste de Dominique, qui sous-entend que Marie-Hélène a mis le doigt sur une plaie encore sensible. Pourtant, Dominique lève la tête et plante franchement son regard dans celui de la jeune femme.

— D'accord, c'est vrai qu'un bon café serait le bienvenu...

Quand Marie-Hélène revient avec le plateau, Laurence, assise à même le plancher, dévisage sa grand-mère avec le plus vif intérêt. La jeune femme éclate de rire.

— C'est fou comme Laurence vous ressemble, lance-t-elle en déposant le cabaret sur la table. On dirait une Dominique en miniature. Et j'ai l'impression que Laurence s'en est rendu compte ! Avez-vous vu comment elle vous regarde ?

— Oui, j'ai remarqué, fait la grand-mère à la fois émue et amusée. On est en train de faire connaissance, elle et moi.

Levant la tête vers Marie-Hélène, elle ajoute, une pointe d'envie dans la voix :

— Ta fille arrive à l'âge merveilleux ! Celui de la découverte de ses possibilités, de l'autonomie et des grands espaces. C'est au moment où François est arrivé à cet âge-là que j'ai pris la décision de ne plus retourner au travail. Je ne l'ai jamais regretté.

— François et moi avons opté pour la même conduite. Je veux voir grandir ma fille. À chaque moment qui passe...

Il y a une telle intensité douloureuse dans la voix de

Marie-Hélène que pour un instant un silence embarrassé envahit le salon. C'est Marie-Hélène qui brise ce silence en reprenant tout doucement :

— Je suis d'accord avec vous, Dominique. C'est vrai que Laurence est de plus en plus merveilleuse à voir grandir. Elle cherche à nous dire tellement de choses à travers les quelques mots qu'elle connaît. J'aimerais me rappeler ce que l'on vit quand on a dix-huit mois.

À ces mots, André dessine un sourire en coin.

— C'est drôle, mais souvent Dominique et moi on se disait la même chose. Comme quoi il n'y a rien de bien nouveau sous le soleil. Les générations se suivent et finissent toujours par se ressembler.

Mots banals. Incongrus... François ne comprend pas. Qu'est-ce que ses parents sont venus faire ici ?

— Si on veut, tranche-t-il alors d'une voix impassible, glaciale même, ramenant aussitôt l'inconfort entre eux. Mais disons qu'il arrive sûrement que les intentions soient différentes. Tu ne crois pas, papa ? Et j'irais même jusqu'à dire que les sentiments non plus ne sont pas pareils. Avec le recul, j'ai des doutes quant aux prétendues ressemblances.

François est assis sur le bord d'un fauteuil et, du regard, il dévisage ses parents à tour de rôle. Entre ses doigts, la tasse de café tremble légèrement. Cette conversation lui semble fausse. À un point tel qu'il a la subite envie de demander à ses parents de partir.

— Je m'excuse papa, mais je ne vois pas ce que vous êtes venus faire chez nous. On s'apprêtait à préparer un pique-nique, Marie et moi. Alors vous dérangez.

Tout en parlant, François a déposé sa tasse sur une table et il s'est levé. S'approchant de sa mère, il s'arrête devant elle et la darde d'un regard étrange, à la fois dur et blessé.

— Il me semblait que tu voulais garder tes distances ? Le sida te fait peur, maman. L'aurais-tu oublié ? C'est à peine si tu me parles depuis un an. Tu n'appelles même plus. Comme si les microbes pouvaient te sauter dessus à distance… Et là tu débarques chez nous sans crier gare. Tu es assise dans notre salon et tu bois notre café. Je ne comprends pas… Si tu as une bonne raison, dis-la. Ou alors va-t-en. Ne viens pas tourner le fer dans la plaie. J'ai eu suffisamment mal comme ça.

Le silence qui s'abat sur le salon est lourd, dense à couper au couteau. Marie-Hélène regarde François intensément, avec un amour immense. Elle sait la douleur que sa mère lui a imposée par son recul. Elle sait aussi le courage que la vie leur demande d'avoir, jour après jour. Alors elle comprend les paroles de François. Même si elles sont dures, même si elles risquent de fermer certaines portes à tout jamais. François n'avait pas le choix de dire ces mots, pour lui, pour eux. Ils n'ont plus de temps à perdre pour des tristesses qui viennent d'ailleurs. Ils ont les leurs et elles sont amplement lourdes à supporter. Par la fenêtre ouverte sur l'été, le chant des oiseaux perchés dans l'arbre près du balcon résonne drôlement à ses oreilles. Il est à la fois agressant et très doux. Sur le plancher, indifférente au drame qui se vit près d'elle, Laurence s'amuse avec quelques blocs qu'elle a dénichés sous le canapé. Incapable de résister, Marie-Hélène se relève et vient chercher sa fille. D'un geste possessif, elle la prend tout contre elle, comprenant ce que l'image peut avoir de blessant pour les parents de François. Mais c'est plus fort qu'elle : Marie-Hélène a besoin de sentir la chaleur de son bébé.

Contrairement à ce que François anticipait, Dominique n'a pas baissé les yeux. Elle soutient longuement le regard de son fils et c'est tout un dialogue muet qui se déroule entre eux. Peur, douleur, regret… Puis à son tour Dominique dépose sa tasse et, faisant taire la peur qui subsiste toujours en elle, puisant son courage à même les mots de la lettre de Jérôme, elle se lève et se tenant tout près de François elle tend le bras, effleure son épaule, caresse sa joue.

— Je t'aime, François.

Les mots de Jérôme sont là, présents en elle, et le regard de François, portant toute la tristesse du monde, la fouille jusqu'au fond de l'âme… De grosses larmes coulent sur le visage de Dominique. Larmes de douleur à cause de la lutte en elle entre la peur et l'amour. Cette brûlure qui fait mal, si mal. Et brusquement, la voix de Jérôme qui s'interpose dans sa tête avant de prendre toute la place : « Le rôle des parents, c'est de rendre leurs enfants heureux… » Dominique, la fille de Jérôme, la mère de François. Dominique qui a mal, elle aussi, comme son fils… Alors, faisant le dernier pas qui la sépare de François, Dominique ouvre tout grand les bras.

— Pardon, mon grand…

Ils ont passé la journée ensemble. Ils ont pique-niqué dans le parc devant la maison, sous les grands arbres du Carré Saint-Louis. Ils ont parlé de l'été qui arrivait, du jardin de grand-papa René, de la ferme qui avait été vendue. Puis François a proposé de souper ensemble. Devant la mine épuisée de Marie-Hélène, Dominique a décliné l'invitation.

— Une autre fois… Je crois que Marie-Hélène a surtout besoin d'une soirée tranquille. Mais nous restons en ville. Nous sommes descendus dans un hôtel, tout près d'ici. Si on déjeunait ensemble demain ?

Et en posant cette question, Dominique avait un air

mystérieux qui avait alimenté la curiosité de François durant toute la soirée...

Au matin, les nuages ont remplacé le merveilleux soleil de la veille. Derrière les persiennes, la journée est sombre et on entend les gouttes de pluie qui frappent au carreau. François s'étire en grimaçant.

— Zut ! Et moi qui voulais organiser un petit déjeuner sur le balcon... Mon plan est à l'eau, c'est le cas de le dire ! Ça ne me tente même pas de sortir pour aller bruncher dans un restaurant. Entends-tu le déluge ?

— Ouais, j'entends... Pas fameux comme temps... Mais si je me souviens bien, on doit avoir tout ce qu'il faut pour cuisiner une bonne omelette. On a du pain, des confitures et peut-être même des croissants au congélateur. De toute façon, avec Laurence, rien ne vaut un bon repas à la maison. Tu sais comment elle est au restaurant... Appelle tes parents et invite-les à se joindre à nous... Si ça leur convient, bien entendu.

À peine une allusion à la journée d'hier dont ils n'ont pas reparlé, François et elle. Pendant un long moment, ils se regardent intensément. Puis François hausse les épaules.

— Tout un virage, n'est-ce pas ? Je ne m'attendais pas à ça... En fait, je l'espérais sans y croire.

— Tant mieux si ta mère arrive à contrôler sa peur. Et ça vaut autant pour nous que pour elle, tu sais.

— Je sais... Ça va probablement laisser des cicatrices. Mais au moins, la plaie va finir par guérir. Tant mieux... C'est affreux comme impression d'en vouloir à sa mère. Je n'étais pas bien. Je ne m'aimais pas...

— Je peux comprendre...

Puis Marie-Hélène envoie valser les couvertures d'un pied léger.

— Un problème de moins... Sans vouloir banaliser les choses, je crois qu'il vaut mieux tourner la page sans trop s'attarder. Il y a eu assez de larmes versées, de douleur et de rancune dans toute cette histoire...

Puis en bâillant elle ajoute :

— Alors, tu prends la salle de bain ou j'y vais ? Si on veut avoir le temps de préparer le repas, on est mieux de s'y mettre. Mademoiselle notre fille ne va pas tarder à réclamer ses céréales...

Pour une fille qui dit ne pas vouloir s'attarder sur le passé, Marie-Hélène a tout de même gonflé quelques ballons et les a suspendus au luminaire. Elle a pris le bouquet de marguerites que François lui offre chaque semaine et qui trône habituellement sur la tablette du foyer et l'a déposé au centre de la table. Une nappe bleu faïence, souvenir de leur voyage en Provence, quelques serviettes de table jaune soleil comme les murs de la pièce et la cuisine prend des allures de fête. Marie-Hélène a le cœur tout léger. Quand Dominique pousse un petit cri de surprise, la jeune femme se met à rougir.

— C'est un peu comme un jour de fête, non ?

— Tu ne saurais si bien dire...

Et encore une fois, François surprend un sourire qui l'intrigue.

Ce n'est qu'à la fin du repas que Dominique se décide enfin à parler.

— Et maintenant, que diriez-vous de passer au salon pour prendre un dernier café ? J'ai quelque chose à vous dire.

Pour un moment, Dominique semble concentrée sur la vue du parc. Les allées sont encore détrempées, mais on commence à entrevoir des trouées dans les nuages et la pluie a cessé.

— Avec un peu de chance, on pourra peut-être aller se promener avant de repartir, fait-elle banalement. On dirait que le soleil veut percer…

Puis elle ramène les yeux sur le salon qu'elle détaille un instant.

— Vous avez un bel appartement. J'aime les vieilles boiseries et vous l'avez bien aménagé. La chambre de Laurence est un vrai bijou…

Puis à brûle-pourpoint, elle demande en regardant successivement Marie-Hélène et François :

— Y tenez-vous beaucoup ?

— Oui !

— Non !

Marie-Hélène et François éclatent de rire ensemble.

— Oui et non, explique François. Oui, justement pour les mêmes raisons que toi. Le cachet, le parc, le foyer… Non, parce que ce n'est qu'un appartement, après tout. Et avec Laurence et tout le tralala qu'il faut trimbaler pour elle, l'escalier commence à nous taper sur les nerfs… Mais on a quand même renouvelé le bail. Il y a le parc, les commerces à distance de marche… Pourquoi cette question ?

— Pour savoir…

De nouveau, Dominique laisse planer un silence mystérieux avant de demander :

— Vous n'avez pas pensé à vous acheter une maison ? Il me semble que ça serait bien pour Laurence d'avoir un jardin, une balançoire… Vous ne trouvez pas ?

François a froncé les sourcils. Sa récente agressivité envers ses parents refait surface sur-le-champ. Mais qu'est-ce que c'est que cet interrogatoire, ce matin ? Une autre façon de… D'un soupir, il arrête sa réflexion.

— On est comme tous les autres jeunes, maman, explique-t-il le plus calmement possible. On n'a pas les moyens de s'offrir une maison tout de suite. Et probablement qu'on ne les aura jamais, ajoute-t-il, impatient, colérique. Ou ce sera le temps qui va nous manquer, ou ce sera l'argent, ou les deux… Les projets à long terme, vaut mieux les oublier dans notre cas.

— On pense donc la même chose…

Le sourire de Dominique a disparu.

— Mais ce n'est pas le… votre… Merde que j'ai de la difficulté à prononcer ce mot. Je le trouve laid, tellement laid…

Prenant une profonde inspiration, elle poursuit sur le même ton :

— Ce n'est pas à cause du sida que vous allez arrêter de vivre pour autant, lance Dominique comme si elle était exaspérée. Maladie maudite… Raison de plus pour vivre tout ce qu'il vous est possible de vivre rapidement. On ne sait jamais…

— On pense la même chose, laisse tomber François en parodiant sa mère, ne comprenant pas où elle veut en venir. Mais ça ne change rien au fait que…

— Laisse-moi finir. L'idée vient peut-être de moi, en accord avec ton père, mais la réalisation de cette idée vient de Jérôme. Tiens, prends ça.

Ouvrant son sac à main, Dominique retire une enveloppe qu'elle tend à son fils.

— Tu l'ouvriras quand nous serons partis. Mais ça devrait suffire à réaliser quelques projets. À court terme. Moi, je vois une maison, mais c'est à vous de décider… Et maintenant, que diriez-vous d'une promenade ? J'ai envie d'offrir une gâterie à ma petite-fille. Après tout, c'est à ça que servent les grands-parents, non ?

Regardant François droit dans les yeux, Dominique ajoute, d'une voix très douce :

— Et les parents, comme me l'a rappelé Jérôme, ça sert à rendre leurs enfants heureux. Profitez-en, François. Faites des folies si vous le voulez. Ça ne me regarde pas. Mais souviens-toi que c'est moi que je vais rendre heureuse en vous voyant profiter de la vie…

CHAPITRE 13

« La vie est un cadeau du ciel. Et c'est le jour où l'on accepte de se faire confiance que l'on comprend à quel point elle peut se montrer généreuse. »

L.T.-D.

Dans moins d'un mois, Cécile et Jérôme doivent laisser la maison et ils ne savent toujours pas où ils vont habiter. Bien sûr, ils ont visité un nombre respectable de logements, de condominiums. Rien n'arrive à les satisfaire. En désespoir de cause, ils ont même tenté leur chance du côté des appartements pour personnes retraitées autonomes…

— Ouache ! Je n'aime pas l'appellation… Personnes retraitées autonomes… J'ai l'impression qu'on fait référence à une machine. Qu'est-ce que tu en penses Jérôme ?

Fataliste, Jérôme a haussé les épaules.

— Peut-être…

Puis il a regardé autour de lui en grimaçant.

— Sombre. Manque soleil…

Ils sont donc repartis bredouilles. Une fois de plus…

Finalement, après un nombre incalculable de voyages à Québec, ils ont jeté leur dévolu sur deux appartements qui leur semblent acceptables, à défaut d'être la perle rare.

Côté fleuve pour Cécile.

— Ça me fait penser au lever de soleil sur la rivière.

Côté montagne pour Jérôme.

— Comme coucher soleil en Normandie.

Ne reste plus qu'à s'entendre. Ils ont dix jours pour le faire…

Alors, sachant qu'elle finira probablement par céder, Cécile profite de chaque beau matin pour se repaître de l'image de sa chère rivière au moment où le soleil bondit au-dessus des collines et parsème des milliers de paillettes sur la campagne. Si elle a accepté l'idée de quitter la Beauce, elle n'en reste pas moins nostalgique. Chaque matin, comme répondant à l'appel d'une invisible horloge, Cécile ouvre les yeux à l'aube. Si une belle lueur orangée souligne l'horizon, elle se lève. Et après s'être servi un café dans une de ces tasses pour les voyages, elle enfile ses bottes de jardinage.

— Une autre chose que je n'aurai pas besoin d'emporter, murmure-t-elle en glissant les pieds dans les vieux tuyaux de caoutchouc noir qu'elle porte habituellement quand elle s'occupe du potager. Mon Dieu comme tout ça va me manquer !

Et chaque matin, elle entreprend ce qu'elle appelle son pèlerinage. À pas lents, elle remonte le petit sentier, humant l'air encore piquant des vapeurs nocturnes. Elle ne s'arrête qu'au bout du monde, sur sa clôture de perche. « Là où j'ai l'impression de toucher au ciel ! » Et pour de longues minutes, elle se contente de regarder, de faire provision de soleil qui brille sur la rivière, de collines caressées par la brume, de chants d'oiseaux qui se poursuivent d'un bout à l'autre du ciel. Quand le jour est bien installé et que l'air se réchauffe, elle revient doucement vers la maison, fermant les yeux lorsqu'elle passe près du verger afin que l'odeur des fleurs de pommiers reste gravée en elle pour l'éternité. Jour après jour, sans se lasser…

Et ce matin ne fait pas exception, même si le fond de l'air est plus froid et que le ciel se couvre lentement vers l'Ouest. Ce n'est qu'une fois bien installée sur sa perche de cèdre qu'elle trouve la lettre que Jérôme a glissée dans la poche de son gros chandail de laine. Cette nouvelle habitude entre eux est une des petites joies du quotidien. Pour un oui, pour un non, Jérôme trouve prétexte à lui écrire mille et une petites choses.

« *Ma douce,*

C'est encore moi, avec mes idées folles et mes pensées sérieuses. Je sais que probablement tu vas lire cette lettre à l'aube demain matin, perchée comme un corbeau sur ta clôture. Je sais aussi, même si tu n'en laisses rien voir, je sais que tu es triste à l'idée de partir pour la ville. Et je l'avoue, moi aussi. Je ne pensais pas que le sacrifice serait si difficile à vivre. L'odeur du foin, le cri des animaux, la senteur de pommes vont me manquer. Mais ce qui me fait le plus peur, c'est le silence où la vie m'a emmuré. Non pas le silence comme tel, j'y suis habitué, moi qui ai vécu de longues années dans un monastère. Et même ici, le silence ne me dérange pas. J'ai l'impression que la nature parle pour moi. Mais à la ville, dans les bruits de la ville, saurais-je vivre en harmonie avec mon silence imposé ? Je l'avoue, ça me terrorise… C'est pourquoi je propose une trêve ! On oublie tout et on file passer quelques jours chez ton frère Gérard, à Montréal. Avec sa bonne humeur contagieuse et son franc-parler, avec son gros bon sens aussi, je sens que cela va nous faire du bien. Qu'en dis-tu ? J'attends ta réponse à la cuisine devant des œufs au jambon… »

Pendant un long moment, Cécile reste songeuse, fixant

la lettre sans la voir. Puis un large sourire éclaire son regard. La voilà la réponse ! De nouveau, elle redevient songeuse, relit la lettre et saute en bas de son perchoir, l'humeur au beau fixe. Tant pis pour les nuages qui se font de plus en plus menaçants, ce matin, Jérôme et elle partent pour Montréal. Et si tout va bien, ce ne sera pas pour une simple visite de courtoisie à Gérard et Marie...

Cécile a l'impression d'avoir retrouvé ses vingt ans tellement elle se sent légère. Elle revient à la maison d'un pas guilleret.

« Des œufs au jambon ? Quelle bonne idée ! Je meurs de faim. »

* * *

Jérôme lui a offert son plus large sourire et Gérard, séduit par la proposition, a poussé des cris de sauvage comme il en avait le secret quand il était enfant et Marie a applaudi comme une gamine.

— Je ne comprends pas ce qui nous poussait à chercher à Québec quand une grande partie de notre famille habite ici, lance Cécile quand elle voit que son idée n'est pas si farfelue qu'elle en avait l'air. Depuis le temps que je me plains de ne pas voir Denis aussi souvent que je le voudrais, ça me donnerait l'occasion de me reprendre. Et de gâter des petits-enfants que je n'ai pas vraiment vus grandir. Les deux fils de Denis sont déjà des adolescents. Et puis, il y a vous deux. Et François, Marie-Hélène, Laurence. Non vraiment, je ne comprends pas...

— Bof, tu sais ce que c'est, analyse Gérard en haussant les épaules. On habite un tout petit coin de la planète et on a l'impression que c'est le bout du monde. On ne voit rien d'autre. Mais y'en a partout des bouts du monde. Bonyenne que chus content ! Ma sœur qui s'en vient en ville ! Ma Cécile...

« Y'en a partout des bouts du monde ! » Pendant un instant, Cécile se retire en elle. Gérard n'aurait pu si bien dire. Finalement, sa clôture de cèdre n'est peut-être pas aussi haut perchée qu'elle le croyait... Curieusement, elle a l'impression de remonter dans le temps. Elle se revoit à dix-huit ans, quittant sa campagne pour rejoindre la tante Gisèle qui habitait la ville. Elle avait la certitude qu'elle ne survivrait pas au dépaysement. Pourtant, elle avait aimé la ville et finalement elle y avait passé la majeure partie de sa vie. Cependant, vif comme l'éclair, le nom de Dominique traverse son esprit. Venir à Montréal, c'est s'éloigner de sa fille. Mais Dominique a aussi Thérèse et René, et Cécile sait à quel point Dominique est attachée à eux. Alors que pour Denis... Puis son regard se pose sur Jérôme. Dans le fond, son bout du monde, c'est lui. Qu'importe l'endroit où ils habiteront, c'est d'être encore ensemble qui est essentiel. Le reste n'a pas d'importance. Alors, revenant à la conversation, elle demande à Jérôme :

— Que dirais-tu de prendre quelques heures demain pour aller chez François ? C'est samedi, toute la famille devrait être là. J'ai tellement hâte de leur annoncer la nouvelle... Et peut-être qu'on peut aider ? Ils déménagent bientôt eux aussi.

Là-dessus, Gérard éclate de rire,

— C'est ben toi, ça ! Toujours prête à aider les autres mais tu sais même pas où c'est que tu vas rester dans un mois. Faudrait peut-être y voir, non ?

La soirée se poursuit dans les rires, les propositions et les arguments...

— Et si vous vous en veniez icitte, lance brusquement Gérard en se tapant le front du plat de la main. Comment ça se fait que j'y ai pas pensé plus vite ? La maison est grande en pas pour rire, on se pilerait même pas sur les pieds. T'aurais même un lac en prime, Cécile. J'sais ben que c'est pas la rivière de par chez nous mais c'est quand même ça. Pis pour Jérôme, j'ai quelques érables dans le fond du boisé en arrière de la maison que je m'amuse à entailler chaque année depuis que chus à la retraite. Lève pas ta main de mère supérieure, Cécile, pis va dormir là-dessus. La nuit porte conseil. On reparlera de tout ça demain. Faut aussi que je consulte Marie pis toi faut que t'en jases avec ton homme. Mais j'pense que l'idée a du bon... Ça serait-tu l'fun, rien qu'un peu. Hein, Jérôme ? T'aimes-tu encore ça jouer aux cartes ? Moé, vois-tu, ça doit ben faire dans les...

Et Gérard de repartir de plus belle, posant des tas de questions, y répondant lui-même la majeure partie du temps. Et à voir le regard brillant de Jérôme, Cécile comprend que son homme est heureux, ici. Alors pourquoi chercher plus loin ?

Ce n'est finalement qu'aux petites heures du matin qu'ils se quittent pour la nuit. Le métier ayant vite repris le dessus, Gérard avait même proposé d'ajouter une aile à la maison.

— Comme ça, c'est sûr qu'on se pilera pas sur les pieds. Bonne nuit la compagnie, moi je m'en vas dormir...

— Et nous aussi. Ne nous cherchez pas demain matin, on va partir de bonne heure...

* * *

Au moment où François sort une tasse de l'armoire pour servir un café à Marie-Hélène qui est encore au lit à regarder la télévision avec Laurence, la sonnette de l'entrée se fait entendre.

— Mais ça devient une habitude, ma parole ! Et pas de chance cette fois-ci : ce n'est pas du genre à ma mère de nous surprendre deux fois de suite. Va-t-on finir par avoir la paix le samedi matin quand il fait beau ?

Mais quand il ouvre la porte, son visage change du tout au tout.

— Mamie Cécile, Jérôme ! Mais qu'est-ce qui vous amène ici ?

Puis ses sourcils se froncent.

— Pas une mauvaise nouvelle, toujours ?

— Ça dépend...

Mais le sourire de Cécile dément si bien l'air sérieux qu'elle essaie de se donner que François s'efface pour les laisser entrer en lui rendant son sourire.

— Essaie pas, Mamie, t'es pas comédienne pour deux sous. Entrez, je préviens Marie.

— Dérange personne pour le moment, fait Cécile en brandissant un sac de papier brun. Je file à la cuisine... On n'était toujours bien pas pour arriver à une heure pareille sans emporter le déjeuner... Installez-vous tous dans le salon, ça va prendre le temps de m'orienter dans vos armoires... Allez, Jérôme, viens m'aider.

Quand Cécile revient au salon, portant la cafetière et les tasses, suivie de Jérôme les mains chargées d'un cabaret débordant de victuailles, elle doit faire appel à plus de trente ans de métier comme médecin pour ne rien laisser voir de l'inquiétude qui lui fouille le cœur lorsqu'elle pose les yeux sur Marie-Hélène. La jeune femme, pâle, les traits tirés semble flotter dans sa robe de chambre. Pourtant, elle accueille Cécile avec un sourire gourmand.

— Hum ! Ça va être bon tout ça… Posez le café sur le bord de la cheminée, mademoiselle notre fille a la fâcheuse manie de toucher à tout. Elle pourrait se brûler…

Ils ont tous mangé de bon appétit, Marie-Hélène et François visiblement heureux d'apprendre que Cécile et Jérôme venaient de décider de s'installer dans la région.

— Une décision prise à l'emporte-pièce. Mais plus on y pense et plus elle nous emballe. N'est-ce pas, Jérôme ?

Puis ils ont parlé avec enthousiasme de la petite maison que la jeune famille venait d'acquérir.

— À Laval… Ce n'est pas très loin de la ville, mais ça ressemble vraiment à un petit coin de campagne… Et si on y allait cet après-midi ? Vous allez voir, c'est superbe ! Et le terrain n'est pas si mal…

— Pourquoi pas ?

Pourtant, malgré la bonne humeur générale, Cécile a de la difficulté à se joindre au groupe. Quelques regards de Marie-Hélène quand elle observe François et Laurence qui semblent s'entendre comme larrons en foire et certains sourires empreints d'une grande tristesse l'empêchent de se réjouir vraiment. C'est pourquoi, une fois le repas terminé et la vaisselle rangée, elle se tourne vers Jérôme et lance :

— Depuis le temps que tu me dis que tu aimerais visiter le quartier où travaillait François, ça serait une bonne idée d'en profiter pendant qu'ils habitent encore ici, non ? Et il fait si beau !

Habitué aux manigances de sa douce, Jérôme emboîte le pas sans hésiter.

— Bonne idée !

Et pointant Laurence du doigt, il ajoute :

— Avec bébé ! Jolie…

C'est ainsi que quelques instants plus tard, on entend

les pas d'une joyeuse bande qui dévale l'escalier pour profiter de cette belle matinée d'été.

— Et si on s'asseyait au salon ?

La voix de Cécile est douce comme une brise, son sourire est invitant. Marie-Hélène la connaît bien. Et elle sait que la vieille dame a deviné qu'elle aimerait parler. Marie-Hélène qui essaie de cacher sa peur à ceux qu'elle aime. Marie-Hélène qui voit sa santé et sa vie lui échapper comme une poignée de sable qui fuit entre les doigts. Marie-Hélène qui a toujours eu confiance en Cécile et qui étouffe de garder sa tristesse en elle…

Le soleil vient de tourner le coin de la maison et il commence à frôler les meubles du salon. La porte-fenêtre est grande ouverte sur les bruits du parc et les senteurs sucrées de l'été. Marie-Hélène s'assoit en soupirant.

— Je suis heureuse de déménager. Pour Laurence, pour François, mais ça va me manquer, tout ça, laisse-t-elle tomber en regardant autour d'elle.

Puis, regardant Cécile droit dans les yeux, elle ajoute dans un souffle :

— C'est ici que j'ai vécu les plus belles années de ma vie. Avant…

Un silence tout léger envahit le salon.

— Avant la maladie, propose Cécile sur le ton de la confidence.

— Oui…

— Et ta grossesse, et la naissance de Laurence, et le fait qu'elle est en parfaite santé, ce n'étaient pas de beaux moments, ça ?

Marie-Hélène dessine son sourire un peu triste, celui qui atteint Cécile au cœur.

— Bien sûr. Vous avez raison. Mais il reste que… J'ai eu

peur, vous savez. Cette pneumonie aurait pu m'emporter...

— Oui, c'est vrai. Mais elle ne l'a pas fait.

— D'accord. Pas cette fois-ci... Mais le Docteur Samuel a été très franc : mon organisme n'a pas aussi bien répondu à la médication qu'on l'espérait... On essaie autre chose. Le médecin y croit, moi, je ne sais pas.

Après quelques instants de silence méditatif, elle ajoute dans un murmure :

— Ça fait mal, les espoirs déçus.

Puis elle se reprend :

— Par contre, François, lui, réagit de façon très positive aux traitements. Et c'est très bien ainsi. Avez-vous remarqué comment Laurence regarde son père ? On dirait qu'elle a des étoiles dans les yeux.

Cécile ébauche un sourire.

— Oui, j'ai vu. Mais c'est un peu normal ; toutes les petites filles sont amoureuses de leur papa.

— Vous croyez ? Alors tant mieux. Ce sera plus facile de préparer la relève.

— Pourquoi parler ainsi ? Tu viens de dire que ton médecin était optimiste et...

— Et j'ai dit aussi, interrompt Marie-Hélène, que les espoirs déçus font plus mal que pas d'espoir du tout. Disons que c'est ma façon de vivre mon deuil. En préparant la relève, je me prépare à partir.

Après une longue inspiration, elle ajoute d'un trait :

Ce n'est pas facile de penser que tout pourrait peut-être cesser bientôt, avoue-t-elle en montrant l'espace autour d'elle d'un mouvement des bras. Tout ça, ce n'est que du matériel mais c'est aussi ma vie, notre vie... Alors je prépare tout pour que mes deux amours puissent continuer à être heureux... Après...

Cécile retient son souffle, n'osant l'interrompre. Marie-Hélène prend un instant pour regarder autour d'elle, puis elle reprend, songeuse :

— C'est une bonne chose, je crois, de quitter l'appartement. Ici, il y a trop de souvenirs... Tout ce que je demande, c'est d'avoir le temps de bien les installer dans leur nouvelle maison.

— Mais ce sera aussi ta maison, Marie-Hélène...

— Non, je préfère me dire que ça sera chez Laurence et François. Là-bas, il n'y a pas de souvenirs. Pas encore. Ce sera plus facile pour eux si cette maison n'est que leur maison à eux. Je ne veux pas de mauvais souvenirs pour Laurence. Je ne veux que de belles choses autour de ma puce. C'est pour ça que je demande que tout se fasse très vite.

— Mais pourquoi ? Les souvenirs sont si importants. Tous les souvenirs sont importants. Pour un instant, Cécile reste songeuse. Puis elle reprend d'une voix absente :

— Même les souvenirs les plus durs ont leur importance. Ils font apprécier les petits bonheurs quand ils passent...

Et comme si elle sortait du sommeil, Cécile pousse un profond soupir avant de poser les yeux sur Marie-Hélène et de poursuivre :

— Il me semble que tu lances la serviette un peu vite. Faut pas lâcher, Marie. Ni maintenant, ni jamais.

Marie-Hélène dessine un sourire fugace, un peu triste.

— Faut pas lâcher, répète-t-elle comme pour elle-même.

Puis elle se relève lentement, regarde de nouveau autour d'elle, soupire. Puis brusquement son regard se durcit.

— C'est peut-être bien ce que je suis finalement : une lâche, une égoïste.

La voix de la jeune femme est tout à coup fébrile, intense.

— Oui, je suis lâche. Parce que ça fait mal là, lance-t-elle en se pointant le cœur. Oui, j'ai peur de mourir et je préfère m'y préparer plutôt que d'entretenir des espoirs stériles qui me feront mal. J'ai peur à hurler, Cécile, et je n'ai pas envie de continuer à vivre avec cette peur qui me tord le ventre. Oui, j'espère partir très vite parce que c'est trop difficile de se lever chaque matin avec la pensée que Laurence va peut-être grandir sans moi. C'est trop dur de l'imaginer vivre sans moi. Je ne suis pas capable, ça fait trop mal.

Puis dans un souffle, épuisée, elle constate :

— Mais pourquoi vous dire toutes ces choses ? Vous ne pouvez pas comprendre.

— Oh ! si, je comprends.

La réponse de Cécile est un cri du cœur même si elle l'a prononcée sur le ton de la confidence. Puis, d'une voix plus forte, elle répète :

— Tu ne sais pas à quel point je te comprends.

C'est alors que Marie-Hélène se souvient. Cécile jeune femme, jeune mère à qui on avait enlevé sa petite fille pour la confier à l'adoption. Elle ne l'avait même pas vue à sa naissance parce qu'elle était endormie et qu'à son réveil la famille adoptive était déjà venue la chercher. Cécile qui a vécu sachant son enfant bien vivante mais loin d'elle. Cécile qui dit, qui a toujours dit, que la vie est une chose merveilleuse. Qui dit aussi qu'il faut croire en la vie parce qu'elle finit toujours par se montrer généreuse…

Marie-Hélène tend alors les bras devant elle, tremblante, le visage mouillé de larmes.

— Alors dites-moi comment faire, Cécile. Parce que

moi, je ne sais pas, je ne sais plus. Dites-moi comment faire pour croire en la vie et peut-être que je retrouverai la force de lutter.

D'un geste, Cécile ouvre grand les bras et recueille Marie-Hélène tout contre elle. D'une main très douce, elle essuie ses larmes. Puis, glissant un doigt sous son menton, elle oblige la jeune femme à la regarder.

— Je t'ai déjà parlé de ces années. Tu sais les événements qui ont marqué ma jeunesse. Mais je n'ai jamais parlé de tout ce que j'avais vécu dans mon cœur. Jamais, à personne. Mais si ça peut te donner du courage, alors je vais te raconter ce que j'ai vraiment vécu. Mais d'abord, viens, on va s'asseoir sur le balcon. Dans le fond, c'est un peu ça, mon histoire. Une belle journée d'été comme un cadeau dont il faut profiter. Deux femmes qui attendent leur homme, le cœur heureux. Et la chance que tu as d'avoir une merveilleuse petite fille. Tout est là…

Tout en parlant, Marie-Hélène et Cécile ont gagné le balcon. Les petites chaises de résine blanche les attendaient. Avant de s'asseoir, Cécile prend le temps de regarder autour d'elle. La journée est parfaite. L'air est doux, les oiseaux s'égosillent, les gens se promènent à pas lents. La fontaine, au milieu du parc, projette des milliers de gouttelettes, comme un feu de joie, un feu d'artifice. Alors Cécile pousse un profond soupir en se laissant tomber sur la chaise près de Marie-Hélène. Et les yeux portant très loin devant, comme si elle cherchait à rassembler ses souvenirs, elle dit enfin :

— Vois-tu, Marie-Hélène, j'avais tout juste dix-huit ans. C'était une journée comme aujourd'hui, remplie de soleil, de chaleur et de parfums dans l'air. Quand je m'y attarde, je peux dire que mes souvenirs ont une senteur de fleurs de pommiers.

Tout en racontant, Cécile a l'impression de remonter dans le temps. Elle regarde droit devant et c'est la grosse roche plate à la croisée des rangs qu'elle voit. Et c'est la douleur immense, qui lui donne envie de crier, qu'elle ressent. Elle entend la voix d'Eugène, son père, intransigeante, tranchant froidement dans sa vie et ses espoirs. Puis vient celle de la tante Gisèle, un peu criarde, sèche, mais qui dit avec son affection bourrue qu'il faut garder la foi.

Marie-Hélène a glissé sa main dans celle de Cécile et sans s'en rendre compte, elle la serre très très fort. De toute la force de l'espoir frémissant qui existe toujours en elle et qui ne demande qu'une étincelle pour s'enflammer de nouveau.

Une toute jeune femme et une vieille dame, assises côte à côte, discutant ensemble par une si belle journée d'été. C'est ce que les passants peuvent voir à travers les branches du gros arbre qui frôle le balcon. Mais alors que Cécile voit clairement ses souvenirs dans le vide devant elle, alors qu'elle revit les émotions d'hier, pour Marie-Hélène, c'est un avenir peut-être possible qui se dessine fragilement à travers les mots…

ÉPILOGUE

Voilà, c'est fait ! Cécile et Jérôme sont déménagés. À leur arrivée chez Gérard, Denis, le fils de Cécile, leur avait fait la surprise de les attendre pour les aider à emménager. La transition s'est donc faite dans la joie. Bien campé sur ses longues jambes, la main en visière pour ne rien rater, Gérard surveillait le chantier de l'annexe qu'il s'est entêté à faire construire.

— C'est à la mode, les « maisons-générations », avait-il bougonné. Sauf qu'ici, c'est pour deux générations de p'tits vieux qu'on construit. Ça fait pareil…

Après sa visite à François et Marie-Hélène, Cécile avait senti que le médecin qui veillait en elle voulait pousser ses recherches. Alors la vieille dame, si discrète habituellement, s'était décidée à appeler le Docteur Samuel. Les deux médecins s'étaient longuement entretenus de la condition de Marie-Hélène. Un médicament, fort bien connu mais très dispendieux, pouvait probablement l'aider. Cécile en avait parlé avec Jérôme, sachant que la fortune laissée par Charles pouvait lui permettre bien des folies.

— Et alors, avait articulé Jérôme en haussant les épaules, signifiant par là qu'il était tout à fait d'accord.

Puis un éclat malicieux avait traversé son regard.

— Toi et moi, juste besoin amour et eau fraîche…

Cécile et lui étaient sur la galerie de la grande maison blanche et rouge, à quelques jours de leur déménagement.

Cécile lui avait rendu son sourire. Puis Jérôme avait respiré profondément, laissant son regard effleurer tout le paysage qui s'étendait devant lui et il avait ajouté, en haussant les épaules encore une fois :

— Hâte pêcher avec Gérard…

Il était ensuite entré dans la maison pour continuer à empaqueter leurs effets.

À son tour, Cécile avait lentement promené les yeux autour d'elle, emmagasinant les moindres détails. Puis, tout comme Jérôme, elle avait haussé les épaules en soupirant.

— Dans le fond, à sa manière, le petit domaine de Gérard a beaucoup de charme, lui aussi, avait-elle murmuré. Peu importe l'endroit où l'on se trouve et les surprises que la vie nous réserve. L'important se joue dans notre cœur et ça, personne ne peut nous l'enlever…

Elle s'était levée, avait jeté un dernier coup d'œil autour d'elle. Un dernier regard comme pour se détacher, un dernier sourire à sa chère rivière, comprenant qu'elle serait toujours présente dans son cœur.

Puis elle était entrée aider son mari. Elle était maintenant prête à tourner une autre page de sa vie.

FIN